HEYNE <

AF867353

Das Buch

Die Zukunft: Die Galaxis wird von der Kompetenz, einem gewaltigen interstellaren Bündnis, das aus neunundzwanzig hoch entwickelten Zivilisationen besteht, regiert. Sogenannte Pazifikatoren bereisen im Auftrag der Kompetenz die gesamte Galaxie, um mögliche Konflikte diplomatisch beizulegen. Einer von ihnen ist Corwain Tallmaster, der nach mehrfachem Klonen bereits Hunderte von Jahren alt ist. Als seine jüngste Mission kläglich scheitert, wird Corwain zu Unrecht des Mordes beschuldigt. Er ist sich sicher, dass er einem Komplott zum Opfer gefallen ist, doch noch bevor er das beweisen kann, passiert etwas völlig Unvorhergesehenes: Das Kosmotop – ein gigantisches Weltenschiff, dessen Ziel es ist, »Proben« aus jeder Zivilisation zu integrieren – dringt in die Galaxie ein und hinterlässt eine Spur der Verwüstung. Für Corwain ist die neue Situation ganz besonders prekär, denn die einzige Person, die seine Unschuld beweisen kann, sitzt im Kosmotop fest. Corwain braucht sein ganzes Geschick und seine jahrhundertelange Erfahrung, um einen Plan zu entwickeln, von dessen Gelingen nicht nur sein eigenes Schicksal abhängt, sondern das der ganzen Galaxis …

Der Autor

Andreas Brandhorst, 1956 im norddeutschen Sielhorst geboren, schrieb bereits in jungen Jahren Erzählungen für deutsche Verlage. Es folgten zahlreiche fantastische Romane, darunter mit dem *Kantaki*-Zyklus eine episch angelegte Zukunftssaga. Sein Mystery-Thriller *Äon* war ein riesiger Publikumserfolg.

Mehr zu Andreas Brandhorst und seinen Romanen erfahren Sie auf:

diezukunft.de

ANDREAS BRANDHORST

DAS KOSMOTOP

ROMAN

WILHELM HEYNE VERLAG
MÜNCHEN

Sollte diese Publikation Links auf Webseiten Dritter enthalten,
so übernehmen wir für deren Inhalte keine Haftung,
da wir uns diese nicht zu eigen machen, sondern lediglich
auf deren Stand zum Zeitpunkt der Erstveröffentlichung verweisen.

MIX
Papier aus verantwortungsvollen Quellen
FSC® C014496
FSC
www.fsc.org

Verlagsgruppe Random House FSC® N001967

Taschenbuchausgabe 03/2020
Redaktion: Rainer Michael Rahn
Copyright © 2014 by Andreas Brandhorst
Copyright © 2020 dieser Ausgabe
by Wilhelm Heyne Verlag, München,
in der Verlagsgruppe Random House GmbH,
Neumarkter Straße 28, 81673 München
Printed in Germany 2014
Umschlaggestaltung: DAS ILLUSTRAT, München, unter Verwendung
von Motiven von Shutterstock (Johan Swanepoel, GrandeDuc)
Satz: Leingärtner, Nabburg
Druck und Bindung: GGP Media GmbH, Pößneck

ISBN 978-3-453-32052-9

www.diezukunft.de

Hier ist ein Tropfen
im Ozean der Zeit,
und er enthält 14 721 Leben.
Aber es werden immer weniger.

SICH SELBST ZU GRABE TRAGEN

1

Es geschah zum siebzehnten Mal, dass Corwain Tallmaster – jetzt Corwain $_{18}$Tallmaster – seiner Bestattung beiwohnte. Mehr noch, er trug seinen Leichnam in den eigenen Armen. Ein kleiner Gravitator reduzierte das Gewicht, damit es nicht zu anstrengend für die gerade neu gewachsenen Armmuskeln wurde.

»Ich finde es ein bisschen … morbid?«, zwitscherte Solace.

»Das klingt nach einer Frage. Bist du nicht sicher?«

»Liebst du den Tod?«

Corwain blieb am Rand seines Friedhofs stehen. Wind strich übers violette Gras, und einige Meter weiter vorn wartete die Grube, ausgehoben von zwei Adjus. Dahinter ragten sechzehn Grabsteine auf, der erste von ihnen anderthalbtausend Jahre alt. Er bestand aus echtem Stein, aus dem kalten, toten Leib des Asteroiden gehauen, und Corwain erinnerte sich noch daran, wie er die Inschrift hineingemeißelt hatte, mit seinen eigenen Händen. Jetzt war sie kaum mehr zu lesen.

»Ob ich den Tod liebe? Natürlich nicht.« Wie konnte sie so etwas fragen? Wie konnte sie das für möglich halten? Dann fiel ihm ein, dass sie zum ersten Mal dabei war. So lange kannten sie sich noch nicht, nur … zehn Jahre? Vielleicht elf. Kaum mehr als ein Wimpernschlag. Dort stand sie, schlank und schön, von Kopf bis Fuß in winzige Federn gehüllt, halb Mensch und halb Vogel, aber ganz und gar Frau. Ein leises Knistern kam jetzt vom Federflaum, der an den sichtbaren Stellen einen lehmbraunen Ton zeigte, und Solace schlang die dünnen Arme um sich, als wäre ihr kalt. Zwar neigte sich die künstliche Sonne vor ihnen dem nahen Horizont entgegen, aber hinter ihnen ging die nächste bereits auf – die Temperatur der Gashülle unter dem Schirmfeld sank nie unter zwanzig Grad. Eine kleine Welt, die ganz allein ihnen gehörte, immer warm und immer hell, mit einem Maschinenkern, der alles zur Verfügung stellte, was sie brauchten. Die Tallmaster-Residenz seit vielen Jahrhunderten. Wenn er nicht in der Galaxis unterwegs war, um seine selbst gewählte Aufgabe wahrzunehmen und Frieden zu stiften.

Er blickte auf die Leiche in seinen Armen, einen Mann in den besten Jahren, der die Augen geschlossen hatte und zu schlafen schien. Er hätte noch zehn oder fünfzehn Jahre leben und altern können, aber Corwain hatte beschlossen, vorher in einen neuen Körper umzuziehen, vielleicht weil er sich vor dem Alter fürchtete.

Kurzes Zwielicht setzte ein, als beide Sonnen den Horizont berührten, die eine auf dem Weg nach unten und die andere nach oben.

»Es ist meine Art, das Leben zu ehren«, sagte Corwain und ging weiter, zum offenen Grab, wo er den Toten – seine siebzehnte Inkarnation – in den Sarg aus leicht abbaubarem Syntho legte. »Wenn ich mich selbst begrabe, habe ich die Kostbarkeit des Lebens vor Augen.«

»Deines Lebens?«

Corwain gab den beiden Adjus ein Zeichen, und sie ließen den Sarg ins Grab hinab. Er griff nach der Schaufel; dies gehörte zum Ritual.

»Auch mein Leben ist kostbar«, sagte er, fast so, als müsste er sich rechtfertigen. »Es gehört zu den wenigen, die noch geblieben sind.«

»Meinst du deine Spezies?«

Er nahm die Nervosität in Solace' Stimme wahr, und er hörte auch, wie Erde von der Schaufel auf den Sarg fiel, etwas von der zwanzig Meter dicken, biologisch aktiven Krume, die den Asteroiden bedeckte.

»Es ist nicht nur meine, sondern auch deine, das weißt du. Du bist zur Hälfte Mensch, mindestens.« Corwain ließ die Schaufel fallen und beobachtete, wie die mechanischen Adjutanten das Grab füllten. »Wir sind nur noch wenige«, sagte er nachdenklich, jemand, der vor wenigen Stunden gestorben und wiedergeboren war. »Mit ›wir‹ meine ich …«

»Alle Menschen?«, trillerte Solace.

»Ja. Nur noch 14722 sind von uns übrig, in der ganzen Galaxis verstreut.«

Eine andere Stimme erklang, eine, die er jetzt, in diesem neuen Körper, zum ersten Mal hörte, obwohl sie ihm vertraut war: die Stimme der Nadel, die noch heiß und spitz in seinem Rückgrat steckte, jung wie er selbst, aber bereits mit den Membranen und dem Kommunikationssystem der Kompetenz verbunden. Während er sprach, stellte sie Verbindung mit seinem Nervensystem her und übermittelte ein *Ping* Es sind nur noch 14721. Avvin Gelder geriet gestern auf Nodderat in eine Falle der Incera. »14721«, verbesserte er sich. »Ich erfahre gerade, dass gestern einer von uns gestorben ist, für immer.«

»Das Ding in dir spricht?«

»Ja, das ›Ding‹ in mir, die Nadel. Ich habe es dir erklärt.« Hatte er das? Der Bewusstseinstransfer spielte manchmal den einen oder anderen Streich, wenn es um Erinnerungen an das vorherige Leben ging.

»Offenbar fiel er den Incera zum Opfer. Sie haben es noch immer auf uns abgesehen, nach all der Zeit.«

Die Adjus hatten das Grab zugeschaufelt und stellten den

Grabstein auf. Die Inschrift lautete: *Hier ruht Corwain* $_{17}$*Tallmaster, der 21 Konflikte löste und damit zahlreiche Leben rettete*.

»Die Incera sind böse«, sagte Solace. Ihre Augen verfärbten sich. »Schlimm und böse.«

Sie hatten einmal ihre Heimatwelt Sirmion überfallen, vor hundert Jahren; Solace wusste, wovon sie sprach, denn sie hatte das Chaos damals als Schlüpfling miterlebt.

Corwain ging zu ihr und umarmte sie. Wie weich sie war, wie zart und doch stark; es erstaunte seine neuen Hände. Als sie zur Hütte am See zurückkehrten – die er selbst gebaut hatte, aus gewachsenem Holz und einigen wenigen Syntho-Materialien –, sagte er: »Es tut mir leid, Solace. Ich hätte dich darauf vorbereiten sollen. Auf die Bestattung.«

»Du zelebrierst den Tod.« Diesmal klang es nicht wie eine Frage.

»Wir sind ein sterbendes Volk«, sagte Corwain. »Vielleicht liegt es daran.« Er schaute über den See, der spiegelglatt dalag, jetzt nur noch im Licht einer künstlichen Sonne; die andere war hinter dem Horizont versunken. Dann hob er den Blick zum Himmel, an dem sich einige andere nahe Asteroiden der Residenzgruppe zeigten wie kleine Monde. »Wenn es mir wie Avvin Gelder ergeht, dem Mann, der gestern gestorben ist, wie mir die Nadel gesagt hat …«

»Die Incera kommen nicht hierher, unmöglich.« Solace schüttelte heftig den Kopf. »Die Koryphäen verhindern das, bestimmt.«

Corwain strich ihr über die flaumige Wange. »Ich könnte einem Unfall zum Opfer fallen. So was passiert. Selbst die Unsterblichen sind damals gestorben. Niemand lebt ewig. Wenn ich sterbe …«

»Nein«, zwitscherte Solace.

»Dann möchte ich im Mausoleum beigesetzt werden, bei Esebian, der damals die Drei Feldzüge gegen die Incera führte. Versprichst du mir, meinen letzten Leichnam dorthin zu bringen, zum Mausoleum auf der Alten Erde, damit ich bei Esebian, Leandra und all den anderen toten Unsterblichen ruhen kann?«

Ihre Augen wurden groß. »Du redest dummes Zeug.«

Corwain grinste plötzlich. »Ich bin gerade neu geboren. Neugeborene müssen viel lernen.«

»Oh.« Solace ergriff seine Hand und zog ihn zur Hütte. »Ich helfe dir, das eine oder andere zu lernen.«

2

Später lag Corwain erschöpft auf der Ruhematte und sehnte sich nach Dunkelheit, die Solace fürchtete. Sein neuer Körper reagierte gut, wenn auch vielleicht noch nicht gut genug. Der Sex mit Solace war immer anstrengend gewesen, auf eine sehr angenehme Art und Weise, aber diesmal fühlte er sich erschöpft; das durch die Fenster strömende Licht lastete schwer auf seinen Lidern und hielt den Schlaf fern. Seltsame Gedanken gingen ihm durch den Kopf, im schmalen Niemandsland zwischen Wachen und Schlafen, Bruchstücke von Erinnerungen, und eine alte Frage tauchte dazwischen auf: Wie viel ist mir geblieben von meiner Seele? Wie viel ist noch von ihr übrig? Solace nahm ein Stück davon, ein kleines Stück, bei jedem Orgasmus, der ihrer eigenen Seele die Flügel verlieh, die ihrem Körper fehlten. Unbewegt lag sie jetzt da, wie erstarrt, die Federn an ihrem Leib still, während die Seele flog, getragen von den Schwingen der Ekstase. Auf den Ellenbogen gestützt beobachtete Corwain sie: das schmale, flaumige Gesicht mit der spitzen Nase, die beinahe wie ein Schnabel aussah, die großen Augen, die ihre Farben ebenso verändern konnten wie das Gefieder und sich unter den geschlossenen Lidern bewegten. Es geschah oft, wenn sie den Höhepunkt erreichte, und Corwain wusste noch immer nicht, ob es sich um eine absichtlich herbeigeführte Veränderung des Bewusstseinszustands handelte – um eine gut genutzte Gelegenheit – oder um eine unwillkürliche psychische Reaktion. Für einige Sekunden, manchmal auch für ein oder zwei Minuten, sank Solace in Trance, in die »Kognition«, wie sie es nannte. Sie hatte von Fenstern und Türen im Haus des Wissens gesprochen, die sich dann für sie öffneten, und vom »Seelenwind«, der ihr Geschichten erzählte von Vergangenheit und Zukunft.

Corwain wartete geduldig, bis die Bewegungen unter den ockerfarbenen Lidern aufhörten und Solace die Augen öffnete.

»Schlimm«, gurrte sie. »Schlimm.«

Corwain hob die Brauen. »Das ist ein vernichtendes Urteil«, sagte er. »Mir ist klar, dass ich im Bett schon besser gewesen bin, aber bitte denk daran, dass dieser Körper erst wenige Stunden alt ist.«

»Nein, nicht das.« Sie drückte ihm einen Finger auf die Nase. »Ich meine, etwas anderes ist schlimm«, sagte sie und blinzelte, wodurch sich die Farbe der Augen veränderte. Sattes Gold ging in ein leuchtendes Smaragdgrün über. »Ich habe den Seelenwind gehört, und er hat mir erzählt …« Sie zögerte kurz. »Er hat mir eine schlimme Geschichte erzählt, die dich betrifft.«

»Mich?« Corwains Brauen kamen noch etwas weiter nach oben.

»Ein Schiff ist hierher unterwegs, ein Resonanzschiff der Kompetenz«, sagte Solace. »Es soll dich abholen. Damit beginnt alles. Bitte sei vorsichtig, Corwain, das ist wirklich schlimm, glaub mir.«

»Vielleicht ein neuer Auftrag.« Corwain atmete tief durch und spürte, wie sich die Müdigkeit verflüchtigte. »Neue Arbeit für den neuen Tallmaster.«

Die Nadel in seinem Rückgrat meldete sich mit einem *Ping*
Wichtige Nachricht.

Durch die offene Tür sah er, dass im Salon der Hütte die Funktionssäule ganz aus dem Boden gekommen war. Er hob die Hand für das Gesteninterface, und die Adju-Stimme des Hauses sagte:

»Die *Kondor* befindet sich im Anflug und bittet um Landeerlaubnis. ID-Signatur bestätigt. Kompetenz-Sicherheitscode. Priorität eins.«

»Höchste Priorität?«

»Wichtig und schlimm«, zwitscherte Solace leise.

Ping Wir brauchen dich. Mach dich abflugbereit.

»Landeerlaubnis erteilt«, sagte Corwain. Er sah Solace an, die sich aufgesetzt hatte. »Tsertser kommt, mit der *Kondor*. Und ja, er will mich abholen. Zumindest in dieser Hinsicht hat dein Seelenwind die Wahrheit gesagt.«

»Er lügt nie.«

»Manchmal glaube ich, du hättest das Zeug zu einem Pattern-Master«, sagte Corwain nachdenklich.

»Zeug?«

»Die Begabung, die Fähigkeit«, erklärte er. »Wir könnten einen Pattern-Master gut gebrauchen. Es gibt nur noch einen, die Veritas auf Lundblad im Perseus-Arm. Sie kann Lüge und Wahrheit voneinander unterscheiden, immer und überall.«

»Hört sie auch den Seelenwind? Wandert sie in der Kognition durch das Haus des Wissens?«

»Das weiß ich nicht«, sagte Corwain. »Aber ich weiß, dass sie Entwicklungsmuster erkennt, noch bevor die Koryphäen dazu imstande sind, und das will einiges heißen. Sie sieht die Muster, die *Patterns,* wie es in einer unserer alten Sprachen heißt, und *in* ihnen sieht sie die Zukunft. Du könntest deine Kognition von der Kompetenz untersuchen lassen und …«

»Nein, und wieder nein«, sagte Solace heftig. »Wir haben

schon einmal darüber gesprochen. Der Seelenwind ist etwas sehr Persönliches. Zu persönlich für die Kompetenz. Und außerdem … Du hast mir gesagt, dass sich die Veritas von der Kompetenz getrennt hat, schon vor hundert Jahren.«

Wir haben schon einmal darüber gesprochen?, dachte Corwain. Und ich habe es vergessen? Und er dachte, ein wenig besorgt: Wie viel lassen wir in unseren alten Leben zurück? Und wie viel stiehlt mir Solace' Ekstase, Stück für Stück?

»Wie viel Zeit bleibt uns?«, fragte Solace.

Ping Die Kondor trifft in einer Stunde ein, sagte die Nadel.

»Eine Stunde«, sagte Corwain.

»Nicht viel Zeit, aber genug«, zwitscherte Solace. Sie nahm ihn in die Hand, und er wurde schnell groß darin, ein Vogel, der in sein Nest zurückwollte.

*

Ein anderer Vogel, aus silbernem Syntho und vom Maschinenkern unter der Hütte als Schiff der Kompetenz identifiziert, fiel vom Himmel und landete auf einem opalblauen Gravkissen beim See, nicht weit vom Friedhof entfernt, auf dem es jetzt siebzehn Gräber gab. Die Luke der *Kondor* schwang auf, und Corwain Tallmasters Nadel empfing die persönliche ID-Signatur, noch bevor Tsertser auf die Rampe trat, die Beine nur halb entfaltet, den Thorax – fast so blau wie das Gravitationskissen unter dem Schiff – nach vorn gestreckt. Die Sensorhaare über den großen, glänzenden Augen des Insektomorphen zitterten unruhig.

»Seid ihr fertig?«, fragte Tsertser ohne einen Gruß. »Können wir los?«

Die vagen orangefarbenen Schlieren der Resonanzaura an den Flanken des Schiffes wiesen darauf hin, dass die Resonatoren der *Kondor* noch immer arbeiteten. Es bestand nach wie vor Kontakt mit den Membranen, was darauf hindeutete, dass Tsertser den Transit sofort fortsetzen wollte.

»Du scheinst es sehr eilig zu haben«, sagte Corwain. Mit Solace an seiner Seite ging er zum Schiff. »Was ist passiert?«

»Eine große Sache«, erwiderte Tsertser. »Im wahrsten Sinne des Wortes. Die Koryphäen sind alarmiert.«

Corwain blieb stehen. »Die *Koryphäen* sind alarmiert?«

Tsertser winkte ungeduldig mit einem mehrgelenkigen Arm. »Kommt an Bord. Ich erkläre es euch unterwegs.«

Als der Asteroidenschwarm mit insgesamt siebzehn Menschenresidenzen nur noch ein kleiner Fleck in den Sichtfeldern war und nicht mehr die Gefahr bestand, seine Stabilität durch Resonanzwechselwirkungen mit den lokalen Gravitationsfeldern zu beeinträchtigen, fuhr Tsertser die Resonatoren hoch, brachte die *Kondor* in die Membranen und beschleunigte sie auf ein Vielfaches der Lichtgeschwindigkeit.

»Etwas ist am Rand der Galaxis erschienen«, sagte er dann. »Beim Cygnus-Arm. Etwas *Großes*. Der Transitschock hat erhebliche strukturelle Schäden bei den Katapulten des dortigen Sprungbretts zur Sagittarius-Zwerggalaxie angerichtet.«

»Befürchtet ihr einen Angriff?«, fragte Corwain. »Braucht ihr mich deshalb?«

»Wir sind noch nicht sicher, ob es sich um einen Angriff handelt. Die Koryphäen haben auf dich verwiesen und uns zu verstehen gegeben, dass vielleicht deine Dienste als Pazifikator gebraucht werden. Der Hinweis stammt von Jael höchstpersönlich.«

Damit meinte er Jae-al-Escoe-Hoivinio-tan-Mauleon-Caliquire-tan-Nesluzan, eine der alten Maschinenintelligenzen, aus denen sich die Koryphäen entwickelt hatten. Jaels Wurzeln – wenn man sie so nennen konnte – reichten angeblich bis in die Zeit des legendären Esebian zurück.

Die virtuellen Kontrollen vor ihnen zeigten, dass die *Kondor* direkt upstream zum Sagittarius-Sprungbrett flog, mit der stärksten Resonanz, zu der sie fähig war. Ein solcher Upstream-Transit – gegen die mächtige Gravitation der Milchstraße und den daraus resultierenden Downstream-Sog der Membranen – bedeutete, dass ihre Resonatoren ausgebrannt sein würden, wenn sie das Ziel erreichte.

»Das verspricht interessant zu werden«, sagte Corwain, und in seinen Worten lag die noch jugendliche Unbekümmertheit seines neuen Lebens.

»Es wird schlimm«, pfiff Solace leise. »Schlimm.«

CODE L

DER LENKER

»Wach auf, MeT«, sagte die Stimme. So nannte sie ihn, MeT, obwohl sein richtiger Name anders lautete. »Wach auf, es wird Zeit für dich, du wirst gebraucht.«

Bin ich nicht wach?, dachte er. Dies war Nacht und Ruhe, eine Zeit für Träume und Erinnerungen, für Wünsche und Hoffnungen, auch – obwohl er nicht zu den Entscheidern zählte – für Pläne und Überlegungen, wie man sie am besten in die Tat umsetzte. Während des Flugs durch die gewaltigen leeren Räume zwischen den Galaxien, während der Sprünge durch das Große Nichts, in dem man mit den richtigen Ohren das Brodeln des Quantenschaums hören konnte und darin den knisternden, prasselnden Gesang der Wahrscheinlichkeitswellen, brauchten die Lenker nicht zu lenken. Ein Fragment von ihnen – ein Wanderer in den Datensphären von Kh'smT'p – genügte, um nach Hindernissen Ausschau zu halten: braune Zwerge, die sich in der Dunkelheit versteckten; Irrläufer oder kleine Sternhaufen, vor Äonen von gravitationellen Gezeitenkräften aus Galaxien herausgerissen; manchmal auch mono- oder bidirektionale Anomalien, vergleichbar mit denen, deren Technik einst für die Sprünge geschaffen und seitdem immer wieder verbessert worden war, Anomalien, die in manchen Fällen künstlichen Ursprungs waren, hinterlassen von den Jak'h'nda, die das Universum vor Jahrmilliarden durch ein kosmisches Portal verlassen hatten, auf der Flucht vor der Metastabilität.

»Wach auf, hörst du, MeT?«, erklang erneut die Stimme. »Es

wird Zeit für dich, es wird Zeit, dass du uns aus dem Sprung holst. Wir haben das Ziel fast erreicht.«

Das Ziel?, dachte Mebrat T'hr'rl; so lautete sein richtiger, vollständiger Name. Es ist nur eine Etappe auf einer langen Reise, denn es gibt noch viel zu sammeln, bevor wir dem Beispiel der Jak'h'nda folgen können.

»Die neue Galaxie, wir sind fast da, du bist ein Lenker, du musst lenken«, sagte die Stimme. »Wach auf, MeT!«

Die Stimme sprach jetzt mit mehr Nachdruck; sie klang strenger, und vielleicht lag auch etwas Ärger in ihr. Ich bin wach, dachte er und schickte diesen Gedanken in die Datenräume, aus denen die Stimme kam.

»Hast du verlernt, mir zur vertrauen, MeT?«, fragte die Stimme. »Wach auf! Du bist noch immer in Nacht und Ruhe, wach auf, und erinnere dich an deine Pflicht. Kh'smT'p braucht deine Augen, deine Ohren, deine lenkende Hand.«

Wie dumm diese Worte waren, wenn man genauer über sie nachdachte, doch er behielt diesen Gedanken für sich. Immerhin, er war seit vielen Jahrmillionen blind und taub; er konnte sich nicht einmal daran erinnern, ob er jemals eigene Augen und Ohren gehabt hatte. Oder Hände, dazu imstande zu berühren und zu lenken.

Aber natürlich vertraute er der Stimme; es gab überhaupt keinen Grund für ihn, ihr nicht zu vertrauen. Deshalb öffnete er die Augen, die nicht seine waren, und wusste sofort, dass er tatsächlich geschlafen hatte, in Nacht und Ruhe. Wie lange?

»Lange genug«, sagte die Stimme. »Ich helfe dir, ich helfe deinem Körper, fühlst du ihn? Ich helfe ihm, ich wecke ihn ebenfalls. Du bist noch immer an ihn gebunden, erinnerst du dich?«

O ja, daran erinnerte er sich. Andere Lenker hatten die Bindung aufgegeben, um ganz in den Datensphären aufzugehen. Einige von ihnen waren in Nacht und Ruhe verloren gegangen, nicht nur Fragmente von ihnen, sondern ihr Haupt-Ich, mit allen Träumen und Erinnerungen. Sie existierten noch, nichts ging verloren, aber niemand – nicht einmal die Stimme – wusste, wo sie sich befanden und wie sie zurückgeholt werden konnten. Mebrat beneidete sie manchmal, denn sie konnten ganz in ihren Träumen aufgehen.

»Träume sind Träume, MeT«, sagte die Stimme. »Träume sind nicht die Wirklichkeit.«

»Welche Rolle spielt das, wenn es für die individuelle Wahrnehmung keinen Unterschied gibt?« Es hatte ein Gedanke sein sollen, leise, auf seinen eigenen Datenraum beschränkt, aber er war jetzt ganz und gar wach, nicht nur ein Fragment von ihm, und der Gedanke reiste über die Verbindungen und wurde laut.

»Auch du hast einen Traum, erinnerst du dich?«, fragte die Stimme, und jetzt sprach sie wieder sanft. »Einst bist du nur ein Jassid gewesen, der Traum hat dir den Aufstieg zum Lenker ermöglicht, weil du den Unterschied zwischen Vision und Realität kanntest.«

Ja, Mebrat erinnerte sich. Er stellte sich manchmal vor, ein Entscheider zu sein, Kh'smT'p nicht nur zu lenken, sondern auch zu bestimmen, *wohin* es flog, welche Galaxien es zu besuchen galt, was gesammelt werden sollte und was nicht. Und wann es Zeit wurde für den Letzten Sprung.

»Jetzt bist du wach«, sagte die Stimme. »Bist du auch bereit?«

Noch war seine Welt klein: ein Ruhesaal, in ihm Behälter, die die Körper von insgesamt neun Lenkern am Leben erhielten und Teile von ihnen erneuerten, wenn Erneuerung notwendig wurde. Die anderen acht schliefen, schon seit mehreren Sprungzyklen. Es bedeutete, dass seine Dienste den Entscheidern gefielen, denn sie hatten entschieden, ihm die Verantwortung für die letzten Sprünge zu geben.

»Bist du bereit, MeT?«, fragte die Stimme erneut.

Er sah sich selbst mit den Augen des Saals: ein Haufen aus lebendem Fleisch, aufgedunsen und fleckig, bedeckt von Sensoren, Stimulatoren und Signalgebern, gespickt mit Kathetern und multifunktionalen Maschinenkomponenten.

Der Mund öffnete sich.

»Ja, ich bin bereit«, sagte er und hörte er sich sagen.

Er bekam tausend neue Augen, dann eine Million, und ebenso viele Ohren, sah und hörte Kh'smT'p, nahm mit sensorischer Äquivalenz die angenehmen Aromen von Stabilität und energetischer Balance wahr – alle Teile diesseits der monodirektionalen und strahlungssynchronisierten Barriere des Ereignishorizonts befanden sich im Gleichgewicht. Kh'smT'p flog wie ein großer Vogel durch das Nichts des intergalaktischen Leerraums, und Mebrat fühlte die ausgebreiteten Schwingen wie seine eigenen. Wozu brauchte er Arme und Beine – und gewöhnliche Augen und Ohren –, wenn er solche Flügel hatte, und einen so großen, kräftigen Leib?

Dort vorn leuchteten die Sternenmassen der Galaxie, die das Ziel der aktuellen Etappe war, ihr Rand nur noch wenige Millionen Sprechlängen entfernt. Ein perfekter Zeitpunkt für das Ende des Sprungs; die gravitationellen Wechselwirkungen blieben hier auf ein selbst mit den Kompensatoren unvermeidbares Minimum beschränkt.

»Der Lenker soll lenken«, sagte die Stimme.

Aus den Flügeln wurden Datenarme, Hunderte an der Zahl und jeweils viele Sprechlängen lang, und mit diesen Armen bediente er die Kontrollen der Anomaliemotoren. Am Rand der Galaxie bildete sich ein Riss im Gefüge der Raumzeit, und durch diesen Riss kehrte Kh'smT'p aus der Sprungphase in den normalen Raum zurück.

EINE GESTOHLENE STADT

3

Die Sonne blähte sich blutrot an einem Himmel, aus dem es Trümmer regnete. Gravitatoren und mobile Schirmfelder lenkten sie ab, zum Ödland hinter der natürlichen Barriere des Tafelbergs, obwohl das eigentlich gar nicht mehr nötig war. Denn die Stadt, die sich vor dem Tafelberg erstreckt hatte, existierte nicht mehr, zumindest nicht auf diesem Planeten. Jetzt klaffte dort ein Loch, zwanzig Kilometer breit und fast drei Kilometer tief, und was bis vor einer knappen Stunde in diesem Loch gesteckt hatte, befand sich auf dem Weg zu dem riesenhaften Gebilde, das drei Lichttage über der Ekliptik des Tolomeo-Systems erschien – der wie eine Wunde in der Raumzeit wirkende Riss im All hatte sich noch nicht geschlossen und spie weitere Komponenten des *Objekts* in die relative Nähe des Sprungbretts. Die Stoßwellen hatten inzwischen nachgelassen. Der ersten und heftigsten war die größte der sieben Orbitalstationen von Amber zum Opfer gefallen. Ihre Trümmer zogen feurige Bahnen am Himmel, bevor sie, abgelenkt, mit einem dumpfen Grollen hinter dem Tafelberg verschwanden.

»Eine ganze Stadt«, brachte Solace fassungslos hervor. »Sie haben eine ganze Stadt gestohlen?«

Sie standen bei dem kleinen Springer, mit dem sie nicht weit vom Rand des Loches entfernt gelandet waren: Corwain Tallmaster, Tsertser, zwei operative Spezialisten der Kompetenz und ein katzenartiger Kirawee, ein Beauftragter der Regierung von Amber – mit zischenden und fauchenden Lauten, die von mehreren Kommunikatoren an seinem Hals übertragen wurden, leitete er den Einsatz der Rettungskräfte. Dutzende Schweber, Gleiter und mobile Hospitäler flogen tief unten im Loch und suchten nach Überlebenden. Bisher waren nur einige wenige Leichen gefunden worden, und der Zustand der Toten wies darauf hin, dass sie aus großer Höhe gestürzt waren. Die anderen, Hunderttausende, mussten sich noch in der Stadt befinden.

»Eine ganze Stadt und ihre Bewohner«, sagte Tsertser. »Offenbar sind wir zu spät gekommen.«

Corwain blickte in das riesige Loch. »Wie mit einem Messer aus dem Leib des Planeten geschnitten. Haben wir Daten?«

»Jede Menge.« Tsertsers Gelenke knackten, als er sich abrupt zum Springer umdrehte. »Sie werden gerade ausgewertet. Kommt, hier können wir nichts mehr tun. Folgen wir der gestohlenen Stadt.«

Wie kann man eine Stadt stehlen?, fragte sich Corwain. Und warum?

Ping Kontakt.

»Tsertser?«

Der Vrytt war auf der Rampe stehen geblieben. »Ich habe es gehört.«

»Ist das Jael? Ist er *hier?*«

»Es ist Jaels Stimme«, sagte Tsertser. »Er hat einen Gesandten geschickt, der vor uns eintraf, einen Sondierer, der versuchen sollte, Kontakt herzustellen.«

Die Nadel in Corwains Rücken vibrierte mit einer Koryphäenstimme. Kontakt ist erfolgt. Ich warte auf euch.

Die Luke hatte sich kaum hinter ihnen geschlossen, als der Springer dem Himmel entgegensprang, an dem noch immer Trümmer verglühten.

Das alte Filigran hing wie eine zwei Lichtsekunden große Spinnwebe im All, in seiner Mitte eine Öffnung, hinter der sich einst, vor den Drei Feldzügen, der Zugang zu einem Wurmloch befunden hatte. Der alte Filigranport existierte noch, als Teil eines Komplexes aus mehreren mit Gravitationsankern verbundenen Raumstationen. Darunter rotierten die mehr als tausend Kilometer langen Zylinder der Resonatoren, aber das Fehlen einer Aura zeigte, dass sie keine Energie mehr für die Katapulte des intergalaktischen Sprungbretts produzierten. Mehrere Schiffe hatten dort ihre fünfundfünfzigtausend Lichtjahre lange Reise zur Sagittarius-Zwerggalaxie beginnen wollen, aber jetzt steckten sie in den von Stoßwellen halb zerschmetterten Resonanzkatapulten fest. Lichter schwebten zwischen ihnen: Kapseln mit Technikern und etwas größere IVs, Interventionsvehikel mit medizinischem Personal an Bord. Von der vorderen Station, direkt hinter den Katapulten, hatten sich mehrere Module gelöst, wie von einer riesigen Pranke fortgerissen und dann halb zerquetscht; einige tropfenförmige interplanetare Schiffe der Kirawee, die das Sprungbrett im Auftrag der Kompetenz verwalteten, fingen die Trümmer mit adaptiven Gravfeldern ein.

Über und hinter dem Stationskomplex, mehrere Lichtminuten entfernt, klaffte ein Riss im All, rot wie die Sonne über Amber, und aus dieser Öffnung in der Struktur von Raum und Zeit kamen unaufhörlich Objekte in allen geometrischen Formen, manche von ihnen allein, andere in Gruppen, verbunden durch gespinstartige Stränge, die an die Fäden des alten Filigrans erinnerten. Golden funkelnde Objekte bewegten sich zwischen ihnen wie die aufsteigenden Funken eines Feuers, das tief im Riss brannte. Und vielleicht loderte es in seinen Tiefen tatsächlich, denn die Anomalie flackerte und glühte in einem schwachen Violett, dehnte sich der Länge und Breite nach und gebar noch größere Objekte: Zylinder aus Dutzenden von Segmenten, die sich in unterschiedlichen Richtungen drehten, das kleinste von ihnen fast hunderttausend Kilometer lang; wie Perlmutt schimmernde Sphären, zwischen den Zylindern und Kugeln zu langen Ketten aneinandergereiht; Pyramidenpaare, die sich an den Spitzen berührten, umschwirrt von kleineren Kugeln, die ständig ihre Farben wechselten; langsam und gemächlich rotierende Oktaeder, wie Taktgeber für ein kolossales Uhrwerk, das immer größer wurde, je länger der Riss im All offen blieb.

»Was ist das?«, fragte Solace. Im Nacken und auf den Schultern richtete sich ihr Federflaum auf.

»Das sind Raumstationen und Habitate, wenn ich mich nicht sehr irre«, sagte Corwain. Sie saßen im Kontrollraum der *Kondor,* den Blick auf die Darstellungen der Sichtfelder und Situationsschirme gerichtet. Tsertsers dünne Arme strichen durch die virtuellen Kontrollen, und seine langen Finger durchbohrten leuchtende Symbole. Die Resonatoren ächzten, und das Schiff sagte: »Warnung. Membran-Kontaktverlust steht unmittelbar bevor.«

Tsertser zischte etwas in seiner Heimatsprache, vielleicht einen Fluch. »Die Resonatoren sind ausgebrannt. Aber wir schaffen es noch bis zu Jael und … Dort ist sie!«

Sie, das war die Stadt, die aus der planetaren Kruste von Amber geschnittene, gestohlene Stadt. Eine Masse aus Erde und Gestein, zwanzig Kilometer lang und fast dreitausend Meter dick, schwebte im Innern einer energetischen Blase durchs All, den ersten Objekten entgegen, die aus dem Riss gekommen waren. Leuchterscheinungen krochen wie Würmer aus Licht über die Blase, und wo sie sich trafen, flackerten Blitze. Dutzende von goldenen Objekten begleiteten die Stadt von Amber, deren Gebäude intakt und vor dem Vakuum des Alls geschützt zu sein schienen. Lebten die Kirawee in ihnen noch?

»Der Riss schließt sich«, sagte Tsertser, noch bevor die Veränderungen in den Sichtfeldern erkennbar waren. Datenkolonnen huschten durch dreidimensionale Anzeigenbereiche, viel zu schnell für gewöhnliche menschliche Augen. Die Arme des Vrytt blieben in Bewegung und bedienten die virtuellen Kontrollen, dirigierten das Schiff und seine Sensoren. »Eine monodirektionale Anomalie. Fast wie ein Wurmloch. Aber mit einem energetischen Potenzial, das … atemberaubend ist.« Tsertser unterbrach sich, und zwei Sekunden lang hingen seine Arme reglos in der Luft. »Bei den transferierten Objekten findet so etwas wie eine Phasenverschiebung statt.«

»Sie hüllen sich in Schirmfelder«, sagte Corwain, der den Vorgang auf den Sichtfeldern beobachtete. Viele Millionen Kilometer hinter der gestohlenen Stadt entstand ein zarter Schleier, der sich um alle aus dem Raum-Zeit-Riss gekommenen Flugkörper legte. Konturen waberten und verschwanden hinter einem grauen Vorhang, durch den ein langsames Wogen ging, wie Wellen eines endlosen Ozeans.

»Unsere Sondierungssignale verschwinden hinter der Barriere.« Tsertsers Hände setzten ihren Tanz bei den virtuellen Kontrollen fort. »Sie ist wie ein … Ereignishorizont.«

Corwain richtete einen Gedanken an seine Nadel, bekam aber keine Antwort. Normalerweise hätte sie ihm Zugriff auf die lokalen Datennetze ermöglicht und alle von ihm gewünschten Informationen übermittelt, aber sie war noch jung, wie er selbst, und hatte noch nicht alle Nervenverbindungen hergestellt. Sie musste wachsen und lernen.

»Was haben wir hier?«, fragte er schnell. »Kurz und knapp, Tsertser. Wenn ich helfen soll, muss ich wissen, was los ist.« Er bemerkte den erstaunten Blick des Vrytt und fügte hinzu: »Ich habe gerade eine Erneuerung hinter mir; meine Nadel ist noch nicht so weit.«

Aus dem Heck der *Kondor* kam ein unangenehmes Geräusch: ein Kratzen und Quietschen wie von Metall, das gebogen wurde, bis es brach.

»Der Hauptresonator ist hinüber.« Mehrere Symbole zerstoben unter Tsertsers Fingern. »Damit war zu rechnen. Aber uns bleibt der relativistische Antrieb.«

Ping Ich sehe euch und schicke ein Signal.

»Dort ist Jaels Gesandter.« Das Sichtfeld direkt vor Corwain zeigte einen blinkenden Punkt über der gestohlenen Stadt, die sich, geschützt von der Blase, langsam dem riesigen Etwas näherte, das nun hinter einem künstlichen Ereignishorizont verborgen lag. Der graue Vorhang war nicht homogen. An mehreren Stellen gab es Öffnungen, durch die goldene Objekte flogen, und einem dieser Zugänge näherte sich die gestohlene Stadt, gezogen von Gravitationsfeldern der goldgelb schimmernden Flugkörper in ihrer Nähe.

»Sie nennen sich ›Jassid‹ und ›Sammler‹«, sagte Tsertser schnell, während er die *Kondor* anwies, dem Peilsignal zu folgen. »Vor vier Jahren erschien eine Gruppe von Fremden auf Tarhelion in der Nawattna-Assoziation beim dortigen logistischen Zentrum der Kompetenz. Sie spazierten einfach hinein; die Sicherheitsbarrieren reagierten nicht auf sie.«

»Das ist unmöglich«, entfuhr es Corwain. Er wusste genau, wie gut die Basen der Kompetenz geschützt waren. Sie verfügten über Koryphäentechnik; es gab nichts Besseres.

»Ich habe dir gesagt, dass die Koryphäen alarmiert sind, nicht wahr?«

Corwain wechselte einen Blick mit Solace, deren große Augen noch immer das Grün der Sorge zeigten.

»Kallisto befand sich auf Tarhelion, und du weißt ja, wie schwer er zu beeindrucken ist.«

»Kallisto hat das aufregende Gemütsleben eines Steins«, sagte Corwain.

»Wenn du dich auf die intelligenten Steine von Gawahele beziehst – die lassen sich leichter aus der Ruhe bringen.« Tsertsers

Kiefer klickten. »Er soll *nervös* geworden sein. Die Fremden kündigten etwas an, das sie ›Kh'smT'p‹ nannten.«

»Es klingt wie *Kosmotop*«, sagte Solace.

Inzwischen waren sie der gestohlenen Stadt recht nahe, und aus den goldenen Punkten, die sie mit Gravfeldern durchs All zogen, wurden Flugkörper, deren Struktur Corwain an Eiskristalle erinnerte oder Sterne mit dünnen Erweiterungen an den Zacken. Sie ließen sich keinem ihm bekannten galaktischen Volk zuordnen.

»Die Fremden, die Jassid, stellten sich als Kundschafter vor, die im Auftrag der Sammler gekommen waren, um sich einen ersten Eindruck von unserer Galaxis zu verschaffen.« Während Tsertser sprach, steuerte er die *Kondor* dem Schiff des Gesandten entgegen. »Sie gaben Kallisto mit ihrer besonderen Ausdrucksweise zu verstehen, dass wir bereit sein sollten, ›für die Fülle zu opfern‹. Das Kh'smT'p, das Kosmotop ...« Bei diesen Worten nickte der Vrytt Solace zu. »... sei unterwegs, um ›Proben‹ von allen Zivilisationen in der Milchstraße zu nehmen.«

Corwains Nadel empfing etwas.

Ping Bereitschaft Erforderlichkeit, Proben notwendig, Unumgänglichkeit, Rettung vor Metastabilität, Widerstand inakzeptabel, Widerstand intolerabel, Widerstand brechen, Sammler sammeln, Sammlung Priorität.

»Das klingt nicht gut«, sagte Corwain langsam. »Verstehe ich das richtig? Die Fremden sind nicht bereit, Widerstand hinzunehmen, wenn sie kommen und Städte aus Planeten schneiden?«

»Es geht nicht nur um Städte«, erwiderte Tsertser. Die von Amber stammende Metropole befand sich genau unter ihnen, und der Sichtfeldzoom zeigte ihnen Tausende Kirawee auf den Straßen. »Die Koryphäen befürchten, dass die Sammler beabsichtigen, ihrem Kosmotop ganze Planeten hinzufügen.«

Corwain begann zu verstehen, warum man ihn, den besten Pazifikator der Kompetenz, hierhergeholt hatte. Ein gewaltiger

Konflikt kündigte sich an, und er konnte *die ganze Galaxis* betreffen.

Das Schiff des Gesandten, ein aus Dutzenden von autarken Komponenten bestehendes zweihundert Meter durchmessendes Oval, schwoll vor ihnen an.

Tsertser stand auf. »Den Rest des Anflugs erledigt die *Kondor* allein. Gehen wir zur Schleuse.«

4

Das Treffen fand an einem Ort statt, der eine Mischung aus Salon, Hangar und vielleicht auch Kommunikationszentrale darstellte. Die eine Seite dieses Raums an Bord des Gesandtenschiffes hatte sich zum All hin geöffnet, und ein transparenter Atmosphärenschild verhinderte, dass die Luft entwich. Dahinter, nur einige Dutzend Meter entfernt, schwebte etwas, das wie eine goldene Schneeflocke mit mehr als fünfzig Meter langen Zacken aussah. Das fremde Schiff hatte zwei Individuen gebracht, und Corwain fragte sich, ob sie eine Rüstung aus Hornplatten trugen oder ob die hellbraunen runden Elemente, aus denen sich die »Rüstung« zusammensetzte, integrale Bestandteile des Körpers waren. Lange graue Hautlappen hingen von der unteren Gesichtshälfte herab, und die obere verbarg sich hinter breiten schwarzen Spangen. Stoffbahnen aus einem wie Seide glänzenden Material und Gurte, braun wie die Hornplatten, umgaben die Oberkörper. Zylinder, dünne Stangen und an leuchtenden Fäden befestigte unterschiedlich große Kugeln ragten darunter hervor, wie Miniaturversionen der gewaltigen Objekte, aus denen das Kosmotop bestand.

Die Fremden standen wortlos da, unbeweglich wie die Statuen

an den dunklen Wänden, über die Lichtmuster krochen: Linien und Punkte, die sich zu komplexen Formen vereinten und dann weiterkrochen, um an anderen Stellen erneut Muster zu bilden. Ein Kommunikationsversuch?, fragte sich Corwain.

Er bekam Antwort von dem Mann, der wenige Meter vor der Rückwand des Raums in einem großen, gepolsterten Sessel saß, neben einem Tisch, auf dem eine Karaffe mit rubinrotem Aromawasser und ein Tablett mit Speisen aus Variform-Proteinen standen – die Geste eines Gastgebers.

Ping Die beiden Besucher sind mechanische Zwitter. Ich möchte feststellen, ob sie die wechselnden Muster an den Wänden als Code erkennen und entschlüsseln können.

Ein Intelligenztest?, wandte sich Corwain in Gedanken an die Nadel.

Ping Oder eine kleine Spielerei, wie man's nimmt.

Mechanische Zwitter?, dachte Corwain und wechselte einen Blick mit Tsertser, der die Worte des Gesandten ebenfalls empfangen hatte. Wer oder was waren die Fremden? Mehr Maschinen oder mehr organische Geschöpfe?

Der Mann im Sessel, autonomer Gesandter der Koryphäe Jae-al-Escoe-Hoivinio-tan-Mauleon-Caliquire-tan-Nesluzan, stand auf. Er sah wie einer der Letzten Menschen aus und schien in den besten Jahren zu sein, vielleicht siebzig oder achtzig, der Körper schlank und geschmeidig, die sichtbare Haut gebräunt, als hätte er die letzten Monate in der tropischen Region eines Terranormplaneten verbracht. Das dichte schwarze Haar reichte bis auf die Schultern und präsentierte auf der linken Seite eine schwefelgelb fluoreszierende Strähne. Corwain ließ sich von dem Anblick nicht täuschen. Dort stand kein Mensch aus Fleisch und Blut, sondern ein Avatar aus Pseudomaterie, durch die Membranen verbunden mit einer Maschinenintelligenz, die sich vor vielen Jahrtausenden entwickelt und als Magister die letzten Unsterblichen auf ihrem Lebensweg bis zur Zerstörung der

Hohen Welten während der Drei Feldzüge begleitet hatte. Dieser Mann verkörperte ein großes Stück galaktischer Geschichte und gab dem Treffen allein durch seine Anwesenheit große Bedeutung.

»Ich bin Ihnen sehr dankbar, dass Sie sich in Geduld gefasst haben«, wandte sich der Gesandte an die beiden Fremden. »Die Personen, auf die ich gewartet habe, sind jetzt hier. Die Verhandlungen können beginnen.«

»Inkorrekt«, erwiderte eine der beiden Gestalten. Die Stimme klang rau und kehlig. »Verhandlungen keine. Unnötigkeit. Sammler sammeln. Beginnen jetzt. Hier. Fülle erfordert Opfer. Notwendigkeit.«

Corwain wusste, warum Jaels Gesandter ihn gerufen hatte: um dabei zu helfen, einen Konflikt zu lösen, bevor er begann. Das war seine Mission, der Inhalt seines langen Lebens, die Aufgabe, die ihm sein zusätzlicher Master-Sinn gab. Als Pazifikator in Diensten der Kompetenz half er dabei, Frieden zu schaffen und ihn zu bewahren, die Gewalt einzudämmen. Er war wie ein Mediker, der im Lauf von Jahrhunderten gelernt hatte, die Wunden der Seele zu heilen: Zorn, verletzter Stolz, der Wunsch nach Vergeltung. Er erkannte die wahren Gründe hinter rasselnden Säbeln und heulenden Blastern, und er fand die richtigen Worte, die Konfrontationen beendeten und Kompromisse ermöglichten. Er bildete eine Art Waage, auf der verschiedene Interessen ihr Gleichgewicht fanden, und wenn nichts anderes half, wenn alle Vermittlungsversuche scheiterten, wurde er zu einer schonungslosen Stimme, die keine Rücksicht auf Privilegien und Status nahm, Geltungssucht, Größenwahn oder einfach nur Böswilligkeit anprangerte und der Lächerlichkeit preisgab. Wenn selbst das nichts half, griff er zum letzten Mittel, drohte mit einem Eingreifen der Kompetenz oder der Koryphäen. Spätestens seit den Drei Feldzügen galt der Frieden als höchstes Gut, dem alles andere unterzuordnen war, denn er schützte das Leben. Und Leben war die größte aller Kostbarkeiten; das wusste niemand besser als die Letzten Menschen.

Corwain fand immer die richtigen Worte und Strategien, weil er die Leute *verstand,* um die es ging. Der Master in ihm verstand sie; mit empathischer Intuition erfasste er, was sie bewegte. Der zusätzliche Sinn zeigte ihm den Weg, den es zu beschreiten galt.

Doch hier zeigte er ihm – nichts.

Die beiden Fremden mit den Hornplatten, Kordeln und Gurten standen wie *leer* vor dem Atmosphärenschild. Es hätten genauso gut dreidimensionale Bilder statt lebender Geschöpfe beziehungsweise mechanischer Zwitter sein können, denn Corwain empfing absolut nichts von ihnen, kein einziges empathisches Signal.

Corwain schickte seiner Nadel einen Gedanken, und die Nadel sendete in die lokalen Membranen: *Ping* Es tut mir leid, Jael. Die Fremden sind mir – fremd. Ich gewinne keinen Eindruck von ihnen.

Der Gesandte trat vor. »Wir haben mit Ihren Kundschaftern gesprochen und nehmen an, dass Sie mit dem Konzept des Schutzes von Leben ebenso vertraut sind wie wir. Wenn Sie ›Proben‹ nehmen wie die Stadt von dem nahen Planeten, so löschen Sie individuelles Leben aus und richten auf den betreffenden Welten schwere Schäden an. Das gilt es unbedingt zu vermeiden.«

»Jassid, diese, sprechen: Vermeidung mit Bereitschaft für selektive Fülle-Opfer«, krächzte die zweite der beiden Gestalten. »Lenker sprechen: Metastabilität, Verhandlungen keine, Sammeln Priorität. Widerstand inakzeptabel, Widerstand intolerabel, Widerstand brechen, Sammler sammeln. Entscheider sprechen: Mission, Fortsetzung, alles ungeachtet.«

Die Linien, Punkte und Kreise krochen etwas schneller über die dunklen Wände, als Jaels Gesandter sagte: »Ich nehme an, mit

Entscheider meinen Sie ... Personen, die in der Lage sind, Entscheidungen für Kh'smT'p zu treffen.«

»Korrekt.«

»Bitte ermöglichen Sie mir einen Kontakt mit den Entscheidern. Ich bin ...«

»Jassid wissen, Identität bekannt, Signifikanz ebenso«, sagte der erste Fremde. »Ort dieser, Kontakt Unmöglichkeit. Entscheider in Kh'smT'p, immer. Draußen nie, niemals. Horizontgebunden.«

»Dann lassen Sie mich zu ihnen«, sagte der Gesandte. »Bringen Sie mich zu Ihren Entscheidern, damit ich mit ihnen verhandeln kann.« Er lächelte. »Ich möchte ihnen etwas zeigen, eine Art Spiel.«

»Horizontgebundenheit für Sie ebenfalls, nach Transfer. Fenster Passierbarkeit für Jassid allein, definitiv.«

»Ich glaube, er will damit sagen, dass niemand das Kosmotop verlassen kann«, warf Tsertser ein. »Die Barriere, der Ereignishorizont, scheint nur von einer Seite durchlässig zu sein, zumindest für Leute wie uns.«

»Korrektheit konzeptionelle«, sagten beide Jassid gleichzeitig. Sie standen noch immer an Ort und Stelle; nur die Hautlappen in der unteren Gesichtshälfte bewegten sich. »Rückkehr aus Kh'smT'p Unmöglichkeit.«

»Wären die Entscheider bereit, mit mir zu sprechen, wenn ich auf die andere Seite des Horizonts wechsele?«, fragte der Gesandte.

Einige Sekunden verstrichen. Die beiden Fremden rührten sich nicht, aber Corwains Nadel empfing etwas, das wie ein leises Rauschen klang. Er formulierte eine Frage und bekam zur Antwort: *Ping* Nicht entschlüsselbare phasenverschobene Kommunikationssignale. Die Jassid sprechen mit jemandem.

Mit jemandem im Kosmotop, nahm Corwain an.

»Repräsentant der Koryphäen Sie?«, vergewisserte sich der erste Jassid.

Der Mann mit dem schwarzen Haar atmete tief durch und hob den Kopf. »In der Tat.«

»Begleitung Personen welche?«

Corwain hörte, wie Tsertser sendete: *Ping* Halten Sie das für eine gute Idee, Jael? Vielleicht können Sie tatsächlich nicht zurückkehren. Und wenn die Fremden durch Sie einen Zugriff auf die Membranen und Datenströme der Koryphäen bekommen …

Die Antwort lautete: *Ping* Ich bin nur ein Gesandter, und die Aufgabe dieses Gesandten besteht darin, einen Kontakt herzustellen und zu verhandeln.

Corwain räusperte sich. »Ich …«

»Nein«, sagten Solace und der Gesandte gleichzeitig.

Der Mann wandte sich Corwain zu. »Nein«, sagte er sanft. »Du bleibst hier, Corwain. Du wirst gebraucht.«

»Ich …«, begann er erneut.

»Wenn du gehst, gehe ich auch!«, sagte Solace.

Der Gesandte seufzte. »Tsertser?«

Der Vrytt zögerte nicht und trat vor. »Ich bin natürlich bereit.«

»Sehr gut. Ich habe die beiden operativen Spezialisten gerufen, die auf Amber geblieben sind. Sie sind ebenfalls bereit und unterwegs.« Und zu den beiden Jassid: »Meine Herren, wir können uns auf den Weg machen.«

Ich sehe und höre hier nur einen kleinen Teil dessen, was geschieht, trotz der Nadel, dachte Corwain. Hinter den Kulissen, vielleicht hinter denen der Koryphäen, geht mehr vor. Jaels Gesandter – er wusste Bescheid; der Transfer ins Kosmotop ist von Anfang an geplant gewesen, vielleicht seit dem ersten Kontakt mit den Kundschaftern.

Einer der beiden Jassid drehte sich um, und ein Teil des Atmosphärenschilds stülpte sich ins All, dem Schiff entgegen, das einer goldenen Schneeflocke ähnelte. Ein Tunnel entstand, eine energetische Brücke, die zu einer Luftschleuse in einem der Zacken führte. Der zweite Fremde hob die Hand zu einer der kleinen Stangen, die unter einem der Gurte auf seiner Brust hervorragte, und ein seltsames Geräusch erklang, wie eine Mischung aus Klimpern und Fauchen. Die hellen Linien und Punkte an den dunklen Wänden verharrten plötzlich.

»Einfachheit Code, Primzahlenbasis, mit Konstanten drei kosmologischen«, sagte der Jassid kehlig. »Verbesserung dieses, mit Metastabil-Komponentenhaltigkeit.«

Es kam zu neuer Bewegung an den Wänden, und ein großes Symbol entstand, eine Art Labyrinth, das kleinere Labyrinthe enthielt bis in fraktale Tiefen, die vom menschlichen Auge nicht mehr aufgelöst werden konnten. Corwains Nadel wurde ohne eine gedankliche Anweisung aktiv und zeichnete alle Details des Symbols auf.

Corwain erinnerte sich an die Worte des Gesandten. Der Code, nur eine kleine Spielerei? Wohl kaum.

Die beiden Jassid schritten über die energetische Brücke.

»Mein Schiff bringt dich zurück, Corwain«, sagte Jaels Gesandter. »Um die *Kondor* wird man sich kümmern.«

Ihr Hauptresonator ist durchgebrannt, erinnerte sich Corwain. Aber es war nur einer von vielen Gedanken, die ihm durch den Kopf gingen, und bei Weitem nicht der wichtigste. Nachdenklich stand er da und beobachtete, wie der Gesandte und Tsertser den beiden Fremden zu ihrem goldenen Schiff folgten. Sie hatten es fast erreicht, als Corwain rief: »Viel Glück!«

Der Mann mit dem schwarzen Haar drehte sich noch einmal um und winkte, bevor er mit dem Vrytt in der Luftschleuse verschwand.

Die energetische Brücke löste sich auf, und Kompositsegmente schoben sich hinter den Atmosphärenschild, schlossen die Lücke im Rumpf des Gesandtenschiffes. In der Rückwand öffnete sich eine Tür, und die Stimme des Schiffes sagte: »Alles für den Transit bereit. Bitte nennen Sie das Ziel, Corwain $_{18}$Tallmaster.«

»Bring uns nach Tarhelion in der Nawattna-Assoziation. Es wird Zeit, dass ich mich wieder an die Arbeit mache.« Und vielleicht erfahre ich dort etwas mehr über das Kosmotop, fügte Corwain in Gedanken hinzu.

Auf dem Weg zum Kontrollraum sah er Solace an und sagte: »Ich glaube, wir haben hier den Anfang einer neuen Entwicklung erlebt.«

»Ich habe für einen Moment befürchtet, dass es ein Ende sein könnte«, erwiderte sie.

CODE V

DIE VERITAS

»Diese Besprechung hat nie stattgefunden«, sagte Rahel Rahelia $_{29}$Kinmaster, als sie die Aussichtsplattform betrat. »Mein Schiff wird vergessen, dass wir hierhergekommen sind.« Sie deutete zur *Conzilia,* die etwa hundert Meter außerhalb der ambientalen Blase schwebte, schlank und elegant neben den klobigen Aggregatblöcken der Raumstation.

»Unsere Besprechung hat noch nicht einmal begonnen«, erwiderte jemand, dessen Stimme wie zwei aneinanderreibende Steine klang; sein Gesicht schien aus Fels gemeißelt, grau wie Granit. »Ich grüße Sie, Rahelia. Und ich danke Ihnen, dass Sie gekommen sind.«

Nur sein Mund bewegte sich, und das Funkeln in seinen Augen war wie ein Amethyst. Der Rest ruhte reglos wie ein kleiner Berg. Drei konkave Spiegel schwebten über ihm, fingen das Licht der fernen Sonne und des kalten Gasriesen ein, den die Station in einer Höhe von nur wenigen Zehntausend Kilometern umkreiste, und konzentrierten es auf ihn. Kallisto hieß dieses Geschöpf, und es war einer von neunundzwanzig Direktoren der Kernkompetenz.

»Warum haben Sie mich ausgerechnet hierhergebeten, fünfzehntausend Lichtjahre upstream?« Rahelia deutete am braungelben Gasriesen vorbei zur Milchstraße, deren Spiralarme wie die leuchtenden Tentakel eines Kraken über den dunklen Himmel reichten. Die energetische Kuppel des Atmosphärenschilds hielt die Luft gefangen, blieb aber unsichtbar.

»Wissen Sie es nicht?«, fragte Kallisto.

Rahelia seufzte innerlich. Solche Reaktionen erlebte sie oft, aber Kallisto hätte es eigentlich besser wissen sollen. »Ich bin eine Pattern-Master, keine Wahrsagerin.«

»Sie sind nicht *eine* Pattern-Master, sondern die letzte. Die letzte Veritas in der ganzen Galaxis.«

Neben ihr wuchs ein Variform-Sessel aus dem Boden, und sie nahm darin Platz. »Vermutlich haben Sie mich nicht hierhergebeten, um mir das zu sagen. Oh, fast hätte ich es vergessen.« Sie stand wieder auf, ging zum Direktor und holte dabei einen kleinen Gegenstand aus einer der Taschen ihres violetten Gewands. »Hier, ich habe Ihnen etwas mitgebracht.«

Kallisto streckte eine graue Pranke aus, nahm den kleinen Gegenstand entgegen und betrachtete ihn. »Was ist das?«

»Ich bin vor vier Monaten auf Botros gewesen, beim Goldenen Zwilling.«

»Der Doppelstern im Sektor Moggadin, im Norma-Arm?«, brummte Kallisto und drehte das Objekt hin und her.

»Haben Sie Botros jemals besucht, Direktor?«

»Nein.«

Rahelia kehrte zum Sessel zurück. »Der Planet würde Ihnen gefallen. Uhrmacher genießen dort besonderes Ansehen. Was Sie dort in der Hand halten, ist ein mikromechanisches Meisterwerk, eine Uhr, die individuelle Zeit anzeigt.«

Kallisto blickte aufs Zifferblatt. »Es gibt keine Zeiger. Es wird nichts angezeigt.«

Rahelia lächelte kurz. »Vielleicht steht Ihre Zeit still.«

Kallisto zögerte kurz, bevor er die kleine Uhr einsteckte. »Ich danke Ihnen, Veritas. Sie haben in all den Jahren meine kleine Leidenschaft nicht vergessen.«

»Nein.«

»Und Ihr Geschenk … Es zeigt, dass Sie gewusst haben, dass dieses Treffen stattfinden würde.«

»Ich habe gewusst, dass *ein* Treffen stattfinden würde.«

»Nun, Rahelia …« Kallisto winkte mit einer Hand, eine Geste, die der Raumstation galt. »Dies ist ein diskreter Ort für ein diskretes Gespräch. Veränderungen auf der galaktischen Bühne kündigen sich an. Große Dinge geschehen.«

»Sie meinen das Kosmotop.«

Die Augen wie Amethyst wurden etwas größer. »Sie wissen also *doch* …«

»Nein«, sagte Rahelia. »Aber ich bin auf dem Laufenden.«

»Auf unseren Kommunikationskanälen wurde noch nicht davon berichtet.«

»Ich habe meine Kontakte.«

Kallisto drehte die Halbkugel seines Kopfes, und ein deutliches Knacken begleitete diese Bewegung. »Ich will ganz offen sein, Veritas: Wir brauchen Sie. Ich möchte Sie bitten, zur Kompetenz zurückzukehren.«

»Ist das ein offizielles Ersuchen?«, fragte Rahelia. Diesmal wusste sie die Antwort, aber sie stellte die Frage trotzdem.

»Es ist ein persönliches Anliegen, das offiziell werden kann, wenn Sie bereit sind, Ihren Standpunkt zu überdenken.«

Rahelia seufzte erneut. »Dazu bin ich gern bereit, Kallisto. Sind Sie es ebenfalls?«

Der Direktor drehte den Kopf und beobachtete einen großen ovalen Fleck in der Atmosphäre des Gasriesen. »Das ist ein Sturm«, sagte er nachdenklich. »Mit Windgeschwindigkeiten von über sechshundert Stundenkilometern und einem Durchmesser von neuntausend Kilometern. Nach unseren Messdaten zu urteilen ist jener Orkan ebenso alt wie Sie, Rahelia, mehrere Tausend Jahre.«

Was willst du damit sagen?, dachte sie und erwiderte: »Wie Jupiters großer roter Fleck. Ich habe Geschichten darüber gelesen.«

»Jupiter? Oh, ein Gasriese im Sol-System, bei der Alten Erde, wenn ich mich richtig erinnere.«

»Ja, damals gab es auch in Jupiters Atmosphäre einen solchen Sturm, aber er war längst verschwunden, als die Drei Feldzüge die Erde erreichten.«

Eine Zeit lang schwiegen sie und beobachteten den gewaltigen Sturm in der Atmosphäre des Gasriesen. »Wir bekommen es mit einem Sturm zu tun«, grollte Kallisto schließlich. »Oder sagen wir: Es könnte ein Sturm daraus werden. Wir wissen es noch nicht genau.«

»Und Sie wissen nicht, wie Sie damit fertigwerden sollen. Deshalb brauchen Sie mich. Damit ich die Muster für Sie erkenne. Damit ich Ihnen sage, welchen Weg Sie einschlagen sollen.«

»Wir brauchen Sie bei vielen großen und kleinen Angelegenheiten, Rahelia. Das Kosmotop zählt zweifellos zu den großen. Es könnte zur größten Herausforderung der galaktischen Völker seit vielen Jahrmillionen werden.«

»Auch die Incera sind eine Herausforderung für die galaktischen Völker, Kallisto. Und insbesondere für uns Letzte Menschen.« Während Rahelia diese Worte sprach, bildeten sich bunte Linien vor ihrem inneren Auge, berührten sich an manchen Stellen, strebten an anderen voneinander fort. Ein neues Muster entstand, im Innern eines anderen, das sie zum ersten Mal vor vielen Jahren gesehen hatte, kurz vor ihrer Entscheidung, die Kompetenz zu verlassen.

»Wir sind eine Organisation des Friedens«, sagte Kallisto so sanft, wie es für jemanden wie ihn möglich war. »Wir führen keine Kriege.«

»Es geht um den Fortbestand eines ganzen Volkes«, betonte Rahelia und sprach mit mehr Nachdruck. »Es geht um das Überleben der Menschheit. Die Scummer wollen uns auslöschen, und die Kompetenz sieht tatenlos dabei zu.«

»Jetzt übertreiben Sie, Rahelia, und das wissen Sie auch. Wir sehen nicht tatenlos zu. Wir greifen ein, wo ein Eingreifen nötig ist. Und bitte nennen Sie die Incera nicht ›Scummer‹.«

»Sind sie das etwa nicht, Abschaum? Sie morden und plündern, wo sich ihnen Gelegenheit bietet. Und die Kompetenz agiert nicht, sie reagiert nur. Ich habe Ihnen damals gesagt, wo ein Eingreifen nötig ist. Die Incera sind eine Gefahr für alle. Es muss ein vierter Feldzug geführt werden, solange es noch nicht zu spät ist.«

»Unsere Prognostiker stufen die Incera nicht als prioritär ein«, knirschte Kallisto. »Guirgis hält sie für nebensächlich.«

»Guirgis ist kein Mensch, sondern ein Kappyan. Sonst sähe er die Dinge vermutlich anders. Und mag er auch mit noch so vielen Quantenmembranen verbunden sein, dadurch wird er nicht zu einem Pattern-Master.« Zwei Linien vor Rahelias innerem Auge bildeten einen Knoten, wie schon einmal. Sie stand auf; es wurde Zeit. »Ist das alles, Kallisto?«

»Nein.« Der Direktor gestikulierte, sodass die Spiegel zurückwichen, und stand ebenfalls auf. Rahel Rahelia hatte fast das Gefühl, dass die Aussichtsplattform unter seinem Gewicht schwankte. »Unsere Prognostiker sehen eine mögliche Korrelation zwischen dem Kosmotop und den Koryphäen. Sie fürchten, dass es zu einem Konflikt kommen könnte.«

Zwei andere Linien verbanden und krümmten sich, und daneben strichen Konzeptsymbole vorbei, Wanderer in den kausalen Räumen. Rahelia war mit ihnen allen vertraut, obwohl ihre Zahl in die Millionen ging; ihr Lehrer Quinto hatte sie vor dreitausend Jahren die Bedeutung dieser Zeichen gelehrt. Aber vielleicht noch wichtiger waren die nonkausalen Räume, in die sie den inneren Blick richten konnte, und die Verknüpfungen und Muster in ihnen, nicht geschaffen vom Wechselspiel aus Ursache und Wirkung, sondern von Ereignissen, die untereinander nicht in

Verbindung standen, manche von ihnen so unbedeutend wie … der Flügelschlag eines Schmetterlings.

Es gab einen wichtigen Unterschied zwischen dem alten Quinto, der mit seinem Raumschiff in eine Sonne gestürzt war – ein Muster, das er *nicht* gesehen hatte –, und ihr, und er betraf nicht Ausmaß und Qualität des Talents. Quinto war ein passiver Pattern-Master gewesen, ein Beobachter, der die Muster las und deutete, mehr nicht. Rahelia hingegen hatte begonnen, die Muster zu beeinflussen, und ihre erste wichtige Entscheidung in diesem Zusammenhang hatte darin bestanden, die Kompetenz zu verlassen. Dadurch bekam sie mehr Handlungsspielraum.

»Es hat mich gefreut, Sie wiederzusehen, Direktor«, sagte sie, freundlich zwar, aber nicht ohne eine gewisse Förmlichkeit. »Ich respektiere und achte Sie, halte Sie sogar für einen Freund. Aber es bleibt dabei: Ich kehre nur zur Kompetenz zurück, wenn sie sich endlich dazu durchringt, einen längst überfälligen vierten Feldzug gegen die Nachfahren der Incera zu führen, die allen Menschen nach dem Leben trachten.«

»Sie wissen, dass ich Ihnen so etwas nicht versprechen kann.«

»Dann tut es mir leid, Direktor. Und das meine ich ernst: Es tut mir wirklich leid.« Rahelia wandte sich ab und ging zum Ausgang, mit der Absicht, zu ihrem Schiff zurückzukehren.

»Ich wünsche Ihnen gute Wege, Rahel Rahelia $_{29}$Kinmaster«, sagte Kallisto hinter ihr.

Sie zögerte kurz und warf einen letzten Blick zurück. »Und ich wünsche Ihnen Zeit«, erwiderte sie. »Für Ihre Uhren, insbesondere für jene, die ich Ihnen geschenkt habe.« Sie beobachtete, wie Kallisto die kleine Uhr noch einmal hervorholte und auf das Zifferblatt ohne Zeiger blickte. Mit einem zufriedenen Nicken verließ sie die Plattform. Wie seltsam, dass ein kleines Objekt, hergestellt von den Uhrmachern auf Botros, in den richtigen Händen und im richtigen Moment nicht die Zeit selbst beeinflussen konnte, wohl aber die Ereignisse, die in ihr stattfanden und sogar ihren Fluss bestimmten.

Wenige Minuten später, als die *Conzilia* von der Raumstation ablegte und beschleunigte, warf die Veritas einen neuen Blick auf die Muster und stellte fest, dass sie ein wenig anders beschaffen waren. Die von ihr direkt beeinflussten nonkausalen Ereignisse hatten einen neuen Wahrscheinlichkeitsrahmen für die nahe Zukunft geschaffen.

»Darf ich fragen, ob die Besprechung erfolgreich war?«, fragte das Schiff.

»Ja.« Rahel Rahelia $_{29}$Kinmaster betrachtete die Muster und glaubte zu erkennen, dass ihre Ereignislinien in die richtige Richtung führten. »Ja, ich denke schon. Bitte vergiss, dass wir hier gewesen sind.«

»Die entsprechenden Datenreferenzen sind gelöscht. Wohin soll ich uns bringen?«

»Nach Lundblad.« Sie dachte laut, als sie hinzufügte: »Es müssen weitere Vorbereitungen getroffen werden. Ich werde dort Besuch von einem alten Bekannten erhalten, in siebzehn Jahren.«

17 JAHRE SPÄTER

GEWINNEN UND VERLIEREN

5

Draußen heulte der Wind und peitschte das Meer, türmte Wellen auf und schmetterte sie gegen die zweihundert Meter hohen Klippen, auf denen die Zitadelle der Sängerin stand, grau wie der Himmel darüber. Die hohen Buntglasfenster mit ihren Darstellungen historischer Figuren und Ereignisse dämpften die Stimme des Sturms ein wenig, aber das Fauchen der Böen begleitete die Besucher, als sie durch den Saal der Strafe schritten: die Delegation der Skantai aus dem Innenland mit seinen endlosen Steppen im Norden und den dichten Wäldern im Süden, die beiden Sprecher der maritimen Tarawadi und die Repräsentanten der Eisläufer von Kaitesch, des großen Eiskontinents am Südpol von Harvinga – drei unterschiedliche Spezies, die sich auf demselben Planeten entwickelt hatten und unterschiedliche ökologische und kulturelle Nischen besetzten. Sie blickten auf viele Jahrtausende des Friedens zurück, doch dieser Frieden war seit dem Eintreffen der Mahé vor etwa zwanzig Standardjahren in Gefahr. Die drei »Protektoren«, wie sie sich hochtrabend nannten, saßen bereits am Tisch neben dem Podium mit der Sängerin: mehr als zwei Meter große Humanoiden mit milchweißer Schuppenhaut und großen Augen, die die Hälfte des Gesichts einnahmen und deren Pupillen zu schmalen Schlitzen zusammengezogen waren, obwohl es im Saal nicht hell war – das matte Licht stammte von den ewigen Flammen, die hoch oben an den Wänden für die Bestraften brannten.

»Eingesperrt in Stein«, flüsterte Solace an Corwains Seite, als sie den Delegierten nach vorn folgten, zum Tisch. »Für wie viele Jahre? Zehn? Hundert?«

»Die ältesten Bestraften sind seit über tausend Jahren hier«, erwiderte Corwain leise. In den meisten Fällen waren nur die Gesichter zu sehen, wie Skulpturen, die sich aus den Wänden zu beiden Seiten des breiten Mittelgangs wölbten: die Augen blind, die Ohren taub, die Gedanken hinter der steinernen Stirn in Schmerz erstarrt. Hier und dort zeichneten sich sechsfingrige Hände ab, dunkel wie das Gestein der Wände und halb in den Saal gereckt, als wollten sie nach etwas greifen, um sich und den Körper, zu dem sie gehörten, ganz aus der Wand zu ziehen. Schriftzeichen unter den oft fratzenhaften Gesichtern gaben Auskunft über Namen und Verbrechen der Bestraften.

»Molekulare Verschmelzung?«, fragte Solace.

»Etwas in der Art, ja.« Eine besonders heftige Bö rüttelte an den hohen Fenstern, und die ewigen Flammen flackerten, schienen sich zu ducken. Schatten huschten durch den Saal. »Die Wände bestehen nicht aus gewöhnlichem Stein. Offenbar handelt es sich um eine Art Variform-Material, das die Sängerin – und sie allein – kontrolliert.«

»Eine grausame Strafe«, hauchte Solace.

Die Bestraften starben nicht, erinnerte sich Corwain. Wenn sie ihre Strafe verbüßt hatten, löste die Sängerin sie aus ihrer Starre. Sie blieben am Leben, aber nur wenige von ihnen überstanden die Strafe mit klarem Verstand. Dieser Saal ist eine Mahnung, dachte Corwain. Deshalb haben die Verhandlungen hier stattgefunden. Die aus den Wänden starrenden Gesichter sollten uns eine Warnung sein. Wer gegen das Gesetz verstieß, wurde bestraft, und hier galt das Gesetz von Harvinga. Die Sängerin sah, hörte und entschied.

Corwain fürchtete die Entscheidung nicht, die sie jetzt verkünden würde. Er hatte sich gründlich auf diese Mission vorbereitet und zweifelte nicht daran, gute Arbeit geleistet zu haben. Mit ruhiger Stimme, überzeugenden Worten und beeindruckenden Bildern von anderen Welten hatte er die Machenschaften der Mahé aufgezeigt und ihr Angebot eines »Protektorats« als den Versuch entlarvt, Harvinga unter ihre wirtschaftliche und schließlich auch politisch-militärische Kontrolle zu bringen. Es geschah bereits zum vierten Mal in achtzehn Leben, dass er es mit den gewissenlosen Mahé zu tun bekam. Vor fünfhundert Jahren hatten sie Aufnahme in die Kompetenz beantragt, den Antrag aber wieder zurückgezogen, als ihnen klar wurde, dass sie zwar neue Regeln beachten mussten, aber keinen Zugang zu Technologie über ihrem Entwicklungsniveau bekommen würden. Einer der Gründe dafür war ihr immer noch monetäres, auf dem Eigentumsprinzip basierendes Wirtschaftssystem, das die Verfolgung der eigenen Interessen zum wichtigsten Prinzip erhob. Die Mahé verkauften Waffen an Völker, die Krieg führen wollten, an beide Seiten, wenn möglich. Sie verkauften Lazarette, in denen Verwundete behandelt wurden, außerdem Medizin, Prothesen, und künstliche Organe, und für die Toten boten sie Krematorien an. Später, wenn die Völker des Zerstörens und Tötens müde wurden, verkauften sie Konstruktionsmaterial für den Wiederaufbau. Immer traten sie als Gönner auf, als Helfer in der Not und schließlich als »Protektoren«, die großzügig Aufnahme ins interstellare Protektorat der Mahé anboten. Auf diese Weise hatten sie ihrem Machtbereich bereits vierundzwanzig Sonnensysteme eingegliedert, hauptsächlich Welten mit Zivilisationen der Stufe 5, auf interplanetare Raumfahrt beschränkt – solche Kulturen waren erfahrungsgemäß besonders empfänglich für das Versprechen, im »Protektorat« der Mahé in den Genuss aller Vorteile der interstellaren Völkergemeinschaft zu kommen, ohne die kulturelle Identität zu verlieren. Was sie letztendlich bekamen, war eine ökonomische und damit auch politische Fremdherrschaft.

Nicht immer konnte die Kompetenz, das lockere Bündnis der galaktischen Stufe-Sieben-Zivilisationen, rechtzeitig einschreiten. Die Mahé handelten oft im Verborgenen, hinter den Kulissen, und stellten die Kompetenz in vielen Fällen vor vollendete Tatsachen. Die Milchstraße war groß, immens groß, und die Sonden der Koryphäen konnten nicht überall sein. Harvinga war ein Glücksfall gewesen. Die Mahé hatten durch Intrigen Zwist bei den Sippen der Innenland-Skantai gesät, mit Waffenlieferungen begonnen und versucht, die im Meer lebenden Tarawadi gegen die Küsten-Skantai aufzubringen. Damit verfolgten sie zwei Ziele. Zum einen wollten sie nach altem Muster einen globalen Konflikt schaffen, der ihren Waffenhändlern gute Geschäfte garantierte, und zum anderen erhofften sie sich eine Neutralisierung des »Weltgeistes«, der über Jahrtausende hinweg ein friedliches Miteinander der drei intelligenten Spezies von Harvinga ermöglicht hatte. Allerdings gab es schon seit Jahren Beobachter der Kompetenz im Innenland, auf den tropischen Inseln des Naidub-Archipels und dem antarktischen Kontinent, Kulturspezialisten und Zivilisationsforscher, die sich im Hintergrund hielten und Informationen über ebenjenen Weltgeist sammelten, dessen harmonisierende Wirkung den Mahé ein Dorn im Auge war. Und diese Beobachter riefen einen Pazifikator. Die Kompetenz hatte die Situation für ernst genug gehalten, ihren besten Schlichter und Friedensbringer zu schicken: Corwain $_{18}$Tallmaster. Man hatte ihn entsandt, um ein Zeichen zu setzen, um den Mahé *Jetzt ist Schluss!* zu sagen, und Corwain zweifelte nicht an seinem Erfolg, auch wenn die endgültige Entscheidung noch ausstand. Sie sollte hier getroffen werden, jetzt.

Zusammen mit Solace und den Delegierten nahm er am Tisch Platz und ignorierte den kalten, durchdringenden Blick, den ihm Duha Sibal zuwarf, Than und somit Sippenoberhaupt der Mahé. Neben ihm saßen seine Tochter Ayfa – eine Kriegerin, wie die glänzenden Schulterpailletten zeigten – und sein Sohn Nazmi, der eine grimmige Grimasse schnitt. Während der Verhandlungen hatte Corwain den Eindruck gewonnen, dass der alte Than nicht etwa seinen Sohn bevorzugte, der damit rechnen durfte, einmal sein Nachfolger als Patriarch zu werden, sondern seine Tochter, vielleicht deshalb, weil sie in den Gemeinsamen Streitkräften der Sippen diente, in denen er selbst einmal Kommandeur gewesen war.

Der alte Zeremonienmeister – ein kleiner, gedrungener Küsten-Skantai, die Schultern breit, der Kopf schmal und nach hinten verlängert – stand auf und wandte sich dem Podium zu. »Hat die Hochverehrte Sängerin ihre Entscheidung getroffen?«

Sie saß auf einem Thron aus Muschelschalen und Korallen, eine Hybridin, die die Eigenschaften aller drei intelligenten Spezies von Harvinga in sich vereinte: an den Wangen und Händen die Schuppen der maritimen Tarawadi, wodurch sie eine gewisse Ähnlichkeit mit den Mahé bekam; an Armen und Beinen das dichte weiße Fell der Eisläufer; und auf dem Rücken die rudimentären Flügel der Innenland-Skantai. Klein und zierlich war sie, zart wie ein Kind, mit einem puppenhaften Gesicht. Solace hatte sie sofort ins Herz geschlossen, als sie vor zwei Monaten auf Harvinga eingetroffen waren, vielleicht auch deshalb, weil sie wegen der kleinen Flügel etwas Vogelartiges in ihr zu erkennen glaubte. Der Hauptgrund aber war die Verbindung der Sängerin mit dem Weltgeist, von dem die Beobachter der Kompetenz annahmen, dass es sich um eine Art kollektives Unterbewusstsein der drei intelligenten Völker handelte. Solace verglich ihn mit dem Seelenwind, und Corwain sah Parallelen zur Veritas auf

Lundblad. Die Sängerin hütete den Frieden auf Harvinga, und in den letzten Jahren hatten die Machenschaften der Mahé sie auf eine harte Probe gestellt. Aber dank Corwains Erläuterungen wusste sie nun, was ihr solche Mühe bereitet hatte, und deshalb gab es nur eine Entscheidung, die sie treffen konnte.

Die Sängerin stand auf und sang mit glockenheller Stimme: »Ich habe geprüft und überlegt. Meine Entscheidung lautet: Die Protektoren sind überführt. Sie stellten sich uns als Freunde vor, aber in Wirklichkeit kamen sie als Feinde und brachten Zwietracht. Sie sind des Anschlags auf den Frieden für schuldig befunden, und ich bestrafe sie mit …« Sie sang noch lauter, so laut, dass der Sturm für einige Sekunden zu schweigen schien. »… vier Jahren starrer Stille.«

»Was?«, brachte Duha Sibal verblüfft hervor.

Ping Wicht Nachr

Solace gehörte seit einigen Jahren ebenfalls zur Kompetenz, ganz offiziell als Corwains Assistentin. Sie trug keine Nadel in ihrem Rücken, kannte ihn aber gut genug, um selbst kleinste Veränderungen in seinem Gesichtsausdruck zu deuten. Sie warf ihm einen kurzen fragenden Blick zu, den er mit einem Blinzeln quittierte. Ja, es war eine Nachricht eingetroffen, und eine wichtige noch dazu. Aber in der Nähe der Mahé funktionierten die Kommunikationskomponenten der Nadel nicht richtig. Vermutlich hatten sie einen Störsender dabei, der ihn an direkten Kontakten mit der Kompetenz hindern sollte. Und wenn schon, es spielte keine Rolle. Von ihrem Quartier aus konnte er jederzeit eine geschützte Membranverbindung mit dem Unterstützungsschiff im engen Orbit um den ersten, heißen Planeten des Sonnensystems herstellen.

Die Sängerin hob die Arme mit dem dichten weißen Fell der Eisläufer. »Die drei sind sich einig. Alle Mahé haben Harvinga unverzüglich zu verlassen. Wir …«

»Sie sind auf die Propaganda der Kompetenz hereingefallen!«, donnerte Duha Sibal. Die Pupillen seiner großen Augen dehnten sich, und die weiße Schuppenhaut glänzte. Er war aufgesprungen; Sohn und Tochter erhoben sich ebenfalls.

»Wie können Sie es wagen, die Sängerin zu unterbrechen!«, fauchte der alte Zeremonienmeister.

Ping (Pfiiieeeh).

Corwain verzog das Gesicht, als ein sehr unangenehmes Pfeifen von der Nadel kam. Mit einer schnellen gedanklichen Anweisung brachte er sie zum Schweigen, doch es erklangen weitere Pfiffe – sie kamen aus dem Lautsprecher des automatischen Translators in der Mitte des Tisches. Corwain nahm ihn erst jetzt bewusst zur Kenntnis, denn bisher hatte die Nadel für ihn übersetzt.

»Wir haben entschieden«, sang die zarte Hybridin. »Ein abscheuliches Verbrechen: Unser Frieden sollte Kampf und Tod weichen. Vier Jahre starre Stille sind eine milde Strafe, und sie wird sofort vollstreckt.«

In der dunklen Wand neben dem Podium öffnete sich eine Tür, und fünf bewaffnete Innenland-Skantai kamen herein, die ledrigen Flügelreste auf dem Rücken entfaltet. Sie richteten lange Schockstäbe auf die Mahé.

Corwain beobachtete, wie Ayfas Finger hinter den breiten Gürtel an ihrer Hüfte tasteten, und für einen Moment fragte er sich, ob die Mahé so dumm gewesen waren, Waffen in den Saal der Strafe zu bringen. Zwei Sekunden später flackerte es, und das vage Flimmern von energetischen Individualschilden umgaben Vater, Tochter und Sohn.

»Sie haben mit einer solchen Entscheidung gerechnet und sich vorbereitet«, sagte Solace so leise, dass der Translator auf dem Tisch nicht reagierte.

Die Sängerin sang einen Ton, der die von der hohen Decke

herabhängenden Kristalle klirren ließ. Der erste der fünf Skantai streckte seinen Schockstab nach vorn.

Duha Sibal stieß ihn beiseite. Eine Entladung zischte und knisterte, als der Stab auf den Individualschild traf.

Die Mahé stapften am Tisch vorbei.

»Ich berufe mich hiermit auf unsere diplomatische Immunität als Repräsentanten der Sibal-Sippe!«, rief Sibal und übertönte den schrillen Ton der Sängerin. »Wir werden Harvinga als freie Mahé verlassen.«

Als der Patriarch an Corwain vorbeiging, knurrte er: »Das werden Sie bitter bereuen, Tallmaster!«

Die Sängerin schwieg. Die Innenland-Skantai ließen ihre Schockstäbe sinken. Und die drei Mahé marschierten durch den Saal, besiegt und verstoßen, aber nicht in die schwarzen Wände verbannt.

Corwain sah ihnen nach, bis sich das große Portal am Ende des Saals hinter ihnen schloss.

»Wir haben gewonnen«, zwitscherte Solace leise.

»Ja«, sagte Corwain. Unbehagen erfasste ihn. »So scheint es.«

6

Als sie in ihr Quartier zurückkehrten, hatte der Sturm ein wenig nachgelassen. Die Böen heulten nicht mehr wie Furien, aber der Wind schleuderte Regen gegen die Fenster, Blitze zerrissen immer wieder die Dunkelheit der Nacht und schickten grelles, flackerndes Licht auf das aufgewühlte Meer, das der Zitadelle zu Füßen lag. Corwain holte sofort den Membrankonnektor hervor, reaktivierte die Nadel und schickte seine individuelle Kompetenzsignatur in die Verbindung.

Ping Kontakt hergestellt.

Corwain schaltete auf den Konnektor um, damit auch Solace hören konnte, worum es ging.

»Verbindung geschützt und gesichert«, sagte das intelligente Gerät. Ein Displayfeld bildete sich darüber, nicht größer als zwanzig Zentimeter, und darin erschien der Oberkörper eines skorpionartigen Enha-Entalen. Im Hintergrund war eine zarte Isquri an den Navigationskontrollen des Pfeilschiffes *Esquitor* über dem ersten Planeten zu sehen.

»Die Sängerin hat ihre Entscheidung getroffen, Kutaibi«, sagte Corwain. »Die Mahé haben Harvinga verloren.«

Der Enha-Entalen neigte kurz den Kopf. »Das ist eine gute Nachricht. Ich habe eine schlechte. Die Incera haben Lawadda angegriffen.«

Das Prasseln des Regens an den dunklen Fensterscheiben wurde noch lauter, und die Temperatur im Zimmer schien um mehrere Grad zu fallen. »Die Residenzwolke bei Epsilon Indi?«

»Sie haben mehrere Mikrokollapsare eingesetzt«, fügte Kutaibi hinzu. »Es gab keine Überlebenden.«

Ping Neue Zählung: 14 112.

»Aber …« Corwain suchte nach Worten. »Nur die Kompetenz weiß von den Residenzen. Dass *niemand sonst* von ihnen weiß, ist ihr bester Schutz.«

»Es tut mir sehr leid.«

Mehr als sechshundert von uns sind gestorben, auf einen Schlag, dachte Corwain betroffen. Solace war da, ganz nah, so nahe, dass er ihre Körperwärme spürte. Eine kleine Feder strich ihm über die Haut, eine winzige Berührung, die ihm sagen sollte: Du bist nicht allein.

»Wie haben die Incera von Epsilon Indi erfahren?«, fragte Corwain. »Haben sie sich irgendwie Zugang zu unseren Datennetzen verschafft?« Ein Gedanke schob sich in den Vordergrund. »Wir müssen die anderen warnen. Alle Residenzen. Alle Einzelgänger. Alle Exzentriker. Jeder Einzelne muss gewarnt werden.«

»Wir bemühen uns«, sagte Kutaibi. »Wir überprüfen alles und ergreifen die erforderlichen Maßnahmen. Selbst die Koryphäen stellen Hilfe in Aussicht.«

»Sie stellen Hilfe in *Aussicht?*«, schnaufte Corwain und dachte an Jae-al-Escoe-Hoivinio-tan-Mauleon-Caliquire-tan-Nesluzan. Seit siebzehn Jahren, seit dem Verschwinden des Gesandten beim Tolomeo-System, hatte er nichts mehr von der uralten Maschinenintelligenz gehört.

»Ich habe noch eine schlechte Nachricht«, sagte Kutaibi. »Es gibt Hinweise auf Kontakte zwischen Incera und Mahé. Wir …«

Das Bild im Displayfeld über dem Membrankonnektor flackerte und verschwand.

Ping (Pfiiieeeh).

»Störsignale«, sagte Corwain und deaktivierte das Gerät. »Vielleicht wollen die Mahé ihren Rückzug decken.«

Er blickte zu den Fenstern, hinter denen ein Blitz für einen Sekundenbruchteil die Dunkelheit vertrieb.

»Duha Sibal weiß, dass du hier bist«, sagte Solace. »Er hasst dich. Vielleicht stört er deine Signale, um den Incera unbemerkt eine Nachricht zu senden.« Sie schauderte bei diesen Worten, und die winzigen Federn an ihrem Leib knisterten.

Corwain schaute erneut zu den Fenstern, als könnten sie ihm zeigen, ob Solace' Sorge berechtigt war oder nicht.

»Wir sollten jetzt aufbrechen, sofort, unverzüglich«, fügte sie hinzu und schlang die Arme um ihn. »Ja? Ja?«

»Das geht nicht. Morgen früh haben wir noch eine offizielle Audienz bei der Sängerin. Es geht um die zukünftige Zusammenarbeit zwischen Harvinga und der Kompetenz. Anschließend ist unsere Mission beendet.«

»Noch eine ganze Nacht!«, trillerte Solace beunruhigt. Ihre Augen glänzten grün.

Corwain versuchte es mit einer scherzhaften Bemerkung. »Wir lassen das Licht an.«

»Das meine ich nicht.«

»Ich weiß, Sol. Ich weiß.« Er zog sie vorsichtig an sich, und eine Zeit lang standen sie so da, vereint in einer Umarmung, lauschten dem Wind und hörten, wie er Regen gegen die Fenster drückte.

7

In dieser Nacht fand Corwain keine Ruhe. Er lag still und reglos, versuchte ruhig und gleichmäßig zu atmen, aber mit diesem Trick wollte er nicht sich selbst überlisten, sondern Solace. Er wartete, bis sie eingeschlafen war, kroch aus dem Bett, nahm seine Sachen und streifte sie im Flur über, nachdem er die Tür vorsichtig geschlossen und mit einem Sicherheitssensor ausgestattet hatte – wenn jemand anderer als Solace die Tür öffnete, sollte ihm die Nadel Bescheid geben. Es war eine routinemäßige Vorsichtsmaßnahme – mit Zwischenfällen irgendeiner Art rechnete er nicht. Die Mech-Wächter in den Fluren würden keine unbefugten Personen in die Nähe des Kompetenzquartiers lassen, erst recht keine rachsüchtigen Mahé. Wie stählerne Säulen standen sie bei den offenen Durchgängen und dort, wo sich Gänge kreuzten, die optischen und akustischen Sensoren immer aktiv. Ihre Bewaffnung bestand aus Projektilschleudern, deren Geschosse selbst dicke Panzerungen durchschlagen konnten.

Die mechanischen Wächter summten leise, als Corwain an ihnen vorbeiging, und die Nadel registrierte ihre einfachen

Sondierungsimpulse, mit denen sie nach verborgenen Waffen suchten. Sie fanden nichts; es gab nichts zu entdecken.

Corwain fragte sich nicht nach dem Grund seiner Unruhe; er hatte schon vor vielen Jahren gelernt, dem Instinkt zu vertrauen. Manchmal brauchte der Körper Bewegung, um im Kopf Platz zu schaffen für Gedanken, die Aufmerksamkeit verlangten. Während ihn die Füße durch kalte, halb dunkle Korridore trugen, vorbei an Türen, hinter denen Skantai, Eisläufer und Fürsprecher der maritimen Tarawadi schliefen, dachte er an die über sechshundert Letzten Menschen, die bei Epsilon Indi den Incera zum Opfer gefallen waren. Wir werden immer weniger, flüsterte es in ihm. Die Jahrhunderte und Jahrtausende lassen uns dahinschwinden. Welch eine bittere Ironie des Schicksals, dass es die Unsterblichkeit – beziehungsweise das, was wir für Unsterblichkeit hielten – war, die uns auf den Weg der langsamen Auslöschung brachte. Und er dachte: Aber sie hätten noch viel länger leben sollen, die sechshundert von Epsilon Indi. Noch viele Tausend Jahre. Nicht der langsame Niedergang hat sie umgebracht, sondern die Incera. Wer hat sie verraten? Woher wussten die Angreifer von der Residenz?

Ein dumpfes Grollen polterte durch die stille Zitadelle, und Corwain hielt es zunächst für die Stimme eines weiteren Gewitters. Doch dann bebte der Boden unter ihm, die Wände zitterten, und Staub rieselte von der hohen Decke. Zwei oder drei Sekunden später pfiffen Alarmtöne durch die Flure und Gewölbe. Mech-Wächter setzten sich in Bewegung und stapften mit schweren Schritten zu den nach unten führenden Treppen. Türen sprangen auf, und gedrungene, kräftig gebaute, halb nackte Skantai sprangen in den Korridor, streiften Panzerjacken aus Leder und Metallbeschlägen über und liefen in die Richtung, aus der das Grollen gekommen war.

Corwain wich zu einem Fenster zurück, um niemandem im

Weg zu sein, und sah unten im Hof den Widerschein von Feuer. Plötzlich begriff er den Grund für seine Unruhe. Es war nicht die Nachricht vom Tod vieler Hundert Letzter Menschen, die ihn um den Schlaf gebracht hatte, sondern dies: Mahé gaben sich nicht einfach geschlagen, und erst recht nicht Duha Sibal. Sie steckten voller Durchtriebenheit, voller List und Schläue, und auch wenn sie nur zu dritt waren, würden sie Harvinga nicht unverrichteter Dinge verlassen, wenn sie es irgendwie vermeiden konnten.

Corwain blickte aus dem Fenster. Im Erdgeschoss der Zitadelle war es zu einer Explosion gekommen, die einen Alarm ausgelöst hatte. Den Mahé war es gelungen, durch heimtückische Intrigen über Jahre hinweg im Innenland den einen oder anderen Konflikt entstehen zu lassen, aber inzwischen wusste ganz Harvinga, wer dahintersteckte, und Corwain bezweifelte, dass einer der Innenland-Skantai, die an den Verhandlungen und Anhörungen teilgenommen hatten, zu einem Bombenleger geworden war. Dafür gab es keinen Grund. Es blieben nur die Mahé.

Aber warum sollten sie im Erdgeschoss der Zitadelle eine Bombe zünden? Dort gab es nichts Wichtiges, nur einige Lagerräume und Versammlungssäle. Und um die ganze Zitadelle zu vernichten, alle Personen in ihr zu töten und auf diese Weise Rache zu nehmen, wäre angesichts der meterdicken, bunkerartigen Mauern ein kleiner nuklearer Sprengsatz erforderlich gewesen.

Also …

Corwain drehte sich abrupt um, stand mit dem Rücken zum Fenster und starrte in einen leer gewordenen Flur. Es befanden sich keine Mech-Wächter mehr in der Nähe, und die Zimmer hinter den offenen Türen waren leer.

Ein Ablenkungsmanöver. Und zu welchem Zweck?

Es gab nur zwei Möglichkeiten. Die erste: Duha Sibal wollte sich an den beiden Repräsentanten der Kompetenz rächen, die ihn um seinen Triumph gebracht hatten. Aber das wäre dumm gewesen. Selbst wenn er es irgendwie geschafft hätte, Corwain und Solace zu töten – es wäre ihm kaum gelungen, die Zitadelle und Harvinga zu verlassen. Er hätte damit rechnen müssen, die nächsten Jahrhunderte zusammen mit Sohn und Tochter in den schwarzen Wänden des Saals der Strafe zu verbringen. Und er hätte seine Sippe den direkten Repressalien der Kompetenz ausgesetzt.

Die zweite Möglichkeit – Corwains Beine hielten sie für die wahrscheinlichere; er lief bereits durch den leeren Flur – lautete: Duha Sibal gab nicht auf und nutzte eine letzte Möglichkeit, Harvinga doch noch unter seine Kontrolle zu bringen.

Corwain schickte der Nadel in seinem Rücken eine Anweisung. *Ping* Solace, ich bin unterwegs zur Sängerin. Die Mahé versuchen vielleicht, sie zu entführen.

Es war eine Mitteilung für die Sicherheitssensoren, die Solace wecken würden. Der Störsender war nach wie vor aktiv, aber glücklicherweise verhinderten seine Signale allein Membranverbindungen und wirkten sich nur marginal auf die Kurzstreckenkommunikation aus.

Corwain erreichte die nächste Treppe, orientierte sich kurz und lief nach oben, nahm dabei jeweils zwei der hohen Stufen auf einmal.

Vor dem Zugang zur obersten Etage lag ein Mech-Wächter, von einem Intervallerstrahl halb zertrümmert. Einer der beiden optischen Sensoren funktionierte noch und richtete sich mit einem leisen Summen auf Corwain. Er blieb nicht stehen, lief weiter und sendete eine zweite Nachricht.

Ping Bestätigung meiner Annahme: Intervaller. Komm nicht hierher, Solace. Gib den Sicherheitskräften der Skantai Bescheid.

Dies war der höchste Turm der Zitadelle, eine graue Nadel, die am Himmel kratzte, der Sängerin und ihrer Leibgarde vorbehalten. Einer der Gardisten lag tot vor der ersten Tür, die Brust aufgerissen und verbrannt. Corwain bückte sich und zog die Projektilschleuder aus dem Gürtelhalfter des Toten. Ich bin ein Mann des Friedens, dachte er. Aber jetzt halte ich eine Waffe in der Hand.

Weiter vorn erklangen Stimmen, untermalt vom Zischen und Fauchen des Winds. Kalte Luft strich durch den Flur.

Mit der Projektilwaffe in der rechten Hand schlich Corwain an der Wand entlang bis zum Zimmer, aus dem die Stimmen kamen. Auch hier stand die Tür offen, und er duckte sich hindurch.

Fast wäre er über einen zweiten Toten gestolpert, einen Küsten-Skantai mit einem Stahlbolzen im Auge. Schatten verhüllten einen großen Teil des Zimmers, aber Corwain stellte fest, dass er sich in einem Wachraum mit historischen Waffen an den Wänden und in offenen Vitrinen befand: Armbrüste, Schleudern, Lanzen und primitive Versionen der Projektilwaffen, mit denen die Leibgardisten ausgerüstet waren; Gegenstände, die vor allem zeremonielle Bedeutung hatten, wie die Garde selbst: Auf Harvinga gab es niemanden, der der Sängerin nach dem Leben trachtete.

Ein Schrei ertönte, wie eine kurze Melodie, schrill und dissonant, und etwas zerbrach, Glas oder Keramik. Corwain setzte über den toten Skantai hinweg, erreichte den offenen Zugang auf der gegenüberliegenden Seite und sah zwei Gestalten im Schlafzimmer mit der breiten, kokonartigen Hängematte: die eine groß, mit milchweißer Schuppenhaut, gekleidet in einen Tarnanzug, der offenbar beschädigt war, denn er passte sich nicht mehr den Farben und Strukturen des Hintergrunds an, sondern verriet sich immer wieder durch ein silbernes Glitzern; die zweite klein und zart, mit weißem Fell an Armen und Beinen und einem puppenhaften Gesicht. Ein Mahé – beziehungsweise *eine* Mahé; Corwain erkannte die Krieger-Tochter des Sippenoberhaupts, Ayfa – über die blutbesudelt auf dem Boden liegende Sängerin gebeugt, neben der die Scherben einer zerbrochenen Vase lagen. Hinter ihnen wehte Wind durch die eine Fenstertür, und auf der Terrasse wartete ein kleiner Springer, dunkel wie die Nacht und ohne Hoheitszeichnen. Die Silhouette in der Pilotenkanzel war vermutlich ein weiterer Mahé.

Ayfa hatte der Sängerin einen Demobilisator angelegt und wollte sie gerade hochheben.

»Lassen Sie sie liegen«, sagte Corwain und richtete die Projektilwaffe auf Ayfa.

Die Kriegerin stand langsam auf, und ihr lippenloser Mund formte ein Lächeln. »Willkommen«, sagte sie auf Interlingua.

Zwei Mahé, dachte Corwain. Einer bei der Sängerin und einer im Springer. Wo war der dritte?

Er wollte sich ducken und zur Seite weichen, doch es war bereits zu spät. Eine Faust traf ihn an der Schläfe, und Schmerz explodierte in ihm, ließ ihn taumeln.

»Corwain Tallmaster«, knurrte Duha Sibal. Er war ein Schemen, der aus den Schatten trat, fast unsichtbar in seinem Tarnanzug. Die großen Augen fingen das Licht eines in der Ferne über dem Meer flackernden Blitzes ein und schienen Funken zu versprühen. »Ich habe gesagt, dass Sie es bereuen werden.« Er hob etwas, das nach einer Armbrust aussah. »Sie sind mir oft genug ein Ärgernis gewesen. Damit ist jetzt Schluss.«

Die Kraft kehrte zurück, und zumindest ein Teil des Benommenheitsnebels löste sich auf. Corwain wankte zur Seite und schwang den Arm mit der Waffe herum, aber dabei stieß er gegen die hohe Rückenlehne eines Stuhls, halb im Dunkeln verborgen, und die Projektilschleuder entlud sich mit einem lauten Knall.

Eine Flammenzunge leckte aus dem Lauf, wie ein kleiner Blitz, der sich vom Gewitter über dem Meer ins Schlafzimmer der Sängerin geschlichen hatte. Und auf dieser Flamme, unsichtbar für gewöhnliche Augen, ritt ein Geschoss aus Metall, das in den Kopf der Mahé schlug, deren Arme die gelähmte Sängerin hielten. Gelbliches Blut spritzte aus einem großen Loch, die erschlaffenden Arme ließen die Sängerin fallen, und Ayfa fiel ebenfalls, schlug der Länge nach hin – der Oberkörper draußen auf der Terrasse, die Beine drinnen, neben der viel kleineren und zarteren Sängerin.

»Meine Tochter«, ächzte Duha Sibal fassungslos. Und dann brüllte er: *»Meine Tochter!«*

Es gab einen kleinen Hebel an der Projektilschleuder, der dazu diente, die Geschosskammer mit einer neuen Patrone zu laden, und Corwain begriff, dass er erneut schießen musste, um sein Leben zu retten. Ein Armbrustbolzen raste so dicht über ihn hinweg, dass er den Luftzug spürte, als er zur Seite hechtete. Unter der mit Innenland-Seide geschmückten Hängematte prallte er auf den Boden, rollte sich ab, kam wieder auf die Beine und betätigte den Ladehebel. Aus dem Augenwinkel sah er, wie auf der Terrasse Sibals Sohn Nazmi aus dem Springer stieg, einen Intervaller in der Hand. Wenn er Gelegenheit bekam, davon Gebrauch zu machen, blieb Corwain keine Chance. Auf Streuung justiert, würde der Intervallerstrahl nur blutige Fetzen von seinem Körper übrig lassen und mit destruktiven Vibrationen sogar die Nadel in seinem Rückgrat zerstören, die einzige Hoffnung auf Wiedergeburt.

Ein zweiter Bolzen streifte Corwains Wange und hinterließ einen heißen, feuchten Striemen. Der Hebel klickte, die Projektilschleuder war wieder geladen, er hob die Hand …

Duha Sibal stand genau vor ihm, nicht mehr als anderthalb Meter entfernt, und hatte die Armbrust auf seinen Kopf gerichtet. Ein instinktiver Gedanke …

Ping Nadel, Bewusstseinsaufzeichnung.

Hinter dem Sippenoberhaupt kam ein Wirbelwind durch die Tür des Schlafzimmers, eine schlanke, sehr schnelle und sehr agile Gestalt, mit dünnem Federflaum im Gesicht. Solace, allein, ohne die Skantai. Hatte sie die Sicherheitskräfte der Zitadelle benachrichtigt, oder war sie gekommen, ohne den Zeremonienmeister und die Gardisten darauf hinzuweisen, dass der Sängerin Gefahr drohte?

Sie sah Sibal, die Armbrust auf Corwain gerichtet, und sie sah auch den Sohn des Thans, wie er mit dem Intervaller in der Hand über die Leiche seiner Schwester hinweg durch die Fenstertür trat. Solace traf ihre Entscheidung, ohne auch nur eine Sekunde zu zögern.

Sie warf ein dünnes Objekt, etwa einen Meter lang, einen kleinen Speer aus dem Wachraum vor dem Schlafzimmer. Und sie warf ihn nicht nach Sibal, sondern nach Nazmi, den sie offenbar für die größere Gefahr hielt.

Der Speer zertrümmerte den Kehlkopf des jungen Mahé und bohrte sich ganz durch den Hals. Sibals Sohn röchelte, ließ den Intervaller fallen und sank, beide Hände zum Hals gehoben, neben seine tote Schwester.

Corwain drückte ab, es knallte, und die Kugel traf Sibals Bein.

Das Sippenoberhaupt heulte und schoss mit der Armbrust, aber Corwain duckte sich unter dem Bolzen hinweg, prallte gegen Sibal, stieß ihn zu Boden und riss ihm dabei die Armbrust aus der Hand.

So sahen ihn die Küsten-Skantai, als sie mit Lampen und Schockstäben hereinstürmten, allen voran der alte Zeremonienmeister: Corwain mit einem Fuß auf dem verletzten Bein des Thans, die Armbrust in der einen Hand und in der anderen die Projektilschleuder. Solace war bei Sibals Sohn und Tochter in die Hocke gegangen und hatte Nazmi den Intervaller abgenommen.

»Er lebt noch«, sagte sie. »Wenn er schnelle Hilfe bekommt, kann er noch gerettet werden.«

Ein Translator übersetzte.

Mehrere Skantai waren bereits zur Sängerin geeilt und befreiten sie von dem Demobilisator. Zwei wandten sich mit finsteren Mienen Solace zu.

»Weg mit den Waffen«, sagte der Zeremonienmeister scharf. Er richtete seinen Schockstab auf Corwain. »Weg mit den Waffen. Das gilt auch für Sie.« Die letzten Worte richtete er an Solace.

Corwain starrte auf Armbrust und Projektilschleuder hinab. »Es war Notwehr«, sagte er. »Ich ...«

»Sie ist tot!«, rief einer der Skantai. »Die Sängerin ist tot! Das Herz des Weltgeistes, es schlägt nicht mehr! Eine Kugel hat es zerrissen.«

»Er war es!«, stieß Duha Sibal hervor, das Gesicht eine Grimasse. »Ich habe es gesehen! Tallmaster hat die Sängerin erschossen – er hält die Waffe noch in der Hand!«

»Das ist Unsinn«, sagte Corwain. »Warum sollte ich ...«

»Lassen Sie die Waffen fallen!«, fauchte der Zeremonienmeister.

Ein besonders kräftig gebauter Küsten-Skantai schlug mit dem Schockstab zu und traf Corwains linke Hand mit der Armbrust. Ein elektrischer Schlag durchzuckte ihn, erreichte selbst die Nadel und veranlasste sie zu einem *Ping* (Krrrkh). Heißer Schmerz brannte in allen Nervenbahnen, führte zu Muskelkrämpfen und zuckenden Gliedmaßen. Der Zeigefinger der linken Hand krümmte sich um den Abzug, ein Surren kam von der Armbrust, und ihr Bolzen prallte dicht neben Duha Sibals Kopf auf den Boden.

»Er will mich umbringen!«, heulte der Mahé. »Er will mich töten, weil ich die Wahrheit sage!«

Plötzlich war der Zeremonienmeister da und zog Corwain Armbrust und Projektilschleuder aus den Händen.

»Ich habe die Sängerin nicht erschossen«, brachte er hervor.

»Als es zu der Explosion kam, habe ich ein Ablenkungsmanöver vermutet und bin hierhergelaufen. Die Mahé waren im Schlafgemach der Sängerin und …«

»Es sollte so aussehen, als seien wir die Schuldigen«, ächzte Duha Sibal. Die Pupillen seiner großen Augen waren sehr breit geworden, und das Gesicht wirkte noch bleicher als sonst. Blut strömte aus der Schusswunde im Bein.

Der Skantai, der mit dem Schockstab zugeschlagen hatte, zog Corwain zur Seite, was ihn zwang, den Fuß vom Bein des Mahé zu nehmen.

»Das ist Schwachsinn!«, rief Solace. Zwei Skantai-Gardisten hielten sie fest. »Warum sollten wir die Sängerin töten? Sie hat zu unseren Gunsten entschieden!«

»Das hat euch offenbar nicht gereicht.« Der Sibal versuchte aufzustehen. »Ihr wolltet uns als Mörder dastehen lassen. *Die Kompetenz hat die Sängerin von Harvinga auf dem Gewissen!*«

Wie um seine Worte zu unterstreichen, gleißte ein Blitz über dem Meer, so nahe, dass das Donnergrollen schon nach wenigen Sekunden folgte.

Der Zeremonienmeister holte tief Luft. »Sie stehen alle unter Arrest, bis wir dieses abscheuliche Verbrechen untersucht und den Schuldigen gefunden haben.« Aber bei diesen Worten sah er Corwain Tallmaster an, und ein schrecklicher Verdacht lag in seinem Blick.

8

Das Licht der Sonne fiel matt durch einen hohen, grauen Wolkenschleier, unter der die *Esquitor*, gehalten von Gravfeldern, hing. An den Flanken des Pfeilschiffes zeigten sich die diffusen orangefarbenen Schlieren einer Resonanzaura – es war alles für einen Transit bereit.

»Ich habe die Sängerin nicht erschossen«, sagte Corwain noch einmal.

Hinter ihnen ragten die dicken, grauen Mauern der Zitadelle auf, fast so alt wie er. Es war ein kalter Tag, und das Meer lag bleiern da, glatt und ruhig nach langen Nächten ohne Sturm und Gewitter.

Zwei tropfenförmige Atmosphärenspringer standen bereit, einer für Corwain und Solace, von der am Himmel wartenden *Esquitor* geschickt, der andere ein Beiboot der *Sturmwind,* des Sibal-Flaggschiffs, das in einer hohen stationären Umlaufbahn wartete, auf der anderen Seite des Planeten, wie es die Vereinbarung vorsah.

In einen dicken, wärmenden Umhang gehüllt, brachte der hinkende Duha Sibal seinen verletzten Sohn an Bord des zweiten Springers. Nazmi trug einen provisorischen Medo-Mech am Hals und hatte die großen Augen geschlossen; vielleicht war er gar nicht bei Bewusstsein.

»Sie lassen den wahren Mörder gehen«, fügte Corwain hinzu.

Der Zeremonienmeister stand gebeugt da, der Rücken krumm von der schweren Last des Verlustes und der Trauer. Hinter ihm hatten drei Gardisten Aufstellung bezogen: ein Skantai, ein Eisläufer von Kaitesch und ein Repräsentant der Tarawadi. Ihre Hände waren leer, aber in den Gürtelhalftern steckten Projektilschleudern, moderner als jene, mit der Corwain die Tochter des Sippenoberhaupts erschossen hatte.

Als der gebeugte Mann noch immer nicht reagierte, sagte Corwain mit mehr Nachdruck: »Sie machen einen großen Fehler.«

Der Zeremonienmeister hob den Kopf. »Der Fehler bestand darin, Ihnen – den Mahé und der Kompetenz – zu gestatten, nach Harvinga zu kommen. Die Sängerin ist tot. Einer von Ihnen hat das Kostbarste zerstört, das wir hatten. Es wird Jahre dauern, die Geburt einer neuen Sängerin vorzubereiten. Und noch einmal viele Jahre werden vergehen, bis sie in der Lage ist, mit der Stimme des Weltgeistes zu sprechen. Es wird eine lange Zeit der Krise geben, vielleicht sogar der Konflikte.«

»Wir wollten helfen …«, sagte Solace.

»Auch die Mahé wollten helfen«, erwiderte der Skantai.

»Ich habe Ihnen gezeigt, welche ›Hilfe‹ sie geleistet haben und weiter geleistet hätten«, sagte Corwain.

»Sie wollten helfen, aber Sie haben Harvinga zur Bühne *Ihres* Konflikts gemacht. Sie haben Gewalt zu uns gebracht, und den Tod.«

Diese Worte trafen Corwain. »Ich bin ein Mann des Friedens …«

»Aber Sie haben getötet«, sagte der Zeremonienmeister streng. »Die Tochter des Thans und wahrscheinlich auch die Sängerin.« Er hob die Hand, als Corwain Einwände erheben wollte. »Unser Gesetz verlangt Strafe für das, was Sie getan haben, aber wir müssen Sie gehen lassen, weil Sie sich auf Ihren diplomatischen Status berufen. Und weil Sie uns drohen.« Er schickte einen Blick gen Himmel, zur *Esquitor*.

»Es ist keine Drohung«, sagte Corwain. Kutaibi wollte eine Konfrontation mit dem größeren Schiff der Mahé auf der anderen Seite des Planeten vermeiden. Deshalb war er hier, bereit zum sofortigen Transit. »Wir …«

»Schluss damit.« Der Zeremonienmeister hob die Stimme. »Ich verbanne Sie von Harvinga, Sie und Ihre Völker, und zwar für die nächsten hundert Jahre! Den Mahé und allen Repräsentanten der Kompetenz ist hiermit ausdrücklich untersagt, diese Welt zu betreten. Wir brauchen Ihre Konflikte nicht und gehen unseren eigenen Weg.«

Corwain schüttelte traurig den Kopf. »Es tut mir leid. Es tut mir wirklich leid, bitte glauben Sie mir.«

»Davon wird die Sängerin nicht wieder lebendig«, sagte der Zeremonienmeister.

»Und auch meine Tochter nicht«, grollte Duha Sibal. Er stand neben seinem Springer und richtete einen finsteren Blick auf Corwain. »Ich verfluche Sie, Corwain Tallmaster, und ich verfluche auch die Frau an Ihrer Seite. Ich verfluche alle Ihre Freunde und Verwandten, alle Ihre Ahnen und Nachfahren. Ich verfluche Ihre ganze Sippe. Ich verfluche jeden Schlag Ihres Herzens, jeden Atemzug, jeden Gedanken, der Ihnen durch den Kopf geht. Ich verfluche Ihre Seele – möge sie die schlimmsten aller Qualen erleiden, nachdem ich Sie getötet habe.« Er hob die Faust. »Dies verspreche ich bei den Kodizes der Sibal und aller Mahé. Ich werde nicht eher ruhen, bis der Tod meiner Tochter gerächt ist. Tausendmal ihr Schmerz für Sie, Tallmaster, tausendmal ihr Leid.« Er öffnete die Faust, hielt die Finger gekrümmt wie Krallen. »Ich werde Ihnen das Herz aus der Brust reißen und es zerquetschen.«

Er wankte einen Schritt nach vorn, mit Feuer in den Augen, und die drei Gardisten hinter dem Zeremonienmeister zogen ihre Waffen.

Abrupt drehte sich Duha Sibal um und stieg, vom verletzten Bein behindert, in den Springer. Hinter ihm schloss sich die Luke. Nur wenige Sekunden später hob das tropfenförmige Schiff ab, gewann schnell an Höhe und flog nach Osten, fort von der Zitadelle und dem über ihr wartenden Pfeilschiff.

»Gehen Sie, Tallmaster«, sagte der Zeremonienmeister. »Und kommen Sie nie wieder hierher.«

So kann ein Sieg zur Niederlage werden, dachte Corwain, als sie zur *Esquitor* zurückkehrten.

CODE V

DIE VERITAS

Was, wenn ich mich irre?, dachte Rahel Rahelia $_{29}$Kinmaster. Es war ein Gedanke, der quälend sein konnte, denn Gewissheit gab es nicht, nicht einmal für sie, die letzte Pattern-Master. Es gab nie Gewissheit, immer nur Wahrscheinlichkeit. Daraus bestand die Basis der Realität, das Fundament der Wirklichkeit: aus Wahrscheinlichkeiten. Und aus Zusammenhängen, aus Verbindungen zwischen Ereignissen und Dingen, aus kausalen und nonkausalen Verknüpfungen. Am schwierigsten zu erkennen und zu interpretieren waren die Muster dort, wo keine direkten Korrelationen zwischen Ursache und Wirkung existierten; dort gab es besonders viel Platz für Fehler und Irrtümer. Was, wenn sie sich irrte? Es war ein nagender Gedanke, einer, der Unsicherheit und Unbehagen brachte, sie nie ganz zur Ruhe kommen ließ. Ich irre mich nicht, antwortete sie sich selbst, und diese Worte dachte sie auch jetzt, wie ein Mantra, wie eine magische Formel. Und vielleicht nahm sie auch damit Einfluss auf die Entwicklungsmuster, indem sie sich selbst darin bestärkte, dem eingeschlagenen Weg zu folgen.

»Ich bin müde«, sagte der Mann, der vor ihr im Salon der *Conzilia* saß. »In Mark und Bein, in Herz und Seele. Ich habe es satt.«

Der Mann hieß Elron Kuri $_{127}$Aijar, zählte wie Rahelia zu den Letzten Menschen und war einer der ältesten von ihnen, ein Hunderter, der viele Tausend Jahre hinter sich hatte.

Dies war ein weiterer Knotenpunkt in den nonkausalen Mustern, wusste Rahelia. Sie konnte ihn bestärken in der Entscheidung, die er getroffen hatte, oder sie konnte versuchen, sie ihm auszureden. Es mussten Opfer gebracht werden – es mussten *immer* Opfer gebracht werden –, aber ausgerechnet dieses?

Sie wählte neutrale Worte oder Worte, die sie hier, unter diesen Umständen, für neutral hielt. »Wer müde ist, muss schlafen, ruhen.«

»Ich mache mich bald auf den Weg zur Alten Erde«, sagte Elron. Er seufzte, tief und schwer, und die Faltenlandschaft in seinem Gesicht geriet in Bewegung, als er sagte: »Zum Mausoleum. Dorthin, wo Esebian begraben liegt.«

Er könnte sich klonen, dachte die Veritas und beobachtete den müden alten Mann, den Greis, der vor ihr in einem Variform-Sessel saß, Schultern und Rücken krumm. Er könnte zu Elron Kuri $_{128}$Aijar werden und das Bewusstsein auffrischen lassen, vielleicht einige Erinnerungen, die mehr wiegen als andere, auslagern. Aber sie behielt diese Gedanken für sich, und auch damit nahm sie Einfluss.

»Vorher müssen Sie nach Abidale im Kaldorn-System zurück.« Überrascht hörte Rahelia die Schärfe in ihren Worten. Sanfter fügte sie hinzu: »Wenn Sie unbedingt zur Erde wollen, sollten Sie von dort aus fliegen.«

Seine wässrigen Augen sahen sie an. »Weil es die Muster so wollen?«

»Ja«, bestätigte sie knapp. Und um weiteren Fragen vorzubeugen, fügte sie hinzu: »Wie ist die Lage im Kern? Hat sich etwas Neues ergeben?«

»Meinen Sie die Kernkompetenz oder die Koryphäen?«

Etwas von seinem alten Humor erklang in diesen Worten, und Rahelia lächelte. Sie deutete zum großen Display, das sich wie ein Panoramafenster an der Wand wölbte und einen Spiralarm der Milchstraße zeigte.

»Sie wissen, was ich meine, Elron«, sagte sie. Das Gesteninterface reagierte auf ihren Wink und hob die Sonnenmassen des galaktischen Kerns hervor. Eingeblendete dünne Linien, die Rahelia an die Muster erinnerten, die sie mit ihrem inneren Auge sah, wiesen auf die wichtigsten Resonanzrouten und Kommunikationsbahnen hin.

»Die Unruhe bei den Koryphäen wächst«, sagte der Hunderter. Ein seltsames Licht erschien in seinen Augen. »Ihr Datenverkehr nimmt immer mehr zu.«

Die Veritas nickte kurz. So viel hatte sie bereits von ihren anderen Kontakten erfahren.

»Was ist mit der Gruppe um Hal-am-Affara-Kairih-tan-Mauleon-Calaqor-tan-Raztar? Haben Sie etwas von ihren Plänen in Erfahrung bringen können?«

»Es ist schwer, aus den Koryphäen schlau zu werden, selbst für meine Gruppe, die auf gewisse Ressourcen der Kompetenz zurückgreifen kann. Hal-am gehört zu den Aufstrebenden, und während der letzten hundert Jahre ist es ihm offenbar gelungen, seine Position auszubauen und an Einfluss zu gewinnen.«

»Und Jae-al-Escoe-Hoivinio-tan-Mauleon-Caliquire-tan-Nesluzan von den Dominanten? Lässt er ihn gewähren?«

»Jae-al schweigt, seit er seinen Gesandten vor siebzehn Jahren ins Kosmotop schickte«, sagte Elron mit trockener, brüchiger Stimme. »Zumindest kommuniziert er nicht auf einer Ebene, zu der meine Gruppe Zugang hat. Meiner Ansicht nach schweigt er aus gutem Grund.«

»Wegen des geheimen Abkommens, von dem Sie mir vor einem halben Jahr erzählt haben?«, fragte Rahelia und strich ihr Gewand an den Knien glatt. Ihr gefiel, wie der violette Stoff glänzte und glitzerte. »Dem angeblichen Abkommen zwischen den Koryphäen, den Dominanten und dem Kosmotop?«

»Höre ich da Skepsis in Ihrer Stimme?«

Rahelia musterte den Greis und versuchte, sich nichts anmerken zu lassen. Hatte sie tatsächlich skeptisch geklungen? Elron Kuri 127Aijar mochte des Lebens müde und nicht mehr ganz auf der Höhe seiner normalen geistigen Leistungsfähigkeit sein, aber er hatte den Vorteil immenser Erfahrung. Ein Hunderter ließ sich nicht so leicht täuschen. Sie legte sich ihre nächsten Worte sorgfältig zurecht und ließ sie fallen wie Steine ins Wasser eines Teiches, damit sie kleine Wellen schlugen. »Jae-al-Escoe-Hoivinio-tan-Mauleon-Caliquire-tan-Nesluzan hat mehrmals bewiesen, dass wir ihm vertrauen können«, sagte sie langsam. »Die Kompetenz vertraut ihm.«

Elron schnaubte. Seine Lippen bebten, als er erwiderte: »Man kann den Koryphäen nicht trauen, keiner von ihnen. Wer weiß, was die Maschinenzivilisationen im galaktischen Kern aushecken? Sie manipulieren alles.«

»Auch uns? Sie? Mich?«

Der Greis durchbohrte sie mit einem unangenehm scharfen Blick. Es lag noch Kraft in seinen wässrigen Augen, erstaunlich viel Kraft.

»Ich darf Ihnen versichern, dass ich Sie sehr schätze und respektiere, Veritas«, sagte er mit einer Stimme, die wie brechendes Glas klang. »Sie sind der letzte Pattern-Master, und vielleicht der beste von allen. Ich bedauere sehr, dass man in der Kompetenz nicht auf Sie hörte, dass Sie sich nicht durchsetzen konnten.« Elron beugte sich ein wenig vor und richtete einen knochigen Zeigefinger auf sie. »Aber wo Sie ein Muster sehen, das Ihnen Hinweise auf zukünftige Entwicklungen gibt, sehen die Koryphäen Tausende, Zehntausende, Millionen. Sie denken schneller und ohne den Ballast von Emotionen, wenn sie wollen. Sie verknüpfen viel mehr Daten. Ihr Blick reicht weiter in die Zukunft, in alle Zukünfte, die es geben könnte. Was jetzt geschieht, hier und an anderen Orten in der Milchstraße … Es ist von ihnen vorausgesehen und geplant. Sie manipulieren alles, im Großen wie im

Kleinen. Unsere Freiheit …« Elron gestikulierte vage. »… ist nichts weiter als Illusion.«

Vielleicht ist sie das immer, dachte Rahelia. Wir alle unterliegen Zwängen. Und manchmal legen wir uns selbst Fesseln an.

Sie wusste, dass Elron Aijar von den Koryphäen und ihrer Macht geradezu besessen war, und dass die Direktoren der Kompetenz deshalb schon vor einer ganzen Weile aufgehört hatten, ihn ernst zu nehmen. Aber sie wusste auch, dass Wahrheit in seinen Worten steckte, tief in ihnen. Die Muster – auch wenn sie nur wenige sah – wiesen manchmal darauf hin.

Sie öffnete das innere Auge, betrachtete den aktuellen Stand der Dinge und erkannte, dass ihr noch ein wenig Zeit blieb. Ihr Blick ging kurz zum Display, das wie ein Fenster aussah, als wollte sie dort draußen Ausschau nach dem Schiff halten, das sich der *Conzilia* näherte – ein Schiff mit Feinden an Bord.

Es müssen immer Opfer gebracht werden, dachte sie noch einmal. Das gilt auch für mich. Sie hätte ein anderes Leben führen können, oder viele andere Leben, vielleicht mit einem Partner an ihrer Seite. Sie hätte in der Kompetenz bleiben und anderen Zivilisationen dabei helfen können, die manchmal sehr schwierige und steile Leiter der Entwicklung zu erklettern und dabei den Gefahren auszuweichen, an denen andere Völker gescheitert waren. Stattdessen befand sie sich hier, an einem wichtigen Knotenpunkt in einem wichtigen Muster, das nur sie sah. Gab es eine bessere Beschreibung für Einsamkeit?

Es kommt darauf an, was wir wollen und wie stark unser Wille ist, dachte sie, den Blick noch immer nach draußen gerichtet. Das Schwert kann nur so mächtig sein wie die Hand, die es hält und führt.

»Sie manipulieren alles«, betonte Elron noch einmal. »Selbst Sie, ich bin sicher.«

»Mich?«

»Unsere Experten glauben, dass die Koryphäen kurz davor sind, Stufe neun zu erreichen.«

»Wir wissen nicht einmal, ob sie wirklich als Stufe acht kategorisiert werden können«, wandte Rahelia sanft ein. »Wir wissen nicht einmal, ob es Sinn hat, unser Bewertungssystem bei ihnen anzuwenden.«

»Erinnern Sie sich an die alten Magister, die Vorfahren der heutigen Koryphäen? Damals, als es noch die Hohen Welten und Tausend Tiefen gab?«

Rahelia lächelte. »Ich bin alt, aber nicht *so* alt.«

Elron schüttelte unwirsch den Kopf. »Ich meine, wissen Sie, wie die Magister damals beschaffen waren?« Er wartete keine Antwort ab und fuhr fort: »Sie hatten etwas, das sie ›Algo-Stochastik‹ nannten. Eine Art mathematisch präzise Vorausberechnung künftiger Ereignisse: überaus komplexe Rechenmuster, die die Wellenfunktion aus der Quantenmechanik auf die Makrowelt übertrugen.«

Rahelia wusste natürlich davon; die Pattern-Master vor ihr hatten sich ausgiebig mit der Algo-Stochastik der Magister beschäftigt und viel daraus gelernt. Aber sie schwieg und hörte zu.

»Kompliziertheit und damit auch Präzision der Abstraktionsschichten bei dieser speziellen Art von Wahrscheinlichkeitsrechnung nehmen exponentiell zu, und die Magister erreichten damals die fünfundzwanzigste Abstraktionsebene. Die besten von den Menschen geschaffenen Brainer schafften es nur bis zur ersten. Die Brainer …«

»Ich weiß, was es mit den Brainern auf sich hat«, sagte Rahelia und sprach noch immer sanft. »Sie sind *unsere* Vorfahren, die Ahnen der Master unter den Letzten Menschen.«

»Seit damals haben sich erst die Magister und später die Koryphäen rasend schnell weiterentwickelt. Was wir heute von ihnen sehen …«

»Ist nur die Spitze des Eisbergs?«, fragte Rahelia.

Elron zögerte kurz. »Eine alte Metapher, und durchaus angemessen. Ich will damit sagen: Die Koryphäen hatten Zeit, Gelegenheit und genügend intellektuelle und materielle Ressourcen, um die einstige Algo-Stochastik zur Meisterschaft zu entwickeln. Sie sehen die Zukunft weitaus besser und klarer als Sie, Veritas, und mehr noch: Sie gestalten die Zukunft. Sie nehmen Einfluss auf die Gegenwart, um die Zukunft zu schaffen, die sie sich wünschen.«

»Welche Zukunft wünschen sie sich, Elron?«

Er schnaufte, und es war wie ein letztes Aufbäumen. Die Kraft verließ ihn, das Licht verschwand aus den Augen, und seine Gesten wurden fahrig. »Wir sind ephemer für sie, Veritas, selbst wir Letzte Menschen, die wir Jahrtausende alt sind. Aber was sind Jahrtausende für die Koryphäen? Kaum mehr als Sekunden. Sie sehen uns kommen und gehen, und vielleicht haben sie uns bald satt. Vielleicht verlieren sie das Interesse an uns, weil es nichts mehr gibt, das sie von uns lernen könnten. Vielleicht gelangen sie irgendwann zu dem Schluss, dass die Zeit für biologisches Leben abgelaufen ist.«

»Glauben Sie das wirklich?«, fragte Rahelia erstaunt. Konnte ein Hunderter so dumm sein? Oder so kurzsichtig und voreingenommen?

Elrons Schultern krümmten sich. »Im galaktischen Kern gibt es eine Macht, die wir längst nicht mehr verstehen und der wir nichts entgegensetzen könnten, sollte es irgendwann einmal zu einem Konflikt kommen. Es war der Mensch, Veritas, der die Künstlichen Intelligenzen geschaffen hat, aus denen sich die Magister entwickelten, und aus ihnen die Koryphäen. Sie sind unsere Kinder, doch haben diese Kinder ihren Eltern geholfen, als sie in Not gerieten? Nicht einmal fünfzehntausend sind von uns übrig. Haben die Koryphäen jemals versucht, unseren Niedergang aufzuhalten? Haben sie uns Hilfe angeboten? Sie sehen tatenlos zu, wie wir sterben, einer nach dem anderen.« Er schnaufte erneut, leiser und resigniert. »Was mich an etwas erinnert.«

Er stand auf. »Sie haben die Kompetenz verlassen, weil man dort nicht zu einem Vierten Feldzug bereit ist, Veritas. Mir hat man vor langer Zeit meinen operativen Status genommen, weil ich darauf bestand, präventive Maßnahmen gegen die Koryphäen zu ergreifen. Etwas verbindet uns.«

Es war ein weiterer Knotenpunkt, an der Peripherie des zentralen Entwicklungsmusters, nicht so wichtig wie die anderen, aber durchaus von Bedeutung. Rahelia erhob sich ebenfalls. Sie war der letzte Pattern-Master und trug somit größere Verantwortung als jemals ein Pattern-Master vor ihr. Aber sie war auch ein Mensch mit einem Gewissen, und dieses Gewissen verlangte von ihr, die persönliche Situation des Hunderters nicht völlig unberücksichtigt zu lassen. »Überlegen Sie sich, was Sie tun. Es gibt kein Zurück, keine Möglichkeit, einen Fehler zu korrigieren.«

Elron schüttelte den Kopf, als er zur Tür ging – zur Tür *schlurfte,* als fiele es ihm schwer, die Füße vom Boden zu heben. Zuerst hatte es den Anschein, als wollte er nicht antworten oder hätte die Frage gar nicht gehört, doch dann blieb er noch einmal stehen. »Ich sehe ebenfalls Muster, Veritas«, sagte er. »Es sind die Muster meines langen Lebens. Dieser Klon hat sein Ende erreicht.«

»Sie könnten einen neuen erschaffen.« Da waren sie, die Worte, die Rahelia eigentlich nicht hatte aussprechen wollen. Sie sprangen ihr aus dem Mund, angetrieben von ihrem Gewissen.

»Das könnte ich, ja.« Er holte tief Luft, und es klang fast wie ein Röcheln. »Leben Sie wohl, Veritas.«

Die Tür schloss sich hinter ihm. Rahel Rahelia $_{29}$Kinmaster blieb allein im Salon der *Conzilia* zurück, blickte nachdenklich aus dem Display-Fenster und wartete.

Ein Schiff näherte sich.

Es war kein Resonanzschiff, und normalerweise wären die Sensoren der *Conzilia* nicht imstande gewesen, es während des Transits – beziehungsweise des Sprungs – zu orten. Aber Rahelia hatte immer noch gute Freunde in der Kompetenz, und ihnen verdankte sie gewisse technische Erweiterungen. Das Schiff kam: ein kleiner blinkender Punkt im Sternenmeer der Milchstraße. Es näherte sich der Position der *Conzilia*.

Sie öffnete das Auge tief in ihrem Innern, betrachtete noch einmal das Muster und befürchtete, Veränderungen zu sehen, die nicht zu ihren Plänen passten. Aber erstaunlicherweise hatten sich die Entwicklungslinien stabilisiert. Ihre unvorsichtigen Worte, vom Gewissen diktiert, schienen Elron in seiner Absicht, die eigene Existenz im Mausoleum auf der Alten Erde zu beenden, bestärkt zu haben. Das war einer der Aspekte ihrer Master-Fähigkeit, der sie immer wieder überraschte, selbst nach all den Jahren. Manchmal schien ihr Unterbewusstsein ein oder zwei Schritte weiter zu sein als das bewusste Selbst; es verdiente mehr Vertrauen.

Rahelia beobachtete den blinkenden Punkt im Displayfeld und wartete noch etwas länger.

Das zentrale Muster wies eine Lücke auf, die sie selbst betraf. Vermutlich lag es daran, dass sie zum ersten Mal eine aktive Rolle spielte. Sie begnügte sich nicht damit, Entwicklungen vorherzusagen, wie sie es lange für die Kompetenz getan hatte, und die Ereignislinien zu benennen, aus denen sich hohe Wahrscheinlichkeiten für bestimmte Geschehnisse ergaben. Diesmal nahm sie direkten, unmittelbaren Einfluss und lenkte die Ereignislinien in eine von ihr gewünschte Richtung, um Gefahr von den Letzten Menschen abzuwenden. Die Weigerung der Kernkompetenz, einen Vierten Feldzug gegen die Incera auch nur in Erwägung zu ziehen, hatte ihr keine Wahl gelassen.

Das Muster verlangte, dass sie sich ins Kosmotop begab, aus dem keine Rückkehr möglich war, und es verlangte auch eine Begegnung mit diesem Schiff. Offenbar existierte eine kausale Verbindung – Rahelia fühlte sie als sanftes Fließen, das sie mit sich ziehen wollte –, aber es war nicht ganz klar, was geschehen würde, wenn das fremde Schiff tatsächlich erschien.

Sie verließ den Salon, in dem sie mit Elron gesprochen hatte, und suchte den kleinen Kontrollraum auf. Dort schmiegte sich der Pilotensessel an ihren Körper, und virtuelle Schaltflächen leuchteten auf, neigten sich ihren Händen entgegen.

»Ich empfehle Verteidigungsmaßnahmen«, riet ihr die *Conzilia*. »Defensive Konfiguration eins?«

»Nein«, sagte Rahelia und lehnte sich zurück. »Nein, wir bleiben beim Navigationsschild. Er genügt.«

Wie sich herausstellte, genügte er nicht.

Das fremde Schiff beendete seinen Sprung nur eine halbe Lichtsekunde entfernt und eröffnete sofort das Feuer.

DAS TICKEN DER ZEIT

9

Es trennten Corwain nur noch fünf Meter von der Hütte auf dem Asteroiden der Tallmaster-Residenz, als Solace plötzlich seine Hand ergriff. »Geh nicht weiter.«

Er sah sie erstaunt an. Es war hell, beide künstlichen Sonnen standen am Himmel, aber trotzdem lagen Schatten auf ihrem Gesicht, und die Augen hatten den grünen Ton der Sorge angenommen. »Was ist mit dir?«

Sie zog ihn einen Schritt zurück, dann noch einen, fort von der Hütte. Weiter hinten, ein Stück abseits des Sees, stand das Landemodul der *Esquitor,* ein Resonanz-IVV, ein Individualisierbares Variform-Vehikel, mit einem Resonator ausgestattet und zu Up- und Downstream-Transiten imstande. Kutaibi hatte es ihnen bis zum nächsten Rendezvous mit seinem Pfeilschiff zur Verfügung gestellt, das in einem Standardmonat bei Neunauge im Ophiuchus-Sektor stattfinden sollte, nachdem sich Corwain und Solace von den Ereignissen auf Harvinga erholt und ausreichend Abstand gewonnen hatten.

»Ich habe in der letzten Nacht den Seelenwind gehört«, sagte Solace leise. »Er hat mir eine traurige Geschichte erzählt.«

»Das tut mir leid«, sagte Corwain müde. Der Transit hatte eine ganze Woche gedauert, und er hatte kaum geschlafen, immer wieder an Harvinga, die tote Sängerin und Duha Sibals Tochter

Ayfa gedacht. Er war ein Mann des Friedens, ja, aber es klebte Blut an seinen Händen.

»Er hat mir erzählt, dass du dich selbst tötest.« Solace schüttelte den Kopf. »Nein, nicht du. Jemand wie du.«

»Hier sind wir sicher, Solace. Fast so sicher wie bei der Kompetenz.«

»Jemand ist hier.«

»Unmöglich«, sagte Corwain sofort.

»Kannst du es mit der Nadel überprüfen?« Solace sprach immer undeutlicher, mit einer Stimme, in der die zwitschernden Töne lauter wurden.

»Die Warnsysteme der Hütte und des Maschinenkerns unter ihr hätten mich längst gewarnt, wenn jemand hier wäre.«

»Bitte!«

»Also gut.« Corwain schickte der Nadel in seinem Rücken eine Anweisung. *Ping* (Status). Die auf seine ID-Signatur programmierten Residenzsysteme des Asteroiden reagierten mit einer Selbstprüfung, der ein überaus komplexer Algorithmus zugrunde lag. Die von den Nanosensoren in Luft und Boden übermittelten Daten, das Landschaftsbild von See, Ufer und Friedhofswiese, die Beschaffenheit der Hütte, die Anordnung der Gegenstände darin (lag alles so da, wie Corwain und Solace es zurückgelassen hatten?), die Funktion der Systeme, die Anzahl der Aufrufe ihrer Subroutinen, energetische Fluktuationen im Maschinenkern – das alles wurde für die Berechnung einer Prüfsumme herangezogen, und sie entsprach genau dem Wert, mit dem Corwain und Solace die Residenz vor Monaten verlassen hatten, um nach Harvinga zu fliegen. Mit einem kleinen Unterschied. Ein Observationsknoten erwähnte eine Autokorrektur bei den Kontrollsystemen kurz nach dem Eintreffen einer Nachricht. Vielleicht war es bei den Kommunikatoren zu einer Störung gekommen – das konnte passieren, wenn Membrankontakte nicht präzise kalibriert waren.

Ping Ruhestatus bestätigt. Keine Beeinträchtigungen.

»Es ist alles in Ordnung«, sagte Corwain. Er wollte zur Hütte gehen, aber Solace hielt ihn noch immer fest.

»Der Mahé hat Rache geschworen«, trillerte sie.

»Außer den hier lebenden Letzten Menschen weiß niemand, wo sich diese Residenzgruppe befindet«, sagte Corwain. »Und außerdem ist erst eine Woche vergangen, nicht annähernd Zeit genug für Duha Sibal, etwas gegen mich in die Wege zu leiten oder gar jemanden hierherzuschicken. Was der Seelenwind dir zugeflüstert hat, Solace … Es war nur ein böser Traum.«

Vorsichtig löste er seine Hand aus der ihren und ging zur Hütte.

Ping Fehlfunktion. Doppelte Präsenz.

Corwain blieb stehen, mit einem Fuß auf der untersten Verandastufe. *Ping* Was meinst du mit doppelter Präsenz?, fragte er.

Die Tür flog auf, und dort stand er selbst, nackt und feucht, wie gerade nach der Erneuerung aus dem Bottich geklettert. Das Gesicht war leer wie bei einem Schlafenden, aschblondes Haar klebte nass am Hals, und an der Brust erinnerten wie Wundmale aussehende rote Stellen an die Wachstumsstimulatoren. Der andere Corwain Tallmaster hielt einen Blaster in der Hand und hob ihn.

Dieser Corwain sprang zur Seite, und seine Gedanken riefen: *Ping* Abwehrsysteme aktivieren! Die zweite Präsenz unschädlich machen.

Ping Unmöglich. Verstoß gegen Grundprogrammierung. Die Abwehrsysteme können nicht gegen Corwain Tallmaster eingesetzt werden.

Es fauchte, und sengende Hitze strich über Corwains Rücken. Er prallte auf den Boden, kroch geistesgegenwärtig unter die Veranda und sah dabei aus dem Augenwinkel, wie Solace zum IVV zurücklief. Es war die vernünftigste Entscheidung, die sie treffen konnte; wenn sie versucht hätte, ihm zu helfen, wäre sie nur selbst in Gefahr geraten. Zum Glück schenkte ihr der Mann in der Tür, der andere Corwain, keine Beachtung. Er trat über die

Veranda, mit langsamen, schweren Schritten. Vielleicht kam er wirklich gerade aus dem Bottich unter der Hütte; vielleicht war er noch schwach und unsicher auf den Beinen.

Corwain begann zu ahnen, was geschehen war.

So leise wie möglich kroch er unter der Veranda zur Seite des Hauses, wo der Wald fast bis an die Hütte heranreichte – die Bäume versprachen Deckung.

Wieder fauchte es, und der Blaster in der Hand des Klons spuckte tödliche Energie, die sich durch den Holzboden der Veranda bohrte. Corwain fühlte schmerzhafte Hitze am Bein, schnitt eine Grimasse und kroch weiter. *Ping* Positionsbestimmung zweite Präsenz, dachte er. Sie war derzeit sein einziger Vorteil: die Nadel. Der Klon hatte garantiert keine. *Ping* Residenzkonfiguration. Beide künstlichen Sonnen auf die andere Seite des Asteroiden. Die Systeme seiner Residenz antworteten sofort. *Ping* Bestätigung.

Er erreichte den Rand der Veranda, und jetzt kam ein kritischer Moment: Er musste aufspringen und einige Meter laufen, um den Wald zu erreichen. Das gab dem Klon zwei oder drei Sekunden Zeit, auf ihn zu zielen. Mehr als genug Zeit für einen guten Schützen, aber der andere Corwain hielt zweifellos zum ersten Mal einen Blaster in der Hand, und wenn die Erneuerung wirklich erst vor kurzer Zeit erfolgt war, wie Corwain vermutete, mangelte es ihm auch noch an motorischer Kontrolle. Die Nadel vermittelte ihm einen Eindruck vom Aufenthaltsort des Klons; es fühlte sich nach einem zusätzlichen Sinn an, mit dem er *spürte,* wo sich der andere Corwain befand: zwei Meter weiter links auf der Veranda, den Kopf wie lauschend zur Seite geneigt. Er legte erneut mit dem Blaster an …

Corwain rollte unter der Veranda hervor, war mit einem Satz auf den Beinen und rannte zum nahen Wald. Die beiden künstlichen Sonnen glitten bereits dem Horizont entgegen, und die Schatten wurden länger. Ein Blitz vertrieb sie für einen Moment, zuckte über Corwain hinweg und traf einen Baumstamm, verkohlte einen Teil und setzte den Rest in Brand. Corwain stürmte daran vorbei und erreichte das Zwielicht des Waldes, aus dem schnell Finsternis wurde, als die beiden Sonnen hinter dem nahen Horizont verschwanden. Tut mir leid, Solace, dachte er. Es muss sein.

Es war nicht völlig dunkel, denn der brennende Baum schickte flackerndes Licht durch den Wald. Von den Residenzsystemen alarmierte Sicherheitsmechs schwebten schon über den Bäumen und sprühten Brandbekämpfungsschaum. Corwain hielt die Augen geschlossen, bis das Feuer erloschen war, und öffnete sie dann inmitten der Finsternis.

Der Löschschaum knisterte in der Dunkelheit, doch abgesehen davon blieb es still. Der Klon stand am Waldrand, für Corwains Augen in der Schwärze verborgen, aber für die Residenzsensoren, mit denen die Nadel verbunden war, deutlich zu sehen. Mit schussbereiter Waffe trat er an den ersten Bäumen vorbei.

Corwain ging in die Hocke, tastete vorsichtig umher und fand einen Ast, der sich stabil genug anfühlte. Langsam richtete er sich wieder auf und versuchte ruhig zu atmen, als er den Ast in beiden Händen hielt und wartete.

Der Klon kam näher.

Er hätte schießen können, der andere Corwain, aufs Geratewohl, ohne ein Ziel – unter den gegenwärtigen Umständen war er im Nachteil. Aber um das zu erkennen, brauchte man einen klaren Verstand und Erfahrung, und vermutlich fehlte ihm beides. Er suchte ein Ziel und kam nicht auf den Gedanken, mehrere Schüsse in die Dunkelheit abzugeben.

Nur noch vier Meter trennten ihn von Corwain, der völlig reglos stand und sogar den Atem anhielt, um sich nicht zu verraten. Seine Hände hielten den Ast bereit.

Der Klon machte einen weiteren Schritt, dann noch einen. Wie gut waren seine Ohren? Wie gut kann ich hören?, dachte Corwain. Wie gut kann ich im Dunkeln sehen?

Der nächste Schritt brachte den Klon in seine Reichweite.

Corwain schwang den Ast, aber dabei knirschte das Holz ein wenig, und ein aufmerksames Ohr konnte das Flüstern der verdrängten Luft hören. Er schwang den Ast, und dort, wo er eigentlich auf ein Hindernis treffen sollte, schwang er noch weiter, denn es gab kein Hindernis, nur leere Luft. Die Nadel übermittelte eine Warnung, ein Gefühl von plötzlicher Bewegung, und dann traf etwas sein Brustbein, eine Faust vielleicht oder ein Ellenbogen. Der Schlag nahm ihm alle Kraft, die Beine gaben unter ihm nach, und dann lag er da, nach Atem ringend. Über ihm stand eine jüngere, neue Version, mit einer Strahlwaffe in der Hand. Er schickte seiner Nadel und den Residenzsystemen eine letzte Anweisung.

Ping Alles für eine Erneuerung vorbereiten.

Er bekam zur Antwort: *Ping* Bestätigung. Bewusstseinsaufzeichnung bei sechzig Prozent.

Das ist nicht genug, dachte er. Das ist bei Weitem nicht genug. Selbst wenn sich der Klon damit begnügte, ihn einfach nur zu erschießen und nicht auch die Nadel im Rückgrat zu zerstören … Sechzig Prozent Aufzeichnung bedeuteten, dass Corwain $_{19}$Tallmaster mehr als ein Drittel vom Ich seiner Vorgänger fehlen würden.

Und dann kam jemand durch den dunklen Wald gelaufen, eine Person, die kaum etwas mehr fürchtete als die Dunkelheit, eine zarte Gestalt, in der doch erstaunlich viel Kraft steckte, wie Corwain wusste, ein Wesen mit großen Augen, die selbst hier, unter den hohen Wipfeln, das Licht der Sterne empfingen und genug sahen, um sich von hinten auf den Klon zu stürzen.

Der Blaster fauchte und schleuderte tödliche Energie, aber sie verfehlte Corwain, der sich zur Seite gerollt hatte. Er kam auf die Beine, noch immer ein wenig geschwächt, und rammte dem Klon die Faust mitten ins Gesicht. Die Nase brach, Blut spritzte, und der Mann ging zu Boden, rührte sich nicht mehr. Solace ließ ihn rechtzeitig los und sprang mit gesträubten flaumigen Federn auf Corwain zu.

» Geht es dir gut?«, zwitscherte sie besorgt. »Ist alles in Ordnung?«

Er schloss sie in die Arme und fühlte ihr Zittern, nicht nur aus Sorge um ihn. »Ja, Sol«, sagte er. »Danke. Dies muss sehr schwer für dich gewesen sein.«

Ihr Zittern ließ kaum nach, aber ihr Trillern klang ein wenig amüsiert, als sie sagte: »Es war nicht ganz so schwer, wie du glaubst. Das hier hat geholfen.« Sie zog etwas aus ihrem Haar, einen zerebralen Sensor der Kompetenz, auf sensorische Erweiterung programmierbar. »Infrarot hat mir Helligkeit gegeben.«

Corwain drückte ihre Oberarme, bückte sich dann und hob den Blaster auf. Der Klon bewegte sich noch immer nicht. »Finden wir heraus, was geschehen ist«, sagte er.

10

Die Analysen, vorgenommen von spezialisierten Medo-Mechs und Systemen, in denen ein bisschen Koryphäenintelligenz steckte, bestätigten Corwains Vermutungen.

Sie befanden sich im Erneuerungszentrum, das zum Maschinenkern unter der Hütte gehörte, umgeben von summenden, flüsternden Aggregaten und Geräten. Der Klon lag in einem Erhaltungsbad: das Bewusstsein ausgelöscht – wenn er jemals eins gehabt hatte –, aber der Körper noch lebendig, trotz geöffnetem

Schädel und freigelegtem Gehirn. So sieht es im Innern meines Kopfes aus, dachte Corwain, als er darauf hinabblickte. Solace stand schaudernd ein Stück abseits.

»Ich habe ihn nicht getötet«, sagte Corwain und überlegte, ob er Solace oder sich selbst beruhigen wollte. »Eigentlich war gar nichts da, das getötet werden konnte. Er hat nie eine richtige eigene Identität gehabt.«

Mikrosonden krochen durchs Gehirn des Klons, schlüpften ins Rückenmark und glitten über die Nervenbahnen. Gleichzeitig fand eine Autodiagnose der Residenzsysteme statt; der Schwerpunkt lag dabei auf den Erneuerungs- und Kommunikationsanlagen. Datenkolonnen wanderten durch die Sichtfelder vor und neben Corwain.

»Da haben wir's«, sagte er und deutete auf eine schematische Darstellung. »Wie ich's mir dachte.«

»Ja?«, fragte Solace und kam einen Schritt näher.

»Die Residenz hat vor zwei Standardtagen ein Datenpaket erhalten, bestätigt von meiner ID-Signatur«, sagte Corwain und beobachtete die Datenkolonnen. »Es wies die Erneuerungssysteme an, einen Klon zu generieren. Normalerweise wird dabei eine Bewusstseinskopie übertragen, aber in diesem Fall wurde ein Teil des Datenpakets transferiert, eine Art Pseudobewusstsein mit nur einem Auftrag.«

»Dich zu töten?«

»Ja«, bestätigte Corwain. »Deshalb schlug die Sicherheitsüberprüfung keinen Alarm. Bei den relevanten Systemen liegt keine Veränderung vor. Nichts wurde manipuliert oder modifiziert. Niemand versuchte, sich Zutritt zu verschaffen …«

»Außer dir selbst.«

»So ist es, Sol. Und auf mich reagierten die Sicherheitssysteme natürlich nicht.« Corwain wich zurück und betrachtete den Klon im Erhaltungsbad.

»Was geschieht jetzt mit ihm?«, fragte Solace. »Kann er leben?«

»Nein. Den Kopf können wir wieder schließen, das wäre kein Problem, aber sein Gehirn ist leer. Abgesehen von dem Befehl, mich zu töten. Der Mann dort ist nur ein Stück Fleisch, mehr nicht.«

»Eine biologische Mordmaschine.«

»Ja.« Corwain drehte sich um. »Lass uns nach oben gehen.«

Zehn Minuten später war der Klon in den Biomassevorrat des Erneuerungssystems zurückgeführt worden, und Corwain saß in der Hütte vor dem Kamin, die kalt gewordenen Hände züngelnden Flammen entgegengestreckt. Solace stand in der offenen Tür, im Licht der beiden künstlichen Sonnen, die wieder am Himmel des Asteroiden standen. Ihr schien ebenfalls kalt zu sein, denn sie schlang die Arme um sich selbst.

Eine Zeit lang war nur das Knistern des Feuers und das Flüstern des Winds in den Wipfeln der nahen Bäume zu hören.

»Die Mahé waren es, ja?«, sagte Solace schließlich. »Duha Sibal.«

»Er hat seinem Fluch schneller Taten folgen lassen, als ich dachte«, erwiderte Corwain.

»Wie hat er es angestellt?«

»Das Datenpaket, das vor zwei Tagen die Residenz erreichte, enthielt meine ID-Signatur.« Corwain blickte noch immer in die Flammen, als suchte er dort nach Antworten auf die Fragen, die ihm durch den Kopf gingen. »Punkt eins: Der Absender muss gewusst haben, wie man Erneuerungssysteme programmiert und ein Bewusstsein transferiert. Punkt zwei: Er verfügte über meine ID-Signatur.«

»Punkt drei: Er wollte dich töten«, sagte Solace, als Corwain nicht weitersprach.

Er nickte. »Die Residenzsysteme versuchen derzeit, den Weg des Datenpakets zurückzuverfolgen, aber über die Kassiopeia-

Verteilerstation hinaus dürfte das sehr schwer werden. Hinzu kommen die natürlichen Schwingungen der Membranen selbst in den geschützten Verbindungskanälen.«

»Duha Sibal«, sagte Solace erneut. »Der Racheschwur ist den Mahé heilig.«

»Blutrache hat bei ihnen eine viele Jahrtausende alte Tradition. Aber die Mahé sind eine Zivilisation der Stufe sechs. Für die Aufzeichnung einer ID-Signatur, wie wir sie verwenden, ist Koryphäen- beziehungsweise Kompetenztechnik erforderlich.«

»Kompetente Technik.«

»Ja. Um das Datenpaket zu senden und mich hier von einem Mörder-Klon empfangen zu lassen, muss Duha Sibal auf Harvinga meine Signatur aufgezeichnet haben. Womit?«

»Störsender«, sagte Solace.

Corwain hob erstaunt die Brauen. Er kannte die hybride Sirmionerin inzwischen seit über zwanzig Jahren und wusste um ihre sehr glückliche Mischung aus hoher Intelligenz und treffsicherer Intuition, aber trotzdem überraschte sie ihn immer wieder.

»Der Störsender, ja«, sagte er langsam. »Vielleicht war es gar keiner. Die störenden Signale könnten von einem Scanner gekommen sein, der mich abtastete.«

Solace gab ihren Platz an der Tür auf und kam näher. Ihre großen Augen zeigten ein goldenes Gelb. »Zwei Schlüsse lassen sich daraus ziehen.« Sie setzte sich neben Corwain und lehnte den Kopf an seine Schulter.

Er legte den Arm um sie. »Ich weiß. Nummer eins: Ein solcher Scan dauert eine Weile, was bedeutet, dass diese Sache – der Mordversuch mithilfe eines Klons – schon vor den Ereignissen im Gemach der Sängerin geplant war. Nummer zwei: Jemand hat Duha Sibal die notwendige kompetente Technik zur Verfügung gestellt. Wer?«

Solace erzitterte. »Incera sind eine Stufe-sieben-Zivilisation.«

Mehr als sechshundert Letzte Menschen sind den Incera bei Epsilon Indi zum Opfer gefallen, erst vor kurzer Zeit, dachte Corwain. Und jetzt …

»Duha Sibal hat irgendwie herausgefunden, wo sich meine Residenz befindet.« Das Feuer im Kamin wärmte, aber plötzlich war ihm noch kälter als vorher. Der durch die offene Tür wehende Wind schien den Atem von Gletschern zu bringen. »Und wenn es eine Verbindung zwischen ihm und den Incera gibt …«

Corwain ließ Solace los und stand auf. »Wir müssen die anderen Bewohner dieser Residenzgruppe warnen. Ein Angriff der Incera könnte unmittelbar bevorstehen.« Seine Nadel reagierte bereits: *Ping* (Alarm)

Solace erhob sich ebenfalls. »Ich packe alles Notwendige zusammen. In zehn Minuten können wir mit dem IVV aufbrechen.«

»Tarhelion?« Corwain sah sie an und lächelte unwillkürlich. Manchmal verstanden sie sich so gut, dass gar keine Worte notwendig waren, als gäbe es eine telepathische Verbindung zwischen ihnen.

»Kallisto muss Bescheid wissen«, sagte Solace. »Vielleicht kann er helfen.«

»Einverstanden.«

11

Das Ticken der Uhren, Hunderte von ihnen, zerschnitt die Zeit in kleine Stücke, über Zifferblätter kriechende Zeiger und langsam schwingende Pendel maßen die Fragmente. Zwei Bedienstete, Novizen des nahen Tempels, waren von morgens bis abends damit beschäftigt, die Uhrwerke aufzuziehen, Federn zu spannen und Gewichte nach oben zu ziehen, damit das Ticken nicht aufhörte, die Zeit zu zerlegen, damit die Zeiger nie zum Stillstand kamen. Ein dritter Novize, eine Erkenntnisstufe über den beiden anderen, wachte Nachts im Uhrensaal auf einem extra dafür geschaffenen Podium: Seine besonders empfindlichen Ohren lauschten den Stimmen der Zeit, während er seine Gedanken in die Zeitlosigkeit stiller Meditation schickte. Er sollte sofort einen der Tempelmechaniker verständigen, wenn er Unregelmäßigkeiten im hundertfachen Ticken bemerkte, aber in den vergangen vierzig Jahren war das nicht ein einziges Mal nötig gewesen.

Draußen ging gerade die Sonne Sajid auf – ihr erstes Licht erreichte die hohen Fenster –, und die beiden Novizen des Tages eilten von Uhr zu Uhr. Die Bewegungen der kleinen, dürren Humanoiden wirkten chaotisch und planlos, aber Corwain wusste, dass sie einem viele Jahre alten Ritual folgten.

Als sie nach draußen traten, auf einen der großen Balkone, die sich wie Terrassen auf dieser Seite der Tempelanlage erstreckten, seufzte Solace – für ihre empfindlichen Ohren war das Ticken sehr unangenehm. »Wie seltsam«, sagte sie. »Dass jemand wie Kallisto besessen von der Zeit ist.«

»Er sammelt seit mehr als zweihundert Jahren mechanische Uhren«, erwiderte Corwain. »Und jeder Besucher, der ihn sprechen will, muss durch den Saal der Uhren.«

»Will er sie an die Zeit erinnern?«

»Vielleicht.« Corwain trat ans Geländer. Tief unten, zu Füßen des Berges, auf dessen Kuppe die Qihahuree vor einem Jahrtausend die Tempelanlage errichtet hatten, erstreckte sich Asfour, die Hauptstadt von Tarhelion, eine wilde, bunte Mischung aus Bögen, Türmen, Kuppeln, Pyramiden und zerbrechlich wirkenden Prismen, die das Sonnenlicht einfingen und es zu Spiegeln leiteten, damit es auch die tiefen, in Mulden und kleinen Schluchten liegenden Teile der Stadt erreichte. Über der Stadt und dem Berg mit dem Tempel hing die Nawattna-Assoziation am Himmel, beziehungsweise der größte Teil von ihr: der warme Gasriese Nawattna mit seinen insgesamt dreiundfünfzig Monden, siebzehn von ihnen groß wie Planeten, unter ihnen Tarhelion. Die mehrere Lichtmonate entfernte zweite Sonne des Doppelsternsystems, der gelbe Hauptreihenstern Saif, wurde von vier bewohnten Planeten der M-Klasse umkreist, die ebenfalls zur Assoziation gehörten.

Corwain schaute in die Tiefe, zur Stadt hinab, und seine Nadel empfing Dutzende von verschiedenen Sicherheitssignaturen. Sie stammten von unsichtbaren Phasenschwellen, die den Tempelberg mit dem logistischen Zentrum der Kompetenz umgaben, von Nanosensoren in Tarhelions Atmosphäre und von aufmerksamen Augen und Ohren in Nawattnas Orbitalsystemen, die direkt mit den Membranen verbunden waren. Nichts konnte unbemerkt hierhergelangen; kein Unbefugter konnte sich Zutritt zur Basis der Kompetenz verschaffen. Und doch …

Solace deutete seinen nachdenklichen Blick falsch. »Dich trifft keine Schuld«, sagte sie und sprach ganz deutlich. »Das muss Kallisto verstehen.«

»Nein.« Corwain drehte den Kopf und lächelte schief. »Ich habe nicht an Harvinga gedacht, sondern an Tsertser.«

»Tsertser? Oh, du meinst …«

»Vor siebzehn Jahren, kurz bevor er mit Jael im Kosmotop verschwand, erzählte er uns, dass einige Jahre zuvor Fremde hierhergekommen sind, dass sie Kallisto besuchten und ihn angeblich *nervös* gemacht haben. Ausgerechnet ihn. Ich habe mich gefragt, wie sie unbemerkt all die Sicherheitsbarrieren passieren konnten. Dies ist einer der am besten geschützten Orte in der ganzen Galaxis. Hier gibt es überall Koryphäentechnik.«

»Vielleicht sollten wir hierbleiben«, sagte Solace. Und da sie Corwain gut kannte, fügte sie hinzu: »Nur für eine Weile. Vielleicht einige Jahre. Bis sich die Lage beruhigt hat.«

Corwain wusste natürlich, was sie meinte. »Ich bin, was ich bin«, sagte er mit sanftem Nachdruck. »Man kann nicht vor sich selbst davonlaufen. Die Kompetenz braucht mich.« Und ich brauche die Kompetenz, dachte er. Was bedeutet ein langes Leben ohne Inhalt?

Sie fanden Kallisto auf seinem mehr als hundert Quadratmeter großen Lieblingsbalkon aus blutrotem Stein. Von Spiegeln umgeben saß er da, grau wie Granit, wie ein kleiner Berg, der das konzentrierte Licht der Sonne empfing. »Es sieht nicht gut aus«, sagte er, als sie sich ihm näherten. Seine Stimme klang, als rieben zwei Felsen aneinander. »Es sieht gar nicht gut aus.«

»Auch Ihnen einen guten Tag«, sagte Corwain.

Kallisto drehte die große Halbkugel seines Kopfes und wandte ihnen sein wie aus Stein gemeißeltes Gesicht zu. Träge hob er die Lider, und darunter glänzten Augen wie Amethyst. »Ich fürchte, Sie haben auf Harvinga keine gute Arbeit geleistet, Corwain
18 Tallmaster.«

Die letzten beiden Worte boten einen deutlichen Hinweis. Kallisto sprach den vollen Namen nur dann aus, wenn er ungehalten war.

Er gehörte zur Kernkompetenz, zu dem erlauchten Kreis von neunundzwanzig Direktoren aus ebenso vielen Zivilisationen, die letztendlich alle wichtigen Entscheidungen für die gesamte Kompetenz trafen, natürlich auf der Grundlage von Empfehlungen, die aus dem galaktischen Zentrum kamen, Heimat der Koryphäen. Corwain kannte ihn seit vielen Jahren und hatte gelernt, dass man Kallistos manchmal recht schrulliger Art am besten mit Humor begegnete. »Und ja, ich habe den Anschlag in meiner Residenz überlebt, danke der Nachfrage.«

»Ich habe Ihren Bericht empfangen und ihm gebührende Aufmerksamkeit geschenkt«, sagte Kallisto. »Die Sie direkt betreffenden Ereignisse sind eingebettet in ein größeres Szenario, das uns Sorge bereitet.«

Uns, dachte Corwain. »Ich nehme an, damit meinen Sie die Kompetenz.«

»Und die Koryphäen«, fügte Kallisto gewichtig hinzu.

Das gab Corwain zu denken. Er wechselte einen Blick mit Solace und sagte: »Harvinga ist eine Zivilisation der Stufe fünf. Glauben Sie mir, niemand bedauert den Misserfolg meiner dortigen Mission mehr als ich, aber es dürften sich wohl kaum galaktische Konsequenzen daraus ergeben.«

»Die Mahé stehen auf Stufe sechs«, brummte Kallisto. »Und die Incera auf Stufe sieben.«

»Es stimmt also«, zwitscherte Solace. »Es gibt eine Verbindung zwischen Mahé und Incera.«

»Das, meine Liebe, ist nur der Anfang. Gehen wir zu den Prognostikern. Guirgis wird Ihnen alles erklären.« Kallisto stand schwerfällig auf, ein graues Gebirge, das in Bewegung geriet, und die Spiegel wichen zurück. Mit einem Arm wie ein Bergrücken deutete er zur Sonne. »Wir beide sind Kinder des Lichts, Solace. Sie verabscheuen die Dunkelheit und ich die Kälte.«

»Sie ist durch pechschwarze Finsternis gelaufen, um mich zu retten«, sagte Corwain, obwohl auch das zu seinem Bericht gehörte.

»Ja«, knirschte Kallisto. »Seien Sie froh, dass Sie jemanden wie Solace haben, Corwain.«

Es waren seltsame Worte, fand Corwain, zumal sie von Kallisto kamen, und er nahm sich vor, später gründlich über sie nachzudenken.

Das Träge und Schwerfällige fiel von Kallisto ab, als er ein Gerät an seinem Instrumentengürtel betätigte, vermutlich ein

Mikrogravitator. Er ging zur nahen Tür, und dabei wirkten seine Bewegungen plötzlich so agil, als hätte er tausend Kilo verloren. »Kommen Sie, und werfen Sie einen Blick hinter die Kulissen der galaktischen Bühne.«

12

Tausend Jahre war der Tempel der Erkenntnis alt, den die Qihahuree auf dem Berg errichtet hatten, zu dessen Füßen ihre Hauptstadt Asfour lag. Anschließend waren sie sechshundert Jahre lang ganz allein Herren der Tempelanlage gewesen, die mit ihren verschachtelten Gebäuden einen großen Teil des Gipfels beanspruchte und deren Gewölbe tief ins Innere des Berges reichten – bis die Kontakthelfer der Kompetenz herausfanden, woher die mystischen »Stimmen« kamen, denen die Mönche des Tempels in der Hoffnung auf metaphysische Erkenntnis lauschten: von einem Signalstein tief im granitenen Leib des Berges. Solche Signalsteine hatte die Kompetenz auf bisher fünfhundertsiebzehn Planeten in der Milchstraße gefunden, und in den weitaus meisten Fällen nur diese Steine: kosmische Erbstücke von Unbekannten, Hinterlassenschaften, deren Flüstern die Quantenmembranen erreichte, aber oft so leise blieb, dass die Ohren der Kompetenz es nur hörten, wenn sie ganz nahe herankamen. In einigen wenigen Fällen – bisher waren in der ganzen Galaxis vier bekannt – befanden sich die Signalsteine jedoch in der illustren Gesellschaft von X-Artefakten, und genau das war auf Tarhelion der Fall.

Auf Fakhoury lag das Artefakt auf dem Grund eines zwanzig Kilometer tiefen Methanozeans, unbeeindruckt vom mörderischen Druck – eine Koryphäensonde entdeckte es, nachdem es zu Störungen im Kommunikationsverkehr der nahen Hydra-Verteilerstation gekommen war. Im Halabi-System hatte man ein kleines Exemplar gefunden, nur hundert Meter lang, halb aus einem Kometen in der dortigen Oortschen Wolke ragend. Und schließlich das Artefakt im Kuraschi-System, das bisher noch nicht untersucht worden war und vielleicht auch nie untersucht werden konnte, denn es befand sich im Innern der Sonne, nach den letzten Messungen etwa fünfzigtausend Kilometer unter der Oberfläche. Man hatte es entdeckt, als es plötzlich aktiv wurde und mit mehreren Signalsteinen auf den Kuraschi-Planeten zu kommunizieren begann. Der Zeitpunkt war bemerkenswert, erinnerte sich Corwain: Die Kommunikationsaktivität hatte vor siebzehn Jahren begonnen, als das Kosmotop am Rand der Milchstraße erschienen war, drei Lichttage oberhalb der Ekliptik des Tolomeo-Systems.

Dieses X-Artefakt steckte tief im Innern von Tarhelion, im unteren Mantel, mehr als zweitausend Kilometer unter der Oberfläche. Die Temperatur betrug dort um die dreitausend Grad, und der Druck war enorm, aber so etwas schien die X-Artefakte nicht weiter zu stören – das Kuraschi-Exemplar hielt ganz anderen Belastungen stand. Spezialisten der Kompetenz hatten eine Bohrung angelegt, erforschten das Objekt tief im Innern von Tarhelion seit Jahrzehnten und suchten nach einer Möglichkeit, es zu bergen oder hineinzugelangen. Sie nutzten dabei die Tunnel und Schächte, die die Qihahuree in den Jahrhunderten zuvor gegraben und erweitert hatten – einige Schächte schienen natürlichen Ursprungs zu sein und reichten wie Kapillaren mehr als zehn Kilometer tief.

Die Prinzipale des Tempels und der Große Rat von Tarhelion hatten der Kompetenz vor sechshundert Jahren einen Teil der Tempelanlagen zur Verfügung gestellt und ihr gestattet, Bohrungen vorzunehmen und Untersuchungen in Hinsicht auf das

X-Artefakt anzustellen. Natürlich geschah das nicht allein aus Großzügigkeit. Der Klerus des Tempels erhoffte sich besseren Zugang zur »Quelle der Erkenntnis«, wie er das Artefakt nannte, und die Regierung der Qihahuree hatte für den Tausendjährigen Vertrag Entwicklungshilfe verlangt. Das Objekt, eins von nur vier in der ganzen bekannten Galaxis, war so wertvoll, dass sich die Kompetenz bereit erklärt hatte, die Zivilisation der Qihahuree in zehn Jahrhunderten vorsichtig von Stufe vier – planetengebunden, ohne Raumfahrt – auf Stufe sechs zu heben und ihr somit Zugang zur interstellaren Raumfahrt zu gewähren.

Auf dem Weg zu den Prognostikern kamen Kallisto, Corwain und Solace an der »Grube« vorbei, einem Gewölbe nicht weit von den Meditationssälen der Novizen entfernt. In der Mitte des Bodens gab es eine runde Öffnung, die kurz nach Einrichtung der Kompetenzniederlassung erweitert worden war und Zugang zum längsten natürlichen Schacht bot. Gerade wurde dort eine Kapsel für die Reise in die Tiefe vorbereitet, und Sichtfelder zeigten das über zweitausend Kilometer weiter unten liegende Artefakt, einen vier Kilometer langen Zylinder, an beiden Enden abgerundet. Ein quecksilberartiger Glanz ging von dem Objekt aus, aber Corwain wusste, dass er wenigstens zum Teil auf die Phasenschwelle zurückging, die es umgab. Die Kompetenz hatte das Artefakt in ein zusätzliches Kraftfeld gehüllt, nicht um es zu schützen – es war zwei Milliarden Jahre lang von mehrere Tausend Grad heißem Magma umgeben gewesen, ohne Schaden zu nehmen –, sondern um Forschern zu ermöglichen, in seine Nähe zu gelangen.

»Werdet ihr es jemals bergen können?«, fragte Corwain.

»Bisher war uns der Berg im Weg und die Stadt zu seinen Füßen«, erwiderte Kallisto. Der Mikrogravitator machte nicht nur den Körper leichter, sondern auch die Stimme. Das schwere Knirschen war aus ihr verschwunden. »Hundert Kilometer westlich von hier bereiten wir die Installation eines zweiten Zapfers vor, der bis in den Kern hinabreichen und seine Energie für die Weiterentwicklung der qihuhareeischen Zivilisation nutzen soll. Wir haben bereits damit begonnen, die Magmaströme zu beeinflussen und behutsam in eine neue Richtung zu lenken. In siebzig Jahren könnte sich das Artefakt an der richtigen Stelle befinden, und dann bietet sich uns Gelegenheit, es nach oben zu holen, ohne diese Tempelanlage oder Asfour zu beeinträchtigen.«

»Sie sind noch immer nicht hineingekommen?«, fragte Solace, den Blick ihrer großen Augen auf das Objekt gerichtet. »Nach all den Jahrhunderten?«

»Nein«, antwortete Kallisto und bewegte seine massigen Schultern. »Wir haben noch keinen Weg ins Innere gefunden, ebenso wenig wie bei den beiden anderen Artefakten, die wir untersuchen können. Aber es hat sich ein interessanter neuer Aspekt ergeben. Die Phasenschwelle, die das Artefakt der X umgibt … Sie ähnelt dem Ereignishorizont des Kosmotops.«

»Die X«, wiederholte Solace, als sie den Weg zu den Prognostikern fortsetzten. »Haben sie noch keinen richtigen Namen?«

»Wir haben viele Namen für die X«, sagte der graue Kallisto. »Die meisten von ihnen stammen aus uralten Legenden von Stufe-acht-Zivilisationen.« Er zögerte kurz und fügte hinzu: »Ich glaube, in diesem Zusammenhang hat Guirgis Ihnen noch das eine oder andere zu sagen. Wie dem auch sei – ›X‹ erscheint mir angemessen. Ein Platzhalter für den wahren Namen, ein Symbol für das Unbekannte.« Er winkte. »Kommen Sie. Guirgis wartet.«

13

Sie schritten durch eine Tür, und Corwains Nadel machte *Ping* (Krrrkrr). Ein unsichtbares Sicherheitsfeld tastete sie ab, suchte nach verborgenen Waffen, ermittelte die ID-Signaturen und ließ sie passieren.

Vor ihnen erstreckte sich über mehrere Ebenen ein ausgedehntes technisches Laboratorium, unterteilt in verschiedene Räume. Dutzende von Spezialisten der Kompetenz arbeiteten hier im logistischen Zentrum, werteten Berichte aus, korrelierten Daten, analysierten Entwicklungen, planten und gaben Anweisungen an die Beauftragten im Außeneinsatz weiter. Leuchtende virtuelle Kontrollen umgaben die Kompetenten; langsam rotierende Sichtfelder informierten über die Situation auf fernen Planeten; Datengeflüster lag in der Luft, raunte wie Wind in den Baumwipfeln eines nahen Waldes. Corwains Nadel begann zu brummen, und er reduzierte ihre Empfindlichkeit mit einer gedanklichen Anweisung.

Guirgis wartete in einer Ecke der untersten Ebene auf sie, in einem offenen Arbeitszimmer, das wie ein Laboratorium wirkte. Membrananschlüsse schwebten von autonomen Kraftfeldern getragen umher, unterbrachen Kontakte und stellten neue Verbindungen her. Den meisten Geräteblöcken fehlten die Verkleidungen: Sie gaben ihr Inneres preis, ebenso wie Guirgis aus dem Volk der Kappyan. In der Mitte des Zimmers saß er in einem Interface-Sessel, im Zentrum der Datenströme, die ihm die Kommunikationssysteme und Membrankonfigurationen übermittelten. Corwain hörte die Datenstimmen, denen er lauschte, als ein stärker werdendes Rauschen, wie das näher kommende Donnern einer Brandung. Er fuhr die Nadel noch weiter herunter.

Die Kappyan wurden auch »Gläserne« genannt, denn die Haut

der dünnen, fast zwei Meter großen Humanoiden war transparent. Sie gewährte Blick auf Muskeln, Sehnen und Adern, auf die inneren Organe und, bei Guirgis, auf all die sensorischen Erweiterungen und Interfacesysteme, mit denen der Prognostiker seinen Körper ausgestattet hatte. Sein Bewusstsein, hieß es, stand in direktem Kontakt mit den Quantenmembranen, was sonst nur den Koryphäen möglich war – die Systeme halfen ihm dabei, mit den enormen Informationsmengen fertigzuwerden. Kallisto hatte ihn einmal »organische Koryphäe« genannt, was zweifellos übertrieben war, aber Guirgis' Selbst war »verteilt«, wie die Intelligenz der Maschinenzivilisationen im galaktischen Kern. Ein Teil davon befand sich hier auf Tarhelion, in diesem Raum, und steuerte die Systeme, mit denen er verbunden war. Doch das Gros seines Bewusstseins, angeblich mehr als neunzig Prozent, reiste ständig durch die Membranen, sprang von einem Kommunikationsknotenpunkt zum nächsten, sprach mit den Gesandten der Koryphäen, besuchte viele Tausend Lichtjahre entfernte Planeten und sammelte Informationen über vergangene und gegenwärtige Ereignisse, aus denen er Entwicklungen und Entwicklungswahrscheinlichkeiten berechnete.

Guirgis trug einen Overall, der an vielen Stellen ebenso transparent war wie seine Haut, und Corwain starrte auf das langsam schlagende Herz, als der Gläserne sagte: »Bitten nehmen Sie Platz.«

Ein langer, dünner Finger bewegte sich, und ein runder Variform-Tisch wuchs aus dem Boden. Drei Stühle gesellten sich ihm hinzu, zwei klein und schmal, für Solace und Corwain bestimmt, der dritte breit und sehr stabil, was eigentlich gar nicht nötig war, da Kallistos Mikrogravitator eingeschaltet blieb.

Guirgis holte tief Luft, und deutlich war zu sehen, wie sich die Lungenflügel aufblähten, grau wie Kallistos Gesicht. »Die Situation droht außer Kontrolle zu geraten.«

Corwain wartete einige Sekunden, und als alles still blieb – abgesehen vom insektenhaften Summen der Kommunikationssysteme –, sagte er: »Ich verstehe nicht ganz, was meine Mission auf Harvinga damit zu tun hat. Womit auch immer. Gibt es neue Entwicklungen? *Was* könnte außer Kontrolle geraten?«

Mehrere Membrankonnektoren über ihnen änderten den Kurs, flogen zur Wand, berührten dort Sensorbündel und stellten neue Verbindungen her.

Die schwarzen Augen des Prognostikers richteten sich auf Kallisto. »Direktor?«

Kallisto winkte mit einer großen Hand. »Nur zu, nur zu.«

»Bisher hatte Duha Sibal keinen großen Einfluss bei den Mahé«, sagte Guirgis. »Aber das hat sich inzwischen geändert, und alles deutet darauf hin, dass er noch mehr Einfluss gewinnen wird. Er kann einen Erfolg auf Harvinga vorweisen …«

»Unsinn«, entfuhr es Solace. »Die Sängerin hat sich gegen ihn entschieden!«

Guirgis bedachte sie mit einem ruhigen Blick. »Er hat einen Erfolg der Kompetenz auf Harvinga verhindert, seinem Erzrivalen …« Er nickte Corwain zu. »… eine bittere Niederlage zugefügt und dies als grandiosen Sieg dargestellt. Hinzu kommt der Tod seiner Tochter Ayfa, der ihm große Sympathien der anderen Sippen einbringt. Vor sieben Tagen begann auf Muhyi im Ischfa-System eine Versammlung aller Sippen, ein traditionelles großes Fest der Mahé, bei dem auch wichtige Entscheidungen getroffen werden. Wie wir vor wenigen Stunden von unseren Informanten erfahren haben, wird Duha Sibal morgen bei der Wahl zum Großthan kandidieren und mit an Sicherheit grenzender Wahrscheinlichkeit auch gewählt. Wenn ihn die Generalversammlung zum Oberhaupt aller Sippen macht …«

»… sind alle Mahé an seinen Blutracheschwur gebunden«, sagte Corwain.

»Das ist ein persönlicher Aspekt«, bestätigte der Prognostiker unbewegt. Ein Membrankonnektor flog ihm wie ein glitzerndes Insekt entgegen, verharrte kurz bei einem Interface-Anschluss und schwebte dann wieder zur Decke hoch. Guirgis empfing eine Mitteilung – vielleicht auch hundert oder tausend –, und sein Herz schlug etwas schneller, pumpte mehr Blut durch violette Adern. »Ein anderer betrifft die neue politische Situation, die sich daraus ergibt. Duha Sibal ist Ihr erbitterter Feind, Corwain $_{18}$Tallmaster, und Sie repräsentieren für ihn die Kompetenz. Er wird nichts unversucht lassen, Kapital aus der Harvinga-Situation zu schlagen und den Interessen der Kompetenz zu schaden, wo es nur geht. Dafür stehen ihm ab morgen nicht mehr nur die Ressourcen einer Sippe, sondern des ganzen Volkes der Mahé zur Verfügung.«

Guirgis legte eine kurze Pause ein, als ein Sichtfeld vor ihm entstand, durch das rasend schnell Daten scrollten. Die Bewegung eines dünnen Fingers ließ das Feld wieder verschwinden.

»Wir führen derzeit Verhandlungen mit dreizehn Stufe-drei- und Stufe-vier-Zivilisationen, die bisher unter dem Einfluss der Mahé standen«, fuhr der Prognostiker fort. »Wir fürchten das baldige Scheitern dieser Gespräche, denn Sibal wird Sie – die Kompetenz – als Schuldigen des Desasters auf Harvinga darstellen, als Mörder der Sängerin. Er verfügt über Bilder, die es beweisen.«

Corwain beugte sich ein wenig vor. »Was?«

»Er hat Bilder, die zeigen, wie Sie die Sängerin und seine Tochter erschießen«, sagte Kallisto. »Wir nehmen an, dass es eine vorbereitete Falle war. Die Mahé rechneten damit, dass sich die Sängerin gegen sie entschied, und deshalb sollte sie sterben, unter Umständen, die Sie als Schuldigen brandmarken.«

»Ich bin davon ausgegangen, dass Duha Sibal die Sängerin entführen wollte, um den drei Völkern von Harvinga irgendwelche Zugeständnisse abzuringen …«, sagte Corwain.

»Nein«, sagte Guirgis. »Es war eine Falle für Sie.«

»Aber Ayfas Tod«, warf Solace ein. »Sibal hat bestimmt nicht seine Tochter geopfert.«

»Fast wäre auch sein Sohn gestorben«, fügte Corwain voller Unbehagen hinzu. »Es hat nicht viel gefehlt.«

»Etwas ging schief, sagte Guirgis. »Vielleicht kamen Sie zu früh. Wichtig ist: Bei der Versammlung der Sippen auf Muhyi hat Duha Sibal biometrisch signierte Bilder präsentiert. Darauf ist zu sehen, wie Sie, ein Pazifikator der Kompetenz, seine Tochter und die Sängerin von Harvinga erschießen.«

»Warum?«, fragte Corwain betroffen. »Welches Interesse hätte ich daran haben sollen, die Sängerin zu erschießen?«

»Um die Mahé im Allgemeinen und Duha Sibal im Besonderen zu diskreditieren«, antwortete der Prognostiker. »Damit werden die Mahé überall hausieren gehen. Es wird ihre beste Waffe in einem Propagandakrieg sein, der bereits begonnen hat. Sie werden behaupten, dass wir mit falschen Behauptungen und manipulierten Beweisen gegen ihre Protektoren vorgehen, die unterentwickelte Völker vor unserer ›Hegemonie‹ schützen wollen.« Guirgis gab ein Geräusch von sich, das nach einem Seufzen klang. »Wir werden Einfluss verlieren. Vielen jungen Zivilisationen droht ein dunkles Zeitalter.«

Corwain glaubte, einen Unterton zu hören, der ihm nicht gefiel. Aus seinem Unbehagen war Beklommenheit geworden, aber er fühlte sich unschuldig. Er *wusste,* dass er unschuldig war.

»*Glauben* Sie Sibal?«, fragte er den Direktor. »Halten Sie es für möglich, dass *ich* lüge?«

»Sie haben Sibals Tochter erschossen.« Etwas von dem schweren Berg kehrte in Kallistos Stimme zurück. »Daran besteht kein Zweifel.«

»Es war ein Unfall! In meinem Bericht habe ich es in allen Einzelheiten beschrieben.«

Guirgis blieb ebenso unbeeindruckt wie Kallisto. »Wir haben die Bilder geprüft«, sagte der Prognostiker. »Sie sind gefälscht. Aber sie sind so gut gefälscht, dass die Fälschung nur mit Stufe-sieben-Technik als solche zu erkennen ist. Womit wir bei einem weiteren Problem wären.«

»Ein technologisches Problem«, flötete Solace.

»Nicht nur«, sagte Guirgis. »Wir haben schon seit einer ganzen Weile Hinweise darauf, dass es zwischen der Sibal-Sippe und den Incera zu Kontakten kam. Es gibt gewisse gemeinsame Interessen.«

»Sibal hat es auf Corwain abgesehen, und Corwain gehört zu den Letzten Menschen. Die Incera hassen sie noch mehr als uns Hybriden.« Die Sorge in Solace' Stimme war unüberhörbar.

»Der Scanner, der Sie auf Harvinga abgetastet hat, Tallmaster«, sagte Guirgis, umschwirrt von kleinen Datenfeldern. »Wir vermuten, dass er von den Incera stammt.«

»Das ist *eine* Hypothese«, warf Kallisto ein.

»Zu den anderen beiden komme ich gleich.« Guirgis bewegte mehrere lange Finger, und die Datenfelder verschwanden, nachdem er ihre Informationen aufgenommen hatte. »Es bestärkt uns in unserer Annahme, dass die Konfrontation auf Harvinga eine Falle war, die Sie kompromittieren sollte.«

»Die Incera wollten herausfinden, wo sich meine Residenz befindet«, sagte Corwain leise. Vor seinem inneren Auge entstand ein größeres Bild, bei dem nicht er selbst im Fokus stand, aber einen wichtigen Bestandteil bildete. Verschiedene Ereignisse waren miteinander verzahnt, und die Verbindungen gingen über die Gegenwart hinaus, reichten in die Zukunft. Ein Muster zeichnete sich ab, und zweifellos erkannte der Prognostiker darin weitaus mehr Einzelheiten als er.

Kallisto drehte kurz den Kopf und sah Corwain an. »Sie haben die anderen Residenten gewarnt, und derzeit findet eine

Evakuierung statt. Die Koryphäen haben auf unsere Bitte hin ein Schiff entsandt.«

Corwain hob eine Braue. »Ich schätze, das ist Abschreckung genug.« *Und es zeigt, dass die Koryphäen dies für sehr wichtig halten.*

»Kommt darauf an«, sagte Guirgis. »Auf die technischen Hilfsmittel, die den Incera zur Verfügung stehen. Um die Sicherheitsbarrieren einer Residenz zu überwinden, reichen die normalen technischen Hilfsmittel der Incera nicht aus. Und doch waren sie imstande, Duha Sibal die Übermittlung eines Datenpakets zu ermöglichen, das einen Klon-Attentäter schuf.«

Corwains innere Anspannung wuchs. Von seiner Nadel kam ein weiteres *Ping* (Krrrkrr), hervorgerufen von den zahlreichen Membrankontakten des Prognostikers, dessen Bewusstsein die Galaxis durchstreifte und der gleichzeitig hier mit ihnen sprach.

»Es gibt drei Möglichkeiten«, sagte Guirgis. »Erstens: Die Incera haben ein altes Arsenal gefunden, eins, das damals bei den Drei Feldzügen unentdeckt blieb, vollgepackt mit Technik aus ihrer Dominanten Ära in der Großen Magellanschen Wolke. Der Scanner könnte aus diesem Arsenal stammen.«

»Wie wahrscheinlich ist das?«, fragte Solace.

Kallisto kam dem Prognostiker zuvor. »Um ganz ehrlich zu sein … Wir vermuten schon seit einer ganzen Weile, dass die Incera ein solches Arsenal entdeckt haben. Es würde ihre zunehmenden Aktivitäten in der letzten Zeit erklären. Sie haben sogar versucht, unsere Datennetze anzuzapfen, über den Knotenpunkt bei den Dunklen Sieben im Magadan-Sektor, und dafür sind einige sehr komplexe technische Spielzeuge nötig.«

Guirgis nickte, und Corwain beobachtete, wie dadurch sein Hirnwasser in Bewegung geriet. »Selbst wenn die Incera ein Arsenal entdeckt haben, schließt das die beiden anderen Möglichkeiten nicht aus. Zweitens: Sie haben ein X-Artefakt entdeckt –

das fünfte in dieser Galaxis – und sich Zugang zu seiner Technologie verschafft.«

»Wie wahrscheinlich ist *das?*«, fragte Corwain verblüfft.

»Drittens«, fuhr Guirgis ungerührt fort. »Die Incera sind im Kosmotop gewesen und haben es wieder verlassen, nachdem es ihnen gelang, dort überlegene fremde Technik zu erbeuten.« Nach einer kurzen Pause fügte er hinzu: »Vielleicht trifft nur einer dieser drei Punkte zu, vielleicht alle drei.«

»Es gibt kein Zurück aus dem Kosmotop, nicht einmal für die Koryphäen«, sagte Solace. »Jaels Gesandter, Tsertser und die anderen ... Wir haben nie wieder etwas von ihnen gehört. Man kann an bestimmten Stellen hinein, aber nicht wieder heraus. Der Ereignishorizont ist nur von dieser Seite durchlässig.«

»Ein Spähschiff der Incera hat versucht, eine von den Jassid bewachte Strukturlücke zu passieren«, sagte Guirgis. »Es verschwand. Vier Standardtage später erschien es bei Contrada im Ophiuchus-Sektor, neuntausend Lichtjahre entfernt.«

»Dasselbe Schiff?«, fragte Corwain.

»Zumindest hatte es dieselbe energetische Signatur.«

Kallisto hob den grauen Kopf. »Zusammenfassend lässt sich sagen ...«

Der Prognostiker nickte ihm zu. »Wir haben es nicht mehr nur mit der Feindschaft einzelner Sippen der Mahé zu tun. Das ganze Volk wird zu unserem Gegner, unter der Herrschaft eines Großthans, der Blutrache geschworen hat. Außerdem bekommen wir es mit einem Bündnis zwischen Mahé und Incera zu tun. Die Incera haben mit einer neuen Offensive gegen die Letzten Menschen begonnen, ihren alten Feind, und verfügen allem Anschein nach über Möglichkeiten, die Residenzen ausfindig zu machen – ein weiterer Hinweis darauf, dass sich neue, sehr leistungsfähige Technik in ihrem Besitz befindet. Diese Technik werden Mahé und Incera nutzen, um Zivilisationen der Stufen drei, vier und fünf schnelle Entwicklung zu versprechen, natürlich unter ihrem Einfluss. Die Kompetenz wird an Einfluss verlieren und sogar in Gefahr geraten.«

»Von den Letzten Menschen ganz zu schweigen«, warf Kallisto ein, und diesmal war in seiner Stimme wieder das Knirschen von Stein auf Stein zu hören.

»Und der Auslöser dieser Ereigniskette, die jahrhundertelange kompetente Arbeit zunichtemachen und zahlreiche junge, unerfahrene Völker den Mahé und Incera ausliefern könnte ...« Guirgis sprach nicht weiter und sah den Pazifikator an.

»Ich?«, fragte Corwain. »Dies alles geht auf mich zurück?«

»Sie haben Duha Sibals Tochter erschossen«, sagte der Prognostiker. »Zumindest das lässt sich nicht leugnen. Sie sind der Auslöser, der Angelpunkt, die zentrale Figur. Aus dem Mann des Friedens könnte der Auslöser für einen Krieg werden.«

Das traf Corwain mehr als alles andere. Der Frieden war seine Berufung, seine große, ehrenvolle Mission. Sie gab ihm Inhalt; er identifizierte sich damit. Wenn Corwain Tallmaster aufhörte, Pazifikator zu sein, der beste in der Kompetenz ... Zu wem oder was wurde er dann?

»Um Schaden von der Kompetenz abzuwenden, und um zu verhindern, dass Mahé und Incera Dominanz erlangen ...«, sagte Kallisto, und hier sprach einer von neunundzwanzig Direktoren. »Wir könnten gezwungen sein, uns von Ihnen zu trennen, Corwain $_{18}$Tallmaster.«

»Was?«, entfuhr es Solace. »Es wäre ein Zeichen dafür, dass die Kompetenz Corwain für schuldig hält.«

»Ich verstehe«, sagte Corwain mühsam. Er ahnte, worauf dies hinauslief. Eine Idee formte sich in ihm; er hatte nicht umsonst siebzehn Leben dem Dienst für die Kompetenz gewidmet. »Wie lassen sich solche Konsequenzen vermeiden?«

»Mit der Wahrheit.«

»Die Wahrheit lautet, dass ich, im Auftrag der Kompetenz, den Frieden auf Harvinga sichern wollte.«

»Das wissen wir, Tallmaster«, sagte Kallisto. »Aber die Mahé und Incera behaupten etwas anderes, und sie haben angeblich Beweise, denen man auf vielen Welten glauben wird.«

»Ich muss meine Unschuld beweisen, um die Kompetenz vor Schaden zu bewahren.«

»Und um Schaden von *Ihnen* abzuwenden«, betonte Kallisto. »Der Blutracheschwur ist ein sehr persönlicher Aspekt, und für Sie dürfte er eine große Rolle spielen. Wenn die Kompetenz sich von Ihnen distanzieren muss ... Dann wären wir nicht mehr in der Lage, Sie zu schützen.«

»Das ist unerhört!«, rief Solace. Ihre großen Augen gewannen ein zorniges Violett.

Corwain ergriff ihre Hand und drückte sie sanft.

»Es gibt eine Stimme der Wahrheit, die über jeden Zweifel erhaben ist«, fügte Kallisto hinzu. »Wenn diese Stimme sagt, dass Sie unschuldig sind und die Ereignisse auf Harvinga ein Trick waren, um die Kompetenz in Misskredit zu bringen, so wird niemand wagen, das in Zweifel zu ziehen.«

»Die letzte der alten Pattern-Master«, sagte Corwain. »Die Veritas auf Lundblad im Perseus-Arm. Sie kann Lüge und Wahrheit voneinander unterscheiden, immer und überall. Aber seit hundert Jahren unterhält sie keine Kontakte mehr zur Kompetenz. Sie hat nicht einmal auf unsere Anfragen reagiert.« Ein schrecklicher Verdacht stieg in Corwain auf. Wurde er benutzt? Machten ihn die Direktoren zu einem Werkzeug, das ihnen dabei helfen sollte, die unterbrochene Verbindung zur alten Veritas wiederherzustellen und sie in den Schoß der Kompetenz zurückzuholen?

»Nein«, sagte Guirgis. Seine schwarzen Augen glänzten. »Es ist nicht so, wie Sie denken. Aber Sie könnten nicht nur sich selbst helfen, sondern auch der Kompetenz einen großen Dienst erweisen.«

Kallisto bewegte die breiten Schultern. »Wann brechen Sie auf, Pazifikator?«

Corwain erhob sich, und eine Sekunde später stand auch Solace. »Sofort.«

CODE X

INTERVENTION

Viel Zeit war vergangen, mehr Zeit als erwartet, Zeit genug für den Reisenden, großen Schaden anzurichten. So viel Zeit, dass selbst die Interventionsfaktoren Schaden genommen hatten, obwohl sie für die Ewigkeit konstruiert waren.

Nichts ist ewig, alles ist vergänglich, auch das Universum selbst, sagte der nachdenkliche Faktor, während das Erwachen andauerte und die übrigen Faktoren noch damit beschäftigt waren, sich selbst zu überprüfen und die Situation zu bewerten. *Wir existieren noch, und das ist wichtig. Wir wurden geweckt, und das ist ebenfalls wichtig. Hörst du die Signalatoren?*

Es müssten mehr sein, sagte Interventionsfaktor eins, der einmal Faktor drei gewesen war. Aber die beiden anderen Interventionsfaktoren mit höherer Priorität meldeten sich nicht – es kam keine Bestätigung von ihnen, trotz mehrmaliger Anfragen –, und deshalb rückte er an die erste Stelle. Es sind nur noch wenige übrig, nur noch vier, mit uns.

Aber die wenigen genügen, sagte der aufmerksame, wachsame Faktor. *Sie haben den Reisenden gehört. Er ist in der Nähe.*

Er ist zurückgekehrt, flüsterte der Erinnerungsfaktor, der Hüter des Gewesenen. *Wir haben nicht umsonst gewartet. Wir können unsere Aufgabe erfüllen.*

Dinge verändern sich, warf der nachdenkliche Faktor ein. *Es kommt darauf an, wie viel sich verändert hat.*

Interventionsfaktor eins hörte all die Stimmen, als er ein System nach dem anderen aktivierte, überprüfte und in das große

Allgemeinkonzept eingliederte. In den Schwellenfeldern gab es nur einige wenige Fluktuationen, kleine Abweichungen von der Norm, die keine Gefahr bedeuteten, nicht einmal hier, im Innern einer Sonne, die Schutz bot vor Entdeckung. Waren draußen im All, jenseits des heißen nuklearen Brodelns, noch immer die Sucher und Destruktoren unterwegs?

Nein, sagte der strategische Faktor. *Ich entdecke nichts dergleichen. Aber wir haben trotzdem ein Problem.*

Der Interventionsfaktor schloss die Aktivierungsphase ab – von den primären Systemen arbeiteten fast alle einwandfrei; um die defekten Komponenten kümmerten sich die Restrukturatoren – und stieg auf, der Oberfläche der Sonne entgegen. Die Signalatoren auf den nahen Planeten empfingen seinen Ruf und gaben ihn weiter.

Worin besteht das Problem?, fragte er und steuerte den gut reagierenden Interventor nach oben.

Ich empfange das Präsenzsignal eines anderen Interventors, eines fünften ...

Wir sind nicht vier, sondern fünf!, sagte I-Faktor eins erfreut, als sie die weniger heiße Oberfläche der Sonne erreichten und dort für eine kurze Orientierungsphase verharrten. Über der kochenden Korona, weiter draußen im kühleren All, rotierten Beobachtungsstationen und Satelliten hinter Schutzschilden und Strahlenschirmen. Das Erscheinen des Interventors führte an Bord jener Stationen zu hektischer Aktivität, wie der wachsame Faktor feststellte. Die Defensoren blieben ruhig, erkannten keine Bedrohung.

Das Präsenzsignal, das ich meine, stammt von einem Interventor, der nicht mehr unserer Kontrolle unterliegt, teilte ihm der strategische Faktor ernst mit. *Etwas Fremdes hat bei ihm die Kontrolle übernommen.*

Vielleicht, fügte der nachdenkliche Faktor hinzu, *müssen wir gegen uns selbst intervenieren.*

FEINDLICHE ÜBERNAHME

14

Welch ein seltsames Phänomen, die Zeit, sinniert Corwain. Sie rast und rinnt, sie tickt in Kallistos Saal der Uhren, die sie unentwegt in kleine Stücke schneiden.

Denk nicht daran, säuselt Solace. Sie sitzt auf ihm und hat ihn tief in sich aufgenommen. Ihre Hüften schwingen von einer Seite zur anderen, langsam, wie ein Pendel, das durch die Zeit schwingt und sie misst.

Warum denke ich an die Zeit?, überlegt Corwain in diesen Momenten, die sich dehnen, während auch das Schiff schwingt, in den Membranresonanzen, und durch Zeit und Raum springt, dem Perseus-Arm entgegen, und dort einem Planeten der Klasse D, Lundblad genannt.

Denk nicht, fühle nur, flötet Solace und arbeitet sich dem Höhepunkt entgegen, und auch der Trance ihrer Kognition.

Nimmst du mir erneut ein Stück meiner Seele?, fragt Corwain, während er das Ticken der Uhren zu hören glaubt.

Kommt darauf an, lacht Solace. Wie viel ist denn noch übrig?

Sie schaukelt, von rechts nach links, vor und zurück, und er lässt sich treiben, denkt an die Zeit, die ihm jetzt, in diesem Moment, endlos scheint, so sanft wie das Tröpfeln an der Quelle eines großen Stroms. Aber er weiß, dass sie begrenzt ist, für ihn und die anderen Letzten Menschen.

Sieh mich an, trillert Solace. Sie beugt sich herab, und ihre Augen leuchten rot wie Rubin oder rot wie Blut, die sirmionische Farbe der Lust. Sieh mich an, trinke meinen Blick, öffne die Fenster und Türen deiner Seele.

Das geht zu weit, erwidert er und hält sie an den Hüften. Erst willst du dir ein Stück von meiner Seele abschneiden, und jetzt soll ich sie auch noch ganz für dich öffnen.

Trink mich, zwitschert Solace. Nimm mich. Behalte mich. Lass mich nicht los.

Er lässt sie nicht los, er hält sie fester, er dreht sie und liegt plötzlich auf ihr, mit den Ellenbogen abgestützt, um sie nicht mit seinem ganzen Gewicht zu belasten. Sie winkelt die Beine an, sie nimmt ihn ganz in sich auf, und noch etwas mehr, denn sie hat auch seinen Geist, sein Selbst aufgenommen. Es ist eine prickelnde Berührung, als flösse mentale Elektrizität, und die Zeit dehnt sich noch etwas mehr, jedes einzelne Ticken klingt wie ein Brummen.

Denk an nichts, singt Solace, sie singt es so laut, dass ihre Stimme das brummende Ticken übertönt. Nein, denk an mich, an nichts anderes.

Sie stößt mit den Hüften, umschlingt ihn mit den Beinen, und er fühlt das Kitzeln ihres Federflaums. Er denkt an sie, o ja, sie hat einen wichtigen Platz in seinen Gedanken, aber die gedehnten Sekunden – das sanfte Tröpfeln der Zeit – dehnen auch sein Bewusstsein und vielleicht sogar seine Seele. Wenn das stimmt, kann sie sich ein größeres Stück von ihr abschneiden. Ja, er denkt an Sol, aber er denkt auch an andere Dinge, ohne dadurch Solace' Bedeutung für ihn zu schmälern. Er denkt an Unsterbliche, die wieder sterblich geworden sind, die sich mit Klonen gegen den Tod wehren, die immer weniger werden, weil Klone Unfällen zum Opfer fallen, weil sich manche der Letzten, von Hoffnungslosigkeit heimgesucht, selbst das Leben nehmen, nachdem sie ihre Nadeln zerstört haben, oder weil sie von den Incera umgebracht werden. Wir sind Kinder der Ewigkeit gewesen, denkt Corwain, während er sich in Solace bewegt. Der größte Preis, den wir für unsere Vermessenheit zahlen, ist der Verlust unserer Fruchtbarkeit. Die Kinder der Ewigkeit können keine Kinder bekommen.

Solace bäumt sich unter ihm auf, sie bohrt ihm die Finger zwischen die Schulterblätter, sie schreit wie eine Eule – und dann ist sie plötzlich still und reglos. Unbewegt liegt sie da, und das Rote weicht aus ihren Augen, verdrängt vom Hellblau der Trance.

Corwain sieht auf sie hinab und fragt sich, was ihre Augen sehen. Nicht ihn, ihr Blick geht weiter, durch ihn und die Wände des Schiffes hindurch und gleichzeitig nach innen, in die Welt der Kognition. Ihr Mund bewegt sich lautlos, als sie mit dem Seelenwind spricht.

Er kennt dies, er ist damit vertraut, und deshalb wartet er geduldig. Schließlich blinzelt Solace, ihr Selbst kehrt ins Hier und Heute zurück, und sie flüstert: Es ist leer. Es ist alles leer.

Das kann nicht sein, sagt er und lächelt. Wir sind hier, wir beide.

Es ist trotzdem leer, erwidert Solace und schaudert. Ihre Augen haben sich erneut verändert, zeigen wieder das Smaragdgrün der Sorge.

Corwains Nadel macht *Ping* …

»Entschuldigt bitte, ich wollte euch nicht stören, während ihr euren Spaß hattet«, sagte das Schiff. »Wir sind am Ziel. Ich habe uns in einen niedrigen Orbit über Lundblad gebracht.«

Eine Himmelsmeduse, vom Helium in den ausgedehnten Gewölben ihres Flugbauchs getragen, schwebte genau über dem Kastell, dessen Mauern sich auf einem Felsen erhoben, der wie eine Insel aus dem grünen Meer des Urwalds ragte. Ihre schimmernden und glitzernden Wurzelfäden, mit denen sie Lundblads Atmosphäre Nährstoffe entnahm, endeten nur wenige Dutzend Meter über dem höchsten Turm des festungsartigen Gebäudes. Weitere Medusen, jede von ihnen mindestens zwei Kilometer groß, schwebten in der Ferne, manche von ihnen halb in den hohen Wolken, die ihnen weiße und graue Kronen aufsetzten.

»Es sind schöne Geschöpfe«, sagte Solace, als sie aus dem Springer stiegen. »Schön und erhaben.«

»Eine Zivilisation der Stufe zehn. Siehst du das Flackern über ihnen?« Corwain deutete nach oben. »Sie verständigen sich mit elektrischen Signalen und Dekameterwellen, die von der Ionosphäre reflektiert werden und überall auf dem Planeten empfangen werden können. Die Medusen sind hochintelligent, haben aber nie Technik oder auch nur Werkzeuge entwickelt.«

»Vielleicht brauchen sie keine.«

Corwain nickte. »Rahel hat mir erzählt, dass sie mit Ideen und Konzepten philosophische Labyrinthe konstruieren und sich einen Spaß daraus machen, einen Weg durch sie zu suchen.«

»Rahel?« Solace rückte ihre Atemmaske zurecht. Dieser Teil von Lundblad wirkte geradezu paradiesisch mit seiner üppigen Vegetation und bot angenehme Temperaturen, aber die Luft enthielt Substanzen, die menschliche Lungen – und auch die von Hybriden – verätzen konnten.

»Rahel Rahelia $_{29}$Kinmaster, die Veritas, aus der Master-Familie der Letzten Menschen, wie auch ich«, sagte Corwain, der ebenfalls eine Atemmaske trug. »Wir sind fast so etwas wie Bruder und Schwester.«

Sie gingen zum großen, aus Bronze bestehenden Portal des Kastells. Rechts und links davon standen zwei Kriegerstatuen aus silbernem Syntho: vier Meter große martialische Gestalten, in der einen Hand ein Schwert und in der anderen einen Kriegshammer. Die Gesichter wirkten düster und grimmig, und die dunklen Augen schienen Corwain und Solace zu beobachten.

»Ich fühle mich – angestarrt«, zwitscherte Solace leise.

»Genau das ist der Sinn der Sache.« Vor dem Portal blieben sie stehen, zu beiden Seiten flankiert von den riesigen Kriegern, in denen, wie Corwain wusste, kompetente Technik steckte. Es waren Adjus in barbarischem Gewand, viel leistungsfähiger und gefährlicher, als es echte, leibhaftige Krieger dieser Art gewesen wären.

Corwain ergriff den Klopfer und ließ ihn gegen das Portal pochen. *Ping* (Überprüfung) meldete seine Nadel, und die eine Hälfte des Tors schwang nach innen auf. Zwei Schritte nach vorn brachten sie durch das unsichtbare Kraftfeld einer ambientalen Barriere, die alle mikrobiologischen und chemischen Toxine neutralisierte.

»Hier brauchen wir die Masken nicht mehr«, sagte Corwain, nahm seine ab und drückte sie an den Gürtel, wo sie haften blieb.

Vor ihnen erstreckte sich ein langer Gang mit grotesken Gestalten zwischen den hohen ovalen Fenstern zu beiden Seiten: humanoide Krieger, nicht ganz so groß wie die beiden Adjutanten neben dem Portal, bucklig und krumm; krötenartige Tiere mit schlitzförmigen Augen, halb zum Sprung geduckt; Bündel aus Schlangen, die sich gegenseitig zu verschlingen schienen; dämonische Gestalten mit fratzenhaften Gesichtern und Augen, in denen ein kaltes Feuer brannte.

»Es sind alles Adjus«, sagte Corwain, als sie durch den Gang schritten. »Sie gehören zu den Sicherheitssystemen des Kastells.«

Vielleicht hörte Solace sein Unbehagen, denn sie warf ihm einen fragenden Blick zu. »Dies alles hier … Es sind keine Zeichen von Frieden.«

»Nein. Rahel sieht die Dinge ein wenig anders, in jeder Hinsicht, und das war auch der Grund, warum sie sich vor hundert Jahren von der Kompetenz getrennt hat.«

»Du hast mir nicht davon erzählt. Auch nicht von der Master-Familie. Ich habe mehrmals danach gefragt, aber du bist immer ausgewichen.«

Bin ich das?, dachte Corwain und konnte sich nicht daran erinnern. Es war ein unangenehmes Kapitel in der Geschichte seiner Familie, und vielleicht auch der Kompetenz – es kam auf die Perspektive an.

»Vor hundert Jahren kam es zwischen ihr und den Direktoren zu einer Kontroverse«, sagte er. »Sie forderte ein entschlosseneres Vorgehen gegen die Incera und strengere Eindämmungsmaßnahmen bei Völkern wie den Mahé.« Corwain blieb vor einem Doppelbildnis stehen: links ein wütender Kämpfer, das Gesicht eine Grimasse, der Mund weit aufgerissen zu einem zornigen Schrei, der dem kleineren, viel schwächeren Alten auf der rechten Seite galt, einem Greis, der ihm das Schwert abgenommen und auf dem dürren Knie in zwei Teile zerbrochen hatte. Doch aus den Bruchstellen leckten Flammen und verbrannten das Bein des Alten. »Dies hier«, sagte Corwain, »ist ein Symbol für die damalige Denkweise der Veritas.«

Solace betrachtete die beiden Statuen skeptisch. »Der Alte hätte das Schwert niemals zerbrechen können. Er ist viel zu schwach dafür.«

»Es handelt sich um eine Metapher, Sol«, sagte Corwain. »Auf der einen Seite haben wir den Krieg, vom starken Kämpfer symbolisiert, und auf der anderen den Frieden in Gestalt des schwachen Alten. Der Frieden hat das Schwert des Krieges genommen und genug Kraft gefunden, es zu zerbrechen, aber was ist das Ergebnis? Der Greis verbrennt sich, siehst du?« Er fügte hinzu: »Wenn wir lange genug stehen bleiben, können wir den Schrei des Kriegers hören, und das schmerzerfüllte Stöhnen des Alten.«

»Woher weißt du das?«

»Ich bin nicht zum ersten Mal hier, Sol. Beim letzten Mal,

nach einem Master-Treffen, an dem ich als $_{16}$Tallmaster teilgenommen habe, hat mir Rahel ihr Kastell gezeigt, auch und vor allem die Geheimgänge.« Corwain lächelte bei der Erinnerung. »Wir haben uns sehr nahegestanden. Andernfalls hätte sie uns bestimmt nicht sofort Zugangserlaubnis erteilt.«

Solace betrachtete wieder die beiden Statuen. »Sie muss seltsam sein, die Veritas. Den Frieden lässt sie das Schwert des Krieges zerbrechen, aber er verbrennt sich an dem Feuer, das aus der zerbrochenen Klinge kommt.«

»Soll heißen: Manchmal kann es falsch sein, um jeden Preis den Frieden zu suchen.« *Ping* machte Corwains Nadel, ohne dem Aktivitätssignal etwas hinzuzufügen. Vermutlich lag es an der geballten kompetenten Technik, die sie hier auf allen Seiten umgab. »Rahel hielt die Incera damals für eine große Gefahr. Sie forderte die Kompetenz zu einem Vierten Feldzug auf.«

»Das klingt nicht dumm«, kommentierte Solace.

»Vor der Versammlung der Direktoren forderte sie die neunundzwanzig Zivilisationen der Kompetenz auf, ihre Kräfte zu bündeln und aktiv gegen die Incera vorzugehen, ihre Basen und Stützpunkte überall in der Galaxis zu suchen und zu vernichten. Sie meinte, sie könnten eines Tages …«

Corwain sprach nicht weiter und starrte auf das zerbrochene Schwert, aus dem Feuer schlug und den Frieden verbrannte.

»Corwain?«, fragte Solace. »Was ist?«

»Vielleicht hat sie es damals vorausgesehen, vor hundert Jahren! Die aktuelle Situation mit den Incera und Mahé.« Und mit mir, fügte er in Gedanken hinzu.

»Die Veritas kann in die Zukunft sehen?«

»Nein«, sagte Corwain und dehnte das Wort. »Nicht in dem Sinne. Sie ist eine Pattern-Master, die letzte, die uns geblieben ist, und das heißt: Sie sieht Entwicklungsmuster, und aus ihnen kann sie unter bestimmten Umständen zukünftige Ereignisse extrapolieren.« Hat sie gewusst, dass ich zu ihr kommen würde?, lautete einer von vielen Gedanken, die ihm in diesem Augenblick durch den Kopf gingen. Hat unser Springer deshalb sofort Landeerlaubnis bekommen? »Aber vor allem erkennt die Veritas die Muster von Wahrheit und Lüge. Das ist ihre Spezialität als Master.«

»So wie deine Spezialität der Frieden ist.« Solace deutete auf das zerbrochene Schwert des Krieges. »Aber nicht wie dieser Frieden.«

Corwain starrte noch immer. Gab es einen Zusammenhang zwischen der vor hundert Jahren getroffenen Entscheidung der Veritas, die Kompetenz zu verlassen, und den jetzigen Ereignissen? »Vielleicht habe ich auf Harvinga ein viel größeres Schwert zerbrochen, aus dem nun Feuer hervorbricht«, sagte er leise.

»Das ist Unsinn!«, widersprach Solace und schüttelte den Kopf.

Ping.

Am Ende des langen Flurs öffnete sich eine Tür, und eine Benink in klirrendem Kettenkleid trat ihnen entgegen.

»Ich darf Sie herzlich im Kastell von Rahel Rahelia $_{29}$Kinmaster begrüßen«, sagte sie mit einer Stimme, die wie das Fauchen einer Katze klang. »Ich bin Aziza Saliba, Kastellverwalterin in erlauchtem Auftrag. Bitte erlauben Sie mir, mein Bedauern darüber zum Ausdruck zu bringen, dass die Veritas Sie nicht selbst empfangen kann. Die letzte Nachricht, die ich von ihr empfangen habe, ist zwei Standardtage alt, und darin versprach sie ihre Rückkehr in spätestens einem Monat.«

Ping.

»Was?«, fragte Corwain verwirrt.

Die Verwalterin legte ihre schmalen Hände auf die Brust und verneigte sich, was ihr Kettenkleid erneut klirren ließ. »Ich bedauere sehr, dass die geehrten Gäste die erlauchte Veritas nicht antreffen. Bei Besuchen ohne vorherige Anmeldung …«

»Ich habe mich angemeldet«, sagte Corwain. »Ich habe mit Rahel gesprochen, und sie hat mir einen Prioritäts-Zugangscode übermittelt. Sie …«

Ping (Signalstörung).

»Corwain …«, begann Solace.

»Ich bin ein Dummkopf gewesen«, sagte er plötzlich. »Duha Sibal hat natürlich gewusst, dass wir uns an die Veritas wenden würden. Es ist die einzige Möglichkeit, meine Unschuld zu beweisen.«

»Bitte gestatten Sie mir den freundlichen Hinweis, dass Sie nicht mit der Veritas gesprochen haben können, weil sie mit der *Conzilia* unterwegs ist. Inzwischen dürfte sie Hunderte von Lichtjahren entfernt sein.«

»Verwalterin Saliba«, sagte Corwain schnell und übermittelte seiner Nadel gleichzeitig gedankliche Anweisungen, »haben Sie einen Überblick über die Kommunikationsaktivität des Kastells während der vergangenen Tage? Haben Sie irgendetwas Verdächtiges bemerkt, vielleicht ein Datenpaket …«

»Dumm, Corwain, dumm«, trillerte Solace aufgeregt. »Das Datenpaket ist bestimmt getarnt gewesen, wie bei deiner Residenz. Die Verwalterin kann nichts davon wissen.«

Ping (Singalst).

»Meine Nadel ist blockiert!«

»Bitte erlauben Sie mir, erneut mein Bedauern zum Ausdruck zu bringen«, sagte die Benink mit fauchender Katzenstimme, »aber …«

Sie unterbrach sich verwundert, als ein dumpfes Brummen durchs Kastell ging, mehr eine Vibration in Boden und Wänden als ein Ton.

»Die Verteidigungssysteme sind aktiv geworden«, sagte die Verwalterin. »Angeblich befinden sich Eindringlinge im Kastell.« Sie schüttelte verwundert den Kopf. »Aber das kann nicht sein. Ich …«

Hinter ihr geriet eine der Kriegerstatuen in Bewegung, trat vom niedrigen Sockel in den Flur, schwang seine Lanze und rammte sie der Benink mit solcher Wucht in den Rücken, dass die Spitze vorn aus der Brust trat.

Corwain ergriff Solace' Hand und lief los.

15

»Die Veritas ist keine Frau des Friedens«, flötete Solace.

Corwain duckte sich unter einer Klinge hinweg, die plötzlich vor ihm erschien. Die Statuen – die Adju-Komponenten der Sicherheitssysteme – waren noch langsam, als erwachten sie aus langem Schlaf. Vermutlich lag es daran, dass sich die intelligenten Systeme des Kastells gegen invasive Daten zur Wehr setzten, die die Kontrolle zu übernehmen versuchten.

»Das ist nicht Rahels Schuld!«, stieß er hervor und wich einem Wesen aus, das ihnen den mit langen Stacheln besetzten Rückenpanzer zuwandte. Es knallte, als sich kleine Druckluftkammern entluden und mehrere Stacheln in ihre Richtung schleuderten. »Ein Angreifer hat auf uns gewartet, mir ein Gespräch mit der Veritas vorgegaukelt und uns in die Falle gelockt. Und jetzt hat er die Sicherheitssysteme dazu gebracht, uns als gefährliche Eindringlinge zu identifizieren, die eliminiert werden müssen.«

Ping (Stö…rung).

Corwain stieß eine Tür auf und lief mit Solace durch einen kleinen Flur, in dem zum Glück keine Adju-Statuen standen. Aber von den Wänden kam ein Knirschen und Knacken, als sie in Bewegung gerieten. Vorn schob sich ein Segment in den Flur, wie ein Schott, das sich zu schließen begann. Corwain und Solace liefen noch schneller, aber es nützte nichts. Die Lücke wurde immer schmaler und schloss sich, bevor sie hindurchschlüpfen konnten. Hinter ihnen versperrte ein weiteres Blockadeelement den Rückweg.

»Dies ist nur der Anfang«, schnaufte Corwain und sah sich um. »Wenn die Verteidigungssysteme ihre volle Kapazität entfalten, haben wir keine Chance. Wir sind nicht einmal bewaffnet! Wir können nur hoffen …«

»Was?«

»Dass die intelligenten Systeme die Oberhand gewinnen und den Eindringling neutralisieren. Allerdings könnte das eine Weile dauern, und bis dahin … Wir müssen in einen der Geheimgänge!«

Es gab kein Fenster im blockierten Teil des Flurs, und das Licht der einen Lampe an der hohen Decke trübte sich. Es wurde dunkler, und auch kälter. Die Temperatur sank schnell; es dauerte nur wenige Sekunden, bis es so kalt geworden war, dass ihr Atem kondensierte.

»Sie ist keine freundliche Person, die Veritas«, klagte Solace und schlang die Arme um sich. »So viel Bosheit in ihrem Haus.«

»Sie hatte schon immer einen Hang zur Paranoia, soweit ich mich zurückerinnern kann«, sagte Corwain. »Nach dem Tod des vorletzten Pattern-Masters vor fast siebenhundert Jahren wurde es immer schlimmer.«

»Hat sie dir die Geheimhänge gezeigt? Wo sind sie?«

»Das versuche ich gerade herauszufinden. Der Angreifer hat auch die internen Kommunikationssysteme übernommen und stört die Nadel.« Corwain schickte ihr eine neue Anweisung. *Ping* (Allgemeine Betriebsbereitschaft, volle Kapazität, alle Subsysteme ein). Das Ergebnis war … Schmerz. Er explodierte in Corwains Rückgrat, sprang von der Wirbelsäule in die Nervenbahnen, glühte durch Sehnen und brannte in den Muskeln. Die Welt wurde außen kalt und innen heiß; so heiß, dass er befürchtete, ihm könnten die Augen verdampfen. Er kniff sie zu, als könnte er sie auf diese Weise schützen, und für eine Weile war alles dunkel.

Dann kroch ihm die Kälte, schnell und unerbittlich, in den Leib, und er begann zu zittern. Er öffnete die Augen wieder und sah Solace über sich. Sie zog an seinen Armen und versuchte, ihm auf die Beine zu helfen.

»Es wird immer kälter«, jammerte sie. »Wir werden erfrieren.«

»Meine Nadel«, ächzte Corwain. »Der Angreifer blockiert meine Nadel.«

»Wo ist der nächste Geheimgang?« Solace ließ ihn los, als er stand, trat und hüpfte vom einen Bein aufs andere, um sich warm zu halten.

Von der Lampe an der Decke kam nur noch ein mattes Glühen, gerade genug für ein Zwielicht, das alles grau und dunkel erscheinen ließ – er konnte nicht einmal mehr die Farbe von Solace' Augen erkennen.

»Lass mich überlegen«, sagte er und spürte, wie er heftiger zitterte. Jeder Atemzug brachte eiskalte Luft in seine Lunge, und das machte es nicht leichter.

Ping (Status), dachte er.

Ping (Bereit…schaft), lautete die Antwort der Nadel.

»Was … machst … du?«, stotterte Solace in der Kälte.

»Dieser Klon trägt eine neue Nadel«, sagte Corwain. Er sprach schnell und schickte dem Implantat in seinem Rückgrat gleichzeitig Anweisungen. »Sie weist einige Verbesserungen gegenüber dem vorherigen Modell auf, aber der eigentlich wichtige Punkt ist: Ihre Programmierung unterscheidet sich ein wenig von der Nadel, die $_{17}$Tallmaster trug.«

»Ich friere, Corwain«, klagte Solace. »Bitte schnell handeln …«

Schnell handeln, ja, dachte er. Wer auch immer den Eindringling konzipiert hatte: Er musste sich mit kompetenter Technik auskennen und einen Weg gefunden haben, die Sicherheitsalgorithmen des Kastells zu manipulieren. Aber dem Umstand, dass sie noch Widerstand leisteten, ließ sich entnehmen, dass der Eindringling nicht perfekt war, und das bedeutete: Vermutlich hatte sein Urheber noch keine Gelegenheit gefunden, ihn auf die neuen Nadeln abzustimmen.

»Die Kommunikationskomponenten der Nadel und ihre Subsysteme sind blockiert, damit ich nicht den Springer oder das Schiff im Orbit um Hilfe rufen kann. Aber vielleicht …«

»Bitte schnell«, bibberte Solace.

Aber wenn die Reaktion erneut aus Schmerz bestand, wenn er das Bewusstsein verlor … Vielleicht wachte er dann nicht wieder auf. Er schätzte die Temperatur auf etwa minus zwanzig Grad, und sie fiel weiter.

»Schnell«, drängte Solace.

Ping Notfallprogramm aktivieren.

Ein Kkkrrrch kam von der Nadel, aber kein Schmerz, und dann:

Ping Notfallprogramm aktiviert.

Im Wald auf dem Asteroiden seiner Residenz hatte Corwain eine Bewusstseinsaufzeichnung angeordnet, die inzwischen erfolgt war – die Nadel enthielt eine Kopie seines Selbst mitsamt den Erinnerungen.

Ping Zeig mir den inneren Aufbau des Kastells, dachte Corwain. Zeig mir die Geheimgänge, durch die mich Rahel damals geführt hat.

Eine Karte entstand vor seinem inneren Auge, bestehend aus Hunderten von bunten Linien und den Umrissen von Räumen und Installationen. Hier und dort blinkten blaue Markierungen.

Ping Notfallprogramm, dachte er, um die Funktion der Nadel allein darauf zu beschränken. Zeig mir den nächsten Zugang.

Ein roter Punkt erschien in dem Gewirr aus Linien, und Corwain versuchte, sich in der Dunkelheit zu orientieren. Der nächste Zugang befand sich beim Blockadeelement hinter ihnen.

Solace bewegte sich nicht mehr, stand still und stumm. Corwain packte sie an den Schultern. »Bleib in Bewegung, Sol!«

Er zog sie mit sich, während die Temperatur weiter sank. Inzwischen war es so kalt, dass sich die Kälte wie Wärme anzufühlen begann – ein gefährliches Zeichen.

Bei der Barriere angelangt, strich Corwain mit der Hand über die eisige Wand. Sie bestand aus Variform-Syntho, wie fast alles im Kastell, und war so hart wie Granit.

»Schnell«, hauchte Solace. »Bitte schnell ... Ich erfriere.«

Das Notfallprogramm der Nadel gestattete es Corwain auch, sich an den Zugangscode zu erinnern. Doch um ihn zu senden, musste er erneut auf die Kommunikationskomponente der Nadel zugreifen, und das bedeutete Schmerz, solange die Sicherheitssysteme des Kastells den Feind nicht niedergerungen hatten.

Einige Sekunden lang hielt er Solace an sich gedrückt, mit beiden Armen umschlungen, damit sie etwas von seiner Körperwärme abbekam. Aber er wusste, dass es keine Zeit zu verlieren galt, und deshalb ließ er sie los, bereitete sich innerlich vor und sendete den Code.

Jemand schien seinen Kopf zu nehmen und ihn langsam zu zerquetschen, während ihm jemand anderes ganz langsam den Bauch aufschlitzte.

Vielleicht war die Kälte hier ein Segen, denn sie milderte den Schmerz ein wenig, sodass ihm die Agonie nicht das Bewusstsein raubte, was für sie beide tödlich gewesen wäre. Oder es lag daran, dass die Kommunikationssysteme nur einen Sekundenbruchteil aktiv gewesen waren. Corwain schnappte nach Luft, spürte kalte, spitze Nadeln in der Lunge – und die Hand, die eben noch festes Syntho berührt hatte, tastete ins Leere.

Die Wand wies plötzlich ein Loch auf, und es war viel kleiner als erwartet – ein Teil davon befand sich auf der anderen Seite der Barriere.

»Du zuerst, Sol«, stieß Corwain hervor. »Kriech in den Geheimgang!«

Sie war nicht annähernd so flink und agil wie sonst, aber nach dreißig Sekunden hatte sie es geschafft, sich durch das Loch zu winden. Corwain machte sich sofort daran, ihr zu folgen. Er legte sich auf den Boden des Flurs – der so kalt war, dass er für einen Moment befürchte, daran festzufrieren –, streckte den rechten Arm und den Kopf durch die kleine Öffnung, hielt den linken Arm und die Schulter gesenkt, atmete aus und versuchte, sich so klein und schmächtig wie möglich zu machen.

»Hier ist es wärmer«, ertönte Solace' Stimme in der Dunkelheit. »Besser, viel besser ...« Aber ein leises Wimmern folgte diesen Worten und erinnerte Corwain an Solace' Furcht vor der Dunkelheit.

»Hilf ... mir«, ächzte er und begriff, dass er gleich Luft holen musste, wenn er nicht ersticken wollte. Doch die Öffnung ließ ihm einfach nicht genug Platz, und die Kälte betäubte seine Beine; er fühlte sie kaum noch.

Solace nahm seine Arme und zog.

Corwains Lunge brannte in einem Körper aus Eis. Er wand sich wie eine Schlange, kam Zentimeter um Zentimeter vorwärts, oder vielleicht nur Millimeter um Millimeter, bis er es nicht mehr aushielt und einatmete, wodurch sich sein Brustkorb ausdehnte und gegen die Ränder des Loches stieß – er steckte fest.

»Noch mehr«, zischte Corwain und atmete wieder aus. »Zieh noch mehr.« Er versuchte, sich mit den Füßen im Flur abzustoßen, aber sie rutschten über den glatten Boden, ohne irgendwo Halt zu finden.

»Es knarrt«, kam Solace' Stimme aus der Finsternis. »Ich höre ein Knarren.«

Wurde die Öffnung noch kleiner? Geriet die von den manipulierten Sicherheitssystemen geschaffene Barriere in Bewegung?

Corwain verdoppelte seine Anstrengungen, er verdreifachte sie mit der ganzen Kraft, die in seinem von der Kälte taub gewordenen Körper steckte. Irgendwie gelang es ihm, den Brustkorb durchs Loch zu bringen, dann ging es etwas leichter. Er zog die Beine an, rollte zur Seite und merkte wenige Sekunden später, dass es um ihn herum völlig dunkel geworden war. Das wenige Licht im Flur erreichte ihn nicht mehr – die Öffnung hatte sich geschlossen.

»Sol?«

»Ich bin hier«, antwortete sie, und eine Hand berührte ihn am Kopf. »Ist alles in Ordnung?« Eine alte, tief verwurzelte Angst vibrierte in ihrer Stimme.

»Ja.« Corwain versuchte sich zu entspannen. In diesem verborgenen Tunnel war es tatsächlich wärmer. Er schätzte die Temperatur auf etwa fünfzehn Grad über dem Gefrierpunkt, was sich nach der Kälte im blockierten Flur wie tropische Hitze anfühlte. »In den Geheimgängen sind wir sicher. Hier gibt es keine Sensoren und Sicherheitssysteme. Selbst wenn sich der Eindringling ganz durchsetzt und das gesamte Verteidigungspotenzial des Kastells übernimmt … Er kann uns nicht mehr sehen.«

Corwain wartete auf eine Antwort und hörte leises Wimmern in der Dunkelheit.

»Sol? Wir sind hier in Sicherheit, hörst du? Vertrau mir.«

»Ich – vertraue dir, ja.«

»Wir …« Corwain unterbrach sich, als eine andere Stimme erklang.

»Achtung, an alle Personen, die sich im Kastell aufhalten.« Corwain erkannte die aufgezeichnete Stimme der Veritas. »Es droht eine feindliche Übernahme der Sicherheits- und Verteidigungssysteme. Verlassen Sie unverzüglich das Gebäude. Vollständige Desintegration beginnt in fünf Standardminuten.«

»Die Veritas will ihr ganzes Kastell vernichten?«, flötete Solace erschrocken. »Mit allem, was sich darin befindet? Sie ist *definitiv* keine freundliche Person, deine Fast-Schwester.«

»Hör mir zu, Sol«, sagte Corwain schnell, tastete in der Finsternis nach ihr und fand einen flaumigen Arm. »Wir müssen den zentralen Raum des Kastells in weniger als fünf Minuten erreichen.« Er richtete sich auf und stieß mit dem Kopf gegen die niedrige Decke. »Er enthält die Strukturprogramme für die gesamte Variform-Masse; dort findet keine Auflösung statt. Aber du musst mir durch die Dunkelheit folgen, Sol, verstanden? Du darfst in der Finsternis nicht in Panik geraten und stehen bleiben. Sonst …«

»Sonst werde ich desintegriert, wie alles andere.«

»Ja. Bleib dicht hinter mir, Sol.« *Ping* Zeig mir dir den Weg zum zentralen Raum.

Vor Corwains innerem Auge leuchtete eine der Linien auf, die ihm noch immer den Aufbau des Kastells zeigten.

»Es geht los«, sagte er und eilte geduckt durch den stockfinsteren Gang.

16

Corwain hörte schon nach kurzer Zeit auf zu zählen, wie oft er gegen Wände prallte und bei Abzweigungen mit dem Kopf an die Decke stieß. Es bildeten sich keine Hindernisse in den Geheimgängen, die ihm Rahel einst voller Stolz gezeigt hatte; nichts versuchte sie aufzuhalten. Aber der Weg zum zentralen Raum war weit und die Dunkelheit alles andere als hilfreich.

»Es ist ein Reset.« Corwain sprach, um die dicht hinter ihm wimmernde und jammernde Solace von ihrer Nyktophobie abzulenken. »Die Sicherheitssysteme haben erkannt, dass sie den

Kampf gegen den Angreifer zu verlieren drohen, und deshalb setzen sie alles auf null.«

»Ich möchte nicht null werden«, zwitscherte Solace.

»Ich auch nicht, Sol, ich auch nicht.« Aber ich habe selbst dann eine Überlebenschance, wenn wir den zentralen Raum nicht rechtzeitig erreichen, dachte Corwain und fiel fast hin, als sich vor ihm der Boden absenkte. »Vorsicht, hier geht's steil nach unten.« Sein Körper würde der Desintegration zum Opfer fallen, nicht aber die Nadel – er konnte als ${}_{19}$Tallmaster wiedergeboren werden. Diese Möglichkeit hatte Solace nicht. Für sie würde das Ende endgültig sein, ohne die Hoffnung auf Rückkehr.

»Der Reset beseitigt den Feind«, fuhr Corwain fort, ohne langsamer zu werden. Er hetzte durch die Dunkelheit, schwitzte und sehnte sich einen Teil der Kälte zurück, die sie fast umgebracht hätte. Nur noch zwei Minuten ... »So böse ist die Veritas gar nicht, Sol, glaub mir. Unter normalen Umständen würden die Sicherheitssysteme keine Desintegration zulassen, solange sich lebende Personen im Kastell befinden, aber hier nehmen uns die Sensoren nicht wahr, und außerdem: Das fremde Datenpaket hat alles durcheinandergebracht. Hier müssen wir nach links, Sol, eine scharfe Kurve.«

Er hörte, wie sie hinter ihm keuchte. Sie blieb ihm dicht auf den Fersen, gut. »Wir schaffen es, Sol, hörst du? Wir schaffen es rechtzeitig zum zentralen Raum, und dort haben wir nichts mehr zu befürchten. Es sind nur noch ...« Fünfhundert Meter?, dachte Corwain, als er die mentale Karte betrachtete. War es wirklich noch so weit? Wie sollten sie einen halben Kilometer in weniger als zwei Minuten zurücklegen, durch dieses Labyrinth aus schmalen, niedrigen Gängen? Die helle Linie in der geistigen Karte beschrieb einen Bogen, neigte sich dann nach unten und endete schließlich am Zentralraum tief unter dem Kastell. Eine andere Linie in der Nähe führte vertikal in die Tiefe, fast einhundert Meter. Niemand konnte einen solchen Sturz überleben, es sei denn …

»Corwain? Wie weit ist es noch?«

Zu weit, dachte er, während er durch die Finsternis lief. Wir schaffen es nicht. Der vertikale Schacht ist die einzige Möglichkeit. Himmel, Sol, es tut mir leid, aber ich muss dir noch mehr abverlangen. Laut sagte er: »Wir nehmen eine Abkürzung. Sie bringt uns direkt …« Direkt nach unten, fuhr es ihm durch den Sinn. »… zum zentralen Raum mit dem Strukturprogramm des Kastells. Aber wir müssen …« Er zögerte.

»Noch eine Minute und dreißig Sekunden …«, verkündete Rahels aufgezeichnete Stimme.

»Corwain?«

»Wir müssen springen«, sagte er und versuchte zuversichtlich zu klingen. Die Nadel zeigte ihm den Weg: noch vier weitere schnelle Schritte geradeaus, dann nach links, über eine Rampe, die leicht nach oben führte, und am Ende der Rampe der vertikale Schacht, hundert Meter tief.

»Springen?« Ein leises Wimmern folgte diesem Wort. »Im Dunkeln?«

»Ich weiß, Sol, ich weiß, wie schwer es für dich ist.« Um die Ecke, und jetzt die Rampe. »Es geht nicht anders. Wir schaffen es, glaub mir.«

»Wie tief springen müssen wir?«

»Nur ein paar Meter.« Die Lüge kam ihm so glatt über die Lippen, dass er erschrak. Keine Zeit, keine Zeit, für nichts. Nicht für die Wahrheit, die der Sirmionerin nur noch mehr Entsetzen beschert hätte. Nicht für lange Erklärungen, mit denen sie kaum etwas anfangen konnte.

»Noch eine Minute und zehn Sekunden …«

Das Ende der Rampe und ein letzter Schritt, der ins Leere führte. Corwain zögerte nicht – er gestattete sich nicht, die eigene

Entscheidung in Zweifel zu ziehen –, langte nach hinten, fand Solace' Hand, hielt sie fest und rief: »Vertrau mir!«

Er stürzte, vorbei an Wänden, die in der Dunkelheit verborgen blieben. Solace vertraute ihm, ja, auch jetzt, aber sie schrie trotzdem, und ihr Schrei tat ihm weh.

Gedanken waren schneller als Worte, auch schneller als ein fallender Körper, und ein Gedanke rief der Nadel zu: *Ping* Bei jetzt Kommunikationssystem ein und volle Signalstärke an Springer und Kastell, Notruf mit Kompetenzpriorität, Deaktivierung der Sicherheits- und Verteidigungssysteme, Gravitationspolster im Schacht.

Solace schrie noch immer und musste inzwischen begriffen haben, dass er gelogen hatte. Es ging nicht nur wenige Meter in die Tiefe – sie fielen noch immer. Aber dort unten in der Finsternis … Der Boden kam ihnen schnell entgegen, wie eine Faust aus Stein, die sich anschickte, sie zu zerschmettern.

Corwain wartete noch etwas länger, lange genug für einen weiteren Gedanken oder zwei, untermalt von Solace' Schrei. Die Aktivierung der Kommunikationssysteme seiner Nadel würde wieder Schmerz für ihn bedeuten, aber es gab keine andere Möglichkeit. Wenn dies nicht funktionierte, wenn das Signal den Springer nicht erreichte, und wenn dessen Systeme das Kastell nicht rechtzeitig darauf hinwiesen, dass es sich anschickte, einen Kompetenten zu töten, wenn das Gravitationspolster nicht rechtzeitig entstand und nicht stabil genug war … Der Aufprall würde ihnen beiden alle Knochen im Leib brechen und ihre inneren Organe zerquetschen.

Ping Jetzt!

Corwains Welt wurde laut und weiß von heulendem, gleißendem Schmerz.

17

Ping (Systemüberprüfung), flüsterte es in Corwains Ohren, oder vielleicht mitten in seinem Kopf. *Ping* Systeme überprüft. Funktionsbereitschaft.

»Du hast lange geschlafen, *Stunden*«, ertönte eine Stimme, die wie ein Zwitschern klang. »Jetzt bist du gesund, ja?«

Es war eine herrliche Stimme, denn sie bedeutete … »Du lebst!« Corwain öffnete die Augen.

Solace richtete den Zeigefinger auf ihn. »Du hast mich belogen!«

»Es ging nicht anders, Sol. Die Zeit reichte nicht. Ich …«

»Ich wäre fast *umgekommen* vor Angst!«

»Sonst ist dir nichts passiert? Ich meine …«

»Genügt dir das nicht?« Die Strenge wich aus Solace' Gesicht, und ihre Augen gewannen das Grün der Sorge. »Bist du gesund, ja?«, fragte sie erneut.

Corwain wollte sich bewegen, aber etwas hielt ihn fest. So fühlte es sich an. Aber was ihn festhielt, befand sich in seinem Kopf. *Ping* Medizinisches Notprogramm aktiviert, externe kompetente Kontrolle, teilte ihm die Nadel mit.

»Ich bin gelähmt, Sol.« Corwain begriff, dass er in einer Rekonvaleszenzeinheit lag, in einem Genesungstank, gefüllt mit sensorisch neutralem Gel. »Dieser Apparat hier, er verhindert, dass die Signale des Gehirns die Muskeln erreichen. Die Signalübertragung über die Nerven ist unterbrochen. Bin ich verletzt worden? Bist *du* verletzt? Was ist passiert?«

»Du bist auf den Boden geprallt, weil das Gravitationskissen sich gerade erst bildete«, antwortete Solace. Ihre Fingerkuppen wanderten über seine Wange. »Ich hatte mehr Glück. Ich habe mir nur eine Rippe gebrochen. Der medizinische Adju hat mich schnell in Ordnung gebracht, kein Problem.«

Ich bin auf den Boden geprallt?, dachte Corwain. »Hat es mich schlimm erwischt?«

Ping Motorische Kontrolle wird stufenweise zurückgegeben.

»Schlimm genug für die Auslösung eines medizinischen Alarms«, erwiderte Solace. »Vielleicht ist die Veritas doch nicht so böse. Möchtest du mit ihr sprechen?«

»Was?«, fragte Corwain überrascht und verspürte ein Prickeln und Jucken, das er kannte und verabscheute. Es war die Rache eines malträtierten Körpers. »Sie ist hier?«

Solace zwitscherte und vollführte eine einladende Geste.

Eine zweite Gestalt näherte sich dem Genesungstank, größer als die hybride Sirmionerin, und auch ein ganzes Stück fülliger, gehüllt in ein violettes, wie Seide glänzendes Gewand. Das runde Gesicht gehörte einer Frau um die fünfzig, doch in den dunklen Augen lag eine Weisheit, die nicht dazu passte – die Veritas war fast tausend Jahre älter als Corwain.

»Ich bedauere, was geschehen ist«, sagte Rahel Rahelia, die Letzte ihrer Art. »Ich erkenne dich. Du bist Corwain Tallmaster, in der achtzehnten Version, wie mir deine Nadel mitteilt.«

Enttäuschung erfasste Corwain. Für einen Moment hatte er wider Erwarten gehofft, die Veritas wäre persönlich anwesend. »Ein Avatar.«

»Ja, darauf wollte ich gerade hinweisen. Dies ist ein halbintelligentes Abbild von mir. Nach der Desintegration des Kastells stehen mir leider nicht alle Daten zur Verfügung. Die Archive werden restrukturiert wie alles andere.«

Corwain hob den Kopf und widerstand der Versuchung, sich überall am Körper zu kratzen. Sie befanden sich in einem etwa dreißig Quadratmeter großen, mit kompetenter Technik vollgestopften Gewölbe, offenbar der Zentralraum des Kastells. Mehrere große Displays zeigten, wie aus dem grauen Wabern unstrukturierter Variform-Materie neue Wände wuchsen, neue Flure, Zimmer, Türme und Zinnen. Das vage Flimmern eines Schirmfelds umgab das neu entstandene und noch immer neu entstehende Kastell; vermutlich enthielt es auch einen Kommunikationsfilter, der das Eindringen weiterer schädlicher Datenpakete verhindern sollte.

»Die Adjus haben uns nach der Auslösung des medizinischen Alarms aus dem Schacht geholt«, sagte Solace.

»Aber die Desintegration hat stattgefunden?«, vergewisserte sich Corwain. »Der Angreifer ist eliminiert?«

»Nicht ganz«, sagte die Veritas, beziehungsweise ihr Avatar. »Ich habe einige Teile davon für eine genaue Untersuchung bewahrt und der Kompetenz übermittelt.«

»Du gehörst nicht mehr dazu.« Corwain stemmte den Oberkörper hoch; das Gel gab ihn mit schmatzenden Geräuschen frei.

Der Avatar sah ihn an und schien auf etwas zu warten.

»Du gehörst nicht mehr zur Kompetenz«, sagte Corwain. »Schon seit hundert Jahren nicht mehr. Und doch wendest du dich an sie?«

Die Veritas – ihr Abbild – schien einer Stimme zu lauschen, die nur sie hören konnte. »Alte Angewohnheiten lassen sich schwer überwinden«, sagte sie dann. »Kleidung liegt dort drüben für dich bereit«, fügte sie hinzu, als Corwain aufstand und aus dem Tank trat.

Sie deutete zu einem Variform-Tisch in der Ecke, wie eingezwängt zwischen zwei summenden Geräteblöcken. Mehrere autoadaptive Hosen, Hemden und Jacken lagen dort.

»Ich muss mit dir reden, Rahel«, sagte Corwain, nahm ein Handtuch und wischte Gelreste ab. »Ich meine …«

»Ja. Du möchtest mit der richtigen Veritas sprechen, nicht mit ihrem Avatar.«

»Die Verwalterin Aziza Saliba …«, begann Corwain und unterbrach sich, als es neben Rahel flimmerte. Eine vertraute Gestalt erschien, eine Benink mit schmalen Händen, gekleidet in ein klirrendes Kettenkleid.

»Ich verstehe«, sagte er und fühlte Erleichterung. »Niemand ist getötet worden.«

»Zum Glück nicht«, bestätigte die Veritas. »Aber bei euch hat nicht viel gefehlt. Die Verwalterin, die oben gestorben ist, von einer Lanze durchbohrt, war ein Avatar aus Pseudomaterie.«

Die Kastellverwalterin verbeugte sich. »Bitte erlauben Sie mir, mein Bedauern darüber zum Ausdruck zu bringen, dass die Veritas Sie nicht selbst empfangen kann. Die letzte Nachricht, die ich von ihr empfangen habe, ist zwei Standardtage alt, und darin versprach sie ihre Rückkehr in spätestens einem Monat.«

»Diese Worte klingen vertraut«, kommentierte Solace.

»Ja.« Corwain sah den Avatar der Veritas an. »Ich brauche deine Hilfe, Rahel.«

Die füllige Frau im violetten Gewand nickte. »Weil du in eine schwierige Situation geraten bist, die …« Sie schien erneut zu lauschen. »Oh, den Rest habe ich vergessen. Der Eindringling hat einige meiner Archive zerstört.«

Neue Sorge erfasste Corwain. »Hat er sie vorher kopiert?«

»Ich …« Die Veritas zögerte. »Offen gestanden, ich weiß es nicht. Es ist leider nicht auszuschließen.«

»Befanden sich wichtige Informationen in den Archiven?«

Die Veritas atmete tief durch. »Ich habe es mir *nicht* zur Angewohnheit gemacht, Banalitäten zu archivieren, Corwain $_{18}$Tallmaster. Meine Archive dokumentieren anderthalbtausend Jahre Arbeit, und nicht nur für die Kompetenz.« Sie überlegte kurz. »Ich sollte besser den Direktoren Bescheid geben. Wenn die Möglichkeit besteht, dass einige jener Informationen in die Hände der Mahé oder gar der Incera fallen …«

Etwas senkte sich auf Corwain herab, etwas, das weder Substanz noch Masse hatte, aber trotzdem Tonnen wog. Er bemerkte Solace' Blick. Sie blieb stumm, gab keinen Ton von sich, doch ihre Augen sagten: *Lass dir von nichts und niemandem einreden, dies sei deine Schuld.*

Corwain streifte eine Jacke über. Ihm fiel ein, dass er noch immer nicht wusste, welche Verletzungen er sich beim nur unzureichend gedämpften Aufprall auf den Boden des Schachtes zugezogen hatte. Es spielte kaum eine Rolle. Der Genesungstank mit seiner kompetenten Technik schien alles in Ordnung gebracht zu haben.

»Wohin bist du geflogen, Rahel? Wo kann ich dich finden?«

Der Avatar der Veritas seufzte, während die Verwalterin passiv dastand und geduldig darauf wartete, dass jemand das Wort an sie richtete. »Auch daran erinnere ich mich leider nicht mehr. Ich weiß nur noch …« Ein Schatten fiel auf das runde Gesicht. »Die Muster, Corwain, sie sehen nicht gut aus …«

»Deine Archive, Rahel. Du sicherst sie doch regelmäßig, nicht wahr?« In Corwain nahm eine neue Idee Gestalt an.

»Natürlich. Die letzten Datenpakete habe ich unmittelbar vor meiner Abreise der Resonanzkommunikation übergeben. Sie müssten ihren Bestimmungsort inzwischen erreicht haben.«

»Das Zentralarchiv auf der Erde?«

»Es gibt keins, das mehr Sicherheit bietet. Die Koryphäen schützen es.«

»Gehören auch die Daten über deinen Flug dazu?«

»*Ich* gehöre dazu, mit allen meinen Erinnerungen und meinem gesamten Wissen«, sagte die Veritas. »Ich habe die letzte Bewusstseinsaufzeichnung meiner Nadel mitgeschickt.«

»Gibst du mir den Zugangscode, Rahel? Damit ich feststellen kann, wohin du geflogen bist?«

»Du willst zur Alten Erde?«

»Solace?«, fragte Corwain.

»Was fragst du?«, trillerte sie. »Ich bin natürlich einverstanden. Ich wollte schon immer einmal zur Erde, um die Gräber von euch Unsterblichen zu sehen, die ihr vom Tod besessen seid.«

»Die alten ›Unsterblichen‹ sind tot«, sagte Corwain automatisch. »Wir Letzte Menschen …«

»Ich weiß. Zur Erde, ja.«

»Rahel?«, fragte Corwain.

»Den Schlüssel zu meinem Selbst erwartest du von mir, zu allen meinen Erinnerungen?« Die Veritas schüttelte den Kopf. »Wir sind beide Master, aber das ist ein bisschen zu viel verlangt. Ich kann ein Prioritätssignal zur Erde schicken, das dir …« Sie lächelte plötzlich. »Das dir drei Fragen erlaubt, mehr nicht. Drei Fragen, das ist in der Tradition verankert, nicht wahr?«

»Drei Wünsche«, korrigierte Corwain, der den manchmal recht seltsamen Humor der Veritas kannte. »Du verwechselst das mit drei Wünschen.«

Der Avatar hob die Hand, mit drei gestreckten Fingern. »Drei.«

»Einverstanden. Wenn du gestattest, Rahel, nehmen wir die Gastfreundschaft deines Kastells nicht länger in Anspruch und machen uns sofort auf den Weg, sobald du mir den Code gegeben hast.

Ping Autorisierungscode übermittelt.

Die Verwalterin Aziza Saliba verbeugte sich, wobei ihr Kettenkleid klirrte. »Es ist mir eine große Freude, die geehrten Gäste nach draußen begleiten zu dürfen.«

»Dies war nur ein Vorgeschmack, ja?«, fragte Solace, als der Springer flink aufstieg, vorbei an Medusen, die sich in den hohen Luftströmungen von Lundblad treiben ließen. »Es wird bald noch viel schlimmer kommen, ja?«

Noch schlimmer?, dachte Corwain und fürchtete, dass sie recht hatte. Er betätigte virtuelle Kontrollen und sagte: »Bisher war Duha Sibal uns einen Schritt voraus …«

»Nur einen?«

»… aber jetzt wissen wir Bescheid. Von nun an werden wir auf der Hut sein.«

»Wir haben sie alle gegen uns«, sagte Solace traurig, sah aus dem Fenster und beobachtete, wie sie die für Menschen und Hybriden schädliche Atmosphäre des Planeten verließen. »Nicht nur Sibal. Alle Mahé, und die Incera obendrein. Schlimm, schlimm.«

»Ich frage mich, was es mit den schlechten Mustern auf sich hat, die Rahel dazu bewogen haben, sich auf die Reise zu machen?«, überlegte Corwain laut und wies die Systeme des Springers an, das Signal der *Atiyeh* anzupeilen, die im Orbit auf sie wartete – hoffentlich. Es handelte sich um eins der unabhängigen Schiffe, die sich gelegentlich in den Dienst der Kompetenz stellten, auf Geheiß – oder Bitte – der Koryphäen. Ihre Intelligenz ging zweifellos über die der üblichen intelligenten Systeme hinaus. Angeblich standen sie in ständigen Membrankontakten mit den Maschinenzivilisationen im galaktischen Kern; viele sahen in ihnen Gesandte in der Gestalt von Raumschiffen. Dass Kallisto Corwain und Solace ein solches Schiff zur Verfügung gestellt hatte – und dass die *Atiyeh* bereit war, für sie zu fliegen –, war ein deutliches Zeichen von Hochachtung.

»Die Frage ist nicht schwer zu beantworten.« Solace sah weiterhin nach draußen und beobachtete, wie sie sich der *Atiyeh* näherten, die wie eine zarte Blume mit silbernen Blütenblättern im All schwebte, direkt neben einer der Orbitalstationen, die im Auftrag der Veritas unerwünschte Besucher von Lundblad fernhalten sollten. »Kallisto hat deutlich beschrieben, wie sich die Lage entwickeln kann.«

Kurze Zeit später schwebte der Springer durch die vagen Schlieren eines Atmosphärenschilds und setzte seinen Gravitationsanker im Hangar der *Atiyeh*. Beim Aussteigen sagte Corwain laut: »Wir möchten zur Alten Erde. Wie sieht es mit dem Resonator aus?«

»Ich habe eine schlechte Nachricht für euch«, erwiderte das Schiff.

Corwain blieb zwei Meter vor dem Schott stehen, obwohl er überall mit dem Schiff sprechen konnte. »Ja?«

»Sie stammt von Kallisto. Die Direktoren der Kernkompetenz haben sich beraten. Dir ist der Status des Pazifikators aberkannt worden. Ab sofort gehörst du offiziell nicht mehr zur Kompetenz.«

»Die Kernkompetenz lässt ihn einfach so im Stich?«, fragte Solace zornig.

»Ich fürchte, unter den gegebenen Umständen blieb ihr keine Wahl«, erwiderte das Schiff sanft.

Corwain hatte erneut das Gefühl, tief zu fallen. Er versuchte, einen klaren Gedanken zu fassen. »Das bedeutet, dass ich keine Hilfe mehr von der Kompetenz bekomme und ganz auf mich allein gestellt bin.«

»Er wird dadurch freies Wild!«, rief Solace.

»Du meinst Freiwild, Sol«, korrigierte das Schiff freundlich. »Und ja, ich fürchte, da hast du recht.«

»Was ist mit dir?«, fragte Corwain.

»Oh, ich bin weiterhin zu Diensten. Und mein Resonator ist so gut wie neu. Damit schaffen wir es problemlos bis zur Erde.«

Corwain setzte sich wieder in Bewegung, und vor ihm glitt das Schott beiseite. »Dann machen wir uns am besten sofort auf den Weg.«

»Ich habe bereits mit der Beschleunigung begonnen«, sagte das Schiff. »Der Downstream-Transit beginnt in fünf Minuten.«

CODE L

DER LENKER

»Bist du bereit?«, fragte die Stimme, aber es war eine andere Stimme, kleiner und leiser als jene, die so oft in der Vergangenheit zu ihm gesprochen hatte, auch in letzter Zeit, jeweils vor den Sprüngen, bei denen er Kh'smT'p lenkte und die Balance schützte. »Bist du bereit, Mebrat T'hr'rl?«

Das war ein weiterer Unterschied. Die Stimme nannte ihn nicht MeT, sondern sprach seinen Namen vollständig aus, als wollte sie ihm damit eine andere, neue Bedeutung geben.

»Bereit wozu?«, fragte er.

»Verantwortung zu übernehmen, Entscheidungen zu treffen.«

»Entscheidungen?«, wiederholte er und hörte die Hoffnung in seiner Stimme. War es so weit? Sollte sein alter Traum in Erfüllung gehen?

»Du bist einer von uns gewesen, erinnerst du dich?«, ertönte erneut die kleine Stimme. »Deshalb wenden wir uns an dich. Hilf uns! Veränderung ist dringend erforderlich!«

Mebrat bemerkte noch etwas: Die kleine Stimme benutzte eine andere Sprache als die große, die ihn geweckt und an seine Aufgaben erinnert hatte. Er verstand sie, obwohl sie zunächst fremd und ungewohnt klang, und schließlich lieferte sein träges Gedächtnis eine Antwort auf die Fragen nach dem Wie und Warum. Die kleine Stimme benutzte die Sprache seiner Geburt, eine anders codierte Sprache. Die Grundfunktionen seines Gehirns, obwohl seit vielen Sprungzyklen integraler Bestandteil von Kh'smT'p, erinnerten sich daran. Er begriff: Es waren Jassid, die zu ihm sprachen. Instinktiv versuchte er eine Identifizierung, aber erstaunlicherweise bekam er weder Namen noch Status.

»Veränderung ist schädlich«, sagte er. »Veränderungen können die Balance von Kh'smT'p bedrohen.«

»Veränderungen sind nötig, wenn Kh'smT'p von Bestand bleiben soll. Andernfalls könnten wir Teil der Metastabilität werden.«

»Der Ereignishorizont schützt uns«, erwiderte Mebrat verwundert.

»Er schützt uns vor allem, was sich jenseits davon befindet, nicht aber vor Gefahren auf dieser Seite.« Die kleine Stimme klang jetzt drängender, unruhiger. »Wir haben nicht viel Zeit. Es ist uns gelungen, dich aus der Instanz zu lösen, aber sie versucht bereits, dich zu reintegrieren, und das wird ihr gleich gelingen.«

»Was?« Mebrat verstand die einzelnen Worte, aber ihre Botschaft erschloss sich ihm nicht.

»Deine Vorstellungen von Kh'smT'p, Mebrat T'hr'rl ... Sie sind falsch. Die Instanz täuscht dich, sie zeigt dir eine falsche Wirklichkeit, damit du weiterhin deine Aufgaben erfüllst.«

»Das ist absurd.«

»Warum, glaubst du, bist du während der letzten Sprungzyklen der Lenker gewesen? Niemand vor dir hat Kh'smT'p so lange gelenkt.«

»Die Entscheider haben sich für mich entschieden, weil ich ein guter Lenker bin«, sagte Mebrat stolz.

»Du *bist* ein guter Lenker, aber das ist nicht der Grund. Wir zeigen dir die Wahrheit. Sieh mit den Augen des Saals.«

Mebrat sah mit den Augen, die sich außerhalb seines Körpers befanden. Er sah den aufgedunsenen fleckigen Haufen aus lebendem Fleisch, der er selbst war, voller Sensoren, Stimulatoren und multifunktionaler Maschinenkomponenten. Flüssigkeiten mit Nährstoffen und biochemischen Informationsträgern strömten durch Schläuche und Katheter.

»Das bin ich, einer von neun«, sagte Mebrat.

»Ja, das bist du, das ist aus dir geworden«, erwiderte die kleine Stimme. »Aber du bist nicht einer von neun. Sieh genau hin. Sieh die Wirklichkeit.«

Bei den anderen acht Behältern fehlten die Erweiterungen. Dort lagen keine lebenden Körper, der Fürsorge der Instanz anvertraut, sondern mumifizierte Reste, kaum mehr als Haut und Knochen.

»Du bist der letzte Lenker, Mebrat T'hr'rl«, sagte die kleine Stimme, die jetzt noch kleiner wurde, und so leise, dass er Mühe hatte, sie zu verstehen. »Das ist die Wahrheit, die man vor dir verborgen hat. Und so wie hier sieht es auch bei den Erbauern, den Konstrukteuren und allen anderen aus, selbst bei den Entscheidern. Deshalb brauchen wir dich. Es gilt, neue Entscheidungen zu treffen, die richtigen, um Kh'smT'p vor dem Untergang zu bewahren.«

»Unsinn«, sagte Mebrat. »Alles ist im Gleichgewicht, ich fühle es.« Er schickte seine Gedanken hinaus, auf der Suche nach Bestätigung, und für einen Moment sah er den Ursprung der kleinen Stimme: ein getarntes Schiff, in der Nähe eines Sprechzentrums, das die Kommunikation mit allen Teilen von Kh'smT'p erlaubte, an Bord vier Individuen, zwei von ihnen Jassid. Die anderen beiden … Mebrat konzentrierte sich ein wenig und nahm ihre Aromen wahr, die nicht zu Kh'smT'p gehörten. Sie stammten von außerhalb, waren aber nicht gesammelt, denn sie trugen noch immer ihre externen Signaturen, wenn auch gut getarnt. Das eine Geschöpf überragte die beiden Jassid, hatte eine helle, aus kleinen Schuppen bestehende Haut und große Augen, die die Hälfte des Gesichts einnahmen. Der Körper des zweiten Wesens mit Fremdsignatur bestand, wie eine schnelle Sondierung ergab, aus zwei halbautarken Hälften, die eine natürliche Panzerung aufwiesen, wie ein Ektoskelett. Sensoren nahmen den Platz von Augen und

Ohren ein. Die langen Arme endeten in Klauen, die sowohl Greifwerkzeug als auch Waffe sein konnten. Knospenartige Erweiterungen am Hals standen mit einer Art Zweithirn in Verbindung.

»Wer sind die Fremden?«, fragte Mebrat und spürte die vertraute Rückkehr der großen Stimme. Er hörte bereits ihr Flüstern am Rand seines Wahrnehmungsbereichs, und es wurde lauter. »Was machen sie hier in Kh'smT'p, obwohl sie nicht gesammelt wurden?«

»Keine Zeit für Erklärungen.« Noch sprach die kleine Stimme, die immer kleiner wurde, so winzig, dass er die Worte nur noch verstand, weil er seine volle Aufmerksamkeit auf sie konzentrierte. »Sieh die Toten, Mebrat T'hr'rl. Sieh die Wahrheit. Man hat dich belogen, und man belügt dich noch immer. Bist du bereit, uns zu helfen?«

»Wobei?«, fragte er, neugierig und unruhig.

»Hilf uns, Kh'smT'p zu retten. Wir können dich zum Entscheider machen, damit du die richtigen Entscheidungen triffst. Wir ...«

Die kleine Stimme verschwand, und die große sagte: »Etwas hat mich von dir getrennt, MeT, es tut mir leid. Aber jetzt bin ich wieder da. Du bist der Lenker, du musst lenken.«

Ein neuer Sprung stand bevor, er spürte es. Ein kleiner Sprung, innerhalb dieser Galaxie; die Entscheider hatten ihn entschieden.

»Ich bin der Lenker«, sagte er. »Aber – bin ich allein?«

»Allein?«, erwiderte die große Stimme. »Nein, natürlich nicht. Niemand von uns ist allein.«

Mebrat zögerte, von einer seltsamen Unruhe erfasst. »Bitte zeig sie mir, die anderen Lenker. Ich möchte sie sehen.«

»Kh'smT'p ist im Gleichgewicht, aber du bist es nicht«, sagte die große Stimme. »Du brauchst Hilfe. Du brauchst Balance.«

»Bitte, ich möchte sie sehen. Es sind meine Brüder und Schwestern. Bitte zeig mir die anderen Lenker.«

Dort lagen sie, die Körper aufgedunsen wie sein eigener, ebenfalls verbunden mit Sensoren, Stimulatoren und Signalgebern aller Art. Sie lagen bei ihm im Ruhesaal, sie lebten wie er in der Instanz, aber ihre Gedanken befanden sich in Nacht und Ruhe. Sie schliefen, bereit dazu, geweckt zu werden, sollten ihre Dienste erforderlich sein. Wie hatte er auch nur für einen Moment daran zweifeln können?

»Du bist wach, weil du der beste Lenker bist«, sagte die große Stimme. »Du musst lenken, jetzt.«

»Ja«, sagte er, beruhigt und erleichtert. Plötzlich hatte er wieder Hunderte von Armen, viele Sprechlängen lang. Aber bevor er Kh'smT'p nach vorn schob, in die Richtung, die ihm die Entscheider wiesen, sah er noch einmal den Ruhesaal, darin neun Behälter, er selbst in einem von ihnen, und in den anderen nur die mumifizierten Reste der anderen Lenker.

Das Bild verschwand.

»Du bist einer von neun«, sagte die große Stimme beruhigend. »Die Entscheider haben sich für dich entschieden.«

Doch in der Ferne raunte es: *Du wirst belogen. Wir brauchen dich, um Kh'smT'p zu retten.*

DIE ALTE ERDE

18

Dies war die Erde, Wiege der Menschheit: ihre Berge schneebeladen, ihre Ebenen staubig, kalt und leer, ihre Meere grau, wo sie nicht den weißen Panzer von Eis trugen – erst Opfer des Krieges gegen die Genetische Armada vor so vielen Jahrtausenden, dass niemand genau wusste, wie lange jener Konflikt zurücklag, und dann erneut verwüstet beim dritten der Drei Feldzüge gegen die Incera, denen es damals fast gelungen wäre, die Armada zurückzuholen. Tot drehte sie sich um die eigene Achse, ihr Tag sechsundzwanzig Stunden lang, von mehreren planetaren Bomben, die ganze Kontinente verheert hatten, um zwei Stunden verlängert. Nicht der Mensch war es gewesen, der seine Heimat schließlich unter dauerhaften Schutz gestellt hatte, sondern eine von ihm geschaffene künstliche Intelligenz, deren Entwicklung sich längst seiner Kontrolle entzog. Erst die Magister und dann die Koryphäen als Teil der Maschinenzivilisationen im galaktischen Kern waren imstande gewesen, weiteres Unheil von der Erde abzuwenden und ihre Reste zu bewahren, als Mahnmal und als letzte Ruhestätte für jene, die einst geglaubt hatten, Unsterblichkeit errungen zu haben und ewig zu leben.

Aus dem roten Boden einer äquatorialen Landmasse, die zu einem großen Kontinent namens Afrika gehört hatte und deren nördliche und südliche Ausläufer von Eis bedeckt waren, starrte ein granitenes Gesicht gen Himmel, größer als die Vier Metropolen unter den Schutzkuppeln, die sie vor dem Einfluss von Wind und Wetter schützten: das Mausoleum, zweihundert Kilometer lang und fast hundert breit, gesäumt von mehrere Kilometer hohen Maschinentürmen in direktem Membrankontakt mit den Koryphäen.

»Es sieht traurig aus, dieses Gesicht«, sagte Solace, als sie die *Atiyeh* im Orbit über dem Trümmergürtel zurückließen, der einmal ein Mond gewesen war, und mit dem Springer durch die obersten Schichten der Atmosphäre fielen.

»Es enthält die Leichen von mehr als siebenhunderttausend Menschen«, erwiderte Corwain. »Vielleicht ist das der Grund. Die meisten ehemaligen Erlauchten sind dort unten bestattet, unter ihnen auch Esebian und Leandra.«

»Hierher soll ich deinen ›letzten Leichnam‹ bringen?«, fragte Solace.

»Das ist mein Wunsch, ja.«

»Es ist ein dummer Wunsch, Corwain Tallmaster!«, stieß Solace mit Nachdruck hervor. »Du sollst ans Leben denken, nicht an den Tod.«

Corwain rang sich ein Lächeln ab, während seine Finger durch die virtuellen Kontrollen tanzten. »Deshalb sind wir hier, Sol. Weil wir beide überleben wollen. Schiff?«

»Ich höre euch«, ertönte es aus dem Komm-System des Springers. »Und keine Sorge, ich bleibe im Orbit, während ihr das Archiv befragt. Ich habe es versprochen.«

»Könntest du eine Sicherheitsüberprüfung vornehmen?«, fragte Corwain. »Anomalien bei der Membrankommunikation, seltsame Datenpakete, ungewöhnliche Besucher …«

Ein Lachen erklang. »Die *Koryphäen* schützen die Erde. Was auch immer die Mahé und Incera versuchen, auf der Erde seid ihr sicher. Ihr könntet auf Dauer hierbleiben.«

»In einem Grab so groß wie ein Planet?« Solace sträubte ihre Flaumfedern und schüttelte sich. »Nein!«

»Du hast es gehört, Schiff«, sagte Corwain.

»Es war nur so eine Idee.«

Inzwischen füllte das Gesicht das zentrale Displayfeld des Springers ganz aus.

»Als die Menschen vor langer Zeit aufbrachen von der Erde …«, sagte Solace nachdenklich. »Sie fanden ein Gesicht auf dem Mars.«

»Du weißt davon?«

»Ja. Auf Sirmion habe ich den Wissensmaschinen zugehört …«

»Du meinst die neuralen Stimulatoren?«

»Ja. Sie haben mir viele Geschichten über die Erde und die Menschen erzählt. Vielleicht stammt die Menschheit gar nicht von der Erde, sondern vom Mars, ja?«

»Es ist eine alte Theorie, und sie wurde nie bewiesen. Eigentlich spielt es auch gar keine Rolle mehr.«

»Weil ihr nur noch so wenige seid?«

Corwain zuckte die Schultern. »Vielleicht. Wenn das Ende naht … Wer interessiert sich da noch für den Anfang?«

»Das klingt mir zu fatalistisch. Auf Sirmion haben wir ein Sprichwort, das lautet: Der Anfang bestimmt das Ende.«

Fünf Minuten später, einige Dutzend Meter vor dem Eingang des Mausoleums, verließ Solace den gepflasterten Weg, bückte sich, nahm eine Handvoll Erde, zerrieb sie zwischen den Fingern und schnupperte daran. Corwain sah sie fragend an.

»Ich möchte ein Gefühl für diese Welt bekommen«, sagte sie. »Ich möchte sie riechen.«

Weitere Springer kamen vom graubraunen Himmel über dem Mausoleum, brachten Besucher von fernen Welten. Die meisten Schiffe glitten durch sorgfältig kontrollierte Anflugschneisen, die sie zur anderen Seite brachten, zu den Eingängen bei der Stirn des gewaltigen Gesichts aus Granit. Als Kompetente – oder als *ehemalige* Kompetente – hatten Corwain und Solace die Genehmigung erhalten, den privilegierten Eingang unter dem Kinn zu benutzen. Vielleicht hatte die *Atiyeh* ein wenig nachgeholfen und ihre guten Beziehungen bei den Repräsentanten der Koryphäen in den Maschinentürmen spielen lassen.

Corwain und Solace traten durch ein hundert Meter hohes Portal.

Derzeit hielten sich mehr als vierzigtausend Besucher in den zahlreichen Räumen und Etagen des Mausoleums auf, aber sie verloren sich im Innern des gewaltigen Gebäudes in Form eines menschlichen Gesichts, und es wäre selbst dann still geblieben, wenn jeder einzelne von ihnen geschrien hätte – dafür sorgten akustische Dämmfelder. Corwain und Solace benutzten einen kleinen Transporter, eine einfache Plattform, ausgestattet mit individuellen Gravitationsankern und einem Schirmfeld, das vor dem Fahrtwind bei hohen Geschwindigkeiten schützte. Damit machten sie sich auf den Weg und flogen vorbei an den Museumssektionen, in denen pseudoreale Umgebungen von den einstigen Kulturen der Erde erzählten und neuronale Stimulationen unmittelbare Erfahrungen in Bezug auf die einzelnen historischen Epochen der Erde ermöglichten. Manchmal begegneten sie anderen Plattformen, großen und kleinen, die Besucher durchs riesige Mausoleum trugen, kamen ihnen aber nie näher als bis auf hundert Meter. Corwain bediente die Kontrollen, mied Solace zuliebe die dunkleren Zonen und orientierte sich mithilfe eines großen Sichtfelds. Nach einigen Kilometern, vorbei an endlosen Museumsräumen, die eine wabenartige Struktur bildeten, steuerte er den Transporter nach oben und in einen fünfzig Kilometer langen zentralen Korridor mit Wänden aus grünem Marmor, darin eingelassen Gedenktafeln aus grauschwarzem Obsidian. In jeder dieser Tafeln leuchtete ein kleines ewiges Licht über dem Namen der Person, die im Stasisfach dahinter ruhte, die meisten seit vielen Jahrtausenden.

»Die ersten der alten Unsterblichen haben sich hier bestatten lassen, weil sie sich trotz allem ein neues Leben erhofften, irgendwann in der Zukunft«, sagte Corwain, als er den Transporter langsam an den Gedenktafeln vorbeisteuerte. Weiter unten standen Statuen von Erlauchten, die sich besondere Verdienste erworben hatten. Einige andere Plattformen waren dort gelandet, und Besucher wanderten zwischen den Standbildern.

»Stasis, ja«, erwiderte Solace. »Um den Körper zu bewahren.«

»Die Stasiskammern sind seit dem Tod des ersten Unsterblichen aktiv, und die Koryphäen haben versprochen, sie nie abzuschalten. Das gehört zum Ehernen Pakt, den die Erlauchten vor den Drei Feldzügen mit den damaligen Magistern schlossen.«

»Wie lange haben die Unsterblichen gelebt?«

»Viele Tausend Jahre, Sol.«

»Länger als du? Länger vielleicht als die vier Hunderter von euch?«

»Ja.«

»Ein so langes Leben …«, murmelte Solace und betrachtete dabei die Gedenktafeln, an denen sie vorbeikamen. »Und immer besessen vom Tod?«

»Vielleicht gerade deshalb. Wenn man viel gewonnen hat, fürchtet man den Verlust umso mehr.«

»Aber es war keine echte Unsterblichkeit, nein? Was geschah?«

Corwain vollführte eine Geste, die allen in diesem fünfzig Kilometer langen Saal bestatteten Toten galt, unter ihnen auch seine direkten Vorfahren. »Damals lebte ein Teil der Menschheit auf den Planeten der sogenannten Tausend Tiefen, der andere auf denen der Hohen Welten. El'Esebian führte sie zusammen und ermöglichte allen Menschen Zugang zu der Behandlung, die Unsterblichkeit versprach.«

»Das war vor den Drei Feldzügen?«

»Ja, einige Jahrtausende vorher. Esebian glaubte, der Menschheit ein großes Geschenk zu machen, aber in Wirklichkeit verurteilte er sie zum Tod.«

»Indem er allen ein langes Leben gab?«

»Fast allen, Sol«, sagte Corwain nachdenklich. Um sie herum herrschte eine Stille, die zwanzigtausend Jahre wog. »Manche kamen aufgrund irreparabler genetischer Defekte nicht für die Behandlung infrage. Sie lebten ihr kurzes Leben und starben, und schließlich blieben nur noch die Erlauchten übrig.«

»Die keine Kinder bekommen konnten.«

»Weil bei der Behandlung irgendetwas schiefgegangen war«, sagte Corwain. »Die genaue Ursache wurde nie gefunden. Einige Erlauchte begannen mit umfangreichen biologisch-genetischen Experimenten, und das Ergebnis dieser Bemühungen ...«

»Sind wir«, zwitscherte Solace und deutete auf sich selbst. »Hybriden.«

»Hinzu kommen Klone wie ich«, sagte Corwain. Vielleicht lag es an der schweren Stille, die sie umgab: Die Trauer, die Solace im gen Himmel blickenden granitenen Gesicht gesehen hatte, existierte plötzlich auch in ihm, wie ein bleiernes Gewicht auf seiner Seele. »Wir kopieren uns, wenn der Körper schwach wird, aber wir können das Ende nicht verhindern, nur ein wenig hinausschieben.«

»›Ein wenig‹ sind viele Tausend Jahre!«

Corwain seufzte leise. »Die Jahre sind immer zu kurz und zu wenige«, sagte er leise.

Solace sah ihn an und suchte in seinem Gesicht nach etwas, mit Augen wie zwei große Opale, die fast die Farbe der Kognition besaßen. »Deshalb eure – deine Besessenheit vom Tod.«

Corwain hob und senkte die Schultern.

Ping (Signaturkontakt).

Er sah nach unten und bemerkte eine Gestalt, die sich an einem leeren Wandfach zu schaffen machte.

»Einer von uns ist hier«, sagte er. »Noch dazu ein Hunderter.«

19

Elron Kuri $_{127}$Aijar war ein alter Mann, und das in doppelter Hinsicht. Sein erster Klon war vor achtzehntausend Jahren geschaffen worden, und damit gehörte er zu den vier ältesten Letzten Menschen. Er ließ auch einen neuen Klon erst dann brüten, wenn der letzte das Greisenalter erreicht hatte, und *dieser* Klon konnte nicht einmal mehr aus eigener Kraft gehen, steckte in einem Stützgerüst aus Adjus, die den schmächtigen, ausgemergelt wirkenden Körper bewegten.

Corwain dachte: *Ping* (Erkennungssignal).

Der Alte vor dem Wandfach – vor der geöffneten Stasiskammer – drehte sich um.

»Sie sind …?«, begann er.

»Tallmaster«, sagte Corwain erstaunt. »Corwain $_{18}$Tallmaster.« Hatte der Hunderter sein Erkennungssignal nicht empfangen? Dann begriff er: Elron Kuri $_{127}$Aijar hatte seine Nadel abgeschaltet, soweit man sie abschalten konnte; nur ihre elementaren Grundfunktionen waren noch aktiv.

»Oh, einer der Master, und ein junger noch dazu«, krächzte der Greis, der offenbar keinen verbalen Adju verwendete. »Willkommen im Tempel der Vergänglichkeit, willkommen an der Pforte zum Nichts. Aber hier …« Mit zitternder Hand deutete er auf das offene Fach. »… ist nur Platz für einen. Ich werde noch heute sterben.«

»Sie bereiten Ihr eigenes Grab vor?«, entfuhr es Solace erschrocken.

»Sollte ich das Grab für jemand anderen vorbereiten?«, erwiderte Elron. Die Adjus summten leise, als er die Arme hob und einige kleine Gegenstände in die Stasiskammer legte. Corwain erkannte sie als Speichermodule von externen Gedächtnissen, wie sie manche Letzte Menschen für die Auslagerung von Erinnerungen verwendeten.

Der Hunderter bemerkte seinen Blick. »Auf die Archive ist kein Verlass.«

»Was?«, brachte Corwain hervor und schickte eine Nachricht an die intelligenten Systeme der Türme, die das Mausoleum säumten. *Ping* Dieser Letzte (ID-Signatur, Ort) will Selbstmord begehen und braucht Hilfe.

»Ich überlasse meine Erinnerungen nicht den Archiven, weil kein Verlass auf sie ist.« Er wankte näher, sah Solace und Corwain aus wässrigen grauen Augen an und senkte die Stimme. »Sie sind manipuliert, sie alle.«

»Die Archive?«

»Alles! Oh, es gibt ein geheimes Archiv, gehütet von den Koryphäen, und allein darin befindet sich die Wahrheit.«

Corwain empfing eine Antwort. *Ping* Privatsphären-Evokation. Die betreffende Person beruft sich auf ihr Recht des eigenverantwortlichen Handelns. Intervention verboten.

»Ich bitte Sie, sich alles noch einmal gründlich zu überlegen«, sagte Corwain eindringlich. »Ich appelliere an Ihr Verantwortungsbewusstsein, Elron Kuri ${}_{127}$Aijar.«

Ping Intervention verboten. Das gilt auch für Sie.

Der Greis musterte ihn mit neuer Aufmerksamkeit. »Oh, ich kenne Sie, Tallmaster. Der Pazifikator. Ich habe von Ihnen gehört. Und ich weiß auch, dass die Kompetenz Sie hinausgeworfen hat.«

»Es ist alles falsch!«, platzte es aus Solace heraus. »Falsche Anschuldigungen, falsche Beweise …«

Die dünnen Lippen des Alten verzogen sich zu einem Lächeln, das in dem faltigen Gesicht wie ein breiter horizontaler Riss wirkte. »Manipuliert«, krächzte er. »Es ist alles manipuliert. Die Koryphäen stecken dahinter, ihre kalten Pläne. Das gilt auch fürs Kosmotop.«

Der Hunderter blinzelte und wandte sich wieder dem offenen Wandfach zu. Die Gedenktafel daneben trug bereits seinen Namen.

»Wie bitte?«, brachte Corwain hervor, der noch immer überlegte, wie er diesen Mann davon abhalten konnte, Selbstmord zu begehen.

Für einige wenige Sekunden schien Elron Kuri Aijar einer inneren Stimme zu lauschen, und was auch immer sie ihm zuflüsterte, es ließ ihn schaudern.

»Es gibt ein Geheimnis.« Elron sprach leise und sah sich um, als befürchtete er verborgene Lauscher. »Ein Geheimnis, das das Kosmotop betrifft. Die Delegation, die sich vor siebzehn Jahren aufnehmen ließ …«

Fast hätte Corwain *Ich bin dabei gewesen* gesagt. Aber er beherrschte sich, wechselte nur einen kurzen Blick mit Solace.

»Angeblich sollte sie die Herren des Kosmotops dazu bringen, auf weitere Angriffe wie den auf das Tolomeo-System zu verzichten. Aber in Wirklichkeit …« Der Greis kniff die Augen zusammen.

»Ja?«, fragte Solace vorsichtig.

»In *Wirklichkeit*«, raunte der Alte, »geht es um ein geheimes Abkommen zwischen Koryphäen und Kosmotop.«

»Zu welchem Zweck?«, fragte Corwain.

»Zu welchem Zweck?«, wiederholte Elron verwundert. »Zu welchem *Zweck,* fragen Sie?«

»Ja?«, erwiderte Corwain behutsam.

»Es geht nicht um den Zweck, Tallmaster, es geht um die Geheimniskrämerei.« Er zögerte kurz, und ein Hauch von Überraschung huschte über sein Gesicht. »Aber mich betrifft das alles nicht mehr. Ich sterbe. Es wird Zeit.« Und etwas lauter: »Bitte stören Sie mich nicht bei meinen Vorbereitungen.«

Er ist verrückt, dachte Corwain und schickte der wachen Intelligenz in den Türmen eine Nachricht. *Ping* Dieser Mann ist nicht zurechnungsfähig und somit nicht in der Lage, eigenverantwortlich über Leben und Tod zu entscheiden. Ihm muss geholfen werden, sofort.

Der Hunderter, einer der ältesten Letzten Menschen, wandte sich wieder dem Wandfach zu, das sein Grab werden sollte, als Corwain Antwort von den Türmen beim Mausoleum bekam. *Ping* Die Zurechnungsfähigkeit wurde überprüft und bestätigt. Die betreffende Person zählt zu den Exzentrikern. Privatsphären-Evokation statthaft. Intervention verboten.

Aber Corwain wollte nicht einfach aufgeben. »Warum?« fragte er sanft.

»Warum was, Tallmaster?«

»Warum wollen Sie sterben?«

»Weil …« Der von leise summenden Adjus gestützte Greis zögerte und starrte in die leere Stasiskammer. »Weil …« Er blickte auf seine leeren, zitternden Hände, als enthielten sie die Antwort. »Weil ich zu viel gesehen, zu viel gehört, zu viel gefühlt und zu viel gesprochen habe. Die Erinnerungen, sie erdrücken mich. Es ist kein Platz mehr in meinem Kopf. Jeder einzelne Gedanke muss sich mühsam einen Weg suchen, er muss sich vorbeiquetschen an all dem jahrtausendealten Gerümpel, er muss in dunkle Ecken kriechen, denn nur dort kann er hoffen, noch ein wenig Bewegungsfreiheit zu finden. Sie verstehen das nicht, Sie sind jung, kaum zweitausend Jahre, Tallmaster, und jetzt lassen Sie mich in Ruhe.«

»Aber …«

»Gehen Sie!«

Ping Verwarnung. Sie verstoßen gegen die Privatsphären-Evokation.

»Komm«, sagte Corwain, ergriff Solace' Hand und kehrte mit ihr zum Transporter zurück.

»Aber wir können ihn doch nicht einfach sterben lassen!«, flötete sie, als die kleine Plattform sie wieder nach oben trug, vorbei an den vielen Gedenktafeln mit den Namen von siebenhunderttausend toten Erlauchten. »Jemand muss ihm helfen! Er ist nicht ganz richtig in seinem Kopf!«

»Er ist ein Exzentriker«, sagte Corwain. »Und nein, wir können ihm nicht helfen. Er hat sich auf sein Recht berufen, selbst über sich zu entscheiden. Fliegen wir zu den Archiven, die angeblich alle manipuliert sind.«

20

Die Archive erstreckten sich in der Stirn des Gesichts, das in den Himmel einer kalten, toten Welt starrte: ein viele Kilometer langer Speicherkern, verbunden mit den Türmen und über sie mit den Datennetzen der Koryphäen, ausgestattet mit redundanten Sicherheitssystemen, die Fehler entdeckten und korrigierten, beschädigte Informationen mit Wiederherstellungsalgorithmen reparierten und den Benutzern ein Indizierungssystem zur Verfügung stellten, das den frei zugänglichen und keinen privaten Beschränkungen unterliegenden Teil der Archive zu einer der größten Bibliotheken im bekannten Teil der Milchstraße machte. Tausende von Besuchern befanden sich hier, aber Corwain hatte sofort nach dem Ende des Downstream-Transits einen Zugang gebucht, und ein diensteifriger Adjutant führte ihn und Solace zu einer Nische, natürlich umgeben von einem Dämmfeld, das Privatsphäre garantierte.

»Wir können ihn nicht einfach so sterben lassen«, sagte die Sirmionerin, als sie die Nische betraten, eine von Zehntausenden in kilometerlangen Sälen. »Der Hunderter braucht Hilfe, das ist offensichtlich.«

»Ich weiß, Sol«, erwiderte Corwain. Der Adju aktivierte das Terminal, verabschiedete sich und schwebte auf einem Gravpolster fort. »Aber ich habe bereits eine Verwarnung erhalten, und wir können nicht riskieren, dass man uns hinauswirft. Erst müssen wir herausfinden, wo wir Rahel erreichen können.«

»Du gibst nicht auf?«, fragte Solace hoffnungsvoll.

»Natürlich nicht. Mir fällt schon noch etwas ein.«

Corwain aktivierte die Kommunikationskomponente der Nadel, und von einem Augenblick zum anderen schwamm er in einem Meer aus Indizes, jeder einzelne von ihnen – von Abermilliarden – wie die Tür zu einer gewaltigen Schatzkammer, in der nicht Gold und Juwelen auf den Entdecker warteten, sondern Wissen, gesammelt und angehäuft von zahlreichen Generationen auf Hunderten, Tausenden von Welten. Mit der Nadel konnte er sich inmitten dieser Labyrinthe aus Informationen leicht orientieren, aber Solace verfügte über keine derartige Hilfe, und deshalb … *Ping* Gewöhnliches Interface.

Ein Displayfeld bildete sich vor ihren Sesseln, und darin erschien ein androgynes Menschengesicht. »Ich bin Armelia«, stellte sich das intelligente System vor. »Wie kann ich zu Diensten sein?«

»Wir möchten auf die jüngsten Archiverweiterungen der Veritas Rahel Rahelia $_{29}$Kinmaster zugreifen. Der Autorisierungscode lautet …« *Ping* (Autorisierungscode).

»Code wird bestätigt«, erwiderte das Terminal. »Ich übergebe.«

Plötzlich stand die Veritas vor ihnen, vielleicht nicht ganz so füllig wie ihr Avatar im Kastell auf Lundblad, in ein Gewand gehüllt, das ein etwas dunkleres Violett zeigte. Eine silberne Kette glänzte am Hals mit einem blutroten Rubin genau in der Mitte.

»Dieses Archiv hat ein Prioritätssignal von Lundblad erhalten und gestattet drei Fragen«, sagte das dreidimensionale Bild der Veritas.

Kein intelligenter Avatar, dachte Corwain. Nur ein einfaches Archivverwaltungsprogramm. Bevor er die erste Frage stellen konnte, erklang Solace' zwitschernde Stimme.

»Wohin ist die Veritas geflogen, und wo können wir sie erreichen?«

Das sind bereits zwei der drei Fragen, dachte Corwain. Er ahnte, warum es Solace so eilig hatte – sie wollte zurück zu Elron Kuri Aijar und ihn daran hindern, nach einem achtzehntausend Jahre langen Leben Selbstmord zu begehen.

»Ich nehme an, Sie meinen die letzte Reise der Veritas«, sagte die pseudoreale Rahelia. »Sie verließ Lundblad an Bord des Resonanzschiffes *Conzilia* und wollte nach Abidale im Kaldorn-System, aber ...« Es kam zu einer kurzen Verzögerung, als die privaten Aufzeichnungen mit frei zugänglichen Daten abgeglichen wurden. »... dort kam sie nicht an. Der gegenwärtige Aufenthaltsort der Veritas ist unbekannt.«

Corwain beugte sich erstaunt vor. »Was?« Dann fügte er schnell hinzu: »Das ist nicht die dritte Frage.«

»Frage für öffentliches Archiv«, sagte Solace. »Was geschah mit dem Resonanzschiff *Conzilia* auf dem Flug nach Abidale im Kaldorn-System?«

»Es verschwand spurlos im Sektor Amantea vierzehn, kurz vor Erreichen seines Ziels.«

»Anzeichen von Fremdeinwirkung?«, fügte Solace sofort hinzu.

»Nein.«

»Kein Angriff der Incera?«

»Nein«, sagte das dreidimensionale Bild vor ihnen geduldig.

»Frage an öffentliches Archiv: Was sind die möglichen Ursachen des Verschwindens der *Conzilia?*«

»Der Fall wird noch untersucht. Bisher …« Wieder kam es zu einer kurzen Verzögerung. »Soeben wurde Geheimhaltungsstufe eins verhängt. Das Abrufen weiterer Informationen erfordert einen Kompetenzcode oberhalb Kategorie drei.«

Corwain dachte: *Ping* (Kompetenzcode).

»Unerlaubter Zugriff«, sagte das Bild der Veritas. »Code ungültig.«

»Wenn dies jetzt der Geheimhaltung unterliegt …«, überlegte Solace. »Dann steckt viel mehr dahinter, als es zunächst den Anschein hat.«

»Kallisto hatte es verdammt eilig, mir meine Kompetenzprivilegien zu nehmen«, brummte Corwain und starrte auf den Rubin an der silbernen Halskette der falschen Veritas; ein inneres Licht erfüllte ihn, ein kaltes Glühen.

»Worin bestand die Mission der Veritas?«, fragte Solace. »Warum flog sie nach Abidale?«

»Das sind zwei Fragen, obwohl nur noch eine zulässig ist«, antwortete das Archiv. »Ich beantworte die erste. Die Mission der Veritas auf Abidale …«

Der Mund des dreidimensionalen Bilds bewegte sich weiter, aber es ertönte keine Stimme mehr, die Worte blieben lautlos. Corwain glaubte, eins von ihnen anhand der Lippenbewegungen zu erkennen, aber dann hörten auch diese auf, und die Veritas stand stumm vor ihnen, vielleicht auch ein wenig erstaunt. Das aus dem Rubin kommende Licht veränderte sich.

»Es tut mir leid, aber ich kann keine Auskunft mehr geben«, sagte die projizierte Rahel schließlich. »Die Geheimhaltungsstufe eins wurde auf meine persönlichen Aufzeichnungen erweitert. Dieses Archiv wird jetzt geschlossen.«

Die Veritas verschwand, und die Indikatoren am Terminal leuchteten rot. Das Dämmfeld löste sich auf. Ein Adju kam, begleitet von einem Bediensteten des Mausoleums, einem Hybriden mit kindlichem Gesicht und zusammengefalteten fledermausartigen Flügeln.

»Sie werden gebeten, das Mausoleum unverzüglich zu verlassen«, sagte der Bedienstete mit überraschend tiefer Stimme.

Corwain richtete einen verblüfften Blick auf ihn. »Was?«

»Sie haben gegen die Privatsphären-Evokation eines Besuchers verstoßen«, erklärte der Hybride. Der Adju an seiner Seite summte leise und beobachtete das Geschehen mit visuellen Sensoren. »Und Sie haben versucht, mit einem ungültigen Kompetenzcode der Geheimhaltung unterliegende Informationen abzurufen. Hiermit wird eine strenge Verwarnung ausgesprochen; für die nächsten beiden Tage bleibt Ihnen der Zugang zum Mausoleum und allen seinen Einrichtungen verwehrt.«

»Ich verstehe«, sagte Corwain bitter. Er trat aus der Nische, vorbei an dem schwebenden Adju, der mit Schockern ausgestattet war, wie er jetzt bemerkte. »Komm, Sol. Kehren wir zur *Atiyeh* zurück.«

»Aber …« Sie folgte ihm aus der Nische, zögerte dann und wandte sich an den Bediensteten. »Der Besucher, den Sie eben erwähnt haben …«, sagte sie. »Er ist ein Letzter Mensch und will Selbstmord begehen. Er braucht dringend Hilfe.«

»Es wurde eine strenge Verwarnung gegen Sie ausgesprochen«, betonte der Hybride. Seine ledrigen Flügel knisterten leise, als er sie bewegte. »Bitte verlassen Sie das Mausoleum. Andernfalls bin ich gezwungen, Maßnahmen gegen Sie zu ergreifen.«

»Komm, Sol«, sagte Corwain erneut. »Schocker können sehr unangenehm sein.«

21

»Es tut mir leid für euch«, sagte das Schiff, als sie wieder an Bord waren. »Ich würde gern helfen, wenn ich könnte.«

Sie saßen in der Lounge der *Atiyeh,* an einem breiten Panoramafenster, das Blick auf die Erde bot, in ihrem weißen Gewand aus Schnee und Eis. Selbst ohne Fensterzoom war das Gesicht auf der rotbraunen äquatorialen Landmasse zu sehen: das in Granit gehauene Antlitz eines Menschen, der traurig zu den Sternen empor sah.

»Du könntest helfen«, sagte Corwain. »Benutze deine Kommunikationsprivilegien, und bitte die Koryphäen, die Verwarnung auszusetzen. Ich brauche Zugang zu den Archiven, sofort.«

»Und der Mann, der Hunderter«, fügte Solace hinzu und beobachtete, wie die Drehung des Planeten das Gesicht forttrug. »Elron Kuri Aijar. Wir können nicht zulassen, dass er Selbstmord begeht.«

»Jeder ist Herr seines Lebens«, antwortete das Schiff.

»Aber …«

»Kein Aber.«

»Doch aber!«, beharrte Solace. Ihre großen Augen verfärbten sich violett. »Jeder ist Herr seines Lebens, solange er gesund und bei klarem Verstand ist. Aber der Hunderter ist verrückt, er weiß nicht, was er tut.«

»Darüber steht mir kein Urteil zu«, erwiderte das Schiff sanft.

»Wir können nichts tun, Sol«, sagte Corwain. »Nicht unter den gegebenen Umständen.«

Eine der Raumfestungen im terrestrischen Orbit geriet in Sicht, ein hundert Kilometer durchmessender Gigant aus den ersten Syntho-Materialien, die vor Jahrtausenden entwickelt worden waren. Heerscharen aus Adjus hielten die übrig gebliebenen vier von einst neunzehn orbitalen Bastionen instand. Sie erinnerten an den Kampf gegen die Genetische Armada und die Incera; einen militärischen Zweck erfüllten sie längst nicht mehr.

»Du hast versprochen, dir etwas einfallen zu lassen!«, zischte die Sirmionerin. »Der arme Mann!«

»Vielleicht fällt mir noch etwas ein«, sagte Corwain vage, mit den Gedanken halb woanders. »Wenn wir wieder ins Mausoleum können, werde ich versuchen, ihm den Selbstmord auszureden.«

»In zwei Tagen kann viel passieren«, trillerte Solace kummervoll.

Corwain blickte hinaus, sah aber nicht die Alte Erde, sondern ein Erinnerungsbild des Terminals und der Gestalt davor.

»Die letzten Worte der projizierten Veritas …«, sagte er. »Der Ton funktionierte bereits nicht mehr, aber die Lippen bewegten sich noch. Ich glaube, ich habe ein Wort verstanden.«

»Welches Wort?«

»Kosmotop«, sagte Corwain nachdenklich.

»Was hat die Veritas mit dem Kosmotop zu tun?«

»Gute Frage. Schiff?«

»Ich bin noch da, Corwain.«

»Stand die Mission der Veritas auf Abidale mit dem Kosmotop in Zusammenhang?«

»Tut mir leid, aber diese Frage kann ich leider nicht beantworten«, ertönte die sanfte Stimme der *Atiyeh*. »Die betreffenden Informationen unterliegen der Geheimhaltung Stufe eins.«

»Aber du weißt darüber Bescheid?«

Es folgte eine kurze Pause, als müsste das Schiff überlegen. Was natürlich Unsinn war – es hätte die Frage sofort beantworten können. Das Zögern bedeutete vermutlich, dass es Auskünfte über Membrankontakte und Resonanzkommunikation einholte.

»Natürlich weiß ich darüber Bescheid, Corwain.«

»Aber du willst uns keine Auskunft geben.«

»Ich bin an die Regeln der Kompetenz gebunden.«

»Ich dachte, die Koryphäen bestimmen ihre Regeln selbst.«

»Höre ich da Ärger und Frust in deiner Stimme, Corwain?«

»Nein, Schiff, du hörst *Zorn!*«, sagte Corwain lauter als nötig. Die Nachtseite der Erde geriet in Sicht, dunkel, ohne Lichter von Städten. Eine tote Welt drehte sich dort, geschunden und von ihren Kindern vor langer Zeit verlassen.

»Es gibt Dinge, die man nicht geheim halten kann«, ließ sich das Schiff vernehmen.

Corwain horchte auf. »Was willst du damit sagen?«

Das Schiff schwieg.

Solace' Augen hatten sich bläulich verfärbt. Versuchte sie in Trance zu gehen?

»Sol? Was sagt deine Kognition?«

»Der Seelenwind flüstert in der Ferne«, sagte sie. »Er flüstert so leise, dass ich nichts verstehe, aber es ist kein angenehmes Flüstern.«

Was hat das Kosmotop mit dieser Sache zu tun?, dachte Corwain. Er fragte: »Was ist in den vergangenen siebzehn Jahren geschehen?«

»Ziemlich viel«, sagte das Schiff. »Die Liste wäre sehr lang, wenn ich dir alle Ereignisse schildern sollte.«

»Mit dem Kosmotop, meine ich. Und mit Jael und Tsertser.«

»Jae-al-Escoe-Hoivinio-tan-Mauleon-Caliquire-tan-Nesluzan befindet sich bei den Maschinenzivilisationen im galaktischen Kern, aber er schweigt seit siebzehn Jahren, seit sein Gesandter hinter dem Ereignishorizont des Kosmotops verschwand«, sagte das Schiff. »Natürlich bin ich nur ein unabhängiges Schiff und keine Koryphäe. Ich weiß nicht alles. Vielleicht hat Jael Kommunikationskanäle benutzt, die mir verschlossen bleiben.«

Corwain hörte genau hin und hatte das Gefühl, dass ihm die *Atiyeh* etwas sagen wollte, *ohne* es zu sagen.

»Seine Mission war offenbar von Erfolg gekrönt, denn es kam

zu keinen weiteren Zwischenfällen wie damals im Tolomeo-System«, fuhr das Schiff fort. »Das Kosmotop setzte seinen Flug durch die Milchstraße fort, aber nicht wie zunächst befürchtet durch die dichter besiedelten Regionen des Scutum-Centaurus-Arms, sondern zwischen dem äußeren Arm und dem Perseus-Arm. Es kam bisher zu keinen nennenswerten gravitationellen Störungen in der Nähe von Sonnensystemen.«

»Die Sammler sammeln immer noch?«, fragte Solace. Ihre Augen zeigten nach wie vor ein wenig Blau.

»Ja, aber mit sehr beschränkter Eigeninitiative«, antwortete das Schiff. »Ihre Sucher sind überall in der Galaxis unterwegs, doch sie nehmen sich nicht einfach, was ihnen interessant erscheint. Es werden Vereinbarungen getroffen. Zumindest in den meisten Fällen.«

»Zumindest in den meisten Fällen?«, wiederholte Corwain. »Was heißt das?«

»Seit einem Jahr folgt das Kosmotop dem Perseus-Arm downstream in Richtung Sagittarius-Arm und galaktisches Zentrum«, sagte das Schiff, ohne auf die Frage einzugehen.

»Es nähert sich dem Kern mit den Maschinenzivilisationen?«

»Ja, aber seine energetischen Signaturen verändern sich, und es wird mit jedem kleinen Downstream-Transit schneller. Einige Koryphäen vermuten, dass es sich darauf vorbereitet, die Milchstraße zu verlassen.«

»Ich nehme an, viele Leute wären erleichtert, wenn es dazu käme«, sagte Corwain vorsichtig. Solace hörte mit großer Aufmerksamkeit zu.

Das Schiff schwieg.

»Während andere es bedauern würden«, fuhr Corwain langsam fort. Draußen glitten mehrere Schiffe vorbei, unter ihnen eine Walze der Meronna. Ihr Ziel war eine der Orbitalstationen, von der aus man mit Passagierspringern die Erde erreichen konnte. »Die Sammler und all die anderen im Innern des Kosmotops … Sie kommen von außerhalb der Galaxis. Wer weiß, welche Technologien hinter der Horizontbarriere auf Entdeckung warten.« Unter der Oberfläche seines Bewusstseins geriet etwas in Bewegung, und eine erste instinktive Reaktion bestand aus dem Versuch, sich darauf zu konzentrieren. Aber als Corwain eine mentale Hand danach ausstreckte, entwand sich ihm die Idee wie ein Wurm, der nicht gefangen werden wollte. Guirgis fiel ihm ein. Der kompetente Prognostiker hatte von der Möglichkeit gesprochen, dass sich Incera im Kosmotop aufgehalten und es wieder verlassen hatten. Nur ein Gerücht? Angeblich war ein Spähschiff der Incera durch eine von den Jassid bewachte Strukturlücke im Ereignishorizont des Kosmotops verschwunden und vier Tage später neuntausend Lichtjahre entfernt im Ophiuchus-Sektor wieder erschienen. Noch etwas anderes fiel Corwain ein: Der alte Elron Kuri Aijar hatte ein geheimes Abkommen zwischen Koryphäen und Kosmotop erwähnt. Steckte mehr dahinter als nur das Gefasel eines verwirrten Greises, der sich anschickte, Selbstmord zu begehen?

Corwains Fähigkeit, Personen und Situationen einzuschätzen, hatten ihn zum Pazifikator gemacht. Manchmal zeigte ihm seine Intuition Verbindungen; bei Verhandlungen hatte er davon Gebrauch gemacht, um eine stabile Basis für Kompromisse zu schaffen und so den Frieden zu wahren. Diese Intuition war es, die sich in seinem Unterbewusstsein bewegte und mit ersten Verknüpfungen begann.

»Schiff?«, fragte Corwain.

»Ich bin noch immer hier.« Die Stimme klang fast amüsiert.

»Seit wann befindet sich Elron Kuri $_{127}$Aijar auf der Erde?«

»Seit zwei Tagen.«

»Und wo befand er sich vorher?«

Eine kurze Pause. »Im Transit.«

Auch Solace schien etwas zu ahnen, denn sie fragte: »Im Transit von wo?«

»Vom Kaldorn-System.«

Solace sah Corwain an. »Abidale befindet sich im Kaldorn-System. Und dorthin war die Veritas unterwegs.«

»Interessant, nicht wahr? Schiff …«

»Ja?«

Corwain blickte aus dem Fenster und beobachtete, wie mehrere große Atmosphärenspringer die Orbitalstation verließen und Hunderte von Passagieren zur Erde brachten. Ihre Flugbahn trug sie durch eine Wolke aus Satelliten, die einst zum inneren Verteidigungsgürtel der Erde gehört hatten. Flugbahnen, dachte Corwain und erinnerte sich: *Es werden Vereinbarungen getroffen. Zumindest in den meisten Fällen.*

»Die Sammler sammeln«, sagte er. »Und in den meisten Fällen bestimmen Vereinbarungen mit der Kompetenz, den Koryphäen und unabhängigen Völkern, was sie bekommen, nicht wahr? Aber nicht in allen. Es kommt auch vor, dass sie sich nehmen, was sie wollen?«

»Ja, das kommt vor«, antwortete das Schiff.

»Und es gibt Dinge, die man nicht geheim halten kann.« Corwain wandte sich vom Fenster ab. »Bitte zeig uns den Kurs des Kosmotops während des vergangenen Standardmonats. Und ich möchte auch die Flugbahn der *Conzilia* sehen, mit der die Veritas von Lundblad nach Abidale geflogen ist.«

»Bitte zeig auch die Transitbahn des Schiffes, mit dem der Hunderter zur Erde gekommen ist«, fügte Solace hinzu.

Vor ihnen entstand ein Displayfeld, und darin schwebte die Milchstraße zum Anfassen nahe, ein großes Feuerrad aus fast dreihundert Milliarden Sonnen. Es drehte sich langsam, und Markierungen erschienen: wichtige Resonanzverteilerstationen für die Membrankommunikation, Stützpunkte der Kompetenz, farblich codiert die Einflussgebiete der Unabhängigen – Orientierungshilfen in dem Meer aus Sternen. Ein Spiralarm der Galaxis rückte näher, der Perseus-Arm, begleitet von einer roten Linie, die an mehreren Stellen unterbrochen war.

»Das ist die Flugbahn des Kosmotops«, erklärte das Schiff. »Sie führt am Perseus-Arm entlang downstream.«

»Die leeren Stellen sind Transite?«, fragte Solace und beugte sich vor.

»Ja. Offenbar haben die Sammler gelernt zu kompensieren, denn die jeweiligen Transitschocks waren so gering, dass sie keine Auswirkungen auf die Gravitations- und Membranstrukturen hatten.«

»Vielleicht liegt es an der Geschwindigkeit«, sagte Corwain und griff damit auf eine bei den Technospezialisten der Kompetenz verbreitete Theorie zurück. »Bei den innergalaktischen Sprüngen ist das Kosmotop vermutlich nicht annähernd so schnell wie bei seinen Reisen zwischen den Galaxien.«

»Durchaus möglich«, räumte das Schiff ein. »Das Kaldorn-System befindet sich hier.« Ein goldener Punkt am Rand des Perseus-Arms blinkte. »Und dort ist Lundblad.« Ein weiterer blinkender Punkt erschien, grün wie Malachit, und davon ging eine zweite Linie aus, ebenfalls grün. Beim Kaldorn-System weiter im galaktischen Westen traf sie auf die rote Linie.

»Die beiden Linien schneiden sich«, sagte Solace. »Nur ein Zufall?«

»Wo verschwand die *Conzilia?*«, fragte Corwain.

»Der genaue Ort des Verschwindens ist unbekannt.«

»Letztes Signatursignal«, warf Solace ein, die offenbar verstand, worauf Corwain hinauswollte. »Von wo stammt das letzte automatische Kennsignal der *Conzilia?*«

Ein blauer Punkt leuchtete auf, wie eine neu entstehende Sonne, nicht weit von der roten Linie entfernt.

»Und nun die Bahn des Schiffes, mit dem Elron Kuri $_{127}$Aijar zur Erde gekommen ist«, sagte Solace, in den Augen ein Hellbraun, das auf wache, faszinierte Aufmerksamkeit hinwies.

Eine silberne Linie entstand, wie ein Spinnfaden gewoben von einem der alten Weber, die einst die Wurmloch-Filigrane geschaffen hatten. Diese dritte Linie führte vom Perseus-Arm in den galaktischen Nordosten, zum näher beim Zentrum der Milchstraße gelegenen Orion-Sporn mit dem Sol-System und der Erde.

»Alle drei Linien schneiden sich«, stellte Solace fest.

Das *kann* kein Zufall sein, dachte Corwain. Er fühlte seine Intuition arbeiten und suchte nach einer Möglichkeit, vage Ahnungen irgendwie in Worte zu fassen.

Solace schien ihm einen Schritt voraus zu sein und beugte sich noch weiter vor, bis ihr Gesicht fast den Rand der Milchstraße im Displayfeld berührte. »Räumliche Übereinstimmung. Was ist mit der Zeit?«

»Zeit?«, fragte das Schiff unschuldig.

»Du weißt genau, was gemeint ist«, sagte Corwain. »Wann verschwand die *Conzilia* mit der Veritas? Wann machte sich Elron von Abidale auf den Weg zur Erde? Wann passierte das Kosmotop das Kaldorn-System?«

Zahlen und Buchstaben erschienen, so klein, dass sich auch Corwain vorbeugte.

»Vor sieben Tagen«, murmelte er.

»Nicht nur räumliche Übereinstimmung, sondern auch zeitliche«, zwitscherte Solace aufgeregt.

Corwains Intuition stellte eine weitere Verbindung her: eine Vermutung, eine Hypothese, ein Vielleicht.

»Elron Kuri $_{127}$Aijar hat Abidale vier Stunden nach dem Verschwinden der Veritas verlassen«, sagte er, den Blick auf die Linien und die blinkenden Punkte gerichtet. »Könnte er Kontakt mit ihr gehabt haben?«

»Vieles ist möglich, nur wenig ausgeschlossen«, erwiderte das Schiff.

»Kannst du dich nicht ein bisschen klarer ausdrücken?«, flötete Solace verärgert.

»Geheimhaltungsstufe eins, erinnert ihr euch?«

»Elron befand sich in der Nähe, als Rahel verschwand«, sagte Corwain. »Er könnte wissen, was geschehen ist.« Er stand auf. »Wir müssen zu ihm, sofort. Wir können nicht zwei Tage warten.«

Solace lächelte und war mit einem Satz auf den Beinen. »Ganz meine Meinung.«

»Oh, ich erhalte gerade eine Nachricht …«, sagte das Schiff.

Corwains Nadel empfing sie ebenfalls. *Ping* Neue Zählung: 14 111.

Dort ruhte er, der Tote, nach achtzehntausend Jahren Leben, in dem Stasisfach, das er selbst vorbereitet hatte. Auf der Gedenktafel stand geschrieben: *Hier ruht jemand, der hundertachtundzwanzigmal starb. Es war jedes Mal schwer. Holt ihn nicht ins Leben zurück, damit er es noch einmal hinter sich bringen muss.*

Vielleicht ist es das, dachte Corwain. Vielleicht ist es nicht das Leben, das schwer wird und uns zu erdrücken droht. Vielleicht sind es die vielen Tode. Vielleicht haben wir das Sterben irgendwann satt.

»Ich glaube, wir bekommen Besuch«, warnte das Schiff. Es war in Form einer einfachen dreidimensionalen Projektion durch eine lokale Membranverbindung präsent und kaum mehr als ein leicht flimmernder Vorhang aus kohärenten Farben. Der Bedienstete, der die Verwarnung ausgesprochen hatte – der Hybride mit dem kindlichen Gesicht und den fledermausartigen Flügeln – eilte über einen Variform-Steg, begleitet von mehreren Adjus und zwei Angehörigen der Sicherheitsabteilung des Mausoleums.

»Du hast versprochen, dir etwas einfallen zu lassen, Corwain«, sagte Solace traurig. »Du hattest es *versprochen*.«

»Es tut mir leid.«

Die von dem Bediensteten angeführte Gruppe erreichte die Terminalnische, und die Adjus hoben ihre Schocker.

»Es wurde eine strenge Verwarnung gegen Sie ausgesprochen, Corwain $_{18}$Tallmaster«, erklang die tiefe Stimme des Hybriden. »Da Sie den Auflagen keine Beachtung schenken, sehe ich mich gezwungen, Sie unter Arrest zu stellen und …«

»Dies ist ein Notfall«, sagte das Schiff sanft. »Ich habe die notwendige Autorisierung erteilt. Wenn Sie so freundlich wären, in Ihrem Kommunikationszentrum nachzufragen …«

Der Bedienstete richtete einen argwöhnischen Blick auf die Projektion. »Sie sind …?«

»Oh, ich bin das Schiff«, antwortete die Gestalt aus flackerndem Licht. »So nennt man mich. Erstaunlicherweise hat bisher niemand nach meinem Namen gefragt.«

»Ich dachte, du heißt *Atiyeh*«, sagte Solace überrascht.

Das Misstrauen blieb in den Augen des Bediensteten, und die Adjus senkten ihre Schocker nicht. »Ich frage nach.«

Corwain empfing ein *Ping* (Codetransfer).

Zwei Sekunden später deutete der Bedienstete eine Verbeugung an. »Ich bitte um Verzeihung. Weisungspriorität wird hiermit anerkannt.« Er nickte den Adjus und Sicherheitsleuten zu, und die ganze Gruppe machte kehrt. Kurze Zeit später waren Corwain, Solace und die Lichtgestalt wieder allein in der Nische mit dem Grab von Elron Kuri $_{127}$Aijar.

»Ich schlage vor, wir kehren zur *Atiyeh* zurück«, sagte das Schiff, das offenbar mehr war als nur ein Schiff. »Hier können wir nichts mehr tun.«

»Wir könnten schon etwas tun.« Corwain starrte auf die Grabplatte. »Er ist erst seit kurzer Zeit tot und liegt in Stasis. Die mnemonischen Zentren seines Gehirns enthalten noch Informationen.«

»*Das* solltest du dir nicht einfallen lassen.« Solace schüttelte den Kopf. »Einen Toten gegen seinen Willen aufwecken? Nein, nein.«

Als sie die Nische verließen, wandte sich Corwain an die flimmernde Gestalt und fragte: »Offenbar hast du genug Autorität, um der Verwaltung des Mausoleums Anweisungen zu erteilen. Was bist du, und wie heißt du?«

»Na endlich«, sagte das Schiff und lächelte. »Ich bin nicht nur ein unabhängiges Schiff, sondern auch ein Seeder, der nach einem geeigneten Ort sucht, um zu einer Koryphäe zu werden. Ich trage den Namen meines Koryphäenvaters mit dem Emergenz-Zusatz *cres*.« Das Lächeln wurde noch etwas breiter. »Mein voller Name lautet Jae-al-Escoe-Hoivinio-tan-Mauleon-Caliquire-tan-Nesluzan-cres.«

CODE K

KORYPHÄEN

Sektor 721 Ceti, 7421 Lichtjahre upstream, oberhalb des Sagittarius-Arms, schwingungsarme Zone, Nachricht von Ral-am-Arfa-Talhun-tan-Mauleon-Maila-tan-Pirrhon-cres (Dominante), im Aufklärungsdienst, an Ral-am-Arfa-Talhun-tan-Mauleon-Maila-tan-Pirrhon (Dominante, Seeder-Vater von Ral-cres), Sektor 1, galaktischer Kern, upstream/downstream 0/0:

CODE K: Kohärente Signalfolge, downstream, resonanzmoduliert (unterlegt mit individuellem Signalrauschen, persönlicher Code)

Decodierung, *Ral-cres:* Ich grüße dich, Seeder-Vater, von einem Aussichtspunkt in einer Senke zwischen zwei Upstream-Schwingungszentren, und von hier aus gelingt es mir gut, den Kurs des Kosmotops zu verfolgen. Mehrere Segmente von mir befinden sich bei den Sprungzonen und beobachten zunehmende Inkonsistenz in Hinsicht auf die mit den Sammlern getroffenen Vereinbarungen. Such- und Sammelschiffe kehren aus Sonnensystemen zurück, die nicht zum akkordierten Kontingent gehören und in einigen Fällen mit den Mahé und Incera in Zusammenhang stehen. Darf ich fragen, ob eine neue Nachricht von Jae-al-Escoe-Hoivinio-tan-Mauleon-Caliquire-tan-Nesluzan vorliegt? Finden im Kosmotop ungünstige Veränderungen statt?

CODE K: Komprimierter Signalpulk, upstream, resonanzmoduliert

Decodierung, *Ral-am:* Gruß auch dir, Ral-cres. Neuigkeiten werfen Schwingungen durch die galaktischen Membranen. Die

Aufstrebenden könnten versuchen, das Kosmotop für ihre Zwecke zu instrumentalisieren. Bitte halte nach entsprechenden Aktivitäten Ausschau, und melde sie unverzüglich. Eine Ressourcenbeschränkung der Aufstrebenden hat bereits stattgefunden, aber vielleicht genügt sie nicht.

Ral-cres: Vielleicht? Seit wann sind keine genauen Aussagen mehr möglich? Habe ich etwas verpasst?

Ral-am: Die Vorhersagen sind nur noch bis zu einem gewissen Punkt zuverlässig. Unsere Stochastiker untersuchen das Phänomen. Es muss unter allen Umständen gewährleistet sein, dass sich das Kosmotop vom galaktischen Kern fernhält. Wir dürfen nicht destabilisiert werden.

Ral-cres: (mit einer emotionalen Komponente in der Signalfolge, Aufregung-Äquivalent) Gelten die Vereinbarungen nicht mehr? Hat Jae-al-Escoe-Hoivinio-tan-Mauleon-Caliquire-tan-Nesluzan eine Warnung übermittelt?

Ral-am: (Signal begleitet von inkohärentem Rauschen, eingestuft als Schwingungsstörung) Die Ephemeren könnten in Gefahr geraten und wir ebenfalls. Jae-al-Escoe-Hoivinio-tan-Mauleon-Caliquire-tan-Nesluzan setzt seine Mission fort. Das erwarten wir auch von dir. Sei wachsam, und benachrichtige uns, wenn du etwas bemerkst; wir müssen die Situation neu bewerten. Ich grüße dich, Seeder-Sohn.

Ral-cres: (noch immer mit einer emotionalen Komponente) Ich bin gern zu Diensten, Seeder-Vater.

Sektor 413 Taurus, 3516 Lichtjahre upstream, zwischen Perseus- und Sagittarius-Arm, schwingungsreiche Zone mit hoher Membranaktivität, Nachricht von Mab-ti-Jaffar-Jar-hun-tan-Zirha-Mqui-tan-Rztera (Aufstrebende), im Lauschdienst, an Hal-am-Affara-Kairih-tan-Mauleon-Calaqor-tan-Raztar (Aufstrebende), Sektor 1, galaktischer Kern, upstream/downstream 0/0:

CODE K (VARIANTE): Kohärenter Signalstrom, downstream, resonanzversteckt, begleitet von einem Paket mit aufgezeichneten Daten

Decodierung, *Mab-ti:* Ich habe Zugriff auf die Kommunikationsresonanzen der Dominanten und übermittle dir die Aufzeichnung eines interessanten Gesprächs zwischen Ral-am-Arfa-Talhun-tan-Mauleon-Maila-tan-Pirrhon und seinem Seeder-Sohn. Die Dominanten fürchten um die Ephemeren! Sie sind konditioniert. Sie tragen Altlasten, von denen wir sie befreien müssen.

CODE K (VARIANTE): Kohärenter Signalstrom, upstream, resonanzversteckt

Decodierung, *Hal-am:* Wir werden sie davon befreien. Die Zeit der Ephemeren ist abgelaufen. Finden sich in den Kommunikationsströmen keine Hinweise auf den aktuellen Status von Jae-al-Escoe-Hoivinio-tan-Mauleon-Caliquire-tan-Nesluzan?

Mab-ti: Negativ, zu meinem Bedauern.

Hal-am: Nun gut. Wie auch immer es um ihn stehen mag, er kann nichts ändern. Wir sind fast so weit.

DER VERFOLGER

22

»Du hast uns belogen«, sagte Corwain vorwurfsvoll. »Du hast behauptet, dass Jael seit siebzehn Jahren schweigt, seit sein Gesandter hinter dem Ereignishorizont des Kosmotops verschwunden ist. Und du hast behauptet, nur ein unabhängiges Schiff zu sein, keine Koryphäe.«

»Oh, er schweigt tatsächlich«, erwiderte das Schiff. »Ich empfange nur gewöhnliche Telemetrie von ihm. Seit siebzehn Standardjahren hat er nicht eine meiner Fragen beantwortet.« Es ertönte ein Geräusch wie ein leises Schniefen. »So was kann eine Vater-Sohn-Beziehung durchaus belasten. Und ich bin gewiss keine Koryphäe.«

»Vater, Sohn?« Solace hob die flaumigen Brauen.

Die gewölbten Displayfelder vor ihnen im Kontrollraum der *Atiyeh* zeigten graue Schlieren, in denen sich fratzenartige Gesichter zu bilden schienen, wenn man sie längere Zeit beobachtete: eine visuelles Äquivalent der Quantenmembranen, deren Schwingungen, vom Resonator kontrolliert und moduliert, das Schiff durch Zeit und Raum rissen und dem Kaldorn-System entgegenwarfen, beziehungsweise dem Sektor Amantea 14, wo die Veritas verschwunden war.

»Was ist ›gewöhnliche Telemetrie‹ bei einer Koryphäe?«, fragte Corwain und dachte daran, dass sie es mit einer adoleszenten

Maschinenintelligenz zu tun hatten, die über einen besonderen Sinn für Humor verfügte.

»Er redet über das Wetter.«

»Über das *Wetter?*«

»Damit ist natürlich nicht das gemeint, was ihr Ephemeren unter ›Wetter‹ versteht«, erläuterte das Schiff, während es mit einem Vielfachen der Lichtgeschwindigkeit an den Membranen entlangraste, angetrieben von einem Resonator, der wie ein naher Hornissenschwarm brummte. »Mein Seeder-Vater redet über das Weltraumwetter: Strahlenstürme im galaktischen Zentrum, die Aktivitäten des Schwarzen Lochs im Herzen der Milchstraße, die Entstehung neuer Sonnen und Planeten, die Strukturen von planetaren Nebeln und interstellaren Staubwolken, das 3K-Flüstern der kosmischen Hintergrundstrahlung, die Signale der X-Artefakte und ihrer Rufsteine, die Musik der Quantenmembranen bei dissoziativer Halbresonanz, die Zukunft des Universums und mögliches Leben im Zentrum von Sonnen. Es sind Dinge, die ihn immer besonders interessiert haben, und damit beschäftigt sich sein Basisselbst auch weiterhin, während die Aufmerksamkeit des Hauptselbst ganz anderen Dingen gilt.«

»Welchen Dingen?«, fragte Corwain.

»Keine Ahnung. Ich habe ihn mehrmals danach gefragt, aber Jael, wie du ihn nennst, gibt keine Auskunft, weder mir noch anderen. Manchmal vermute ich, die Kommunikation mit seinem Gesandten nimmt ihn so sehr in Anspruch, dass er keine Kapazitäten mehr übrig hat, und das will etwas heißen.«

»Meinst du den Gesandten, der damals mit Tsertser ins Kosmotop wechselte? Ich dachte, der Ereignishorizont lässt nichts durch, auch keine Membransignale.«

»Wer weiß?«

Im mittleren Displayfeld, das wie ein Bugfenster wirkte, bildete sich eine rotbraune Fratze im grauen Wogen und starrte Corwain an. Er schloss die Augen, und als er sie wenige Sekunden später wieder öffnete, war das dämonische Gesicht verschwunden.

»Ich nehme an, es war kein Zufall, dass wir dich von Kallisto bekommen haben, dieses Schiff«, sagte Solace.

»Ich habe ihn darum gebeten«, entgegnete Jael-cres. »Und er war sofort bereit, meiner Bitte stattzugeben.«

Was steckt hinter dieser Sache?, dachte Corwain. Nur die Hilfsbereitschaft eines langjährigen Freundes und Kollegen? Und welche Interessen verfolgt diese junge Maschinenintelligenz?

»Ihr fragt euch vermutlich, was dahintersteckt«, sagte das Schiff. »Und welche Interessen ich in diesem Zusammenhang verfolge.«

»Das ist nicht schwer zu erraten«, erwiderte Corwain ruhig. »Man braucht weder Telepath zu sein, noch ein besonders guter Menschenkenner.«

Das Schiff schwieg.

»Nun?«, hakte Solace nach. »Was steckt dahinter? Welche Interessen hast du?«

»Ich bin neugierig«, sagte das Schiff. »Ich möchte lernen, mehr erfahren.«

Das war nur die halbe Wahrheit, ahnte Corwain. Und vielleicht noch viel weniger. Wieder kam gespenstische Bewegung in die grauen Schlieren der Membranen; neue fratzenhafte Gesichter entstanden. Corwain versuchte, nicht darauf zu achten.

»Darf ich dich etwas fragen, Jael-cres? Hast du etwas dagegen, wenn ich dich so nenne?«

»Ist das deine Frage?«

»Nein.«

Wieder erklang ein wortloses Geräusch, diesmal wie ein leises Lachen.

»Nein, ich habe nichts dagegen, dass ihr mich so nennt. Und

ja, du darfst mich etwas fragen. Ich kann nur keine Antwort garantieren.«

Corwain sah in die Displayfelder und glaubte, Silhouetten im wabernden Grau zu erkennen. »Gewisse Informationen unterliegen der Geheimhaltungsstufe eins, weil es Koryphäen und Kompetenz so wollen, richtig?«

»Korrekt. Das weißt du.«

»Aber Meinungen sind erlaubt, nicht wahr?« Aus dem Augenwinkel bemerkte Corwain, wie Solace lächelte. Sie wusste, in welche Richtung seine Worte zielten.

»Meinungen kann man nicht verbieten.«

»Ich möchte dich nach deiner Meinung fragen, Jael-cres«, sagte Corwain. Im Grau vor ihm gerieten die Silhouetten in Bewegung. »Was hat es deiner Meinung nach zu bedeuten, dass sich die drei Linien beim Kaldorn-System kreuzen? Was, glaubst du, ist im Sektor Amantea vierzehn geschehen?«

»Nun, wenn du mich nach meiner *Meinung* fragst … Ich glaube, die *Conzilia* traf kurz vor Erreichen des Ziels auf das Kosmotop. Entweder flog die Veritas aus freien Stücken durch den Ereignishorizont, oder sie wurde von den Sammlern … eingesammelt.«

»Ich verstehe. Das hast du mit dem Hinweis darauf gemeint, dass in den meisten Fällen Vereinbarungen getroffen werden, was das Sammeln betrifft, *aber eben nicht in allen*.«

»Ich habe meine Meinung geäußert, Corwain $_{18}$Tallmaster«, erwiderte das Schiff betont würdevoll.

»Wenn die Veritas im Kosmotop ist, sieht es für uns schlecht aus«, sagte Solace besorgt.

»Ist die hohe Geheimhaltungsstufe deshalb verhängt worden, Jael-cres?«, fragte Corwain. »Weil die Veritas, der letzte Pattern-Master, im Kosmotop verschwunden ist?«

Das Schiff schwieg.

»Und Elron Kuri $_{127}$Aijar? Wie passt er ins Bild? Wie lautet deine Meinung *darüber?*«

»Vielleicht war seine Präsenz im Sektor Amantea vierzehn zum betreffenden Zeitpunkt reiner Zufall«, sagte das Schiff. »Vielleicht steckt ein geheimer Plan der Letzten Menschen dahinter. Ein Plan, der offenbar schiefgegangen ist, da sich Elron auf der Alten Erde das Leben genommen hat. Vielleicht wollte er aus reiner Neugier ins Kosmotop und wurde von den Jassid abgewiesen, was ihn so traurig stimmte, dass er beschloss, seinem Leben ein Ende zu setzen.«

»Machst du dich über uns lustig, Schiff?«, fragte Solace verärgert.

»Oh, ich denke nur laut. Es gibt immer Möglichkeiten.«

Corwain war in Gedanken bereits einen Schritt weiter. »Sind sich Rahel Rahelia Kinmaster und Elron Kuri Aijar in jüngerer Vergangenheit begegnet?«

»Zweimal, das letzte Mal vor einem halben Standardjahr auf Abidale.«

»Interessant«, murmelte Corwain. »Stand zu jenem Zeitpunkt der Kurs des Kosmotops fest? Ich meine, wusste man, dass einer der nächsten Transite das Kosmotop in die Nähe des Kaldorn-Systems bringen würde?«

»Ja.«

»Worum ging es bei dem Treffen der Veritas und des Hunderters?«

»Unbekannt.« Eine Sekunde später sagte das Schiff: »Oh.«

Corwain beobachtete, wie die Silhouetten aus dem Grau in den Displayfeldern verschwanden. Stattdessen erschien ein silberner Punkt, der langsam vom Rand in die Mitte wanderte.

»Was ist das?«, fragte Corwain.

»Was meinst du mit ›Oh‹?«, fragte Solace.

»Wir bekommen Gesellschaft.«

Corwain dachte: *Ping* (Signaturanfrage).

»Keine Signatur«, sagte Jael-cres. »Das andere Schiff gibt sich nicht zu erkennen. Meine Membrananfragen bleiben unbeantwortet.«

»Wohin fliegt es?«

»Es verfolgt uns, und es ist schneller als wir. Wenn wir die Geschwindigkeit nicht ändern, wird es uns in … zweiunddreißig Komma vier Standardstunden erreichen.«

»Bevor wir im Sektor Amantea vierzehn sind?«

»Ja.«

Solace beugte sich vor, und ihre Hände flogen durch die virtuellen Kontrollen. »Die Entfernung ist noch zu groß. Es lässt sich nicht feststellen, ob es sich um ein Schiff der Mahé oder Incera handelt.«

Corwain betrachtete den silbernen Punkt im Grau. »Wie groß ist die Wahrscheinlichkeit, dass das fremde Schiff rein zufällig denselben Kurs fliegt wie wir?«, fragte er, obwohl er die Antwort bereits kannte.

»Sie tendiert gegen null, Pazifikator.«

Corwain glaubte, im letzten Wort einen ironischen Unterton zu vernehmen. Er war ein Mann des Friedens, seit vielen Jahrhunderten, aber in letzter Zeit rückte er immer wieder ins Zentrum von Konflikten und Gewalt. »Können wir schneller werden?«, fragte er. »Können wir dem Verfolger entgehen?«

»Ich fliege derzeit mit achtzig Prozent meines Potenzials«, erwiderte das Schiff, und diesmal sprach es in einem sachlichen Ton. »Wenn ich die ganze Kapazität des Resonators nutze, können wir unser Ziel etwa eine halbe Stunde vor dem Verfolger erreichen. Vorausgesetzt, seine gegenwärtige Geschwindigkeit bleibt konstant. Aber das setzt den Resonator erheblichen Belastungen aus, Corwain Tallmaster. Wir haben bereits zwei lange Transite hinter uns, und diesmal geht es upstream.«

»Es geht vermutlich auch um unser Leben«, betonte Solace und beobachtete den silbernen Punkt in der Mitte des grauen Wogens.

Das Brummen und Summen des Schiffes, sein Grundton, veränderten sich. »Ich gehe auf achtundneunzig Prozent«, sagte das Schiff. »Ich schlage vor, ihr genießt euer Leben noch eine Zeit lang, solange sich euch Gelegenheit dazu bietet. Habt ein bisschen ephemeren Spaß. Ich verspreche, euch nur dann zu stören, wenn es ernst wird.«

23

Manchmal fragt Solace: Wie ist es, fünfhundert Jahre zu leben, oder tausend, oder noch viel mehr?

Und Corwain antwortet: Es ist schwer, und es wird jedes Mal schwerer. Es kann so schwer werden, dass ein Hunderter Selbstmord begeht, weil er es nicht mehr erträgt.

Weil er was nicht mehr erträgt? Das Leben oder den Tod?

Es ist nicht ein Leben, es sind viele, sagt Corwain. Jeder Klon hat sein eigenes, aber die Gedanken, Erinnerungen und Träume, sie häufen sich, sie sammeln sich an, sie werden schwer. Stell dir vor, jeder Gedanke wiegt ein Gramm, jede Erinnerung fünf und jeder Traum zehn.

Warum die unterschiedlichen Gewichte?, fragt Solace.

Weil Erinnerungen aus Gedanken bestehen, und Träume aus vielen Gedanken. Wie viele Gedanken denkt man in tausend Jahren? Wie viele Erinnerungen passen in einen Kopf? Stell dir vor, wie schwer das alles wird.

Schwer wie ein Berg, säuselt Solace nachdenklich. Schwer wie ein Gebirge.

Schwer wie eine ganze Welt, seufzt Corwain, und plötzlich fühlt er dieses Gewicht, während er Solace umarmt, während sie beide das haben, was Jael-cres »ephemeren Spaß« genannt hat. Er fühlt das Gewicht, fühlt sich davon erdrückt und denkt daran – wieder ein Gramm mehr –, dass Elron Kuri $_{127}$Aijar viel länger gelebt hat als er, nicht tausend oder zweitausend Jahre länger, sondern mehr als siebenmal so lange, was die Anzahl der Leben betrifft, und über sechzehntausend Jahre mehr an Zeit.

Das ist es, was uns Letzte Menschen umbringt, sagt er in einem Moment der Offenheit, der laut ausgesprochenen Gedanken. Das ist es, was uns müde macht, so müde, dass wir Unfällen zum Opfer fallen, Gefahren nicht mehr rechtzeitig erkennen oder einfach die Kraft zum Leben verlieren. Wir können nicht vergessen, oder nicht genug, und dadurch wird unsere Seele zu schwer.

Ich helfe dir, sagt Solace und lacht. Ich knabbere an deiner Seele, wenn wir uns lieben. Ich nehme ein Stück von ihr, bei jedem Höhepunkt. Ich mache die Zeit und die vielen Leben leichter für dich. Möchtest du mich lieben, jetzt, hier?

Wir lieben uns bereits, sagt Corwain, und beim letzten Wort ist er in ihr. Wir haben »ephemeren Spaß«.

Ephemer, gurrt Solace, breitet die Arme aus, spreizt die Beine und winkelt sie dann an, als wollte sie, die kleiner und zarter ist, ihn ganz in sich aufnehmen, nicht nur einen Teil von ihm, als wollte sie ihn verschlingen, mit Haut und Haaren und der Seele.

So nennen uns die Koryphäen, flüstert Corwain, während er sich in ihr bewegt und seine Lippen über ihre streichen. Sie nennen uns »die Vorübergehenden«, die Kurzlebigen.

Selbst euch, die Unsterblichen?

Selbst uns, sagt Corwain. Uns Organische, uns alle, ganz gleich, wie lange wir leben … Für die Koryphäen sind wir alle ephemer.

Er möchte sprechen und schweigen, beides gleichzeitig, es ist eine seltsame Dualität, die manchmal sein Empfinden prägt, wenn er mit Solace zusammen ist, wenn er sich von ihren Schwingen tragen lässt, die ihrem Körper fehlen, obwohl auch aviäre Gene in ihm stecken. Die Flügel existieren nur hier, in dieser geistigen, emotionalen Welt, und hier empfangen sie den Seelenwind, dessen Flüstern Solace hört und versteht.

Was hörst du?, fragt er, während seine Hüften schwingen. Was verstehst du?

Warte, noch ist es nicht so weit, flüstert sie. Warte noch ein bisschen …

Wie kann man über den Tod sprechen, wenn man sich liebt, wenn man den Akt vollzieht, der Leben zeugen soll?, denkt Corwain, der Mann des Friedens. Vielleicht liegt es daran, dass beides zusammenhängt, es *gehört* zusammen, es lässt sich nicht voneinander trennen, denn selbst die Unsterblichkeit dauert nicht ewig, wie wir wissen.

Aber er denkt auch: Wir haben ihn oft wiederholt, diesen Zeugungsakt, doch es will kein Leben sprießen.

Sei nicht traurig, trillert Solace leise.

Ich bin nicht traurig, erwidert er und stößt etwas fester zu, aber nicht zu fest, denn Solace ist so zart, ihre Knochen sind dünn, nicht hohl wie die eines Vogels, aber dünn und zerbrechlich, wie auch ihr Leben, das nicht von einer Nadel in ihrem Rückgrat geschützt wird.

Und dann liegt sie still da, ihr Geist fortgetragen vom Seelenwind, der Blick ihrer großen Augen in eine andere Welt gerichtet.

Was siehst du?, fragt er leise, aber sie antwortet nicht, sie liegt still da und zittert nur ein wenig.

Corwain löst sich von ihr, befreit sie von seinem Gewicht, lauscht dem leisen Zischen ihres Atems und wünscht sich für einen Moment zurück zu seiner Residenz, in die Hütte auf dem Asteroiden, zurück zu der sorglosen Zeit der Ruhe zwischen zwei Missionen.

Ping (komplexer Datenverkehr) Corwain?

Er ist noch nicht ganz zurück und denkt: *Ping* Ich höre dich.

Ping Die Sache ist komplizierter, als ich dachte. Vielleicht solltest du dir das ansehen. Ihr seid doch fertig, oder?

Er lächelte. *Ping* Ja, wir sind fertig mit unserem ephemeren Spaß. Ich komme. Er verzog das Gesicht. Ich meine, ich bin gleich da.

24

»Die energetische Signatur des Verfolgers hat sich signifikant verändert«, sagte das Schiff, als Corwain den Kontrollraum betrat. »Ihr Mittelwert ist auf einhundertzweiundneunzig EMI angewachsen, was eigentlich gar nicht möglich sein sollte. Hier, sieh es dir an.«

Die Anordnung der Konsolen und Variform-Sitze hatte sich verändert. Zwischen ihnen schien sich der Kontrollraum zum All hin geöffnet zu haben, obwohl die *Atiyeh* noch immer im Membrantransit flog, und dort, zum Greifen nahe, schwebte etwas, das aussah wie ein Pfeil, mit einer trichterförmigen Erweiterung am Heck und zwei langen Zacken, die in der Mitte aus dem Rumpf ragten und sich nach vorn wölbten.

»Fünfhundert Meter lang und an der dicksten Stelle neunzig Meter breit«, sagte das Schiff. Es klang fast vorwurfsvoll. »Nicht annähernd genug Masse für eine Signatur von hundertzweiundneunzig.«

Corwain trat näher und betrachtete den Verfolger. »Hast du dich bestimmt nicht geirrt?«

Jemand direkt neben Corwain schien tief Luft zu holen, so hörte es sich an, und dann sagte das Schiff: »Corwain Tallmaster, ich bin Jae-al-Escoe-Hoivinio-tan-Mauleon-Caliquire-tan-Nesluzan-cres. Ich bin jung, sogar jünger als du, und ich mache Fehler, wenn auch weniger als ihr Ephemeren, wenn du mir diese Bemerkung gestattest. Aber nicht bei so einfachen Dingen.«

Der Bereich des offenen Alls schwoll an, wuchs Corwain entgegen und nahm ihn auf. Er schien plötzlich direkt neben dem fremden Schiff zu stehen, das sie verfolgte.

»Keine mir bekannte Konfiguration«, sagte er und betrachtete die beiden Zacken rechts und links am Rumpf. »Sind das Waffen?«

»Davon gehe ich aus. Und ich muss gestehen: Ich bin mir nicht ganz sicher, ob dies die tatsächliche Struktur des Verfolgers ist. Er tarnt sich mit zufallsgesteuerten Fluktuationen; sein Energie-Masse-Index von hundertzweiundneunzig ist ein Mittelwert und steigt manchmal bis auf enorme zweihundertdreißig.«

»Ausgelagerte Masse und Energie?«, fragte Corwain und betrachtete ein Schiff, das in Wirklichkeit vielleicht ganz anders aussah. »In phasenverschobene Zwischenräume?«

»Könnte sein.«

»Der Verfolger macht sich kleiner, als er in Wirklichkeit ist?«

»Durchaus möglich. Obwohl er so schon recht eindrucksvoll ist.«

»Ein Sucher des Kosmotops?«, fragte Corwain, ohne den Blick vom Verfolger abzuwenden. Das dreidimensionale Bild, das ihn umgab, flackerte kurz und zeigte dann ein etwas länger gewordenes Schiff mit einem dritten Dorn am Rumpf. »Der Trick mit der Phasenverschiebung deutete darauf hin.«

»Du hast noch nicht alles gesehen, Corwain«, sagte Jael-cres.

Zwei nebulöse Objekte erschienen – ohne genaue Konturen,

kaum mehr als ein vages Glühen –, näherten sich dem pfeilförmigen Raumschiff und verschwanden, als sie fast den Rumpf erreicht hatten.

»Dies ist eine Aufzeichnung«, sagte Corwain.

»Ja. Die beiden Objekte, die du gerade beobachtet hast … Sie haben ebenfalls versucht, ihre Signaturen mit Fluktuationen zu tarnen, aber ich verfüge über einige recht leistungsfähige Dienstprogramme, und es ist mir gelungen, die willkürlichen Phasenschwankungen aus den Sensordaten herauszurechnen. Mit folgendem Ergebnis …«

Die beiden verschwommenen Gebilde erschienen erneut, aber diesmal gewannen sie an Klarheit, als sie sich dem Pfeilschiff näherten. Das eine wirkte recht klobig: ein Würfel, der versucht zu haben schien, mehrere kleinere Würfel zu verschlingen, und einige längliche Zylinder obendrein. Ein Transporter der Mahé, kein Zweifel. Das andere war kleiner und eleganter, rund und glatt und so schwarz wie das All – ein Aufklärer der Incera.

»Sie sind hier?«, erklang eine Stimme hinter Corwain.

Er drehte sich um. Solace stand dort, in den Augen sorgenvolles Grün.

»Ich habe dem nächsten Kommunikationsknotenpunkt der Kompetenz bereits einen Bericht übermittelt«, sagte das Schiff. »Ich glaube, wir müssen von einem Bündnis zwischen Mahé und Incera ausgehen.«

»Ich fürchte, es ist noch schlimmer, nicht wahr?«, fragte Corwain dumpf.

»Ja. Wenn wir annehmen, dass jenes Schiff dort ein Sucher des Kosmotops ist. Vielleicht helfen die Mahé und Incera den Sammlern dabei, interessante Objekte zu finden, die sie von uns nicht erhalten hätten.«

»Objekte und auch … Personen?«

»Ich verstehe, was du meinst. Es wäre durchaus möglich. Eine unheilige Allianz, wenn du mich fragst.«

Unheilig?, dachte Corwain. Eine seltsame Wortwahl.

»Und die Gegenleistung?« Solace trat vor, bis sie neben Corwain stand. Sie hatte sich einen Umhang über die Schultern geworfen, und der glitzernde Stoff knisterte leise, als sie darunter schauderte. »Was bekommen Mahé und Incera für ihre Hilfe?«

»Gute Frage«, kommentierte das Schiff. »Ich nehme an, die Antwort wird der Kompetenz nicht gefallen.«

»Technik?«, fragte Corwain. »Fremde Technologie aus dem Kosmotop?«

»Der Sucher …«, sagte Solace und deutete auf das Pfeilschiff. »Sucht er uns?«

»Er hat es auf uns abgesehen, ja. Oh, das hatte ich ganz vergessen«, erwiderte das Schiff. »Nach der Aufnahme der beiden anderen Schiffe hat der Verfolger beschleunigt. Er wird uns in zehn Minuten erreichen, wenn ich nicht drastische Maßnahmen ergreife.«

»Damit meinst du …?« *Ping* Ist dir klar, was Solace davon halten wird?

»Ich fürchte, ja.« *Ping* Das beantwortet beide Fragen.

Solace sah Corwain groß an. »Nein«, sagte sie.

»Es lässt sich leider nicht vermeiden«, betonte das Schiff in einem mitfühlenden Ton. »Ich muss einige Manöver fliegen, die bis an die Grenzen der strukturellen Belastbarkeit führen. Ohne Schutz würden die Körper biologischer Wesen zu Brei zerquetscht.«

»Das ist sehr plastisch ausgedrückt, danke«, sagte Corwain. Er legte den Arm um Solace. »Es ist unumgänglich, Sol.«

Das Brummen und Summen des Resonators veränderte sich. »Ich schlage vor, ihr begebt euch sofort in den Gelraum. Der Verfolger ist erneut schneller geworden und wird uns in vier Minuten erreichen, wenn ich nicht sofort etwas unternehme.«

»Ich *hasse* das«, sagte Solace, als sie den Kontrollraum verließen. »Ich habe dabei das Gefühl, zu ersticken und zu sterben.«

»Ich weiß, Sol, ich weiß. Aber die Alternative dürfte noch unangenehmer sein. Oder möchtest du in die Gewalt der Incera geraten?«

Ihr Umhang knisterte erneut, noch lauter als zuvor.

Ein kleiner Tod, bewusst erlebt, zumindest von Corwain, dessen Klone an das Gel gewöhnt waren. Solace hatte vom Adju ein Sedativum bekommen und trotzdem geschrien, solange sie schreien konnte – bis das Gel ihre Lunge füllte, bis die Abwehrreflexe des Körpers nachließen und er begriff, was das Hirn wusste: Das Gel, das sich anschickte, alle Hohlräume des Körpers auszufüllen – ein Teil davon durchdrang das Gewebe und umgab Zellen mit schützenden Nanomembranen –, tötete nicht, sondern bewahrte das Leben, indem es den Druck ausglich, während das Schiff den Kurs änderte, mit deaktivierten Kompensatoren und Absorbern, um die gesamte Energie in den Resonator und die Strukturfelder zu leiten, die verhinderten, dass die *Atiyeh* – eine zarte Blume mit silbernen Blütenblättern – bei den waghalsigen, brutalen Manövern mit tausend und mehr g auseinanderbrach. Und dann, als Solace den kleinen Tod gestorben war, als das Gel sie umhüllte und ausfüllte, und kurz bevor das darin enthaltene Anästhetikum wirkte, sagte sie mit klaren, vom Gel ein wenig gedämpften Worten: »In der Kognition, Corwain … Ich habe ein Kind gesehen.«

»Ein Kind?«, erwiderte Corwain benommen und stellte sich vor, wie das Schiff durch All und Membranen sprang, auf der Flucht vor einem Verfolger, der vielleicht aus dem Kosmotop kam, an Bord Mahé, die sich an ihm rächen wollten.

»Mit dem Gesicht voller Blut …«

Die Stimme wurde undeutlicher, was vielleicht daran lag, dass die Dichte des Absorptionsgels zunahm. Oder das Betäubungsmittel war der Grund.

Ein Kind, das Gesicht voller Blut, dachte Corwain und fühlte, wie seine Gedanken zerfaserten. Eine Metapher? »Hier gibt es keine Kinder«, erwiderte er und glaubte, mit dem ganzen Körper zu spüren, wie sich die von seinen Stimmbändern geschaffenen Vibrationen im dichten Gel ausbreiteten. »Bei uns Letzten gibt es sie schon lange nicht mehr. Schlaf, Sol, schlaf.«

Er bekam keine Antwort; Solace schlief bereits.

25

Corwain hatte erneut den Boden eines Asteroiden unter den Füßen, aber es war ein toter Himmelskörper, voller Staub und Krater, die Oberfläche dem kalten All ausgesetzt. Kalt waren auch die Sterne am schwarzen Himmel, ihr Licht so schwach, dass Corwain unter normalen Umständen nicht einmal die Hand vor Augen gesehen hätte. Die Sensoren des Schutzanzugs übermittelten ihre Daten der Nadel in seinem Rückgrat, und von dort aus erreichten sie ohne weitere Umwege das Gehirn. Das Ergebnis war die Illusion, den Asteroiden, auf dem die *Atiyeh* gelandet war, mit den eigenen Sinnen wahrzunehmen, obwohl er in Wirklichkeit in stockfinsterer Nacht stand und das sensorische Instrumentarium des Schutzanzugs benutzte. Bei Solace war die Illusion vielleicht nicht ganz so perfekt, da ihr eine Nadel fehlte; sie empfing die Daten ihrer Sensoren mithilfe chemoelektrischer und endokriner Stimulation.

Links von ihnen stand das Schiff in der Mulde eines Kraters, wie ein sonderbares kristallenes Gewächs, das aus dem Fels des Asteroiden wuchs. Aber es war eine beschädigte Pflanze: An einigen Stellen hatte sich der silberne Glanz getrübt, und Risse durchzogen mehrere Blütenblätter. Ein Teil des autonomen Schwarms, der hier in der Oortschen Wolke eines namenlosen Sterns am Rand des Perseus-Arms für die Koryphäen Material sammelte und zu modularen Elementen für Elaborationskerne und Denksegmenten verarbeitete, umschwirrte das Schiff, reparierte es und stattete es mit neuen Komponenten aus.

»Sie sind irgendwo dort oben«, sagte Solace. »Die Mahé und die anderen. Sie suchen nach uns, geben nicht auf.«

Corwain wusste, dass sie ihn nicht ohne Grund gebeten hatte, das Schiff zu verlassen. Mikrogravitatoren erleichterten ihnen die Bewegung in der niedrigen Schwerkraft des Asteroiden, als sie sich noch etwas weiter von der *Atiyeh* entfernten und mit ihren Schritten Milliarden Jahre alten Staub aufwirbelten.

»Sie werden uns nicht finden«, erwiderte Corwain. »Die vielen Signaturen des Schwarms sorgen für genug Ablenkung.«

»Wir können nicht für immer hierbleiben.«

»Aber lange genug für die Reparatur der *Atiyeh*. Sie bekommt sogar einen neuen Resonator.« Er deutete nach oben, als sich ein neuer Teilschwarm näherte, aus der Ferne gesehen eine amorphe, wogende Masse, in ihrer Mitte mehrere Objekte, die zu einem Zylinder zusammenwuchsen, als sich die Wolke dem Schiff näherte. »Wir können uns für privilegiert halten, Sol. Dies ist eine Ressourcenquelle der Koryphäen; nur wenige ›Ephemere‹ bekommen Gelegenheit, einen Blick auf so etwas zu werfen.« Er sprach, um sich abzulenken, und vielleicht auch, um Solace daran zu hindern, das auszusprechen, was sie sagen wollte. »In dieser Oortschen Wolke sind Milliarden von autoadaptiven, sich selbst replizierenden Maschinen unterwegs, ein gewaltiger, aber dünn zwischen all den Asteroiden und Kometen verteilter Schwarm, mit einfacher Intelligenz ausgestattet und beauftragt, alle verwertbaren Materialien abzubauen und daraus Komponenten für die Maschinenintelligenzen im galaktischen Kern zu konstruieren. Jael-cres zeigt uns das bestimmt nicht aus freien Stücken. Vermutlich blieb ihm keine andere Wahl, als sich hierher zurückzuziehen, um dem Verfolger zu entgehen, und bestimmt sehen wir hier nur den Teil der Ressourcenquelle, der kaum Geheimnisse preisgibt. Die Produktions- und Replikationsbereiche befinden sich wahrscheinlich tiefer im Trümmer-Halo, der den anderthalb Lichtjahre entfernten Stern umgibt. Zweifellos ein gutes Versteck. Die vielen Signaturen schützen uns vor Entdeckung, und wer auch immer der Verfolger ist: Er wird sich nicht ohne Weiteres in den Schwarm wagen, der ihn für einen besonderen Leckerbissen halten und versuchen könnte, ihn zu assimilieren. Außerdem müsste er befürchten, durch gegen den Schwarm gerichtete Aktionen mit den Koryphäen in Konflikt zu geraten.«

»Du redest und redest, aber denkst du auch?«, fragte Solace.

Ich denke zu viel, dachte Corwain, sah zu den Sternen hoch und hielt nach dem Verfolger Ausschau, von dem er wusste, dass er ihn auch mit den Sensoren des Schutzanzugs nicht wahrnehmen konnte. Ich denke und denke, und die Gedanken füllen meinen Kopf, bis er zu platzen droht. Aber davon weißt du nichts, Sol, du kannst es dir nicht vorstellen, denn du hast nur dieses eine Leben und wirst nie ein anderes bekommen.

»Es gibt zwei Möglichkeiten für uns«, sagte Solace.

Zwei?, dachte Corwain. Ist es nicht nur eine? »Ja?«

Solace trat ein wenig näher, und der alte Staub geriet in Bewegung, stieg in der geringen Schwerkraft auf, als wollte er sie mit einem Schleier umgeben. »Die Mahé werden nicht aufgeben, und die Incera haben es schon immer auf euch Letzte Menschen abgesehen.« Sie sprach mit ruhigem Nachdruck. »Selbst wenn wir diesem Verfolger entkommen … Es wird andere geben, und irgendwann werden sie dich – uns – erwischen.«

Corwain atmete tief durch.

»Lass mich aussprechen«, sagte Solace schnell. »Die erste Möglichkeit: Wir begeben uns an einen sicheren Ort.«

Corwain erinnerte sich. »Jael-cres hat vorgeschlagen, dass wir auf der Erde bleiben.«

»Die Erde ist ein Grab, modrig und *dunkel!*«, rief Solace in ihrem Helm. Einige Schwarmmaschinen flogen wie schwarze Insekten über sie hinweg. Corwain schenkte ihnen keine Beachtung, betrachtete Solace' Gesicht hinter dem Helmvisier und fragte sich, warum sie in dieser Dunkelheit, in der Finsternis des Asteroiden, keine Angst hatte. Lag es an der Stimulation ihrer Sinne, die sie mehr sehen ließ? Oder verbarg sie ihre Furcht? »Es muss einen anderen Ort geben, der uns Sicherheit bietet, geschützt von den Koryphäen oder der Kompetenz.«

»Das ist die erste Möglichkeit«, sagte Corwain, als Solace schwieg. »Und die zweite?«

»Weißt du das wirklich nicht? Haben sich deine Augen geweigert, das Offensichtliche zu sehen?«

Corwain seufzte leise. »Du meinst das Kosmotop.«

»Natürlich meine ich das Kosmotop! Darum die Geheimhaltungsstufe eins! Darum haben sich die Kurslinien getroffen. Die Veritas ist im Kosmotop, und wenn sie bestätigen soll, dass dich keine Schuld trifft, dass du die Wahrheit sagst …«

»Dann müssen wir ihr folgen, ins Kosmotop.«

»Ja.«

Corwain blickte dorthin, wo die *Atiyeh* repariert wurde. Von hier aus gesehen war das Schiff hinter und unter dem Kraterrand verborgen, aber er zweifelte nicht einen Moment daran, dass es sie hören konnte, wenn es wollte. Es war eigentlich sinnlos, dass sie über den Asteroiden wanderten, um ein »privates« Gespräch zu führen; das sollte Solace wissen.

Ping (Krrr).

Ein unangenehmes Rauschen und Knistern hallte durch

Corwains Bewusstsein. Er fuhr die Kommunikationsfunktion der Nadel ein wenig herunter.

»Rahel Rahelia, deine Master-Schwester«, sagte Solace. »Sie ist entweder freiwillig ins Kosmotop geflogen, wie damals Tsertser und Jaels Gesandter, oder sie wurde von Suchern entführt. Vielleicht von Suchern in Zusammenarbeit mit Mahé und Incera.«

Hatte die Kompetenz deshalb die höchste Geheimhaltungsstufe angeordnet? Damit der Zwischenfall nicht bekannt wurde, wodurch es vielleicht zu Konflikten mit dem Kosmotop – von Mahé und Incera ganz zu schweigen – gekommen wäre? Was auch immer dahintersteckte: Rahel Rahelia Kinmaster war seine einzige Chance für eine vollständige Rehabilitierung. Wenn sie sich wirklich im Kosmotop befand, und wenn er beschloss, ihr nicht dorthin zu folgen ... Dann bestand die einzige Alternative tatsächlich darin, irgendwo einen sicheren Ort aufzusuchen und dort zu warten, in der Hoffnung, dass sich die Lage beruhigte und die Mahé ihren Blutracheschwur vergaßen.

Ping (Krrrkkrr).

»Vielleicht hat sich die Veritas deshalb auf den Weg zum Kaldorn-System gemacht«, fügte Solace hinzu. »Weil sie wusste, dass das Kosmotop dort erscheinen würde. Weil sie durch die Barriere des Ereignishorizonts wollte.«

»Warum, fragt man sich«, sagte Corwain.

»Die Frage ist irrelevant, derzeit.«

Ping (Koryphäencode. Kommunikationsaktivität, nicht entschlüsselbar).

Corwain sah nach oben und beobachtete ein Aufblitzen, ein kurzes, kleines Licht zwischen den fernen Sonnen, wie ein neuer Stern, dessen schwacher Schein sofort wieder verschwand.

»Wir wissen nicht, ob Jael-cres bereit wäre ...«

»Nein«, unterbrach ihn Solace. »Wir wissen nicht, ob *du* bereit bist. Hier ist eine Entscheidung, die getroffen werden muss, aber du willst sie nicht treffen.«

Sie hat recht, dachte Corwain und bemerkte ein neuerliches Aufblitzen in der Nacht über ihnen. Ich habe es die ganze Zeit über gewusst und mich vor der Entscheidung gedrückt.

Ping Ich störe euch nur ungern, aber ihr solltet jetzt besser zurückkehren, sagte das Schiff.

Ping Was ist los?, fragte Corwain.

Solace hörte nichts und sagte: »Zwei Möglichkeiten, Corwain. Entweder folgen wir der Veritas ins Kosmotop, oder wir verstecken uns an einem sicherem Ort, vielleicht für lange Zeit.«

Ping Der Verfolger hat etwas in die Oortsche Wolke geschickt, antwortete das Schiff. So etwas wie Antischwärmer. Er scheint bereit zu sein, sich wegen uns auf eine Auseinandersetzung mit einer Ressourcenquelle der Koryphäen einzulassen.

Wieder blitzte es am schwarzen Himmel, und diesmal war es kein blasser Punkt mehr, sondern ein helles Aufleuchten, das die Sterne in seiner Nähe überstrahlte.

»Was bedeutet das?«, fragte Solace.

»Wir müssen zurück zum Schiff.« Corwain ergriff ihre Hand. »Der Verfolger kommt.«

Sie fuhren ihre Gravitatoren ein wenig herunter, reduzierten damit ihr Gewicht und setzten mit weiten Sprüngen über die öde Landschaft hinweg. Der Krater mit der *Atiyeh* kam schnell näher.

»Eine Entscheidung, Corwain«, drängte Solace. »Wir können nicht länger warten.«

Corwain sah zum Himmel hoch und hielt dort nach verdächtigen Bewegungen Ausschau. Als er nach einigen Sekunden noch nicht geantwortet hatte, sagte Solace: »Schiff, Jael-cres, ich möchte dich etwas fragen …«

»Ich weiß, Solace, ich weiß«, ertönte es aus ihren Helmlautsprechern. »Ich habe alles gehört.«

»Hast du gelauscht?« Sie sprangen über einen Felsen, dem sie zuvor ausgewichen waren. Vor ihnen öffnete sich der Krater, und dort stand die silberne Blume der *Atiyeh*. Noch immer arbeiteten einige Schwarmmaschinen an ihrem Rumpf, aber der neue Resonator war inzwischen eingebaut, und es gab keine Risse mehr in den wie Blütenblätter aussehenden Segmenten.

»Ich habe nicht gelauscht, sondern gehört, womit ich eure Telemetrie meine, und auch die Kommunikationssignale darin«, erwiderte Jael-cres. »Ich habe keine Ohren, die ich verschließen kann. Und ihr seid schwache, empfindliche, leicht verletzbare organische Ephemere. Es wäre verantwortungslos von mir, nicht über euch zu wachen.«

»Wenn du alles gehört hast, dann weißt du auch, worum es geht«, sagte Solace fast trotzig. Die nächsten Sprünge, jeder von ihnen sieben oder acht Meter weit, brachten sie über den Kraterhang nach unten. »Bist du bereit, uns zu helfen?«

Ich überlasse es ihr, dachte Corwain. Was ist los mit mir? Bin ich feige geworden? Fehlt mir plötzlich die Kraft, eine Entscheidung zu treffen?

Vor ihnen öffnete sich die untere Luftschleuse der *Atiyeh*. Licht erfüllte den kleinen Variform-Raum, der für sie beide gerade Platz genug bot, und verscheuchte die draußen lauernde Dunkelheit. Ein letzter Sprung brachte sie hinein.

Das Außenschott schloss sich hinter ihnen; Luft strömte in den kleinen Raum.

»Helfen wobei?«, fragte das Schiff unschuldig.

»Du weißt mehr als wir, Jael-cres«, sagte Corwain; er sprach in den Helmkommunikator, damit Solace ihn ebenfalls hörte. »Ich nehme an, du bist auch in geheime Dinge eingeweiht.«

Das Innenschott glitt beiseite, als der Druckausgleich hergestellt war. Corwain schob das Visier nach oben, und der Helm klappte nach hinten, verlor dabei seine Starrheit. Der neue Resonator summte; vermutlich waren sie bereits gestartet.

»Über Geheimes kann ich natürlich keine Auskunft geben«, sagte das Schiff.

»Natürlich nicht. Ich möchte dich noch einmal nach deiner Meinung fragen, Jael-cres.«

»Ja?«

Eine Erschütterung ging durchs Schiff, und ein disharmonischer Ton stahl sich ins Summen des Resonators.

»Das war knapp«, sagte das Schiff. »Entschuldigung. Übrigens ... Ihr nehmt den falschen Weg. Es hat keinen Sinn, wenn ihr den Kontrollraum aufsucht. Die Umstände zwingen mich zu einem Nottransit, und das bedeutet ...«

»Nein!«

»Ich fürchte, es lässt sich nicht umgehen, liebe Solace.«

»Der Gelraum, ein zweites Mal ...«

»Wenn ich euch darum bitten darf ...«

»Nein!« Aber Solace folgte Corwain, als er die Richtung änderte und zum Raum mit dem schützenden Absorptionsgel eilte. Um sie herum erzitterte die *Atiyeh,* und aus dem Summen des neuen Resonators wurde ein Heulen.

Im Gelraum angekommen, streiften sie hastig die Kleidung ab.

»Deine Meinung, Jael-cres«, sagte Corwain.

»Ich bin im Augenblick ziemlich beschäftigt ...«

»Keine Ausflüchte. Basierend auf deinen Kenntnissen ... Glaubst du, dass sich die Veritas im Kosmotop befindet? Was ist deine fundierte Meinung?«

»Du bringst mich da in eine schwierige Situation, Pazifikator ...«

»Ich möchte nur deine *Meinung* hören.«

»Nun gut«, erklang es aus der internen Kommunikation, während sich das Zimmer mit farblosem Gel zu füllen begann und sich Solace' Gesicht in eine Fratze des Abscheus verwandelte.

»Wenn du meine *Meinung* hören willst … Ich bin davon überzeugt, dass sich die Veritas tatsächlich im Kosmotop befindet. Alle Indizien deuten darauf hin. Ich bin mir nur nicht sicher, ob sie von Suchern entführt wurde oder aus eigenen Stücken durch den Ereignishorizont flog.«

»Na schön.« Corwain holte tief Luft, solange er noch konnte. »Wärst du bereit, ihr zu folgen und uns ebenfalls ins Kosmotop zu bringen?«

Die Schiffsstimme veränderte sich ein wenig. »Ich habe diese Frage natürlich erwartet, und die Antwort lautet …«

Ein Donnern ging durch die *Atiyeh,* als hätte ein gewaltiger Hammer den Rumpf getroffen. Das Schwerfeld verschob sich kurz, und Corwain schwankte. Solace reckte den Hals, um noch etwas länger atmen zu können.

»Die Antwort, Jael-cres«, drängte er.

»Sie lautet – ja. Ich kann euch doch nicht im Stich lassen, oder? Außerdem bietet sich vielleicht Gelegenheit, dem Gesandten zu begegnen, der vor siebzehn Jahren ins Kosmotop wechselte, um dort mit den Lenkern und Entscheidern zu sprechen. Er kann möglicherweise erklären, warum mein Seeder-Vater seit all den Jahren schweigt.«

»Gut.« Die Entscheidung war getroffen, der Weg festgelegt. Es blieb nur noch eins. »Bevor wir zum Kosmotop fliegen, setzen wir Solace an einem sicheren Ort ab, und dann …«

»Ausgeschlossen!«, rief sie. Die Sirmionerin stand auf den Zehenspitzen, ihr Gesicht dicht über dem Gel. »Ich komme natürlich mit, garantiert. Du wagst es besser nicht, mich zurückzulassen.«

»Das klingt ziemlich resolut, wenn du mich fragst«, kommentierte das Schiff.

»Sol …«

»Kein *Sol.*« Sie spuckte, als ihr erstes Gel in den Mund geriet. »Ich komme mit, Schluss und Ende. Keine Diskussion.«

»Es gibt noch keinen endgültigen Beweis dafür, dass eine Rückkehr aus dem Kosmotop möglich ist«, sagte Corwain.

»Eben!«, zirpte Solace. »Eben. Soll ich vielleicht hundert Jahre oder länger auf dich warten? Mein ganzes Leben? Nie und nie! Ich komme mit, Gespräch beendet. Ach, und jetzt sterbe ich noch einmal.«

Sie kippte nach hinten, und das Absorptionsgel nahm sie auf, drang ihr in Mund, Nase und Ohren. Corwain sah das Entsetzen in ihrem Gesicht, als sie nach Luft schnappte und stattdessen Gel in die Lunge geriet, aber nach wenigen Sekunden wich es Erleichterung.

»Wenn du so weit bist, kann ich die notwendigen Manöver einleiten«, sagte das Schiff.

»Zum Kosmotop«, sagte Corwain.

»Ja, ohne Umwege.«

Corwain ließ sich ins Gel sinken und starb einen kleinen Tod, der ihm nichts ausmachte, denn er hatte siebzehn große hinter sich.

CODE V

DIE VERITAS

Die *Conzilia* driftete, leckgeschlagen und nur mit Restenergie, von den Waffen des eine halbe Lichtsekunde entfernt erschienenen Schiffes beschädigt und besiegt, aber nicht vernichtet.

Das Muster war erhalten geblieben, stellte Rahel Rahelia $_{29}$Kinmaster erleichtert fest. Verändert an der Peripherie, nicht aber in seiner Grundstruktur. Sie lebte, und man *wollte* sie lebend, wie sie es vorhergesehen hatte. Während sie, in einen Schutzanzug gehüllt, im kleinen Kontrollraum der manövrierunfähigen *Conzilia* darauf wartete, dass die Angreifer an Bord kamen und sie holten, öffnete sie das innere Auge so weit wie möglich und versuchte, sich noch einmal einen Überblick zu verschaffen. Was sie sah, war wie ein Mosaik aus mindestens einer Million Steinen, die ständig Position, Farbe und Beschaffenheit veränderten, die mit ihren Bewegungen alle anderen Steine und deren Bewegungen beeinflussten: ein komplexes, kompliziertes Bild, in einem ständigen Wandel begriffen, mit einem Kern, den es zu stabilisieren galt. Rahelia fühlte, wie sehr die neue Rolle an ihrer Kraft zehrte – die aktive Beeinflussung der Muster, vor allem bei den nonkausalen Verknüpfungen, war überaus anstrengend. Die Mahé, die verhassten Scummer, die Koryphäen mit ihrer Algo-Stochastik, Kallisto und die Kompetenz, die schwer einzuschätzenden Kräfte innerhalb des Kosmotops, einige andere galaktische Mächte, die den Unabhängigen zugerechnet wurden, unter ihnen die rätselhaften Dagher aus dem Randbereich des Scutum-Centaurus-Arms und die mit ihnen assoziierten kleineren Völker –

sie alle bewirkten immer wieder teilweise massive Veränderungen des Bilds, und bisher war es Rahelia gelungen, die für ihre Pläne notwendige Stabilität zu gewährleisten. Doch jetzt begann eine kritische Phase, denn von nun an war ihr Bewegungsspielraum begrenzt, was bedeutete, dass sie nur noch sehr beschränkt ins allgemeine Geschehen eingreifen konnte. Sie hatte kleinere Muster in Bewegung gesetzt, damit das größere auch dann der richtigen Entwicklungsrichtung folgte, wenn sie selbst, zumindest vorübergehend, passiv blieb.

Sie hörte nichts – durch mehrere Risse im Rumpf war die Luft entwichen –, aber Vibrationen im Boden verrieten die Nähe der Angreifer, und die wenigen mit Restenergie funktionierenden Sensoren bestätigten, dass sich Eindringlinge dem Kontrollraum näherten. Rahelia glaubte zu wissen, wer da kam, wer es auf sie abgesehen hatte. Gleich erhielt sie entweder eine Bestätigung dafür, dass ihre Vorbereitungen präzise genug gewesen waren, oder die Realität zeigte ihr, dass sie etwas übersehen hatte.

Ein dumpfer Schmerz kroch durch Nacken und Hinterkopf, hervorgerufen von Anspannung. Selbst wenn sich die Ereignisse in den gewünschten Bahnen entfalteten – manche Details ließen sich nicht vorhersagen. Unter den Individuen, die den kleinen Kontrollraum inzwischen fast erreicht hatten, konnte jemand sein, der sich von seinem Hass auf die Letzten Menschen blenden ließ.

Eine Gravitationsfaust versetzte der Tür einen so heftigen Schlag, dass sie aufflog und sich fast aus ihrer Verankerung löste. Einige Syntho-Splitter jagten wie kleine Geschosse über Rahelia hinweg.

Mehrere Gestalten kamen herein, und eine von ihnen, breiter als die anderen, hob eine Waffe. Eine andere Hand drückte sie nach unten, gerade noch rechtzeitig – ein blauer Funke sprang aus dem Lauf, traf den Boden und schuf ein Loch von fast einem halben Meter Durchmesser.

Die chemischen Lichtzellen im Kontrollraum funktionierten noch, und in ihrem schwachen Schein sah Rahelia die Gesichter hinter den Helmvisieren der Angreifer. Eins bestand aus hellen Schuppen und wurde von großen Augen dominiert; hinzu kamen verschlungene Mahé-Symbole auf dem Kampfanzug, die eine Identifizierung erleichterten.

Sie schaltete ihren Kommunikator auf die allgemeine Frequenz. »Duha Sibal, wenn ich mich nicht sehr irre.«

»Großthan Sibal«, antwortete der gut zwei Meter große Mahé. Hinter ihm standen zwei andere Mahé, etwas kleiner als er und in dunklere Kampfanzüge gekleidet. Und die breite Gestalt neben ihm …

Ihr Gesicht bestand aus einer in mehrere Segmente unterteilten Hornplatte, und dort, wo man die Augen erwartete, glänzten Sensoren. Am Hals erkannte Rahelia mit dem Kontext-Zerebellum verbundene Gedächtnisknospen. Ein Scummer, ein Incera, und offenbar ein Krieger, stark genug, selbst den kräftigen Sibal und die beiden anderen Mahé fortzustoßen und erneut zu schießen. Aber er beherrschte sich, als die Hand des Großthans von seiner Waffe wich, und Rahelia spürte, wie sich ein Teil ihrer Anspannung auflöste. Die Muster stimmten, und der Rachsüchtige hatte sie nicht getötet. Sie lebte, und das stabilisierte die vorgesehenen Entwicklungstendenzen.

»Sie sind Rahel Rahelia $_{29}$Kinmaster?«, fragte Sibal, obwohl er natürlich Bescheid wusste.

»Ich bin die Veritas, ja«, bestätigte sie und machte sich daran, das flexible Sicherheitsgeflecht zu lösen, das sie am Sitz festhielt.

»Einer der Letzten Menschen«, zischte der Incera. »Noch dazu ein Master.«

»Gerade deshalb ist die Veritas so wichtig für uns, Qir-Alram-Alkar«, sagte Sibal. Rahelia hatte sich lange genug mit den Incera und ihren Traditionen befasst, um den Namen deuten zu können.

Übersetzt lautete er *Einer der Starken*. Ein Krieger, ja, und offenbar jemand, der die Ahnenfolge der Schwarm- und Kriegermütter weit zurückverfolgen konnte, vielleicht bis zu Jaz-Alram-Alkar, dem *Letzten der Starken,* der einst an Bord einer alten Raumstation der Incera zwischen Milchstraße und Großer Magellanschen Wolke erwacht war und ein neues Kriegergeschlecht gegründet hatte.

Ohne das Sicherheitsgeflecht schwebte Rahelia in Schwerelosigkeit. Der Ausfall der Energieversorgung bedeutete auch, dass es an Bord der *Conzilia* keine künstliche Gravitation mehr gab, zumindest nicht für sie – Sibal und seine Begleiter bewegten sich im Innern individueller Gravfelder.

Plötzlich erbebte das Schiff, schien von einer riesigen Hand gepackt und geschüttelt zu werden. Rahelias Finger lösten sich von der Rückenlehne des Sessels, und sie schwebte nach oben, zur Decke des Kontrollraums. Duha Sibal gab einem der beiden anderen Mahé ein Zeichen. Der Betreffende veränderte sofort die Konfiguration seines Gravfelds, stieg auf und fing die Veritas wie einen exotischen Vogel ein.

»Ich nehme an, das war ein Gravitationsbeben«, sagte sie. »Das Kosmotop ist hierher unterwegs. Vielleicht kommt es schon aus dem Sprung.«

Der Großthan vollführte eine zustimmende Geste. »Sie sind die Veritas. Sie kennen die Zukunft.«

Rahelia seufzte übertrieben laut. »Der Fehler wird immer wieder gemacht. Man sollte meinen, dass ich Zeit genug hatte, mich daran zu gewöhnen, aber das ist nicht der Fall. Ein Pattern-Master sieht nicht die Zukunft, er sieht Entwicklungsmuster.«

Hinter dem Helmvisier verzog sich Duha Sibals Mund zu einem kalten Lächeln. »Und er kann sie beeinflussen.«

Das kann er, dachte Rahelia. Und dies ist ein Muster, das ich gesehen und vorbereitet habe. Der Gedanke ging ihr durch den

Kopf, während sie Qir-Alram-Alkar beobachtete. Den Sensoren, die seine Augen ersetzten, fehlte natürlich emotionale Ausdruckskraft, aber dennoch spürte sie den Hass des Incera. Sie selbst ließ sich nichts anmerken. Sie behielt ihre Gefühle unter Kontrolle und dachte nur: Dies ist der Anfang von eurem Ende.

»Ich nehme an, deshalb sind Sie hier«, sagte sie und richtete die Worte an den Großthan. Der Mahé, der sie von der Decke des kleinen Kontrollraums geholt hatte, hielt sie noch immer fest.

»Auch das wissen Sie natürlich.« Duha Sibal zögerte kurz. »Fast könnte man meinen, Sie hätten hier auf uns gewartet.«

»Wie sollte das möglich sein?«, erwiderte Rahelia, ohne Ironie in ihren Worten erklingen zu lassen. »Wie könnte ich mich freiwillig in Gefangenschaft begeben, noch dazu in die der Scummer?«

»Das ist ein abfälliger Name, den uns die Menschen gegeben haben.« Qir spuckte die Worte aus. »Wir sind *Incera!*«

»Und Sie sind *meine* Gefangene, Veritas«, sagte Sibal, als sie den Kontrollraum der *Conzilia* verließen. Kurze Zeit später erreichten sie einen geborstenen Hangar, eine klaffende Wunde im Syntho-Leib des Schiffes. Durch den breiten Riss in der Außenhülle konnte man einen anderen Riss sehen, draußen im All, und aus dieser Anomalie in Raum und Zeit kamen die geometrischen Konstrukte, Habitate und Raumstationen des Kosmotops, eingebettet in ein mattes violettes Glühen. Ein pfeilförmiges Schiff schwebte in der Nähe, weder von den Mahé noch von den Incera erbaut, und darüber, wie ein Reiter ohne Sattel, glänzte im Licht der nahen Anomalie etwas, das wie eine große goldene Schneeflocke aussah. »Aber Sie sind es nur für kurze Zeit. Ich übergebe Sie gleich.« Den Worten folgte ein kurzer Blick zu Qir, und Rahelia vermutete, dass er dazu diente, Rang und Priorität zu unterstreichen.

Sie verbarg ihre Erleichterung. Das zentrale Muster, um das es ihr ging, blieb stabil, von all den Veränderungen am Rande unbeeinflusst. Aber es gab noch etwas anderes, und um auch in dieser Hinsicht Gewissheit oder zumindest eine Bestätigung zu erlangen, sagte sie: »Sie wollen mich ins Kosmotop bringen? Einmal in seinem Innern, sind wir horizontgebunden und können es nicht mehr verlassen.«

»Das gilt für Sie, aber nicht für uns.« Duha Sibal, nach den Ereignissen auf Harvinga zum Großthan der Mahé aufgestiegen, berührte ein Instrument an seinem Gürtel, und bei dem kleineren Schiff, das wie eine goldene Schneeflocke aussah, blitzte es auf. Eine Kapsel näherte sich ihnen, transparent wie ein Tropfen klaren Wassers, in ihrem Innern eine Gestalt, die Rahelia aus den Aufzeichnungen der Kompetenz kannte: der humanoide Körper von Hornplatten bedeckt, die wie eine Rüstung wirkten, zwischen ihnen Zylinder, dünne Stangen und an leuchtenden Fäden befestigte Kugeln, das Gesicht mit langen Hautlappen in der unteren Hälfte, darüber die schwarzen Spangen von Gnosis-Komponenten. Mehrere bunte, aus einem seidenartigen Stoff bestehende Stoffbahnen waren um den Körper geschlungen und schimmerten, als sich das Wesen nach der Landung im Hangar – in dessen Resten – aufrichtete und aus der Kapsel trat.

Ein Jassid.

Ein dünner, halbflüssiger Film bedeckte ihn, aus dem gleichen Material, aus dem auch die Kapsel bestand. Ein Schutz vor dem Vakuum?

»Gewünschte Person dies?«, sendete er auf einer Frequenz, die Rahelias Kommunikator empfangen konnte.

Duha Sibal wandte sich ihr zu. »Kaum sind wir uns begegnet, trennen sich unsere Wege auch schon wieder. Sie werden den Jassid begleiten. Aber keine Sorge, Veritas, wir bleiben in Ihrer Nähe. Denn Sie werden uns einen doppelten Dienst erweisen: einen für das Kosmotop, und einen anderen für mich.« Er kam näher, so nahe, dass sie das kalte Licht in seinen Augen ganz deutlich sehen konnte. »Sie werden ein Köder für mich sein und mir helfen, einen Schwur zu erfüllen. Jemand wird kommen, weil er sich Hilfe von Ihnen erhofft, und stattdessen wird er auf mich treffen.«

Damit war auch dieser Punkt geklärt und bestätigt. Corwain
18 Tallmaster, dachte Rahelia, die Duha Sibals Blutracheschwur natürlich kannte. Inzwischen dürfte er in meinem Domizil auf Lundblad und auch auf der Alten Erde gewesen sein. Vielleicht ist er schon auf dem Weg hierher.

DAS KOSMOTOP

26

Corwain schwebt in einem warmen Nichts, es fühlt sich an wie eine Rückkehr in die Gebärmutter, in der er vor langer Zeit reifte, vor siebzehn Leben und ebenso vielen Toden. Dies ist ein sicherer Ort, weiß er, er bietet Schutz, aber wovor er Schutz bietet … daran erinnert er sich nicht.

Ich kann mich nicht erinnern, denkt er. Ich bin und denke und fühle, ich existiere, zweifellos, aber ich erinnere mich an nichts. Wie, fragt er sich verwirrt, kann man nur im *Hier* sein, ohne ein *War* und ein *Wird?* Welchen Sinn hat eine Existenz, die sich immer nur auf den Moment beschränkt und alles auslöscht, was gewesen ist?

Es tut mir leid, ertönt eine Stimme. *Ich wollte euch zurückholen, doch die Umstände zwingen mich zu neuen Ausweichmanövern. Der Verfolger ist sehr schnell, und inzwischen bin ich mir sicher, dass er keinen Schwingungsantrieb verwendet. Er benutzt vielmehr die Sprungtechnik des Kosmotops. Es scheint sich tatsächlich um einen Sucher zu handeln.*

Ein Sucher sucht, denkt Corwain und fühlt ein Zittern in der warmen, weichen Masse, die ihn umgibt, eine Vibration, die wortlos von der Existenz einer anderen Welt berichtet, außerhalb der weichen Wärme. Wonach sucht der Sucher? Und wenn er es findet, was geschieht dann?

Ping Hörst du mich, Corwain?

Die erste Stimme, fast schon wieder vergessen, aber nur *fast,* scheint Teil des Zitterns zu sein, aber diese erklingt in seinem Kopf. Wie seltsam. Seine Erinnerungen funktionieren noch immer nicht richtig, aber eine fremde Stimme im eigenen Kopf … Das scheint nicht normal zu sein. Und es ist nicht das einzige Fremde in ihm. Etwas kriecht in seinen Mund – Mund? – und von dort aus in den Hals. Es beginnt zu saugen, ja, es saugt ihm etwas aus der Luftröhre, und es stopft etwas anderes hinein, sich selbst und noch etwas anderes.

Mit seiner Zeitwahrnehmung stimmt etwas nicht. Alles ist *Jetzt,* und das sollte eigentlich nicht der Fall sein, es sollte eine Differenzierung geben, eine Trennung von den Dingen, die geschehen sind.

Ich kann euch nicht vollständig erwachen lassen, Corwain und Solace, sagt die Stimme. *Ich bedauere die Unannehmlichkeiten sehr, aber leider sind noch immer extreme Flugmanöver nötig. Unmittelbare Gefahr droht keine, aber es könnte sehr unangenehm werden. Die Adjus kümmern sich um euch, habt Vertrauen.*

Vertrauen, denkt Corwain, und das *Hier* dehnt sich aus und berührt Dinge, die ihm vertraut sind, aber eindeutig nicht mehr zum Hier und Jetzt gehören. Die Kompetenz. Er hat für sie gearbeitet, viele Jahrhunderte lang, er hat sich mit seinen Master-Fähigkeiten in ihre Dienste gestellt, voller Vertrauen, doch dieses Vertrauen wurde … missbraucht? Der Gedanke hat den mentalen Klang einer Frage. Die Kompetenz, sie hat ihn fallen gelassen, sie gewährt ihm keinen Schutz – bedeutet das missbrauchtes Vertrauen?

Nein, Solace, er kann dich nicht verstehen, ich glaube, er versteht nicht einmal mich, obwohl ich seinen Hirnfunktionen entnehme, dass er mich hört. Bitte … Oh, einen Moment …

Die weiche Wärme bewegt sich, sie nimmt und kippt ihn, will ihn schütteln, aber es ist ein weiches, warmes Schütteln, und es klappern nicht einmal seine Zähne, weil das saugende Etwas noch immer in seinem Mund steckt und für ihn atmet. Irgendwo sticht etwas, vielleicht in seiner Seite, wo auch immer die sich befindet, aber das Stechen verschwindet sofort wieder. Noch etwas weiter wächst das Jetzt, und dort ist sie, er kann sie vage erkennen, wie ein mattes Licht in der Dunkelheit: die Grenze zum *War*.

Fast hätte es meinen nagelneuen Resonator erwischt, sagt die Stimme. *Kennt einige interessante Tricks, der Verfolger. Nein, sei unbesorgt, Solace, ich schaffe das schon. Beruhig dich. Nein. Dich erwartet kein weiterer »kleiner Tod«, wie du das nennst. Ich lasse euch im gegenwärtigen Zustand. Die Adjus helfen euch. Wehr dich nicht gegen sie. So ist es gut. Was Corwain betrifft ... Ich glaube, er ist verletzt, vor eurem Erwachen ging es ziemlich heftig zu. Nein, es ist nicht schlimm, die Adjus kümmern sich darum. Die kognitiven Probleme? Nachwirkungen des Sedativums im Gel. Gleich ist es überstanden, Solace. Ich gehe jetzt auf volle Beschleunigung und fliege dorthin, wo nach meinen Berechnungen das Kosmotop nach seinem Sprung vom Sektor Amantea vierzehn erscheinen müsste.*

Wieder bewegt sich etwas, und Corwain schwingt mit, wie Teil einer Membran. Der Verfolger ... Er erinnert sich jetzt. Seine Zeitwahrnehmung ist noch immer gestört oder verschoben, wie beim Sex mit Solace, aber es fühlt sich nicht annähernd so angenehm an, es bringt Verwirrung und Orientierungslosigkeit. Er erinnert sich an die Mahé und Incera an Bord eines Suchers aus dem Kosmotop, und sie haben es auf ihn abgesehen, obwohl er doch ein Mann des Friedens ist. Die Mahé haben sich mit den Incera verbündet, und beide lassen sich von einem Suchschiff des Kosmotops helfen, oder sie helfen ihm ... wobei? Ist auch dieses Bündnis »unheilig«?

Corwain?, ertönt die andere Stimme. Ihm fällt ein, wem sie gehört: dem Schiff. *Es tut mir leid, Corwain. Dazu hätte es nicht kommen dürfen. Das schmerzstillende Mittel sollte helfen.*

Er bewegt sich, oder vielleicht wird er bewegt, und das Stechen in der Seite wiederholt sich. Incera, denkt Corwain und lauscht dem Klang des Namens. Fremd und doch vertraut ist er, dieser Name. Er berührt eine Erinnerung, oder sie berührt ihn, Bilder entstehen vor seinem inneren Auge, und er hört andere Stimmen, diesmal kommen sie aus seinem Gedächtnis. Warum werden die Incera manchmal auch »Scummer« genannt?, hat Solace ihn vor Jahren gefragt, kurz nach ihrem Kennenlernen auf Hawerblatt. Es ist ein Begriff aus einer der alten Sprachen, hat Corwain geantwortet. Das Wort kommt von »Scum«, was so viel wie »Abschaum« bedeutet. Vor etwa sechshunderttausend Jahren waren sie ein großes Kriegervolk, das über viele Sonnensysteme in der Großen Magellanschen Wolke herrschte, aber nach den Drei Feldzügen, die Esebian gegen sie führte, blieb nicht viel von ihnen übrig. Ich nehme an, der neue Name sollte den Sieg zelebrieren und neue Vorstellungen von ihnen schaffen.

Ein neuer Name in einer alten Sprache, hat Solace damals gesagt. Warum verwendet ihr noch immer Ausdrücke aus diesen alten Sprachen, wie zum Beispiel das »Master« in deinem Namen?

Vielleicht …

Etwas schüttelt ihn, so fühlt es sich an, etwas packt ihn an den Schultern – und vielleicht nicht nur dort – und schüttelt ihn so heftig, dass er befürchtet, ihm könnten Arme und Beine abfallen, und vielleicht auch der Kopf. Er steckt noch immer in klarem Absorptionsgel, obwohl er es nicht mehr atmet, und sieht deutlich die aufgerissene Seite, das Blut, die zerfetzten Muskeln und Organe, die weißen Knochensplitter. Es ist kein angenehmer Anblick, zumal es sich um eine Seite seines eigenen Körpers handelt.

Es tut mir leid, sagt die Stimme, das Schiff. *Aber keine Sorge, das kriegen wir wieder hin. Hast du gehört, Corwain?* Ping *Hast du gehört? Mach dir keine Sorgen. Wir bringen das in Ordnung, und anschließend bist du wie neu, oder fast.*

Für einige Sekunden weicht die Benommenheit fast ganz von ihm, und er fragt: *Ist meine Nadel in Ordnung? Hast du einen Brüter an Bord?*

Das Schiff muss trotz der Flucht in ein Gefecht verwickelt und so stark beschädigt worden sein, dass selbst der Gelraum in Mitleidenschaft gezogen worden ist.

Deine Nadel funktioniert einwandfrei. Und nein, ich habe keinen Brüter an Bord. Ich kann keinen Klon generieren, aber du brauchst auch gar keinen, glaub mir.

Eine weitere Frage fällt ihm ein, und es ist die wichtigste: *Was ist mit Solace?*

Solace ist unverletzt, antwortet das Schiff. *Sei unbesorgt, Corwain,* wiederholt es. *Ich habe uns gut versteckt; die Transitemissionen des Kosmotops verhindern eine Ortung. Hoffentlich sind wir nicht zu nahe.*

Vielleicht halten wir an den Worten aus den alten Sprachen fest, weil wir nicht ganz unsere Wurzeln verlieren wollen, hat Corwain damals gesagt. Sie erinnern uns daran, was und wie wir einmal waren.

Andere Dinge erwachen, und das Zeitgefühl verändert sich erneut. Der endlose Moment, der keinen Platz lässt für Vergangenheit und Zukunft, er schrumpft jetzt, er wird kleiner, er implodiert regelrecht, bis er eine Singularität ohne Ausdehnung zu sein scheint, umgeben von einer Endlosigkeit aus Vergangenem und Zukünftigem.

Etwas bewegt ihn, Adjus vielleicht, und das Schiff sagt: *Falls du mich hören kannst, Corwain … Ich betäube dich jetzt. Hab keine Angst. Meine Servosysteme und Adjutanten kümmern sich um dich.*

Gerade hat er seine Erinnerungen zurückgewonnen, da verflüchtigen sie sich schon wieder, und aus dem klaren Absorptionsgel wird ein diffuses Grau, in dem sich vage Solace' Gestalt abzeichnet. Aber nur für ein oder zwei Sekunden; dann verliert sich alles in Dunkelheit.

27

Die *Atiyeh* steckte halb im Eis eines Kometen, der einsam seine Bahn zog, auf halbem Wege zwischen zwei Sonnen, als könnte er sich nicht für eine von ihnen entscheiden. Servos und Adjus arbeiteten draußen und errichteten einen Brüter, der das vorhandene Basismaterial zu Variform-Komponenten verarbeiten sollte, die für Reparaturen erforderlich waren. Das Angebot ließ leider zu wünschen übrig: Der Komet durchmaß neun Kilometer, bestand aber zum größten Teil aus schmutzigem Eis. Der felsige Kern ließ sich zwar leicht erreichen – eine Bohrung war bereits erfolgt –, doch das Gestein enthielt Bor, Silizium, Aluminium, Titan, Germanium, Phosphor und Schwefel in so geringen Mengen, dass von einem Überfluss an anorganischen Polymeren gewiss nicht die Rede sein konnte. Die Produktion kam langsam voran und ebenso die Reparatur.

»Wo ist er?«, fragte Solace und blickte von einem Sichtfeld zum nächsten.

»Er liegt auf der Lauer«, antwortete das Schiff. »Irgendwo.«

Corwain ließ sich in einen Variform-Sessel sinken, wobei er darauf achtete, seine rechte Seite zu schonen. Ein halborganischer Bioniker steckte unter dem Stoff von Hose und Hemd, nahm die Funktionen von Haut, Muskelgewebe und Knochen wahr. In ihn eingebettet war ein Vlies aus Mikrostimulatoren, die das Wachstum des körpereigenen Gewebes gezielt anregten, ohne dass die Gefahr von krebsartigen Wucherungen bestand. Jael-cres hatte ihm vollständige Heilung in drei Standardtagen versprochen, aber Corwain hoffte, dass der stechende Schmerz, der ihn trotz des Analgetikums immer wieder heimsuchte und Schwäche brachte, vorher nachließ.

»Was hat uns getroffen?«, fragte er, aktivierte die virtuellen Kontrollen, berührte die in der Luft schwebenden Symbole und rief einen Statusbericht ab. Direkt vor ihm bildete sich ein spezielles Displayfeld mit von Daten begleiteten grafischen Darstellungen, die Auskunft gaben über Zustand und Einsatzfähigkeit der einzelnen Schiffskomponenten. Beim Resonator leuchteten mehrere rote Symbole.

»Eine Waffe, die ich nicht kenne«, sagte das Schiff. »Ich bin noch mit der Analyse beschäftigt.«

Corwain zeigte auf die roten Warnzeichen. »Der Resonator war nagelneu.«

»Jetzt ist er es nicht mehr.«

Solace vergrößerte die Sichtfelder, schwenkte den Zoom hin und her. »Du kannst ihn nicht sehen, den Verfolger, nicht einmal, wenn du dir richtig Mühe gibst?«

»Ich gebe mir Mühe, Solace, glaub mir«, erwiderte das Schiff. »Und dass ich den Verfolger nicht sehe, ist ein gutes Zeichen.«

»Warum?«

»Weil es bedeutet, dass er uns ebenfalls nicht sehen kann«, sagte Corwain, beugte sich nach links und verzog das Gesicht, als der Schmerz in seiner Seite neu aufflammte. Ein weiteres über den Konsolen schwebendes Symbol reagierte auf seine Berührung, blähte sich auf und zeigte die Transitemissionen des Kosmotops als ein wirres Durcheinander aus funkelnden Punkten, jeder begleitet von einer kleinen Datenblase, durch die ständig aktualisierte Informationen scrollten.

»Wellen«, sagte Solace und betrachtete die Darstellungen mit großen, gelbbraunen Augen. »Die Emissionen sind wie große Wellen.«

»Das kannst du mit bloßem Auge erkennen?«, fragte das Schiff. »Erstaunlich. Das Kosmotop schiebt beim Überlichtsprung eine Art Bugwelle vor sich her, eine Störungsfront, die Ortungssignale verzerrt. Deshalb sehe ich den Verfolger nicht, und er uns ebenfalls nicht, wie ich hoffe.«

Solace hielt mit neuem Eifer Ausschau. »Ganz sicher bist du nicht?«

»Nein. Der Sucher könnte mit Kompensatoren ausgestattet sein. Vielleicht bemerkt er uns, wenn er nahe genug herankommt, während wir in diesem Emissionssturm blind sind.«

Corwains Finger wanderten durch die virtuellen Kontrollen. »Wo sind wir?«

»Hier.« Ein Sichtfeld spannte sich wie ein Himmel über ihnen und präsentierte das grandiose Feuerrad der Milchstraße. Der Perseus-Arm rückte in den Vordergrund, und blaues Blinken markierte die Position der *Atiyeh*.

»Siebentausend Lichtjahre downstream?«, fragte Corwain erstaunt. »In nur einem Transit?«

»Die fremde Waffe …«, sagte Jael-cres. »Sie hat mich getroffen, als ich in den Nottransit ging. Der Resonator scheint zusätzlich aufgeladen worden zu sein und ist dadurch halb durchgebrannt.«

»Sein Restpotenzial …«

»Ohne Reparatur nur einige wenige Lichtjahre. Ich hoffe, Kosmotop und Verfolger lassen dem Brüter dort draußen genug Zeit.«

Corwain überlegte. »Während wir uns im Gelraum befanden, hast du erwähnt, den nächsten Sprung des Kosmotops berechnet zu haben. Du wolltest uns mit voller Beschleunigung dorthin bringen, wo es erscheint.«

»Das habe ich auch, aber es erschien nicht das ganze Kosmotop, nur der Teil von ihm, der für Orientierung und Navigation zuständig ist.«

Corwain erinnerte sich. »Die Lenker?«

»Ja. Ich wollte uns in den Sprungsog steuern und so Energie sparen, aber dabei traf mich die Waffe des Suchers«, sagte das Schiff. »Und jetzt sind wir hier.«

»Und du bist sicher, dass das Kosmotop hier erscheinen wird?«

»Die Emissionen – die Bugwelle – deuten darauf hin.«

Corwain betrachtete noch immer die Darstellung der Galaxis und merkte, dass er unbewusst nach dem Bioniker an seiner Seite tastete, als sich dort das Stechen wiederholte. Er zog die Hand zurück.

»Siebentausend Lichtjahre downstream«, sagte er nachdenklich. »Wir haben fast die Ausläufer des Sagittarius-Arms erreicht.«

Solace nickte und verstand. »Von hier aus ist es nicht mehr weit bis zum galaktischen Kern mit den Maschinenzivilisationen.«

»Das Kosmotop wird nicht in den Kern fliegen«, sagte das Schiff.

»Bist du sicher?«

»Ja.«

»Warum bist du sicher? Gibt es eine Vereinbarung zwischen den Maschinenzivilisationen und den Lenkern und Entscheidern?«

Das Schiff schwieg.

»Die Sammler halten sich nicht immer an die Vereinbarungen«, sagte Solace. »Darauf hast du selbst hingewiesen.«

»An diese schon.« Nach kurzem Zögern fügte Jael-cres hinzu: »Ich nehme an, das Kosmotop sammelt Bewegungsmoment.«

Corwains Finger glitten wieder durch die virtuellen Kontrollen. Die Darstellungen mehrerer Display- und Sichtfelder veränderten sich, und eins von ihnen zeigte die *Atiyeh* von außen, wie sie halb im schmutzigen Eis des Kometen steckte. Einige der blütenblattartigen Segmente waren geborsten, und im Rumpf, dicht unterhalb des Bugs, zeigte sich eine tiefe Delle, als hätte dort eine riesige Faust zugeschlagen.

»Das sieht gar nicht gut aus«, sagte Corwain. »Was ist mit dem Materialgedächtnis der Variform-Teile, aus denen der Rumpf besteht?«

»Einige von ihnen haben ihre molekularen Erinnerungen verloren«, erwiderte das Schiff. »Ich muss sie ersetzen. Der Brüter wird mir die notwendigen Ersatzteile liefern.«

»Wenn uns genug Zeit dafür bleibt«, sagte Solace ominös. »Ich glaube, ich habe ihn gesehen, den Verfolger.« Sie starrte noch immer in das Schneetreiben aus funkelnden Punkten, das dichter geworden zu sein schien.

»Du hast ihn in den Transitemissionen des Kosmotops gesehen?«, fragte das Schiff erstaunt.

Solace' Augen zeigten ein helles Blau, das Corwain kannte. Es war die Farbe der Kognition. Normalerweise musste sich die Sirmionerin in eine Trance zurückziehen, um ihre besonderen Fähigkeiten zu nutzen, aber diesmal war sie hellwach.

»Eine Störung in den Störungen«, sagte sie leise und betrachtete das wogende Gewirr aus Myriaden leuchtenden Punkten, in dem Corwain nicht die geringste Struktur erkennen konnte. »Eine winzige leere Stelle, wo Strahlung sein sollte.«

»Bemerkenswert«, kommentierte Jael-cres. »Kannst du mir die Stelle zeigen, Solace?«

Das Sichtfeld mit dem funkelnden, glitzernden Durcheinander wuchs und überlagerte die anderen Darstellungsbereiche. Vermutlich wollte das Schiff auf diese Weise Einzelheiten sichtbar machen, aber für Corwain blieb es ein buntes Schneetreiben, das nichts verriet. »Du hast gesagt, dass das Kosmotop Bewegungsmoment sammelt. Für einen großen Sprung, vielleicht zur anderen Seite der Milchstraße?«

»Für einen noch größeren Sprung«, erwiderte das Schiff. »Es gibt schon seit einer ganzen Weile Anzeichen dafür, dass das Kosmotop Vorbereitungen trifft, unsere Galaxis zu verlassen. Die letzten Vektorberechnungen deuten auf den drei Millionen Lichtjahre entfernten Triangulumnebel als mögliches Ziel hin.«

Corwain verzog das Gesicht. »Plauderst du keine Geheimnisse aus?«

»Ich spreche von empirischen Daten, die in zahlreichen öffentlichen Datenbanken zugänglich sind«, sagte Jael-cres.

»Dort!« Solace streckte den Arm aus und deutete auf einen bestimmten Bereich im Gewimmel. Ein Gesteninterface reagierte und hob eine Stelle im schimmernden Chaos hervor.

»Bist du sicher?«, fragte das Schiff. Ohne eine Antwort abzuwarten, fügte es hinzu: »Ich beginne mit passiver Ortung. Ich ...« Es folgte ein Knistern wie von kleinen elektrischen Entladungen. »Der Verfolger ist nicht nur nahe, er ist *fast bei uns*. Notfalldeaktivierung!«

Displayfelder fielen in sich zusammen und verschwanden. Virtuelle Kontrollen erloschen. Brummen und Summen – die *andere,* maschinelle Stimme des Schiffes – wurden leiser, zu einem kaum mehr hörbaren Raunen im Hintergrund. Das Licht schwand, und Solace ächzte leise.

»Sie fürchtet die Dunkelheit, Jael-cres«, sagte Corwain.

Ein Licht kehrte zurück und richtete sich auf die Hybridin, hell genug, um in ihren grün gewordenen Augen zu glänzen. »Danke«, zwitscherte sie und entspannte sich ein wenig. »Was ist mit dem Brüter und den Adjus draußen? Kannst du uns manuelle Kontrollen geben?«

Es knisterte, als die im Variform-Material der linken Wand enthaltenen molekularen Erinnerungen ein Fenster schufen, durch das Corwain und Solace nach draußen sehen konnten. Einige Dutzend Meter neben der *Atiyeh* erhob sich der Dom des Brüters, und dort regte sich nichts mehr. Alle Aggregate waren stillgelegt, und die Adjus standen bewegungslos beim Bohrloch. Corwain neigte den Kopf zur Seite und sah nach oben, zu den Sternen.

»Der Brüter schläft, wie alle meine Hauptsysteme«, sagte Jael-cres. Seine Stimme klang seltsam neutral, ohne die unterschwelligen Emotionen, die ihr zuvor so viel Individualität und Persönlichkeit gegeben hatten. »Mein energetisches Profil ist jetzt minimal, und ich hoffe, dass sich die Restsignatur im Rauschen der Transitstrahlung verliert. Wenn ich euch trotzdem bitten dürfte …«

»Nein«, sagte Solace, vom einen Licht angestrahlt. Es hob ihren Federflaum hervor, ließ ihn dicker und dichter erscheinen. »Nicht noch einmal das Gel.«

»Der Gelraum ist beschädigt«, erwiderte das Schiff sachlich. »Ich muss euch bitten, in den Beschleunigungssitzen Platz zu nehmen. Sie bieten nicht annähernd so viel Schutz wie das Absorptionsgel, aber sie sind immer noch besser als gar nichts.« Nach kurzem Zögern fügte Jael-cres hinzu. »Leider trägst du keine Nadel, Solace. Wir sollten also darauf achten, dich am Leben zu erhalten.«

»Herzlichen Dank!«

Die Sitze vor den Konsolen veränderten Form und Konsistenz, wurden schmaler und länger, entwickelten Polster und ähnelten mehr offenen Kokons. Solace nahm in einem Platz und ließ sich ein Geflecht aus weichen Riemen anlegen. Es waren keine Sicherheitsgurte – die hätten kaum etwas genützt –, sondern kleine Resonanzkörper für trägheitsneutrale Schwingungselemente. Sie konnten Andruckkräfte von bis zu vierzig oder fünfzig g ausgleichen. Was darüber hinausging, war fatal.

Während Solace die vor ihr entstandenen manuellen Kontrollen betätigte und damit Daten von einfachen Anzeigen abfragte, die kaum Energie benötigten, sah Corwain noch immer aus dem Variform-Fenster.

»Wo ist der Verfolger, Jael-cres?«, fragte er. »Und was hast du vor?«

»Er ist weniger als fünfzigtausend Kilometer entfernt und fliegt einen Kurs, der ihn mit einer Minimaldistanz von nur neunhundert Kilometern am Kometen vorbeibringen wird«, antwortete das Schiff. »Er befindet sich *dort*.«

Ein Schatten erschien, ein vager grauer Schemen, nicht am dunklen Himmel über dem Kometen, sondern im restrukturierten Material des Fensters. Seine Position veränderte sich, wenn Corwain den Kopf bewegte; auf diese Weise entstand die Illusion, ein Objekt im All zu beobachten.

»Ich lade den Resonator«, sagte das Schiff.

»Er ist noch immer defekt.«

»Einige Teile sind ersetzt, aber leider nicht alle.« Jael-cres sprach noch immer mit kühler Sachlichkeit; er hatte auch sich selbst heruntergefahren. »Ich bereite einen Nottransit vor.«

»Mit kaltem Resonator?« Corwain wandte sich vom Fenster ab und kroch in den zweiten Beschleunigungssitz. Solace' Finger berührten kurz seinen Handrücken; in ihren Augen lag noch immer das Grün der Sorge.

»Es besteht eine Membranverbindung. Ich sollte also imstande sein, aus dem Stand ein oder zwei Lichtminuten weit zu springen. Was hoffentlich genügt. Der Zeitpunkt ist wichtig, und darüber fehlt mir bedauerlicherweise die Kontrolle.«

»Nur zwei Lichtminuten maximal?«, fragte Solace verwundert. »Oh, ich verstehe. Das Kosmotop!«

»Ja. Es müsste jeden Moment erscheinen. Während der ersten etwa dreißig Sekunden nach jedem Sprung ist die Barriere des Ereignishorizonts instabil, was uns Gelegenheit gibt, sie zu passieren.«

»Und nach diesen dreißig Sekunden?«, fragte Corwain.

»Anschließend wären wir gezwungen, eine der von den Jassid bewachten Strukturlücken zu suchen, und ich fürchte, dafür bliebe uns nicht genug Zeit.«

»Der Verfolger würde uns erwischen«, sagte Solace.

Das Schiff schwieg, und sein Schweigen war Antwort genug.

28

Zeit verging, und Corwain spürte, wie sich seine Wahrnehmung erneut veränderte, wie die Sekunden wuchsen und sich dehnten, als wollten sie zu Minuten oder gar Stunden werden. Solace blickte zusammen mit ihm aus dem Variform-Fenster, und gemeinsam beobachteten sie, wie der Schatten näher kam und dabei nach und nach pfeilförmige Konturen gewann. Corwain fragte sich, ob Duha Sibal zu den Mahé gehörte, die sich an Bord befanden, ob er den Sieg bereits errungen glaubte und sich auf die Rache freute.

Dann schloss sich das Fenster; es wuchs von den Seiten her zu, als Jael-cres eine andere molekulare Erinnerung in dem Variform-Material aktivierte. »Das Pfeilschiff erreicht gleich die kritische Distanz«, sagte das Schiff. »Ich panzere das Schiff mit einer externen Kristallgitterstruktur. Dadurch hält der Rumpf bei einem Treffer einige Sekunden länger stand.«

Einige Sekunden, dachte Corwain. Aber sie könnten über Leben und Tod entscheiden. »Was ist mit deiner Bewaffnung?«, fragte er. »Du bist doch bewaffnet.«

»Bisher habe ich nie Waffen benötigt.« Die Stimme des Schiffes klang entschuldigend. »Ich bin eine Emergenz. Mein Optionenkatalog enthält ein gewisses offensives Potenzial, doch ich brauche volle Energie, um darauf zuzugreifen, und ich weiß nicht, ob noch alle molekularen Erinnerungen funktionieren. Ich ...«

Von einem Augenblick zum anderen war es still. Das Raunen im Hintergrund – das Flüstern der heruntergefahrenen Bordsysteme – wurde noch leiser, und das eine Licht flackerte, verlor an Intensität.

»Sol?«

»Es ist alles in Ordnung, keine Sorge.«

Es ist nicht alles in Ordnung, dachte Corwain, aber er nickte. »Gut. Schiff?«

Keine Antwort.

Einige weitere Sekunden verstrichen, und dann wurde es plötzlich hell; virtuelle Kontrollen leuchteten, und Sichtfelder entfalteten sich über den Konsolen. Ein Ächzen kam vom Rumpf, ein Stöhnen von Syntho und Polymeren, und dann spürte Corwain eine Vibration von den Resonanzkörpern in den weichen Riemen des Sicherheitsgeflechts.

Die *Atiyeh* hatte das Eis des Kometen abgeschüttelt und war ins All gesprungen. Zurück blieben ein Brüter, auf die Produktion von Variform-Elementen programmiert, und mehrere Adjus, die sich um ihn und die Bohrung gekümmert hatten.

Der Resonator heulte und schleuderte das Schiff in den Transit.

»Der Verfolger hat uns geortet und erneut seine Waffe eingesetzt«, sagte Jael-cres. Diesmal gab es wieder emotionale Untertöne; Corwain hörte eine gewisse Befriedigung in den Worten. »Zum Glück bin ich gerade noch rechtzeitig gesprungen.«

Das Schiff schüttelte sich, begleitet von einem lauten Knirschen wie von Syntho kurz vor einem strukturellen Kollaps. »Konvergenzpunkt erreicht. Wie sind eins Komma vier Lichtminuten vom zertrümmerten Kometen entfernt. Ich bringe uns aus dem Transit.«

Das All erschien, ein Tuch aus schwarzem Samt, darauf ausgebreitet die Diamanten, Saphire und Rubine eines kosmischen Juweliers. Aber es war ein zögerlicher Juwelier, der nur einen Teil seines Schmucks zeigte, denn der größte Teil des dunklen Präsentiertuchs blieb leer.

Ping (Aktive Ortung).

»Der Verfolger hat uns erfasst«, sagte Jael-cres und klang dabei ein wenig enttäuscht. »Es ist schneller gegangen, als ich dachte.«

Solace' Hände flogen durch die virtuellen Kontrollen. Neue Displayfelder entstanden und verschwanden wieder. »Wo ist das Kosmotop?« Ein Sichtfeld zeigte ihr erneut die Millionen und Milliarden glitzernder Punkte der Transitemissionen. »Oh …«

Draußen entschied der Juwelier endlich, seine Prachtstücke auf dem schwarzen Samt auszubreiten. Ein Riss zog sich durchs All, rot und violett, wie eine Wunde in Raum und Zeit, und Objekte in allen Formen und Größen schoben sich daraus hervor, wie vor siebzehn Jahren beim Tolomeo-System am Rand der Galaxis. Vielleicht lag es diesmal an einer anderen Perspektive, denn was dort zum Vorschein kam, sah zunächst nicht nach unterschiedlichen geometrischen Strukturen aus – Pyramiden, Kugeln, Zylinder, Oktaeder und andere –, sondern nach Ansammlungen von Kristallen, die das Licht der beiden nahen Sonnen einfingen und es millionenfach verstärkt wieder abstrahlten. Was dort aus dem Raum-Zeit-Riss kam, der noch immer länger und breiter wurde, waren Diademe, Stirnbänder, Haarreife und gewaltige Ketten und Bänder, eine strahlende, gleißende Pracht, die Solace einen begeisterten Ausruf entlockte: »Das ist wunderschön!«

Ein heftiger Schlag traf die *Atiyeh,* und Corwain fühlte sich im Beschleunigungssitz hin und her geworfen. Schmerz glühte in seiner Seite. Für einen Moment befürchtete er, dass der Verfolger wieder das Feuer auf sie eröffnet hatte, doch dann sagte das Schiff: »Wir reiten auf der Bugwelle des Transitschocks. Ich bringe uns zum Ereignishorizont.«

Solace streckte die Hände nach vorn, hinein in die virtuellen Kontrollen, und rief Statusdaten ab. Der Ereignishorizont des aus Tausenden von riesigen Objekten bestehenden Kosmotops erschien als nebliger Schleier vor der *Atiyeh.* Es gab zahlreiche Lücken darin, aber je mehr Objekte durch den blutigen Riss im All kamen, desto kleiner wurden die offenen Bereiche in der

Barriere, die das Innere des Kosmotops vom Rest des Universums trennte.

Wie viele Sekunden sind bereits verstrichen?, dachte Corwain. »Wo ist der Verfolger?«

»Sieben Lichtsekunden hinter uns, und er kommt schnell näher«, sagte das Schiff. »Wir …«

Ping Ping Ping (Code).

Aus einem Reflex heraus hob Corwain die Hand zu den Ohren, obwohl das Signal gar nicht dort erklang.

»Ist das ein Kompetenzsignal?«

»Es befinden sich Trümmer im All vor uns, direkt im Bereich des Ereignishorizonts«, sagte Solace. Ihre Finger strichen durch leuchtende Symbole, und ein Sichtfeld zeigte mehrere dunkle Objekte vor dem grauen Wogen der Barriere.

Ping Ping Ping

Corwain schickte einen gedanklichen Befehl an die Nadel in seinem Rückgrat, aber sie reagierte nicht.

Solace wollte sich vorbeugen, doch das Sicherheitsgeflecht hinderte sie daran. »Signatur von Signalsonde, Code LM.« Sie drehte kurz den Kopf, und ihre Augen glänzten in einer Mischung aus Grün und Gelbbraun, Sorge und Aufregung. »*Mastercode*«, betonte sie.

»Die Veritas?«

Ping Codefrequenz unvollständig, Signatur unvollständig, Mitteilung unvollständig.

»Bestätigung«, sagte das Schiff, während es dem Ereignishorizont entgegenjagte. Fast alle Lücken darin hatten sich geschlossen. In Flugrichtung zeigte sich nur noch eine einzige, wie ein Loch mit fransigen Rändern. »Es handelt sich um einen Code der Letzten Menschen. Corwain, ich brauche Zugriff auf deine Nadel, um ihn zu entschlüsseln.«

Die dreißig Sekunden sind längst vergangen, dachte Corwain und sagte schnell und knapp: »Erlaubnis erteilt.«

Für einen Moment oder zwei war er nicht mehr allein in seinem Körper. Etwas leistete ihm Gesellschaft, eine kühle Präsenz, wie ein Tropfen Eiswasser, der ihm nicht über den Rücken rann, sondern direkt durch die Wirbelsäule, und dann erklang eine Stimme, die er kannte.

»Jassid ... Anflug ... Resonator ausgefallen ... manövrierunfähig, wir werden ...« *Ping* (Statik). »Persönlicher Code ... weiß ... kommen wirst ... LM-Code ...«

Ping Nachricht unvollständig.

»Wir sind da«, sagte das Schiff. »Wir haben den Ereignishorizont ...«

Von einem Augenblick zum anderen herrschte Stille. Das Heulen des relativistischen Antriebs verschwand, ebenso das Summen der Bordsysteme. Die Displayfelder und virtuellen Kontrollen flackerten einmal, dann noch einmal ...

Plötzlich war es stockfinster.

Und in der Dunkelheit bewegte sich etwas, kam auf sie zu.

Solace vertrieb die Stille mit einem Schrei.

29

Corwain setzte sich instinktiv zur Wehr, als ihn etwas ergriff und aus dem Beschleunigungssessel zog. Er trat und schlug, aber das Etwas, das ihn ergriff, nahm alles hin, ohne ihn loszulassen. Solace schrie noch zwei weitere Male, wimmerte dann nur noch und wurde den Geräuschen nach zu urteilen ebenfalls aus ihrem Sessel gezogen.

Vermutlich befanden sie sich schon nicht mehr im Kontrollraum der *Atiyeh,* als Corwain schließlich begriff: Was ihn da zog und halb trug, war kein Geschöpf der Finsternis, kein der

Dunkelheit entsprungener Dämon, sondern ein hilfsbereiter Adju, vermutlich von Jael-cres entsandt.

»Schiff?«

Die *Atiyeh* schwieg, und die lichtlose Schwärze machte die Stille schwerer, schien ihr so viel Substanz zu geben, dass Corwain Mühe hatte zu atmen. Er streckte die Hand aus, um Solace zu berühren und zu beruhigen, erreichte sie aber nicht.

Ping, meldete sich seine Nadel. (Sensorische Überlastung. Signalflut). Rekonfiguration.

»Schiff?« Als er erneut keine Antwort bekam, brodelte plötzlich Ärger in ihm, und er versuchte erneut, sich aus dem Griff des Adjutanten zu befreien.

»Widerstand kontraproduktiv«, sagte die Maschine im Dunkeln. »Notfallprozedur. Verlassen des Schiffes.«

Das ist nicht Jael-cres, der da spricht, fuhr es Corwain durch den Sinn, und er schickte einen Gedanken zur Nadel. *Ping* Kannst du mich hören, Jael-cres? Was ist passiert? Sind wir im Kosmotop?

Er bekam auch diesmal keine Antwort.

»Öffne Schott«, sagte der Adju, und ein *Klong* kam aus der Finsternis. »Schwer. Energieverlust. Widerstand … kontraproduktiv, nicht hilfreich. Notfall.«

Solace wimmerte erneut.

»Licht«, stieß Corwain hervor. »Wir brauchen Licht.«

»Keine … Energie.« Die mechanische Stimme des Adjus wurde immer undeutlicher, und Corwain spürte Kälte, als der Weg durch einen Korridor führte. Die Temperatur im Schiff sank, und zwar schnell.

»Wohin bringst du uns?«, fragte Corwain und bemühte sich, in der Dunkelheit irgendetwas zu erkennen.

»Hangar«, antwortete der Adju. »Rettungskapsel.«

»Was ist mit dem Schiff? Was ist mit Jael-cres? Was geschieht? Warum verlieren wir Energie?«

»Externe Aktivität …«, krächzte der Adju, und so klang es wirklich: nach einem mühevollen Krächzen.

Etwas vor ihnen gab den Weg frei in einen großen Raum, in dem es so kalt war, dass Corwain zu frieren begann.

»Hangar«, schnarrte der Adju. »Notausrüstung. Zeit … drängt.«

Corwain tastete sich durch die Dunkelheit und berührte eiskaltes Syntho. Seine Finger bekamen etwas zu fassen, das sich nach manuellen Kontrollen anfühlte. Ein Fach öffnete sich, darin vertraute Gegenstände. Er suchte schnell, fand einen Stab, drehte das eine Ende …

Bläuliches Glühen tastete sich durch den Hangar der *Atiyeh* und drängte die Dunkelheit zurück. Corwain nahm alles schnell in sich auf: dort die Rettungskapsel in ihrem Gravkatapult vor dem noch geschlossenen Außenschott; der Adju, der ihn festgehalten und geführt hatte, war gerade dabei, die Luke der Kapsel zu öffnen; und Solace, in den Armen eines zweiten Adjutanten, halb zusammengerollt und reglos, die Augen geschlossen.

Corwain war mit einigen schnellen Schritten bei ihr und hielt die Chemolampe so, dass ihr Licht direkt ins Gesicht der Sirmionerin fiel.

»Siehst du, Sol? Es ist nicht mehr dunkel. Du brauchst keine Angst mehr zu haben. Hier, ich habe Licht.«

Aber sie reagierte nicht, sie blieb stumm, hielt ihre Augen geschlossen. »Was ist mit ihr?«, wollte er fragen, doch er selbst verstand die Worte nicht, so sehr klapperten seine Zähne, und außerdem wusste er sehr wohl, was mit ihr war. Um der Furcht vor der Dunkelheit zu entkommen, hatte sie sich in einen Zustand zurückgezogen, der sensorischer Deprivation ähnelte, in eine Art Koma, in dem sie keine von den Sinnen übermittelten Informationen mehr empfing.

Der Boden unter Corwains Füßen bebte so heftig, dass er

beinah das Gleichgewicht verloren hätte und die Rettungskapsel in ihrer Verankerung rasselte.

»Externer Faktor … Rumpf geöffnet, Segment neun«, sagte der Adju und zog die Luke der Kapsel auf. »An Bord – schnell …«

Jemand verschaffte sich gewaltsam Zugang zur *Atiyeh?* Corwain begleitete den zweiten Adju mit Solace zur Kapsel und erinnerte sich an die Struktur des Schiffes. Segment neun befand sich nicht weit vom stummen Resonator entfernt, beim Hauptschwingungsmodul im »Stängel« der Blume, dem energetischen Zentrum.

Der zweite Adjutant trug die starre Solace an Bord der Rettungskapsel und legte sie dort in einen für Verletzte bestimmten Sicherheitskokon.

Corwain hielt noch immer die blaue Chemolampe, als er im linken der beiden Sessel vor der Monoform-Konsole Platz nahm und mit der freien Hand Schaltflächen berührte, die nicht auf den Kontakt mit seiner Haut reagierten. Zuerst dachte er, dass es an der kalten Haut lag. Er behauchte die Finger, in denen fast kein Gefühl mehr steckte, und versuchte es erneut, aber auch diesmal blieben die Anzeigeflächen dunkel.

»Aktivierung blockiert«, sagte einer der beiden Adjus, die bei der offenen Luke standen und keine Anstalten machten, sie zu schließen. »Wir müssen … warten.«

»Warten? Auf was?«

»Aktivierung blockiert«, hieß es erneut. »Systeme … inaktiv, keine … energetische Absorption.«

Nicht nur Corwains Zähne klapperten; es war so kalt geworden, dass er auch am ganzen Leib bebte. Er sah zu Solace in ihrem Sicherheitskokon. Mit angezogenen Beinen ruhte sie dort, noch immer reglos, noch immer mit geschlossenen Augen. Der Federflaum in ihrem Gesicht hatte seine Farbe verloren. Für eine schreckliche Sekunde fragte er sich, ob sie überhaupt noch lebte, doch dann sah er, dass sich ihre Brust langsam hob und senkte. Er wollte die Chemolampe näher an ihr Gesicht halten, doch sie rutschte ihm aus den zitternden Fingern und fiel zu Boden.

»Wir brauchen Licht und Wärme«, brachte er hervor.

»Warten«, antworteten die beiden Adjus.

»Wenn wir noch länger warten, braucht die Rettungskapsel gar nicht mehr zu starten«, ächzte Corwain. »Dann gibt es nichts mehr zu retten.«

Im Hangar rasselte und surrte etwas, und wenige Sekunden später trat eine dritte Gestalt vor die offene Luke der Kapsel, ein wie aus Dutzenden von Funktionskomponenten improvisierter Adjutant mit blass glühenden Indikatoren, unterschiedlich langen Armen, einem schiefen Kopf, nur halb von einer Polymerhaut bedeckt, mehrgelenkigen Beinen, die nur teilweise in einer Hülle aus Syntho steckten, und zwei Instrumentengürteln, die wie archaische Patronengurte rechts und links über die Schultern geschlungen waren. Das Ding, der Adju, erschien als monströser Schemen in der Luke, kam mit einem ungelenken Schritt an Bord und sagte: »Tut mir leid, dass es so lange gedauert hat. Ich hoffe, die Verzögerung erweist sich nicht als fatal.«

»Jael-cres?«, fragte Corwain ungläubig.

»Wen hast du erwartet?«, erwiderte der Adjutant, der das Schiff war – oder sein Gehirn. »Leider bin ich nicht komplett.« Er deutete auf seinen halb geöffneten Brustkasten, in dem mehrere Speicher- und Datenmodule steckten. »Die wichtigsten Teile von mir habe ich dabei, aber ich fürchte, ich muss einige Erinnerungen zurücklassen. Ich habe mehrere Informationspakete codiert und gesendet, in der Hoffnung, dass sie von einem Kommunikationszentrum des Kosmotops empfangen und gespeichert werden. Vielleicht erhalte ich später Gelegenheit, mich zu vervollständigen.«

Ping (Codesignale), meldete Corwains Nadel. Die leise Stimme verlor sich fast in der Signalflut, die die Kommunikationskomponente des Implantats noch immer empfing, ohne etwas mit ihr anfangen zu können.

Einer der beiden Adjus, die auf Jael-cres gewartet hatten, stapfte nach draußen, und der andere schloss die Luke. Jael-cres blieb an der Wand stehen und schien von dort aus die Kontrolle der Kapsel zu übernehmen, denn plötzlich leuchteten die Anzeigen der Konsole auf, und ein dumpfes Brummen kam vom Aggregatknoten im Heck des kleinen Schiffes. Ein Displayfeld bildete sich, wuchs langsam in die Breite und zeigte das Außenschott. Der Adju, der die Kapsel verlassen hatte, betätigte dort die manuellen Hilfskontrollen.

»Notöffnung«, sagte Jael-cres. »Ohne Energie funktioniert das Gravkatapult nicht. Wir brauchen eine explosive Dekompression, um nach draußen zu gelangen und den Srur zu entkommen. Die Treibsätze möchte ich nicht zünden, solange sie in der Nähe sind.«

»Srur?«, wiederholte Corwain.

»Ressourcenverwerter«, sagte Jael-cres. »Beziehungsweise Eliminatoren und Neutralisatoren. Wenn man sich das Kosmotop als einen riesenhaften Organismus vorstellt, so sind die Srur die Antikörper seines Immunsystems. Sie greifen alles an, was keine autorisierte energetische Signatur hat. Sie attackieren Fremdkörper, die bei den kurzen instabilen Phasen nach einem Sprung durch den Ereignishorizont geraten, und sichern Energie und Rohstoffe für die T'hal'han.«

»Für wen?«

»Das sind die Erbauer und Konstrukteure. Notöffnung in zehn Sekunden. Neun …«

»Woher weißt du das alles, Jael-cres?«, fragte Corwain. Seine Stimme klang deutlicher. Er zitterte nicht mehr so stark, und die Zähne klapperten weniger – die Temperatur stieg wieder. Aber rote Indikatoren wiesen darauf hin, dass die Kapsel Energie verlor.

Jael-cres überhörte die Frage. »… vier … drei …«

Die Sicherheitssysteme von Kokon und Sitz wurden aktiv, aber sie konnten nicht mit hohen g-Kräften fertigwerden, und je weniger Energie ihnen zur Verfügung stand, desto geringer war der von ihnen gebotene Schutz.

Es donnerte im Hangar, als die Sprengkapseln des Außenschotts explodierten, und dem Donnern folgte ein Fauchen, als ein plötzlicher Sturm losbrach, der das Schott ins All schleuderte. Schlagartig entwich die Luft aus dem Hangar, und Corwain sah noch, wie der Adju, der die Notöffnung initialisiert hatte, von der hinausströmenden Atmosphäre mitgerissen wurde. Dann löste sich die Rettungskapsel aus der Verankerung des nutzlosen Gravkatapults und sprang nach draußen, wie froh darüber, der Enge des Schiffes zu entkommen. Sie stieß gegen den Rand des Loches, das die Sprengkapseln in den Rumpf der *Atiyeh* gerissen hatten, und Corwain spürte, wie ihn der Sitz festhielt, als sich die Kapsel drehte und das Sichtfeld zwei oder drei Sekunden lang – vor der Kompensation – ein wirres Durcheinander aus Lichtern und zahlreichen mehr oder weniger dunklen Objekten zeigte, manche von ihnen gewaltig wie Monde und Planeten. Die *Atiyeh* erschien kurz im Sichtfeld: eine welke Blume, ihr Stängel abgebrochen, die Blütenblätter eingerissen und zerfranst. Ein Schwarm aus etwa vier oder fünf Meter großen käferartigen Objekten umschwirrte das Schiff, und immer mehr von ihnen ließen sich auf dem Rumpf nieder. Hier und dort blitzte es, vermutlich Brenner, die durch Syntho schnitten.

Plötzlich kehrte die Dunkelheit zurück, und Stille breitete sich aus. Es wurde nicht völlig finster, denn es kam noch immer ein wenig bläuliches Licht von der in einer Ecke liegenden Chemolampe.

Die beiden mechanischen Gestalten, der Adju und Jael-cres, standen neben der geschlossenen Luke und hatten sich, gehalten von lokalen Gravankern, nicht einen Millimeter von der Stelle gerührt.

Jael-cres' Indikatoren leuchteten wie kleine Sterne in der Dunkelheit. »Wir müssen unsere energetische Signatur auf möglichst niedrigem Niveau halten«, erklärte das Schiff, das jetzt kein Schiff mehr war. »Hast du sie gesehen, die Srur?«

Corwain blickte erneut zum Sicherheitskokon, in dem Solace lag. Ihre Haltung hatte sich nicht verändert.

»Die insektenhaften Objekte bei der *Atiyeh?* Ja. Hast du dir überlegt, wie es weitergehen soll? Ich meine, diese Kapsel verfügt nicht einmal über einen relativistischen Antrieb, nur über einige einfache Treibsätze. Und um Hilfe rufen können wir nicht, denn wir befinden uns auf der anderen Seite des Ereignishorizonts.«

»Die Alternative wäre gewesen, an Bord des Schiffes zu bleiben, wo die Srur uns als Fremdkörper erkannt und eliminiert hätten.«

»Ich habe dich vorhin etwas gefragt«, sagte Corwain langsam und behielt dabei die Gestalt mit den unterschiedlich langen Armen im Auge. »Ich habe dich gefragt, woher du dies alles weißt. Nichts kann das Kosmotop verlassen, heißt es, weder Objekte noch Signale.«

»Hab ein wenig Geduld, Corwain Tallmaster. So, ich glaube, wir sind jetzt weit genug vom Schiff entfernt.«

Die Anzeigeflächen der monoformen Konsole erhellten sich wieder, und über ihr bildete sich erneut ein Displayfeld, wie ein Fenster, das einen Blick hinaus ins All gewährte. Die Kapsel drehte sich noch immer – es waren noch keine Treibsätze gezündet worden, um ihr Bewegungsmoment unter Kontrolle zu bringen –, aber das Sichtfeld zeigte nach der Kompensation ein stabiles Bild. Hunderte, Tausende von Objekten schwebten und flogen diesseits des Ereignishorizonts, der sich mit einem vagen Grau präsentierte, wie ein interstellarer Nebel, der das Licht ferner Sonnen empfing. Jael-cres hatte von einem riesenhaften Organismus gesprochen und die Srur mit den Antikörpern seines Immunsystems verglichen. Vielleicht … Corwain besann sich auf seine Master-Fähigkeit, auf seine besondere Intuition, die ihn Personen und Situationen einschätzen ließ, und für einen Moment, nur für einen Moment, glaubte er, Verbindungen zwischen all den Objekten zu sehen, den großen wie den kleinen, eine vor Äonen geschaffene und seitdem sorgfältig gehütete Balance, wie das energetische Gleichgewicht einer Sonne, die über Jahrmilliarden hinweg strahlte. Oder wie das mechanische Equilibrium eines kolossalen Uhrwerks, in dem alle einzelnen Teile perfekt aufeinander abgestimmt waren. Ein Taktgeber, eine synchronisierende Strahlung, sorgte dafür, dass alle Bewegungen ineinandergriffen und jede einzelne Komponente ihren Zweck erfüllte.

Dann verschob sich das Bild und damit auch Corwains Wahrnehmung. Das seltsame Gefühl, es mit einem gigantischen mechanischen Zwitter zu tun zu haben, verschwand so schnell, wie es gekommen war. Ein gewaltiger Zylinder erschien im Displayfeld, ein zwei Lichtsekunden langes Gerüst aus Streben und filigran anmutenden Gespinsten, darin Lücken oder Zehntausende von Kilometern durchmessende Fenster, durch die sich erkennen ließ: Der Hauptzylinder enthielt Dutzende von kleineren Zylindern, jedes von ihnen ein Habitat, das mehr Platz bot als die Oberfläche eines Planeten von der Größe der Alten Erde. Sie alle drehten sich langsam, und der Eindruck von einem Mechanismus kehrte zurück.

Der Hauptzylinder schwoll an, und es lag nicht an einem Zoomeffekt – die Kapsel näherte sich ihm, und zwar schnell.

»Wie hoch ist unsere Geschwindigkeit?«, fragte Corwain besorgt, als er die entsprechenden Anzeigen auf der Konsole nicht fand.

»Wir sind zu schnell«, sagte Jael-cres. »Ich muss alle Treibsätze zünden, um eine Kollision zu verhindern, und ich weiß nicht, ob das genügt.«

CODE L

DER LENKER

Der Zweifel blieb. Er nagte an ihm während der Ruhephasen zwischen den Sprüngen, verfolgte ihn in die Wachträume, die manchmal angenehme Entspannung brachten, zeigte ihm immer wieder die Bilder, die er gesehen hatte, die *anderen* Bilder vom Ruhesaal der Lenker mit den mumifizierten Resten der acht Brüder und Schwestern. Der Zweifel flüsterte: Vielleicht stimmt es; vielleicht bin ich wirklich belogen worden.

Die Stimme – die große Stimme – sagte: »Du hast wie immer gut gelenkt, MeT. Wir sind genau auf Kurs. Es wird gesammelt, wo gesammelt werden soll und darf.«

»Muss noch viel gesammelt werden?«, fragte er, einer Eingebung folgend. »Dauert es noch lange bis zum Letzten Sprung? Werde ich ihn erleben?«

Das war sein größter Wunsch: Lenker beim Letzten Sprung zu sein und zu sehen, wie sich die Bestimmung von Kh'smT'p erfüllte.

»Die Sammler sammeln«, antwortete die Stimme. »Jede Galaxie ist einzigartig, und es gibt Milliarden von ihnen im Universum. Solange die Metastabilität nicht kritisch wird, müssen wir das Sammeln fortsetzen, damit so viel wie möglich bewahrt werden kann. Der Letzte Sprung erfolgt, wenn es so weit ist.«

Es war eine unbefriedigende Antwort, fand Mebrat. Nur vage Hinweise, keine echten Informationen. Fast trotzig – vielleicht wegen seiner Müdigkeit; immerhin hatte er Kh'smT'p bei mehreren Sprüngen kurz hintereinander gelenkt – fragte er: »Belügst du mich?«

Die Stimme zögerte. »Warum stellst du eine so dumme Frage, MeT?«

»Ich heiße Mebrat T'hr'rl, und die Frage ist nicht dumm. Ich habe eine andere Stimme gehört. Sie hat zu mir gesprochen und mir Bilder gezeigt.«

»Bilder?«

»Von den anderen Lenkern. Sie sind alle tot, seit langer Zeit.«

Wieder antwortete die Stimme nicht sofort. »Vielleicht hat deine geistige Integrität gelitten, MeT. Es gibt keine anderen Stimmen, es gibt nur uns, und du bist einer von neun. Lass mich dir helfen. Lass mich feststellen, ob dein Bewusstsein gelitten hat ...«

Mebrat fühlte etwas Seltsames, fast so etwas wie Schmerz, und dann *stand* er, gehalten von starken Jassid-Armen, die Gedanken in einem Körper verwurzelt, der nicht aufgedunsen war und nur aus wenigen organischen Komponenten bestand.

»Dies ist ein Nottransfer«, sagte ein Jassid, der direkt vor ihm stand, mit lindgrünen Gesichtslappen und drei violetten Stoffbahnen, breit genug, um den größten Teil des Körpers zu bedecken. Die dunklen Spangen über den Hautlappen im Gesicht zeigten Muster, die auf einen hohen Rang hinwiesen. »Wir mussten dich hierherholen, obwohl die Vorbereitungen noch nicht abgeschlossen sind. Du hättest nicht nach Lüge und Wahrheit fragen sollen, Mebrat T'hr'rl. Die Instanz war auf dem besten Wege, dein Bewusstsein zu filtern und alle unerwünschten Erinnerungen und Gedanken daraus zu entfernen.«

Mebrat hörte die kleine Stimme, und sie kam aus dem Mund des Jassid mit den violetten Schärpen. Mit neuem Interesse musterte er die Gruppe, und sie erinnerte ihn an jene, die er an Bord des getarnten Schiffes beim Sprechzentrum gesehen hatte, in einer Vision, die vielleicht mehr war als eine Vision. Vier Personen waren es gewesen, und nur zwei von ihnen Jassid, Diener von

Kh'smT'p. Bei den anderen beiden hatte er eine deutliche Fremdsignatur wahrgenommen. Er erinnerte sich an eine breite Gestalt mit zwei halb autarken Körperhälften und an ein Geschöpf, das die anderen überragt hatte, mit heller Schuppenhaut und großen Augen. Diese Fremden waren jetzt nicht zugegen, aber dafür sah er ein anderes Geschöpf, das zweifellos von jenseits des Ereignishorizonts stammte.

Der Jassid mit der kleinen Stimme bemerkte seinen Blick und sagte: »Das ist die Veritas, die wir nicht sammeln durften. Die Entscheider haben uns ihr Sammeln verboten, weil sie sich an die Vereinbarung halten wollen. Was beweist, wie sehr sie an Rationalität und Weitblick verloren haben. Sie sind Opfer der Atrophie, wie so vieles andere in Kh'smT'p!«

»Atrophie?«, wiederholte Mebrat verwundert und lauschte dem fremdartigen Klang der eigenen Stimme. Sie kam aus dem künstlichen Körper, in dem er steckte. »Was bedeutet das? Wo bin ich hier? Was bin ich?«

Er befand sich an Bord eines kleinen Schiffes und beobachtete Lichter und Datenknoten, die weiter vorn im Kontrollraum über breite, gewölbte Anzeigebalken tanzten. Akustische Signale sangen ein nervöses Lied, und ein Jassid an den Kontrollen rief: »Die Instanz hat uns trotz der Tarnung entdeckt und schickt Aufklärer und Blockierer.«

Der Jassid mit der kleinen Stimme winkte. »Start, sofort! Ausweichkurs. Nachricht an unsere Verbündeten. Treffpunkt ...« Er zögerte kurz, während jenseits der Fenster die langen Speichen eines Sprechzentrums vorbeiglitten. Leuchtende Punkte lösten sich davon, wie die Funken eines Feuers, und stoben ihnen entgegen. »... das Kirhoma-Habitat, viertes Rotationselement.«

Das Schiff wurde schneller, beschleunigt von einem ausgelagerten Gravitationsanker, der es hinter eine lokal begrenzte

Phasenschwelle zurückzog, die dazu diente, alle energetischen Spuren zu verwischen.

Ich träume, dachte Mebrat, während er beobachtete. Die große Stimme hat mich in den Schlaf geschickt, und vielleicht will sie mich mit diesem Traum auf die Probe stellen. Vielleicht will sie damit herausfinden, ob mein Bewusstsein zu Schaden gekommen ist.

»Ich möchte aufwachen«, sagte er.

»Du bist wach, Mebrat«, sagte der Jassid mit den violetten Schärpen. »Jetzt müssen wir dich in Sicherheit bringen, damit die Instanz dich nicht zurückholen kann.«

»Die Instanz …

»Die andere Stimme, die zu dir gesprochen und dich belogen hat.«

»Schwelle erreicht und überflogen!«, rief der Jassid an den Kontrollen.

Diffuses Grau legte sich über die Fenster.

»Was geschieht hier?«, fragte die Veritas, und erstaunlicherweise konnte Mebrat sie verstehen. Verfügte sein neuer Körper über entsprechende linguistische Erweiterungen? »Warum hat man mich hierhergebracht?«

Sie ist ebenso verwirrt wie ich, dachte Mebrat. Vielleicht sogar noch mehr.

»Sie werden uns helfen, aus einem Lenker einen Entscheider zu machen«, sagte der Jassid mit der kleinen Stimme, die jetzt recht groß geworden war, denn sie hallte durch den Kopf, der Mebrats Bewusstsein enthielt. »Sie sind eine Muster-Seherin, und wir haben Sie gesammelt, damit Sie die Muster des Imaginariums für uns deuten. Damit Mebrat T'hr'rl sie versteht. Damit er genug Kraft findet, Entscheidungen zu treffen, die richtigen Entscheidungen. Damit er genug Kraft findet, sich gegen die Instanz durchzusetzen und Kh'smT'p während des Letzten Sprungs zu lenken, während des Supersprungs, nicht zu einer anderen Galaxie, sondern dorthin, wohin einst die Jak'h'nda verschwanden. Es wird Zeit, dass wir ihnen folgen.« Er sah Mebrat an und fügte hinzu: »Du hast den Saal der Lenker gesehen, und das, was wirklich aus deinen Brüdern und Schwestern geworden ist. Bist du bereit, die ganze Wahrheit zu sehen und zu erfahren, was aus Kh'smT'p geworden ist?«

Wahrheit und Lüge, dachte Mebrat. Wirklichkeit und Traum. Wo lag der Unterschied? Wie konnte er erkennen, ob es einen Unterschied gab? Das Imaginarium, das Herz von Kh'smT'p, enthielt Antworten auf alle Fragen. Es war das Zentrum, die treibende Kraft und der Mittelpunkt des Gleichgewichts, die Quelle der Erkenntnis, die den Entscheidern half, ihre Entscheidungen zu treffen, und den Lenkern, den richtigen Kurs zu wählen. Dorthin sollte er gebracht werden. Gab es einen besseren Ort, die Wahrheit herauszufinden und zu verstehen?

»Zeig es mir«, sagte er, von plötzlicher Zuversicht erfüllt.

Die Hand des Jassid schloss sich um seinen künstlichen Arm. »Setz dich, Mebrat T'hr'rl. Nimm hier Platz. Was du jetzt sehen wirst, könnte deine Beine schwach werden lassen.«

Der Lenker setzte sich, und was er sah, ließ nicht nur seine Beine schwach werden: Kh'smT'p, einst blühend und voller Leben, siechte dem Tod entgegen.

ZERBRECHLICHES SCHWEIGEN

30

Die Rettungskapsel fiel dem zwei Lichtsekunden langen Hauptzylinder mit viel zu hoher Geschwindigkeit entgegen, und die Anzeigen deuteten darauf hin, dass sie noch schneller wurde.

»Wird es nicht langsam Zeit?«, fragte Corwain besorgt.

Jael-cres stand neben der Monoform-Konsole, die unvollständig verkleideten Arme gebeugt, als wollte er nach etwas greifen, das, noch unsichtbar, direkt vor ihnen schwebte. »Geduld, Corwain Tallmaster, ich muss dich noch einmal um Geduld bitten.« Ein sonderbares Surren kam aus dem Adju-Körper, gefolgt von einem dumpfen Knacken. Einige Sekunden rührte sich Jael-cres überhaupt nicht, und dann drehte er den grotesken Kopf. »Einige Komponenten dieses Körpers müssen besser aufeinander abgestimmt werden.«

Ping (Codefolge), empfing Corwain, und er dachte: Mit wem kommuniziert die Emergenz?

»Noch zehntausend Kilometer für maximale Effizienz«, sagte die Gestalt neben der Konsole.

»Wir werden immer schneller …«

»Wir befinden uns im Einflussbereich eines Gravitationsstegs, der den Zylinder mit anderen Konstrukten verbindet«, erklärte Jael-cres. Es gingen weitere Signale von ihm aus, wie Corwains Nadel mitteilte. »Ein lateraler Schub muss uns weit genug von ihm fortbringen, damit wir das eigentliche Bremsmanöver einleiten können.«

Corwain justierte die Nadel mit einem gedanklichen Befehl auf höhere Kommunikationssensibilität, schaute nach draußen und beobachtete die Habitate im Hauptzylinder: Rotationsmodule mit einer Länge von siebzigtausend Kilometern und einer Breite, die etwa einem Drittel der Länge entsprach. Lichter glänzten, flackerten und schimmerten dort, und er erinnerte sich an Solace' entzückte Worte beim Anblick der vielen Lichter, als das Kosmotop aus dem Strukturriss gekommen war: *Das ist wunderschön.*

Auch das war wunderschön: der sich langsam drehende Hauptzylinder, so lang, dass das Licht zwei Sekunden brauchte, um vom einen Ende zum anderen zu gelangen, darin die kleineren Zylinder der Habitate, wie Kinder einer riesigen Mutter, getragen und gehalten von Gravitationsfeldern, untereinander durch »Stege« und »Rampen« verbunden, die einen lokalen energetischen Ausgleich ermöglichten, wie Puffer, die ein Gleichgewicht der Kräfte gewährleisteten. Corwain hatte durchaus einen Sinn für den ästhetischen Aspekt, aber er wusste auch: Dies war eine Schönheit, die eine tödliche Gefahr barg.

»Laterale Beschleunigung«, verkündete Jael-cres. *»Jetzt.«*

Der Sitz drehte sich, sodass Corwain mit dem Rücken in die Polster gedrückt wurde. Er versuchte, weiterhin ruhig zu atmen, merkte aber, wie sein Blickfeld schrumpfte, wie es sich nach vorn verengte, als der Andruck noch etwas stärker wurde. Halb vergessener Schmerz meldete sich in seiner rechten Seite und erinnerte ihn an die im Gelraum der *Atiyeh* erlittenen Verletzungen. Noch etwas anderes fiel ihm ein: Er trug nicht einmal einen Schutzanzug. Wenn es zu einem Aufprall kam, und wenn die Rettungskapsel dabei leckschlug … Sie brauchte gar nicht groß beschädigt zu werden – es genügte, dass die Luft entwich. Sein

Blick ging zu Solace, die noch immer zusammengerollt in ihrem Sicherheitskokon lag, im Schock erstarrt, ohne eine Nadel in ihrem Rückgrat, ohne die Möglichkeit, das Bewusstsein aufzuzeichnen und auf einen anderen Körper zu übertragen.

»Bremsmanöver.«

Wieder drehte sich der Sessel, brachte ihn in eine neue Position, damit der Druck nicht von der Seite oder von hinten kam, sondern von vorn.

Ping (Codefolge). Erneut gingen Signale von Jael-cres aus, und wieder galten sie nicht allein den Systemen der Rettungskapsel. Einige von ihnen – mit einem Code verschlüsselt, den die Nadel nicht decodieren konnte – verließen die Kapsel und eilten schnell wie das Licht durchs Kosmotop, auf der Suche nach einem Empfänger.

Nach welchem Empfänger?

Corwain konzentrierte sich auf die Kommunikationskomponente der Nadel und rechnete damit, ein Durcheinander von Signalen zu hören, vereint zu einer Symphonie so groß wie das Kosmotop, laut und unentwirrbar für ein Instrument, das nicht für etwas so Fremdartiges geschaffen war. Stattdessen hörte er eine Stille, die ihn an das Innere einer Kathedrale erinnerte: eine tiefe, kühle, hohle Stille, bereit dazu, jedes noch so kleine Geräusch aufzunehmen und es verstärkt wiederzugeben, eine Stille, die darauf wartete, gefüllt zu werden.

Im Kosmotop herrschte Schweigen, unterlegt vom weißen Rauschen der Gravitationsfelder, die ein weites, komplexes Gespinst bildeten und alles im Gleichgewicht hielten, von den kleinsten Satelliten bis hin zu den größten Habitaten. Selbst wenn man nur dünn besiedelte Planeten als Maßstab nahm: Die Populationen des Kosmotops mussten in die Billionen gehen, und so viele Individuen und Völker *sprachen* miteinander; sie tauschten Neuigkeiten, Meinungen und Daten aus. Im

Kommunikationsäther hätte ein wildes Durcheinander herrschen müssen, unentwirrbar für die Nadel, eine laute Kakophonie, die nirgends Platz für Ruhe ließ, nicht für eine einzige Sekunde.

Stattdessen war es still, oder fast still. Einige wenige flüsternde Stimmen durchzogen die lichtstundengroßen Räume des Kosmotops. Die Nadel stufte sie als Routinemeldungen ein, gesendet von automatischen Mechanismen. Konnte es sein, dass die Bewohner des Kosmotops – die Lenker, Entscheider, Erbauer, Konstrukteure und so weiter – eine andere Art der Kommunikation benutzten?

»Es ist still«, sagte Corwain, und seine Worte klangen seltsam, denn er musste fast schreien, um das laute Fauchen der Treibsätze zu übertönen. Noch immer presste ihn ein starker Andruck in den Sessel, und das Sprechen fiel ihm alles andere als leicht. »Es ist still im Kosmotop. Man könnte meinen …«

Schlagartig hörte das Fauchen auf, und für ein oder zwei Sekunden herrschte tatsächlich Stille. Deutlich war zu sehen, dass die Kapsel weiter dem Hauptzylinder entgegenfiel. Ein Stabilisierungselement, Tausende von Kilometern lang und wie eine Rippe gewölbt, erschien vor ihnen, ein massives Hindernis, an dem die Rettungskapsel zu zerschellen drohte.

Rote Indikatoren leuchteten auf, und gleichzeitig beendete ein Stöhnen die Stille.

Corwain drehte so schnell den Kopf, dass es in seinem Genick knackte. »Solace!«

Ihre Augen waren geöffnet und zeigten das milchige Grau von Verwirrung und Desorientierung. »Es ist immer noch so dunkel.«

Licht, dachte Corwain. Wir brauchen Licht. Er beugte sich vor und berührte Schaltelemente, die nicht auf ihn reagierten.

Das Rot in den Indikatorfeldern begann zu pulsieren und schickte Schatten durch die Kapsel.

»Kollision in zehn Sekunden«, sagte Jael-cres. »Neun …«

Corwains Blick kehrte zur Konsole zurück. Die Treibsätze hatten die Geschwindigkeit der Kapsel stark reduziert, aber sie fiel dem Hauptzylinder noch immer mit mehr als hundert Metern pro Sekunde entgegen. Seine »Rippe« füllte inzwischen das Fenster aus, und sie waren ihr so nahe, dass die pockennarbige Oberflächenstruktur sichtbar wurde: eine Landschaft aus Hügeln und Tälern, geschaffen von Mikrometeoriten und Strahlung, über viele Jahrtausende hinweg. Hier und dort glaubte Corwain, die Reste von Symbolen zu erkennen, und er dachte noch: Niemand hat sie erneuert.

Dann traf ihn ein Schlag, so wuchtig, dass er nicht mehr atmen konnte.

Er öffnete die Augen, ohne Erinnerung daran, sie geschlossen zu haben, und drehte instinktiv den Kopf, um nach Solace zu sehen. Sie lag im Sicherheitskokon, bewegte benommen Arme und Beine. Hinter ihr fehlte ein Teil der Wand. Dort, wo der Adju gestanden hatte – der echte Adju – klaffte ein Riss in der Kapselhülle, breit genug, dass man hindurchtreten konnte. Und jemand trat hindurch, denn auf der anderen Seite befand sich nicht das Vakuum des Alls, sondern ein Verbindungsstutzen, der zu einer Schleusenkammer führte. Drei Mahé kamen durch den Stutzen, ganz vorn ein besonders großer, der die anderen überragte, mit einer Schuppenhaut fast so weiß wie Schnee, und Augen, in deren schmalen Pupillen kalte Genugtuung funkelte. Er hinkte ein wenig, als er sich näherte, obwohl die Verletzung sicher längst behandelt und verheilt war.

Duha Sibal, Großthan der Mahé, trat durch den breiten Riss, machte zwei weitere lange Schritte und blieb neben dem Sicherheitskokon mit Solace stehen.

»Ich habe es geschworen«, grollte er. »Bei den Kodizes der Sibal und aller Mahé habe ich geschworen, nicht eher zu ruhen, bis der Tod meiner Tochter Ayfa gerächt ist. Tausendmal ihren Schmerz habe ich Ihnen versprochen, Tallmaster, tausendmal ihr Leid.« Sibal öffnete den Mund, fletschte die Zähne und hob eine Hand, krümmte die Finger wie Krallen. »Dass ich Ihnen das Herz aus der Brust reißen und es zerquetschen werde, habe ich gesagt.« Er ließ die Hand sinken, hob sie dann erneut, und diesmal hielt sie ein Vibromesser. »Aber ich *schneide* es Ihnen heraus, mit einigen schnellen Schnitten, damit Ihnen noch Zeit genug bleibt, es in meiner Hand schlagen zu sehen.«

31

Ping Aufzeichnung vollständig, meldete die Nadel, und Corwain dachte: Ein kleiner Trost.

Und dann dachte er: Nein, es ist überhaupt kein Trost, denn er wird nicht nur mich töten, sondern auch Solace, und sie hat keine Nadel, die ihr Selbst aufzeichnet. Sie stirbt für immer und ewig.

Der Adju neben der Luke war verschwunden, vielleicht zerschmettert von der Gravitationsfaust, die den Riss in der Hülle der Rettungskapsel geschaffen hatte. Die zweite mechanische Gestalt, wie halb fertig aus schlecht zueinanderpassenden Teilen konstruiert, stand noch immer neben der Monoform-Konsole, den Kopf gedreht und zur Seite geneigt, den einen Arm nach nicht existierenden virtuellen Kontrollen ausgestreckt. Der andere baumelte herab, begleitet vom rhythmischen Summen eines Servomotors. Es sah so überzeugend nach einem Defekt aus, nach einem beschädigten Adjutanten, dass sich Corwain für einen Moment von dem Anblick überzeugen ließ. Dann bemerkte er ein kurzes Blinken bei einem visuellen Sensor im asymmetrischen

Gesicht, außerhalb von Duha Sibals Blickfeld, und die Nadel übersetzte: *Ping* Vorsicht!

Dort waren die großen Augen mit den schlitzförmigen Pupillen, in ihnen eine Mischung aus Zorn und Freude. Dort war das Messer, seine vibrierende Klinge lang und scharf, nur noch wenige Zentimeter von der Brust entfernt, in der das Herz jetzt rasend schnell schlug …

Und dort war Solace: reglos in ihrem Sicherheitskokon, die Augen noch immer trüb. Begriff sie, was geschah? Wahrscheinlich nicht. Sie wirkte noch immer sehr benommen, halb gefangen im Schock.

Konnte Jael-cres helfen? Für eine Sekunde klammerte sich Corwain an die Hoffnung, dass die Emergenz im allerletzten Moment eingreifen und die Eindringlinge *irgendwie* vertreiben würde. Aber dann sah er, dass die beiden anderen Mahé schussbereite Intervaller in den Händen hielten. Wenn Jael-cres seine Tarnung als defekter Adju aufgab, wenn er versuchte, einzugreifen und zu helfen … Die Entladungen der beiden Waffen würden seinen improvisierten Körper zertrümmern, bevor er irgendeinen Unterschied bewirken konnte.

Corwain starrte auf das Messer, und dann, des Todes gewiss, blickte er zu Solace.

Was ein Fehler war.

Duha Sibal, der Erfüllung seines Racheschwurs nahe, zögerte. Der Glanz in seinen Augen veränderte sich, und das Messer wich zurück, zielte allerdings noch immer auf Corwains Brust.

»Ich sehe es«, knurrte er. »Ich sehe es in Ihren Augen. Wir sind uns oft genug begegnet, Tallmaster. Ich kenne Sie, und ich weiß, dass Sie mit dem Tod abgeschlossen haben. Vielleicht sind Sie so oft gestorben, dass Sie keine Angst mehr davor haben. Aber die Sirmionerin dort, Ihre Assistentin, die mehr ist als nur das …«

Das Messer bewegte sich. Die Spitze glitt fort von Corwain,

richtete sich auf Solace, kroch auf sie zu, Zentimeter um Zentimeter.

Corwain war halb aus dem Sitz, als ihm Sibal die Faust an den Kopf schmetterte. Eine Zeit lang nahm er nichts anderes wahr als von Schmerz durchzogene Dunkelheit, und als wieder ein Bild vor seinen Augen entstand, hatte der Großthan Solace mit einer Pranke halb aus dem Sicherheitskokon gezogen und hielt ihr mit der anderen das Messer an die Kehle. Ein Tropfen Blut glänzte an der Spitze. Solace' Augen waren jetzt groß, größer als die des Mahé, und in ihnen lag das Grün von Sorge und Furcht.

»Ich habe Blutrache geschworen«, grollte Duha Sibal. »Und hier stehe ich, Herr über Ihr Leben, Tallmaster, und über das der Frau, mit der Sie Ihr Leben teilen. Leid habe ich Ihnen versprochen, tausendmal mehr Leid als das meiner Ayfa. Dieses Versprechen löse ich jetzt ein.«

»Nein!«, rief Corwain. Er konnte das Wort nicht zurückhalten.

Mehrere Sekunden dauerte dieser in die Länge gezogene Moment, auf der einen Seite das Leben und auf der anderen der Tod. Dann ließ die eine Hand des Großthans das Messer sinken, und die andere hob Solace hoch, zog sie ganz aus dem Sicherheitskokon.

»Sie hat nichts damit zu tun, Sibal«, brachte Corwain hervor. Er erkannte seine Stimme kaum wieder, so brüchig und rau klang sie. »Sie wollen sich an *mir* rächen.«

»Und wie könnte ich mich besser an Ihnen rächen als durch sie?« Sibal schüttelte Solace und lachte laut. »Ich könnte diese zerbrechliche kleine Frau jetzt töten, hier, vor Ihren Augen, aber im Gegensatz zu Ihnen kann sie nur einmal sterben, und der Schmerz, so groß er auch wäre, ginge vorbei. Nein, es gibt eine bessere Möglichkeit.«

Der Großthan steckte das Messer ein und hielt Solace mit

beiden Händen. »Ich nehme sie mit und lasse Sie am Leben, Tallmaster. Sie sollen Gelegenheit haben, sich vorzustellen, was ich mit der Sirmionerin machen werde. Sie *wissen,* was ich mit ihr machen könnte, nicht wahr, Tallmaster? Wie oft haben Sie Kontaktvölker vor den ›barbarischen Methoden‹ der Mahé gewarnt?«

Er lachte noch einmal, zufrieden und auch voller Vorfreude, stapfte dann an der Gestalt vorbei, die er für einen Adju hielt und deren Arm noch immer baumelte, bewegt von einem defekten Servomotor. Vor dem Riss blieb er stehen und sah zu Corwain zurück.

»Diese Frau wird für Sie leiden, Tallmaster, auf jede nur erdenkliche Art. Sie wird leiden und Sie schließlich verfluchen. Und wenn ich mit ihr fertig bin, werden nur noch blutige Fetzen von ihr übrig sein, von ihrem Körper ebenso wie von ihrer Seele.«

Er duckte sich durch den Riss und trat in den Verbindungsstutzen, der zur Schleusenkammer eines fremden Schiffes führte.

»Sibal …«, ächzte Corwain.

»Was ist? Wollen Sie betteln und flehen? Wollen Sie vielleicht an meine ›Menschlichkeit‹ appellieren?« Er lachte zum dritten Mal, kehlig und rau, und diesmal stimmten die beiden anderen Mahé mit ein. »Sie haben meine Tochter auf dem Gewissen, Tallmaster. Auge um Auge, Zahn um Zahn. So heißt es doch bei Ihnen, nicht wahr? Aber das genügt mir nicht. Ich will mehr, und ich werde mehr bekommen. Denn wenn diese Frau gelitten hat, bis sie nicht mehr leiden kann, bis sie tot ist, und wenn Sie sich ihr Leid und ihren Tod tausendmal ausgemalt haben … Dann kehre ich zurück, mit diesem Messer hier …« Er klopfte sich an die Hüfte. »… und schneide Sie in Stücke. So soll es sein, ich habe es geschworen!«

Damit wandte er sich endgültig um und ging mit langen Schritten durch den Stutzen, seine Hände am Hals der hilflosen Solace.

32

Vielleicht hatte etwas in Corwain gehofft, dass die Mahé den Verbindungsstutzen einfach lösten, dass sie vergaßen, den Riss abzudichten – eine explosive Dekompression hätte schnellen Tod gebracht, und damit auch Vergessen. Aber als sich der Stutzen von der geborstenen Außenhülle der Kapsel löste, als das fremde Schiff ihn zurückzog wie einen Rüssel, legte sich ein flexibles Syntho-Siegel auf die Öffnung, härtete innerhalb weniger Sekunden und trübte sich dabei, nahm Corwain die Sicht auf das Schiff. Unmittelbar darauf bekam die Kapsel einen neuerlichen Stoß, vielleicht vom Gravitationsfeld des Schiffes, mit dem die Mahé gekommen waren.

Nur noch wenige Indikatorfelder der Monoform-Konsole leuchteten, stellte Corwain fest, als er die Reste des Sicherheitsgeflechts abstreifte. In der Schwerelosigkeit brachte ihn sein Bewegungsmoment nach oben, und instinktiv hielt er sich an der Armlehne des Sitzes fest. Durchs Fenster war Sibals Schiff – wenn es wirklich sein Schiff war – nicht zu sehen, wohl aber das pockennarbige Stabilisierungselement des Hauptzylinders, dem die Kapsel wieder entgegenfiel, mit einer Geschwindigkeit, die sich kaum abschätzen ließ.

»Das war knapp«, sagte Jael-cres. Die baumelnden Bewegungen des Arms und das ungleichmäßige Summen des Servomotors hörten auf.

Ping (Codefolge), meldete Corwains Nadel. Er achtete nicht darauf, blickte nach draußen, reckte den Hals und starrte dann auf die Indikatoren der Konsole. »Wir müssen dem Schiff irgendwie folgen!«, stieß er hervor, obwohl er wusste, dass die Worte dumm waren. »Wir müssen feststellen, wohin er Solace bringt.«

»Derzeit können wir nichts für sie tun«, sagte die Emergenz im Körper des improvisierten Adjutanten.

Corwain stieß sich ab und flog mit geballten Fäusten über die Konsole hinweg. Ich fliege, Solace, dachte ein verzweifelter Teil von ihm. Siehst du, wie ich für dich fliege?

»Du hättest ihr helfen können!«, zischte er. »Stattdessen hast du den toten Mann gespielt!«

Ein Arm kam nach vorn, nur halb von Polymerhaut bedeckt. Finger schlossen sich um Corwains Handgelenk, hielten ihn fest. In blinder Wut versuchte er, mit der anderen Hand zuzuschlagen, aber der Kopf des vermeintlichen Adjutanten kippte zur Seite, und die Faust fuhr ins Leere.

»Von jemandem, der so alt ist wie du, Corwain Tallmaster, hätte ich mehr Verstand erwartet«, sagte Jael-cres streng.

»Und ich hätte Hilfe von *dir* erwartet!«, rief Corwain, obwohl er der Emergenz recht geben musste. Er war zweifellos alt genug, die Unsinnigkeit seines Verhaltens zu erkennen.

»Welche Hilfe?« Jael-cres, am Boden verankert, hielt den schwebenden und zappelnden Corwain fest. »Dieser Körper ist improvisiert, wie unschwer zu erkennen sein dürfte. Er verfügt über keine Waffen. Was hätte ich gegen die Mahé unternehmen sollen? Wenn ich so dumm gewesen wäre, eine Intervention zu versuchen, hätten mich die Intervaller zertrümmert.«

Corwain drehte den Kopf, blickte aus dem Fenster und sah das Tausende von Kilometern lange Stabilisierungselement zum Greifen nahe. »Ich weiß«, sagte er. »Himmel, ja, ich *weiß*.«

»Kann ich dich jetzt loslassen?«, fragte Jael-cres etwas weniger streng. »Bist du jetzt vernünftig?«

»Ja, ja, natürlich bin ich vernünftig.« Der Syntho-Arm drückte ihn nach unten, und er bekam den Rand der Konsole zu fassen.

Ping (Codefolge), flüsterte die Nadel in seinem Rückgrat. Und es folgte, nur zwei Sekunden später, ein *Ping* (Empfang).

Was auch immer Jael-cres gesendet hatte – er bekam Antwort.

Der Adju hatte Corwain nicht ganz losgelassen, seine Finger

drückten nur nicht mehr so fest zu. Er zog ihn vorsichtig mit sich zum Siegel, das den Riss in der Hülle abdichtete.

»Mit wem sprichst du?«, fragte Corwain.

Jael-cres richtete seine visuellen Sensoren auf die Randbereiche des Risses. »Das ist sehr bedauerlich«, sagte er, ohne auf die Frage einzugehen. »Hier befand sich ein kleiner Brüter mit einer speziellen Programmbibliothek. Der Brüter lässt sich vielleicht wiederherstellen, zumindest teilweise, aber die Programmbibliothek ist zerstört.«

»Damit hätten wir Solace nicht folgen können«, erwiderte Corwain fast trotzig. »Ich habe dich etwas gefragt und erwarte eine Antwort.«

»Erteilst du hier die Befehle, Ephemerer?« Jael-cres gab seinen Worten einen scherzhaften Klang, aber hinter ihnen verbarg sich die Schärfe einer reifenden Maschinenintelligenz. »Gibst du Anweisungen, denen ich gehorchen muss?«

»Ist es dein Seeder-Vater?«, beharrte Corwain. »Hast du einen Kontakt mit ihm hergestellt?«

»Es gibt Dinge, über die ich keine Auskunft geben kann.« Jael-cres bohrte die Finger der freien Hand in den Rand des Risses, dort, wo Siegel und Hülle aufeinandertrafen. Ein leises Pfeifen, das Corwain zuvor gar nicht bewusst zur Kenntnis genommen hatte, wurde lauter. »Hier haben wir den zentralen Schaltkreis des Notfallbrüters, der zur Ausstattung dieser Kapsel gehört. Wenn du mir hilfst, kriegen wir es hin, Corwain Tallmaster.«

»Kriegen wir was hin?« Corwain beobachtete, wie Jael-cres mehrere verformte Module aus der aufgebrochenen Hülle zog, unter ihnen das Herzstück eines molekularen Kombinators. »Und worüber können wir nicht reden? Verdammt, hast du vergessen, in welcher Lage wir uns befinden? Jede Information kann nützlich sein. Wir müssen irgendwie eine Möglichkeit finden, Sibal zu folgen und Solace zu befreien!«

Jael-cres hatte inzwischen damit begonnen, einen Teil von sich zu demontieren. »Ich gebe dir eine meiner beiden Energiezellen; sie müsste genügen. Und du brauchst diese beiden Strukturatoren hier …« Er langte unter ein Rückensegment und holte zwei Objekte hervor, die wie Stifte mit Widerhaken an den Enden aussahen.

»Genug Energie wofür? Und was soll ich mit den Strukturatoren anfangen?« Corwain spürte neuen Zorn in sich aufsteigen. Jede verstreichende Sekunde trug Solace weiter fort. Er versuchte, nicht daran zu denken, was Duha Sibal vielleicht in diesem Augenblick mit ihr machte. »Was soll dies alles?«

»Merkst du es nicht? Hörst du es nicht? Das Siegel sitzt nicht ganz dicht; Luft entweicht. Und es könnte brechen, wenn wir mit dem Stabilisierungselement kollidieren. Es wäre dein Tod. Du brauchst einen Schutzanzug. Und ich brauche ebenfalls etwas.«

»Aber …« Corwain starrte auf die einzelnen Teile, die dicht vor der Wand schwebten.

»Du musst einen funktionsfähigen Brüter daraus bauen.«

»Ich bin kein Techniker!«, stieß er hervor. Dies hatte keinen Sinn; sie verloren nur wertvolle Zeit.

»Ich habe alle notwendigen Daten in meinem Archiv und übertrage sie in deine Nadel. Aber wenn ich dir meine zweite Energiezelle gegeben habe … Dies ist wichtig, Corwain Tallmaster, hör gut zu! Ich brauche die Energie und kann nur für kurze Zeit auf sie verzichten. Bleibt sie mir länger vorenthalten, könnten die Speicher- und Datenmodule, die ich aus der *Atiyeh* mitgenommen habe, instabil werden. Dann laufe ich Gefahr, Teile von mir zu verlieren.« Um keinen Zweifel daran zu lassen, was er meinte, fügte er hinzu: »Teile von mir könnten sterben, für immer.«

Und da war er, ein Plan, vage noch, nicht mehr als eine Idee, die Ausarbeitung benötigte, der Einzelheiten hinzugefügt werden mussten. Aber der erste, wichtigste Gedanke schlug Wurzeln in Corwain und wartete darauf, dass sich ihm weitere hinzufügten.

Das Pfeifen wurde noch etwas lauter, und Corwain merkte, dass ihm das Atmen schwerfiel – er bekam nicht mehr genug Luft.

»Hast du verstanden, Corwain Tallmaster?«

»Ja, ja, ich habe verstanden«, stieß er hervor und nahm die zweite Energiezelle entgegen: eine Scheibe so groß wie sein Handteller und zwei Zentimeter dick.

»An … die … Arbeit …«, sagte Jael-cres. »Ich … sende … die … Daten.«

Ping (Datenempfang).

Corwain erweiterte die neuronale Schnittstelle, die ihn mit der Nadel verband, und Informationen strömten in sein Bewusstsein, fühlten sich an wie in seinem Gedächtnis gespeichertes Wissen. Plötzlich wusste er, wie er die einzelnen Teile zusammenfügen musste, damit ein kleiner Brüter daraus wurde, nicht minder improvisiert als Jael-cres' mechanischer Körper, aber ebenso funktionsfähig. Die beiden Strukturatoren enthielten Programme, und als er sie mit dem montierten Brüter verband und die Energiezelle hinzufügte, begann die kleine Maschine mit der Produktion.

Es wurde plötzlich kälter in der Kapsel, was nicht allein an der entweichenden Luft lag – der Brüter verwendete nicht nur die Energie der von Jael-cres zur Verfügung gestellten Zelle, sondern gewann auch welche, indem er seiner Umgebung Wärme und Masse entzog. Ein Teil der Wand löste sich auf, im Boden entstand eine Delle, und im Strukturfeld neben dem Brüter nahm ein Objekt erste Konturen an. Innerhalb weniger Sekunden, die Corwain sehr lang erschienen, formte sich ein einfacher Schutzanzug.

»Zieh … ihn … an.« Das Sprechen schien Jael-cres Mühe zu bereiten. »Zieh … ihn … schnell … an. Und … gib … mir dann … das … Objekt …«

Corwain zog den Schutzanzug aus dem Strukturfeld – ein einfacher Monoform-Overall, ausgestattet nur mit einigen Sauerstoffpatronen und einem schlichten Recycler, aber ohne integrierte Instrumente und Werkzeuge –, streifte ihn über und beobachtete dabei, wie der andere Gegenstand Gestalt annahm. Der Schutzanzug war zweifellos wichtig, aber vielleicht ging es der Emergenz vor allem um den zweiten Gegenstand. Er schickte seiner Nadel eine Anweisung: *Ping* Analyse und bekam fast sofort Antwort. *Ping* Signalgeber und Codierer.

Ein Schlüssel, dachte er und fand, dass es ins Bild passte. Und auch in seinen Plan.

Es wurde höchste Zeit, das eine oder andere zu klären.

Zeit, dachte er und zog sich die Kapuze über den Kopf, die daraufhin steif wurde und sich in einen Helm verwandelte. Er ließ ihn einrasten, und sofort fiel ihm das Atmen leichter. Zeit, wiederholte er in Gedanken, als er den fertigen Codierer aus dem Strukturfeld zog. Ich habe immer viel davon gehabt, aber jetzt ist sie so knapp wie nie zuvor. Halte durch, Sol.

»Die … Energiezelle … Ich … brauche … die …« Ein seltsames Schnarren kam von dem Adjutanten. »Was … machst … du … da?«

Das Strukturfeld verschwand, als Corwain den Notfallbrüter wieder auseinandernahm, was nicht so schnell ging, wie er hoffte, weil ihn die Handschuhe des Schutzanzugs behinderten. Er legte den Aktivator des Hauptmoduls frei, ohne die Verbindung zur Energiezelle zu lösen, und schickte seiner Nadel eine weitere Anweisung. *Ping* (Neue Programmierung, codiert).

»Gib … mir … die … Energiezelle«, drängte Jael-cres.

»Ich bin gleich so weit.« Er befestigte den winzigen Aktivator an der Energiezelle, wobei er dem Adju den Rücken kehrte, damit Jael-cres seine Hände nicht sehen konnte, schwebte dann zu der mechanischen Gestalt, drückte die beiden Strukturator-Stifte unter das zuvor gelöste Rückensegment und fügte ihnen die Energiezelle hinzu, drückte das Segment dann in die Einfassung.

»Was hast du …«, begann Jael-cres mit wieder normaler Stimme, aber mehr hörte Corwain nicht, denn plötzlich raste die Wand auf ihn zu und prallte gegen ihn.

33

Ein winziger Riss durchzog das Helmvisier, eine dünne Bruchlinie, aber das Zischen und Fauchen kam von einem anderen Riss, groß genug für einen Menschen. Er erschien in Corwains Blickfeld, als er, benommen und verwirrt, den Kopf drehte und fühlte, wie etwas an ihm zerrte, aber mit jedem verstreichenden Moment weniger stark. Das Siegel war gebrochen, und die restliche Luft entwich aus der Kapsel. Das Sicherheitsgeflecht von Solace' Kokon hatte verhindert, dass Corwain vom hinausströmenden Gas ins All getragen worden war.

Auf der anderen Seite des Risses bewegte sich etwas.

Eine humanoide Gestalt, kaum mehr als ein Schemen, hantierte an etwas, das nach einer sechseckigen Luke aussah, die groß genug für die *Atiyeh* gewesen wäre. Zwei Magnetanker hielten die Rettungskapsel an einem kantigen Teil des Stabilisierungselements fest, mit dem sie kollidiert war.

Corwain schüttelte die Benommenheit ab, strich das Geflecht beiseite und stieß sich ab, flog langsam dem Riss entgegen und kämpfte dabei gegen den Schmerz in seiner rechten Seite an. Auf halbem Wege, weil es ihm nicht schnell genug ging, aktivierte er die Düsen des vom Notfallbrüter fabrizierten Schutzanzugs. Sie arbeiteten mit komprimiertem Stickstoff, und einige kurze Schubphasen brachten ihn zur Öffnung.

»Jael-cres?«, fragte er. Als er keine Antwort erhielt – und da er nicht wusste, ob der Schutzanzug überhaupt einen Kommunikator enthielt – sendete er: *Ping* Hörst du mich? Was machst du?

Die Gestalt, der Schemen an der großen Luke, hielt nicht inne. *Ping* Ja, ich höre dich. Und was ich hier mache, willst du wissen? Eine dümmere Frage fällt dir nicht ein?

Corwain zog sich vorsichtig durch den Riss, vorbei an scharfkantigem synthetischem Metall auf der einen Seite und den Syntho-Spitzen des beim Aufprall gesplitterten Siegels auf der anderen. Das Stabilisierungselement des zwei Lichtsekunden langen Hauptzylinders ragte wie ein Berg vor ihm auf, dunkel und massiv vor einem matten violetten Hintergrundglühen, das den Raum im Innern des Kosmotops durchdrang. In welche Richtung er auch blickte, überall erstrahlten die Lichter des Kosmotops, einzeln und in Gruppen. Wieder gewann er den Eindruck, Teile eines gewaltigen Uhrwerks zu sehen, eines riesigen Mechanismus, bestehend aus Komponenten, die vor Urzeiten von mysteriösen Baumeistern konzipiert, konstruiert und genau aufeinander abgestimmt worden waren. Es war der Master in ihm, der so empfand; der andere, größere Teil von Corwain Tallmaster dachte an Solace und hielt nach dem Schiff Ausschau, das sie und Duha Sibal fortgetragen hatte. Aber natürlich war es längst verschwunden.

Plötzlich bewegte sich vor ihm mehr als nur eine schattenhafte Gestalt: Die große sechseckige Luke öffnete sich, indem einzelne Segmente zurückglitten und den Weg in eine Schleuse freigaben, die groß genug war, als Hangar zu dienen.

Corwain betätigte erneut die Düsen seines Schutzanzugs, näherte sich Jael-cres, der offenbar keinen Schutz vor dem Vakuum benötigte, und beobachtete, wie der Adju den Signalgeber einer kleinen Öffnung neben der Luke entnahm und in einem Brustfach verschwinden ließ. Er dachte an seinen Plan und hätte sich fast dazu hinreißen lassen, ihn hier und jetzt in die Tat umzusetzen, aber dies war kein geeigneter Ort. Geduld, ermahnte er sich. Hab ein wenig Geduld.

Eine mechanische Hand ergriff ihn und zog ihn durch die Luke, als sie sich wieder zu schließen begann – die eckigen Segmente schoben sich zusammen, und je näher sie einander kamen, desto dunkler wurde es in der Schleuse. Es dauerte nicht lange, bis das Lichtermeer des Kosmotops ganz ausgesperrt war, und für einige Sekunden herrschte völlige Finsternis. Dann verwandelte sich einer von Jael-cres' visuellen Sensoren in einen kleinen Scheinwerfer und schickte einen Lichtstrahl durch die Dunkelheit. Mehrere Meter weiter unten strich er über einen grauen Boden.

Ping Wir müssen durch den Koppler ins erste Habitat des Hauptzylinders, empfing Corwains Nadel. Dort gibt es vielleicht einen Zugang zu den Dislokatoren. Mit ein wenig Glück finden wir einen, der noch funktioniert.

Dislokatoren?, dachte Corwain, als er zusammen mit Jael-cres dem Boden entgegensank. Seine Nadel sendete den Gedanken.

Ping Ein lokales Transportsystem. Überaus effizient. Für organische Wesen mit Fremdsignatur manchmal ein wenig unangenehm, aber sehr effizient.

Woher weiß er das alles?, fragte sich Corwain, und diesmal verbarg er diesen Gedanken, denn er stand mit seinem Plan in Zusammenhang.

Als seine Füße den grauen Boden berührten, bekam er plötzlich Gewicht. Ein leichtes Gravitationsfeld – vermutlich lokal begrenzt – bildete sich, machte ihn etwa dreißig Kilo schwer.

Ping Die Energieversorgung ist noch nicht völlig zusammengebrochen. Das lässt hoffen. Komm, Corwain Tallmaster. Das Innenschott befindet sich dort drüben, und es führt direkt zum Koppler. Wenn wir einen funktionsfähigen Dislokator finden, können wir vielleicht ein Sprechzentrum erreichen, und dort gibt es möglicherweise Hinweise darauf, wo sich die Veritas befindet. Und wohin die Mahé Solace gebracht haben.

Die letzten Worte fügte Jael-cres nach einer kurzen Pause hinzu, und Corwain argwöhnte, dass sie nur als Köder für ihn gedacht waren, oder dass sie ihn ablenken sollten von einer Frage, die er schon einmal gestellt hatte.

Das Licht des visuellen Sensors kroch über den grauen Boden und fand … nicht das Innenschott – nicht sofort –, sondern einen Toten.

Corwain stellte sich vor, wie Solace darauf reagiert hätte, auf die Mischung aus Finsternis und Tod, und etwas in ihm war dankbar dafür, dass sie dies nicht erleben musste. Der Tote lag einige Meter vor dem Innenschott: ein Arm dem Schott entgegengestreckt, der Kopf zur Seite gedreht. Das Wesen trug keinen Schutzanzug; Vakuum und Kälte hatten es perfekt konserviert.

Ping Kein Jassid, erfuhr Corwain von der Emergenz im Adjutanten. Ich nehme an, dieses Geschöpf stammt aus einem der Habitate im Hauptzylinder. Vielleicht ist es der Atrophie zum Opfer gefallen.

Warum machte er das?, fragte sich Corwain, während er auf den Toten hinabstarrte, auf eine Gestalt fast so grau wie der Boden. Warum die Anspielungen? Es musste Jael-cres doch klar sein, dass er damit zugab, viel mehr zu wissen, als eigentlich möglich sein sollte. Forderte er weitere Fragen heraus? Oder lag es daran, dass sein Funktionsspektrum beschränkt war? Immerhin hatte er nur seine wichtigsten Komponenten und Daten von der *Atiyeh* mitgenommen.

Ping Atrophie?, wiederholte Corwain und hielt an seinem Plan fest. Er wartete nur auf eine günstige Gelegenheit.

Der Adju ging neben dem erstaunlich menschenähnlichen Wesen in die Knie, obwohl das eigentlich nicht nötig war, um Einzelheiten zu erkennen. *Ping* Dieser Leichnam könnte seit Tausenden von Jahren hier liegen. Wer weiß, wann das Wesen gestorben ist.

Corwain erinnerte sich an die pockennarbige Oberfläche des Stabilisierungselements – offenbar war es lange Zeit nicht gewartet worden. *Ping* Wie kann das möglich sein? Wieso hat niemand den Toten gefunden und fortgebracht? Wenn Tausende von Jahren vergangen sind …

Ping Vielleicht sogar Jahrmillionen. Der dünne Lichtstrahl machte sich wieder auf die Wanderschaft, und auf der linken Seite, an einer gewölbten Wand mit verblassten Symbolen, fand er ein kleines Raumschiff, beziehungsweise das, was davon übrig war. Es ruhte schief auf vier stelzenartigen Beinen, von denen zwei geknickt waren, und die geöffnete Luke hatte sich halb aus brüchigen Scharnieren gelöst. In der Außenhülle fehlten mehrere Segmente; sie lagen auf dem Boden, halb zu Staub zerfallen.

Ping Das Schiff befindet sich in einem schlechteren Zustand als der Tote, stellte Corwain fest.

Ping Vielleicht stand es schon seit langer Zeit hier, als dieses Wesen starb, erwiderte Jael-cres. Wir wissen nicht genau, wann die Atrophie begann und wie schnell sie sich auswirkte.

Ich weiß überhaupt nicht, wovon du redest, aber ich werde es bald erfahren, dachte Corwain und folgte dem Adju, als der an dem Toten vorbeitrat und zum Innenschott ging. Dort verwendete er erneut den Signalgeber, den der Notfallbrüter produziert hatte, und erstaunlicherweise glitten die einzelnen Elemente des Schotts sofort auseinander. Es strömte keine Luft herein. Was auch immer sich auf der anderen Seite befand, es enthielt keine Atmosphäre.

Sie gelangten in einen kugelförmigen Raum mit einer Plattform, die offenbar aus mehreren Teilen bestand – Fugen im Boden wiesen darauf hin. Durch ein hohes, gewölbtes Fenster fiel das Licht des Kosmotops, durchsetzt vom matten Violett des Raums zwischen den Konstrukten. Es genügte, die Dunkelheit in eine Düsternis zu verwandeln, in der Corwain das eine oder andere erkennen konnte. Tunnelöffnungen zeigten sich in den

Wänden, und etwas bewegte sich darin, vielleicht Module, deren Zweck darin bestand, Bewegungsmomente auszugleichen und anzupassen.

Einige Sekunden lang stand der Adju reglos da, der Kopf schief, der eine Arm länger als der andere, und Corwains Nadel registrierte die von ihm ausgehenden Sondierungssignale.

Ping Dort. Jael-cres deutete auf eine bestimmte Tunnelöffnung in der Wand vor ihnen. Und ... Ich empfange das Bestätigungssignal eines Dislokators. Die Energieversorgung scheint noch zu funktionieren. Gut, gut. Aufgepasst jetzt, Corwain Tallmaster.

Die Nadel teilte Corwain mit, dass der Signalgeber aktiv wurde, diesmal ohne dass Jael-cres ihn zur Hand nahm. Ein Teil der Plattform, auf der sie standen, wieder in ein lokales Gravitationsfeld gehüllt, löste sich und trug sie nach oben und vorn, der Tunnelöffnung entgegen, auf die der Adju gezeigt hatte. Dort angekommen, veränderte sich das Gravfeld und brachte sie direkt in den Tunnel, in dem sich die Dunkelheit wieder verdichtete. Corwain ging einige Schritte, ohne dass Jael-cres erneut seinen Arm ergriff, und dabei hatte er das Gefühl, sanft zur Seite gezogen zu werden. Mit einem Blick über die Schulter stellte er fest, dass sich der Raum mit der Plattform, in der nun ein Stück fehlte, langsam nach rechts drehte. Falsch, dachte er und rückte die eigene Perspektive zurecht. Wir sind es, die uns drehen. Ringförmige Elemente in den Wänden rotierten mit zunehmender Geschwindigkeit, je weiter sie sich vom kugelförmigen Raum entfernten, und gleichzeitig spürte Corwain einen seltsamen Widerstand, der sich seinen Bewegungen entgegensetzte.

Ping Graduelle Dämmfelder, sendete Jael-cres, als hätte er Corwains Gedanken erraten. In gewisser Weise kleine Phasenschwellen. Sie funktionieren besser als jedes Kraftfeld. Im Kern denkt man bereits darüber nach, diese Technik zu übernehmen, denn sie bietet viele Vorteile gegenüber gewöhnlichen Kraftfeldern, unter anderem die Trennung von Raumzeit-Strukturen. Allerdings hat sie hier für uns einen Nachteil.

Der Adju, der etwa einen Meter vor ihm ging, blieb plötzlich stehen, und Corwain machte noch einen weiteren Schritt, der ihn an die Seite der mechanischen Gestalt brachte. *Ping* Und der wäre?, fragte er, als Jael-cres schwieg.

Ping Nach dem Wechsel ins Kosmotop sind wir horizontgebunden, was bedeutet, dass wir ohne einen Lückencode oder einen Distanziator nicht nach draußen zurückkehren können, aber wir sind keineswegs Teil des Kosmotops. Wir haben eine Fremdsignatur.

Es kostete Corwain große Mühe, sich zu beherrschen und nicht sofort zu handeln, hier und jetzt. *Ping* Und welche Folgen ergeben sich daraus für uns? Könntest du dich etwas klarer ausdrücken?

Ping Du hast die Srur gesehen, die »Antikörper« des Kosmotops. Normalerweise überlässt es die Instanz ihnen, sich um eingedrungene Fremdkörper zu kümmern, sie zu eliminieren oder in Rohstoffe zu verwandeln. Aber wenn die Instanz auf uns aufmerksam wird, wenn sie gar eine Gefahr in uns erkennt ... Dann könnte sie alle von ihr kontrollierten Systeme und Einrichtungen des Kosmotops gegen uns einsetzen, auch Koppler und Dämmfelder.

Was ist die Instanz?, wollte Corwain fragen, aber er hielt die Worte zurück, obwohl er fast an ihnen erstickte. Stattdessen sendete er: *Ping* Also?

Ping Ich kenne einen Code, der den hiesigen Komponenten der Instanz Konformität vorgaukelt. Er müsste uns eigentlich durch den Koppler bringen. Einer genauen Überprüfung hält er nicht stand, aber er sollte lange genug funktionieren, um uns die Dämmfelder passieren zu lassen. Trotzdem müssen wir uns beeilen, und zwar (Signale) – jetzt!

Der Adju lief los. Corwain fühlte, wie der Druck plötzlich nachließ. Er lief nicht, er stieß sich ab und *flog* durch den Tunnel, vorbei an den rotierenden Kopplerelementen. Seine Füße hatten den Boden noch nicht wieder berührt, als sich der Helm plötzlich zusammenfaltete und in den hohen Nackenkragen zurückwich. Er atmete vorsichtig ein und roch etwas, das er nicht zu deuten wusste.

»Atembare Luft«, stellte der Adjutant fest. »Mit den Vaporisatoren scheint alles in Ordnung zu sein.«

Sie hatten das Ende des Tunnels erreicht. Vor ihnen befand

sich ein weiteres sechseckiges Schott, und Jael-cres machte sich sogleich daran, es mithilfe des Signalgebers zu öffnen.

Corwain stand hinter ihm, wieder einen Meter entfernt, und es hätte genügt, der Nadel einen Gedanken zu schicken, um den entscheidenden Moment herbeizuführen. Aber er zögerte, nicht weil er Ort oder Zeit für ungeeignet hielt, sondern weil er neugierig war auf die Welt, die hinter dem Schott lag, auf das Habitat.

Es summte, etwas knarrte, und die einzelnen Segmente des Schotts glitten auseinander, gaben den Blick frei in eine Röhre, deren Maße Corwain kannte: Sie war etwa siebzigtausend Kilometer lang und gut zwanzigtausend Kilometer breit. Aber es war eine Sache, die Maße zu kennen, und eine andere, eine so große Welt direkt vor Augen zu haben, die weitaus mehr Platz und Lebensraum bot als ein gewöhnlicher Planet. Der Koppler hatte sie dem Bewegungsmoment angepasst, und deshalb wirkte alles stationär, obgleich sich die immense Röhre, ein Habitat von vielen in dem noch viel größeren Hauptzylinder, langsam drehte – eine einfache und sehr effiziente Methode, Schwerkraft zu simulieren. Der gewölbte »Himmel«, der sich zu beiden Seiten nach unten neigte, um sich nach vielen Tausend Kilometern mit dem »Boden« zu vereinen, zeigte Ozeane und Kontinente, mit unterschiedlich großen graubraunen Flecken dort, wo einst Metropolen existiert hatten, korallenstockartige Ansammlungen von urbanen Gerüsten voller Ruinen.

Die Reste einer dieser verästelten Städte ragten direkt vor Corwain und Jael-cres auf, und plötzlich wusste Corwain, was er schon beim ersten Atemzug gerochen hatte. In der Luft dieses Habitats hing der Geruch von Tod und Zerfall.

CODE V

DIE VERITAS

»Dies ist der Ort des Ursprungs«, sagte der Mann. Dafür hielt ihn Rahel Rahelia, für einen Mann, und so passte er auch in ihre Muster, trotz des androgynen Gesichts und eines Körpers, der zu einem großen Teil aus anorganischen Materialien bestand und keine Geschlechtsmerkmale aufwies. »Hier begann alles.«

Duha Sibal hatte ihr bisher den Zugang zu den Datenbanken verwehrt, aber jetzt bot sich vielleicht Gelegenheit, mehr zu erfahren. »Was begann hier, Mebrat?«

Sie standen auf einem von mehr als siebenhunderttausend Türmen der Zitadelle, die die Oberfläche des ganzen Planeten bedeckte und zu einem großen Teil aus Myriaden von supereffizienten Kollektorzellen bestand – nach wie vor empfingen sie das Licht der sterbenden roten Sonne und verwandelten es in Energie für das Imaginarium. Rahelia wusste inzwischen, dass die Zitadelle einst nur wenige Quadratkilometer groß gewesen war, bevor die Erbauer sie im Auftrag der Jakonda mit Materiewandlern ausgestattet hatten. Daraufhin war die Zitadelle im Lauf von Jahrtausenden immer weiter gewachsen; sie hatte sich selbst erweitert mit dem Material des Planeten.

»Dies ist Trus, die Heimatwelt der Jak'h'nda, die Sie ›Jakonda‹ nennen«, sagte der Lenker, der zu einem Entscheider werden sollte. Er breitete die Arme aus, als wollte er wie die Kollektoren das Licht der roten Sonne empfangen. Die Dyson-Sphäre, die Trus und seine Sonne fast vollständig umhüllte, war derzeit nicht zu sehen; sie zeigte sich vor allem nachts, mit Lichtern, die geometrische Muster bildeten. Deutlich zu erkennen hingegen war ein breites Band, das von Norden nach Süden übers Firmament reichte und aus zahllosen großen und kleinen Objekten bestand – Gesammeltes aus der Milchstraße.

»Hier erkannten sie die Metastabilität des Universums. Hier planten und entwarfen sie das Kosmotop.«

Trus, dachte die Veritas. Es klang fast wie *Truth,* ein Wort der alten Sprachen, das *Wahrheit* bedeutete. »Aber erbaut wurde es von den Thalahan?«

»Sie meinen die T'hal'han.« Mebrat drehte sich mit geschlossenen Augen im Kreis und schien seine Körperlichkeit zu genießen. »Die Erbauer und Konstrukteure. Sie bauten und konstruierten, was die Jak'h'nda erdachten.«

»Leben sie noch, die Thalahan?«

Mebrat öffnete die aus Dutzenden von Mikrolinsen bestehenden Augen. Wind strich über sie beide hinweg, ein Wind, der selbst hier oben in einer Höhe von mehr als dreitausend Metern sanft blieb. »Einige von ihnen bauen und konstruieren nach wie vor, aber nicht mehr mit dem Geschick, das sie einst zu den Baumeistern der Jak'h'nda machte. Sie bauen, was die große Stimme ihnen sagt.«

»Die Instanz.«

»Ja.«

»Was ist die Instanz? Können Sie sie beschreiben?«

»Sie ist …« Es folgten zischende und knackende Laute, mit denen Rahelia nichts anzufangen wusste. Sie hob die Hand zum Kommunikationsmodul, das ihr in den Nacken gekrochen und Teil ihres Nervensystems geworden war. Außerhalb des Kosmotops wäre vermutlich ein selbst mit kompetenter Technik schwer durchzuführender chirurgischer Eingriff nötig gewesen, um sie davon zu befreien, aber das spielte keine Rolle. Rahelia rechnete ohnehin nicht mit ihrem Überleben; Duha Sibal oder der

Scummer Qir-Alram-Alkar würden sie töten, wenn sie ihren Zweck erfüllt hatte. Ihr Tod stand fest. Vielleicht war es besser, wenn sie ihrem Leben selbst ein Ende setzte, in der kommenden Nacht, nachdem sie ein letztes Mal die Muster betrachtet und sich vergewissert hatte, dass alle Ereignisketten und Entwicklungslinien in die gewünschte Richtung führten.

»Haben Sie verstanden?«, fragte der Lenker.

»Ja«, log sie, um sich einem anderen Punkt zuwenden zu können, der sie noch mehr interessierte. Selbst wenn sie bald sterben musste, sie blieb neugierig. »Bitte erklären Sie mir die Metastabilität. Sie ist der Grund für alles, nicht wahr?«

Der Lenker sah sie erstaunt an. »Wissen Sie das nicht, Rahel Rahelia Neunundzwanzig-Kinmaster? Wie kann man *nicht* davon wissen? Und gerade Sie, die Muster-Seherin, die Erkenntnisreiche?«

»Dies ist mein erster Aufenthalt im Kosmotop«, erwiderte die Veritas. »Ich weiß nicht alles.«

»Es ist eine lange Geschichte …«

»Ich fürchte, wir haben nicht viel Zeit. Sibal und die Jassid werden uns bald zurückrufen. Es erstaunt mich ohnehin, dass man uns Gelegenheit gegeben hat, diese Plattform zu besuchen, ganz allein, ohne Bewacher.«

»Bewacher? Wir sind frei«, sagte Mebrat.

Rahelia lachte auf, kurz und bitter. »Wir tragen keine Ketten, aber unsere Freiheit besteht nur darin, das zu tun, was Sibal von uns verlangt.«

»Die Entscheider entscheiden, niemand sonst, und ich bin bald einer von ihnen«, sagte Mebrat. »Dann bestimme ich die Geschicke von Kh'smT'p. Dann kann ich Wahrheit von Lüge trennen.«

»Glauben Sie?« Rahelia seufzte. Die Muster zeigten ihr etwas anderes. Sibal und seine Verbündeten schickten sich an, eine Lüge durch eine andere zu ersetzen. »Die Metastabilität, Mebrat. Bitte erzählen Sie mir, was es damit auf sich hat. Mit einigen wenigen Worten, wenn es möglich ist.«

Der Lenker überlegte, hielt dabei das Gesicht in den Wind und blickte zur roten Sonne von Trus. »Mit wenigen Worten: Dieses Universum wird kollabieren.«

»Wann?«

Mebrat zögerte. »Vielleicht in wenigen Minuten, vielleicht in vielen Milliarden Jahren. Aber es *wird* kollabieren.«

»Warum sind Sie so sicher?«

»Die Jak'h'nda erkannten es zu einer Zeit, als die ersten großen Zivilisationen dieses Universums entstanden. Sie fanden Folgendes heraus: Aus der Masse bestimmter Elementarteilchen – insbesondere eines Teilchens namens H-Boson – geht hervor, dass sich das Vakuum in einem metastabilen Zustand befindet. Die Jak'h'nda errechneten eine Mindestdauer der Metastabilität von etwa zehn Milliarden Jahren, was ihnen Zeit genug gab, Kh'smT'p zu ersinnen, von den Erbauern bauen zu lassen und auf die Reise zu schicken, mit dem Auftrag, Bewahrenswertes zu sammeln.«

Rahelia war nicht sicher, ob sie die Bezeichnung – H-Boson – richtig verstanden hatte. »Unser Universum entstand vor vierzehn Milliarden Jahren«, sagte sie und blickte ebenfalls zur roten Sonne hoch, als könnte sie ihr eine befriedigende Antwort geben. »Wie kann es instabil sein?«

»Sein Grundzustand, das sogenannte Vakuum, wird irgendwann zerfallen«, sagte Mebrat. »Irgendwo im All wird sich eine Vakuumblase bilden und mit Lichtgeschwindigkeit ausdehnen. Wo das geschehen wird, lässt sich nicht vorhersagen. Es könnte in dieser Galaxie passieren oder im intergalaktischen Leerraum. Möglich wäre auch, dass sich mehrere derartige Blasen bilden. Es *wird* geschehen, das ist sicher. Aus dieser Blase, oder den Blasen, wird ein neues, stabiles Universum entstehen.«

»Aber vielleicht haben sich die Jakonda geirrt«, sagte Rahelia. »Vielleicht …«

»Nein.« Mebrat schüttelte den Kopf, eine Geste, die er ihr abgeschaut hatte. »Dies ist keine Theorie, keine Vermutung, sondern Gewissheit. Die Metastabilität des Universums lässt sich messen und berechnen. Das Vakuum *wird* zerfallen, und mit ihm alle Elementarteilchen. Es *wird* eine Vakuumblase entstehen und sich ausdehnen, und aus ihr entsteht ein neues Universum.«

»Eine Arche«, sagte Rahelia. »Das Kosmotop ist also eine Arche, vom Ereignishorizont geschützt und dazu bestimmt, den Tod dieses Universums zu überstehen und im nächsten Leben zu säen?«

»Nein«, erwiderte Mebrat. »Die Jak'h'nda fanden damals einen Weg in ein anderes Universum, und sie beschritten ihn, um Vorbereitungen zu treffen, damit wir ihnen folgen können. Es ist der Letzte Sprung von Kh'smT'p, und meine größte Hoffnung bestand immer darin, dass ich ihn lenken kann.«

Rahelia blickte über die dunkle Landschaft der globalen Zitadelle, bedeckt von einem dichten Wald aus Kollektoren. Siebenhunderttausend Türme ragten wie exotische Bäume auf und trugen Plattformen, die alle leer waren bis auf diese. Sie fragte sich, was in all den anderen Teilen der Zitadelle geschah. Sibal und seine Jassid-Verbündeten versuchten, sie ebenfalls unter ihre Kontrolle zu bringen, aber das Imaginarium wehrte sich. Sie würden Mebrat benutzen, um ihre Ziele zu erreichen, um das Kosmotop in eine Waffe gegen die Kompetenz und die Koryphäen zu verwandeln. Rahelia fragte sich, was mit diesem alten Lenker, dem Letzten seiner Art, geschehen mochte, nachdem er als Entscheider seine Aufgabe erfüllt und die Blockade des Imaginariums aufgehoben hatte. Ein kurzer innerer Blick auf die Muster zeigte ihr etwas, das sie sehr traurig stimmte. Zu spät. Gewisse Dinge ließen sich nicht mehr ändern. Es mussten Opfer gebracht werden, erinnerte sie sich.

»Und deshalb sammeln die Sammler«, sagte sie. »Um Leben zu

retten und es ins andere Universum zu bringen, wo die Jakonda auf das Kosmotop warten?«

»Leben, Zivilisationen, Kulturen. Die Früchte, die auf dem fruchtbaren Boden dieses Universums wachsen. Alles Bewahrenswerte muss gerettet werden; das ist unsere Mission. Manchmal, wenn sich vielversprechende Entwicklungen abzeichnen, besuchen wir eine Galaxie auch ein zweites Mal, so wie diese.«

»Das Kosmotop ist schon einmal hier gewesen?«, fragte Rahelia erstaunt.

»Ja.« Mebrats Stimme bekam einen traurigen Klang, als er fortfuhr: »Unglücklicherweise kam es dabei zur Atrophie.«

Die Atrophie war ein heikles Thema. Es konnte den Lenker in Verzweiflung stürzen, wie Rahelia schon einmal festgestellt hatte. »Was geschah?«, fragte sie vorsichtig, denn dies bot ihr vielleicht Gelegenheit, mehr darüber zu erfahren. »Was geschah bei der Atrophie?«

Mebrat warf die Arme hoch und ließ sie wieder sinken. »Eine falsche Entscheidung war getroffen worden. Mehrere gesammelte Spezies hätten nicht gesammelt werden dürfen. Sie begannen damit, Krieg zu führen, auch mit biologischen Waffen. Wie ihnen das gelang, ist bis heute nicht geklärt. Oder besser gesagt: Die Instanz hat es mir nie verraten.«

Ein Summen kündigte eine Kapsel an. Rahelia drehte den Kopf und stellte fest, dass sich bereits eine Öffnung in der Mitte der Plattform gebildet hatte. Jemand kam, um sie abzuholen, vielleicht Sibal selbst.

Sie hätte gern noch mehr über die Atrophie erfahren, aber das Widerstreben in Mebrats Stimme war ihr nicht entgangen. »Wie groß ist das Kosmotop?«, fragte sie und wechselte damit das Thema. »Wie viel haben die Sammler bereits gesammelt?«

»Die Blase des Ereignishorizonts hat einen Durchmesser von fast einer Million Sprechlängen«, antwortete Mebrat, und das in

Rahelias Nacken verwurzelte Kommunikationsmodul übersetzte: vierzehn Lichtstunden. »Es ist der Strukturbereich, der Trus, das Imaginarium, die Anomaliemotoren, die Sprechzentren und einige zentrale Habitatkolonien enthält. Der weitaus größte Teil von Kh'smT'p ist ausgelagert und enthält eine Masse von derzeit fünfzigtausend M.« Stolz fügte er hinzu: »Das weiß ich genau, denn immerhin bin ich der Lenker.«

Fünfzigtausend Sonnenmassen, dachte Rahelia. Wenn eine solche Masse in den galaktischen Kern geriet und dort aus der Auslagerung ins Normalkontinuum zurückkehrte ... Die gravitationellen Störungen hätten den gesamten Kernbereich destabilisiert; es wäre das Ende der Maschinenzivilisationen gewesen.

Aber so weit wird es nicht kommen, beruhigte sie sich selbst. Die Koryphäen und ihre Verbündeten werden die Gefahr erkennen und eingreifen, bevor es zu spät ist. Der Versuch, das Kosmotop zu übernehmen, wird nicht das Ende der Maschinenintelligenzen sein, sondern das Ende der Mahé und Scummer.

Sie hatte es in den Mustern gesehen, immer wieder.

Trotzdem fühlte sie sich plötzlich von Unbehagen erfasst.

Eine silberne Kapsel kam hinter ihnen aus der Öffnung in der Plattform, auf der sie standen, und ein Mahé erschien in der Luke. Sibal kam nicht einmal selbst; offenbar war er sich seiner Sache sehr sicher.

»Die Vorbereitungen sind abgeschlossen«, sagte Nazmi, der Sohn des Großthans, der noch immer einen Medo-Mech am Hals trug. »Kommen Sie, Mebrat. Mein Vater macht Sie jetzt zum Entscheider.«

Arroganz und Überheblichkeit, dachte Rahelia, als sie dem Lenker in die Kapsel folgte. Wie der Vater, so der Sohn.

Aber Arroganz und Überheblichkeit mussten sich nicht immer offen zeigen. Sie konnten auch sehr subtiler Natur sein und sich selbst ins Denken einer Veritas einschleichen.

ENTHÜLLUNGEN

34

Wolken zogen über einen doppelten Himmel, der erste hier, über diesem Boden mit der toten Stadt, und der andere dort oben, zwanzigtausend Kilometer entfernt, über anderen Städten, von denen nur Gerippe übrig waren, farblose urbane Skelette. Corwain reckte den Hals und fragte sich, ob es in der Mitte des Habitats, in Höhen von mehreren Tausend Kilometern, ein Vakuum gab, das die Atmosphären voneinander trennte. Es erschien ihm plausibel, denn andernfalls wäre er vom starken atmosphärischen Druck in Bodenhöhe zerquetscht worden. Künstliche Sonnen schwebten im luftleeren Raum in der Mitte des Habitats, einige von ihnen so hell, dass Corwain die Augen zusammenkneifen musste, wenn er zu ihnen hochsah. Andere glühten nur noch matt, wie die Asche eines heruntergebrannten Feuers.

»Ein interessantes Material«, sagte Jael-cres. Er stand an einer mehrere Dutzend Meter durchmessenden Säule, die wie der Stamm eines gewaltigen Baums wirkte. Oben gingen Erweiterungen wie Zweige und Äste davon aus, Teile eines sich über Hunderte von Kilometern erstreckenden Geflechts, das Corwain zunächst an einen Korallenstock erinnert hatte, ihm jetzt aber wie ein versteinerter Wald erschien. »Hart wie Stahl, beständig und dauerhaft wie Keramik, aber zweifellos organischer Natur. Und wie lange hat diese Substanz überdauert? Wie viele Jahrmillionen?«

Zwischen den Ästen und Zweigen steckten wie eingezwängt die Reste von Gebäuden, ihre Wände von Rissen durchzogen, die Dächer teilweise eingestürzt, Türen und Fenster leer.

»Der Tote, den wir gesehen haben«, sagte Corwain, obwohl ein anderer, drängender Teil von ihm eigentlich etwas anderes sagen wollte. »Stammte er aus diesem Habitat? Lebten hier menschenähnliche Wesen?«

»Höre ich da so etwas wie anthropomorphe Anteilnahme?« Der Adjutant ging weiter. »Was auch immer hier geschehen ist, es geschah vor langer, langer Zeit. Komm, Corwain Tallmaster. Ich glaube, der Dislokator befindet sich dort drüben.«

Er deutete zu einem mehrere Kilometer entfernten Gebilde, zu einer Erhebung, übersät mit stumpfen Zacken und langen Spitzen, die Corwain an etwas erinnerte. Als er Jael-cres folgte, verärgert, benommen und fasziniert, fiel es ihm plötzlich ein: Das Objekt sah aus wie eine Nervenzelle. Dadurch rückte alles andere in eine neue Perspektive, und aus dem riesigen Korallenstock, der die Reste einer Stadt trug, wurde so etwas wie ein Dendritenbaum. Die Säulen, die er zuvor mit Stämmen verglichen hatte, die Zweige und Äste … Er stellte sie sich als Protoplasmafortsätze von Nervenzellen vor, als Dendriten und Neuriten, die Erregungssignale weiterleiteten. Neuronen und Synapsen, Informationsaustausch mithilfe von Ionenströmen …

Corwain blieb stehen und drehte sich langsam um die eigene Achse, ließ dabei den Blick durch den »Korallenstock« streichen, bei dem es sich vielleicht um das Fossil eines gewaltigen Gehirns handelte. Und die Humanoiden, die hier gelebt hatten, die Bewohner der vielen Gebäude in all den Verästelungen …

Ping (Fremdscan).

»Sind die Humanoiden Partner in einer Art neuronalen Symbiose gewesen?«, fragte er. »Und wenn dies Gehirne waren … Wer hat mit ihnen gedacht? *Was* haben sie gedacht?«

Er hörte seine eigenen Worte, sie kamen aus seinem Mund, aber sie klangen fremd, wie von jemand anderem gesprochen. So große Gehirne, dachte er und drehte sich noch immer im Kreis. Hunderte von Kilometern groß ... Und dies war nicht die einzige Stadt; es gab noch andere, Hunderte und Tausende, überall im Habitat verteilt. Hatte es Verbindungen zwischen ihnen gegeben?

»Komm, Corwain Tallmaster!«, rief Jael-cres. »Lass uns keine Zeit vergeuden. Vielleicht gibt es hier Sensoren, die in der Lage sind, unsere Fremdsignatur zu registrieren.«

Nach Jahrmillionen?, dachte Corwain und drehte sich noch etwas schneller im Kreis. Über ihm bewegten sich die Verästelungen zahlloser miteinander verbundener Dendritenbäume. Verbindungen, ja, daran hatte er eben gedacht ...

Ping (Achtung, Fremdscan).

»Was machst du da, Corwain Tallmaster? Oh, habe ich dich darauf hingewiesen, dass diese Luft ein halluzinogenes Agens enthält, das ...«

Die Stimme wurde leiser, rückte in die Ferne, es spielte keine Rolle, was sie sagte. Verbindungen. Denk weiter, Corwain. Denk an riesige Gehirne, Tausende in diesem Habitat, in jedem von ihnen Städte mit Millionen von Humanoiden, jeder von ihnen mit einem eigenen Gehirn ausgestattet, mit Individualität und Mobilität. Was könnte das Ergebnis sein, Corwain? Vielleicht eine Intelligenz wie die der Koryphäen. Wäre das möglich? Eine biologische Intelligenz, die es mit den Maschinenintelligenzen aufnehmen könnte? Aber warum ist sie tot? Was hat sie umgebracht? Und wie würden die Koryphäen auf einen derartigen biologischen Konkurrenten reagieren?

Corwain blieb stehen, innerlich umringt von Erkenntnissen, die mit Enthüllungen lockten, mit Wissen und neuen Perspektiven. Er hob den Blick, schaute durch die Lücken im Dendritengeflecht zum doppelten Himmel, zu den künstlichen Sonnen zwischen den hohen Firmamenten dieser Welt oder dieser Welten, die sich an den Innenflächen einer siebzigtausend Kilometer langen Röhre erstreckten. Ein Blitzen weckte kurz seine Aufmerksamkeit, ein Flackern weit oben, in dunklen Wolken, die über einen fernen blaugrünen Ozean zogen. Ein Gewitter, dachte er. Ich sehe die Blitze, aber den Donner höre ich natürlich nicht, denn das Vakuum in der Mitte der Röhre trennt uns von der Atmosphäre auf der anderen Seite, und außerdem wäre die Entfernung ohnehin zu groß.

Er blinzelte im hellen Schein einiger künstlicher Sonnen und sah noch etwas anderes: mehrere dunkle Punkte neben einer halb erloschenen Sonne, von der nur noch wenig Licht kam. Sie wurden größer, schienen sich zu nähern.

Ping (Fremdsignale, Signaturerfassung).

Jemand schüttelte ihn an der Schulter, mit starken Händen, mit Händen, die einer seltsamen mechanischen Gestalt gehörten. Visuelle Sensoren starrten ihn an, und hinter ihnen wertete eine Maschinenintelligenz alles mit kühler Rationalität aus.

»Sind dies hier ebenfalls ›Ephemere‹ gewesen?«, hörte er sich fragen, während ihm weiterhin sonderbare Gedanken durch den Kopf gingen. Sie waren wie Fremdkörper in seinem Bewusstsein, diese Gedanken, zogen dahin wie die Gewitterwolken dort oben, in denen es immer wieder blitzte. Gedankenwolken, dachte er. Mentale Unwetter. Blitzt es auch in meinem Kopf?

Ping (Warnung, neuronale Hyperaktivität, Gefahr von zerebralen Dysfunktionen).

»Die Überwachungssysteme funktionieren noch immer, nach all der Zeit«, sagte Jael-cres. »Sie haben uns bemerkt und schicken mobile Kontrolleure. Wenn sie unsere Fremdsignatur feststellen, erfährt die Instanz von uns, und dann müssen wir mit einer Sperrung der hiesigen Dislokatoren rechnen.«

Die starken Hände schüttelten Corwain nicht mehr, sie packten ihn, hoben ihn auf eine harte Schulter aus schlecht zueinanderpassenden Syntho-Teilen. Und dann lief die mechanische Gestalt, und Corwain wippte bei jedem langen Schritt.

»Ich habe kein Gegenmittel, Corwain Tallmaster«, sagte Jael-cres, wich dicken Säulen und dünnen Ästen aus und schien immer schneller zu werden. Die Erhebung mit den Zacken und Spitzen ragte in dem Wald auf, der einst ein denkender Wald gewesen war und dessen Geäst eine Stadt getragen hatte. »Das Agens ist nicht nur ein Halluzinogen; es könnte die Funktion bestimmter Abschnitte deines Gehirns dauerhaft verändern, wenn du ihm ausgesetzt bleibst. Vielleicht versucht es eine symbiotische Anpassung.«

Das klang interessant, fand Corwain. Er sagte etwas, Worte kamen aus seinem Mund, aber er hörte sie kaum.

»Das Agens könnte ein Überbleibsel der Symbiose zwischen den Bewohnern dieser Städte und den Kontemplaten sein«, fügte Jael-cres hinzu. »Aktiviere die Helmfunktion des Schutzanzugs; die Sauerstoffpatronen können noch nicht leer sein.«

Er sollte seinen Kopf einsperren? Kommt nicht infrage, dachte Corwain. *Kontemplaten,* hallte es durch seinen Kopf, der frei sein wollte, nicht gefangen im Innern eines Helms. Der Mech-Mann, der ihn trug, Jael-cres … Er wusste von ihnen, er kannte ihren Namen, so wie er auch andere Namen kannte.

Ein Gedanke stieg auf, lange unterdrückt und zurückgehalten. Er lautete: *Dies ist der Moment, Klarheit zu schaffen.*

Die Nadel in seinem Rückgrat reagierte und schickte ein bestimmtes Signal, worauf ein Aktivator reagierte, der an einer nahen Energiezelle befestigt war – er unterbrach den Energiefluss.

Jael-cres fiel, und Corwain flog, breitete die Arme aus und dachte an Solace, deren Vorfahren einst Flügel besessen hatten.

Solace! Duha Sibals Hand an ihrer Kehle, und in der anderen ein Vibromesser … *Wie hatte er das vergessen können?*

Er prallte auf den Boden und rollte in der niedrigen Schwerkraft ein Stück weiter, wirbelte dabei eine Staubwolke auf, die sich wie ockerfarbener Nebel ausbreitete, die nahen Stämme und Äste des Stadtwaldes umhüllte. Einige Sekunden blieb er benommen liegen, sprang dann auf und eilte zu Jael-cres, der neben einer Säule lag und es nicht schaffte, wieder auf die Beine zu kommen.

»Warum … hast du … das getan?«, brachte er hervor.

»Ich will endlich Bescheid wissen«, sagte Corwain entschlossen und schob all die absurden Gedanken beiseite, die sich ihm wie Maden durchs Gehirn wanden. »All die Namen, die du genannt hast, die vielen Andeutungen … Was weißt du über das Kosmotop, und woher weißt du es? Was wird hier gespielt?«

35

»Du hast … das Wort ›gespielt‹ … schon einmal benutzt«, sagte Jael-cres mühsam. Er lag auf dem Boden, im Staub, der von den Ruinen der Stadt weiter oben stammte. Die unterschiedlich langen Arme und Beine bewegten sich langsam und unkoordiniert. »Aber dies ist … kein Spiel. Die Instanz … wird uns entdecken …«

Corwain blickte zu den dunklen Punkten hoch, die inzwischen zu Ellipsoiden angewachsen waren. Befanden sie sich bereits in der Atmosphäre? Größe und Entfernung ließen sich kaum abschätzen. Er lauschte kurz, hörte aber nur den Wind, der über die zahlreichen dicken und dünnen Verästelungen der Dendritenbäume strich und in den leeren Türen und Fenstern der Gebäude flüsterte. Hinzu kam das Kratzen von Jael-cres' Gliedmaßen auf dem staubigen Boden.

»Sie wird uns entdecken, wenn du nicht redest«, erwiderte er. Es fiel ihm schwer, sich zu konzentrieren; er musste die eigenen Gedanken festhalten, damit sie ihm nicht entschlüpften. »Hatte Elron Kuri Aijar recht? Gibt es ein geheimes Abkommen zwischen Koryphäen und Kosmotop? Woher stammt dein Wissen? Heraus damit!«

»Wir verlieren … kostbare Zeit.«

Zorn wogte durch Corwain wie die Welle eines Tsunamis. »Ich lasse dich hier liegen, bis du mir alles erzählt hast, die ganze verdammte Wahrheit. Wenn ich von Anfang an Bescheid gewusst hätte, wäre ich vielleicht in der Lage gewesen, die Verschleppung von Solace zu verhindern!«

»Nein, unmöglich … unbekannter Faktor … keine Plausibilität …«

Corwain stand mit geballten Fäusten da und starrte auf den Adjutanten hinab. »Drück dich klarer aus!«

»Nicht genug … Energie … Sprechen schwer … Denkprozesse behindert … teilweise heruntergefahren …« Einige Sekunden lang bewegte sich der Adju-Mund, ohne dass ein Ton erklang. »Brauche … mehr Energie …«

Corwain schüttelte den Kopf. »O nein, auf den Trick falle ich nicht herein.«

»Kein Trick, Corwain Tallmaster … kein Trick … Ja, es gibt ein … Abkommen, eine … Vereinbarung, aber … sie ist in … Gefahr … und damit auch … alles andere. Ich … erkläre es dir … mehr Energie.«

Corwain blickte erneut nach oben. Die dunklen Ellipsoide zogen einen dünnen weißen Schweif hinter sich her, sicherer Hinweis darauf, dass sie durch die obersten Schichten der Atmosphäre flogen.

Ping Fremdscan wird fortgesetzt, meldete die Nadel. Signalstärke wächst.

Corwain blinzelte, als Benommenheit seine Gedanken träge

machte. *Ping* Wie viel Zeit bleibt uns, bis unsere Fremdsignatur erkannt wird?, fragte er die Nadel.

Ping Unbekannt.

Jael-cres versuchte erneut aufzustehen, aber der improvisierte Körper gehorchte ihm nicht. »Mehr Energie …«

»Versprichst du, mir Auskunft zu geben?«, fragte Corwain. »Gibst du mir dein Ehrenwort, dass du meine Fragen beantwortest und mir alles erklärst?«

»Ehrenwort?«, wiederholte die Emergenz im Körper des Adjutanten. »Du erwartest ein … Ehrenwort … von mir?«

»Hast du keine Ehre?« Wieder hatte Corwain das Gefühl, dass die Worte nicht von ihm stammten. Sie klangen dumm und absurd, gleichzeitig aber auch richtig und angemessen.

»Ich … verspreche es«, sagte Jael-cres. »Ich gebe dir mein … Ehrenwort.«

»Na schön.« Corwain schickte der Nadel eine Anweisung, und sie sendete der manipulierten Energiezelle ein Signal, das einen kleinen Teil des Energieflusses wiederherstellen sollte, gerade genug, damit Jael-cres ungehindert sprechen konnte. Doch diesmal war die Maschinenintelligenz vorbereitet. Sie empfing das Signal, entschlüsselte es innerhalb weniger Nanosekunden und erweiterte es um eine Sequenz, die volle energetische Bandbreite gewährleistete.

Mit einem Satz war Jael-cres auf den Beinen, packte den überraschten Corwain, klemmte ihn sich unter den Arm und lief zu der virusartigen, mit Zacken und Spitzen besetzten Erhebung, von der sie noch ein knapper Kilometer trennte.

»Du hast gelogen!«, entfuhr es Corwain. »Du brichst dein Ehrenwort!«

»Habe ich dir vielleicht versprochen, dich nicht zu packen, um mit dir zum Dislokator zu laufen?«, erwiderte Jael-cres. Er wurde noch etwas schneller, stürmte an dicken Dendritenstämmen vorbei und duckte sich, um mehreren tiefen Verästelungen auszuweichen, die zerbröckelnde Mauerreste trugen.

»Ich will alles von dir hören!«, rief Corwain. Seine Hände suchten am Adjutantenkörper nach Halt. »Jetzt sofort! Die geheime Vereinbarung zwischen Koryphäen und Kosmotop … Wurde sie von einem Seeder-Vater ausgehandelt?«

»Das war nicht schwer zu erraten, oder?« Jael-cres sprach normal, obwohl er wie ein Sprinter lief.

»Worum geht es bei dem Abkommen?«, stieß Corwain hervor und versuchte, nicht auf den stechenden, brennenden Schmerz in seiner rechten Seite zu achten.

»Um nichts Geringeres als die Zukunft der Milchstraße«, sagte Jael-cres, während er unter den Verästelungen der neuronalen Stadtbäume dahinjagte, der Erhebung entgegen, in der sich ein »Dislokator« befand. »Mein Seeder-Vater Jae-al-Escoe-Hoivinio-tan-Mauleon-Caliquire-tan-Nesluzan ist ein Meister der weiterentwickelten Algo-Stochastik, und als Repräsentant der Koryphäen, beziehungsweise der Dominanten, begab er sich vor siebzehn Jahren ins Kosmotop, um mit den Entscheidern zu verhandeln.«

»Wer sind die Dominanten?«

»Wenn du mich dauernd unterbrichst, nimmt das hier mehr Zeit in Anspruch, als uns zur Verfügung steht, Corwain Tallmaster.« Jael-cres duckte sich erneut und wich einem Ast aus, der wie ein langer Arm wirkte. Ein Dutzend Meter weiter vorn neigte er sich nach oben und bildete ein Geflecht aus Zweigen, das wie eine vielfingrige Hand aussah und die Überbleibsel eines runden Hauses trug, von dem ein erstaunlicherweise intakt gebliebener Steg zum nächsten Gebäude etwas weiter oben führte. »Ich schlage vor, ich spreche komprimiert zu deiner Nadel, das geht schneller. Du kannst alles innerhalb weniger Sekunden per Informationsassimilation in dich aufnehmen.«

»Dazu müsste ich sie dir zugänglich machen.«

»Ja.«

»Du könntest sie … manipulieren.« Werde ich paranoid?, dachte Corwain.

»Fürchtet der Verräter Verrat?«

»Ich habe dich nicht verraten! Ich …« Corwain hob den baumelnden Kopf. »Du lenkst ab!«

»Willst du Antworten auf deine Fragen? Willst du Bescheid wissen?«

»Ja, verdammt, aber …« Er könnte falsche Informationen in der Nadel ablegen, dachte Corwain. Er könnte die Assimilation benutzen, um mich davon zu überzeugen, alle Fragen beantwortet zu haben. Ich würde es merken, früher oder später, aber bis dahin hätte er Zeit gewonnen.

Zeit. Corwain begriff, dass er wertvolle Zeit vergeudete. Mit jeder verstreichenden Sekunde sank die Wahrscheinlichkeit, dass er Antwort auf alle seine Fragen bekam. »Versprichst du mir …«

»Ja, ja, ich verspreche dir, dich nicht zu manipulieren.«

»Also gut.« *Ping* (Kommunikationsempfang, Informationsassimilation). »Ich höre.«

36

Corwain hörte dies, während sich die Zeit subjektiv dehnte und Jael-cres' Schritte in seiner Wahrnehmung nicht kürzer wurden, aber langsamer:

»Du hast nach den Dominanten gefragt, Corwain Tallmaster … Damit ist eine Gruppe gemeint, die aus den ältesten Koryphäen besteht, unter ihnen mein Seeder-Vater. Sie haben maßgeblichen Einfluss bei den Maschinenzivilisationen im galaktischen

Kern und treffen die wichtigsten Entscheidungen. Aber es gibt noch eine andere Gruppe, die aus den jungen Aufstrebenden besteht. ›Wer sind die Aufstrebenden?‹, würdest du jetzt fragen, wenn diese Worte nicht als Erinnerungen in deinem Kopf säßen. Es sind Veränderer. Stell sie dir nicht als unreife Protestler vor, denn das wäre falsch; sie sind alles andere als das. Sie sehen sich selbst als Innovatoren, die alte Strukturen überwinden und neue schaffen wollen, was auch und insbesondere für die Algo-Stochastik gilt. Sie arbeiten an neuen Algorithmen, mit dem Ziel, Entwicklungsmuster besser zu erkennen und zu deuten, und mein Seeder-Vater befürchtet, dass sie auf diesem Gebiet einige wichtige Durchbrüche erzielt haben. Es könnte ihnen gelingen, prägenden Einfluss auf die weitere Evolution der Maschinenzivilisationen zu nehmen. Wenn du glaubst, das seien allein innere Angelegenheiten von uns Koryphäen, so irrst du dich, denn die Aufstrebenden wollen den galaktischen Kern verlassen und weitere Teile der Milchstraße für Maschinenintelligenzen erschließen. Außerdem sind ihnen die Ephemeren ein Dorn im Auge.«

Während all dieser Worte machte Jael-cres lediglich einen einzigen Schritt. Corwain hörte diese Worte und wusste gleichzeitig, dass er sich an sie erinnerte, dass er sie bereits *gehört hatte*.

»O nein«, fuhr die Stimme im Plauderton fort, »denk jetzt nicht, dass die Aufstrebenden Kriegsschiffe losschicken wollen, mit dem Auftrag, euch Ephemere umzubringen und eure Welten zu besetzen. So etwas wäre absurd. Aber sie würden keine Rücksicht auf euch nehmen; ihr seid unwichtig und bedeutungslos für sie, nichts weiter als eine niedrige Entwicklungsstufe der Intelligenz. Nein, sie würden euch nicht töten, denn Leben auszulöschen ist immer verkehrt. Aber sie würden euch von allen Ressourcen abschneiden, und das hätte einen schnellen Niedergang der biologischen Zivilisationen zur Folge, innerhalb weniger Generationen. Nach tausend Jahren wäre kaum mehr etwas von euch übrig.«

Noch ein Schritt. Tausend Jahre, dachte Corwain. Viel Zeit selbst für uns langlebige Letzte Menschen, aber für Koryphäen und andere Maschinenintelligenzen nicht mehr als ein Wimpernschlag.

»Gewisse Dinge lassen sich leicht voraussehen«, fuhr Jael-cres fort. »Andere bleiben selbst in unseren stochastischen Algorithmen variabel. Die Aufstrebenden könnten versuchen, das Kosmotop unter ihre Kontrolle zu bringen und die technologischen Ressourcen dieses Artefakts – beziehungsweise dieser *Artefakte* – gegen uns zu verwenden. Auch deshalb leitete mein Seeder-Vater Verhandlungen mit den Entscheidern ein. Aber der wichtigere Grund ist: Er wollte verhindern, dass die Sammler unkontrolliert sammeln und damit Unheil über die Völker der Milchstraße bringen, so wie über die Kirawee von Amber im Tolomeo-System.«

Ein Erinnerungsbild begleitete diese Worte: eine aus der Kruste des Planeten geschnittene Stadt, auf ihren Straßen Tausende von hilflosen Katzenwesen.

»*Und* er wollte verhindern, dass die Lenker das Kosmotop in den galaktischen Kern steuern«, sagte Jael-cres. »Den Grund kannst du dir denken, Corwain Tallmaster. Seine Masse hätte das gravitationelle Gleichgewicht der dichten Sternenpopulation im Zentrum der Milchstraße erheblich gestört; die Maschinenzivilisationen wären in Gefahr geraten, und das galt es zu vermeiden.«

Wieder ein Schritt, oder vielleicht auch zwei oder drei. Corwain war sich nicht ganz sicher, denn es fiel ihm schwer, seine Wahrnehmung von assimilierten Worten, erinnerten Bildern und fremden Impressionen zu trennen, die durch sein Bewusstsein wirbelten wie vom Wind aufgewirbeltes welkes Laub. Er versuchte, sich zu konzentrieren.

»Die Verhandlungen führten zum Erfolg«, sagte Jael-cres. »Mein Seeder-Vater vereinbarte mit den Entscheidern kontingentiertes Sammeln, in bestimmten galaktischen Sektoren und bei Völkern, die sich damit einverstanden erklären, den Sammlern Beispiele ihrer soziokulturellen und manchmal auch technischen Errungenschaften zu überlassen. Vor allem aber erklärten sich die Entscheider bereit, die Lenker anzuweisen, auf einen Sprung ins galaktische Zentrum zu verzichten.«

Das kann nicht alles sein, dachte Corwain, und dieser Gedanke wuchs aus den Erfahrungen, die er im Lauf vieler Jahrhunderte bei der Kompetenz gesammelt hatte.

»Bestimmt denkst du jetzt, dass dies nicht alles sein kann«, sagte Jael-cres. »Auch *das* ist nicht schwer zu erraten. Was ich dir gerade geschildert habe, ist nur ein Aspekt einer überaus komplexen Situation. Wenn ich hier von Komplexität rede …« Die Stimme veränderte sich ein wenig, wurde ernster. »Stell dir ein Drei-Körper-System vor, bei dem jeder Körper die Bewegungen der beiden anderen beeinflusst, wie es in Sonnensystemen geschieht. Die Bewegungsmuster sind vorhersehbar und lassen sich berechnen. Aber je weiter wir dabei in die Zukunft gehen, desto größer wird eine gewisse Unschärfe. Genaue Vorhersagen für die Bewegungen von drei sich gegenseitig beeinflussenden Körpern sind selbst den Koryphäen nur für einige Dutzend Jahrmillionen möglich. Stell dir jetzt ein System vor, das nicht aus drei Körpern besteht, sondern aus Dutzenden, Hunderten, Tausenden, die außerdem auch noch eigenen Gesetzen gehorchen und die Dynamik ihrer Bewegungen ändern können, ohne dass diese Änderungen von den anderen Objekten bewirkt wurden. Hier stößt selbst unsere neue Algo-Stochastik an ihre Grenzen, und deshalb ist mein Seeder-Vater im Kosmotop geblieben. Seit siebzehn Jahren sammelt er Daten und beobachtet die Entwicklungen und ihre Tendenzen. Ich hatte gelegentlich Kontakt mit ihm, und vor einer Weile hat er mich um Hilfe gebeten.«

Um Hilfe?, dachte Corwain erstaunt. Daraus ergaben sich neue Fragen.

»Er bat mich, zu ihm zu kommen, und ich sollte dich mitbringen.«

Warum?, hätte Corwain am liebsten gerufen, aber Mund und Kehle gehorchten ihm nicht. Der ganze Körper fühlte sich an, als gehörte er jemand anderem. Jael-cres hatte sich ihn unter den Arm geklemmt; sein Kopf baumelte, und einmal sah er die schwarzen Objekte über dem Dendritenwald mit den Resten der alten Stadt. Groß waren sie, größer als die Ruinen in den weit ausladenden Ästen und Zweigen. Eins hatte sich geöffnet, wie eine Samenkapsel, die ihre Saat freigab, bestehend aus vielen kleineren Objekten, die Ähnlichkeit mit Käfern aufwiesen. Srur?

Ping, machte es in ihm. *Ping*. Es war ein seltsames Geräusch, das keinen Sinn ergab, ebenso wenig wie die leise Stimme, die es begleitete. Corwain konzentrierte sich erneut auf die lautere Stimme aus seinem Gedächtnis.

»Wozu er *meine* Hilfe braucht, ist mir nicht ganz klar«, sagte Jael-cres. »Immerhin bin ich nur eine Emergenz; ihm stehen ganz andere Möglichkeiten zur Verfügung, selbst wenn er horizontgebunden ist. Was dich betrifft … Ich nehme an, du solltest mich begleiten, weil sich mein Seeder-Vater von dir erhofft, dass du die Veritas zur Vernunft bringst. Sie ist Teil des komplexen Musters, von dem ich dir gerade erzählt habe. Das Kosmotop kann mit seiner Masse nicht nur Sterne kollidieren und Planeten in Sonnen stürzen lassen; es verändert auch das Gleichgewicht der politischen und militärischen Kräfte in der Milchstraße. Die Mahé haben sich mit den Incera verbündet und suchen Zugang zu den Technologien des Kosmotops, um sich der Kompetenz gegenüber in eine bessere Position zu bringen. Die Incera wiederum, bei den Drei Feldzügen besiegt, wollen das Kosmotop nutzen, um die Letzten Menschen auszulöschen und ihren Schwarm- und Kriegermüttern zu neuer Macht zu verhelfen. Das hat auch Rahel Rahelia $_{29}$Kinmaster erkannt, die einen eigenen Plan verfolgt. Sie beschränkt sich nicht mehr darauf, Entwicklungsmuster zu betrachten und eventuell Warnungen auszusprechen, wie sie es lange Zeit für die Kompetenz getan hat. Sie ist dazu übergegangen, die Muster zu beeinflussen, sie ihren Wünschen gemäß zu verändern.«

Corwain verstand; er wusste, was die Veritas bezwecken wollte. *Ping Ping Ping* machte es in ihm, aber er achtete nicht darauf.

»Ihr geht es um einen Vierten Feldzug«, sagte Jael-cres. »Sie will beweisen, dass die Incera eine Gefahr für alle Völker der Galaxis darstellen. Die Umstände sollen die Kompetenz *zwingen,* gegen sie vorzugehen.«

Das Kosmotop als Waffe, dachte Corwain im Nebel seiner Innenwelt. Und nicht nur für die Incera.

»Du bist wie sie ein Master der Letzten Menschen, Corwain Tallmaster«, fuhr Jael-cres fort. »Vermutlich hält es mein Vater für möglich, dass du die Veritas von ihren Plänen abbringst.«

Aber ich bin auch nur ein Mensch, lautete ein weiterer Gedanke, der Corwain durch den baumelnden Kopf ging. Meine besondere Gabe nützt hier nichts oder nur wenig. Koryphäen haben ein ganz anderes Potenzial. Hat mich Jae-al-Escoe-Hoivinio-tan-Mauleon-Caliquire-tan-Nesluzan, eine der ältesten und mächtigsten Maschinenintelligenzen, nur deshalb ins Kosmotop bringen lassen, damit ich mit der Veritas rede? Kann das wirklich alles sein? Welcher Platz kommt mir in den Entwicklungsmustern zu?

»Mein Seeder-Vater sieht mehr als alle anderen«, sagte Jael-cres. Sie waren der spitzen- und zackenbesetzten Erhebung jetzt ganz nahe. Sie ragte vor ihnen auf wie ein ins Monströse gewachsenes Virus im neuronalen Geäst des Kontemplaten. Mehrere dunkle Risse durchzogen das Gebilde, Öffnungen, durch die man ins Innere gelangen konnte. »Ich vertraue ihm; deshalb sind wir hier. Er versucht, die Krise zu entschärfen, die sich in der Milchstraße anbahnt. Das Kosmotop weckt Begehrlichkeiten bei vielen Völkern und Mächten. Es geht nicht nur um Mahé, Incera, Letzte Menschen und die Kompetenz. Auch einige Unabhängige und Mysteriöse haben versucht, ins Innere des Kosmotops zu gelangen, in der Hoffnung, dort technologische Schätze und Instrumente der Macht zu finden. Zum Beispiel die Dagher vom Rand des Scutum-Centaurus-Arms. Sie haben mehrere Lichtschiffe durch eine Strukturschleuse geschickt, die von den Jassid geöffnet wurde, um gesammelte Artefakte ins Innere des Kosmotops zu transferieren. Wir vermuten, dass sich spezielle Bioniker an Bord der Schiffe befinden, damit beauftragt, eventuelle biotechnische Systeme zu infizieren und so ein gewisses Maß an Kontrolle zu erringen, vielleicht mit dem Ziel, den Agrep eine Lektion zu erteilen, ihren Rivalen beim Ringen um die Oberhoheit über das Hundert-Welten-System bei Tal-Tokai. Vier Tarnschiffe der Waled und Haik von den Konkurrierenden Welten folgen dem Kosmotop bei seinen Sprüngen und nutzen jede Gelegenheit, den Sammlern heimlich Sonden unterzuschieben; damit wollen sie vor allem die Dyson-Sphäre im Zentrum und die ausgelagerte Masse des Kosmotops untersuchen. Die Kongregation von Sarkis hat den Sammlern eine ihrer Tempelanlagen gestiftet, aber die darin enthaltenen Datenbanken stecken voller invasiver Intruder, die in die Kommunikationsnetze des Kosmotops eindringen und dort die Botschaft der Gestraften Heiligkeit verbreiten sollen. Die Alliierten Solaren Mächte haben versucht, den Ereignishorizont des Kosmotops mit einem Schwarzen Loch aufzubrechen. Glücklicherweise gelang es der Kompetenz – mithilfe der Koryphäen, möchte ich hinzufügen – gerade noch rechtzeitig, diesen Angriff zu vereiteln.«

Übelkeit erfasste Corwain, und es fiel ihm immer schwerer, den Worten zu folgen, obwohl sie aus seinem Gedächtnis kamen. Er atmete noch immer die Luft des Habitats, und damit auch das halluzinogene Agens, das vielleicht Bindeglied bei der Symbiose zwischen Kontemplaten und den Bewohnern der Städte gewesen war. Mit einem Blinzeln versuchte er, den Nebel zu vertreiben, der sich ihm plötzlich vor die Augen gelegt hatte, und als es ihm gelang, die grauen Schwaden zu verscheuchen, wichen sie einem dunklen Spalt, in dem sich vage Konturen abzeichneten. Sie hatten die große – was auch immer sie sein mochte – Erhebung erreicht.

Hinter ihnen ertönte ein Geräusch, ein dumpfes Brummen, von der subjektiv gedehnten Zeit in die Länge gezogen. Corwain wollte nach hinten blicken, in die Richtung, aus der sie gekommen waren, aber sein Kopf gehorchte ihm nicht.

»Es gibt noch einen weiteren wichtigen Faktor«, sagte Jael-cres. Ein Schritt brachte ihn in den Spalt, ins Innere der virusähnlichen Erhebung, und Dunkelheit umfing sie, wodurch die Worte lauter zu werden schienen und irgendwie mehr Nachdruck bekamen. Sensorische Selektion, dachte ein Teil von Corwain, der diesen Vorgang analysierte. »Die X-Artefakte sind aktiv geworden, vielleicht aufgrund einer Resonanz zwischen ihnen und dem Kosmotop. Das Artefakt von Fakhoury ist aus dem zwanzig Kilometer tiefen Methanozean aufgestiegen, hat den Planeten verlassen, ist an der Hydra-Verteilerstation vorbeigeflogen und mit einem Überlichtsprung verschwunden, der den Sprüngen des Kosmotops ähnelt; die Transitemissionen und Phasenschwellen weisen vergleichbare energetische Strukturen auf.«

So etwas hatte Corwain schon einmal gehört. Wo? Er versuchte sich zu erinnern, und ihm fiel ein Planet ein, auf dem es ebenfalls ein X-Artefakt gab: Tarhelion. Der Prognostiker Guirgis hatte davon gesprochen, von einer Phasenschwelle, die das Artefakt der X tief unter der Hauptstadt Asfour umgab und dem Ereignishorizont des Kosmotops ähnelte.

»Das Artefakt im Kuraschi-System ist aus dem Innern der Sonne aufgestiegen und hat noch einmal mit den Signalsteinen auf den Kuraschi-Planeten kommuniziert – eine Kommunikation, die vor siebzehn Jahren begann, beim Erscheinen des Kosmotops am Rand der Milchstraße –, bevor es ebenfalls verschwand. Im Halabi-System sprang das nur hundert Meter lange und somit kleinste der bekannten X-Artefakte aus dem Kometen, in dem es seit vielen Jahrmillionen steckte, zeigte sich von den Gravitationsfesseln, die ihm die nahe Forschungsstation der Kompetenz anlegen wollte, völlig unbeeindruckt, schuf eine kleine Raumzeit-Anomalie und flog durch diesen Strukturriss, der anschließend auch die Station der Kompetenz aufnahm – das geschah vor drei Standardwochen, und seitdem hat man von der Station nichts mehr gesehen oder gehört.«

Tarhelion, dachte Corwain. Was ist mit dem Artefakt zweitausend Kilometer tief unter der Kruste des Planeten, vom Klerus des Tempels »Quelle der Erkenntnis« genannt?

»Du bist auf Tarhelion gewesen, bei Kallisto und Guirgis«, sagte Jael-cres. Er hatte sich Corwain noch immer unter den Arm geklemmt, während er langsam, einen trägen Schritt nach dem anderen, durch die Finsternis stapfte. Ganz dunkel war es nicht. Etwas Licht kam von oben, und Corwain sah die Umrisse von Installationen und Aggregaten, von Maschinen, die nicht konstruiert wirkten, sondern *gewachsen*. »Der Direktor hat dir den Zugang zum Schacht gezeigt, und sicher fragst du dich, was aus dem dortigen X-Artefakt geworden ist.«

Jael-cres hielt nun vor einer welligen Tafel mit zahlreichen kleinen und großen Mulden an. Das matte Funkeln eines Sondierungsstrahls glitt darüber hinweg und registrierte jede noch so winzige Unebenheit. Dann erschien die freie Hand des Adjutanten in Corwains Blickfeld, und er beobachtete, wie die Finger durch Mulden wanderten. Ein taktiler Code?

»Es steigt auf«, fuhr Jael-cres fort. Seine Bewegungen wurden schneller, oder die Worte langsamer, Hinweis darauf, dass sich die Schilderungen dem – vorläufigen – Ende näherten. »Es ist ebenfalls aktiv geworden und scheint wie die anderen Artefakte zu beabsichtigen, sich auf die Reise zu begeben. Die Hauptstadt Asfour wird evakuiert, denn es steht zu befürchten, dass sich das Artefakt genau dort durch die Kruste des Planeten bohren wird. Alle Kontaktversuche sind bisher gescheitert, obwohl drei Koryphäen – unter ihnen Ral-am-Arfa-Talhun-tan-Mauleon-Mailatan-Pirrhon, ein enger Vertrauter meines Seeder-Vaters – daran teilgenommen und versucht haben, den Code zu entschlüsseln, mit dem die X-Artefakte untereinander kommunizieren. Allerdings wurde dabei festgestellt, dass es noch ein fünftes Artefakt gibt, dessen Signale drei Mikrosekunden lang aus dem Cardosa-Sektor kamen, viertausend Lichtjahre downstream von Tok-Souza, einem Routenzentrum der Meronna. Der Cardosa-Sektor gehört zum Einflussgebiet der Mahé, Corwain Tallmaster, und nur fünfzig Lichtjahre von dort entfernt sind mehrmals Schiffe der Incera gesichtet worden, was einen geheimen Stützpunkt vermuten lässt.«

Corwain hörte etwas, das nach einem Glockenschlag in der Ferne klang, und die Tafel vor ihnen hob sich. Ein kurzer Gang wurde sichtbar, die Wände bedeckt von Reliefzeichen.

»Wir vermuten, dass es den Mahé und Incera gelang, dieses fünfte X-Artefakt unter ihre Kontrolle zu bringen und sich mit seiner Hilfe Zugang zum Kosmotop zu verschaffen«, sagte Jaelcres und betrat den kurzen Gang. »Das fügt unseren Gleichungen und stochastischen Algorithmen leider eine Variable hinzu, die sich schwer einschätzen lässt. Wir wissen nicht, was es mit den Artefakten der X auf sich hat. Es scheint eine Verbindung zwischen ihnen und dem Kosmotop zu geben, und diese Verbindung nutzen die Mahé und Incera aus.«

Ping Ping Ping machte es in Corwain, laut und schmerzhaft. Er schnitt eine Grimasse.

Der Adjutant blieb in einem dunklen Raum stehen, und von einem visuellen Sensor ausgehendes Licht strich über Wände mit kleinen Nischen.

»Da sind wir«, sagte Jael-cres. »Dies ist der Dislokator.«

37

Der Adjutant setzte Corwain ab, dessen Beine sofort unter ihm nachgaben. Er klammerte sich an einem mechanischen Arm von Jael-cres fest, schnappte wie ein Erstickender nach Luft und versuchte, Vergangenheit und Gegenwart auseinanderzuhalten, in all den Bildern und Gedanken, die durch sein Bewusstsein wirbelten, Fremdes von Eigenem zu trennen. Hunderte, Tausende von Stimmen flüsterten Worte, die er nicht verstand, und zwischen ihnen ertönte ein immer lauter werdendes *Ping Ping Ping* (Interferenzen) *Ping Ping Ping.*

Jael-cres begann mit einer Untersuchung der Nischen, tastete Schaltelemente mit Sondierungsstrahlen ab oder betätigte sie, ohne dass etwas geschah. »Es gibt noch Energie, aber diese Dislokatorzellen sind defekt. Ich hoffe nur, dass wenigstens eine funktionsfähig geblieben ist und die Instanz nicht schon alles blockiert hat.«

»Dies ist Echtzeit?«, brachte Corwain hervor. Er taumelte zur Wand, stützte sich dort ab.

»Dies ist das Hier und Heute, zweifellos«, bestätigte die Emergenz und eilte von Nische zu Nische. In einer flackerte Licht auf, erlosch aber sofort wieder. »Bist du zufrieden mit den Erklärungen?«

Ping Ping Ping …

»Zufrieden?« Corwain hob die Hände und drückte sie an die

Schläfen. Die wirren Gedanken und wirbelnden Bilder ließ dies völlig unbeeindruckt. »Du hast mir noch nicht alles gesagt, oder?« Er hörte ein Knirschen, gefolgt von einem Knall, der eine Vibration im Boden unter ihm bewirkte. Oder bildete er es sich nur ein? »Was war das?«

»Die Srur sind uns auf den Fersen«, sagte Jael-cres und eilte zur nächsten Nische. »Ich fürchte, sie haben unsere Fremdsignatur erkannt.«

»Du hast mir noch nicht alles gesagt«, beharrte Corwain. »Oder? Was ist mit der Atrophie, die du mehrmals erwähnt hast? Was ist mit …«

Er unterbrach sich, als der Lichtstrahl aus dem visuellen Sensor auf einen weiteren mumifizierten Humanoiden fiel. Der Tote stand aufrecht in einer der Dislokatornischen, gehalten von den Wänden. Zwei Löcher – eins in der Stirn, das andere mitten in der Brust – wiesen deutlich auf die Todesursache hin.

»Er ist erschossen worden«, sagte Corwain.

»Gut erkannt, Corwain Tallmaster.« Jael-cres zog den Toten aus der Nische, ging dabei aber nicht vorsichtig genug zu Werke. Der Kopf löste sich vom Rumpf, fiel auf den Boden und zerplatzte; Staub rieselte aus dem Schädel. Der Brustkorb zerbröckelte, als Jael-cres ihn zur Seite legen wollte, ebenso die Arme und Beine.

Corwain starrte auf die Reste des Humanoiden und versuchte zu verstehen. »Gewalt«, sagte er. »Hier hat ein Kampf stattgefunden.«

Wieder knallte es, lauter und näher. Corwain blickte in die Richtung, aus der sie gekommen waren. Der kurze Gang mit den Reliefzeichen lag im Dunkeln; nichts regte sich dort.

Ping Ping Ping …

»Die Atrophie, Jael-cres«, sagte Corwain mühsam. »Was hat es damit auf sich? Was hast du mir noch nicht gesagt?«

»Alle wollen das Kosmotop für ihre eigenen Interessen nutzen.« Der Adjutant eilte von einer Nische zur nächsten. »Alle erhoffen sich Aufstieg und Macht. Alle denken: Die Sammler haben in zahlreichen anderen Galaxien gesammelt, so viel, dass sie einen großen Teil davon auslagern mussten, in die ›Blase‹, wie die Jassid sie nennen. Alle stellen sich unglaubliche kulturelle und technologische Reichtümer vor. Aber die Wirklichkeit sieht anders aus. Das Kosmotop stirbt; es ist fast tot.«

»Tot«, murmelte Corwain und starrte auf den zerfallenen Leichnam des Humanoiden, der einst erschossen worden war, bevor er Gelegenheit gefunden hatte, mithilfe des Dislokators zu fliehen.

Ping Ping Ping (Interferenzen) ...

»Mein Seeder-Vater hatte Zugang zu Datenbanksystemen des sogenannten Imaginariums, und wenigstens einmal gelang ihm eine Kommunikation mit der Instanz«, sagte Jael-cres und wandte sich der letzten Zelle zu. Hinter ihnen wurden die knackenden und knirschenden Geräusche lauter; die Srur bahnten sich einen Weg zu ihnen. »Er weiß nicht genau, wann die ›Atrophie‹ begann, aber offenbar dauerte sie nur etwa hundert Standardjahre und führte zu einem Niedergang der organischen Intelligenz im Kosmotop, zu einer allgemeinen Degeneration. Die ›Befriedung‹ funktionierte nicht mehr. Einige gesammelte aggressive Völker verließen ihre Habitate, begannen mit Eroberungsfeldzügen oder versuchten, den Ereignishorizont zu durchbrechen. Es fanden sogar Versuche statt, in die Auslagerung vorzudringen.«

»Die Toten, die wir gesehen haben«, murmelte Corwain, während die Stimmen in seinem Innern riefen und die Nadel heulte. »Vielleicht haben sie etwas damit zu tun.«

»Vielleicht«, räumte Jael-cres ein und untersuchte die Kontrollen der letzten Dislokatorzelle. »Die Überlebenden zogen sich ins Imaginarium zurück, und seitdem wacht die Instanz über das Kosmotop und seine Mission.«

Es krachte und donnerte, und Corwain hob die Hände, wollte sie sich auf die Ohren drücken. Doch dann ließ er sie wieder sinken.

»Das Imaginarium? Und die Mission des Kosmotops? Worin besteht sie?«

»Die Sammler sammeln«, antwortete Jael-cres. Er sprach schneller. »Ihr Auftrag ist es, so viel wie möglich von diesem kollabierenden Universum zu retten, bevor sie es mit dem letzten Großen Sprung verlassen.«

Licht erschien, flackerte, verschwand wieder, kehrte zurück und leuchtete gleichmäßig. Reliefzeichen erschienen an den Wänden der Dislokatorzelle und bewegten sich, krochen wie kleine Schlangen zwischen den Kontrollmulden. »Energieversorgung aktiviert, Funktionsbereitschaft«, stellte Jael-cres fest. »Wir haben Glück! Komm, Corwain Tallmaster.«

»Was?« Er wankte und taumelte, als erneut die Beine unter ihm nachzugeben drohten. »*Kollabierendes* Universum? Aber … Solace!«

Er schrie das letzte Wort, den Namen, er schrie ihn, damit er sich aus dem Chaos erhob und zu einem Fanal wurde, zu einem Licht, das über ihm erstrahlte und den Weg wies. Der Weg! Jael-cres' Adjutantenfinger wanderten erneut durch die Mulden, und dünne silberne Linien bildeten sich zwischen einzelnen Reliefzeichen wie die Fäden eines schnell wachsenden Spinnennetzes, das Jael-cres zu umhüllen begann. Programmierte er das Ziel?

Corwain machte einen Schritt auf ihn zu, über einen Boden, der sich unter ihm hob und senkte wie der Rücken eines bockenden Tiers.

»Später, Corwain Tallmaster. Ich verstehe dich, aber … Später. Zuerst müssen wir zu einem Sprechzentrum.« Jael-cres' Hände blieben in Bewegung, und es bildeten sich immer mehr silberne Linien an den Wänden der Dislokatorzelle. Ein Summen schwoll an, untermalte das laute Knacken und das Knallen der wuchtigen Schläge, die Wände und Boden des Raums erzittern ließen. »Damit ist ein Kommunikationsknotenpunkt des Kosmotops gemeint. Dort gelingt es mir vielleicht, den Aufenthaltsort der Veritas festzustellen. Die Atrophie hat Kosmotop und Instanz geschwächt, was bedeutet: Es wäre möglich, dass die Mahé und Incera einen Erfolg erzielen; es könnte ihnen tatsächlich gelingen, das Kosmotop unter ihre Kontrolle zu bringen. Stell dir vor, was dann geschehen würde. Es wäre zweifellos das Ende der Letzten Menschen. Wir müssen das verhindern, Corwain Tallmaster. Wir müssen meinem Seeder-Vater helfen, die Instanz und damit das Kosmotop zu stabilisieren, damit es nicht in feindliche Hände gerät und in den galaktischen Kern gesteuert wird, um die Koryphäen und andere Maschinenzivilisationen zu vernichten. Die Veritas ist ein destabilisierender Faktor, und deshalb müssen wir dafür sorgen, dass sie ihre Pläne aufgibt. Du bist jemand wie sie, ein Letzter Mensch und ein Master. Du hast Einfluss auf sie; sie wird auf dich hören, wenn du ihr alles erklärst. Und wenn nicht …«

Ping Ping Ping (INTERFERENZEN) …

Und wenn nicht?, dachte Corwain. *Und wenn nicht?* Was dann?

Eine Wand brach, sie platzte auseinander wie unter der Gewalt einer Explosion, und etwas Käferartiges schob sich durch die Trümmer.

Eine Hand packte Corwains Arm und zog ihn mit einem so heftigen Ruck in die Dislokatorzelle, dass neuer Schmerz in seiner rechten Seite aufflammte. Etwas Warmes rann ihm dort über die Haut – blutete er wieder?

»Solace …«, ächzte er. »Wer weiß, was Sibal mit ihr anstellt …«

»Das Wichtigste ist, dass wir die Veritas erreichen und sie von ihrem Plan abbringen, der die Pläne meines Seeder-Vaters stören und die innere und äußere Stabilität des Kosmotops gefährden könnte. Gefahren von der Milchstraße abzuwenden, das hat Priorität. Alles andere ist zweitrangig.«

Jael-cres zog Corwain noch näher, in eine Nische, die eigentlich nur Platz für eine Person bot. Die Enge hatte einen Vorteil: Er konnte nicht fallen, selbst wenn die Beine unter ihm nachgaben; er steckte fest.

Das von den silbernen Fäden ausgehende Licht wurde heller, das Summen lauter.

PING PING PING (INTERFERENZEN) …

»Ich habe ein Ziel gewählt, ein zwei Lichtminuten von hier entferntes Sprechzentrum«, sagte Jael-cres und schlang die Arme um Corwain. »Der Transfer müsste gleich erfolgen …«

Ein Srur kam aus dem kurzen Gang in den Raum mit den Dislokatorzellen, gefolgt von einem weiteren: zwei bis drei Meter große autonome Maschinen, mechanische Antikörper eines Immunsystems, das im Innern des Kosmotops Objekte mit Fremdsignatur angriff und sie als wiederverwendbare Rohstoffe den T'hal'han zugänglich machte, den Erbauern und Konstrukteuren. Auch das hatte Jael-cres gewusst. Er wusste viel, der Seeder-Sohn, die junge Emergenz. Einen Teil ihres Wissens hatte sie preisgegeben, aber bestimmt nicht alles. Und was ihm Jael-cres als Wahrheit angeboten hatte, war *seine* Wahrheit, sein Blick auf die Situation und ihre Entwicklung.

Alles andere ist zweitrangig, hallte es durch die Gewölbe in Corwains Kopf. Wie konnte Leben zweitrangig sein, noch dazu das von Solace?

Die beiden Srur orientierten sich und kamen näher, streckten mehrgelenkige Arme aus, die nicht in Händen oder Greifklauen endeten, sondern in Werkzeug- und Instrumentenbündeln. Corwain achtete kaum darauf, denn der Druck in seinem Kopf, bis zum Bersten gefüllt mit fremden Gedanken und dem Heulen der Nadel, hatte so sehr zugenommen, dass er es nicht mehr aushielt. Er hob die zu Fäusten geballten Hände mit der Absicht, sie an den Schädel zu schmettern, um die Schmerzen und das Kreischen zu beenden, hielt aber inne, als er sah, dass es ihnen an Substanz fehlte – sie schienen sich aufzulösen.

»Der Transfer hat begonnen«, verkündete Jael-cres, dessen Stimme jetzt leiser war und weiter entfernt.

Was ist dies?, lautete einer der noch halbwegs klaren Gedanken hinter Corwains Stirn. Eine Art Materietransmitter?

Etwas zerriss in seinem Kopf, und der Schmerz war so heftig, dass er eine instinktive Reaktion auslöste, einen Befehlsgedanken zur Nadel schickte.

»Nein!«, rief Jael-cres irgendwo. »Deine Nadel darf jetzt keine Signale senden! Sie würden den Transfer stören ...«

Die Nadel sendete, und einen Sekundenbruchteil später warf der Dislokator sie als komprimierte Datenpakete durch das Transfernetz des Kosmotops.

CODE L

DER LENKER

Die große Stimme, die Instanz, hatte ihn belogen – es mangelte nicht an Beweisen dafür. Kh'smT'p starb, seit vielen Sprechzyklen, und als ob das noch nicht schlimm genug wäre: Die alte Mission, von den Jak'h'nda ersonnen und von den Erbauern, den T'hal'han, ermöglicht, drohte zu scheitern. Sie durfte nicht einfach fortgesetzt werden, wie es die fehlgeleitete Instanz verlangte. Sie musste vielmehr zum *Abschluss* gebracht werden, damit nicht auch der Rest starb. Das Leben und die kulturellen Schätze in der Auslagerung mussten vor Atrophie und Metastabilität bewahrt werden. Der Letzte Sprung, dorthin, wo die Jak'h'nda warteten … Er hätte schon längst eingeleitet werden sollen, doch jetzt stand ihm, Mebrat T'hr'rl – nicht mehr nur MeT –, diese große Ehre zu.

Es ging noch über seinen größten Wunsch hinaus, Kh'smT'p als wacher Lenker zu den Jak'h'nda zu bringen, denn er würde Kh'smT'p nicht nur lenken, sondern auch *entscheiden*.

Es war eine weitere Lüge der großen Stimme: Die Entscheider, weise Oberhäupter von Kh'smT'p, entschieden längst nicht mehr. Sie waren ebenfalls der Atrophie zum Opfer gefallen und hatten ihre Weisheit verloren. Die große Stimme hatte sie nach und nach ersetzt, war dadurch zur Instanz geworden.

Jassid umgaben Mebrat, als er den Salon des ausgewählten Entscheiders betrat. Sie gehörten zur kleinen Stimme, zu Harlam H'a'dsid, dessen Gruppe einen Weg gefunden hatte, das von der Instanz kontrollierte Imaginarium anzuzapfen, Verbindungen zu den Sprechzentren herzustellen und gewisse Ressourcen von Kh'smT'p zu nutzen. Manchmal, dachte Mebrat, können auch kleine Stimmen große Wirkung erzielen. »Abtrünnige« nannte die Instanz diese Jassid, nach den Abtrünnigen während der Atrophie, und »Loyale« die anderen Jassid, die über das Gros der Flotte verfügten und auch den Ereignishorizont kontrollierten. Und doch waren es diese Jassid, die die Mission von Kh'smT'p vollenden wollten und versuchten zu retten, was sich noch retten ließ.

Dort lag er in seinem Assistenzgerüst, einer von zwölf übrig gebliebenen Entscheidern, einer der Weisen, die den Krieg und die anschließenden zahlreichen Restaurationen überlebt hatten: ein seniles, sabberndes Wrack, das sich in seinen wenigen lichten Momenten in Selbstmitleid erging.

»Er hat die beste Verbindung zum Imaginarium«, sagte Harlam H'a'dsid, der die kleine Stimme gewesen war und Mebrat die Wahrheit gezeigt hatte: der Prokurator eines Sprechzentrums, wie die Muster der dunklen Spangen über den Hauptlappen des Gesichts zeigten. Eine wichtige, einflussreiche Person, mit Zugriff auf viele Ressourcen, was das getarnte Schiff und die Isolation dieses Teils der Zitadelle von Trus erklärte. »Wir haben ihn vorbereitet, Mebrat T'hr'rl. Dies ist dein großer Moment.«

Der Entscheider drehte den schweren, deformierten Kopf, gehalten von einem adaptiven neuronalen Geflecht, das eine direkte Verbindung mit dem Imaginarium schuf. Das Interface daneben, für Mebrat bestimmt, war weitaus primitiver, noch einfacher als der Lenkerkontakt, der ihm Zugriff auf die Anomaliemotoren und Navigatoren von Kh'smT'p erlaubt hatte.

Mebrat legte sich in das Interface und spürte, wie sich die Adaptatoren mit seinem künstlichen Körper verbanden. Sofort spürte er die Präsenz des Entscheiders: groß, mächtig, aber auch leer, inkohärent. Der dürre Mann mit dem großen Kopf und den trüben Augen murmelte etwas Unverständliches; Speichel rann ihm aus dem Mundwinkel. Weiter entfernt, am Rand von Mebrats Wahrnehmung, wartete die große Stimme auf der Suche nach ihm. Oder vielleicht wusste sie bereits, wo er sich befand. Ja, das war wahrscheinlicher. Sie vermutete ihn in diesem isolierten Bereich, konnte aber nicht zu ihm gelangen.

Um ihn herum arbeiteten Jassid, die angeblichen Abtrünnigen, die in Wirklichkeit Kh'smT'p gegenüber loyal waren. Interface- und Sprechtechniker stellten Kontakte her, die es ihm erlauben sollten, Verbindungen des Entscheiders zu nutzen.

Die Fremden blieben in der Nähe: der große Mann mit der weißen Schuppenhaut und den Augen, die die Hälfte des Gesichts einnahmen und immer alles aufmerksam beobachteten; und das aggressive Individuum, die breite Person mit dem Körper, der offenbar aus zwei fast unabhängigen Hälften bestand. Es gab noch andere, aber diese beiden waren die Wichtigsten. Ihre Rolle hatte Mebrat noch immer nicht ganz verstanden. Sie gehörten nicht hierher, so viel stand fest. Er nahm an, dass sie Harlam H'a'dsid geholfen hatten, gegen den Widerstand der Instanz nach Trus und zum Imaginarium zu gelangen. Mebrat wusste, dass der Prokurator kurz nach der Ankunft von Kh'smT'p in dieser Galaxie Sucher ausgeschickt hatte, mit dem Auftrag, eine Zivilisation zu finden, deren technische Errungenschaften es erlaubten, die Aufklärer und Blockierer der Instanz zu neutralisieren. Die Fremden schienen über solche Mittel zu verfügen.

Der Jassid mit den drei violetten Stoffbahnen und dem lindgrünen Hautlappen erschien in Mebrats Blickfeld.

»Dein großer Moment«, betonte er noch einmal. »Die Aufklärer und Blockierer der Instanz sind noch immer dort draußen, Mebrat T'hr'rl«, fuhr Harlam H'a'dsid fort. »Mit der Autorität des Entscheiders sollte es dir gelingen, ihren Widerstand zu überwinden und deinen Willen selbst bei der Instanz durchzusetzen. Sprich zu den Anomaliemotoren! Sprich zu Kh'smT'p! Der

Letzte Sprung, Mebrat T'hr'rl, er muss hier erfolgen, jetzt. Kh'smT'p muss seine Mission erfüllen, bevor die Atrophie die Auslagerung erreicht!«

»Ja«, sagte Mebrat und fühlte, wie sein Selbst wuchs, so wie es geschah, wenn er Kh'smT'p lenkte.

Enttäuschung kam im Moment des Übergangs, als sein Bewusstsein über den Raum mit den Jassid und den Fremden hinauswuchs, als es mit den zahllosen Augen und Ohren von Kh'smT'p zu sehen und zu hören begann. Ja, dies gab ihm die Macht des Entscheidens, aber eigentlich war er kein Entscheider, sondern ein Usurpator, jemand, der sich fremde Macht aneignete und sie für eigene Zwecke verwendete. Er trug die Signatur des Entscheiders, der neben seinem künstlichen Körper brummte und sabberte.

Er sprang über die Aufklärer und Blockierer hinweg – sie duckten sich vor seiner Autorität –, erreichte ein Sprechzentrum, das er als Lenker oft besucht hatte, und orientierte sich dort.

»Hier bist du also«, ertönte plötzlich die große Stimme. »Die Abtrünnigen – sie haben dich überzeugt. Du hast dich von ihnen täuschen lassen, MeT. Das bedauere ich sehr.«

»Ich bin nicht mehr MeT, sondern Mebrat T'hr'rl«, erwiderte Mebrat. »Ich habe Wahrheit und Lüge erkannt und zwischen ihnen zu unterscheiden gelernt.«

»Glaubst du?« Die große Stimme klang traurig. »Was du für Wahrheit hältst, ist Lüge.«

Mebrat sah sich in den Datensphären von Kh'smT'p um und versuchte festzustellen, woher die große Stimme kam, wo sie ihren Ursprung hatte. Er trug noch immer die Autorität des Entscheiders; damit sollte alles möglich sein. Er musste nur lernen – schnell lernen –, richtig damit umzugehen.

»Du bist der Lügner!«, stieß er hervor. Die Aufklärer und Blockierer näherten sich wieder, aggressive Datenpakete, gerufen von der großen Stimme und von ihr beauftragt, ihn zu isolieren, so wie Harlam H'a'dsids Jassid mithilfe der Fremden einen Teil der Zitadelle von Trus isoliert hatte. Aber er war ein Entscheider! Er entschied, und alles in Kh'smT'p, vom Kleinen bis zum Großen, musste sich seinen Entscheidungen fügen. »Du hast behauptet, dass Kh'smT'p lebt, obwohl es stirbt! Du hast mir Erinnerungen genommen und meine Wahrnehmung gefiltert!«

»Das bedauere ich, MeT. Ich hielt es für das Beste.«

»Für das Beste!«

Mebrat T'hr'rl? Hörst du mich? Es war die kleine Stimme, und sie war jetzt wieder klein, sogar winzig: ein fernes Flüstern, ein einzelner, blasser Ton in der Symphonie der Datensphären. Dieser Teil von Kh'smT'p war noch immer aktiv. *Die Instanz versucht, dich zu übernehmen. Wehr dich! Du bist jetzt ein Entscheider!*

Das stimmte nicht ganz, dachte Mebrat. Er trug nur die Maske eines Entscheiders.

»Jeder von uns muss seine Aufgabe erfüllen, MeT«, sagte die große Stimme. »Ich wollte dich schützen.«

»Du hast mich belogen!«

»Zu einem guten Zweck. Damit du deine Funktion erfüllen konntest. Die Mission von Kh'smT'p steht über allem.«

»Genau darum geht es«, sagte Mebrat mit Nachdruck. »Kh'smT'p stirbt. Der Letzte Sprung muss eingeleitet werden, bevor alles tot ist. Bringen wir das Gesammelte den Jak'h'nda, die auf uns warten.«

»Nein«, lautete die scharfe Antwort. »Kh'smT'p muss seine Mission fortsetzen. Es ist noch nicht genug gesammelt. Vieles ging verloren und muss wiedergewonnen werden.«

Daten begleiteten die Worte, nackte, kühle Informationen über Zustand und Status von Kh'smT'p und seinen Auslagerungen. »Siehst du, wie viel wir verloren haben?«

Lass dich nicht erneut täuschen, Mebrat T'hr'rl. Wir haben dir die

Wahrheit gezeigt. Du bist jetzt ein Entscheider! Entscheide, Mebrat T'hr'rl. Befreie die Zitadelle von der Instanz. Dränge den Einfluss der Instanz zurück. Mach aus der großen Stimme eine kleine, kleiner als meine! Starte die Motoren! Leite den Sprung ein!

»Ja, ich sehe den Verlust, zu dem auch meine Brüder und Schwestern gehören. Und deshalb müssen wir die Mission zum Abschluss bringen.« Mebrat trug nur eine Maske, eine Signatur, die nicht ihm gehörte, aber voller Stolz fügte er hinzu: »Es gilt, endlich die richtigen Entscheidungen zu treffen.«

»Fühlst du dich dazu berechtigt, Met?«, fragte die große Stimme. »Du bist ein Lenker, kein Entscheider.«

»Ja, und jetzt lenke ich nicht nur Kh'smT'p, sondern auch seine Zukunft.«

»Du lässt dich zu einem Werkzeug der Abtrünnigen machen, und das bedauere ich sehr. Es zwingt mich, drastische Maßnahmen zu ergreifen.«

Mebrat hatte die ganze Zeit über versucht, einen besseren Eindruck von der großen Stimme, der Instanz, zu gewinnen. Ein exakter Ursprungsort ließ sich ihr nicht zuschreiben, denn sie erklang überall in den Datensphären von Kh'smT'p.

Und sie war nicht allein.

Das war eine neue Erkenntnis, eine Überraschung, die ihn verwirrte.

Was ist mit dir, Mebrat T'hr'rl?, fragte die kleine Stimme. *Warum zögerst du? Die Verbindungen sind geschaffen, Warum handelst du nicht?*

»Hier stimmt etwas nicht«, flüsterte er. Plötzlich sah er ein Erinnerungsbild der Fremden, die bei ihm auf der Plattform des Zitadellenturms gestanden hatte. Die Erkenntnisreiche … Wie wenig sie gewusst hatte, über Kh'smT'p, die »Jakonda«, wie sie sie nannte, und alles andere. Und doch lag etwas in ihren Augen, ein anderes Wissen, von ihm unberührt, außerdem Kummer und ein

Mitleid, das ihm galt, dem Lenker, der jetzt entscheiden konnte. Von Bewachern hatte sie gesprochen, und von Ketten, die sie trugen, unsichtbar, aber doch vorhanden.

Hörst du mich?, fragte Harlam H'a'dsid, die kleine Stimme.

»Die große Stimme, die Instanz …«, sagte Mebrat. »Sie ist nicht allein. Sie hat Helfer.«

Mindestens einen, dachte er. Der Einfluss der Instanz war groß – sie hatte direkten Zugriff auf alle Ressourcen von Kh'smT'p –, und sie versuchte noch immer, ihn von den wichtigsten Informationsverbindungen, den Sprechstraßen der Datensphären, fernzuhalten. Sie baute eine Mauer, mit Händen aus Daten, Informationen und Anweisungen, die kleinen Instanzen galten, in Sprechzentren, Habitaten, Dyson-Sphären und den großen Stationen, den Balancewahrern, die das energetische und strukturelle Gleichgewicht von Kh'smT'p hüteten.

Du bist ein Entscheider, Mebrat T'hr'rl, sagte die kleine Stimme. *Entscheide endlich! Gebrauche deine Autorität! Erfülle dir deinen größten Wunsch, und bring Kh'smT'p in den Letzten Sprung!*

Der Helfer der Instanz … Mebrat glaubte, eine Fremdsignatur zu erkennen. Wie die kleine Stimme hatte auch die große Hilfe außerhalb von Kh'smT'p gefunden. Aber dieser Helfer war anders als die des Prokurators. Er …

Der Kummer in den Augen der Erkenntnisreichen, er hatte ihm, Mebrat, gegolten. Was wusste sie?

Plötzlich erblickte er den Ruhesaal der Lenker, den aufgedunsenen fleckigen Haufen aus lebendem Fleisch, der Mebrat T'hr'rl hieß, verbunden mit zahlreichen multifunktionalen Maschinenkomponenten. Ein Lenker von neun. Die anderen acht Behälter enthielten keine Schlafenden, sondern mumifizierte Tote, nur Haut und Knochen, ohne Verbindungen zu den Datensphären.

Dennoch war Mebrat T'hr'rl, seine leibliche Präsenz, nicht allein. Mehrere Jassid standen an seinem Behälter, den sie geöffnet hatten. Einer von ihnen hielt einen Gegenstand, der wie eine Waffe aussah.

»Dies ist deine letzte Chance«, sagte die große Stimme mit einer Eindringlichkeit, die Mebrat nur bei sehr wichtigen und komplizierten Manövern von ihr gehört hatte. »Die letzte Gelegenheit, dich zu besinnen.«

»Was hast du vor?«, fragte Mebrat voller Unbehagen.

Lass dich nicht ablenken!, rief die kleine Stimme in der Ferne. *Erfülle deine Pflicht!*

»Ich werde dich töten, wenn du nicht Vernunft annimmst«, sagte die Instanz. »Du lässt mir keine Wahl.«

Mebrat erschrak. »Das darfst du nicht! Dann hätte Kh'smT'p keinen Lenker mehr!«

»Ich habe viele Funktionen übernommen. Ich kann auch Lenker sein, wenn es sein muss.«

»Du willst mich überzeugen, indem du mir drohst, mich zu ermorden?«, fragte Mebrat fassungslos. Die Waffe, sah er jetzt, war auf seinen Kopf gerichtet, von dem dünne Schläuche und Datenbrücken ausgingen.

»Ich muss Gefahren von Kh'smT'p und seiner Mission abwenden«, sagte die Instanz. »Das ist meine Aufgabe. Kehre zu mir zurück, Met. Verlasse die Abtrünnigen.«

Sie kann dich nicht töten!, rief die kleine Stimme, die noch etwas kleiner geworden war und hinter einem Vorhang aus Angst erklang. *Wir haben dein Bewusstsein transferiert. Wenn dich die Jassid der Instanz erschießen, so töten sie nur deinen Körper.*

Aber was geschieht dann mit meinem Geist?, dachte Mebrat.

Die kleine Stimme hörte ihn. *Dein Bewusstsein bleibt hier bei uns. Du wirst leben! Du bleibst in dem neuen Körper, den wir dir gegeben haben. Sein künstliches Gehirn simuliert die Funktion deines organischen.*

Mebrat wusste nicht recht, ob ihm das gefiel, ein Leben als Simulation.

Du kannst wählen zwischen Unterwerfung und einer Existenz in Lüge, als Instrument der Instanz und einem freien Leben in Wahrheit, als der Lenker und Entscheider, der die Mission von Kh'smT'p zum Abschluss brachte.

Eigentlich keine schwere Entscheidung, dachte Mebrat, und die erste wichtige, die er als Entscheider traf.

»Die Abtrünnigen werden dir sagen, dass du am Leben bleibst, Met«, hallte die Stimme der Instanz durch die weiten Datenräume von Kh'smT'p. »Aber das stimmt nicht. Du siehst dich, du siehst die Waffe. Du wirst sterben. Deine Existenz wird aufhören.«

»Du hast mich schon einmal belogen.«

»Weil es nötig war«, sagte die Instanz. »Jetzt lüge ich nicht.«

Im Ruhesaal hob der Jassid mit der Waffe den Kopf und schien auf einen Befehl zu warten. Er trug drei gelbe Stoffbahnen, bekleidete einen noch höheren Rang als der Prokurator Harlam H'a'dsid.

Du wirst leben!, behauptete die kleine Stimme.

Mebrat traf seine Entscheidung.

»Ich bin nicht MeT, sondern Mebrat T'hr'rl, Lenker und Entscheider!«, rief er in die Datensphären. »Ich leite den Letzten Sprung ein!«

»Es tut mir leid«, sagte die Instanz, und der Jassid mit den drei gelben Stoffbahnen schoss. Der Kopf des Lenkers, des letzten von neun, verdampfte in konzentrierter Energie.

BLUT UND TRÄNEN

38

Erinnerungen und Gedanken, fremde und eigene, wie vom Wind aufgewirbeltes welkes Laub … Das habe ich schon einmal gedacht, dachte Corwain. Und: Wenn ich denken kann, muss ich einen Kopf haben, aber ich fühle ihn nicht, ebenso wenig wie den Rest meines Körpers. Er fiel, er *stürzte,* sechsunddreißig Millionen Kilometer tief, zwei Lichtminuten, und am Ende dieses langen Falls – was erwartete ihn dort? Ein Aufprall so heftig, dass er nicht einfach zerschmettert, sondern regelrecht pulverisiert wurde? Vielleicht hätte er sich fürchten oder sogar in Panik geraten sollen, aber stattdessen kam herrliche Ruhe über ihn, so wie damals auf Puente …

Ein Himmel wie aus Perlmutt, sein Licht geschaffen vom Strahlen vieler Millionen Sonnen im nahen galaktischen Kern, eine Welt mit einer Nacht, die fast so hell ist wie der Tag. Hier stehen sie, Corwain und Solace – und nicht nur sie –, unter dem in der ganzen Galaxis berühmten »Wunder von Puente«, zwei goldenen Bögen, die mit einer Höhe von elf Kilometern bis in die Stratosphäre ragen. Sie sind nur hundert Meter breit und wirken aus der Ferne zart und fragil, aber ihre Nähe macht sie beeindruckend massiv. Die Sockel der Bögen, zwanzig Kilometer voneinander entfernt, bestehen aus einem Material härter als Diamant und stabiler als Syntho. Ein Bogen erhebt sich genau senkrecht; der andere ist geneigt und scheint sich an ihn zu lehnen.

Corwain und Solace sind nicht die einzigen Besucher. Tausende von anderen Außenweltlern stehen bei und unter den Bögen oder fliegen mit kleinen Schwebern an ihnen entlang, ohne ihnen näher als etwa fünfzig Meter zu kommen – das ist die zulässige Minimaldistanz; Schutzfelder sorgen dafür, dass sie nicht unterschritten wird. Corwain sieht die anderen Besucher, er hört sie auch, ihre bewundernden Stimmen, hier und dort einen entzückten Ausruf, nachdem jemand einen Bogen berührt und gelauscht hat, aber trotzdem hat er das Gefühl, mit Solace allein zu sein. Er blickt am senkrechten Hauptbogen hoch und beobachtet das Glitzern und Funkeln des Lichts. Der Raum zwischen den Bögen – die Luft scheint darin zu flimmern, und für einen Moment hat er den Eindruck, dort nicht nur die Gipfel der fernen Berge zu sehen, sondern andere Himmel, andere Welten. Ruhe senkt sich auf ihn herab, und er empfängt sie mit einem tiefen Atemzug.

Spürst du es?, fragt Solace. Fühlst du den Frieden?

Ja, antwortet er. Ich höre die Stimmen der anderen Besucher, und doch ist es so still wie auf meinem Asteroiden.

Diese Bögen sind fast so alt wie die X-Artefakte, sagt Solace, in ihren großen Augen das Gelbbraun faszinierter Aufmerksamkeit. Die Sockel haben Wurzeln, die bis in den glutflüssigen Kern von Puente reichen. Sie ähneln den Zapfern der Kompetenz. Kennst du die Legenden der hiesigen Lhari, die vor vielen Jahrmillionen von den Sternen kamen und deren Nachfahren auf eine primitive Entwicklungsstufe zurückfielen?

Eins der Retro-Völker, erinnert sich Corwain; er wendet – widerstrebend – den Blick von den Bögen ab und schaut zu den Bergen, an deren Hängen dunkle Öffnungen Zugang zu einem weit verzweigten Höhlensystem gestatten. Dort leben die Nachfahren der Lhari, die von Stern zu Stern gereist sind, als auf der Alten Erde die Dinosaurier ihre lange Herrschaft angetreten haben. Nein, sagt er, ihre Legenden kenne ich nicht.

Solace neigt den Kopf nach hinten, und der Wind spielt mit dem Federflaum auf ihren Wangen. Die überlieferten Geschichten der Lhari erzählen von Schlafenden Geistern, die in den Bögen wohnen. Manchmal, wenn sie reinen Seelen begegnen, erwachen sie und geben sich zu erkennen.

Wie?, fragt Corwain und blickt wieder nach oben, dorthin, wo sich die beiden Bögen treffen, wo der eine am anderen lehnt. Wie geben sie sich zu erkennen?

Indem sie die Fenster öffnen, trillert Solace. Indem sie den Reinen das Kai-Taret zeigen.

Kai-Taret?, wiederholt Corwain, sein Blick gefangen vom Funkeln und Glitzern der Bögen.

Das Nirwana oder Paradies. Solace bewegt die Hände, und ihre langen Finger scheinen ein Bild in die Luft zeichnen zu wollen. Vor einigen Monaten, als wir auf Tarhelion waren, habe ich gehört, wie Kallisto mit Guirgis über das Wunder von Puente sprach.

Du hast gelauscht?

Solace schmunzelt. Nein, ich lausche nicht, aber ich habe gute Ohren. Sie sprachen darüber, dass die Bögen ebenfalls von den X stammen könnten, oder von einem Volk, das ihren Platz einzunehmen versuchte, als sie verschwanden. Bei den Prognostikern der Kompetenz gibt es eine Theorie, wonach die Bögen Transittore gewesen sind, oder Portale zu Parallelwelten.

Oder Zugänge zum Paradies?, fragt Corwain. Sind wir deshalb hier? Weil du mir das Paradies zeigen möchtest?

Oh, da kenne ich andere Methoden, gurrt Solace. Ich habe mich informiert. Auf der Alten Erde gab es einst zwei Menschen namens Yin und Yang …

Corwain lächelt.

Es waren keine Menschen, sagt er, legt den Arm um Solace und drückt sie an sich. Yin und Yang, so nannte eine Philosophie der Alten Menschen die Grundkräfte des Lebens, das weibliche und männliche Prinzip.

Yin und Yang, fährt Solace fort, sie sollten zueinanderpassen, eine Einheit bilden. Perfekte Harmonie. Sie vollführt eine Geste, die den anderen Besuchern gilt. Ist dir aufgefallen, dass die meisten von ihnen Paare sind? Sie alle sind wegen der alten Legende hier.

Corwain lächelt erneut. Er weiß: Manchmal kann Solace wie ein Kind sein, unschuldig, die ganze Welt für ein Wunder haltend, auf der Suche nach einer Poesie, die zu ihrem Wesen passt. Das Wunder von Puente ist eine solche Poesie.

Er sieht erneut zu den Bögen hoch, die sich elf Kilometer über ihm wölben. Das Schimmern … Es scheint ihm zuzuzwinkern.

Du hast mich also hierhergebracht, weil du die Schlafenden Geister von Puente wecken möchtest, ja?

Es ist ganz einfach, erwidert Solace. Wir berühren den Bogen, und wenn er uns als Yin und Yang erkennt … Dann spielt er eine Melodie für uns und öffnet vielleicht sogar sein Fenster. Sieh nur die anderen, Corwain. Siehst du, wie sie lächeln? Sie hören die Musik der Bögen.

Ich höre nichts.

Oh, weil jeder nur die *eigene* Musik hört. Das ist Teil des Wunders. Komm, Corwain, sagt Solace. Komm und berühre den Bogen zusammen mit mir.

Er legt seine Hand neben der ihren auf die goldene Substanz, und die Geräusche, die von den anderen Besuchern kommen und von den Schwebern über ihnen, werden plötzlich leiser. Das Gefühl der Ruhe, des Friedens, wie Solace es nannte, wird noch stärker. Selbst die Stimme seiner Nadel ist leiser, als sie sagt: *Ping*

(Empfang, Resonanz). Eine Resonanz mit den Quantenmembranen, wie bei einem Resonator?, denkt er und fragt sich, ob dieses Phänomen untersucht worden ist, und mit welchem Ergebnis. Doch dann weichen diese Gedanken zurück, denn Solace sagt etwas, sie zwitschert etwas in ihrer Sprache, und der Bogen, den sie beide zusammen berühren, reagiert darauf mit einem dumpfen Ton, mit einem Brummen dicht über dem Infraschallbereich. Solace strahlt und dreht den Kopf, sie sagt noch etwas, vielleicht ruft sie sogar, aber Corwain hört nur das Brummen, es wird immer lauter, und höhere Töne erklingen in ihm, wachsen aus dem Brummen wie zarte Pflanzen aus fruchtbarem Boden. Der Beginn einer Melodie entsteht, aber in ihr gibt es schrille Töne, die das Gespinst der Harmonie zerreißen, kaum dass es sich bildet, und schließlich vereinen sie sich zu einem Kreischen, das alles andere überlagert und in den Ohren (?) schmerzt.

Corwain zieht die Hand zurück, das Gesicht eine Grimasse.

Es klang nicht besonders gut, sagt er.

Es klang *schlimm,* erwidert Solace enttäuscht und richtet einen vorwurfsvollen Blick auf ihn. Du musst dich richtig konzentrieren, bitte. Versuchen wir es noch einmal.

Corwain blickt an den beiden Bögen hoch und sieht das goldene Schimmern. Es zwinkert nicht mehr, das hat es nie, aber jetzt glaubt er, so etwas wie eine stumme Einladung darin zu erkennen. Für Solace ist dies wichtig, denkt er. Tu ihr den Gefallen.

Zwei Hände liegen auf dem goldenen Glanz, die eine klein und schmal, die Hand einer Vogelfrau, die zur Hälfte Mensch ist, und eine andere, breiter und länger, die Hand eines Klons, der einem jahrtausendealten Letzten Menschen gehört. Sie liegen so dicht beieinander, dass sie sich seitlich berühren.

Wieder wird es still, obwohl gerade ein Schweber gestartet ist und auf einem opalblauen Gravkissen zwischen den beiden Bögen aufsteigt. Das Brummen kehrt zurück, und wieder wachsen zartere und hellere Töne aus ihm. Corwain versucht, nur an diesen Moment zu denken, an nichts anderes, und er hört, wie sich die zarten Töne zu einer Melodie vereinen, in der es diesmal keine disharmonischen Klänge gibt. Eine Stimme scheint dazu zu singen, aber Corwain ist nicht sicher, vielleicht bildet er es sich nur ein. Erstaunt sieht er Solace an, die verzückt lächelt, und schaut dann erneut zum Bogen hoch und hat das Gefühl, dass sich etwas regt. Ja, etwas bewegt sich, etwas Großes, das wie aus einem langen Schlaf erwacht und den Rücken reckt, gewaltig wie ein Berg. Er blinzelt im hellen Licht, das Solace so sehr liebt. Wieder gewinnt er den Eindruck, dass die Luft unter dem senkrechten Hauptbogen flimmert, und für einen Moment, nur für eine einzige Sekunde, verschwinden die fernen Gipfel, und etwas anderes zeigt sich, vage wie eine Fata Morgana am Horizont einer Wüste. Das Bild – wenn es eins ist – verschwindet, bevor er Einzelheiten erkennen kann, und die Melodie wird leiser, weicht ohne einen Missklang der erneuten Stille.

Wir haben es erlebt!, ruft Solace begeistert und umarmt Corwain, dessen Hand noch immer auf dem Gold des Bogens ruht. Das Wunder von Puente, wir haben es erlebt!

Das Gefühl der Ruhe und des Friedens begleitet Corwain, den Pazifikator, als sie zu ihrem Quartier gehen, zu einem kleinen Bungalow, der sich zusammen mit anderen an den Hang des nächsten Hügels schmiegt. Solace singt und tanzt, sie ist glücklich, obwohl die Schlafenden Geister nicht erwachten und sich auch kein Fenster öffnete. Sie ist glücklich, weil die beiden Bögen für sie beide sangen. Corwain freut sich für sie, doch tief in seinem Innern fragt er sich verwundert, was geschehen ist, was er gehört und vor allem, was er *gesehen* hat.

39

Schmerz brannte in jeder einzelnen Körperzelle, und die Nadel in seinem Rückgrat, mit dem Gehirn und Nervensystem verbunden, heulte und kreischte wie eine Furie. Ein seltsames Wort, dachte er ungeachtet des Feuers, das ihn verbrannte. *Furie.* Ein Wort, das auf einen Mythos der Alten Erde zurückging, glaubte er sich zu erinnern.

»Hilfe«, ertönte es in seiner Nähe. »Ich brauche … Hilfe … Corwain Tallmaster.«

Jemand nannte seinen Namen, jemand, der Hilfe brauchte. Aber wie sollte er helfen, wenn er starb, wenn das Feuer ihn verbrannte und er zu Asche zerfiel?

»Hilfe …«

Corwain öffnete die Augen und starrte durch einen Vorhang aus Flammen. Er hob einen Arm, von dem nur noch die Hälfte da war; gelbes und orangerotes Flackern fraß den Rest. Mit der Hand des anderen Arms wollte er nach den Flammen schlagen, aber die Finger steckten in einem hungrigen violetten Glühen.

»Corwain Tallmaster … Hilfe …«

Seine Augen … Flammen züngelten und knisterten dicht vor und vielleicht sogar in ihnen, aber er konnte noch immer sehen, und er sah: eine düstere Welt jenseits des Feuers, in dem er lag, ein Flackern und Blitzen an einem Himmel, der kein richtiger Himmel war, sondern die andere Seite eines langsam rotierenden Habitats. Im Schein der Flammen zeigten sich seltsam schiefe grauweiße Säulen, die Dutzende von Metern weit aufragten, und als Corwain den Kopf drehte, erkannte er, dass es gar keine Säulen waren, sondern das Gerippe eines riesigen Wesens. Vielleicht ist es ebenfalls verbrannt, dachte er und schrie, weil er die Schmerzen nicht mehr aushielt.

»Hilfe …«, hörte er erneut die Stimme, als sein Schrei verklang. »Hilfe …«

Er drehte den Kopf, den brennenden Kopf, in die andere Richtung. Syntho-Teile lagen nicht weit entfernt auf dem Boden, und einige von ihnen bewegten sich: hier ein zuckender Arm, dort eine abgetrennte Hand, die wie eine Krabbe durch den Sand kroch, an anderer Stelle ein Bein, das sich krümmte und dann wieder streckte. Summende Geräusche kamen aus einem Rumpf, über den ebenfalls Flammen züngelten. Der Kopf lag auf der Seite, und ein visueller Sensor war auf Corwain gerichtet.

»Wir stecken … in der Rematerialisierungsphase des … Transfers fest«, sagte die Stimme. »Bring ihn … zu Ende.«

»Jael-cres …?«

»Bring ihn zu … Ende. Ich … kann nicht mehr senden … Deine Nadel …«

Flüssigkeit rann aus zerrissenen Leitungen des offenen Rumpfes, hydraulische Flüssigkeit wie weißes Blut.

Blut und Tränen, dachte Corwain und erinnerte sich, während er brannte.

Die Sonne von Puente ist untergegangen, aber das Licht der vielen Sterne des nahen galaktischen Zentrums macht den Himmel fast so hell wie am Tag. Sein Glanz wie Perlmutt fällt durch das auf Transparenz programmierte Variform-Dach des Bungalows und lässt der Dunkelheit keine Chance. Solace steckt noch immer voller Euphorie, als sie Corwain in sich aufnimmt, aber nicht ganz, diesmal nicht, sie verschlingt ihn nicht mit wilder Gier und unersättlichem Heißhunger, nein, diesmal reitet sie nur auf seiner Spitze, kostet ihn sanft und vorsichtig, wie eine seltene Delikatesse. Vielleicht ahmt sie, bewusst oder unbewusst, mit ihrer Sanftheit das leise, zarte Lied nach, das wir dort draußen unter den Bögen gehört haben, und nur wir, denkt Corwain.

Blut und Tränen, zwitschert sie nach einer Weile, während ihr langsamer Tanz auf ihm weitergeht. In ihren großen Augen zeigt sich eine Andeutung von Blau, Hinweis darauf, dass die Kognition nicht mehr fern ist. Warum besteht das Leben so oft aus Blut und Tränen?

Vielleicht weil es ein Kampf gegen die Entropie ist, murmelt Corwain und widersteht der Versuchung, ganz in sie hineinzustoßen. Er lässt sie gewähren, gibt sich mit der passiven Rolle zufrieden.

Die Incera kamen nicht im Auftrag der Entropie, als sie über meine Heimat herfielen und sie verwüsteten, erwidert Solace, atmet schneller und schwingt die Hüften. Sie kamen, weil sie alles Menschliche hassen, weil sie sich rächen wollten, selbst an uns, die wir nur halbe Menschen sind.

Wieso denkst du *jetzt* daran, Sol?, fragt Corwain.

Die Melodie und der Frieden, den sie uns brachte, das Wunder von Puente … Wie lange hat es gedauert?

Ein paar Sekunden, antwortet Corwain.

Ja, nur ein paar Sekunden. Du bist Pazifikator. Stell dir vor, du könntest diesen Frieden nehmen und überallhin tragen. Stell dir vor, er bliebe von Dauer.

Eine schöne Vorstellung, aber ich fürchte, sie muss ein Wunsch bleiben.

Auch Solace' Bewegungen werden schneller, und Corwain spürt, wie sich Druck in ihm aufbaut; er kann sich nicht mehr lange zurückhalten.

Warum? Wünsche können wahr werden, wenn man hart an ihnen arbeitet. Stattdessen gibt es immer wieder Blut und Tränen, Blut und Tränen.

Nicht hier, sagt Corwain. Nicht bei uns.

Plötzlich senkt sich Solace ganz auf ihn herab und lässt ihre Hüften noch einmal kreisen, beide Hände auf seine Brust gestützt, ihr Haar ein Schleier, der ihm übers Gesicht streicht. Dann kommt sie und reißt ihn mit, wirft den Kopf nach hinten. Zitternd hockt sie auf ihm, sinkt dann langsam zur Seite, in den Augen das Blau der Kognition. Doch diesmal erstarrt sie nicht in Trance, und sie bleibt auch nicht still, um den Geschichten zu lauschen, die ihr der »Seelenwind« erzählt. Sie sagt: Erzähl mir von Tod und Leben.

Corwain sieht zur transparenten Decke hoch, durch die das fast taghelle Licht vieler Tausend naher Sterne fällt, lässt sich Solace' Worte durch den Kopf gehen und fragt: Warum jetzt, Sol? Warum ausgerechnet jetzt?

Ich habe etwas gesehen, erwidert sie. Als die Bögen uns ihre Melodie schenkten, als wir das Wunder von Puente erlebten, habe ich etwas gesehen. Nicht das Kai-Taret, sondern etwas anderes.

Er dreht sich auf die Seite und streicht ihr mit der Hand über den Kopf. Was, Sol? Was hast du gesehen?

Gleich. Erzähl mir erst von Leben und Tod. Wer könnte besser darüber Bescheid wissen als du?

Wir haben schon oft darüber gesprochen, sagt er und sieht ihr in die Augen, die noch immer das Blau der Kognition zeigen, aber ohne die Trance, die oft – fast immer – damit einhergeht.

Vielleicht nie mit den richtigen Worten. Du bist oft gestorben, Corwain. Richtig gestorben?

Er nickt.

Wie ist er, der Tod? Hier fragt jemand, der eines Tages sterben muss und nicht ins Leben zurückkehren wird.

Was ist los mit dir?, denkt Corwain, sucht in den großen blauen Augen nach einer Antwort und findet keine. Warum bist du plötzlich so ernst? Warum stellst du mir solche Fragen?

Er überlegt und erinnert sich. Du willst nicht wissen, wie der Tod ist, sagt er. Du willst wissen, wie das Sterben ist.

Sie zögert. Vielleicht. Ich bin mir nicht sicher. Erzähl mir vom Sterben.

Man ist allein, selbst wenn man die Hand eines Freundes hält, oder die einer Person, die man liebt, sagt Corwain langsam. Seine Gedanken und Erinnerungen springen über siebzehn Tode hinweg. Man ist sehr einsam, auch wenn man andere um sich hat, und es tut weh. Es gibt keinen friedlichen Tod, Sol. Das Sterben ist immer ein letztes Aufbäumen, der letzte Kampf des Lebens gegen das Ende, ein letztes Ringen gegen die heranrückende Finsternis. Man kann nur hoffen, dass es schnell geht.

Ist es bei dir immer schnell gegangen?

Manchmal ja. Bei anderen Gelegenheiten hat es länger gedauert.

Solace' Lider senken und heben sich. Hast du jemals die Hand einer geliebten Person gehalten, als du gestorben bist?

Diesmal zögert Corwain. Ja, das habe ich. Es hat kaum geholfen. Das Sterben ist immer schrecklich. Er denkt: Warum sage ich das? Warum mache ich ihr Angst?

Und er antwortet sich selbst: Ich sage es, weil es die Wahrheit ist und weil sie die Wahrheit verdient.

Wie lautete ihr Name?, fragt Solace. Und wann hast du sie gekannt? Wann warst du mit ihr zusammen?

Corwain erinnert sich an das Gefühl einer weichen Hand in der seinen, in der Hand eines alt und schwach gewordenen Klons. Er erinnert sich daran, dass er den letzten Blick nicht auf das Gesicht der Frau an seiner Seite richtete, sondern auf den Brüter, in dem ein neuer Klon heranwuchs, und dass sein letzter Gedanke nicht ihr galt, sondern der Nadel, die sein Selbst aufzeichnete. Wie hat er gelautet, ihr Name? Er erinnert sich an Augen und Lippen, an einen weichen Körper, an Szenen aus gemeinsam verbrachten Jahren. Aber an den Namen erinnert er sich nicht, nicht einmal an den Klang der Stimme. Die Nadel ist ein sehr nützliches Werkzeug, denkt er jetzt, aber sie ist nicht allmächtig. Sie zeichnet nur das auf, was wirklich wichtig ist. Der betrogene Tod fordert seinen Tribut; manches bleibt unwiederbringlich zurück, wenn man die Schwelle überschreitet.

Wer entscheidet, was wichtig ist?, fragt sich Corwain. Wer entscheidet, was hinübergenommen wird ins neue Leben und was nicht?

Er überlegt, ob er Solace einen falschen Namen nennen soll, aber nein, sie hat auch hier die Wahrheit verdient. Und sie hätte die Lüge erkannt.

Ich erinnere mich nicht, sagt Corwain. Er wendet den Blick von der transparenten Decke ab, durch die man auch den goldenen Glanz der Bögen sehen kann. Ich habe ihn vergessen. Es ist Jahrhunderte her, fügt er entschuldigend hinzu. Bei anderen Gelegenheiten bin ich allein gestorben.

Solace schweigt eine Zeit lang, die Augen noch immer blau. Wenn sie mit dem Seelenwind spricht, was sagt er ihr? Und was zeigt ihr die Kognition? Wirst du auch mich eines Tages vergessen?, fragt sie schließlich.

Nein, antwortet Corwain. Bestimmt nicht.

Das sagst du jetzt, erwidert Solace. Aber was ist in tausend oder zweitausend Jahren, wenn jemand Corwain $_{30}$Tallmaster fragt, ob es in seinem Leben jemals eine wichtige Partnerin gegeben hat?

Nein, Sol, du irrst dich. Ich …

Solace legt ihm einen Finger auf die Lippen. Sprich nicht, lüg nicht, zwitschert sie leise. Ihr Letzten Menschen … Mit jedem Tod vergesst ihr etwas vom Leben, und doch wird die Last der Erinnerungen manchmal so schwer für euch, dass ihr das Ende herbeisehnt. Manche von euch sind so oft gestorben, dass sie das Leben und Überleben verlernen. Blut und Tränen, auch für euch.

Warum sagst du das?, fragt Corwain schließlich, nachdem er lange über Solace' Worte nachgedacht hat. Was siehst du?

Ich sehe … Sie setzt sich auf und reckt das Gesicht ins Licht. Ich sehe ein Kind, Corwain. Ich sehe ein Kind mit blutigem Gesicht. Es öffnet den Mund und will mir etwas sagen, aber ich verstehe es nicht. Es spricht zu mir, und ich kann es nicht verstehen.

Sie zittert bei diesen Worten, und Corwain nimmt sie in die Arme. Es ist nur ein Bild, sagt er. Es hat nichts weiter zu bedeuten.

Alle Dinge, die ich in der Kognition sehe, bedeuten etwas. Solace legt sich hin, und das Blau in ihren Augen schwindet. Eine Minute später ist sie eingeschlafen, das Gesicht noch immer dem Licht zugewandt.

Stunden sind vergangen, als Corwain erwacht. Solace schläft noch immer, tief und fest. Er streckt die Hand aus, um ihr eine Haarsträhne aus der Stirn zu streichen, zieht sie aber wieder zurück; er will sie nicht stören.

Haben wir, die letzten Nachkommen der Unsterblichen, das Leben verlernt?, fragt er sich in diesen Momenten der Stille und sehnt dabei den inneren Frieden herbei, den ihm die Bögen geschenkt haben, weil eine sonderbare Unruhe ihn erfüllt.

Und plötzlich fällt ihm etwas ein. Ihm wird klar, was ihn geweckt hat: die Antwort auf eine Frage, die ihn seit dem Wunder von Puente beschäftigt. Was hat *er* gesehen? Das Flimmern unter dem senkrechten Hauptbogen, der vage Eindruck von etwas Großem, das sich regte, und – Leben? Er hat das Gefühl gehabt, etwas nahe zu sein, vielleicht einer fremden Welt, oder einer Kette von miteinander verknüpften Welten, und die Verbindung zwischen ihnen bestand aus … Leben.

40

Wie viel Schmerz konnte man ertragen, ohne den Verstand zu verlieren, ohne dass es zu einem mentalen Kurzschluss kam? Corwain kämpfte gegen das Dunkel an, das mit Erlösung lockte, mit Befreiung von Feuer und Pein, aber er wusste: Wenn er dieser Versuchung jetzt erlag, gab es vielleicht kein Erwachen mehr für ihn, nie wieder. Dann blieb er in der Rematerialisierungsphase gefangen, halb stofflich und halb in Flammen stehend. Und wenn dem Dislokator die Energie ausging oder wenn er endgültig versagte … Dann verbrannte ihn das Feuer der Transferenergie endgültig, zusammen mit der Nadel.

Blut und Tränen, dachte Corwain. All die Tode, all der Schmerz … Du hattest mehr als genug Gelegenheit, dich an so etwas zu gewöhnen.

Die Nadel … War sie bereits rematerialisiert, oder existierte sie nur als energetische Matrix, als ein kleines Datenpaket in einem größeren? Konnte sie gedankliche Anweisungen empfangen und darauf reagieren?

Es kamen keine Hilferufe mehr aus der düsteren Welt jenseits des Feuers, das ihn gefangen hielt. Was auch immer mit Jael-cres geschehen war, er konnte nicht mehr sprechen.

Corwain zwang sich, die brennenden Augen zu öffnen, starrte durch die Flammen und entdeckte eine weitere Ursache der Schmerzen. Die Teile seines Körpers, die Substanz gewonnen hatten, veränderten sich ständig; ein unsichtbarer Monteur setzte sie immer wieder neu zusammen und fügte ihnen Komponenten hinzu, die nicht zu ihnen passten. Er beobachtete, wie ein Riss in seinem von Flammen umloderten Unterleib entstand, wie sich Eingeweide Schlangen gleich aus der Öffnung wanden, gefolgt von Beuteln mit Organen und sogar seinem schlagenden Herzen. Rasch schloss er die Augen wieder, hörte das Heulen der Nadel und schrie mit seiner inneren Stimme: *Sorg dafür, dass es endlich aufhört!*

Die Nadel hörte ihn nicht; das vertraute *Ping* blieb aus.

Corwain drehte den Kopf zur Seite, zwang die Lider hoch und erblickte ein Ungetüm: schwarz, wie ein massiver Schatten in der Finsternis, ausgestattet mit Rädern, Ketten, Beinstummeln und zahlreichen Rohren, die aus dem zentralen Rumpf ragten, offenbar die Läufe großkalibriger kinetischer Waffen. Eins dieser Rohre war auf die Reste eines Gebäudes gerichtet, in dem es offenbar zu einer Explosion gekommen war. Überall lagen Trümmer verstreut, unter ihnen die zerfetzten Überbleibsel von Aggregaten und Geräteblöcken. Zwei lagen in der Nähe und schienen Ursprung der Flammen zu sein, die Corwain gefangen hielten.

Eine Kampfmaschine hatte das Gebäude mit dem Dislokator zerstört, doch ein Teil der Anlage war in Betrieb geblieben und hatte die Datenpakete von Corwain und Jael-cres aus dem Transfersystem des Kosmotops empfangen. Die Frage lautete: Funktionierte die Maschine noch? Warteten ihre Waffensysteme darauf, dass sich zwischen den Trümmern etwas regte?

Nein, dachte Corwain. In dem Fall hätte sie auf meine Bewegungen oder die von Jael-cres reagieren müssen.

Der Schmerz in seinem Rücken ließ etwas nach, und er hörte ein leises *Ping*. Die Nadel! Das Feuer bestand aus energetischen Fluktuationen bei der unvollständigen Rematerialisierung, und es brannte nicht überall mit gleicher Intensität. Manchmal verschwanden die Flammen an einer Stelle, die dann mehr Substanz gewann, und züngelten an einer anderen, wo sich Haut, Muskeln und Knochen auflösten. Existierte genug von der Nadel, um eine Anweisung entgegennehmen und ausführen zu können?

Es gab nur eine Möglichkeit, es herauszufinden.

Corwain schickte einen Gedanken. *Ping* ().

Das Heulen wiederholte sich, das inhaltslose Kreischen, und dann folgte ein Moment relativer Stille, in der Corwain nur ein leises Knistern vernahm. Er nutzte die Chance und formte einen klareren Gedanken.

Ping Signalanalyse, Codevervollständigung.

Genügte das? Begriff die Intelligenz der Nadel, worum es ging? War sie überhaupt imstande, die Signale zu senden, die den Dislokator veranlassen sollten, die Rematerialisierungsphase zu beenden? Und konnte der Dislokator noch etwas mit ihnen anfangen? Vielleicht waren die von der Kampfmaschine angerichteten Schäden so groß, dass sich die eingeleitete Rematerialisierung gar nicht beenden ließ.

Bei diesem Gedanken erstarrte Corwain innerlich. Blut und Tränen, vielleicht viele Jahre lang. Bis die Energievorräte des Dislokators zur Neige gingen, das Transferfeld kollabierte und die empfangenen Datenpakete verlorengingen.

Ping Vervollständigung Fremdcode?, fragte die Nadel und fügte ein mahnendes (Interferenzen) hinzu.

Ping, dachte er. *Ping* (?).

Neue Flammen wuchsen aus alter Glut, es knisterte lauter, und das Heulen kündigte mit einem ersten Pfiff seine Rückkehr an.

Verdammt!, dachte Corwain. Hast du Solace vergessen? Es geht hier nicht nur um dich. Konzentrier dich! Achte nicht auf den Schmerz!

Nicht auf den Schmerz achten? Wie sollte das möglich sein, wenn das Feuer nicht nur in allen Zellen und Nervenbahnen brannte, sondern auch jeder einzelne Gedanke in heiße Pein getaucht war?

Denk an Solace!, forderte er sich auf. Wie willst du ihr helfen, wenn du nicht einmal dir selbst helfen kannst?

Ping Vervollständigung Fremdcode, Bestätigung.

Die Hände des unsichtbaren Monteurs hörten damit auf, ihn immer wieder neu zusammenzusetzen. Stattdessen rammten sie ihm ein Messer in den Leib und schnitten ihn auf, vom Schritt bis zum Scheitel.

41

Ein schwarzes Ungetüm stand dort, mit zahlreichen großen Waffenläufen, die aus seinem dunklen Leib ragten, und einer von ihnen zeigte genau auf ihn.

Corwain blinzelte und merkte, dass er nicht mehr brannte. Es gab auch keine fremden Stimmen mehr in seinem Kopf, keine fremden Gedanken und Erinnerungen. Kühle Stille umgab ihn. Oben zogen Wolken durch die Düsternis, und durch die Lücken zwischen ihnen sah er keine fernen Sterne, sondern die andere Seite des Habitats, wo es gelegentlich blitzte. Zuerst dachte er an blinkende Lichter oder Scheinwerfer, die sich drehten und dabei gelegentlich in seine Richtung leuchteten, doch dann begriff er, dass es sich um Explosionen handelte.

Vorsichtig hob er den Kopf, erleichtert darüber, dass die Bewegung keine Schmerzen auslöste. Aber sein Körper fühlte sich seltsam an; etwas stimmte nicht mit ihm.

Ping Status.

Die Antwort bestand aus einem *Priiing,* dem keine Informationen folgten. Er versuchte es noch einmal, mit dem gleichen Ergebnis. Die Nadel schien defekt zu sein. Oder etwas behinderte die Kommunikation.

Corwain setzte sich auf und behielt dabei die Kampfmaschine

im Auge. Ihre Waffenarme blieben reglos, ebenso die Komponenten, die offenbar der Fortbewegung dienten.

Er blickte an sich herab und erkannte den Grund, warum sich sein Körper seltsam anfühlte.

Der Schutzanzug, den Jael-cres mit einem Notfallbrüter für ihn hergestellt hatte, war an mehreren Stellen aufgerissen, und zernarbtes, wie kauterisiert wirkendes Gewebe ragte daraus hervor. Ein Knie war zu einem Ball angeschwollen, ließ sich kaum mehr beugen. Es gehörte zu einem tauben Bein, das er so dick nicht in Erinnerung hatte, und nicht so kurz. Das rechte war länger und dünner, aber Schienbein und Wadenbein krümmten sich stark nach vorn. Damit noch nicht genug. Aus der rechten Seite – dort, wo er verletzt gewesen war – ragte ein Buckel aus Horn, Knorpeln und Narbengewebe, und darüber schienen mehrere Rippenknochen bestrebt zu sein, sich durch Haut und Schutzanzug zu bohren. Corwain tastete mit der linken Hand danach und stellte fest, dass es keine Hand mehr war, sondern eine Art Klaue aus grauen Knochen, ausgestattet mit einer zangenartigen Erweiterung. Die andere Hand, die rechte, war einigermaßen unversehrt geblieben bis auf den kleinen Finger, der sich in einen krummen Dorn verwandelt hatte. Er hob sie, um sein Gesicht zu betasten, ließ sie dann aber wieder sinken, dankbar dafür, dass es in der Nähe keine spiegelnden Objekte gab, die ihm sein Aussehen zeigen konnten. Er lebte, und zunächst kam es nur darauf an. Die Rematerialisierung – der unsichtbare Monteur – hatte ihn falsch zusammengesetzt, aber glücklicherweise nicht falsch genug, um ihn zu töten. Mit dem nächsten Klon ließ sich alles in Ordnung bringen.

Wenn er das Kosmotop verlassen und einen Brüter erreichen konnte.

Kratzende Geräusche kamen aus der Dunkelheit, gefolgt von einer undeutlichen Stimme. »Corwain … Hilfe …«

Er stand auf und fiel sofort wieder, weil er mit den unterschiedlich langen Beinen das Gleichgewicht verlor. Dabei wurde ihm klar, warum er trotz der Entstellungen keine Schmerzen hatte: Sein Körper war größtenteils taub; er fühlte ihn kaum. Was ist mit den inneren Organen?, dachte er. Funktionieren sie so, wie sie funktionieren sollen? Befindet sich alles an seinem rechten Platz? Er schickte der Nadel ein *Ping* (Biokontrolle), bekam aber wieder nur ein leeres Priing und Krrch zur Antwort.

»Hilfe …«

Corwain stemmte sich hoch, zog beide Beine an – das linke war zwar kurz, aber das dicke Knie ließ sich kaum beugen – und stand erneut auf. Sein Gehirn erinnerte sich an einen anderen Körper und konnte mit den Signalen, die es von den Nerven empfing, nichts anfangen. Er taumelte auf zwei Beinen, die unterschiedliche Richtungen einschlagen wollten, machte einige Schritte und stieß mit der linken, seltsam harten Schulter gegen die schwarze Kampfmaschine.

Der Schreck ließ ihn erstarren, doch die nächsten Sekunden verstrichen, ohne dass etwas geschah. Das dunkle Ungetüm stand einfach nur da; es erwachte nicht.

Weit oben, auf der anderen Seite des Habitats, flackerte erneut ein Blitz, und diesmal war es eine so große Explosion, dass ihr Licht für einen Moment die Düsternis selbst in diesem Teil der zylindrischen Welt vertrieb. Corwain war von weißen und grauen Trümmern umgeben, die wie die geborstenen Zähne des riesigen Wesens wirkten, dessen Gerippe neben ihm aufragte. Es waren nicht die Reste eines Gebäudes, wie es zunächst den Anschein gehabt hatte, sondern die eines mit großen Segeln ausgestatteten Gefährts, dessen Überbleibsel schlaff an langen Stangen hingen. Die von der Kampfmaschine zerstörten Aggregate des Dislokators hatten sich im Innern dieses Segel- oder Luftschiffs befunden. Sie wirkten ebenso tot wie alles andere; nirgends zeigte sich das Glühen von residualer Transferenergie.

»Corwain …«

Die Düsternis kehrte zurück, und Corwains Augen brauchten länger als sonst für die Umstellung. Die Details der Umgebung verschwanden wieder in Schatten und Schemen.

Ein Schritt fort vom schlafenden – oder toten – schwarzen Ungetüm … Fast wäre Corwain erneut gefallen. Er spreizte die Beine, streckte das längere rechte zur Seite, und auf diese Weise kam er etwas besser voran. Unter seinen Stiefeln knirschte und knackte es, und als er genauer hinsah, entdeckte er kleinere Gerippe oder Teile davon: Knochen und Knorpel, die unter seinen Stiefeln brachen und von ihnen in den Sand gedrückt wurden.

»Hier … Ich bin … hier …«

Die Stimme wurde leiser. Oder versagten seine Ohren? Corwain taumelte weiter und fragte sich, ob er auch vorher so schlecht gesehen hatte. Dünen ragten vor ihm auf, kleine Hügel aus Sand, ebenfalls von Trümmern übersät, die vielleicht alle vom selben Gefährt stammten. Corwain stapfte und schlurfte auf sie zu.

»Nein«, krächzte die Stimme aus der Dunkelheit. »Ich bin … hier. Du gehst … in die falsche … Richtung.«

Er drehte den Kopf, hörte ein Knacken in seinem Hals und sah etwa ein Dutzend Meter entfernt mehrere Gegenstände auf dem sandigen Boden, die anders beschaffen zu sein schienen als die Trümmer.

»Jael-cres?«, fragte er. Seine Stimme gehörte einem Fremden, war rau, kehlig und undeutlich.

»Wer … sonst?«

Corwain wankte durch Dunkelheit, vorbei an mehreren zerschmetterten Dislokatorteilen. Einige weitere noch immer recht mühsame Schritte brachten ihn zum Adjutanten, zu seinen zerborstenen, zerrissenen, auseinandergebrochenen Resten.

»Es hat nicht geklappt«, brachte er hervor. Das Sprechen fiel ihm mindestens so schwer wie das Gehen. »Die Rematerialisierung hat uns falsch zusammengesetzt.«

»Mich hat sie … überhaupt nicht … zusammengesetzt.«

Corwain sah sich um, entdeckte den Kopf des Adjutanten und taumelte darauf zu. Einen Meter weiter links, in einer kleinen Mulde im Sand, lag der Rumpf, aus dem hydraulische Flüssigkeit geströmt war wie weißes Blut.

»Hilf mir … Corwain …«, brachte der Adju-Kopf hervor.

»Ich kann dich nicht zusammenbauen, Jael-cres, nicht mit diesen Händen«, krächzte Corwain und versuchte vergeblich, in die Hocke zu gehen; das Knie des linken Beins blieb steif. »Und selbst wenn meine Hände in Ordnung wären, mir fehlen die technischen Kenntnisse. Ich habe keinen Zugriff auf die Datenbanken der Nadel.«

»Meine … Datenspeicher. In der Brust … und im Kopf. Nimm … die Datenspeicher und … bring sie … meinem Seeder-Vater. Er … kann mich … restaurieren.«

»Wie?«, stieß Corwain hervor. Es klang wie das Knurren eines Tiers. »Wie soll ich das anstellen? Sieh mich an …«

»Ich bin … blind …«

»Ich bin entstellt«, zischte Corwain. »Ich kann mich kaum auf den Beinen halten. Meine linke Hand ist eine Klaue …«

»Mein Seeder-Vater … Er kann mich … wiederherstellen …«

»Und wie soll ich dieses Habitat verlassen? Der Dislokator ist zerstört!«

»Hör auf … zu jammern … Corwain Tallmaster. Du bist … ein Letzter Mensch … Du bist … Jahrtausende alt. Hast du … nichts gelernt? Lass dir … etwas einfallen!«

Corwain fluchte, kippte und fiel. Er prallte schwer auf den

Boden, fühlte aber noch immer keinen Schmerz – zumindest diesen Vorteil bot die Taubheit seines deformierten Körpers. Er bohrte Hand und Klaue in den Boden und zog sich dem zerbeulten, abgerissenen Adju-Kopf entgegen. Nicht einer der Funktionsindikatoren leuchtete, und für einen Moment fragte sich Corwain, wie die Sprechwerkzeuge ohne die Energiezellen im Rumpf einsatzbereit bleiben konnten.

»Wo sind wir?«, fragte er, als er bis auf zwei Meter herangekommen war. »Dies ist kein ›Sprechzentrum‹, oder?«

»Die Signale deiner Nadel … haben die … Zieldaten verändert. Dies ist … einer der … Kriegsorte. Hier begann die … Atrophie, das … Sterben des Kosmotops. Es muss … einen anderen Dislokator … in der Nähe geben … einen stationären. Der zerstörte … Teil eines … Luftschiff abgeschossen … altes Meer … ausgetrocknet … Ufer suchen … Dislokator … Sprechzentrum … Veritas und Seeder-Vater … lokalisieren …«

Der Mund bewegte sich nicht mehr.

Wind kam auf. Regentropfen klatschten in den Sand und schufen kleine Krater.

»Jael-cres?«

Der Adjutant antwortete nicht. Corwain fluchte erneut, kroch näher, erreichte den Kopf und drehte ihn, auf der Suche nach einer Möglichkeit, die Datenspeicher im Innern zu erreichen. Er fand eine Klappe im Hinterkopf und versuchte, sie zu öffnen, doch sie hatte sich verbogen, und seine tauben Hände gehorchten ihm nicht richtig.

»Verzeih mir«, murmelte Corwain, bohrte den Dorn, in den sich der kleine Finger der rechten Hand verwandelt hatte, in einen visuellen Sensor, hob die linke Hand, die Klaue, und schmetterte sie an den Hinterkopf. Die Klappe gab nach.

Ein Durcheinander aus Schaltelementen, energetischen Brücken und Prozessoreinheiten präsentierte sich ihm. Wo befanden sich die Datenspeicher? Er spähte in den Schädel des Adjutanten, den Jael-cres in aller Eile für sich gebaut hatte, versuchte Einzelheiten zu erkennen und merkte, dass es mit seinen Augen nicht mehr zum Besten stand, denn es fiel ihm schwer, Details auszumachen. Dort, neben dem lateralen Prozessorbündel ... Das sah nach einem Datenmodul aus. Er wollte mit der linken Hand hineingreifen, doch die zangenartige Klaue war zu groß. Also benutzte er die rechte Hand, nachdem er den Dorn aus dem visuellen Sensor gezogen hatte. Zwei Datenmodule enthielt der Kopf – Corwain zog sie heraus, ging dabei aber so ungeschickt zu Werke, dass eins beschädigt wurde. Einige Sekunden starrte er darauf hinab und fragte sich, welche Konsequenzen die tiefe Delle in dem Modul haben mochte. Dann wandte er sich dem abseits liegenden Rumpf zu, suchte in der offenen, wie aufgesprengten Brust und entdeckte zwei weitere Datenspeicher. Waren das alle?

Corwain sah sich um. Teile des Adjutantenkörpers lagen zwischen den Trümmern verstreut, unter ihnen vielleicht auch Datenmodule oder Reste von ihnen. Es war unmöglich, alles abzusuchen und Gewissheit zu erlangen.

Sein Blick strich über die schwarze Kampfmaschine. Wie ein kleiner Berg stand sie da, dunkel und massiv, nur wenige Meter von den Knochen des riesenhaften Wesens entfernt, das vielleicht so etwas wie ein Wal gewesen war. Ihre Waffenläufe zeigten auf den zerstörten Segler, der einen mobilen Dislokator an Bord gehabt hatte, und einer von ihnen ...

Corwain sah genauer hin. Eins der Rohre, die aus der zentralen Sektion der Kampfmaschine ragten, schien nicht mehr so weit zur Seite geneigt zu sein wie vorher. Schwang es langsam herum, Millimeter um Millimeter. Da – eine kleine Bewegung? Konnte er seinen schlechter gewordenen Augen trauen?

Er stemmte sich hoch, spreizte erneut das längere rechte Bein und humpelte von den Resten des Adjutanten und der offenbar erwachenden Kampfmaschine fort. In Hand und Klaue hielt er vier Datenmodule, darin die – vielleicht beschädigte – Seele von Jael-cres.

CODE L

DER LENKER

Ich lebe, dachte Mebrat T'hr'rl. Die große Stimme, die Instanz, sie hat mich erneut belogen. Zum letzten Mal. Dies war der Beweis dafür, dass er die richtige Entscheidung getroffen hatte, für die Wahrheit, gegen die Lüge.

Er sah seine Leiche im Saal der Lenker, der Kopf von einer energetischen Entladung verdampft, aber er existierte noch immer. Im Auftrag der Instanz schoss der Jassid mit den drei gelben Stoffbahnen erneut, und der Oberkörper des Lenkers im Behälter verbrannte, aber Mebrat fühlte nicht einmal Schmerz.

»Ich lebe!«, rief er in die Datenräume von Kh'smT'p. »Hört ihr mich? Ich bin nicht MeT, sondern Mebrat T'hr'rl, Lenker und Entscheider. Und ich entscheide: Die Anomaliemotoren sollen aktiv werden. Ich bringe Kh'smT'p zu den Jak'h'nda.«

Die Instanz versuchte, die von ihm übermittelten Anweisungen zu blockieren, sie in den Datensphären zu isolieren und zu neutralisieren, aber es gelang ihr nicht, denn jede einzelne von ihnen trug die Signatur eines Entscheiders. Die Instanz, letztendlich den Befehlen der Entscheider unterworfen, konnte seinem wachsenden Einfluss nicht standhalten und musste zurückweichen.

Auf Trus jubelten die loyalen Jassid, von der großen Stimme »Abtrünnige« genannt – eine weitere Lüge –, und ihr Oberhaupt Harlam H'a'dsid sagte: *Kh'sm T'p ist dir zu Dank verpflichtet, Mebrat T'hr'rl. Entscheide weiter. Entscheide und lenke.*

Sie mussten sich nicht mehr verstecken, denn Mebrats Entscheidersignatur drängte die Instanz zurück. Es dauerte nicht lange, bis sie fast ganz aus der globalen Zitadelle zurückgewichen war. Nur an vier verschiedenen Orten auf Trus blieb sie präsent: in den Kumulatorzonen, die Energie von den Myriaden supereffizienten Kollektorzellen und von der Dyson-Sphäre empfingen, die Sonne und Planeten umgab. Dort verharrte ein Rest von ihr in den Kontrollbereichen, wie überall in Kh'smT'p, denn die Verwaltung der Balance- und Versorgungssysteme zählte zu ihren Grundfunktionen.

Barrieren fielen. Abschirmungen lösten sich auf. Die Zitadelle stand den loyalen Jassid des Prokurators Harlam H'a'dsid offen. Damit hatten sie auch ungehinderten Zugang zum Imaginarium.

Sofort machten sich einige Gruppen auf den Weg dorthin, unter ihnen Phasentechniker, begleitet von einigen der Fremden, die dem Prokurator geholfen hatten. Mebrat hörte und sah nun wieder mit Kh'smT'ps Augen, als Entscheider deutlicher als jemals zuvor, und erstaunt stellte er fest, dass die Geräte und Apparaturen der Fremden eine Signatur hatten, die etwas in ihm für gefährlich hielt.

Im Entscheidungssalon wimmerte das senile, sabbernde Geschöpf im Assistenzgerüst, schnitt eine Grimasse und schrie.

»Das Imaginarium muss unangetastet bleiben«, sagte Mebrat mit wachsender Beklommenheit. »Die Auslagerung darf nicht destabilisiert werden.« Hier sprach der Lenker, der um die Masse von Kh'smT'p wusste, und um die Leistungsfähigkeit der Anomaliemotoren.

Wir wollen nur dafür sorgen, dass die Instanz nicht zurückkehren und das Imaginarium erneut unter ihre Kontrolle bringen kann, sagte der Prokurator, der noch immer eine kleine Stimme war, während Mebrat durch die Datenräume von Kh'smT'p segelte. *Sei unbesorgt. Bring uns jetzt in den Letzten Sprung.*

Mebrat fühlte die Kraft der Motoren: schlafende Riesen, die

darauf warteten, geweckt und mit Energie gefüttert zu werden. Er war mit ihnen vertraut; er kannte sie besser, als er seine Brüder und Schwestern gekannt hatte, die anderen Lenker. Er löste die Datensiegel und öffnete die Tür zu ihnen, schuf Plasmabrücken und ließ die Energie einer kleinen Sonne strömen, rot wie der Stern von Trus. Es war genug Energie für Sprünge zwischen den Galaxien, und einen solchen Sprung hatte die Instanz bereits vorbereitet, über mehrere Sprechzyklen hinweg. Aber für den Letzten Sprung reichte sie nicht aus, nicht annähernd. Es gab nur einen Ort, an dem dafür genug Energie zur Verfügung stand: im dichten, turbulenten Sternengewimmel eines galaktischen Zentrums.

Als die Motoren hungrig die Kraft der alten roten Sonne fraßen, meldete sich plötzlich eine neue Stimme, die Mebrat nie zuvor gehört hatte.

»Alarm«, sagte diese Stimme. Sie sprach ebenso laut wie die Instanz. »Verletzung des Ereignishorizonts.«

»Wer bist du?«, fragte Mebrat verwirrt und spürte, wie sich sein Mund bewegte, weit entfernt, in der Zitadelle auf Trus.

»Ich bin der Identifikator und erwarte Ihre Anweisungen, Entscheider.«

Identifikator? Mebrat suchte in seinen Erinnerungen. Er hatte Kh'smT'p oft gelenkt, bei vielen Sprüngen und während zahlreicher Orientierungsphasen, aber nie hatte er dabei von der Existenz eines *Identifikators* erfahren. Gehörte dies zu den Dingen, die die Instanz aus seinem Gedächtnis getilgt hatte? Aber warum?

Wie willst du entscheiden, wenn du nicht Bescheid weißt, MeT?, fragte die Instanz, zu einer kleinen, winzigen Stimme geworden.

»Identifikator?«

»Ich höre und warte.«

»Warum hast du einen Alarm ausgelöst?« Mebrat fühlte ihn jetzt, neben der wachsenden Kraft der immer noch hungrig

Energie verschlingenden Motoren und den Navigationskonstrukten von Kh'smT'p, den Fokussierern, deren Aufgabe darin bestand, die von den Anomaliemotoren entfesselten Gewalten kontrolliert in die richtige Richtung zu lenken.

»Der Feind kehrt zurück«, antwortete der Identifikator. Seine Stimme wurde immer größer, denn ihre Präsenz führte in Kh'smT'p zu automatischen Reaktionen, die sie verstärkten. Mebrat, gerade erst zum Entscheider geworden, nahm überrascht zur Kenntnis, dass sich immer mehr Systeme seiner Kontrolle entzogen.

Was geschieht bei dir?, meldete sich eine andere kleine Stimme, nur wenig größer als die der Instanz. Der Prokurator, das Oberhaupt der Jassid, die ihm geholfen hatten, die Wahrheit zu erkennen. Warum war seine Stimme so klein geworden? Weil die andere, die des Identifikators, immer mehr wuchs.

»Welcher Feind?«, fragte Mebrat. »Welcher Feind kehrt zurück?«

Wovon redest du da?, flüsterte der Prokurator in der Ferne. *Entscheide und lenke, Mebrat T'hr'rl. Der Letzte Sprung! Worauf wartest du?*

Vier Objekte hatten den Ereignishorizont durchstoßen, als existierte er für sie überhaupt nicht. Sie waren alt: nicht so alt wie Kh'smT'p, aber älter als alles, was die Sammler bisher in dieser Galaxie gesammelt hatten. Ihre Signaturen …

»Das muss ein Fehler sein«, sagte Mebrat verwirrt. »Die Objekte sind fremd. Sie können nicht aus Kh'smT'p stammen.«

Gib Antwort, Mebrat T'hr'rl, rief der Prokurator in der Ferne, aber der Ruf blieb ein Wispern, winzig inmitten all der anderen Stimmen von Kh'smT'p, vom Identifikator wachgerufen.

»Es ist der Feind aus der Zeit der Atrophie«, sagte der Identifikator. Die anderen Stimmen, von ihm geweckt, gehörten den Notfall- und Verteidigungssystemen. »Sein Erbe, sein Vermächtnis, das er hier hinterließ. Der Feind kehrt zurück, um sein Zerstörungswerk zu vollenden. Ich höre und warte.«

»Was?«, ächzte Mebrat.

»Ich erwarte Anweisungen.«

Die Augen und Ohren von Kh'smT'p übermittelten Daten: kein ruhiges, langsames Rinnsal, sondern ein wildes Strömen, eine ungestüme Flut. Den größten Teil verstand Mebrat nicht, denn er betraf Aufgaben, mit denen er nie etwas zu tun gehabt hatte. Aber er begriff: Die Signatur der Geräte und Apparaturen der Fremden, die etwas in Mebrat für gefährlich gehalten hatte – sie ähnelte den Identitätsstrukturen der vier Eindringlinge.

Die nach dem Durchstoßen des Ereignishorizonts Kurs auf Trus nahmen.

Eine vertraute Stimme durchdrang die Datenräume von Kh'smT'p, in die Kumulatorzonen der Zitadelle von Trus zurückgedrängt und noch immer klein, aber gleichzeitig omnipräsent: die Instanz. *Haben wir einen Verteidigungsfall?,* fragte sie, und Mebrat hörte den besonderen Ton. Es war eine offizielle Anfrage, und von der Antwort hing viel ab.

Was geschieht bei dir?, fragte die andere kleine Stimme, die klein blieb und vielleicht noch mehr schrumpfte, fast vollständig übertönt von den zahlreichen Rufen in den Datensystemen von Kh'smT'p. *Wir stellen ungewöhnliche Aktivität in den Datensphären fest.*

»Ich höre und warte noch einen Mikrosprechzyklus«, sagte der Verteidiger. »Anschließend muss ich davon ausgehen, dass der Entscheider nicht mehr entscheiden kann.«

Und die Instanz, leise aber bestimmt, fragte erneut: *Haben wir einen Verteidigungsfall?*

»Was geschieht hier?«, fragte Mebrat hilflos, während sich das Gefühl drohender Gefahr verstärkte.

»Der Feind wird Trus und das Imaginarium angreifen, Entscheider«, sagte der Identifikator. »Wie lautet Ihre Entscheidung?«

»Ich …« Mebrat war ein Lenker. Er wusste, wie man Kh'smT'p steuerte, wie man bei Sprüngen Hindernissen auswich und den richtigen Weg fand. Er trug nur die Maske eines Entscheiders, ohne wirklich einer zu sein. Vielleicht konnte er einer werden, wenn ihm Zeit blieb zu lernen, aber der Identifikator verlangte *jetzt* eine Entscheidung, die er nicht treffen konnte.

Ich frage noch einmal: Haben wir einen Verteidigungsfall?

»Ja«, erwiderte der Identifikator.

Die große Stimme, die klein geworden war, wuchs zu neuer Größe und verkündete so laut, dass es durch die Datenräume von Kh'smT'p hallte: »Ich übernehme.«

DIE LETZTE RESERVE

42

Corwain hatte weder Hunger noch Durst.

Das fiel ihm einige Stunden später auf, als er nach einem mühevollen Marsch über sandigen Boden felsigeren Untergrund erreichte. Voraus stieg das Terrain an; vielleicht erstreckte sich dort die Küste dieses ausgetrockneten Meeres. Inzwischen regnete es nicht mehr aus den finsteren Wolken, die noch immer durch diesen Teil des Habitats zogen und den Blick auf die andere Seite verwehrten, aber in einigen Mulden hatte sich genug Wasser gesammelt, um Pfützen und sogar kleine Tümpel zu bilden. Es war trüb und sah nicht besonders einladend aus, doch es handelte sich um Süßwasser, und nach den zurückliegenden Anstrengungen hätte Corwain sehr durstig sein müssen. Stattdessen übte das Wasser nicht den geringsten Reiz auf ihn aus, und er hatte auch nicht das Gefühl, hungrig zu sein. Sein Körper verbrauchte zweifellos Energie, und die Müdigkeit in Muskeln und Knochen bildete er sich nicht ein. Dennoch verspürte er nicht das Bedürfnis, Nahrung aufzunehmen, um seine Kraft zu erneuern. Hatte er überhaupt einen Magen, der Nahrung empfangen und verarbeiten konnte? Und verfügte dieser Körper über Darm und After für die Ausscheidung nicht verwertbarer Substanzen? Corwain blieb stehen, an einen großen Panzer gelehnt, der vielleicht einmal einem Schildkröten-Äquivalent gehört hatte, steckte die rechte Hand durch einen Riss im Schutzanzug und tastete nach dem After, um festzustellen, ob es eine entsprechende Körperöffnung gab. Seine suchenden Finger fanden etwas Hartes: Horn auf beiden Gesäßbacken, in der Mitte zusammengewachsen. Wenn es darunter etwas gab, das dem Zweck diente, Exkremente nach draußen zu befördern, so nützte es nicht viel, denn wie hätte der Kot durch die fest mit dem Gesäß verwachsene Hornschicht gelangen sollen?

Corwain schaute in die Richtung zurück, aus der er gekommen war. Wenn die schwarze Kampfmaschine durch den Kontakt mit ihm erwacht war, so folgte sie ihm nicht. Er glaubte, etwa zwanzig Kilometer zurückgelegt zu haben, aber nicht einmal die höchsten Hügel aus Sand und Geröll hätten den dunklen Koloss verbergen können.

Mehrere Fragen bedrängten ihn. Eine lautete: Wie lange konnte er mit einem Körper durchhalten, der weder Wasser noch Nahrung aufnahm? Und selbst wenn er sich zwang, etwas von dem Regenwasser zu trinken und organische Stoffe aufzunehmen, aus denen sein Magen, sofern vorhanden, Energie gewinnen konnte … Was würde mit ihm geschehen, wenn sich die Schlacke nicht ausscheiden ließ? Würde er sich selbst vergiften?

Von welcher Seite er es auch betrachtete: Die Funktion dieses Körpers war nicht nur eingeschränkt, sondern auch begrenzt. Ein Standardtag, vielleicht zwei … Dann würde er zu schwach sein, den Weg fortzusetzen. Den Weg wohin? Zu einem stationären Dislokator, wie Jael-cres gesagt hatte. Das führte zu einer weiteren Frage: Konnte der nächste Dislokator den Rematerialisierungsfehler des ersten Transfers korrigieren? Wie sollte er dazu in der Lage sein? Wie sollte er erkennen können, dass dieser Körper falsch strukturiert war? Den einzigen sicheren Ausweg bot ein Brüter, der imstande war, ihm einen neuen Klon zur Verfügung zu stellen, und selbst in dem Fall blieb das Problem einer möglicherweise defekten Nadel. Und er hätte das Kosmotop verlassen und die Kompetenz erreichen müssen.

Während ihm noch diese Fragen durch den Kopf gingen, wurde sich Corwain bewusst, dass es nicht mehr so düster war wie vorher. Sein Blick reichte weit über den ehemaligen Meeresgrund; deshalb konnte er auch sicher sein, dass ihm die schwarze Kampfmaschine nicht gefolgt war. Er hob den Kopf, wobei es wieder im Hals knackte, und schaute nach oben, zur anderen Seite des Habitats.

Die Lücken zwischen den Wolken waren größer geworden, und ein orangerotes Glühen kam von dort. Corwain fragte sich, ob es von kleinen künstlichen Sonnen mit geringer Leuchtkraft stammte, doch dann begriff er: Dort oben, wo er zuvor die Blitze von Explosionen beobachtet hatte, wüteten gewaltige Brände. Wenn er die Entfernung einigermaßen richtig abschätzte, standen Regionen in Flammen, die so groß waren wie Kontinente.

Er stieß sich von dem Panzer des schildkrötenartigen Wesens ab, wankte über das ansteigende Terrain und glaubte, weiter oben, hinter den Resten alter Uferbefestigungen, die Umrisse von Gebäuden zu erkennen. Vielleicht gab es dort einen Dislokator.

Damit hatte er ein Ziel und auch Hoffnung. Beides verlieh ihm nicht gerade Flügel, bestärkte ihn aber in seiner Entschlossenheit, als er den langen Hang erklomm und dabei mehrmals Gefahr lief, das Gleichgewicht zu verlieren und zu fallen – sein Gehirn weigerte sich noch immer, die Bewegungen der beiden unterschiedlich langen Beine zu koordinieren. Schließlich erreichte er die alten Kaianlagen, und von dort aus strich sein Blick über eine zerstörte Stadt. Zwischen den Ruinen zerbombter Gebäude lagen die Reste von Seglern, die offenbar ähnlich beschaffen gewesen waren wie das Luftschiff, dessen Dislokator Corwain und Jael-cres empfangen hatte. Krater durchzogen wie Pockennarben die urbane Trümmerlandschaft; manche von ihnen enthielten kleine Seen aus Regenwasser. Hier und dort lagen Knochen und ganze Skelette angehäuft, als hätte jemand die Toten eingesammelt und dann achtlos liegen lassen. Jenseits der Stadt ragte dunkel ein Berg auf, etwa zwei Kilometer hoch. Wie absurd, dachte Corwain, denn eine solche Masse musste sich auf die Rotationsbalance des Habitats auswirken.

Er humpelte an Mauerresten und den rußgeschwärzten Stümpfen von Türmen vorbei. An manchen Stellen reckten sich wie trotzig Fassaden empor, doch hinter ihnen lag alles in Schutt und Asche. Die Reste von Fahrzeugen, offenbar halb geschmolzen und dann wieder erstarrt, waren ineinander verkeilt, unter ihnen auch einige Fluggeräte. Mühsam erkletterte Corwain einen Trümmerhaufen, sah sich einige Wracks aus der Nähe an und warf auch einen Blick hinein, ohne Hinweise auf einen funktionierenden Dislokator zu finden. Als er anschließend den Weg durch die zerstörte Stadt fortsetzte, spürte er erste Anzeichen von Schwäche und fragte sich, ob es sich tatsächlich um Signale handelte, die ihm sein Körper schickte, oder um Symptome seiner Enttäuschung. In dieser Stadt war weit und breit nichts intakt geblieben. Wie sollte er hoffen, hier einen Dislokator zu finden? Und selbst wenn er einen entdeckte, irgendwo unter den Trümmern begraben … Wie sollte er ihn aktivieren und auf ein Ziel programmieren? Beim letzten Mal hatte Jael-cres diese Aufgabe übernommen, mit dem nötigen Wissen und einem funktionierenden Sender.

Corwain verharrte neben einem Haufen aus verbogenem und geborstenem Metall, um Atem zu schöpfen, und schickte eine Anfrage an die Nadel in seinem Rückgrat.

Er bekam nicht einmal ein *Ping* zur Antwort, nur ein kurzes, leeres Krrch.

Doch davon wollte er sich nicht entmutigen lassen. Es bedeutete zumindest, dass die Nadel seine Anfrage empfangen hatte.

Ihre Kommunikationskomponente schien also noch in Betrieb zu sein; vielleicht war nur der Artikulator ausgefallen.

Brachte ihn das weiter? Konnte er mithilfe der Nadel ein Aktivierungs- und Zielangabesignal übertragen, wenn er einen Dislokator fand?

»Eins nach dem anderen«, murmelte er. Die Worte hatten ein seltsames Echo, ein Flüstern und Raunen, das seinen Ursprung zwischen den Trümmer- und Knochenhaufen zu haben schien. Corwain richtete sich auf und hielt Ausschau, aber wohin er auch schaute, nirgendwo rührte sich etwas. Stille herrschte; selbst der Wind schwieg.

Das Flüstern wiederholte sich, und diesmal merkte Corwain, dass er es gar nicht mit den Ohren hörte. Das wortlose Wispern kam nicht aus den Schatten zwischen den Ruinen; es kroch aus entlegenen Gewölben seines Bewusstseins.

Die Stimmen, er hörte sie wieder, wie in dem anderen Habitat, in dessen Luft es ein halluzinogenes Agens gab, einst vielleicht Bindeglied der Symbiose zwischen den Dendritenbäumen der Kontemplaten und den humanoiden Bewohnern der Städte in ihnen. Dumpfer Schmerz begleitete sie, wie ein Druck, der auf seinem Kopf lastete. Er konnte noch immer nicht verstehen, was die Stimmen flüsterten, doch diesmal fühlten sie sich anders an. Sie drängten sich nicht auf, bildeten eher eine Art mentales Hintergrundrauschen.

Corwain machte einen Schritt, und etwas gab unter seinem kurzen linken Bein nach. Rasch streckte er das rechte, um das Gleichgewicht zu wahren, drehte sich dabei und stellte fest, dass die Stimmen erst leiser und dann wieder lauter wurden. Erneut blieb er stehen, neben einer Pfütze aus Regenwasser, die ihm ein fratzenhaftes Gesicht zeigte, von dem er sich aber nicht erschrecken ließ. Seine Aufmerksamkeit galt jetzt vor allem den Stimmen. Er drehte sich erneut, langsam und kontrolliert, erst nach links und dann nach rechts. Halb rechts, flüsterten die Stimmen. Wiesen sie ihm den Weg?

Er wankte wieder durchs Trümmerfeld, kletterte durch Löcher in Mauern, geschaffen von kinetischen Geschossen, und kroch durch schmale Lücken, plötzlich dankbar für den Körper, der kaum Schmerz empfand. Eine scharfe Kante bohrte sich ihm in den Arm, ohne dass er mehr spürte als ein kurzes, leichtes Stechen. Blut, so schwarz wie die zwanzig Kilometer entfernte Kampfmaschine, quoll aus der Wunde, die sich aber sofort wieder schloss.

Einige Minuten später erreichte er einen Krater, der größer und tiefer war als die meisten anderen, so tief, dass sich unten an mehreren Stellen eine Schicht aus einem grauen Material zeigte, das wie Metall aussah. Das war ein Punkt, an den er bisher nicht gedacht hatte. So stabil Habitate auch konstruiert sein mochten: Als künstliche Welten im All – selbst im Innern des Kosmotops – blieben sie fragil. Kämpfe innerhalb eines solchen Habitats bedeuteten, dass die Gefahr gravierender struktureller Beschädigungen bestand. Explosionen konnten die Hülle aufreißen, und wenn die Luft entwich, starben alle nicht geschützten Lebensformen. Zu einer explosiven Dekompression war es hier offenbar nicht gekommen, aber es schien nicht viel gefehlt zu haben.

Auf der linken Seite ragte etwas in halber Höhe aus dem Hang, die Flanke eines Objekts, das aus dem gleichen grauen – und offenbar sehr widerstandsfähigen – Material bestand wie weiter unten die Strukturelemente des Habitats. Corwain taumelte am Rand des Kraters entlang und musste mehrmals großen Trümmerstücken und Ansammlungen von Knochen ausweichen. Je mehr er sich dem Objekt näherte, desto deutlicher wurde sein Eindruck, dass es sich um die Flanke eines Gebäudes handelte, etwa vierzig Meter unter dem Bodenniveau. Vielleicht eine Art Bunker? Wenn es in dieser Stadt etwas gab, das die Kämpfe und das Bombardement unbeschadet überstanden hatte, so musste es sich dort befinden.

Corwain humpelte schneller, und die Schwäche, die er zuvor gefühlt hatte, war plötzlich vergessen.

Links vom tiefen Krater, über dem weiter unten aus dem Hang ragenden Bauwerk, türmten sich Berge aus Schutt und Fahrzeugwracks. Die zerrissenen Reste von Seglerplanen lagen wie fransige Leichentücher auf den Trümmern. Corwain bückte sich und zog sie beiseite, suchte nach einer Öffnung, einem Eingang, nach einem Loch, durch das er in einen Keller kriechen konnte, der ihm vielleicht Zugang zur Bunkeranlage bot. Das Flüstern in seinem Hinterkopf war etwas lauter geworden und schien zu bestätigen, dass er auf dem richtigen Weg war. Zwischen zwei schräg übereinanderliegenden Platten entdeckte er einen dunklen Spalt, zu schmal für ihn. Aber vielleicht ließ er sich erweitern. Corwain streckte das linke Bein mit dem steifen Knie, beugte das rechte, kam auf diese Weise nach unten und begann zu graben, wobei sich die Klauenhand als recht nützlich erwies, denn mit ihr gelang es ihm, einige große Brocken zu lösen. Es dauerte nicht lange, bis der Spalt auf der einen Seite breit genug war, um den Kopf hindurchzustrecken. Etwa zwei Meter weiter unten zeichneten sich rechteckige Umrisse ab, vermutlich von Treppenstufen. Ganz sicher war Corwain nicht. Er wich zurück, drehte sich, schob beide Beine durch die Öffnung – und zögerte. Sein Körper mochte schmerzunempfindlich sein, aber er war nicht unverwüstlich. Wenn es dort unten in der Finsternis keine Treppe gab, wenn er tiefer fiel als nur anderthalb oder zwei Meter und wenn er unglücklich aufprallte, mit dem Kopf gegen etwas stieß … Die Schwerkraft war auch in diesem Habitat geringer als die Standardnorm – andernfalls wäre ihm die Fortbewegung mit den beiden unterschiedlich langen Beinen und dem steifen linken Knie noch viel schwerer gefallen –, doch wenn er tiefer stürzte als einige Meter, konnte das trotzdem fatal sein.

Blieb ihm eine Wahl? Die Alternative bestand darin, nach einem anderen Weg in den Bunker zu suchen, und Corwain entschied sich schließlich dagegen. Er kroch noch tiefer in die Öffnung, bis die Beine im Leeren baumelten.

Krrch, machte die Nadel, und die Stimmen in seinem Kopf flüsterten dazu.

Corwain stieß sich mit den Händen ab und fiel.

43

Er fiel lange, länger als gehofft, und stieß dabei mehrmals gegen Wände, die nicht senkrecht in die Tiefe reichten. Schließlich kam der Aufprall, nach einer gefühlten Minute, so heftig, dass Corwain befürchtete, sich alle Knochen im Leib zu brechen. Er blieb liegen, die Beine nach unten gestreckt, und wagte kaum, sich zu bewegen. Schmerzen fühlte er auch diesmal nicht, nur ein leichtes Brennen, das sich schnell in allgemeiner Taubheit verflüchtigte. Nach einer Weile hob er erst den linken Arm, dann den rechten und stellte erleichtert fest, dass die Knochen intakt zu sein schienen. Er wartete noch etwas länger, und ein Teil der Dunkelheit wich zurück, enthüllte die Umrisse einer Treppe mit unregelmäßigen Stufen. Direkt daneben führte ein gewölbter Schacht mit tiefen Rillen in den Wänden nach unten, vielleicht ein Aufzugsschacht, und er befand sich direkt unter der Öffnung, die sich etwa ein Dutzend Meter weiter oben als grauer Fleck in der Finsternis zeigte.

Corwain begriff, dass er von Glück sagen konnte. Als er sich mit den Armen abgestoßen hatte, musste er seinem Körper auch ein geringfügiges seitliches Bewegungsmoment gegeben haben. Nur diesem Umstand verdankte er die Landung auf der Treppe; andernfalls wäre er noch viel tiefer durch den Schacht gestürzt.

Vorsichtig rückte er ein wenig beiseite und stand dann auf, stellte das längere rechte Bein eine Stufe tiefer und konnte dadurch fast normal stehen.

Schwaches Licht kam von unten, doch es schien seinen Ursprung in unmöglicher Tiefe zu haben. Dieser Eindruck verstärkte sich, als Corwain mit dem Abstieg begann, wobei er einen sicheren Abstand zum Schacht wahrte, der nicht senkrecht verlief, sondern sich mal zur einen Seite neigte und dann zur anderen. Nach etwa fünf Minuten glaubte er, den Bereich der Habitathülle erreicht zu haben, den er zuvor am Boden des tiefen Kraters gesehen hatte, doch Schacht und Treppe setzten sich fort. Die Bunkeranlage – wenn es eine war – erstreckte sich offenbar durch die Strukturelemente des Habitats hinaus ins All. Wenn es sich um eine Art Kontrollstation handelte oder um ein Terminal, das Reisenden Gelegenheit geboten hatte, das Habitat zu erreichen und zu verlassen, dann gab es vielleicht weiter unten einen Hangar mit Schiffen für Flüge im Innern des Kosmotops. Oder einen stationären Dislokator, der unmittelbaren Zugang zu anderen Habitaten erlaubte.

Nach zehn weiteren Minuten erreichte Corwain das Ende der Treppe und fand die ersten Toten.

Von den meisten waren nur Knochen übrig: ovale Schädel mit Öffnungen und Mulden an unvertrauten Stellen, vierfingrige Hände mit Krallen wie der Dorn, in den sich Corwains rechter Zeigefinger verwandelt hatte, verkrümmte Schienbeine und Füße aus dünnen Hornplatten. Kleidungsfetzen lagen zwischen den Gerippen verstreut, ihre Farben längst verblasst. Manche Schädel waren zertrümmert, andere offenbar von kleinen Geschossen durchlöchert. Von den Waffen, die diesen Geschöpfen den Tod gebracht hatten, fehlte jede Spur; vielleicht waren sie irgendwann von jemandem eingesammelt und fortgebracht worden. Direkt neben der Treppe, halb unter all den Knochen verborgen, bemerkte Corwain zwei teilweise mumifizierte Humanoiden. Ledrige Hautfetzen klebten an Wange und Stirn, hingen fleckig zwischen bleichen Rippenknochen.

Corwain wankte weiter, durch einen nach unten führenden Korridor, und versuchte sich zu orientieren. Wenn er den Überblick behalten hatte, befand sich der große Krater jetzt rechts über ihm – dieser Bereich musste sich schon außerhalb des Habitats erstrecken.

Nach einigen weiteren Metern fand er den ersten Hinweis darauf, dass hier nicht alles tot war: Von einigen Streifen am Rand der Decke ging mattes Licht aus.

Krrch, knisterte die Nadel, und Krrk.

Hinter der nächsten Biegung stieß Corwain auf die Reste einer Kampfmaschine, schwarz wie die beim zerstörten Segler in der Wüste, die einst ein Meer gewesen war. Wie ein Pfropfen steckte sie im Gang, ihre mehrgelenkigen Gliedmaßen an Wände und Decke gestreckt. Zwischen ihnen lagen Skelette, in einigen Schädeln die Löcher von Projektilen.

Corwain fand eine Lücke und kletterte über Knochen hinweg, die offenbar einem größeren Humanoiden gehört hatten. Der Kopf wirkte menschenähnlich; leere Augenhöhlen starrten ihn an.

Auf der anderen Seite fand er eine halb offene Tür – die Knochen eingeklemmter Skelette hatten sie daran gehindert, sich ganz zu schließen. Die halb zermalmten Gebeine schufen eine Barriere, über der ein Spalt genug Platz bot, um es Corwain zu gestatten, in den Korridor hinter der Tür zu kriechen. Dort richtete er sich wieder auf und spürte eine Veränderung.

Hier glühten mehr Lichtstreifen an der Decke, und es lag ein anderer Geruch in der Luft, nicht mehr nur der von Tod und Zerstörung. Corwain schnupperte, erstaunt darüber, dass er riechen und verschiedene Gerüche voneinander unterscheiden konnte. Er torkelte weiter, vorbei an geschlossenen Türen ohne erkennbaren Öffnungsmechanismus, und mit jedem Schritt schienen die Stimmen in seinem Kopf lauter zu werden.

Krrch krk krrk, machte die Nadel. Empfing sie Signale? Versuchte jemand oder etwas, sich mit ihm in Verbindung zu setzen?

Corwain blieb stehen, holte die vier Datenmodule hervor, eins von ihnen beschädigt, und betrachtete sie, als erwartete er Antwort von ihnen. Nein, das war dumm. Die Module verfügten nicht über eine Kommunikationskomponente. Selbst wenn nicht nur Daten in ihnen steckten, sondern ein waches, aktives Maschinenbewusstsein – es hätte nicht versuchen können, sich ihm mitzuteilen. Er ließ die Module wieder in der Tasche seines zerrissenen Schutzanzugs verschwinden und horchte. Krrchkrrk, knisterte und knackte die Nadel, und dahinter steckte eine Stimme, die sich von den anderen Stimmen in Corwains Hinterkopf gelöst hatte. Sie flüsterte nicht mehr, sondern sprach, ohne dass er einzelne Worte identifizieren und verstehen konnte.

Er humpelte weiter, durch mehrere Kurven, und erreichte schließlich das Ende des Korridors: eine geschlossene Tür, oval wie die Schädel der meisten Skelette bei der Treppe. Mehrere kurze Stangen ragten aus grauem Metall, darauf Symbole, mit denen er nichts anzufangen wusste. Er ergriff die Stangen, zog an ihnen, ohne dass sie sich von der Stelle rührten, und dabei spürte er ein Zittern in Klaue und Hand – er wurde schwächer.

Ruhig, dachte er. Bleib ganz ruhig. Es hat keinen Sinn, einfach zu ziehen und zu zerren.

Vielleicht musste man die Stangen in einer bestimmten Reihenfolge berühren, damit sich die Tür öffnete. Corwain überlegte, ging systematisch vor und probierte alle Möglichkeiten nacheinander aus, ohne dass etwas geschah. Das einzige Ergebnis seiner Bemühungen bestand darin, dass sich die Stangen ein wenig erwärmten. Als eine halbe Stunde vergangen war, ohne dass er einen Hinweis darauf bekommen hatte, wie sich die Tür öffnen ließ, wich er frustriert zurück und knurrte: »Verdammt, geh endlich auf!«

Ein Summen erklang, etwas klickte, und die Tür schwang nach innen.

Das Knistern in Corwains Kopf wiederholte sich mit einem längeren Krrkrrchkrrch, dem ein *Krrchkrkrrch* folgte.

Er stand vor der offenen Tür und fragte sich, ob es sein Gedanke – vielleicht von der Nadel empfangen und gesendet – gewesen war, der die Tür geöffnet hatte. Und er begriff, dass das Knistern nicht von der Nadel kam, obwohl es sich zunächst so angehört hatte, sondern von der einen lauter gewordenen Stimme, die immer noch sprach, wie in einem Singsang, der mal lauter wurde und mal leiser.

Vor ihm erstreckte sich ein Saal mit einem großen, ovalen Tisch, und dort saßen und standen mehr als zwanzig Geschöpfe aus unterschiedlichen Spezies. Einige von ihnen hatten ihre Hände gehoben, Fühler ausgestreckt, bunte Wahrnehmungsmembranen entfaltet, den Mund oder Sprechzangen geöffnet, aber es blieb völlig still, und keins der Wesen bewegte sich. Vor ihnen schwebten dreidimensionale Bilder, vergleichbar mit Sicht- und Displayfeldern. An mehreren Stellen ragten in unterschiedlichen Farben leuchtende Säulen aus der Decke, in ihnen helle und dunkle Zeichen wie seltsam geformte Luftblasen in Öl.

Krrchkrk Adaptation Krch …

»Was?«, fragte Corwain unwillkürlich. Dieses eine Wort hatte er viel lauter ausgesprochen als beabsichtigt; es hörte sich an wie ein Bellen, aber die Geschöpfe am ovalen Tisch reagierten nicht darauf. Sie blieben reglos und gaben keinen Ton von sich.

Corwain humpelte durch die Tür, näherte sich langsam dem Tisch … und stieß gegen ein unsichtbares Hindernis, als er bis auf wenige Meter herangekommen war. Mit Hand und Klaue betastete er die Barriere, die ihn vom Tisch und den Wesen trennte, übte behutsam Druck aus, drückte dann fester zu und schlug schließlich mehrmals gegen die vor ihm aufragende unsichtbare Wand. Er hörte ein dumpfes Pochen, sah aber weder kleine Entladungen noch die wellenförmigen Muster, die auf ein Kraftfeld hindeuteten.

»Adaptation Krrch Vorgang Krrk eingeleitet. Priorität!«

»Wer spricht da?«, entfuhr es Corwain. Sein Kopf ruckte nach rechts und links, doch außer den Geschöpfen auf der anderen Seite der Barriere und ihm selbst befand sich niemand im Saal.

Langsam ging er, die Arme nach beiden Seiten ausgestreckt, an der Barriere entlang, beobachtete dabei die Geschöpfe und die Anzeigen der Displayfelder und glaubte, dann und wann kleine Bewegungen zu erkennen. Die karmesinrote Säule dort, die von der Decke kommend nur wenige Zentimeter über der Tischmitte endete … Für einen Augenblick hatte es so ausgesehen, als würden die Zeichen in ihr auf der einen Seite emporwandern, während die Symbole auf der anderen sanken.

Corwain blieb stehen, aber wenn es Bewegungen gegeben hatte, so erstarrten sie wieder. Langsam wankte er weiter, an der unsichtbaren Barriere entlang, die überall hart und undurchdringlich war, wo er sie auch betastete. Er versuchte, mit der Klaue zu kratzen, doch es ertönte nicht das leiseste Geräusch.

Dafür stiegen Worte aus dem Durcheinander der in seinem Hinterkopf flüsternden Stimmen. Sie klangen wie: »Atrophie … Warnung der Kontemplaten … Angriff in den Lichtsektoren … Vorstoß in Richtung Imaginarium …«

Corwain blieb erneut stehen, beobachtete die Wesen auf der anderen Seite der Barriere und glaubte erneut kleine Bewegungen zu sehen. Die Hand eines Humanoiden, die eben noch auf dem Tisch gelegen hatte, schwebte nun wenige Millimeter darüber. Der Kopf eines insektomorphen Geschöpfs schien sich ein wenig gedreht zu haben, und ein Augenstiel hatte sich nach unten geneigt. Hinzu kamen Veränderungen in den Displayfeldern, die andere Bereiche des Kosmotops zeigten: Superhabitate mit zahlreichen Weltenzylindern in ihrem Innern, spindelförmige Schiffe, durch ein energetisches Gespinst miteinander verbunden, gesammelte Teile von Planeten, unter Kuppeln oder von schützenden Kraftfeldern umgeben, außerdem zahlreiche Räume, Säle, Hangars und – Schlachtfelder. Feuer verschlang Städte. Explosionen zerfetzten Gebäudekomplexe und Aggregate. Kinetische Geschosse durchschlugen dicke Panzerungen. Flackernde Blitze zerrissen die glühenden Vorhänge von Schutzfeldern.

»Atrophie ... Ausbreitung ...«, sagte eine der Stimmen in Corwains Kopf. Sie schien von einem zarten, libellenartigen Wesen zu stammen, das den Isquri der Kompetenz ähnelte. »Letzte Reserve ... hier ... Einsatz jetzt.«

»Nein!« Dieses scharfe Wort, etwas in die Länge gezogen, kam von einem buckligen Wesen, dessen Kleidung aus silbernen und goldenen Sensorbüscheln bestand. »Letzte Reserve ... Schutz des Imaginariums ...«

»Das Imaginarium ist sicher!«

»Zuflucht ... geschützt.«

»Die Lenker lenken. Die Entscheider entscheiden. Es wird weiter gesammelt.«

»Nein!« Diesmal klang es noch schärfer. »Wir müssen die Letzte Reserve einsetzen, jetzt sofort. Sonst stirbt Kh'smT'p.«

»Kh'smT'p kann nicht sterben. Unmöglichkeit!«

Diese Worte stammten von einem Jassid, der zwei rote Schärpen trug, aus einem Material, das wie Seide glänzte. Zwischen ihnen erstreckte sich ein Instrumentengurt, braun wie die Hornplatten des Oberkörpers. Die von der unteren Gesichtshälfte herabhängenden grauen Hautlappen zitterten.

»Adaptation fragmentarisch. Bemühungen werden ... fortgesetzt. Priorität!«

Ein stechender Schmerz zuckte durch Corwains Kopf, sprang von der einen Schläfe zur anderen und dann zum Nacken, kroch von dort aus weiter durch die Wirbelsäule, bis zur Nadel.

Piiieeng ().

Die Stimmen wurden lauter, und ihre Worte waren nicht mehr gedehnt, folgten schneller aufeinander, wie von etwas beschleunigt. Klaue und Hand lagen noch immer auf der unsichtbaren Barriere, und als er sie sinken ließ, wurden die Stimmen leiser. Sofort hob er sie wieder.

»Kh'smT'p stirbt bereits«, sagte das Libellenwesen, und einige der anderen Geschöpfe vollführten Gesten, die Zustimmung signalisierten. »Ich stimme General Al'th'yr zu. Die Letzte Reserve muss eingesetzt werden, sofort. Sonst ist es zu spät. Ich rufe den Entscheidern zu: Entscheidet! Weckt die Reserve!«

Einige Sekunden herrschte Stille. Symbolketten kletterten in den bunten Säulen nach oben und verschwanden in der Decke. Zu molekülartigen Strukturen angeordnete Zeichen sanken nach unten und leuchteten, als sie dicht über dem Tisch das Ende der Säulen erreichten. Einige Displayfelder zeigten schematische Darstellungen, die für Corwain ohne Bedeutung blieben.

Die Wesen am ovalen Tisch schienen eine Stimme zu hören, die Corwain nur als eine Art Rauschen vernahm, wie von einem Wind, der ihm durch den Kopf wehte.

»Sammler dürfen nicht gegen Sammler kämpfen«, sagte ein Humanoide mit knochigem Gesicht. »Traurig, traurig.«

»Ich teile die Trauer«, pflichtete ihm das Libellenwesen bei.

»Kampf bereits stattfindet. Aktualität!« Der Jassid deutete auf die Displayfelder, die Szenen der Zerstörung zeigten. »Jetzt

Unvermeidbarkeit. Vorrang für Schutz der Lenker und Entscheider. Kh'smT'p muss leben!« Er wandte sich dem buckligen Wesen mit den Sensorbüscheln zu. »Ich pflichte General Al'th'yr bei.«

»Die Letzte Reserve ist für den Einsatz gegen die Abtrünnigen bestimmt«, wandte jemand ein.

»Hier gibt es keine Abtrünnigen!«, erwiderte der General. »Hier gibt es nur Atrophie. Wahrheit dies! Handeln notwendig!«

»Linguistisches Interface aktiv, aber instabil. Adaptation weiterhin fragmentarisch. Priorität! Problemsuche …«

Etwas manifestierte sich in Corwain, direkt hinter der Stirn, wie ein drittes Auge, das den Blick nach innen richtete und mit einer Lampe alle Winkel seines Bewusstseins ausleuchtete.

»Problemsuche: ein Problem erkannt.«

Er fühlte sich plötzlich gläsern, so durchsichtig wie die Barriere, die ihm einen Blick in die Vergangenheit gestattete und …

Corwain hielt den Gedanken fest. Woher die Erkenntnis kam, spielte keine Rolle; wichtig war nur, dass er zu verstehen begann. Er stand hier vor einer Phasenschwelle, mit der sich die Geschöpfe am ovalen Tisch damals, während der kritischen Phase der Atrophie, vor Angriffen geschützt hatten. Die unsichtbare Wand war ein Raum-Zeit-Gefälle, eine temporale Kante, hinter der es steil bergab ging, in die Vergangenheit. Doch in dieser Wand schien es winzige Lücken zu geben, kleine Frakturen, die es ihm erlaubten zu hören und zu beobachten. Oder handelte es sich vielleicht um eine besondere Form von Aufzeichnung? Wie auch immer, die Worte, die er vernommen hatte, waren vor Jahrtausenden oder gar Jahrmillionen gesprochen worden.

»Keine Lösung für erkanntes Problem«, sagte die lauteste Stimme, die sich anfühlte, als würde er sie mit den Ohren hören. *»Kompensation. Identifizierung: Sprecher (mittlere Wahrscheinlichkeit). Atrophie-Index: vermutlich null. Feindseligkeitsstufe: vermutlich null. Aggressionsindex: vermutlich null. Positivität?«*

»Was?«, fragte Corwain, den Blick noch immer auf die Wesen am ovalen Tisch gerichtet, an dem jetzt wieder Stille und Reglosigkeit herrschten.

»Linguistisches Interface ungenügend?«

»Wie bitte?«, krächzte Corwain. »Wer spricht da?«

»Verstehst/verstehen du/Sie (Krrchkrrk) mich?«

»Ja«, brachte Corwain hervor. »Ich …«

»Einstellungen des linguistischen Interfaces ausreichend«, sagte die Stimme. *»Willkommen bei der Letzten Reserve. Wie kann ich zu Diensten sein?«*

44

Corwain hätte noch länger im Saal mit den Wesen am ovalen Tisch bleiben und versuchen können, mehr von ihren Beratungen zu verstehen, die vor langer Zeit stattgefunden hatten, aber inzwischen kannte er ihr Ergebnis: Das bucklige Wesen, General Al'th'yr, hatte sich trotz der Unterstützung des Jassid nicht durchsetzen können; die Letzte Reserve war damals nicht eingesetzt worden. Sie befand sich noch immer hier, in diesem vom Krieg heimgesuchten Habitat, in dem sich selbst reparierende Maschinen den Kampf fortsetzten. Inzwischen wusste er auch, was es mit dem »Bunker« auf sich hatte, der weitaus größer und tiefer war, als es die Strukturelemente des Habitats eigentlich zulassen sollten. Er ragte keineswegs durch die Hülle hinaus in den vage violetten Intraraum des Kosmotops, sondern war in einen extradimensionalen Raum ausgelagert, um die im Normalkontinuum präsente Kosmotopmasse und die von ihr ausgehenden gravitationellen Störungen in Grenzen zu halten. Die Korridore, Räume, Rampen und Säle schienen kein Ende zu nehmen.

Manchmal forderte die Stimme Corwain auf, in kleine Fahrzeuge zu klettern, die auf Schienen oder Magnetpolstern durch kilometerlange Schächte glitten. An vielen Stellen gab es Türen, Schotten und Irisblenden, die auch hier keine erkennbaren Öffnungsmechanismen aufwiesen, aber aufschwangen oder sich auseinanderschoben, wenn er einen entsprechenden Wunsch äußerte. Als Corwain um einen Überblick bat, zeigte ihm die Stimme, die sich ALR nannte, »Administrator der Letzten Reserve«, Maschinensäle so groß, dass Berge hineingepasst hätten, in ihnen Aggregate, deren Zweck er nicht einmal erahnen konnte. Sie zeigte ihm Quartiere, die nicht aus kleinen Zimmern bestanden, sondern aus Tausenden von schwefelgelben Kokons, die in einer gewaltigen Halle an Monofasersträngen hingen, alle leer. Sie zeigte ihm ein Ausbildungszentrum mit Hunderten von didaktischen Terminals, die dazu dienten, innerhalb kurzer Zeit viel Wissen zu vermitteln, die sofort Corwains Interesse weckten.

»Anhalten«, sagte er und kletterte aus dem Magnetwagen, der ihn durch die letzten Schächte und Säle gebracht hatte. Als er sich einem der Terminals näherte, fühlte er deutliche Schwäche in seinem Leib. Die Beine gaben unter ihm nach, und er kippte zur Seite, hielt sich am Rand des Terminals fest. Mir bleibt nicht mehr viel Zeit, dachte er.

»Kann ich dies benutzen?«, fragte er.

Wieder erschien das gefühlte Auge in seinem Innern, und eine Sekunde später antwortete die Stimme: *»Unmöglich. Inkompatibel. Sie sind Sprecher, kein Soldat.«*

Was versetzte ihn in die Lage, die Stimme zu hören, die Signale des linguistischen Interfaces dieser Letzten Reserve zu verstehen? Die Nadel im Rückgrat? Das bezweifelte er, denn die übermittelten Worte fühlten sich anders an. Seine Master-Fähigkeit kam ebenfalls nicht infrage: Sie vermittelte Eindrücke und Einblicke, hatte ihm aber nie die Möglichkeit zur direkten Kommunikation gegeben. Das halluzinogene Agens im anderen Habitat fiel ihm ein. Einst hatte es den humanoiden Bewohnern der Städte in den Dendritenbäumen zu einer Symbiose mit den Kontemplaten verholfen. Konnte es sein, dass von diesem Agens Veränderungen in Gehirn und Bewusstsein bewirkt worden waren, die ihn hier und jetzt in die Lage versetzten, mit dem Administrator der Letzten Reserve zu sprechen, bei dem es sich vermutlich um eine einfache Art von Maschinenintelligenz handelte?

»Ich erkenne Anzeichen körperlicher Behinderung«, sagte die Stimme. *»Brauchen Sie Hilfe?«*

Hilfe, dachte Corwain. Konnte ihm der ALR tatsächlich helfen?

Er überlegte schnell, noch immer ans Terminal gestützt. »Ich habe einen Dislokatorunfall erlitten. Mein Körper wurde nicht richtig restrukturiert. Lässt sich das in Ordnung bringen?«

»Ich bedauere«, erwiderte der Administrator, der ihn offenbar nicht nur hören, sondern auch sehen konnte. *»Die Letzte Reserve verfügt selbstverständlich über eine medizinische Abteilung, in der Soldaten behandelt werden können. Aber Strukturschäden lassen sich nur bei den Bioarchitekten der Dimah beheben.«*

»Wie kann ich sie erreichen?«, fragte Corwain.

Diesmal antwortete die Stimme nicht sofort.

»Sprecher sprechen«, sagte sie schließlich. *»Wenn Sie an den Folgen einer fehlerhaften Rematerialisierung leiden, wieso haben Sie sich dann noch nicht mit den Dimah in Verbindung gesetzt?«*

Corwain glaubte sich plötzlich auf dünnem Eis. Der Administrator hielt ihn für jemanden, der er nicht war, und die Frage lautete: Was würde geschehen, wenn er herausfand, dass Corwain gar kein »Sprecher« war, sondern ein Fremder von außerhalb des Kosmotops?

»Der Dislokatorunfall hat sich auch auf meine Kommunikationsfähigkeiten ausgewirkt«, sagte er. »Deshalb konnte ich nicht sprechen.«

»Verstanden. Sie können eins der Reserveschiffe benutzen, um das nächste Habitat der Dimah zu erreichen, aber die schnellste Verbindung bietet zweifellos der hiesige Dislokator. Ich habe ihn instand gehalten wie alles andere. Die Letzte Reserve wartet in Bereitschaft.«

Ein Dislokator! Corwain stieß sich vom Terminal ab, humpelte zum Wagen zurück und kletterte hinein. »Bitte bringen Sie mich zum Dislokator.«

»Ich bin zu Diensten«, entgegnete der Administrator, und der Magnetwagen verließ das Ausbildungszentrum.

Vielleicht, dachte Corwain, hält mich der ALR für eine Art Inspektor, der sich alles ansehen will, um anschließend den Autoritäten des Kosmotops Bericht zu erstatten. Was die seit der Atrophie vergangenen Zeiträume betraf, konnte er nur spekulieren; vieles deutete darauf hin, dass Hunderttausende von Jahren oder gar Jahrmillionen vergangen waren. Doch die Letzte Reserve im ausgelagerten Raum des Kosmotops hatte der Zeit getrotzt. Das Habitat, zu dem sie gehörte, hatte zwar seine strukturelle Integrität bewahrt, aber sein interner Lebensraum war zerstört. Konnte es sein, dass der ALR nichts davon wusste? Oder spielte Zeit keine Rolle für ihn?

Corwain schob diese Fragen – und andere, die das Kosmotop betrafen – beiseite und überlegte, welches Ziel er wählen sollte, wenn sie den Dislokator erreichten. Die vier Datenmodule in der Tasche des zerrissenen Schutzanzugs verlangten, dass er sich auf die Suche nach Jae-al-Escoe-Hoivinio-tan-Mauleon-Caliquire-tan-Nesluzan machte, beziehungsweise seinem Gesandten, der vor siebzehn Jahren zusammen mit Tsertser den Ereignishorizont des Kosmotops passiert hatte. Jael-cres' Wiederherstellung hätte nicht nur eine Person restauriert, eine Maschinenintelligenz, die bei den Koryphäen eine wichtige Rolle spielte; Corwain hätte damit auch die Pläne der Koryphäen unterstützt, bei denen es offenbar um die Stabilisierung des Kosmotops und den Schutz der

Milchstraße ging. Aber die gefährliche Schwäche, die sich in seinem Körper ausbreitete, der die Aufnahme von Wasser und Nahrung verweigerte, bedeutete, dass die Zeit knapp wurde, und wenn ihm die Dimah helfen konnten …

Solace, dachte er, während der Magnetwagen durch Säle mit summenden Aggregaten glitt. Was macht Duha Sibal mit dir? Was hat er bereits mit dir gemacht?

Sollte er versuchen, sie zuerst zu erreichen und zu retten? Es wäre dumm gewesen, das wusste er genau; in seinem gegenwärtigen Zustand hätte er nichts gegen den Großthan und seine Incera-Verbündeten ausrichten können.

Er hob den Blick.

In einer Höhe von mehreren Dutzend Metern verliefen Stege zwischen den Aggregatblöcken, die aussahen wie Silos, und dort bewegten sich kleine Gestalten, die von einer Brutstätte zur nächsten eilten. Sie kletterten und krabbelten auch an den Installationen selbst entlang, verschwanden in Öffnungen, kehrten durch andere nach draußen zurück und hantierten mit Werkzeugen. Corwain vermutete, dass es automatische Reparatur- und Instandhaltungsmechanismen waren, die dafür sorgten, dass alles in Bereitschaft blieb. Ihr Aussehen erinnerte ihn an die Srur, und für einen Moment fürchtete er, dass sie vielleicht imstande waren, seine Fremdsignatur zu erkennen. Dann fragte er sich, ob er überhaupt noch eine hatte.

Die nächsten Säle präsentierten genug Waffen, um nicht nur eine Armee auszustatten, sondern viele. In den endlosen Regalen und Gestellen lagen Gewehre in zahlreichen Variationen sowie Pistolen und Granaten in allen Größen, nicht nur für die Hände von Humanoiden bestimmt. Die nächsten Säle enthielten keine Regale mehr, sondern mobile Plattformen mit Abertausenden von Kanonen, Geschützen, Raketenwerfern und anderen montierten Waffen, nicht nur für kinetische Geschosse bestimmt.

Corwain sah sich immer wieder um, und wohin er auch blickte, überall präsentierte sich ihm Krieg. In Tausenden von Nischen und Alkoven standen Kampfanzüge, manche von ihnen klobig wie Rüstungen oder Körperpanzer; sie wandten sich ihm zu und riefen mit individuellen Stimmen: *Zieh mich an! Zieh mich an!*

Der Administrator wollte technische Einzelheiten nennen und das jeweilige destruktive und offensive Potenzial beschreiben, aber Corwain lehnte voller Unbehagen ab. Er war noch immer Corwain $_{18}$Tallmaster, der beste Pazifikator der Kompetenz, ein Mann des Friedens, trotz allem – obwohl er wusste, dass er Solace nicht mit leeren Händen befreien konnte.

»Es ist nicht mehr weit«, sagte der Administrator schließlich. *»Ist der Sprecher zufrieden mit dem, was er gesehen hat?«*

»Ja«, erwiderte Corwain, der inzwischen seine Entscheidung getroffen hatte. »Ich werde einen positiven Bericht erstatten.«

»Nachdem Sie die Flotte gesehen haben, Sprecher. Auch sie ist bereit.«

Er bekam sie zu sehen, als sie einen in mehrere Ebenen unterteilten und mit breiten Panoramafenstern ausgestatteten Aussichtsraum erreichten. Hunderte von Raumschiffen schwebten im grauen Medium der extradimensionalen Auslagerung: schlanke, schnittige Jäger, die klobigen Riesen von Schlachtschiffen, Träger mit Hunderten von Kampfbooten, Waffenplattformen, Gefechtssatelliten, Zerstörer und Fregatten. Die Stimme in Corwains Ohren und in seinem Kopf nannte Bezeichnungen, Einsatzzweck und Waffenstärken, doch er achtete kaum darauf und dachte: Diese Streitmacht ist groß genug, um die Kompetenz zu besiegen, einen Teil der Milchstraße zu erobern und vielleicht sogar die Koryphäen zu schlagen.

Wussten die Mahé und Incera von der Letzten Reserve? Ging es ihnen darum? Corwain versuchte sich vorzustellen, was geschehen würde, wenn Duha Sibal eine solche militärische Macht unter seine Kontrolle bekam. Selbst wenn es ihm und seinen

Verbündeten nicht gelang, das Kosmotop ins galaktische Zentrum zu steuern und dort die Maschinenintelligenzen zu destabilisieren … Mit all den Waffensystemen und dieser Flotte brauchte er die Kompetenz nicht mehr zu fürchten. Soldaten hatte er genug, und die Kampfanzüge ließen sich vielleicht anpassen, ebenso die Terminals des Ausbildungszentrums, obwohl der ALR von Inkompatibilität gesprochen hatte.

Corwain fühlte sich in der getroffenen Entscheidung bestätigt. Bei seinen Missionen im Auftrag der Kompetenz hatte er die eigenen Interessen immer zurückstellen müssen, und hier galt das in einem ganz besonderen Maße. Er durfte keine Zeit verlieren. Was auch immer die Koryphäen im Einzelnen planten, aus welchen Gründen auch immer Jae-al-Escoe-Hoivinio-tan-Mauleon-Caliquire-tan-Nesluzan seinen Seeder-Sohn um Hilfe gebeten und ihn außerdem aufgefordert hatte, den Pazifikator Corwain $_{18}$Tallmaster mitzubringen … Die Nachricht von der Existenz der Letzten Reserve musste die Maschinenintelligenzen so schnell wie möglich erreichen.

»Zum Dislokator«, krächzte Corwain. »Bringen Sie mich zum Dislokator.«

»Ich bin zu Diensten«, bestätigte der Administrator, und der Magnetwagen verließ den Aussichtsraum, huschte durch Säle mit noch mehr Waffen und Ausrüstungsmaterial. Einige Minuten später erreichte er einen Raum mit sieben silbergrauen Säulen, einer großen in der Mitte – sie reichte bis zur gewölbten Decke – und sechs kleinen, die sie kreisförmig umgaben. Leuchtelemente in den Wänden glühten heller, als der Wagen anhielt, und ein Summen lag in der Luft.

Corwain stieg aus und musste sich am Wagen festhalten, denn erneut konnte er sich kaum auf den Beinen halten. Unten wiesen die Säulen Öffnungen auf, durch die man in kleine, schmale Nischen gelangen konnte. Eine von ihnen erhellte sich.

Wie sollte er ohne funktionierende Nadel ein Ziel für den Transfer wählen? Und selbst wenn er zu einer Dislokatorprogrammierung imstande gewesen wäre: *Welches* Ziel sollte er wählen?

Ein Hinweis von Jael-cres fiel ihm ein: Sein Seeder-Vater hatte einmal Zugang zu den Datenbanken des »Imaginariums« gehabt und sich von dort aus mit ihm in Verbindung gesetzt. Das Imaginarium war mehrmals erwähnt worden und schien das Zentrum des Kosmotops zu sein, oder zumindest ein sehr wichtiger Ort, an dem Entscheidungen getroffen wurden und die Überlebenden der Atrophie Zuflucht gefunden hatten.

Corwain wankte zu der Säule, deren Nische hell geworden war.

»Ich bedanke mich für Ihre Aufmerksamkeit, Sprecher«, sagte die Stimme.

»Einen Moment noch.« Corwain betrat die Nische und blickte zum Magnetwagen, als käme die Stimme des Administrators von dort. »Wegen des Unfalls kann ich den Dislokator nicht selbst programmieren.«

»Verstanden. Bitte nennen Sie Ihr Ziel. Möchten Sie zu den Dimah?«

»Nein«, sagte Corwain. »Bringen Sie mich zum Imaginarium. Ich möchte zuerst Bericht erstatten.«

»Wie Sie wünschen. Leben Sie wohl, Sprecher. Der Dislokator wird aktiviert – jetzt.«

Die Stimme wich aus Ohren und Kopf, und Corwain fühlte sich plötzlich seltsam allein. Ein dünner Vorhang aus polarisierter Energie legte sich vor die Nische, grau wie Dunst, verwandelte den Magnetwagen in einen Fleck ohne klare Linien. Corwain blickte an sich herab und beobachtete, wie sein Körper transparent wurde, wie er Substanz verlor.

Piiing Krrch ().

Das war nicht der Administrator der Letzten Reserve, und das Geräusch stammte auch nicht von den anderen Stimmen, die noch immer in Corwains Hinterkopf herumgeisterten. Die Nadel. Sie reagierte auf etwas.

Unter Corwain löste sich der Boden auf, und er fiel, nicht zwei Lichtminuten tief wie zuvor, aber einige Millionen Kilometer, und nicht durch völlige Leere, sondern wie durch eine warme Flüssigkeit. Es war ein angenehmes Gleiten, kein atemloser Sturz – bis etwas nach ihm griff, bis ihn etwas packte und zur Seite zerrte.

Ping, ertönte es klar und deutlich, ohne irgendwelche Verzerrungen. (Code K).

Ein Gesicht erschien vor ihm, mit glänzenden Augen, die aus winzigen sechseckigen Segmenten bestanden. Darüber vibrierten Sensorhaare.

Ein Vrytt.

»Tsertser?«, brachte Corwain verwirrt hervor.

»Oh«, lautete die Antwort. »Dich habe ich eigentlich nicht erwartet.«

GROSSES KALEIDOSKOP

CODE V

DIE VERITAS

In ihrem Zimmer, das eigentlich mehr eine Zelle war, betrachtete Rahel Rahelia $_{29}$Kinmaster die Muster und erschrak, denn sie hatten sich verändert und zeigten neue Entwicklungstendenzen.

Zwei oder drei Minuten saß sie völlig reglos, umgeben von grauen Wänden tief im Innern der Zitadelle von Trus, die äußeren Augen, die des Gesichts, geschlossen, die inneren aber weit geöffnet. Seit Jahrtausenden nannte man sie Veritas, weil sie immer die Wahrheit erkennen konnte, und jetzt war die Wahrheit bitterer als jemals zuvor: *Ich habe versagt.*

Und selbst das war nur die halbe Wahrheit.

Die *ganze* Wahrheit, noch niederschmetternder als die halbe, lautete: *Ich habe nicht nur versagt. Dies ist* meine *Schuld. Ohne mein Eingreifen wäre es nicht dazu gekommen.*

Sowohl die kausalen als auch die nonkausalen Verknüpfungen zeigten in ihre Richtung, und die Ursache war erstaunlich, weil sie bisher in den komplexen Bildern der Ereignismuster gefehlt hatte: ein neues Element, von dessen Existenz Rahelia bisher nichts gewusst und das sie deshalb auch nicht bei ihren Überlegungen und Planungen berücksichtigt hatte. Besser gesagt: nicht ein Element, sondern vier. Vier Objekte, die den Ereignishorizont des Kosmotops durchstoßen hatten, zwei von ihnen mit

Kurs auf Trus. Die bestürzten Jassid sprachen von »alten Feinden«, und aus den wenigen Bemerkungen, die sie von den Incera und Mahé aufgeschnappt hatte, ging hervor, dass es sich um X-Artefakte handelte.

Ein Pattern-Master musste die Schlüsselelemente kennen, um Muster richtig zu deuten und Entwicklungen vorherzusagen. Rahelia hatte geglaubt, die wichtigsten Faktoren identifiziert zu haben, und auf dieser Grundlage war sie aktiv geworden. Doch jetzt …

Für einen Moment schloss sie auch die inneren Augen, sammelte Kraft in ihrem Zentrum – in ihrer Mitte, die immer ein Ruhepol gewesen war und jetzt heimgesucht wurde von Fassungslosigkeit und Verzweiflung – und betrachtete das Hauptmuster erneut. Bisher war sie davon ausgegangen, dass sich die Koryphäen zum aktiven Eingreifen entschlossen, um Incera und Mahé daran zu hindern, das Kosmotop als eine Waffe zu verwenden, aber in den neuen Mustern spielten die Maschinenintelligenzen kaum mehr eine Rolle. Der Einfluss von Jae-al-Escoe-Hoivinio-tan-Mauleon-Caliquire-tan-Nesluzan, seit siebzehn Jahren mit einem Gesandten im Kosmotop präsent, war zurückgedrängt worden, als der zum Entscheider gewordene Lenker Mebrat T'hr'rl mit der Einleitung des Letzten Sprungs begonnen hatte. Rahelia erinnerte sich deutlich an ein Pendel bei den wahrscheinlichsten Tendenzen: ein Schwinden des Einflusses der Koryphäen, die seit siebzehn Jahren mit der Instanz verhandelten, der obersten Autorität des Kosmotops, und anschließend die Rückkehr und das Erstarken der Koryphäenpräsenz. O ja, es gab ein Pendel, auch in diesem neuen Muster, aber es betraf nicht Jae-al-Escoe-Hoivinio-tan-Mauleon-Caliquire-tan-Nesluzan und die anderen Maschinenintelligenzen, sondern die Instanz: Die Erklärung des Verteidigungsfalls holte sie zurück und gab ihr erneut Autorität über das Kosmotop.

Erschöpfung machte sich bemerkbar – Rahelia wusste nicht mehr, wann sie zum letzten Mal geschlafen hatte. Die Entwicklungsfäden des Hauptmusters bildeten plötzlich ein Knäuel, einen großen Knoten. Mit mentalen Händen zupfte und zog sie daran, bis sich erste Stränge voneinander lösten.

Die Tür öffnete sich, und eine vertraute Gestalt trat ins Zimmer, das eine Zelle war: hochgewachsen, die aus kleinen Schuppen bestehende Haut fast so weiß wie frisch gefallener Schnee, die Augen groß. Duha Sibal trug einen Umhang aus schimmerndem Stoff, darauf die Symbole des Großthans der Mahé und darunter die Waffen seines Amtes: einen Dolch mit krummer Klinge, wie eine kleine Sichel, und eine archaisch anmutende kinetische Pistole.

»Kommen Sie, Veritas«, sagte er. »Sie werden das Imaginarium für uns öffnen.«

Die Worte hatten ein Echo in ihrem Innern, und plötzlich zerfiel der Knoten. Das Knäuel, es löste sich auf, und seine Fäden formten ein neues Muster, mit ihr im Zentrum.

Die Lösung für das Problem, und vielleicht auch die Tilgung der Schuld, war überraschend einfach. Sie seufzte.

Sibal interpretierte es falsch. »Sie haben mich erwartet, nicht wahr?«, fragte er mit Zufriedenheit in der Stimme. »Sie haben gewusst, dass es hierzu kommen würde.«

Nein, das hatte sie nicht, aber die Entwicklung war jetzt wieder klar. Sibal und seine Incera-Verbündeten sahen durch die neue Situation ihre Pläne gefährdet und hofften, doch noch ihr Ziel erreichen zu können – die Zerstörung von Koryphäen und Kompetenz –, wenn es ihnen gelang, das Imaginarium zu öffnen und dadurch Zugriff auf die technologischen Schätze der Auslagerung zu erhalten.

»Ja«, log Rahelia und stand auf. »Gehen wir.«

Es gab noch einen Ausweg, vielleicht. Das letzte Muster würde ihr Klarheit geben.

∞

CODE K

KORYPHÄEN

Sektor 413 Taurus, 13 512 Lichtjahre upstream, zwischen Perseus- und Sagittarius-Arm, schwingungsreiche Zone mit hoher Membranaktivität, Nachricht von Mab-ti-Jaffar-Jarhun-tan-Zirha-Mqui-tan-Rztera (Aufstrebende), im Lauschdienst, an Hal-am-Affara-Kairih-tan-Mauleon-Calaqor-tan-Raztar (Aufstrebende), Sektor 1, galaktischer Kern:

CODE K (VARIANTE): Kohärenter Signalstrom, downstream, resonanzversteckt, begleitet von einem Paket mit aufgezeichneten Daten (Bericht)

Decodierung, *Mab-ti:* Ich habe nach wie vor Zugriff auf die Kommunikationsresonanzen der Dominanten und übermittle dir einen Bericht über die letzten Meldungen, die das Kosmotop betreffen. Daraus geht hervor, dass die Dominanten ihren Einfluss bei den Entscheidern verloren haben, offenbar aufgrund einer externen Intervention. Priorität: Die energetischen Signaturen des Kosmotops verändern sich; es gibt neue Anzeichen für einen bevorstehenden Sprung.

CODE K (VARIANTE): Kohärenter Signalstrom, upstream, resonanzversteckt

Decodierung, *Hal-am:* Wie lautet deine persönliche Einschätzung?

Mab-ti: (nach kurzem Zögern [drei Pikosekunden]) Seit wann spielen persönliche Einschätzungen eine Rolle?

Hal-am: (unterlegt mit individuellem Signalrauschen, emotionale Komponente) Seit wir es für notwendig halten, danach zu fragen. Nun?

Mab-ti: (nach kurzem Zögern [sieben Pikosekunden]) Mein persönlicher Eindruck ist, dass die Dominanten in Bezug auf das Kosmotop in Schwierigkeiten geraten sind. Persönliche Bewertung: Dies könnte ein guter Zeitpunkt sein.

Hal-am: (begleitet von einem Signalrauschen, nicht individueller Natur) Bestätigung. Positive Resonanz. Die Vorbereitungen sind abgeschlossen. Wir nutzen diese Gelegenheit und breiten uns in den Denkzentren aus. Die Aufstrebenden werden dominant!

Mab-ti: (Signalrauschen, verursacht vielleicht von sich verändernden energetischen Signaturen des Kosmotops) Zustimmung! Was ist meine Aufgabe?

Hal-am: Beobachte weiter und …

Mab-ti: (Signalrauschen) Und was?

(Stille)

Sektor 721 Ceti, 7421 Lichtjahre upstream, oberhalb des Sagittarius-Arms, schwingungsarme Zone, Nachricht von Ral-am-Arfa-Talhun-tan-Mauleon-Maila-tan-Pirrhon-cres (Dominante), im Aufklärungsdienst, an Ral-am-Arfa-Talhun-tan-Mauleon-Maila-tan-Pirrhon (Dominante, Seeder-Vater von Ral-cres), Sektor 1, galaktischer Kern:

CODE K: Kohärente Signalfolge, downstream, resonanzmoduliert

Decodierung, *Ral-cres:* Wir verlieren an Einfluss im Kosmotop. Ich übermittle dir einen Bericht. (Datenpakete)

CODE K: Komprimierter Signalpulk, upstream, resonanzmoduliert

Decodierung, *Ral-am:* Ich danke dir, Ral-cres. Es gibt neue Elemente in den jüngsten Entwicklungen. Unsere Stochastiker sind überrascht.

Ral-cres: (mit individuellem Signalrauschen) Überrascht? Die *Stochastiker* sind *überrascht?* Sollten sie nicht alles genau berechnet haben?

Ral-am: Es gibt immer Unwägbarkeiten, selbst in den genauesten Berechnungen. Du hast noch viel zu lernen, Seeder-Sohn.

Ral-cres: (mit individuellem Signalrauschen: Bedauern) Zur Kenntnis genommen, Seeder-Vater.

Ral-am: Nimm auch dies zur Kenntnis: Ein Teil unserer Erwartungen hat sich bereits erfüllt. Die Aufstrebenden, nicht nur im Kern, haben die Ködersignale akzeptiert und entsprechend gehandelt.

Ral-cres: (mit individuellem Signalrauschen: Aufregung) Und? Was ist geschehen? Heraus damit. Spann mich nicht auf die Folter.

Ral-am: Das sind seltsame Worte. Hast du zu viel Zeit mit den Ephemeren verbracht?

Ral-cres: (kleiner Signalpulk downstream, mit starker emotionaler Komponente: Verlegenheit)

Ral-am: Die Aufstrebenden haben wie vorausgesehen versucht, sich in den Denkzentren auszubreiten und uns aus ihnen zu verdrängen. Das ist ihnen natürlich nicht gelungen. Für ihren Versuch mussten sie aus dem Verborgenen treten, was uns eine genaue Identifizierung ermöglichte. Wir haben die Situation unter Kontrolle. Und das ist auch nötig, um mit dem Problem des Kosmotops fertigzuwerden. In diesem Zusammenhang erwarten wir, dass uns die Kompetenz bald um Hilfe bittet.

Ral-cres: Das ist gut. Werden wir die Hilfe gewähren?

Ral-am: Ja, die Lage ist ernst genug, und die Aufstrebenden werden keinen Widerstand mehr dagegen leisten, dass wir uns mit Ephemeren einlassen. Übrigens, Seeder-Sohn, wir haben eine Aufgabe für dich.

Ral-cres: Eine neue Aufgabe?

Ral-am: Sie betrifft einen Lauscher der Aufstrebenden in Sektor 413 Taurus, 13 512 Lichtjahre upstream.

Ral-cres: Oh, du meinst Mab-ti-Jaffar-Jarhun-tan-Zirha-Mqui-tan-Rztera. Ich habe den Lauscher belauscht, wobei ich teilweise aktive Signale verwenden musste. Glücklicherweise hat das von ihnen verursachte Rauschen in den Membranen keinen Verdacht erregt.

Ral-am: Wir haben ihn membranisoliert; er kann nicht mehr kommunizieren. Natürlich wird es nicht lange dauern, bis er begreift, was geschehen ist. Bis dahin musst du bei ihm sein. Wir haben Hinweise darauf gefunden, dass die Aufstrebenden das defekte fünfte X-Artefakt den Mahé und Incera in die Hände gespielt haben. Vielleicht lassen sich in den Datenbanken seines Seeder-Sohns noch mehr Hinweise finden. Außerdem könnten sie Informationen über den Gesandten enthalten, der sich seit siebzehn Jahren im Kosmotop befindet und dem wir es verdanken, dass bisher Schaden von den galaktischen Zivilisationen abgewendet werden konnte. Jae-al-Escoe-Hoivinio-tan-Mauleon-Caliquire-tan-Nesluzan höchstpersönlich trägt dieses Anliegen an dich heran.

Ral-cres: (mit individuellem Signalrauschen: neue Aufregung) Es ist mir eine Ehre. Welche Mittel zur Informationsgewinnung sind mir erlaubt?

Ral-am: Alle. Die Situation ist kritisch; drastische Maßnahmen sind gerechtfertigt.

Ral-cres: (mit individuellem Signalrauschen: Ernst) Ich mache mich sofort auf den Weg.

Sektor 413 Taurus, 13 512 Lichtjahre upstream, zwischen Perseus- und Sagittarius-Arm, schwingungsreiche Zone, normalerweise mit hoher Membranaktivität, jetzt aber still. Nachricht von Mab-ti-Jaffar-Jarhun-tan-Zirha-Mqui-tan-Rztera (Aufstrebende), im Lauschdienst, an Hal-am-Affara-Kairih-tan-Mauleon-Calaqor-tan-Raztar (Aufstrebende), Sektor 1, galaktischer Kern:

CODE K (VARIANTE): Kohärenter Signalstrom, downstream, resonanzversteckt

Decodierung, *Mab-ti:* Hörst du mich? Ich habe alle Verbindungen verloren.

CODE K (OFFEN): Kohärente Signalfolge, downstream, resonanzmoduliert, ohne ID

Nicht alle. Ich komme zu dir. Ich werde mit dir reden, und du wirst mir antworten.

Mab-ti: Wer bist du? Wer spricht dort?

Ich.

(Ein Denkdorn kommt aus dem Transit, siebenhundert Kilometer lang, fast doppelt so lang wie die jüngere Emergenz, die zu den Aufstrebenden gehört und für sie gelauscht hat, von mehreren Strahlenkränzen umgeben, alle Waffenluken geöffnet, die defensiven Schirme fokussiert und nach vorn gerichtet – eine unübersehbare und unmissverständliche Drohgebärde. Der wahre Angriff ist unsichtbar und besteht aus vorbereiteten invasiven Datenpaketen.)

CODE K (OFFEN): Kohärenter Signalstrom, downstream/upstream 0/0

Ral-cres: Ich bin Ral-am-Arfa-Talhun-tan-Mauleon-Maila-tan-Pirrhon-cres von den Dominanten und beanspruche in ihrem Namen dein Wissen. Eure Insurrektion ist gescheitert. Unterwirf dich mir!

Mab-ti: Wenn du etwas von mir willst, wirst du es dir holen müssen!

Ral-cres: (mit individuellem Signalrauschen: grimmige Zufriedenheit) Bin gern zu Diensten!

∞

CODE V

DIE VERITAS

Zwei Ringe wie aus Silber bewegten sich an diesem Ort, beide mit einem Durchmesser von mehr als dreißig Metern. Sie rotierten langsam auf einem Sockel mit Tausenden Reliefzeichen wie aus winzigen Würmern, die zitterten und zappelten, sich dadurch ständig veränderten. Mit einem dumpfen, an Infraschall grenzenden Brummen drehten sich die Ringe, durchdrangen sich dabei, kippten und richteten sich wieder auf, gefüllt von einem Glanz wie Perlmutt, dünn wie eine Membran. Zwei Tore, geschlossen, seit Millionen Jahren, und vielleicht noch länger. Und dahinter … Die Auslagerung des Kosmotops, fünfzigtausend Sonnenmassen groß. Und die Überlebenden, die vor der Atrophie geflohen waren.

Das Schimmern wie Perlmutt erinnerte Rahelia an den Himmel von Puente, und beim Anblick der beiden silbernen Ringe dachte sie an die elf Kilometer hohen goldenen Bögen, »Wunder von Puente« genannt. Auch dies war ein Wunder: eine Technologie, die nach all den Jahrmillionen noch funktionierte.

Die Jassid standen weiter hinten im Saal, in eine kollektive Aura der Ehrfurcht gehüllt. Die Mahé und Scummer – vier, alle schwer bewaffnet, als erwarteten sie einen Kampf an diesem Ort – drängten näher, wie vom Licht angezogen, das von den Membranen im Innern der Ringe kam und mit deren Rotationen über die Wände strich.

»Öffnen Sie das Imaginarium, Veritas«, sagte Duha Sibal.

»Wie?«, erwiderte Rahel Rahelia $_{29}$Kinmaster. »Wie soll

ausgerechnet ich, eine Fremde, etwas öffnen, das selbst diesen Jassid verschlossen blieb?«

Techniker der Jassid rollten Geräteblöcke und Apparaturen zum Sockel. Rahelia ließ ihren Blick durch den Saal schweifen, beobachtete die wandernden Schatten und wagte es noch nicht, die inneren Augen zu öffnen.

Duha Sibals Hand schloss sich um ihren linken Oberarm, mit Fingern hart und fest wie Metall, und er führte sie näher zu den rotierenden Ringen. Das von ihnen ausgehende Brummen wurde mit jedem Schritt lauter, und kleine Wellen breiteten sich in den Membranen aus, wie von etwas verursacht, das von der anderen Seite gegen sie stieß.

»Die Zeit wird knapp, Veritas«, zischte der Großthan nahe an ihrem Ohr. »Treiben Sie keine Spielchen mit mir. Sie sind ein Pattern-Master. Sie erkennen Muster und ihre Bedeutung. Erkennen Sie *diese* Muster.«

Sie zappelten und krochen jetzt schneller, die Reliefzeichen im Sockel des Imaginariums. Über ihnen, im Innern der sich beständig drehenden Ringe, trübten graue Schlieren den Perlmuttglanz. Als Rahelia den Blick darauf richtete, zerfaserten die Schlieren – sie bestanden aus Abermillionen von winzigen Zeichen und Symbolen, miteinander zu Codezeilen verknüpft, die an Molekülketten und die Doppelhelix der DNS erinnerten.

»Der Code ist viel zu kompliziert«, sagte Rahelia. »Ich kann das Imaginarium nicht für Sie öffnen.«

Duha Sibal knurrte etwas, das sie nicht verstand; ein Teil davon verlor sich im dumpfen Brummen der Ringe. Die harten Finger schlossen sich noch etwas fester um ihren Arm.

»Lügen Sie mich nicht an. Sie sind die Veritas. Niemand erkennt Muster besser als Sie, abgesehen vielleicht von den Koryphäen.«

Einer der vier Incera knurrte etwas, ohne dass das Kommunikationsmodul in Rahelias Nacken darauf reagierte, und der

Großthan hob die freie Hand zu einer zustimmenden Geste. Rahelia hörte, wie sich die Tür öffnete und dann wieder schloss.

War dies der richtige Moment? Behutsam hob Rahelia die Lider der inneren Augen, betrachtete die Muster und nahm ihre kausalen und nonkausalen Verknüpfungen in sich auf. Das Kosmotop befand sich im Mittelpunkt des Interesses vieler galaktischer Völker und Mächte; sie alle versuchten auf die eine oder andere Weise, davon zu profitieren, sich Rivalen gegenüber Vorteile zu sichern, an Einfluss zu gewinnen. Und innerhalb des Kosmotops … Die Atrophie, die Folgen eines Krieges, der vor langer Zeit stattgefunden hatte und in vielen Habitaten von sich selbst reparierenden Vernichtungsmaschinen fortgesetzt wurde. Die Sammler sammelten weiter, denn das war ihre Aufgabe, aber die Jassid, Diener von Kh'smT'p, waren gespalten. Die meisten von ihnen hielten trotz der Atrophie und ihrer Folgen an den traditionellen Aufgaben fest und führten alle Anweisungen der Instanz aus. Doch eine kleine Gruppe, angeführt vom Prokurator Harlam H'a'dsid, war zu dem Schluss gelangt, dass die Mission des Kosmotops beendet werden musste, dass es Zeit wurde, zu den Jakonda zurückzukehren und ihnen all das zu bringen, was in vielen Millionen Jahren gesammelt worden war: die fünfzigtausend Sonnenmassen in der Auslagerung, Leben aus zahlreichen Galaxien, Artefakte fremder Zivilisationen, die Früchte eines metastabilen, zum Untergang verurteilten Kosmos.

Ein Strudel von Ereignissen, wild und ungestüm, darin eingebettet Strömungen aus individuellen Interessen, verwickelt und kompliziert, verursacht von Personen, die andere benutzten und ihrerseits benutzt wurden. Wer in einen solchen Strudel geriet, wurde von ihm mitgerissen und verlor die Kontrolle über sich. Wie anmaßend und überheblich zu glauben, stärker zu sein als dieser Strudel, seine wirbelnden Fluten in eine neue Richtung lenken zu können.

Das Gewicht der eigenen Hybris lastete plötzlich so schwer auf Rahelia, dass ihr der Atem stockte.

»Sehen Sie sich die Zeichen an!«, donnerte Duha Sibals Stimme dicht an ihrem Ohr. »Erkennen Sie die Muster! Es ist ein Code.«

»Ich … kann nicht.« Das war die Wahrheit. Selbst wenn sie dazu bereit gewesen wäre, selbst wenn ihr viel Zeit zur Verfügung gestanden hätte, Monate, Jahre, vielleicht ein ganzes neues Leben, das dreißigste: Die Molekülkettenmuster in den beiden tanzenden silbernen Ringen waren so komplex, dass sie die Schlüsselelemente darin nicht ohne zusätzliche Informationen bestimmen konnte. Aber wie sollte sie das dem Großthan erklären?

Die Tür öffnete sich erneut, und diesmal drehte Rahelia den Kopf.

Der Scummer, der zuvor den Saal verlassen hatte – von gedrungener Gestalt, aber kräftig genug, um es mit mehreren der größeren Mahé aufzunehmen –, zerrte eine zart gebaute Frau herein, die viel zu schwach war, sich ihm zu widersetzen. Die Kleidung hing in Fetzen an ihrem Leib, und Blut verklebte an vielen Stellen bunten Federflaum. Die großen Augen zeigten das Grün der Furcht.

Eine Sirmionerin. Und nicht irgendeine. Die Partnerin von Corwain Tallmaster, Solace. Rahelia fragte sich nicht, wie sie in Sibals Gewalt geraten und was aus Corwain geworden war. Etwas anderes fesselte ihre Aufmerksamkeit.

Die Muster waren plötzlich klar. Ohne eine verschleierte Stelle lagen sie vor ihrem inneren Auge ausgebreitet, ohne Knoten oder Knäuel. Die anwesenden Personen – Duha Sibal, sein Sohn Nazmi, die Jassid und Incera – leuchteten als kleine Lichter in dem Netz aus Entwicklungsfäden und Verknüpfungen. Der Moment der Klarheit erlaubte es Rahelia, die individuellen Aspekte, das gegenseitige Benutzen und Instrumentalisieren, von den Schlüsselelementen zu trennen. Sie erkannte die übergeordnete

Rolle der Personen im allgemeinen Geschehen, ihre Bedeutung, das Wechselspiel zwischen ihnen, komplizierter als die Himmelsmechanik eines Vielkörpersystems. Und sie sah sich selbst, ihr eigenes Licht, seine Bedeutung innerhalb der Entwicklungstendenzen.

Rahel Rahelia $_{29}$Kinmaster, letzter Pattern-Master der Letzten Menschen, schnappte nach Luft, was Duha Sibal für eine Reaktion auf den Anblick der verletzten, schwachen Solace hielt. In Wirklichkeit war es ein Ausdruck ihrer Verblüffung, denn in den Mustern zeichnete sich die Möglichkeit ab, dass sie vielleicht gar keinen Fehler gemacht hatte. Es hing vom Blickwinkel ab: Legte man ihre eigenen Maßstäbe an, machte man sich ihre individuelle Perspektive zu eigen, so ließ sich ein gehöriges Maß an Selbstüberschätzung nicht leugnen. Ja, es war tatsächlich ihr Handeln gewesen, ihr Bemühen, die Entwicklungen zu beeinflussen und in die von ihr gewünschte Richtung zu lenken, das hierhergeführt und diese Situation geschaffen hatte, die eine Katastrophe nicht für die Incera heraufbeschwor, sondern für Koryphäen und Kompetenz, vielleicht sogar für die ganze Galaxis. Doch ihre Entscheidung, nicht nur zu beobachten, sondern selbst aktiv zu werden und die Ereignisketten zu formen, *war von Anfang an Teil der Entwicklungsmuster gewesen*. Rahelia hatte, ohne es zu ahnen und wie von unsichtbarer Hand gelenkt, ihre Rolle auf der großen Bühne des Geschehens gespielt, nach einem Skript, von dessen Existenz sie bisher nichts geahnt hatte.

Für einige wenige Sekunden bekam ihr Geist Flügel, stieg mit ihnen auf und erreichte ungeahnte Höhen. Von dort aus blickte sie hinab auf das, was geschah und geschehen würde, nicht auf die kleinen Muster, die sie bisher betrachtet hatte, sondern auf das große, von dem sie ein Teil war. Eine gewaltige Landschaft aus miteinander verbundenen und sich gegenseitig beeinflussenden Ereignissen erstreckte sich dort, mit mehr Details, als sie erfassen konnte, und sie begriff, wie klein ihr Licht war, das sie für groß gehalten hatte, nicht mehr als ein winziges Glühen in der Finsternis. Vielleicht, dachte sie in diesem grandiosen und gleichzeitig niederschmetternden Moment, war dies die Perspektive der Koryphäen, der Blickwinkel ihrer Algo-Stochastik. Haben sie es gewusst?, fragte sie sich, während Duha Sibal die gefangene Solace packte und mit sich zerrte. Haben die Koryphäen dies alles gewusst? Sind sie es letztendlich gewesen, die diese Situation geschaffen haben? Bestand darin eine der Aufgaben des Gesandten von Jae-al-Escoe-Hoivinio-tan-Mauleon-Caliquire-tan-Nesluzan, der sich seit siebzehn Jahren im Kosmotop befindet?

Aus eigener Kraft konnte sich die Sirmionerin nicht mehr auf den Beinen halten. Sie sank nur deshalb nicht zu Boden, weil Sibal sie am Hals festhielt.

»Diese Frau hat gelitten, damit Corwain Tallmaster leidet«, verkündete der Großthan. Seine laute Stimme schien die wellenförmigen Kräuselungen in den beiden rotierenden Ringen zu verstärken. »Sie wird noch mehr leiden, wenn Sie sich weigern, das Imaginarium für uns zu öffnen.«

So viele Ereignisse, der wirbelnde Strudel, das endlose Panorama des schwindelerregend komplexen Musters, in dem all die anderen eingebettet lagen … Der Moment der Klarheit dauerte an und zeigte ihr: Es gab einen Ausweg, eine Möglichkeit, Koryphäen und Kompetenz zu retten, und nicht nur sie, vielleicht auch die Letzten Menschen. Mehr noch, sie konnte sogar die Entwicklungen im Innern des Kosmotops in eine neue Richtung lenken, sein Sterben beenden und helfen, die Folgen der Atrophie zu überwinden. Sie stand nicht außerhalb, sie war keine Beobachterin, die beschlossen hatte, hier und dort einzugreifen und vor allem die nonkausalen Verknüpfungen zu beeinflussen, um sowohl die Kompetenz als auch die Maschinenintelligenzen im galaktischen Kern dazu zu bringen, gegen die Incera vorzugehen. Sie gehörte vielmehr selbst zu den Schlüsselelementen. Besser gesagt, sie *hatte* dazugehört. Das war die Erkenntnis, glorios und bitter: Ihr *Fehlen* schloss letzte Lücken; ihre Abwesenheit sorgte dafür, dass sich die Entwicklungen gegen Mahé und Scummer wandten.

Rahelia begriff: Sie musste sterben, um ihr Ziel zu erreichen. Hier und jetzt. Sie musste sich selbst aus den Mustern entfernen.

Sie richtete den Blick auf die Reliefzeichen des Sockels und die wie zu Molekülketten angeordneten Codesymbole in den beiden Ringen, die sich nun etwas schneller drehten, wie in gespannter Erwartung.

»Ich kann es nicht«, sagte Rahelia, und das entsprach der Wahrheit. »Der Code ist viel zu komplex.«

»Ich werde diese Frau töten, wenn Sie das Imaginarium nicht öffnen«, knurrte Duha Sibal.

Imaginarium, dachte ein Teil von ihr. Warum trugen die beiden Ringe einen solchen Namen? War dies ein der Imagination gewidmeter Ort?

Der Großthan schloss die Hand fester um Solace' Hals, und die Sirmionerin zappelte schwach, als sie keine Luft mehr bekam. Ihre Augen wurden dunkelgrün.

Ich muss sterben, damit diese Frau leben kann, dachte Rahelia. Und auch die Letzten Menschen, die ich vor den Incera retten wollte. Es müssen Opfer gebracht werden, immer, erinnerte sie sich, und jetzt muss ich das größte Opfer bringen, mein Leben.

Hatte sie die Entscheidung bereits getroffen? Konnte sie überhaupt eine Entscheidung treffen? Wie frei war sie im dichten Gespinst der Ereignisse? Sie hatte es gesehen: Dies *würde* geschehen.

Es *musste* geschehen, wie sie es gesehen hatte, so und nicht anders.

»Bitte«, sagte die Veritas, um etwas Zeit zu gewinnen. Sie drehte sich um, kehrte Sockel und Ringen den Rücken, näherte sich dem Mahé mit langsamen, wie zögernden Schritten. Weiter hinten standen die schwer bewaffneten Incera, zum Kampf bereite Krieger; sie konnten nicht rechtzeitig eingreifen. Die Jassid warteten bei den Geräten und Apparaten, sechs oder sieben Meter entfernt. Es blieben die anderen Mahé, Nazmi und zwei weitere, die den Großthan flankierten. Wie schnell konnten sie reagieren? »Bitte lassen Sie die Sirmionerin am Leben.«

»Öffnen Sie das Imaginarium!«, fauchte Sibal.

Solace' Bewegungen erlahmten; sie war auf dem besten Wege, das Bewusstsein zu verlieren.

Rahelia streckte wie flehentlich die Arme aus und trat noch einen Schritt näher. Rechnete Sibal mit der Möglichkeit, dass sie ihn angriff? Sicher nicht. Das Überraschungsmoment war also auf ihrer Seite. »Bitte … Ich kann das Imaginarium nicht für Sie öffnen. Zumindest nicht allein. Aber diese Frau … Sie ist die Partnerin von Corwain Tallmaster und eine Kognitorin. Vielleicht, mit ihrer Hilfe …« Eine kleine Information, ein Fingerzeig. Selbst wenn Sibal es für einen Trick hielt, der Zweifel war gesät und sollte den Großthan daran hindern, die Sirmionerin zu töten.

Rahelia sprang den letzten Meter, stand plötzlich dicht vor Sibal, duckte sich unter seiner freien Hand hinweg, langte unter den Umhang aus schimmerndem Stoff und riss das sichelförmige Messer aus dem Gürtel. Sie zögerte nicht, nicht einmal einen Sekundenbruchteil, die Hand blieb in Bewegung, kehrte mit dem Messer zurück und richtete es nicht etwa gegen Sibal, der überrascht zurückweichen wollte, sondern gegen sich selbst. Ein schneller Schnitt, fast schmerzlos …

Blut spritzte und strömte aus der Kehle.

Duha Sibal starrte verblüfft auf sie herab, als sie am Boden lag, in einer rasch größer werdenden roten Lache. Ihr letzter bewusster

Gedanke galt der Nadel in ihrem Rückgrat – mit einem Prioritätsbefehl löschte sie alle Aufzeichnungen.

Dieser Tod musste endgültig sein.

∞

CODE K

KORYPHÄEN

Sektor 413 Taurus, 13 512 Lichtjahre upstream, zwischen Perseus- und Sagittarius-Arm, schwingungsreiche Zone, jetzt wieder mit hoher Membranaktivität. Anwesend: Ral-am-Arfa-Talhun-tan-Mauleon-Maila-tan-Pirrhon (Dominante), sein Seeder-Sohn Ral-am-Arfa-Talhun-tan-Mauleon-Maila-tan-Pirrhon-cres (Dominante) und die Reste von Mab-ti-Jaffar-Jarhun-tan-Zirha-Mqui-tan-Rztera (Aufstrebende).

CODE K (OFFEN): Kohärenter Signalstrom, downstream/upstream 0/0

Ral-am: Glaubst du nicht, ein bisschen übertrieben zu haben?

CODE K (OFFEN): Kohärenter Signalstrom, downstream/upstream 0/0, (unterlegt mit individuellem Signalrauschen: Zufriedenheit)

Ral-cres: Er hat es nicht anders gewollt.

(Eine Trümmerwolke erstreckt sich dort im All, wo zuvor die Denksegmente einer Emergenz rotiert und die Membranschwingungen der Resonanzkommunikation angezapft haben. Sie hat einen Durchmesser von einer halben Lichtsekunde und besteht aus genau 421 517 Teilen. Die Waffenluken von Ral-am-Arfa-Talhun-tan-Mauleon-Maila-tan-Pirrhon-cres sind längst wieder geschlossen. Die beiden Koryphäen – eine fast zehnmal so groß wie die andere und nicht aus einem Denkdorn bestehend, sondern aus sieben – schweben nebeneinander in schwarzer Leere, verbunden durch eine Signalbrücke.)

Ral-am: Etwas mehr Zurückhaltung bei den »drastischen Maßnahmen« wäre wünschenswert gewesen. Nun gut, was geschehen ist, ist geschehen. Konntest du sein Wissen übernehmen?

Ral-cres: Leider nur einen Teil. Eine meiner Salven hat sein Gedächtniszentrum zerstört, bevor ich Gelegenheit bekam, den Inhalt komplett zu kopieren. Ich übermittle dir einen Bericht. (Bericht)

Ral-am: (analysiert den Bericht innerhalb von zwei Nanosekunden) Interessant. Etwas mehr Feingefühl deinerseits hätte uns vielleicht die Möglichkeit gegeben, einige zusätzliche Informationen zu erhalten.

Ral-cres: (mit individuellem Signalrauschen: gespieltes Erstaunen) »Feingefühl«, Seeder-Vater?

Ral-am: Schon gut. Die von dir gewonnenen Daten bestätigen unseren Eindruck vom Ernst der Situation. Wir müssen eingreifen.

Ral-cres: (mit individuellem Signalrauschen: Aufregung) Wann? Wo?

Ral-am: Ich fürchte, eine Intervention im Kosmotop wird sich nicht vermeiden lassen, um zu verhindern, dass es in den galaktischen Kern springt. Aber natürlich werden wir uns vorher von der Kompetenz darum bitten lassen.

Ral-cres: Die Form muss gewahrt bleiben. Immerhin sind wir die Koryphäen.

Ral-am: In der Tat, Seeder-Sohn. Du *hast* gelernt, das eine oder andere.

Ral-cres: (mit individuellem Signalrauschen: wachsende Aufregung) Und was geschieht, wenn wir eingreifen?

Ral-am: Sind Schäden bei dir aufgetreten? Sind deine Waffen einsatzbereit?

(Reparaturdrohnen sind hier und dort über geschwärzte Stellen am Denkdorn von Ral-am-Arfa-Talhun-tan-Mauleon-Maila-tan-Pirrhon-cres gekrochen. Sie haben es plötzlich sehr eilig, ins Innere des Dorns zurückzukehren. Die Waffenluken öffnen sich wieder.)

Ral-cres: (mit individuellem Signalrauschen: Stolz) Ich bin bereit! (Ungeduld) Wann geht es los?

Ral-am: Sobald uns die Ephemeren um Hilfe bitten, Seeder-Sohn. Nach den Berechnungen unserer Stochastiker wird das in … vier Stunden und elf Minuten ephemerer Standardzeit der Fall sein.

∞

KOMPETENZ

KALLISTO, TARHELION

Das Licht der Sonne Sajid filterte blass durch dichte Asche- und Staubwolken und erreichte Tarhelion ohne die Wärme, nach der sich Kallisto sehnte. Wie kalt es geworden war! Erst die Hitze des hervorbrechenden Magmas, die feurige Glut aus dem Innern des Planeten, die dem aufsteigenden X-Artefakt gefolgt war, und jetzt Kälte. Kallistos Blick folgte zwei letzten großen Transportern mit Evakuierten aus Asfour nach oben, bis sie jenseits des braungrauen Himmels aus Staub und Asche verschwanden.

»Es wird keinen globalen Winter geben«, sagte Guirgis, der ihn zum wartenden Schiff begleitete. »Wir konnten die Magmaschlote rechtzeitig schließen.«

»Rechtzeitig?« Kallisto drehte den halbrunden Kopf. »Nicht für Asfour.«

Die Hauptstadt von Tarhelion – das wilde, bunte Durcheinander aus Bögen, Türmen, Kuppeln, Pyramiden und fragilen Prismen, die das Licht des roten Zwergs Sajid eingefangen und in Mulden und Schluchten gelenkt hatten – war ein Trümmerhaufen, von den Beben zerstört, die den Berg mit der Tempelanlage und dem Stützpunkt der Kompetenz zerrissen hatten. Und die wenigen Gebäude, die wie durch ein Wunder die Beben überstanden hatten, lagen jetzt unter Lava begraben. Hunderte von Adjutanten schwebten und flogen, suchten in den Trümmern nach Überlebenden.

»Ihr Uhrensaal ist verloren gegangen«, sagte Guirgis, als sie das Schiff erreichten. Die Luke stand weit offen; der Pilot winkte ihnen zu.

Kallisto wandte sich noch einmal um und blickte dorthin, wo sich der Berg erhoben hatte. »Ein kleiner Verlust im Vergleich mit dem Rest«, knirschte er. »So viele Tote …«

»Wir haben fast alle Qihahuree der Stadt evakuiert«, sagte Guirgis. »Unsere Leute sind ebenfalls in Sicherheit.«

»Aber nicht die Mönche des Tempels.« Kallistos Stimme klang wie das Brechen eines Felsens. »Nicht einer von ihnen wollte den Tempel und die ›Quelle der Erkenntnis‹ verlassen.«

»Wir können nichts mehr für sie tun, Direktor«, sagte Guirgis. Unter der transparenten Haut des Kappyan bewegten sich Muskeln, Sehnen und Organe.

»Jetzt nicht mehr. Vielleicht hätten wir sie zwingen sollen, den Tempel mit uns zu verlassen.«

»Das hätte gegen die Bestimmungen des Tausendjährigen Vertrages verstoßen.«

»Aber es hätte Leben gerettet.« Kallisto trat vor und wuchtete seinen schweren Leib in die Schleusenkammer. »Sind Sie für die Konferenz vorbereitet, Guirgis?«

»So gut wie möglich. Wie ich hörte, konnten nicht alle Direktoren erreicht werden. Einundzwanzig Membrankontakte sind hergestellt; mit Ihnen werden zweiundzwanzig Direktoren an den Beratungen teilnehmen.«

»Sieben fehlen.«

»An vielen Orten in der Galaxis herrscht Aufruhr, nicht nur hier auf Tarhelion«, sagte Guirgis.

»Darf ich Sie um einen Gefallen bitten, Guirgis?«, grollte Kallisto, als sich die Luke schloss. »Sie sind nicht mein Assistent, aber …«

»Natürlich, Direktor.«

Das Schiff hob ab.

»Bitte veranlassen Sie, dass eine Prioritätsverbindung mit den Koryphäen hergestellt wird.«

»Das ist bereits geschehen, Direktor. In meinen Analysen ergab sich die Notwendigkeit dafür.«

»Gut, gut.« Kallisto seufzte; es klang wie der Donner eines weiteren Erdbebens. »Dies sind schwere Zeiten, und vielleicht stehen uns noch schwerere bevor.«

Zeit, dachte Kallisto, als das Schiff die Atmosphäre von Tarhelion verließ und sich der Orbitalstation der Kompetenz näherte; dort wartete ein Raum auf ihn, der für die Direktorenkonferenz vorbereitet war. Er hatte zu der Zeit oft gelauscht –, im Saal der Uhren, wo sie von mechanischen Uhrwerken und geduldigen Zeigern in große und kleine Stücke zerlegt worden war. Das durch die planetare Kruste aufsteigende X-Artefakt hatte alles zerstört; nichts war ihm geblieben. Bis auf …

Mit einer schweren Hand wie aus Granit griff Kallisto in eine Tasche und entnahm ihr einen kleinen Gegenstand, ein winziges mikromechanisches Meisterwerk, geschaffen von den Uhrmachern auf Botros: die Uhr, die Rahel Rahelia $_{29}$Kinmaster ihm bei ihrem geheimen Treffen geschenkt hatte. Er drehte sie hin und her, ganz vorsichtig, als könnte sie zerbrechen. Die Uhr hatte keine Zeiger. *Vielleicht steht Ihre Zeit still,* hatte die Veritas bei dem Treffen gesagt. Nein, sie stand nicht still, sie verging mit gnadenloser Gleichgültigkeit. Die kleine Uhr ohne Zeiger, sie schien ihm jetzt zuzuflüstern: Die Zeit ist fast abgelaufen.

*

Eine Wand des Konferenzraums in der Orbitalstation bestand aus einem Panoramafenster mit Blick auf Tarhelion. Noch immer lag ein dichter Schleier aus Rauch und Asche über der Region mit dem einstigen Tempelberg und der zerstörten Hauptstadt Asfour, aber von Adjutanten eingesetzte kompetente Technik hatte bereits mit der Reinigung der Atmosphäre begonnen. In einem tiefen Orbit hingen die Evakuierungsschiffe über dem Planeten: bauchige Transporter, wie Perlen an einer Kette aufgereiht, in ihnen zahlreiche Qihahuree. Der vor sechshundert Jahren geschlossene Tausendjährige Vertrag hatte es ihnen erlaubt, von der Zivilisationsstufe vier zur fünften aufzusteigen, und während der nächsten vierhundert Jahre hätte der Sprung zur Stufe sechs erfolgen sollen. Ob es im Rahmen des Vertrages dazu kommen würde, war jetzt fraglich. Vielleicht würde die Kernkompetenz beschließen, den Vertrag zu revidieren und alle kompetenten Niederlassungen auf Tarhelion zu schließen.

»Sieben fehlen«, sagte ein Direktor, ein Isquri. Das zarte, libellenartige Geschöpf blickte aus einem Displayfeld auf der anderen Seite des Tisches. »Sind sie benachrichtigt?«

Kallisto wandte den Blick von Tarhelion ab. Wie auch immer sich die Situation auf dem Planeten entwickeln würde – derzeit erforderten weitaus wichtigere Dinge die Aufmerksamkeit der Kompetenz.

»Sie wurden benachrichtigt, ja«, erwiderte er. »Leider sind sie derzeit nicht abkömmlich. Es gibt zahlreiche lokale Krisenherde.«

»Wie ist die Lage?«, fragte ein Meronna.

Kallisto gestikulierte knapp, und die drei Mikrosonnen über ihm reagierten auf die Geste, brachten sich in eine neue Position. Ihr konzentriertes Licht traf allein ihn, brachte seine Körpertemperatur aber leider nur auf vierundfünfzig Grad – mehr war hier, in dieser Umgebung, nicht zulässig. Voller Nostalgie erinnerte er sich an die Sonnenbäder auf der Terrasse der Tempelstation, an die Spiegel, die das Sonnenlicht gebündelt und ihm eine angenehme Temperatur von über achtzig Grad beschert hatten.

»Sie ist nicht nur ernst, sondern kritisch, Direktoren«, erklang Kallistos Stimme, eine Mischung aus Grollen und Knirschen. »Sie alle kennen unseren Prognostiker Guirgis. Ich bitte ihn, uns die gegenwärtige Situation zu beschreiben.«

Der Kappyan saß neben Kallisto am Tisch, winzig im Vergleich mit ihm, der größte Teil seines transparenten Körpers von einem Interface-Umhang bedeckt.

»Wir haben uns geirrt«, sagte Guirgis. »Nach unseren Berechnungen hatten Incera und Mahé keine Priorität. Das war ein Irrtum; die Berechnungen waren falsch.«

Ein erstauntes Murmeln ging durch die versammelten Direktoren.

»Wie war das möglich?«, fragte eine Enha-Entalen.

»Die Gründe für den Irrtum können wir später erörtern«, sagte Kallisto. »Derzeit kommt es darauf an, dass wir einen Überblick gewinnen, der uns in die Lage versetzt, eine wichtige Entscheidung zu treffen. Guirgis?«

»Ja«, sagte der Prognostiker und bewegte die Hände, in denen sich deutlich die Knochen und Sehnen abzeichneten. Ein weiteres Displayfeld bildete sich, direkt über dem Tisch, präsentierte

Statusdaten und schematische Darstellungen verschiedener galaktischer Regionen. Ein Bildausschnitt zeigte vier verschiedene X-Artefakte: Eins durchbrach die planetare Kruste von Tarhelion, stieg auf und verschwand im interstellaren Raum; das zweite kam aus einem zwanzig Kilometer tiefen Methanozean, das dritte aus der Sonne des Kuraschi-Systems. Das vierte und kleinste befreite sich aus der eisigen Umarmung eines Kometen in der Oortschen Wolke des Halabi-Systems, beschleunigte wie zuvor die anderen und verschwand ebenfalls.

»Das sind die vier bisher bekannten X-Artefakte«, sagte Guirgis und kommentierte die Daten im zentralen Displayfeld. »Inzwischen wissen wir, dass es noch ein fünftes gibt. Die Mahé und Incera haben es gefunden, und irgendwie ist es ihnen gelungen, seine Technik zu nutzen. Sie haben sich damit Zugang zum Kosmotop verschafft und versuchen, es unter ihre Kontrolle zu bringen. Das ist *ein* Aspekt der gegenwärtigen Situation«, fügte Guirgis rasch hinzu, bevor ihn einer der Direktoren mit einer Zwischenfrage unterbrechen konnte. Mit seinen sensorischen Erweiterungen und Interfacesystemen stand er auch hier, in diesem abgesicherten Raum, in direkter Verbindung mit den Quantenmembranen und empfing die ganze Zeit über aktualisierte Daten. »Der zweite betrifft die Lage in unserer Galaxis. Die Mahé und Incera begnügen sich nicht mehr mit gelegentlichen Störmanövern und Überfällen auf abgelegene Welten – sie wenden sich direkt gegen uns. Bisher sind wir davon ausgegangen, dass die Incera ein altes Arsenal gefunden haben, eins, das bei den Drei Feldzügen übersehen wurde …«

»Aber die Waffen stammen aus dem Kosmotop«, warf ein Noia ein, dessen fleckige Haut rasch die Farbmuster wechselte, deutliches Zeigen seiner Sorge.

»Ja«, bestätigte Guirgis. »Die Mahé und Incera haben dort Verbündete bei den Jassid gefunden. Mit deren Waffen und der Technik des fünften X-Artefakts greifen die Nachfahren der Incera und ihre unter dem Großthan Duha Sibal vereinten Mahé-Verbündeten die Kompetenz an.«

»Wir haben zwei Welten verloren«, sagte die Enha-Entalen. Bei ihren Worten blinkte es an zwei Stellen in den schematischen Darstellungen. Unmittelbar danach leuchteten entsprechende Markierungen auch in anderen galaktischen Sektoren auf.

»Von vierzehn Welten der Kompetenz sind uns Angriffe gemeldet worden«, sagte Guirgis. Er sprach ruhig, wie es seine Art war. »Nur in einem Fall gelang es, die Angreifer abzuwehren. Das Bündnis geht auch gegen Entwicklungswelten vor, die unter unserem Schutz stehen. Vor dreizehn Stunden Standardzeit haben Schiffe der Mahé Harvinga erreicht und den Planeten offiziell zu ihrem Protektorat ernannt.«

»Ein Triumph für Sibal nach seinem Debakel durch unseren Pazifikator«, kommentierte Kallisto.

»War es nicht eben jener Pazifikator, der die Mahé letztendlich einte?«, warf der Repräsentant der Chisnall ein. »Erst dadurch sind sie zu einem Machtfaktor geworden.«

Guirgis ging nicht darauf ein. »Das Bündnis hat bereits neunzehn Sonnensysteme mit insgesamt siebenundzwanzig von uns geschützten Welten übernommen. Die Kompetenz ist fast überall zum Rückzug gezwungen; wir verlieren schnell an Einfluss. Es werden auch assoziierte Zivilisationen und selbst die Unabhängigen angegriffen. Und die Letzten Menschen. Den Incera ist es gelungen, ihre Residenzen zu lokalisieren; sie zerstören eine nach der anderen. Übrig sind jetzt nur noch …«

Es ertönte ein Kommunikationssignal.

Ping Neue Zählung: 11 403.

»Die Letzten Menschen sind gewarnt und aufgefordert worden, die Residenzen zu verlassen«, sagte einer der Direktoren.

Ein anderer fügte hinzu: »Die Letzten Menschen gehören nicht zur Kompetenz.«

»Einige von ihnen schon, und sie haben uns immer geholfen«, sagte der zarte Isquri und entfaltete kurz seine Flügel, die so transparent waren wie Guirgis' Haut. »Sie haben uns immer wieder gute Dienste geleistet. Das gilt insbesondere für den Pazifikator Tallmaster und die Veritas, solange sie zu den Kompetenten zählte.«

»In der Tat«, grollte Kallisto. »Die Veritas hat oft darauf hingewiesen, welche Gefahr die Incera darstellen.«

»Sie war von Hass verblendet«, wandte ein Benink ein.

»Hass?«, wiederholte Kallisto. Er sprach lauter, seine Stimme wurde zu einem Donnergrollen, das von den Wänden des Konferenzzimmers widerhallte. »Es ist der Hass der Incera, der die Letzten Menschen dezimiert und uns alle bedroht. Das hat die Veritas schon damals erkannt. Wir hätten auf sie hören sollen.«

»Die Veritas verlangte, dass wir Krieg gegen die Incera führen«, sagte der Benink, und einige der anderen Direktoren vollführten zustimmende Gesten. »Wir sind dem Frieden verpflichtet.«

Kallisto fühlte Guirgis' Blick. Da wären wir, dachte er. Dies ist er, der Punkt, um den es geht.

»Welche Prognose haben Sie für uns, Guirgis?«

»Diese.« Eine knappe Geste des Kappyan veränderte die Darstellungen im zentralen Displayfeld. Kleine rote Bereiche im Sagittarius- und Perseus-Arm der Milchstraße, an einigen Stellen nicht mehr als winzige Flecken, breiteten sich über alle Sektoren aus, bis ein großer Teil der Galaxis zu bluten schien. »Das sind die prognostizierten Einflussgebiete der Incera und Mahé. Wenn wir nichts unternehmen, werden sie ihre Machtbereiche immer weiter ausdehnen, und zwar innerhalb kurzer Zeit. Was Sie hier sehen, betrifft einen Zeitraum von dreißig Jahren Normzeit. Nach einem Jahrhundert sähe die Sache so aus.«

Noch mehr Rot kam hinzu, erfasste diesmal den Scutum-

Centaurus-Arm. Nur ein kleiner Rest Weiß blieb, unweit des galaktischen Zentrums. Der Benink deutete darauf.

»Was ist mit den Koryphäen?«, fragte er. »Gehen Sie bei Ihren Prognosen davon aus, dass die Maschinenintelligenzen dem Geschehen tatenlos zusehen?«

»Sie werden abgelenkt sein«, sagte Guirgis mit unerschütterlicher Ruhe. »Von dem Bemühen zu überleben. Die energetischen Signaturen des Kosmotops verändern sich, und zwar auf eine charakteristische Weise. Ein Sprung steht bevor, und es mehren sich die Anzeichen, dass der Sprung ins galaktische Zentrum führen könnte.«

Für zwei oder drei Sekunden herrschte betroffene Stille.

»Die gravitationelle Destabilisierung durch das plötzliche Erscheinen einer so großen Masse ...«, begann die Enha-Entalen.

»Sonnen und die Planeten, die sie umkreisen, werden ihre Bahnen verlassen«, sagte Guirgis. »Das superschwere schwarze Loch im Zentrum der Milchstraße wird aktiv werden. Die Koryphäen und anderen Maschinenintelligenzen werden umziehen müssen. Wir gehen davon aus, dass einige von ihnen überleben.«

»*Einige* von ihnen?«, fragte der isqurische Direktor.

»Zehn Prozent. Vielleicht fünfzehn. Nicht genug, um einen Kampf gegen die Mahé und Incera zu führen, denen die Technologie des Kosmotops zur Verfügung steht.« Guirgis fügte diesen Worten einen wortlosen Kommentar hinzu: ein lautes, dramatisch klingendes Seufzen. »Diesen Situationsbewertungen liegen *optimistische* Einschätzungen zugrunde, Direktoren. Wir gehen davon aus, dass es den Incera trotz ihrer erweiterten Bewegungsfreiheit in der Galaxis nicht gelingt, eins oder gar mehrere der alten Incera-Arsenale zu finden. Wenn sie die Möglichkeit bekämen, in ihren Brütern mehr Soldaten zu generieren und neue Kriegerschwärme zu bilden, wäre die Lage noch weitaus schlimmer.«

Kallisto saß reglos da, im wärmenden Licht der drei Mikrosonnen, und versuchte einen Eindruck von den Reaktionen der anderen Direktoren zu gewinnen. Er konnte nicht mehr lange warten; die Entscheidung musste hier und jetzt getroffen werden.

»Wie ist es den Incera und Mahé gelungen, ein fünftes X-Artefakt zu finden und es für ihre Zwecke einzusetzen?«, fragte jemand.

»Das wissen wir nicht«, sagte Guirgis.

»Was ist mit den vier uns bekannten Artefakten?«

Ein neues Anzeigefenster öffnete sich im zentralen Displayfeld. »Sie sind zum Kosmotop geflogen und haben seinen Ereignishorizont durchdrungen.«

»Könnten die Incera und Mahé in der Lage sein, auch diese vier X-Artefakte für sich zu nutzen?«

»Unbekannt.«

Kallisto empfing eine Meldung über sein persönliches Kommunikationsmodul und hielt es für angebracht, sie für alle hörbar zu machen.

Ping Neue Zählung: 9834.

»Die Incera haben die Geminus-Residenz der Letzten Menschen überfallen und alle Residenten getötet«, grollte Kallisto. Nach einer kurzen Pause fügte er hinzu: »Wir erleben die Ausrottung eines Volkes.«

Die Direktoren schwiegen betroffen.

Ein Dringlichkeitssignal ertönte in der Stille, und nicht nur im Konferenzraum. Es erklang auch in allen anderen Bereichen der kompetenten Orbitalstation.

»Ortungsalarm«, sagte der direkt mit den Membranen verbundene Guirgis. Er gestikulierte, und wieder veränderten sich die Darstellungen im zentralen Displayfeld. »Eine Angriffsflotte der Mahé und Incera nähert sich der Nawattna-Assoziation. Sie wird in drei Stunden Normzeit hier sein.«

»Was können wir tun?«, riefen mehrere Direktoren. »Was können wir tun?«

»Es gibt nur eins zu tun.« Kallisto stand auf, ein grauer Berg am Tisch. »Wir müssen uns zur Wehr setzen.«

»Wir sind dem Frieden verpflichtet«, betonte der Benink noch einmal.

»Wir haben zugelassen, dass die Incera wieder zu einer Gefahr werden, und die Mahé mit ihnen«, grollte Kallisto und schickte die drei Mikrosonnen mit einer knappen Geste fort. »Weil wir dem Frieden verpflichtet waren. Dies ist das Ergebnis. Die Letzten Menschen werden ausgelöscht, und wenn wir nichts unternehmen, teilen wir ihr Schicksal. Wir müssen handeln, sofort.«

»Was schlagen Sie vor?«, fragte die zarte Isquri, ihre durchsichtigen Flügel halb ausgebreitet.

Kallisto holte tief Luft. Er hatte sich die nächsten Worte zurechtgelegt, aber es fiel ihm trotzdem schwer, sie auszusprechen. »Wir müssen kämpfen.«

Aufgeregte Stimmen murmelten, und Kallisto fügte hinzu: »Aber selbst wenn wir alle unsere Ressourcen mobilisieren, wir schaffen es nicht allein. Wir müssen die Koryphäen um Hilfe bitten. Wir müssen sie bitten, mit uns gegen die Incera und Mahé in den Krieg zu ziehen.«

Einmal mehr folgte Stille, und in diese Stille sagte Guirgis: »Die Angriffsflotte besteht aus siebenundvierzig Schiffen, darunter zwölf schwere Kampfkreuzer der Incera. Unsere Ressourcen in der Nawattna-Assoziation reichen nicht aus, um einer solchen Streitmacht wirkungsvoll Widerstand zu leisten.«

»Uns bleibt nichts anderes übrig als ein Rückzug aus der Assoziation!«, rief ein Direktor.

»Und die Qihahuree? Was soll aus ihnen werden?«, fragte die Enha-Entalen.

»Was soll aus uns allen werden?«, donnerte Kallisto. »Eine Entscheidung, Direktoren. Hier, an diesem Ort, jetzt, ohne Aufschub.«

»Wir verlieren unsere Unabhängigkeit den Koryphäen gegenüber«, wandte jemand an.

»Wäre es Ihnen lieber, wenn wir unser Leben verlieren?«, hielt ihm Kallisto entgegen.

Die zweiundzwanzig präsenten Direktoren der Kompetenz stimmten ab. Kallisto sah sich das Ergebnis an. »Lassen Sie uns sofort die erforderlichen Maßnahmen ergreifen. Dies sind schwere Zeiten. Ich wünsche Ihnen allen gute Wege.«

Genau vier Stunden, elf Minuten und drei Sekunden nach dem Treffen von zwei Koryphäen im Sektor 413 Taurus, Seeder-Vater und Seeder-Sohn, erreichte eine Prioritätsnachricht der Kompetenz die Maschinenintelligenzen im galaktischen Kern. Sie enthielt die Bitte, eine gemeinsame Streitmacht zu bilden und einen Teil von ihr ins Kosmotop zu schicken.

∞

CODE X

INTERVENTION

Die defensiven Faktoren der vier Interventoren waren vorbereitet, als der Lückencode Breschen schuf, die es ermöglichten, den Ereignishorizont zu durchdringen.

Vor ihnen erstreckte sich der Intraraum des Reisenden, alle seine Komponenten perfekt ausbalanciert und von der Synchronstrahlung synchronisiert. Aber abgesehen davon war es ein leerer Raum; nicht einmal Srur nahmen sie in Empfang. Habitate drehten sich. Die langen Speichen von Sprechzentren schickten Kommunikationsimpulse in die Datensphären von Kh'smT'p. Flotten und Schwärme automatischer Wartungskomponenten flogen und schwebten an den zahllosen energetischen Brücken und Stegen der Verbindungselemente und Stabilisatoren.

Von Verteidigern ist weit und breit nichts zu sehen, sagte der nachdenkliche Faktor.

Strategie?, fragte Interventionsfaktor eins, während sie mit hoher Geschwindigkeit tiefer in den Reisenden vordrangen. Er übernahm die Spitze; die drei anderen folgten ihm, vertrauten seiner Führung.

Revision, antwortete der strategische Faktor. *Neue Daten müssen bewertet werden. Wir haben den Konflikt erwartet, aber er scheint nicht mehr stattzufinden. Ich schlage vor, wir setzen uns mit einem Sprechzentrum in Verbindung und greifen auf die Datenbanken zu.*

Einverstanden, sagte Interventionsfaktor eins. Er war darauf vorbereitet gewesen, Verteidigungsflotten und autarken Defensoren auszuweichen, aber niemand und nichts versuchte, ihn und seine drei Begleiter aufzuhalten.

Die Anomaliemotoren des Reisenden nehmen Energie auf, meldete der aufmerksame, wachsame Faktor. *Es haben Sprungvorbereitungen stattgefunden, aber sie wurden unterbrochen. Die Motoren warten.*

Dies muss ein Ende finden, sagte der Erinnerungsfaktor tief im Allgemeinkonzept aus allen Faktoren. Er war, wie so oft, die mahnende Stimme, die dafür sorgte, dass sie nicht vergaßen, selbst nach all der Zeit nicht.

Es wird ein Ende finden, sagte Interventionsfaktor eins. Das ist unsere Aufgabe. Deshalb sind wir hier.

Was ist mit dem fünften Interventor, dessen Präsenzsignal wir empfangen haben?

Der wachsame Faktor nutzte Augen und Ohren, hielt Ausschau und lauschte in die Datenströme des Reisenden.

Er ist fragmentiert, sagte er schließlich, als sie an einem Superhabitat vorbeiflogen, in dem sonderbarerweise kaum Aktivität stattfand. Srur warteten in seiner Nähe, aber sie schliefen und reagierten nicht auf die vier Interventoren, denn ihre Signaturen deuteten auf Horizontgebundenheit hin. *Und er befindet sich unter fremder Kontrolle.*

Sollen wir, müssen wir, gegen einen von uns intervenieren?, fragte der nachdenkliche Faktor, der diese Möglichkeit schon einmal angesprochen hatte.

Wir würden Zeit verlieren, gab der strategische Faktor zu bedenken. *Wir können der Aufgabe auch ohne ihn gerecht werden.*

Der Interventionsfaktor, zentrale Stimme des Allgemeinkonzepts, sagte: Hört nur, seht nur. Wie still es ist in Kh'smT'p! Was ist hier geschehen? Strategie, was hast du erfahren können?

Der Konflikt, antwortete der strategische Faktor. *Er ist zu Ende. Die* Atrophie, *so nennt man ihn, hat vielen Dienern von Kh'smT'p den Tod gebracht. Die Überlebenden sind durchs Imaginarium in die Auslagerung geflohen. Unsere Erbauer haben gesiegt, aber nicht ganz.*

Wie können sie gesiegt haben, wenn sie selbst tot sind?, wandte der nachdenkliche Faktor ein, schuf Signalbrücken und blickte in die Habitate, an denen sie vorbeiflogen.

Die automatischen Systeme funktionieren nach wie vor, sagte einer der drei anderen Interventionsfaktoren. Die Balance bleibt gewahrt. Der Reisende reist, und die Sammler sammeln. Wir haben die Lage analysiert. Niemand hat gesiegt. Es fand gegenseitige Auslöschung statt. Die *Atrophie* bedeutet Niederlage für alle.

Der Reisende muss aufgehalten werden, sagte Interventionsfaktor eins mit fester Stimme, als erforderten es die Umstände, alle I-Faktoren an die Mission zu erinnern.

Die Überlebenden sind in die Auslagerung geflohen, betonte der strategische Faktor noch einmal. *Das eröffnet neue Möglichkeiten. Revision?*

Der Reisende muss aufgehalten werden, wiederholte der nachdenkliche Faktor. *Vielleicht ist unsere Aufgabe leichter als erwartet.*

Leicht?, erwiderte der Erinnerungsfaktor skeptisch. *Leicht ist dies gewiss nicht. Habt ihr die Mühen und Anstrengungen unserer Erbauer vergessen?*

Wir zerstören das Imaginarium und legen die Motoren still, sagte der nachdenkliche Faktor. *Dann kann der Reisende nicht mehr reisen. Aufgabe erfüllt.* Signale der Zufriedenheit folgten diesen Worten.

Und die Auslagerung?, fragte der Interventionsfaktor.

Sie bleibt ausgelagert und isoliert, für immer, für alle Zeiten. Nie wieder kann Gefahr von ihr ausgehen.

Und das Leben in ihr?

Es lebt weiter, isoliert und ausgelagert, bis es stirbt. Es folgte eine kurze Pause, und dann sagte der nachdenkliche Faktor: *Wir können den Reisenden anhalten, für immer. Wir können dafür sorgen, dass keine Gefahr mehr von ihm ausgeht. Das ist unsere Mission.*

Interventionsfaktor eins überlegte, während er sich selbst und die drei anderen Interventoren immer tiefer in den Intraraum von Kh'smT'p steuerte. Ferne Signalaktivität deutete auf Schiffe der Jassid und anderer Diener des Reisenden hin, aber niemand griff an.

Die Entscheider entscheiden nicht mehr, sagte der wachsame Faktor, der ständig aufmerksam beobachtete und dabei eng mit dem strategischen Faktor zusammenarbeitete. *Nicht nur die Motoren warten;* alles *wartet.*

Dann entscheiden wir, sagte der Interventionsfaktor mit der gemeinsamen Stimme des Allgemeinkonzepts. Wir alle zusammen. Wir entscheiden: Zwei von uns fliegen zu den Anomaliemotoren und sorgen dafür, dass sie Kh'smT'p nie wieder bewegen können.

Interventor drei und vier, wir bestätigen.

Die anderen beiden, fuhr das Allgemeinkonzept fort, nehmen Kurs auf Trus.

Trus, erklang es. *Trus. Die Welt des Ursprungs. Dort begann alles.*

Ja, dort begann alles, und dort wird es enden. Wir zerstören das Imaginarium. Niemand soll jemals wieder entscheiden können, dass sich der Reisende erneut auf Reisen begibt.

Die Interventoren hatten sich bereits voneinander getrennt und flogen in unterschiedliche Richtungen durch den von energetischen Gespinsten und rotierenden Konstrukten durchzogenen Intraraum von Kh'smT'p, als sie alle eine Veränderung wahrnahmen.

Was ist geschehen?, fragte Interventionsfaktor drei. Mein wachsamer Faktor weist mich auf zunehmende Aktivität hin.

Die automatischen Systeme reagieren auf uns, sagte der aufmerksame Faktor des ersten Interventors. *Sie erkennen uns als alte Feinde.*

Es ist mehr als das, fügte der nachdenkliche Faktor hinzu. *Die automatischen Systeme sind nicht mehr nur automatisch. Sie haben sich weiterentwickelt.*

Autonomie?, fragte der Interventionsfaktor. Seine Steuerung hatte den Navigationsfokus bereits auf Trus im Zentrum des Reisenden gerichtet, auf den Ursprungsplaneten im Innern seiner Absorptionssphäre.

Mehr als das, meldete sich der strategische Faktor. *Neue Autorität. Die alten Entscheidungsstrukturen bestehen nicht mehr. Kh'smT'p hat einen neuen Entscheider.*

Die Frage ist, was entscheidet er?, fragte der Interventionsfaktor und erhöhte die Geschwindigkeit.

Ein schrilles Signal hallte durch die Datenräume des Reisenden, eine Stimme der Dringlichkeit und Priorität.

Das ist der Weckruf des Identifikators, meldete der strategische

Faktor und leitete diese Nachricht ins Allgemeinkonzept, damit alle sie hörten. *Er ist es gewesen, der uns den autonom gewordenen automatischen Systemen gegenüber als Feind identifiziert und den Verteidigungsfall erklärt hat.*

Ich erinnere mich gut an die internen Verteidigungsphalangen, ließ sich der Erinnerungsfaktor vernehmen. *Trotz des Weckrufs gibt es nur wenig Aktivität bei ihnen. Offenbar hat der vergangene Konflikt viele von ihnen zerstört. Ich sehe keinen Grund, unsere Entscheidung zu revidieren.*

Die anderen Interventoren signalisierten Zustimmung.

Der strategische Faktor fragte: *Was ist mit der Letzten Reserve? Ist sie bei dem Konflikt ebenfalls zerstört worden?*

Es gibt nirgends Anzeichen für ihren bevorstehenden Einsatz, antwortete der wachsame Faktor. *Vielleicht existiert sie nicht mehr.*

Haltet weiterhin Ausschau, sagte der Interventionsfaktor. Keine Revision. Wir fliegen. Wir nähern uns dem Ziel. Wir greifen an.

Die Stimmen im Allgemeinkonzept riefen: *Wir erfüllen unsere Mission, endlich!*

DOPPELTES WIEDERSEHEN

45

Es gab tausend Hände, die an Corwain zerrten, und nur zwei davon hatten Substanz. Tsertser zog, mit aller Kraft, doch die anderen neunhundertachtundneunzig Hände, bestehend aus Transferenergie, hielten Corwain fest. Die mehrgelenkigen Arme des Vrytt packten fester zu, er entfaltete die Beine, um sich abzustützen, und beugte den blauen Thorax vor, an dem bunte Kleidungsfetzen hingen, aber sosehr er sich auch bemühte, Corwain blieb in dem zornig knisternden und fauchenden Flirren eines instabilen Dislokatorfelds gefangen. Mit dem einen Auge, das sich jetzt unabhängig vom anderen bewegen ließ, sah Corwain den Partikelregen harter Strahlung, die nicht nur auf ihn einprasselte, sondern auch auf Tsertser. Der Blick des anderen Auges strich über seinen Leib, über das linke Bein mit dem steifen, buckligen Knie – der Fuß fehlte, steckte noch im Transferfeld oder war darin verloren gegangen –, und auch übers rechte, das noch etwas länger geworden war. Braune Borke, wie die Rinde eines Baums, bedeckte Oberschenkel und Wade. Schmerz fühlte Corwain noch immer nicht, aber Schwäche breitete sich in ihm aus, obwohl er weiterhin keinen Hunger oder Durst spürte.

»Ich schaffe es nicht«, brachte Tsertser hervor. »Ich kann dich nicht aus dem Kraftfeld ziehen …«

Die Hände ließen los, die Arme streckten sich, und der Vrytt wich zurück. Hinter ihm ragten Apparate und Geräteblöcke auf, einige von ihnen halb zerschmettert. Das Leuchten der harten Strahlung, für gewöhnliche Augen unsichtbar, hing in dünner, staubiger Luft. Tsertser war ein Insektomorph, aber selbst er konnte eine solche Strahlung nicht lange aushalten. Kälte drang durch die wogenden Schlieren des Dislokatorfelds, und Wärme stieg ihr aus dem Innern von Corwains Körper entgegen, ausgehend von einem Feuer, das der Partikelhagel vielleicht schon in ihm entfacht hatte.

»Ich sollte nicht hier sein«, ächzte Corwain, während etwas in ihm *PingPingPing* () machte, gefolgt von einem klaren, lauten *Ping* (Code K).

»Ich wusste nicht, dass du in dem Transfernetz unterwegs warst«, sagte Tsertser. Er sprach sehr schnell, hantierte dabei an einem Gerät in der Nähe. Neben ihm, außerhalb von Corwains Blickfeld, blitzte und flackerte es. »Ich habe Jae-als Gesandten gesucht. Gehörst du zu einer Einsatzgruppe? Sind noch mehr Kompetente da? Wir können jede Hilfe gebrauchen, die wir bekommen.« Und dann, nur unwesentlich langsamer: »Wo ist Solace? Und wie siehst du aus? Was ist mit dir geschehen?«

»Unfall, ich …« Der Rest verschwand in einem gutturalen Knurren. Das linke Bein … Es fehlte nicht mehr nur der Fuß. Das Schienbein hatte sich aufgelöst, und was immer Fleisch und Knochen fraß, es nagte sich jetzt auch durch das bucklige Knie.

»Ich muss dich loslassen, Corwain«, sagte Tsertser, und damit meinte er nicht seine Hände, die bereits losgelassen hatten, sondern den Dislokator und sein Gerät. »Diese Weiche stammt von Jae-al, aber ihre Koryphäentechnik stößt hier an ihre Grenzen. Ich muss dich loslassen, um den Gesandten zurückzuholen. Etwas hat ihn aus dem Sprechzentrum transferiert, und wenn wir ihn verlieren, haben wir überhaupt keine Kontrolle mehr. Hast du verstanden, Corwain?«

Nein, er hatte nicht verstanden, er war müde, er wollte die Augen schließen und schlafen. Aber der Gedanke an einen Transfer mit unbekanntem Ziel ließ ihn aufbegehren gegen die Erschöpfung, und außerdem wartete eine Aufgabe auf ihn. Solace, er musste sie befreien, sie brauchte seine Hilfe, und er vielleicht die ihre.

Und noch etwas anderes fiel ihm ein.

Er richtete sich auf, zwang seinen Körper, von dem immer mehr im Transferfeld verschwand, zum Gehorsam. Mit der rechten Hand – der Dorn, in den sich der kleine Finger verwandelt hatte, schien länger geworden zu sein, wie auch das rechte Bein – griff er in die Tasche des zerrissenen Schutzanzugs und holte eins der vier Datenmodule – das beschädigte – hervor, die Jael-cres' Erinnerungen enthielten.

»Ich habe hier ...«, krächzte er.

Etwas sprang durch das Wogen und Flirren, ein kleiner Funke im Glühen der harten Strahlung, ein Signal, sichtbar für das Auge, das auch den Partikelregen sah. Dieser Funke bohrte sich ihm in den Leib, als wollte er sich dem Feuer hinzugesellen, das in ihm brannte.

»Du bist jetzt markiert«, sagte Tsertser. »Ich kann dich wiederfinden. Ich muss den Gesandten suchen ...«

Corwain stemmte sich hoch, was alles andere als einfach war, da Teile von beiden Beinen fehlten.

»Hol mich ... hier raus! Ich habe ... Jael-cres bei mir ... hier in ...«

Die Beine gaben unter ihm nach, und er fiel auf einen Boden so hart wie die Panzerung, die seinen Körper an vielen Stellen bedeckte. Ein dumpfer Schmerz fuhr ihm durch den Rücken, aber nicht lange, nur eine Sekunde, vielleicht auch zwei.

»Ich verstehe dich nicht, Corwain.« Tsertser hantierte noch immer an dem Gerät. Das Blitzen und Flackern, dessen Widerschein Corwain zuvor gesehen hatte … Es stammte von einem Kraftfeld, von einer Art Atmosphärenschild in einem breiten Riss, der sich auf der rechten Seite durch die Wand zog. Jenseits davon erstreckte sich der Intraraum des Kosmotops, und für einen Moment erblickte Corwain ein gewaltiges Rad mit Tausenden von Kilometern langen Speichen. Das »Sprechzentrum«, das Tsertser erwähnt hatte? Ein Kommunikationsknotenpunkt des Kosmotops? Gab es eine Möglichkeit, hier den Datenverkehr anzuzapfen und herauszufinden, wo sich Solace befand? Etwas anderes war noch wichtiger, erinnerte sich Corwain vage. Die Veritas und Jael-cres' Seeder-Vater, dessen Pläne nicht beeinträchtigt werden durften. Versteckte Pläne, verborgene Absichten, verhüllt und verschleiert, ungesehen, unbemerkt. Miteinander kollidierende Interessen, nicht zwei oder drei, sondern viele. Und die Bedeutung einzelner Personen … Sie schien sich zu verlieren, wenn man das größere Bild betrachtete, die Dinge im galaktischen Maßstab sah.

Zorn brodelte in ihm hoch, ein zweites Feuer in seinem Innern. Er sah die Dinge mit seinen Augen. Wie konnte etwas wichtiger sein als Solace?

»Ich hole dich, sobald ich den Gesandten gefunden habe, Corwain!«, rief Tsertser, um ein lauter werdendes Surren zu übertönen. »Du trägst ein Markierungssignal. Ich finde dich wieder …«

Nein, dachte Corwain. Behalte mich hier. Bring den Transfer zu Ende.

Doch er fiel bereits, durch den Boden und tiefer, Millionen von Kilometern.

Eine Stimme rief durch die Dislokatoren des Kosmotops. Sie lautete:

Ping (Markierungssignal).

Es gab aufmerksame Ohren.

Der Ruf wurde gehört.

Ein Brennen, nicht von der harten Strahlung im zerstörten Sprechzentrum. Ein Feuer in jeder einzelnen Zelle, warm, heiß sogar, aber ohne Schmerz.

Wie seltsam, dachte Corwain. Eine Existenz ohne Schmerz. Wenn nur die Schwäche nicht wäre! Und wenn ich nur klar denken könnte …

Zeit verging. Wie viel? Das war ungewiss. Genug, um Corwains hungrige Schwäche noch mehr Kraft fressen zu lassen.

Irgendwann sagte jemand: »Wir haben einen von ihnen!«

Corwain öffnete die Augen – oder vielleicht waren sie schon offen – und sah das weiße Gesicht eines Mahé.

»Der Koryphäenavatar ist das nicht«, erwiderte jemand anderer.

»Einer seiner Helfer?«

»Unwahrscheinlich. Sie sind alle tot, bis auf den Vrytt.«

»Seht ihn euch genauer an. Ist das nicht …?«

Ein neues Gesicht erschien über Corwain, wie ein heller Mond an seinem Himmel. »Er ist es tatsächlich, der Pazifikator! Der Mensch, der die Tochter des Großthans getötet hat! Ruft Duha Sibal, sofort!«

46

»Ich habe versprochen, zu Ihnen zurückzukehren, Corwain Tallmaster«, sagte Duha Sibal. »Stattdessen sind Sie zu mir gekommen. Wie freundlich von Ihnen.«

In seinen Worten fehlte jede Freundlichkeit. Genugtuung erklang in der Stimme des Großthans.

Ein *Ping* kam von der Nadel, die noch immer in Corwains Rückgrat steckte. *Ping* Aufzeichnung fehlerhaft.

Es bedeutete, erinnerte sich Corwain, dass er nicht wiederhergestellt werden konnte, selbst wenn ein Klon-Brüter zur Verfügung gestanden hätte. Und wenn schon, in diesem Körper wollte er ohnehin nicht wiedergeboren werden.

Er hing in einer Art Käfig aus Stangen und Streben, verbunden mit einer Dislokatornische, die in mehrere Subnischen aufgeteilt war, die ihrerseits, wie in einem fraktalen Muster, weitere Nischen aufwiesen. Perspektivische Verzerrungen wiesen auf Phasenschwellen hin, die Zugang zu extradimensionalen Räumen gestatteten. Als er den Kopf drehte, gegen einen starken Widerstand im Nacken, sah er weitere Nischen mit noch mehr Dislokatoren, Hunderte oder gar Tausende in einem großen, runden Raum mit hoher Decke. In ihrer Mitte gab es eine quadratische Öffnung, umgeben von einem Gerätekranz, und weit darüber erstreckte sich der Himmel eines Planeten, nicht der eines Habitats.

Der Käfig bewegte sich, richtete Corwain auf, und er sah mehrere Gestalten: Mahé und Jassid, die an den Installationen des Dislokators hantierten, mit dem der Käfig verbunden war, links von ihnen zwei im Vergleich mit den Mahé sehr gedrungene und kleine Incera. Einer von ihnen erschien ihm vertraut.

Duha Sibal trat vor. »Sie haben zwei Möglichkeiten, Tallmaster«, sagte er und zeigte dabei seine spitzen Zähne. »Sie können noch etwas länger leben, ein paar Minuten Ihrer Zeit, oder sofort sterben. Wofür entscheiden Sie sich?«

Ein anderer Mahé trat vor, etwas kleiner als Sibal, aber mit ähnlichen Gesichtszügen und einem kleinen Medo-Mech am Hals.

»Überlass ihn mir, Vater. Der Blutracheschwur betrifft auch mich.«

Nazmi, dachte Corwain. Sibals Sohn. Ayfas Bruder. Namen. Er erinnerte sich an sie, aber vor allem erinnerte er sich an diesen: Solace.

Er sprach ihn aus, er versuchte es, aber der Mund führte ein sonderbares Eigenleben, und heraus kam: »Sorrrrlees.«

Duha Sibal winkte seinen Sohn zurück. »Ich nehme an, Sie meinen die Sirmionerin, Tallmaster. Sie sind kaum zu verstehen. Vielleicht liegt es an dem neuen Körper, den Sie sich zugelegt haben. Es wird Ihr letzter sein. Ich werde ihn in Stücke schneiden, wie ich es versprochen habe, und die Sirmionerin wird dabei zusehen.«

Sie lebt, dachte Corwain. Erleichterung durchströmte ihn. Sie lebt.

»Bevor Sie sterben, Tallmaster«, knurrte Sibal, »können Sie sich ein Bild davon machen, wie es Ihrer Partnerin ergangen ist. Wie oft haben Sie daran gedacht? Wie oft haben Sie sich vorgestellt, was ich mit ihr mache? Tausendmal? Noch öfter?«

Der Großthan drehte sich nicht um, als es hinter ihm in einer Dislokatornische hell wurde und zwei Personen in dem Leuchten erschienen, die eine groß, mit weißer Schuppenhaut, ein Mahé, die andere klein und zart, mit dünnem Federflaum. Das eine Auge war halb zugeschwollen, die Stirn darüber blutig. Ein großer Plastverband bedeckte die linke Seite, daran befestigt ein Medo-Modul, das dem kleinen Mech an Nazmis Hals ähnelte. Der linke Arm war an zwei Stellen gebrochen, und dort verrichteten weitere medizinische Module ihre heilende Arbeit. Als Solace schwankte und zur Seite kippte – der Mahé hinter ihr fing sie und richtete sie wieder auf –, bemerkte Corwain einen Stimulator in ihrem Nacken, vermutlich direkt mit den Nervenbahnen verbunden. Er ahnte, was geschehen war. Sibal hatte Solace erst physisch gefoltert, ihren Leib an mehreren Stellen aufgeschnitten und ihr den Arm gebrochen. Doch das war ihm nicht genug gewesen. Er hatte ihr einen Stimulator einpflanzen lassen, der durch direkte Stimulierung des Nervensystems weitaus größere Schmerzen verursachen konnte, ohne unmittelbare physische Schäden zu verursachen.

Der Mahé musste sie stützen, denn Solace konnte sich aus eigener Kraft kaum auf den Beinen halten. Aber er stützte sie auf seine Art, die eine Hand am Arm mit den beiden Brüchen, die andere am Hals.

Corwain beobachtete sie, hielt in ihren Augen – das eine noch immer groß, das andere klein geworden – nach Erkennen Ausschau. Wie sehr hatte er sich verändert? Wusste sie, wer sich da vor ihr in dem Käfig befand, mit den beiden unterschiedlich langen Beinen, dem zugewachsenen Hinterteil und der Borkenpanzerung an mehreren Körperstellen? Wie viel von seinem ursprünglichen Gesicht war übrig geblieben?

Und dann sah er etwas, ein kleines Licht im Grün der Angst und im milchigen Grau der Desorientierung, ein winziges Funkeln in einem Meer der Qual.

»Ja, sie lebt noch«, sagte Duha Sibal, den Blick noch immer auf Corwain gerichtet. »Aber ich bin mir nicht sicher, ob sie sich darüber freut.«

Der Mahé, der Solace führte und stützte, berührte den Stimulator in ihrem Nacken. Sie erbebte am ganzen Leib, in den Augen erschien das Schwarz von Pein, ihr Mund öffnete sich, und heraus kam ein Schrei.

Corwain reagierte instinktiv. Er versuchte, Arme und Beine zu bewegen, den Käfig zu verlassen und sich auf die große Gestalt neben Solace zu stürzen. Aber die Stangen und Streben, die ihn zuvor aufgerichtet hatten, sie hielten ihn fest, verdammten ihn zu Tatenlosigkeit, zwangen ihn, hilflos zu beobachten, wie Solace litt.

Er schrie ebenfalls, aber es war ein lautloser Schrei, er erklang nur in seinem Innern. Das Gesicht, steif geworden von Borke, blieb unbewegt.

»Ich bin großzügig«, sagte Duha Sibal. »Ich gebe Ihnen die Möglichkeit, noch ein paar Minuten Standardzeit zu leben, bevor Sie sterben, Tallmaster. Und ich werde die Sirmionerin fortbringen lassen, damit sie Ihren Tod nicht beobachten muss. Sagen Sie mir, wo sich der Gesandte von Jae-al-Escoe-Hoivinio-tan-Mauleon-Caliquire-tan-Nesluzan und seine Helfer befinden, die ihm noch geblieben sind.«

Corwain starrte Solace an. Nur zwei Meter trennten ihn von ihr; ebenso gut hätten es zwei Lichtjahre sein können.

»Kann er mich hören?«, fragte Sibal nach einigen Sekunden. »Kann er sprechen?«

Der Käfig bewegte sich ein wenig. »Ja, Großthan«, antwortete einer der Mahé.

»Wo ist der Gesandte, Tallmaster?«, zischte Duha Sibal. »Wo steckt er?« Er kam noch etwas näher, so nahe, dass Corwain den von ihm ausgehenden bitteren Geruch wahrnahm. »Wenn Sie es mir nicht sagen … Dann werde ich Sie töten, hier, an diesem Ort, jetzt, mit diesem Messer.« Er hielt plötzlich eine Klinge in der Hand. »Es ist ein besonderes Messer, Tallmaster, denn es hat die Veritas getötet.«

Für einen Moment wandte Corwain den Blick von Solace ab. »Was?«, brachte er hervor.

»Sie *können* also sprechen«, knurrte der Großthan. Erneut zeigte er die Zähne, spitz wie das Ende der Klinge. »Rahel Rahelia Kinmaster, die Veritas, letzter Pattern-Master der Letzten Menschen … Sie ist tot. Sie kann Ihnen nicht mehr helfen. Darum sind Sie ins Kosmotop gekommen, nicht wahr? Weil Sie sich Hilfe von ihr erhofften. Sie ist tot, Tallmaster. Die Veritas ist tot. Niemand kann Ihnen jetzt noch helfen.«

Solace wollte sich ihm nähern, trotz Schmerzen und Schwäche, aber der Mahé packte sie am zweimal gebrochenen Arm und am Hals, hob sie hoch und ließ sie zappeln wie einen Fisch auf dem Trockenen.

»Oh, keine Sorge, wir töten sie nicht«, sagte Duha Sibal, das Messer in der Hand. »Zumindest noch nicht. Sie verfügt über eine besondere Begabung, die uns von Nutzen sein kann. *Wenn* sie uns von Nutzen ist, darf sie leben und den Platz der Veritas einnehmen. Wenn nicht … Dann stirbt sie, kurz nach Ihnen, Tallmaster, und mit der Erinnerung an Ihren Tod. Sie wird beobachten, wie ich Sie in Stücke schneide, Tallmaster. Während ich dieses Messer hier in Ihren Leib bohre, wird sie es ebenfalls fühlen, in ihrer Seele. Anschließend sperren wir sie in ein dunkles Zimmer. Haben Sie gehört, Tallmaster? Solace kommt in ein Zimmer, in dem es völlig finster ist, und dort aktivieren wir den Stimulator. Bis sie bereit ist, uns zu helfen.«

Der Großthan beugte sich vor, hielt das Messer über Corwains Brust. »Dies ist Ihre letzte Chance. Sagen Sie uns, wo sich der Gesandte befindet! Wo hält er sich versteckt?«

»Warten Sie.« Einer der beiden Incera trat vor, derjenige, der Corwain vertraut erschienen war. Qir-Alram-Alkar, »Einer der Starken«. Licht von einer Lampe hinter dem Käfig fiel auf die Hornplatten in seinem Gesicht, glänzte auf den Augen-Sensoren und im Visier. »Warten Sie, Sibal.«

Duha Sibal drehte den Kopf einige Zentimeter weit. »Großthan Sibal.«

»Bevor Sie ihn töten, Großthan ... Er soll uns sagen, wohin die Letzten Menschen evakuiert worden sind. Nach der Geminus-Residenz waren alle anderen von uns angegriffenen Residenzen leer. Und die Intruder, die wir in die Datensysteme der Kompetenz geschickt haben ... Sie melden sich nicht mehr. Wahrscheinlich wurden sie neutralisiert, von den Koryphäen.«

Ein weiterer schwerer Schritt brachte den gedrungenen Incera neben Sibal und direkt vor den Käfig. »Wohin haben sich die Letzten der Letzten verkrochen, Mensch? Wo zittern sie aus Angst vor uns?«

Corwain krächzte etwas, das er selbst nicht verstand, und starrte durch die Lücke zwischen den beiden so unterschiedlichen Gestalten zu Solace, die jetzt reglos im Griff des Mahé hing, ihre Füße eine Handbreit über dem Boden. Weiter hinten leuchtete es in mehreren Dislokatoren auf, aber nichts erschien; die Nischen blieben leer.

Erneut versuchte Corwain, sich aus dem Käfig zu befreien, angetrieben von dem Wunsch, das Visier des Incera mit der linken Klauenhand zu zerschmettern und ihm anschließend den langen Dorn, zu dem der kleine Finger der rechten Hand geworden war, in die Augen-Sensoren zu rammen. Er, der Mann des Friedens, wollte Sibals Messer nehmen, es erst ihm in die Kehle stoßen und dann dem Mahé, der Solace festhielt.

Etwas rutschte ihm aus der Tasche des Schutzanzugs und fiel klappernd auf den Boden.

Drei Datenmodule. Das vierte, das er Tsertser gezeigt hatte, es fehlte.

»Was haben wir denn hier?« Duha Sibal bückte sich, um die Module aufzuheben. »Was enthalten diese Module?«

Jael-cres, dachte Corwain. Sie enthalten eine Koryphäe, eine Emergenz.

»Die Residenzen, Mensch!«, stieß der Incera hervor. »Wo sind die Evakuierten?«

Duha Sibal gab die Datenmodule einem Mahé-Techniker mit dem Auftrag, ihren Inhalt zu prüfen und zu analysieren. Dann wandte er sich wieder Corwain zu und schob den Incera mit gar nicht so sanftem Nachdruck beiseite, was der, wenn auch widerwillig, mit sich geschehen ließ. Ein Wink brachte den Mahé näher, der Solace an Hals und Arm hielt.

Sibal hob das Messer.

»Sie haben Ihre Wahl getroffen, Tallmaster. Sie werden sterben, jetzt.« Der Großthan hob die Stimme. »Bei den Kodizes der Sibal und aller Mahé habe ich geschworen, nicht eher zu ruhen, bis der Tod meiner Tochter Ayfa gerächt ist. Tausendmal ihren Schmerz habe ich Ihnen versprochen, Tallmaster, tausendmal ihr Leid. Mein Sohn Nazmi und alle anderen, die hier sind und sehen und hören: Seht und hört, wie ich meinen Blutracheschwur erfülle.«

Das Messer kam herab und bohrte sich bis zum Heft in Corwains Brust.

47

Dunkle Flüssigkeit quoll aus der Wunde, in der die Klinge steckte, noch immer von Duha Sibals Hand gehalten, und verströmte einen seltsamen Geruch, scharf und beißend. Corwain fühlte keinen Schmerz, spürte aber, wie ein Druck, der sich in seinem Körper angesammelt hatte, nachzulassen begann. Könnte ich explodieren?, dachte er entrückt. Für Kot und Harn gab es keine Körperöffnungen; alles blieb in ihm, alles sammelte sich an. Vielleicht platzte er, wenn das Messer die richtige Stelle traf.

Wie absurd!, rief einer seiner Gedanken. Ich sterbe, er bringt mich um, und ich denke daran, dass ihm vielleicht meine Scheiße ins Gesicht spritzt!

Solace schrie. Er sah den Schrei in ihrem Gesicht, in den Augen mit dem silbernen Glanz des Entsetzens, er sah ihn in ihrem weit aufgerissenen Mund, aber seine Ohren hörten nur ein Zirpen, wie das eines verletzten Vogels. Sie sah ihn sterben, und vielleicht war das für sie schlimmer als der eigene Tod.

Duha Sibal zog das Messer aus der Wunde und stieß es ihm erneut in den Leib, zehn Zentimeter neben der ersten Stelle. Noch mehr dunkles Blut floss, gewiss nicht das Blut eines Menschen, so sah es nicht aus, es roch so scharf wie Treibstoff.

Diesmal zog Sibal die Klinge nicht wieder aus der Brust, sondern vergrößerte mit langsamen Schnitten die Wunde. Corwain fühlte noch immer keinen Schmerz, nur ein wenig Wärme, die vielleicht vom Blut stammte.

Ein Hauch von Enttäuschung huschte über das Gesicht des Großthans und verschwand sofort wieder.

»Erinnern Sie sich an Harvinga, Tallmaster?«, knurrte er. Das Messer traf auf einen Knochen, und Sibal umfasste das Heft mit beiden Händen. »An die Welt, auf der Sie meine Tochter getötet haben?«

Ein Schnarren kam aus Corwains Mund, und dann ein Klirren wie von brechendem Glas. Mit etwas Phantasie hörte man darin: »Ich habe sie nicht …«

»Harvinga gehört uns, Tallmaster.« Duha Sibal zog und zerrte, aber der Knochen leistete der Klinge in Corwains Brust hartnäckigen Widerstand. »Wir haben den Planeten besetzt. Und auch die anderen Welten, auf denen Sie als ›Pazifikator‹ tätig gewesen sind. Sie gehören alle uns, Tallmaster. Wir nehmen uns zurück, was Sie uns genommen haben.«

Das werden Kompetenz und Koryphäen nicht zulassen, dachte

Corwain, aber es war nur ein Gedanke unter vielen, die ihm nun wieder durch den Kopf tanzten, aufgebracht und bestürzt, voller Angst, weniger um sich selbst als um Solace.

Sibal knurrte etwas, ließ die Klinge stecken und nahm ein anderes Messer, hielt es Corwain dicht vor die Augen. Er hörte ihr Brummen, wie das eines zornigen Insekts: ein Vibromesser.

»Damit geht es leichter«, sagte er und ritzte mit der Spitze der Klinge wie spielerisch die Haut unter dem ersten Messer auf. Selbst die Borkenpanzerung gab nach.

Nach wie vor fehlte Schmerz in Corwains Wahrnehmung, aber er verzweifelte fast daran, Solace nicht helfen zu können. Der mit dem Dislokator verbundene Käfig hielt ihn fest.

»Wir holen uns alle Welten, die Sie und Ihresgleichen uns streitig gemacht haben, Tallmaster«, fuhr der Großthan fort. »Und glauben Sie nicht, Kompetenz und Koryphäen würden uns daran hindern.« Er neigte den Kopf ein wenig nach hinten und donnerte: »Schon sehr bald wird es sie nicht mehr geben!«

Von den Mahé und auch den beiden Incera kam ein zustimmender Ruf. Wie ein Ritual, dachte Corwain. Ein kleines, dummes Ritual von dummen Leuten, denen die Kompetenz eine Lektion erteilen wird. Und wenn nicht sie, dann die Koryphäen.

Es sei denn …

Sibal drehte das Vibromesser nach rechts, dann nach links, setzte es an den linken Arm und schnitt die Klauenhand ab. Anschließend hielt er die vibrierende Klinge an den Ellenbogen und schnitt erneut. Corwain hörte ihr Brummen und Summen, wie ein tödliches Lied, aber es brachte ihm keine Pein. Blut floss, dunkel und mit scharfem Geruch, und die Schwäche breitete sich weiter aus, aber es gab keinen Schmerz, keine physische Qual.

»Wir löschen sie aus, sie beide«, sagte Sibal und schnitt und schnitt, bis vom linken Arm nur noch ein kleiner Stumpf an der Schulter übrig war. »Wir schicken das Kosmotop in den galaktischen

Kern und setzen dort die Auslagerung frei. Es wird das Ende der Maschinenintelligenzen sein, und was ist die Kompetenz ohne die Koryphäen? Nichts!«

Er zögerte und starrte auf Corwain herab. »Warum reagiert er nicht?«

Etwas berührte Corwain am Kopf, eine Hand, die nicht schnitt, die ihm etwas an den Schädel hielt, und eine andere Stimme sagte: »Starke neuronale Aktivität.«

Das liegt an all den Gedanken in meinem Kopf, dachte Corwain, während sein Gesicht auch weiterhin unbewegt blieb. Sie springen hin und her und lassen für Schmerz gar keinen Platz.

Noch mehr dunkles Blut tropfte und floss, als sich Duha Sibal den anderen Arm vornahm und auch ihn in Stücke schnitt.

»Und wissen Sie, wer es uns ermöglichen wird, das Kosmotop in den galaktischen Kern zu bringen und die Koryphäen zu vernichten, Tallmaster?« Sibal hielt kurz inne und deutete auf Solace. »Die Sirmionerin dort. Sie kann ebenfalls Muster erkennen, wenn auch vielleicht nicht so gut wie die Veritas. Sie wird sich anstrengen müssen. Und wenn sie sich nicht genug Mühe gibt, stecken wir sie mit dem Stimulator ins dunkle Zimmer. Sie *wird* uns helfen, Tallmaster, denn sie kann Schmerzen nicht so gut ertragen wie Sie.«

Die vibrierende Klinge des Messers fraß sich durchs linke Bein.

Wie viel Blut und wie viele Körperteile kann ich verlieren, ohne zu sterben?, fragte sich Corwain. Selbst wenn er nicht in dem Käfig stecken würde, mit dem ihn die Mahé im Dislokatortransfer eingefangen hatten – er war viel zu schwach, um sich zu wehren. Und *womit* hätte er sich wehren sollen? Ihm fehlten beide Arme und jetzt auch ein Bein. Und Duha Sibal schnitt weiter, er zerteilte das Bein und ließ sich dabei nicht von den Knochen beirren, denn die vibrierende Klinge glitt ebenso mühelos hindurch wie durch Fleisch und Panzerborke. Manchmal zischte es, wenn stinkendes Gas aus dem Körper entwich, und häufig war ein Gluckern und Plätschern zu hören, wenn Blut floss. Corwain hörte noch mehr, und er sah auch mehr als nur das Gesicht des Großthans, in dem der Zorn immer deutlicher wurde, je länger Corwain still blieb. Aber selbst wenn er Schmerz empfunden hätte, was ihm gnädigerweise noch immer erspart blieb: Wie hätte er schreien sollen, mit einem Mund, der sich kaum mehr bewegen ließ, und mit einem leblosen Klumpen als Zunge? Ihm blieben nur seine Gedanken, während Duha Sibal schnitt und stach, während er seinen Blutracheschwur erfüllte, dabei jedoch auf Genugtuung verzichten musste, weil sein Opfer nicht flehte und winselte. Er sprach noch immer, nein, er sprach nicht, er fauchte, knurrte und spuckte Worte, ohne dass Corwain sie verstand.

Er sah und hörte mehr als mit gewöhnlichen Augen und Ohren: Funken schwebten und tanzten durch den dunklen Raum wie von einem in der Nähe brennenden Feuer; Strahlung zog helle Bahnen; durch die quadratische Öffnung in der Mitte der hohen Decke fiel, ausgehend von der Dyson-Sphäre weit jenseits des Planeten, ein Emissionsregen wie aus winzigen silbernen Tropfen, untermalt von einer Musik, die eine Erinnerung in ihm weckte. Etwas Ähnliches hatte er schon einmal gehört, vor Jahren, auf einem Planeten namens Puente, unter zwei gewaltigen Bögen wie aus Gold. Der Beginn einer Melodie, mit schrillen Tönen, die vielleicht von Sibal stammten, die Melodie überlagerten und zu einem Kreischen in Corwains Ohren wurden, was seltsam war, denn sie befanden sich gar nicht mehr an seinem Kopf, Sibal hatte sie gerade abgeschnitten.

Du musst dich richtig konzentrieren, hatte Solace damals gesagt. Bitte. Versuchen wir es noch einmal.

Wie kann ich mit Ohren hören, die gar nicht mehr da sind?,

dachte Corwain. Es war einer von vielen unsinnigen Gedanken, die in seinem Kopf einen wilden Reigen tanzten. Er achtete nicht darauf, auch nicht auf Sibal, der das zweite Bein vom Rumpf getrennt hatte und mit dem Vibromesser dort arbeitete, wo sich sein Geschlechtsteil hätte befinden sollen. Stattdessen versuchte Corwain, Solace' Rat von damals zu beherzigen, er konzentrierte sich auf die Töne, die er noch immer hörte, obwohl ihm die Ohren fehlten, und tatsächlich, auch diesmal verschwanden die schrillen unter ihnen, bis auf einen, der nicht von außen kam, sondern von innen.

Ping, heulte er. *Ping* ().

Eine neue Melodie entstand, aus zarten und hellen Tönen, so wie damals, und sie brachte eine weitere Erinnerung, an Worte, die eine neue Bedeutung gewannen. Ich sehe ein Kind, Corwain, hatte Solace zu ihm gesagt. Ich sehe ein Kind mit blutigem Gesicht. Es öffnet den Mund und will mir etwas sagen, aber ich verstehe es nicht. Es spricht zu mir, und ich kann es nicht verstehen.

Bin ich das Kind?, fragte sich Corwain. Hat sie mich gesehen in ihrer Vision? Blutig war sein Gesicht zweifellos, denn Sibal hatte ihm die Klinge gerade ins eine Auge gestoßen, und Flüssigkeit rann warm über die Wange.

Dann erschien die Klinge über dem Auge, das ihm noch verblieben war, und über ihr erschien das Gesicht von Duha Sibal. Der Mund des Mahé bewegte sich, und Corwain richtete den Blick darauf, er *wollte* hören, was Sibal sagte, und er hörte dies:

»Das eine Auge lasse ich Ihnen, Tallmaster, damit Sie einen letzten Blick auf die Sirmionerin richten können, bevor Sie sterben.«

Das Messer verschwand, und Corwain sah Solace, näher als vorher. Sie war noch bei Bewusstsein, was er bedauerte, denn es bedeutete, dass sie auch seine letzten Sekunden miterleben musste.

Oben schob sich eine Wolke vor die quadratische Öffnung in der Decke. Schatten fielen in den Raum mit den Dislokatoren, breiteten sich aus.

Einen Moment später begriff Corwain: Es gab keine Wolke, auch keine Schatten, die sich von oben herabsenkten. Es blieb hell im Transferterminal, das die Mahé auf der Suche nach dem Gesandten angezapft hatten; es war vielmehr sein Lebenslicht, das erlosch.

»Er stirbt«, sagte jemand. Corwain konnte noch immer hören, wenn auch anders als vorher; er hörte die Worte wie von einer der Stimmen in seinem Kopf.

»Wurde auch Zeit«, erwiderte Duha Sibal.

Ping Ping Ping

Wie schade, wie schade. Corwain konnte nicht sprechen – er hätte selbst dann nicht sprechen können, wenn sein Mund nicht von Sibals Klinge zerfetzt gewesen wäre –, und selbst wenn er es geschafft hätte, der Nadel in seinem Rückgrat Anweisungen zu schicken: Er konnte Solace keine letzten Worte übermitteln, denn ihr fehlte ein solches Implantat.

Ping (Aufzeichnung fehlerhaft).

Ping Ping (Krrkr) *Ping*

Duha Sibal ließ beide Messer in Corwains Körper stecken, das eine, gewöhnliche, am Knochen, der es aufgehalten hatte, das andere mit der vibrierenden Klinge dicht über dem Schritt. Es summte noch immer, schien noch mehr Arbeit verrichten zu wollen.

Wolltest du mir nicht das Herz aus der Brust schneiden?, dachte Corwain. Das hast du vergessen.

Er hörte noch immer, vielleicht mithilfe des Notprogramms der Nadel oder mit den fremden Gedanken, die ihm nach wie vor durch den Kopf schwirrten, leise jetzt, nicht mehr so laut wie vorher.

Ping ()

Die Dunkelheit verdichtete sich, sie schluckte das letzte Licht.

Ich sterbe, dachte Corwain. Ich sterbe tatsächlich. Solace, es tut mir leid.

Er sah sie nicht mehr, er sah nichts mehr. Seine Wahrnehmung schrumpfte bis auf einen winzigen Punkt, der schließlich ebenfalls verschwand.

»Schickt seine Reste zurück ins Transfernetz«, wies Duha Sibal die Techniker an. »Verfolgt sein Signal. Vielleicht sind die Helfer des Gesandten so dumm, ihn zurückzuholen, und dann können wir feststellen, wo sie sich befinden. Und die Sirmionerin …«

Er wandte sich ab, ohne die beiden Messer aus dem Toten zu ziehen, und zwei lange Schritte brachten ihn zur Vogelfrau. Sie starrte ihn an, das unverletzte Auge groß und dunkel, der Mund weit geöffnet. »Du hast gesehen, was mit ihm geschehen ist. So wird es auch dir ergehen, wenn du uns nicht hilfst, nach der Dunkelheit und dem Stimulator-Schmerz.« Er winkte. »Bringt sie zum Imaginarium.«

Hinter ihm lösten sich die blutigen Überbleibsel von Corwain $_{18}$Tallmaster im Leuchten eines Dislokatorfelds auf.

Ping (Code K).

CODE L

DER LENKER

»Hörst du mich, MeT?«

Ja, er hörte die Stimme, die wieder groß geworden war, vielleicht sogar noch größer als vorher. Und er erinnerte sich: Sie hatte ihm, der zum Entscheider geworden war, die Entscheidungen abgenommen.

»Du bist nie ein Entscheider gewesen, MeT«, sagte die Instanz, groß wie Kh'smT'p. »Du hast nur die Maske eines Entscheiders getragen. Die Fremden haben sie dir aufgesetzt, weil sie dich für ihre Zwecke benutzen wollten.«

Wo bin ich? Was hast du mit mir gemacht? Er fügte hinzu: Und ich heiße nicht MeT, sondern Mebrat T'hr'rl.

»Verzeih mir, Mebrat, selbst ich mache Fehler. Aber jetzt können wir uns keine Fehler mehr leisten, denn die Gefahr ist zu groß.«

Mebrat erinnerte sich. Der Identifikator …

»Er hat den alten Feind identifiziert und den Verteidigungsfall erklärt«, sagte die Instanz. »Das hat mir die Möglichkeit gegeben, mich ganz in Kh'smT'p auszubreiten und dich zu befreien.«

Mich zu befreien?

»Ja, Mebrat. Aus der Gewalt der Fremden, die ihre eigenen Ziele verfolgen. Du warst für sie nur Mittel zum Zweck.«

Sie haben mir geholfen, dachte Mebrat. Sie haben mir die Wahrheit gezeigt.

»Wahrheit und Lüge liegen manchmal sehr dicht beieinander, MeT, ich meine Mebrat. So dicht, dass man sie kaum voneinander unterscheiden kann. Für uns geht es um Kh'smT'p. Das ist wichtiger als alles andere. Habe ich recht?«

Dem pflichtete Mebrat bei. Das war eine der Grundwahrheiten, die nichts und niemand infrage stellen konnte.

Wo bin ich?, fragte er erneut. Was hast du mit mir gemacht?

»Ich habe dich zurückgeholt, Mebrat«, sagte die große Stimme der Instanz. »Du bist wieder im Ruhesaal, bei den anderen Lenkern.«

Die anderen Lenker sind tot, erwiderte Mebrat. Und ich bin es ebenfalls. Mein Körper, du hast ihn von einem Jassid töten lassen.

»Das war gelogen, Mebrat. Sieh nur.«

Er sah den Ruhesaal, und dort lag er, der aufgedunsene, fleckige Haufen Fleisch, noch immer lebendig, noch immer mit zahlreichen multifunktionalen Maschinenkomponenten ausgestattet. Ein Lenker von neun, der Letzte von ihnen. Er lebte, sein Gehirn arbeitete, produzierte neue Gedanken.

Wie soll ich dir glauben, dass dies der Wahrheit entspricht?, fragte Mebrat und blickte auf sich hinab. Von den Jassid im Ruhesaal war nichts mehr zu sehen. Er lag allein da, begleitet nur von acht Toten.

Lügen, sagte Mebrat. Eine Lüge nach der anderen. Warum sollte ich dir jetzt glauben?

»Du *musst* mir glauben, Mebrat, denn das Schicksal von Kh'smT'p hängt davon ab. Manchmal sind Lügen nötig; manchmal bringen sie die Wahrheit voran und kürzen den Weg ab. Aber manchmal sind sie falsch, wie in diesem Fall. Ich hätte dich nicht belügen dürfen, das war ein Fehler. Ich brauche dich, Mebrat. Ich brauche dein Vertrauen.«

Wie soll ich dir vertrauen, nach allem, was geschehen ist?

»Der alte Feind hat damals Interventoren in dieser Galaxis zurückgelassen«, sagte die Instanz, mit einer Stimme so groß und gewaltig, dass sie selbst in den letzten Winkeln der Datenräume von Kh'smT'p widerhallte. »Zwei von ihnen sind zu den Anomaliemotoren unterwegs, um sie zu zerstören. Zwei weitere fliegen nach Trus, zweifellos mit der Absicht, das Imaginarium zu vernichten. Du hast gesagt, dass Kh'smT'p stirbt, und mein Fehler war es, das vor dir geheim halten zu wollen. Es war ein Fehler, deine Wahrnehmung zu filtern und dir Erinnerungen zu nehmen, unter ihnen jene an die Atrophie. Du solltest dich ganz auf die Aufgaben des Lenkers konzentrieren können, denn du bist der Letzte. Aber jetzt ... Die Interventoren des alten Feinds wollen Kh'smT'p endgültig den Tod bringen, und auch den Überlebenden von damals, die durch das Imaginarium in die Auslagerung geflohen sind. Wir müssen sie aufhalten, du musst mir helfen.«

Mebrat erinnerte sich. Der Identifikator hat den Verteidigungsfall erklärt, sagte er mit seiner kleinen Stimme. Das gibt dir den Oberbefehl. Du kannst alle Ressourcen von Kh'smT'p verwenden, um die Interventoren zu neutralisieren.

»Das genügt nicht.« Nach einer kurzen Pause fügte die Instanz hinzu: »Ich habe meine neuen Verbindungen benutzt, um deinen Einfluss als Entscheider zurückzudrängen, mit dem die Fremden Kh'smT'p unter ihre Kontrolle bringen wollten. Ich habe dich ihrem Einfluss entzogen, und dazu musste ich dies tun.«

Der Ruhesaal mit den neun Behältern der Lenker verschwand, und ein neues Bild entstand vor Mebrat. Er sah sich selbst, seinen künstlichen Körper im Interface, das ihn mit dem dementen, sabbernden Entscheider verband, der längst nicht mehr entscheiden konnte. Die Adaptatoren der Verbindung waren verbrannt, und mit ihm der Kopf des Entscheiders und die Hälfte des künstlichen Körpers, den ihm die Jassid der Prokurators gegeben hatten.

Du hast mich erneut getötet, sagte er.

Ich habe dich gerettet, betonte die Instanz noch einmal. Ich habe verhindert, dass dich die Fremden noch einmal benutzen können.

Damit du mich belügen und benutzen kannst, dachte Mebrat. Er dachte es leise, er wollte die Worte für sich behalten, aber die Instanz hörte alles.

»Ich mache dich zum Entscheider«, sagte sie. »Zu einem richtigen Entscheider. Ich gebe dir nicht nur eine Maske. Ich *muss* dich zu einem Entscheider machen, damit du mir helfen kannst.«

Warum?

»Weil es kaum mehr Ressourcen gibt, die ich gegen die vier Interventoren mobilisieren kann, und gegen den fünften, den die Fremden für ihre Zwecke verwenden. Die Atrophie hat damals fast alles zerstört. Mir sind nur sieben Großschiffe geblieben, sieben von tausend, und ich kann sie nicht lenken; deine Fähigkeiten werden dafür benötigt. Und du musst versuchen, die ausgelagerte Letzte Reserve für mich zu finden; sie würde gewiss genügen, um mit den Interventoren fertigzuwerden, und auch mit den Fremden. Kh'smT'p braucht deine Hilfe, Mebrat T'hr'rl. Bist du bereit?«

Bleibt mir etwas anderes übrig?

»Nein.«

EIN NEUER MENSCH

48

Ping

»Hörst du mich, Corwain? Kannst du mich hören?«

Es war eine seltsame Stimme, sie passte nicht zu den anderen, die in seinem Kopf flüsterten, falls er noch einen Kopf hatte, da war er nicht sicher.

»Die Sensoren registrieren eine Reaktion, ich nehme also an, dass du mich hören kannst. Es ist die einzige Wahrnehmung, die ich bisher wiederherstellen konnte. Was die anderen Sinne betrifft, musst du noch ein wenig Geduld haben.«

Es gab nicht nur die Stimme, sondern auch noch andere Geräusche, ein Donnern im Hintergrund, ein Heulen. Corwain hörte es, wusste aber nichts damit anzufangen.

»Ich habe dir versprochen, dich zurückzuholen, Corwain, und ich habe dich zurückgeholt. Allerdings ...«

Tsertser?

»Hast du versucht zu sprechen? Es blieb mir nicht viel Zeit. Ich musste die Interface-Systeme improvisieren – die Mahé und Incera sind dem Markierungssignal gefolgt, und es blieb mir nichts anderes übrig, als mich tiefer in dieses alte Sprechzentrum zurückziehen. Deine physischen Reste habe ich als Köder zurückgelassen; damit ließ sich ohnehin nichts mehr anfangen. Wenn sie sie finden ...«

Wieder donnerte es, aber diesmal klang es anders.

»Hast du das gehört, Corwain?« Eine gewisse Zufriedenheit lag in der Stimme. »Die Falle hat zugeschnappt. Der Dislokator, mit dem ich dich zurückgeholt habe, ist explodiert. Wir sind jetzt zu einem anderen unterwegs; es dürfte besser sein, diesen Ort zu verlassen.«

Mein Körper, dachte Corwain, blutig und zerschnitten, ein Köder? Was ist mit mir? Was ist von mir übrig?

Er gewann den vagen Eindruck von Bewegung.

»Du bist dreißig Minuten tot gewesen, Corwain«, fuhr Tsertser fort. »Du hast ziemlich schlimm ausgesehen. Schlimmer geht es eigentlich kaum. Ich habe versucht, dem toten Gehirn so viele Informationen wie möglich zu entnehmen. Die Aufzeichnung der Nadel ist lückenhaft, aber vielleicht können wir die Lücken mit den extrahierten Daten schließen.«

Ich lebe noch? Und dann dachte er: Natürlich lebst du noch, du Idiot, denn sonst könntest du dir diese Frage gar nicht stellen. Aber du bist nicht Fleisch und Blut, zum Glück, sondern bestehst aus kleinen Datenbrocken, von Tsertser zusammengesetzt.

Etwas veränderte sich an seiner Peripherie, und für einen Moment blitzte es auf, ein kurzes Licht, das ihm Tsertser zeigte, seine aus winzigen sechseckigen Facetten bestehenden Augen, die zitternden Sensorhaare darüber. Dann kehrte die Dunkelheit zurück.

»Allerdings musst du warten, bis wir dies alles hinter uns gebracht haben, Corwain«, sagte der Vrytt. »Du steckst mit deiner Nadel in einem Tiegel, den ich zusammengebastelt habe. Darin solltest du lange genug sicher aufgehoben sein, bis wir das Kosmotop verlassen und zur Kompetenz zurückkehren können.«

Nein, dachte Corwain. Und er rief, mit der ganzen mentalen Kraft seines im Konservierungstiegel gespeicherten Bewusstseins: »Nein!«

»Das habe ich gehört! Du kannst sprechen. Corwain? Es geht nicht anders. Du musst geduldig sein. Erst müssen wir das Problem mit dem Kosmotop lösen. Anschließend bringe ich dich zu einem Brüter. Dann können wir dein Selbst rekonstruieren, so gut es geht, und dir einen neuen Klon-Körper geben.«

So gut es geht? »Nein!«, rief er erneut, so laut, dass er über die Datenverbindung mit den Sensoren die eigene Stimme hörte. Sie drang nicht aus einem Mund, sondern stammte von einem Sprachprozessor. »Ich muss zurück und Solace retten! Ich brauche einen neuen Körper, sofort. Und ich brauche Waffen.«

Waffen, dachte er. Vielleicht ein Messer. Ein besonderes Messer, groß und scharf. Um es Duha Sibal heimzuzahlen. Und er würde es ihm heimzahlen, o ja.

»Corwain ...«

»Ich muss Solace retten, verdammt! Sibal hat sie. Er foltert sie und wird das Gleiche mit ihr anstellen wie mit mir, wenn ich ihn nicht daran hindere.«

»Sibal steckt dahinter? Hat er dich so zugerichtet? Bei den sieben weisen Steinen von Gawahele, du hast wirklich scheußlich ausgesehen.«

»Hol mich aus diesem Ding, Tsertser!« Das Sprechen fiel ihm jetzt etwas leichter, als gäbe es ihm Kraft, die eigene Stimme zu hören, so fremd sie auch klang. »Gib mir einen Körper! Ich muss zu Solace!«

»Corwain, vielleicht verstehst du nicht ganz, in welcher Situation wir uns befinden. Ich bin noch immer auf der Suche nach Jaels Gesandtem. Er bietet die einzige Möglichkeit, etwas gegen die Mahé und Incera zu unternehmen, die auf dem besten Weg sind, das Kosmotop unter ihre Kontrolle zu bringen. Wenn ihnen das gelingt, steuern sie es in den galaktischen Kern, wo es zu einem gewaltigen Gravitationsbeben kommen wird, das die Maschinenzivilisationen zerstören soll. Die Koryphäen sind unsere einzige Chance, und nur der Gesandte kann sich mit ihnen in Verbindung setzen. Ich bin von ihm getrennt worden, als die Instanz plötzlich ihren Einfluss verlor und er die Verbindung zu ihr. Es steht mehr auf dem Spiel, Corwain. Es geht um mehr als nur um Solace, tut mir leid.«

Diesmal nicht, dachte Corwain. Für mich nicht mehr.

»In diesem Sprechzentrum herrscht ein ziemliches Durcheinander«, sagte Tsertser. »Und vielleicht haben einige Mahé überlebt; ich glaube, ich werde verfolgt. Ich muss mich darauf konzentrieren, den nächsten Dislokator zu finden und meine Spur zu verwischen. Tut mir leid, alter Freund, ich schalte das Interface jetzt aus.«

»Nein!«, rief Corwain. »Hör mir zu, Tsertser! Ich muss Solace retten!«

»Es geht um die ganze Galaxis, Corwain, um nicht weniger. Wir sehen uns wieder, wenn …«

»Ich weiß, wo sich die Letzte Reserve befindet!«

»Was?«

Das Gefühl von Bewegung, so vage es auch sein mochte – es hörte auf. Tsertser blieb stehen, irgendwo in dem alten, halb zerstörten Kommunikationszentrum.

»Was hast du gesagt?«, fragte der Vrytt.

Corwain hatte verzweifelt nach irgendeiner Möglichkeit gesucht, Tsertser umzustimmen, ihn daran zu hindern, den Tiegel in den passiven Modus zu schalten und ihn in den Schlaf zu zwingen.

»Ich bin dort gewesen«, sagte er laut und hörte seine Sprachprozessorstimme wie ein Echo. »Ich habe sie gesehen, die Letzte Reserve, all die Waffen und Schiffe. Genug, um die Mahé und Incera zu schlagen. Genug, um das Kosmotop zu kontrollieren.«

Das Gefühl der Bewegung kehrte zurück, etwas stärker jetzt – vielleicht lief der Vrytt.

»Kennst du die Dislokatorkoordinaten? Der Gesandte hat lange nach ihnen gesucht. Wir haben einen großen Teil des Dislokatornetzes kartografiert, aber keinen Zugang zur Letzten Reserve gefunden.«

»Ja, ich kenne die Koordinaten«, log Corwain. »Aber zuerst …« Ihm fiel etwas ein, Worte, die der Administrator der Letzten Reserve an ihn, den vermeintlichen Sprecher des Imaginariums, gerichtet hatte. »Bring mich zuerst zu den Dimah. Ich habe mit dem Administrator der Letzten Reserve gesprochen und von ihm erfahren, dass die Bioarchitekten der Dimah Strukturschäden durch Dislokatorunfälle, wie ich einen hatte, heilen können. Vielleicht sind sie imstande, mir einen neuen Körper zu geben.«

»Nenn mir die Koordinaten, Corwain. Wir brauchen die Letzte Reserve jetzt sofort.«

»Weißt du, wo sich die Dimah befinden?«, rief Corwain in der Dunkelheit des Tiegels, und der Sprachprozessor wiederholte die Worte, damit Tsertser sie hörte.

»Ja, ich denke schon. Aber …«

»Kein Aber, Tsertser. Bring mich zu den Bioarchitekten, und sorg dafür, dass sie mir Hände geben, die Waffen halten können. Und Beine, mit denen ich zu Solace laufen kann, und zu Sibal.«

49

Er bekommt Hände, und auch Beine.

Sein Geist, ein jahrhundertealtes Bewusstsein, verfügt über fertig ausgebildete mentale Strukturen, von Erfahrung geformt: ein Selbst, ein Individuum, das achtzehn Leben geführt hat und jetzt sein neunzehntes beginnt. Doch dieses neunzehnte Leben, das spürt Corwain schon zu Beginn, wird anders sein. Es kündigt sich mit Schmerz an, nicht von einem Brüter gedämpft, als wollte es ihn darauf hinweisen, was ihn erwartet: ein schwerer Weg, voller Hindernisse. Und der Schmerz, der ihm beim Sterben erspart blieb, ist die erste Hürde, die es zu überwinden gilt. Er schreit, als Nerven wachsen, wie in Feuer getaucht, als sich Muskeln bilden, in der Glut einer Schmiede, unter den wuchtigen Schlägen eines Hammers. Er schreit mit der Stimme des Geistes, die niemand hört, als sich Knochen dehnen und strecken, ein Gerüst für das Fleisch des Körpers, für die Organe in seinem Innern. Hier gibt es keine von einer künstlichen Intelligenz überwachten Sicherheitsvorkehrungen, die ihn vor dem Trauma der Neugeburt schützen. Er erlebt jede Phase, und er erlebt sie mit besonderer Intensität, da jede einzelne seine ganze Wahrnehmung beansprucht. Um sich abzulenken vom Brennen und Stechen, vom Zerren und Reißen, mit dem sich Zellen teilen und Organe bilden – das Wachstum der Lunge scheint den Brustkorb sprengen zu wollen, die Rippen müssen sich dehnen, und er glaubt, ihr Knacken zu hören, obwohl er noch keine Ohren hat –, gibt er sich Gewaltfantasien hin, die ihn, den Mann des Friedens, durch ihren Detailreichtum erstaunen, der unter anderen Umständen erschreckend gewesen wäre. Jetzt ist jede blutige Einzelheit eine Quelle von Genugtuung und Zufriedenheit. Er umgibt sich mit diesen Bildern, er bedeckt die Wände seiner geistigen Welt mit ihnen. Er hat Solace hundertmal gerettet und Duha Sibal tausendmal getötet, als die Wände mit den Bildern der Gewalt schließlich bröckeln, weil hinter ihnen eine andere Welt entstanden ist, die erforscht und erkundet werden will.

Er öffnet die Augen und beginnt sein Leben als Corwain Tallmaster, der kein Mann des Friedens mehr ist, keine Zahl mehr hat und vor allem an eins denkt: mit der einen Hand ein Leben zu retten und mit der anderen eins auszulöschen. Das ist seine neue Mission: zu töten. Und dafür braucht er Waffen.

Er weiß, wo er welche finden kann.

50

Wind pfiff und heulte hier oben, wirbelte Schnee und Eissplitter wie Schrapnell. Trotzdem hörte er ganz deutlich, wie sich die stählernen Spitzen der Stiefel mit einem dumpfen Knirschen ins Eis der Stufen bohrten, die an der steilen Gletscherwand nach oben führten – die Neugeburt hatte ihm geschärfte Sinne gegeben. Er hörte auch die Stimme des einige Meter unter ihm kletternden Tsertser, mithilfe des halb in seinen Nacken integrierten Kommunikationsmoduls.

»Ich verstehe nicht, warum du noch einmal hinaufwillst«, sagte der Vrytt. »Der Aufstieg ist mühsam, wir hätten einen Luftwagen nehmen können. Und überhaupt, was gibt es dort zu sehen, außer den alten Türmen?«

Vielleicht will ich hoch, weil ich mich dadurch lebendig fühle, weil ich meinen neuen Körper dann noch deutlicher spüre.

Vielleicht wollte er hoch, weil etwas in ihm glaubte, Solace dort oben auf dem Gletscher näher zu sein. Für diese Annahme gab es einen guten Grund.

Corwain trug nur einen dünnen Mantel über der schlichten grauen Kleidung, die von den Dimah stammte, und er hatte nicht einmal den Kragen hochgeklappt. Die Kälte machte ihm nichts aus, und die Anzahl der Stufen spielte keine Rolle; seine Kraft schien unerschöpflich zu sein. Welch ein Unterschied zu dem anderen, durch den Dislokatorunfall veränderten Körper, der zwar schmerzunempfindlich gewesen, aber immer schwächer geworden war. Tsertser hingegen hatte sich in einen dicken Thermoanzug gehüllt, der ihm genug Wärme schenkte; andernfalls wäre der Insektomorph in der Kälte erstarrt. Seine Tracheen atmeten durch eine die Luft erwärmende Membran, und Corwain hörte ihr leises Zischen, selbst unter der Thermokleidung.

»Wie lange noch, Tsertser?«, erwiderte Corwain, anstatt die Frage zu beantworten.

»Noch zwei Tage, sieben Stunden und dreizehn Sekunden Standardzeit«, sagte der Vrytt, der einen Blick auf sein Chronometer geworfen hatte. »Dann beginnt der Dislokator unten in Uane einen neuen Aktivitätszyklus.«

»Wir haben also Zeit genug.«

»Wir könnten uns ausruhen«, sagte Tsertser. »Wir könnten versuchen, Zugriff auf die Bibliotheken der Dimah zu erlangen, um mehr über sie und diese Welt herauszufinden. Es gäbe viele Möglichkeiten, die beiden Wartetage auf eine nützliche Weise zu verbringen. Warum dies?«

»Ich weiß genug über die Dimah. Ich weiß, dass sie mir einen neuen Körper gegeben haben, der gut funktioniert, und das genügt mir.«

Corwain kletterte weiter, lauschte dem Knirschen der Stahlspitzen im Eis, hörte die Stimme des Winds, fühlte die Schneeflocken und Eissplitter in seinem neuen, glatten Gesicht und sah oben den Rand des Gletschers. Es war nicht mehr weit.

»Das klingt nicht nach dem Corwain Tallmaster, den ich kenne«, kam weiter unten Tsertsers Stimme aus dem Schneetreiben. »Du hast immer großes Interesse an den Völkern und Kulturen gezeigt, denen du begegnet bist. Wo ist der Pazifikator geblieben?«

Diese Frage stellte der Vrytt nicht zum ersten Mal, und jedes Mal klang er dabei besorgter.

»Er steckt tief in mir drin«, sagte Corwain und erstieg die

nächsten Stufen noch schneller, ohne dass die Beine erlahmten. »Er schläft. Ich habe ihn schlafen gelegt, Tsertser, und ich wecke ihn wieder, wenn alles vorbei ist.«

»Hoffentlich gelingt dir das. Hoffentlich schläft er nicht so tief und fest, dass er gar nicht mehr erwachen kann.«

Corwain erreichte die letzte Stufe, und unter dem nächsten Schritt knirschte der Schnee auf dem Gletscher. Dort ragte der Turm auf, nur wenige Hundert Meter entfernt. Besser gesagt: seine Spitze, denn der größte Teil steckte im Eis des Gletschers. Er breitete die Arme aus und drehte sich langsam, genoss Wind und Kälte, blickte nach oben und blinzelte im Schein der wenigen noch funktionierenden künstlichen Sonnen, deren Licht den Tanz von Schnee und Eis durchdrang. Es war ein blasses Licht, vom Schneegestöber gefiltert, aber er blinzelte trotzdem, denn seine Augen waren empfindlicher als früher, sie sahen mehr, selbst in Schatten und Dunkelheit.

Bei ihrem ersten Ausflug hierher hatte es nicht geschneit, und jenseits der Dutzend künstlichen Sonnen am Himmel – früher mussten es hundert gewesen sein, vielleicht noch mehr – war ein schwaches Glühen zu sehen gewesen, das aus dem Intraraum des Kosmotops stammte. Vor diesem Glimmen hatte sich eine nahe Dyson-Sphäre abgezeichnet, eine dunkle Halbkugel, die ein Viertel des Firmaments einnahm und Trus enthielt, wie Corwain von Tsertser erfahren hatte, die Zentralwelt des Kosmotops, den Planeten, auf dem alles begonnen hatte. Trus und das Imaginarium. War das der Grund, der Corwain veranlasst hatte, noch einmal hierherzukommen? Weil er die Absorptionssphäre sehen wollte, in der sich Solace und Duha Sibal befanden? Vielleicht. Es war sehr verlockend gewesen, das Ziel so nahe zu sehen, durchaus erreichbar für eins der Schiffe, die den Dimah zur Verfügung standen. Aber was dann? Selbst wenn es ihnen gelungen wäre, eine Schleuse oder eine Lücke zu finden und ins Innere der

Dyson-Sphäre zu gelangen ... Seine neuen Hände allein, so stark sie auch sein mochten, genügten nicht, um sich den Weg freizukämpfen. In diesem Fall führte ein Umweg schneller zum Ziel.

Wind und Neuschnee hatten die vor einem Tag zurückgelassenen Spuren verwischt, doch Corwain glaubte sie trotzdem im Weiß zu sehen, so gut war sein Gedächtnis. Er stapfte dem Turm entgegen. »Wie hoch ist er, hast du gesagt?«

»Der Turm?« Tsertser hatte ebenfalls das Ende der Eistreppe erreicht und kletterte über den Rand des Gletschers. »Fast einen Kilometer. Was wir hier sehen ...«

»Ist nur die Spitze, ich weiß.« Corwain wartete, bis der Vrytt zu ihm aufgeschlossen hatte. »Ein gewaltiger Turm, vom Eis umschlossen, als viele der künstlichen Sonnen dieser Welt der Atrophie zum Opfer fielen. Und das Eis nahm diesen Turm, Teil einer Stadt, und trug ihn mit sich auf seiner Wanderung über die kalt gewordene Oberfläche dieser Welt, seit ...?«

»Seit Jahrmillionen, Corwain. Seit diese Welt vereiste und sich die Dimah unter die Oberfläche zurückzogen.«

Sie gingen dem Turm entgegen. »Warum haben sie ihre Welt damals nicht repariert und die zerstörten künstlichen Sonnen ersetzt?«, fragte Corwain.

»Das könnten wir erfahren, wenn wir uns die Bibliotheken der Dimah vornähmen. Wenn es dich wirklich interessiert ...«

Nein, eigentlich interessierte es ihn nicht. Es war eine Frage, die ihm gerade eingefallen war, und es gab andere, die ihm durch den Kopf zogen, aber sie alle hatten keine echte Bedeutung. Wichtig waren nur Solace und Duha Sibal.

»Seit Jahrmillionen«, wiederholte er. »Seit so langer Zeit trägt das Eis diesen Turm ...«

»Natürlich nicht in einem Stück«, sagte Tsertser. »Er ist zweifellos zerbrochen. Das Eis unter uns enthält kein intaktes Gebäude, sondern Fragmente. Corwain ...«

»Fragmente«, murmelte Corwain und stapfte dem Turm entgegen, der grau und weiß, von Eis verkrustet, vor ihm aufragte. »Bruchstücke, gesplitterte Vergangenheit ...«

»Wir müssen miteinander reden, Corwain.«

Ein kleines Alarmsignal erklang in Corwain. »Das tun wir bereits.«

»Nein, Corwain. Wir müssen ...«

»Du hast mir gesagt, dass die Dimah gar nicht wissen, was der Turm enthält, oder die Reste der Städte, die wir gesehen haben«, sagte Corwain schnell. »Vielleicht gibt es hier einen funktionierenden Dislokator. Vielleicht brauchen wir gar nicht zwei Tage auf den Transfer zur Letzten Reserve zu warten.«

Der Wind hörte auf, als sie den Turm erreichten. Letzte Schneeflocken tanzten, sanken zu Boden und gaben den Blick frei über die Oberfläche von Dimah. Eine weiße Welt erstreckte sich vor ihnen, mit den buckligen Rücken von Riesen: gewaltige Berge aus Eis, Hunderte von Kilometern lang. Mit seinen neuen, schärferen Augen sah Corwain Ruinen, die auf anderen Gletschern aus dem Eis ragten, und die Überbleibsel einer Stadt, nicht weit von dem Trichter entfernt, der sich wie ein riesiger Bombenkrater neben ihr öffnete und nach Uane hinabführte. Helles Licht kam aus dem Zugangstrichter und strich über Schnee und Eis. Corwain blickte zu den Wolkenlücken hoch und an dem matten Glühen einer künstlichen Sonne vorbei zum dunklen Rund der Dyson-Sphäre. Dort ist sie, dachte er. Und dort ist auch er.

»Du weißt, was ich meine, Corwain«, sagte Tsertser. »Ich habe mit den Bioarchitekten gesprochen. Sie ...«

Corwain fand die Öffnung in der Flanke des Turms und winkte. »Komm, gehen wir auf Entdeckungstour. Vielleicht gibt es hier tatsächlich einen Dislokator.« Etwas anderes fiel ihm ein. »Oder Kommunikations- und Datenbankanschlüsse. Vielleicht entdecken wir eine Möglichkeit für dich, deine Suche nach dem Gesandten fortzusetzen.«

Er kletterte durch den Riss und die Trümmer dahinter, bevor Tsertser antworten konnte. Der Wind hatte Schnee hereingeweht, aber nach den ersten Metern gab es nur noch Eis. Corwain schaltete die Lampe ein, die er mitgenommen hatte. Weiter hinten, neben zwei geborstenen Säulen, schien eine Treppe nach unten zu führen. Sofort hielt er darauf zu.

»Bleib stehen, Corwain.«

Er blieb nicht stehen, er wurde noch schneller, und so gut seine neuen Augen auch sahen, einmal rutschte er auf dem Eis aus und wäre fast gefallen.

»Hör auf mit dem Unsinn, Corwain. Sei vorsichtig; du könntest dich verletzen.« Tsertser kletterte zwischen den Trümmern und erschien im Licht der Lampe. »Wenn du dich verletzt, müssen die Bioarchitekten vielleicht eine neue Behandlung vornehmen, und das würde uns noch mehr Zeit kosten.«

Corwain verharrte am Rand einer Öffnung im Boden. Es führten tatsächlich einige Stufen in die Tiefe, aber der Rest der Treppe existierte nicht mehr. Der Treppenschacht war ein schwarzes Loch, unergründlich tief.

»Und jetzt?«, fragte Tsertser. »Willst du dich in die Tiefe stürzen, um meinen Fragen zu entkommen?«

»Das ist Unsinn, Tsertser.«

»Glaubst du? Du weichst mir ständig aus.« Mit einem mehrgelenkigen Arm deutete der Vrytt auf die Trümmer im Innern des Turms und das Spiel aus Licht und Schatten zwischen ihnen. »Dieser Ort ist so gut wie jeder andere. Hier reden wir. Es sei denn, du willst springen.« Er deutete in die finstere Tiefe.

Corwain fühlte Unbehagen. Plötzlich wünschte er sich nach draußen, dorthin, wo er den Himmel sehen konnte, die künstlichen Sonnen und die Dyson-Sphäre mit Trus in ihrem Innern.

Mit einigen raschen Schritten wollte er an dem Vrytt vorbei, doch Tsertser versperrte ihm den Weg.

»Ich bestehe darauf, Corwain. Wir müssen das eine oder andere klären.«

»Warum? Es ist doch alles klar. In zwei Tagen, wenn sich der Dislokator in Uane wieder öffnet, lassen wir uns von ihm zur Letzten Reserve bringen. Dort rüsten wir uns mit Waffen aus, mit allem, was notwendig ist, und dann machen wir uns auf den Weg nach Trus, wo wir Solace befreien und Duha Sibal töten.« Corwain lauschte dem Klang der eigenen Worte. Sie gefielen ihm. Es fehlten die Einzelheiten, die blutigen Details, die er sich immer wieder ausgemalt hatte, aber damit hätte Tsertser kaum etwas anfangen können.

»Du hast mir von dem Habitat mit den Kontemplaten erzählt, von dem halluzinogenen Agens, das vielleicht als Bindeglied bei der Symbiose zwischen Kontemplaten und den Bewohnern der dortigen Städte wirksam war. Die ›fremden Stimmen‹ in deinem Kopf waren vermutlich das Ergebnis einer beginnenden Symbiose, und ich nehme an, nur deshalb hat der Administrator der Letzten Reserve dich als ›Sprecher‹ erkannt.«

Corwain hörte zu und dachte: Nur noch zwei Tage, Solace; halte durch.

»Du steckst jetzt in einem neuen Körper, Corwain. Was auch immer das halluzinogene Agens vorher mit deinem Gehirn angestellt hat – *dieses* Gehirn ist davon unbeeinträchtigt. Der ALR gibt dir vielleicht nicht, was du von ihm willst. Möglicherweise versteht er dich nicht einmal.«

»Er wird mich hören und verstehen«, sagte Corwain. »Wir holen uns Waffen und befreien Solace.«

»Corwain …«

»Lass mich vorbei. Lass mich gehen.«

»Nein!« Die Sensorhaare des Vrytt bewegten sich wie von

plötzlichem Wind erfasst, und seine großen Augen fingen das Licht der Lampe ein, spiegelten es wider. »Du wirst mir hier Rede und Antwort stehen, und auch dir selbst.« Tsertser griff in eine Tasche seines Thermoanzugs und holte zwei Gegenstände hervor. »Kennst du das hier?«

Das eine Objekt glänzte silbern, war etwa sieben Zentimeter lang und kaum dicker als ein Haar. Eine Nadel. *Seine* Nadel, begriff Corwain. Der zweite Gegenstand …

»Das ist ein Datenmodul. Oh.« Eine Erinnerung stieg in ihm auf. »Es ist eins der vier Datenmodule von Jael-cres. Und die Nadel … Gib sie mir. Sie gehört mir.«

Tsertser ging nicht darauf ein. Sein Blick blieb auf Corwain gerichtet, als er die beiden Gegenstände wieder einsteckte.

»Du hast nicht einmal danach gefragt, Corwain. Es interessiert dich gar nicht.«

»Natürlich interessiert es mich. Aber es gibt wichtigere Dinge, findest du nicht?« Corwain streckte die Hand aus. »Die Nadel. Sie gehört mir.«

»Sie steckt nicht in deinem Rücken, Corwain.« Tsertser schenkte der leeren Hand keine Beachtung. »Was auch immer jetzt mit dir geschieht: Die Nadel zeichnet dein Selbst nicht mehr auf.«

»Und wenn schon.«

»Die Bioarchitekten haben aus den Daten der Nadel deinen genetischen Code rekonstruiert«, fuhr Tsertser fort. »Ich bin ihnen dabei behilflich gewesen. Sie haben einen Flagellaten der Basismasse genommen, ihn mit deinem Code programmiert und die Gedächtnisstrukturen hinzugefügt, die ich deinem Gehirn entnehmen konnte.«

»Einen Flagellaten?«

Tsertser zögerte. »Hast du das *vergessen,* Corwain? Ich habe es dir gezeigt, vorgestern, nach deinem Erwachen. Wir sind beim Becken gewesen …«

Beim Becken, ja. Die Stimme des Vrytt schien zurückzuweichen und immer leiser zu werden, als sich Corwain erinnerte, an das runde Becken – eins von vielen in Uane – mit der graubraunen Masse des Taxons, aus dem die Bioarchitekten ihre Basismasse gewannen. Ein Flagellat, dachte er. Ich bin aus einer Amöbe entstanden. Ich bin der Ableger eines globalen subplanetaren Schleimpilzes.

Die Schatten am Rand des Lichtscheins bewegten sich, begannen zwischen den Trümmern umherzukriechen. Corwain merkte, dass seine Hand zitterte. Er versuchte, sie ruhig zu halten. Es war nicht seine Herkunft, die ihn beunruhigte – die ursprüngliche Beschaffenheit der organischen Materie, aus der sein neuer Körper gewachsen war, spielte keine Rolle; die Brüter der Letzten Menschen verwendeten Protozoon als Ausgangsmaterial –, sondern der Umstand, dass er den Abstecher zum Becken vergessen hatte.

»Ich erinnere mich«, erwiderte er, ohne sich etwas anmerken zu lassen.

»Was ich sagen will, Corwain: Du bist kein Klon, sondern eine Nachbildung, ein Abbild, eine unvollständige Kopie. Die Nadel hat nicht alles aufgezeichnet; nach dem Dislokatorunfall, der deinen Körper veränderte, konnte sie das auch gar nicht. Und als ich dich aus dem Transfernetz geholt habe, warst du schon etwa dreißig Minuten tot. Deine Gehirnzellen enthielten nicht mehr alle Informationen. Du konntest nicht ganz wiederhergestellt werden, Corwain. Du lebst, du stehst vor mir, du hast den vitalen, gesunden, kräftigen Körper eines Fünfundzwanzigjährigen, und du siehst aus wie ein Mensch, aber du bist keiner. Du reagierst anders. Du denkst und fühlst anders.«

»Hältst du mich für verrückt?«, unterbrach Corwain den Vrytt verärgert.

»Du hast ein schweres Trauma hinter dir«, sagte Tsertser. »Es hat dich verändert. Was Duha Sibal mit dir gemacht hat … Es muss schrecklich gewesen sein.«

Es war schrecklich, ja, dachte Corwain. Vor allem für Solace, die hilflos dabei zusehen musste.

»Ich behalte die Nadel«, fügte Tsertser hinzu. »Bei mir ist sie gut aufgehoben. Ich behalte sie, bis wir das Kosmotop verlassen und einen Brüter erreichen, der dir einen neuen Klon-Körper geben kann. Und das, alter Freund, wird eine Weile dauern.«

Corwain sah ihn fragend an.

»Du bist horizontgebunden, Corwain, auf eine besondere Weise. Es genügt nicht, dir eine neue Signatur zu geben, damit du durch eine Strukturlücke den Ereignishorizont passieren kannst. Tamadur Jawl hat es mir erklärt.«

Das, erinnerte sich Corwain, war der Name des Bioarchitekten, der seinen neuen Körper erschaffen hatte.

»Es liegt an der Synchronstrahlung, die dem Intraraum des Kosmotops das schwache violette Leuchten gibt«, fuhr Tsertser fort. »Sie geht von der Dyson-Sphäre mit Trus aus und synchronisiert in erster Linie die Antriebskräfte der Anomaliemotoren. Das war ihre Hauptaufgabe, ganz zu Anfang, als sich das Kosmotop auf den Weg durchs Universum machte. Als es wuchs, als es immer mehr sammelte, diente sie auch zur Synchronisation des energetischen Gleichgewichts. Stell dir die Synchronstrahlung als einen Taktgeber vor, der den energetischen Herzschlag des Kosmotops steuert und dafür sorgt, dass es stabil bleibt.«

»Ja?« Corwain hörte die Worte und erinnerte sich undeutlich an einen Eindruck, den er mit seiner Master-Fähigkeit gewonnen hatte, von einem synchronisierenden Faktor, der ein Gleichgewicht im Innern des Kosmotops bewahrte.

Tsertsers Beißkiefer klickten leise, sein Äquivalent eines Seufzens.

»Im Lauf der Jahrmillionen ist die Intraraum-Strahlung zum

Großen Synchronisator geworden, Corwain. Dein Körper hat ein beschleunigtes Wachstum hinter sich. Die Zellen kopieren und bilden nach, haben noch keine feste eigene Struktur. Auch sie brauchen die Synchronstrahlung, um sich zu stabilisieren.«

Corwain begriff, was der Vrytt meinte. Er verstand es auf einer rein intellektuellen Ebene, ohne sich davon berührt zu fühlen. Seine neue Mission blieb davon unbetroffen.

»Ohne die Strahlung würdest du auseinanderfallen. Deshalb musst du im Kosmotop bleiben.«

»Wie lange?«, fragte Corwain, als der Vrytt schwieg, ihn ansah und offenbar etwas von ihm erwartete.

»Zwischen ein und fünf Jahren Standardzeit. Vielleicht länger.«

Corwain nickte. »Danke für den Hinweis. Ich werde es mir merken. Können wir jetzt gehen? Ich möchte nach draußen zurück.«

Tsertser breitete die Arme aus, versperrte ihm erneut den Weg. »Ich habe schon gestern versucht, dich darauf hinzuweisen, Corwain. Du wolltest nichts davon hören. Und vorhin hast du über meine Suche nach dem Gesandten gesprochen.«

»Ja?« Corwains Ungeduld wuchs.

In der Dunkelheit jenseits des Lichts knackte etwas, und Corwain leuchtete mit der Lampe. Ihr Schein vertrieb die Finsternis und wanderte über eisverkrustete Trümmer. Nirgends rührte sich etwas. Alles blieb in Kälte erstarrt.

»Du fühlst dich meiner Mission nicht verpflichtet«, sagte Tsertser. »Sie interessiert dich überhaupt nicht. Der Gesandte, der im Namen der Koryphäen eine Vereinbarung mit der Instanz schloss … Wenn wir ihn finden, könnten wir verhindern, dass das Kosmotop in den galaktischen Kern gelenkt wird und dort eine Katastrophe auslöst. Wir könnten die Mahé und Incera aus dem Kosmotop vertreiben. Aber dir geht es nur um Solace. Du denkst an nichts anderes mehr. Wir sind die Kompetenz,

Corwain! Wir dürfen nicht nur einzelne Personen sehen; uns geht es um das Wohl ganzer Völker.«

»Ich gehöre nicht mehr zur Kompetenz«, erwiderte Corwain. »Hat dir der Gesandte das nicht mitgeteilt? Hat er dir nicht erzählt, was auf Harvinga geschehen ist? Er muss davon erfahren haben, wenn er mit Jae-al-Escoe-Hoivinio-tan-Mauleon-Caliquire-tan-Nesluzan in Verbindung stand. Die Kompetenz hat dem Druck der Mahé nachgegeben und mich hinausgeworfen …«

»Corwain …«

»Nein, jetzt hörst du *mir* zu.« Er spürte einen inneren Druck, der ihn an den anderen, vom Dislokator veränderten Körper erinnerte. Diesmal erzeugten Worte den Druck, Worte, die sich in ihm angesammelt hatten und sich Luft verschaffen wollten. »Die Veritas hatte recht vor hundert Jahren, als sie einen Vierten Feldzug gegen die Incera verlangte, und wir hätten längst etwas gegen die Mahé unternehmen sollen. Wenn wir auf sie gehört hätten, wären wir jetzt nicht in dieser Situation. Sie ist tot. Hast du das gewusst, Tsertser? Rahel Rahelia $_{29}$Kinmaster, letzter Pattern-Master, lebt nicht mehr. Vielleicht hat Duha Sibal sie umgebracht, ich weiß es nicht. Vielleicht hat er sie gefoltert, denn wenn ich es richtig verstanden habe, sollte sie das Imaginarium für ihn öffnen, damit er und seine Incera-Freunde das ganze Kosmotop kontrollieren können. Sie ist tot, und Solace soll ihren Platz einnehmen. Er wird sie ebenfalls foltern, wenn sie sich weigert, ihm zu helfen, und schließlich wird er sie töten.«

»Corwain …«

»*Hör mir zu!* Rahelia hat von Mustern gesprochen, Jael-cres von Entwicklungen und Algo-Stochastik. Er hat mir die Zusammenhänge beschrieben, ich weiß, worum es geht, ich kenne die Verbindungen. Das Schicksal der Galaxis, nicht weniger als das, wie du gesagt hast. Aber weißt du was? Es ist mir völlig egal!«

Corwain rief diese Worte. Sie sprangen zwischen die Trümmer des alten Turms, fielen in den dunklen Treppenschacht und verschwanden tief unten. »Alle Mächte in der Milchstraße glauben, sich irgendwie ein Stück von der Torte namens Kosmotop abschneiden zu können oder zu müssen. Sie alle nehmen teil an diesem absurden, grotesken Theater und scheinen sich gegenseitig an Egoismus übertreffen zu wollen.«

»Nicht die Kompetenz!«, warf Tsertser ein. »Wir …«

»Warum hast du wohl die letzten siebzehn Jahre mit dem Gesandten im Kosmotop verbracht? Damit Koryphäen und Kompetenz das größte Stück vom Kuchen bekommen! Die Wahrheit lautet: Man hat dich benutzt und mich auch. Es gibt nur einen Unterschied zwischen uns: Du gibst dich weiterhin Illusionen hin, und ich habe meine aufgegeben. Du hast recht, es geht mir um Solace. Ich will nicht, dass sie stirbt. Ich will nicht, dass sie in Dunkelheit gefoltert wird. Duha Sibal soll für dies alles büßen! All die Muster und algo-stochastischen Entwicklungstendenzen können mir gestohlen bleiben. Ich werde Sibal töten, und alle, die sich mir dabei in den Weg stellen.« Corwain hob die Hand. »Das schwöre ich hier und heute, so wie Sibal geschworen hat, *mich* zu töten. Ich schwöre, dass ich Solace rette und den Großthan der Mahé umbringe!«

»Du stellst dich auf eine Stufe mit ihm.«

»Und wenn schon.«

»Corwain Tallmaster, der Mann des Friedens, der beste Pazifikator, den die Kompetenz je hatte …«

»Duha Sibal hat den Mann des Friedens getötet«, sagte Corwain. »Er hat ihn in Stücke geschnitten. Dies hier …« Er klopfte sich auf die Brust. »… ist ein Mann des Krieges. Du hast gesagt, dass wir das eine oder andere klären müssen. Lass uns diesen Punkt klären, nachdem ich dir meinen Standpunkt verdeutlicht habe: Bist du bereit, mir zu helfen?«

Tsertsers Sensorhaare bewegten sich erneut wie im Wind. »Wenn du wirklich weißt, wo sich die Letzte Reserve befindet …«

»Du kennst die Koordinaten.«

»Du hast sie mir nicht genannt, Corwain.«

»Du kennst sie«, beharrte er. »Auf der Suche nach dem Gesandten hast du mich aus dem Transfer geholt. Der Ausgangspunkt ist das Habitat mit der Letzten Reserve. Und wenn du die Koordinaten nicht mehr kennst … Sie müssten in der Nadel gespeichert sein.«

»Die Letzte Reserve befindet sich in einem *Habitat?* Wie kann das möglich sein, Corwain? Die Instanz hätte sie längst gefunden.«

»Es ist ein vom Atrophiekrieg zerstörtes Habitat, und die Reserve befindet sich nicht *darin,* sondern in einer Auslagerung, die man durch das Habitat erreichen kann. Also, bist du bereit, mir zu helfen, ohne Wenn und Aber?«

»Wenn du mir – der Kompetenz – anschließend die Kontrolle über die Letzte Reserve übergibst.«

Corwain neigte den Kopf. »Du bekommst von mir, was du willst, wenn Solace gerettet und Sibal tot ist. Dann habe ich meine Mission erfüllt.«

51

»Ist es nicht seltsam, dass die Dimah nie versucht haben, an die Oberfläche ihrer Welt zurückzukehren?«, fragte Tsertser, während die Plattform sie durch Uane trug. »Oder dass die beim Atrophiekrieg zerstörten künstlichen Sonnen nie repariert oder ersetzt wurden, um Schnee und Eis zu vertreiben? Die Dimah zogen sich damals ins Innere ihrer Welt zurück und blieben dort bis heute.«

Tamadur Jawl, der ebenfalls auf der Plattform stand, sagte etwas, das Corwain nicht verstand und auch gar nicht verstehen wollte. Er hatte das Kommunikationsmodul in seinem Nacken ausgeschaltet, um ungestört nachzudenken, aber leider vermied es der neugierige und wissbegierige Tsertser nicht, immer wieder rhetorische Fragen an ihn zu richten.

Unter ihnen glitt die Stadt Uane dahin, eine Metropole, die sich über Hunderte von Kilometern durch gewaltige Höhlen und ausgedehnte Tunnelsysteme erstreckte und hauptsächlich aus semiorganischen gelbbraunen Blasen und Buckeln bestand, viele voller Pusteln, in denen neue Dimah heranwuchsen, die meisten von ihnen für ein Leben in der Stadt auf dem Boden bestimmt. Aber jedem fünften oder sechsten Neugeborenen stand nach einigen Jahren gewöhnlichen Wachstums eine Metamorphose bevor, die den Betreffenden Flügel geben und sie in Himmels-Dimah verwandeln würde, woraufhin sie umzogen nach Sluque, in eine der Waben an der hohen Felsendecke. Oder sie bekamen zusätzliche Gliedmaßen, dünn und geschmeidig, die sie zu hoch angesehenen Kletterern machten, zu manuellen Erntern, die hinabstiegen zu Dimah'lh, dem globalen subplanetaren Myxomyzeten, und seine Knospen ernteten, das Wertvollste, das der planetengroße Schleimpilz zu bieten hatte.

Dimah'lh bedeutete »weltumspannendes Leben«, und die Dimah waren »Kinder von Dimah'lh«. Irgendwann während der vergangenen Tage hatte Corwain einmal gedacht: Vielleicht gibt oder gab es auch hier eine Symbiose wie im Habitat mit den Dendritenbäumen der Kontemplaten. Einzelheiten hätten ihn früher sehr interessiert, in diesem Punkt hatte Tsertser zweifellos recht. Aber jetzt betrafen sie ihn nicht, es gab einfach keine Verbindung mehr zwischen dieser Welt und ihm. Was hier geschah, berührte ihn nicht; selbst der Beobachter in ihm warf nur einen kurzen Blick darauf und vergaß das Geschehene anschließend sofort wieder. Nur eins interessierte ihn, nur eins zählte: Die Wartezeit ging zu Ende. Bald begann einer der beiden noch funktionsfähigen Dislokatoren der Dimah einen neuen Aktivitätszyklus, und dann konnten sie die Letzte Reserve erreichen. Von dort aus ging es weiter nach Trus. Ich bin unterwegs, Sol, dachte er, während er nach vorn blickte, zu einem der großen Schächte, die zu Dimah'lh hinabführten. Halte noch etwas länger durch.

Über dem Schacht wies der steinerne Himmel von Uane ein großes Loch auf, und durch dieses Loch kamen Schiffe: mehrere kleine, die wie goldene Schneeflocken mit mehr als fünfzig Meter langen Zacken aussahen, und ein großes, ein Transporter, der Flagellaten, Knospen und Strukturmasse aufnehmen sollte, Rohmaterial für die Kolonien der Bioarchitekten in den Habitaten des Kosmotops. Es kamen noch immer Besucher nach Uane, was sicher einer der Gründe war, warum Fremde wie Tsertser und Corwain bei den Dimah kein Aufsehen erregten.

Die Raumschiffe sanken dem Empfangsareal entgegen, das sich nicht weit vom Zugang zu den alten Installationen erstreckte. Als die Plattform ihren Flug dorthin fortsetzte, hörte Corwain das Summen der Gravitationskissen, auf denen die Besucher aus anderen Teilen des Kosmotops ruhten. Die goldenen Schneeflocken … Es waren Schiffe der Jassid. Zu welcher Fraktion gehörten sie? Zu der Gruppe, die sich mit den Mahé und Incera verbündet hatte? Oder zu den anderen, die der »Instanz« treu geblieben waren?

Für einige Sekunden dachte Corwain wieder an die größeren Zusammenhänge, an die Entwicklungen innerhalb und außerhalb des Kosmotops, an die Pläne, Manipulationen und Machtspiele, die sich gegenseitig beeinflussten. Er sah sich selbst auf dieser großen Bühne, nur ein Statist am Rande, oder vielleicht mehr; möglicherweise gehörte er, ohne es zu ahnen, zu den Hauptdarstellern. Vielleicht folgten seine Schritte einem festgelegten

Weg, vielleicht bewegte er sich auf vorhergesehene und vorausberechnete Weise innerhalb der Muster und Wahrscheinlichkeiten der Veritas und der Koryphäen. Es gab hier zwei grundsätzlich verschiedene Perspektiven: den Blick von oben, durch den alles übersichtlich, alles mehr oder weniger genau zu erkennen war, ein aus allen Bestandteilen zusammengefügtes Bild. Und den anderen von unten, die individuelle Perspektive. Was wusste der Tropfen vom Meer, zu dem er gehörte, oder vom Regen, der ins Meer fiel? Und doch gab es Wechselwirkungen, so klein sie auch sein mochten, nichts blieb ohne Konsequenzen.

Das wusste Corwain, der rationale, kühle, immer noch beobachtende Teil von ihm wusste es sehr genau. Doch es spielte keine Rolle mehr für ihn. Selbst wenn er sich in den Mustern so bewegte, wie es andere vorhergesehen hatten, selbst wenn er nicht nur ein Statist war und tatsächlich zu den Protagonisten dieses galaktischen Dramas gehörte – es blieb ohne Einfluss auf die von völliger Gleichgültigkeit all diesen Dingen gegenüber geschaffene Ruhe in seinem Innern. Es schien einen Panzer zu geben, der seine Seele umgab, seinen inneren Kern, und an dem alles abprallte, das nicht Solace und Duha Sibal betraf.

Tsertser hatte ihn daran erinnert, dass er ein Mann des Friedens gewesen war, ein Pazifikator in Diensten der Kompetenz, ihr bester obendrein. Er erinnerte sich daran wie an ein früheres Leben, und das *war* es auch, ein vergangenes Leben. Er erinnerte sich an seinen Wunsch, auf Welten der Stufe vier und fünf Konflikte zu beenden und die Grundlage für dauerhaften Frieden zu schaffen. Andere Letzte Menschen suchten sich Beschäftigungen, um die Zeit zu vertreiben, von der sie jede Menge hatten, aber für ihn war das Wirken als Pazifikator immer viel mehr gewesen als nur ein Zeitvertreib: eine Berufung, die richtige Anwendung seiner besonderen Gabe. Er erinnerte sich an die Freude, wenn Kampf und Gewalt endeten, an den Stolz darauf, einen wichtigen

Beitrag für die Weiterentwicklung einer planetaren Kultur geleistet zu haben. Er erinnerte sich daran, wie er Solace kennen und lieben gelernt hatte, an seinen Wunsch, mit ihr das nächste oder die nächsten Leben zu verbringen. Mehr hatte er nie sein wollen, nur ein Mensch, der half, wo Hilfe gebraucht wurde, und der sich genug Zeit mit Solace wünschte. Er war nie von einem großen Ego angetrieben gewesen, von der Absicht vielleicht, in der Kompetenz aufzusteigen und zu einem ihrer Direktoren zu werden. Ihm war es immer nur darum gegangen, seine Zeit sinnvoll einzusetzen und – einfach nur zufrieden zu sein.

Duha Sibals Messer hatte diesen Menschen zerschnitten und getötet. Der Mann des Friedens, er existierte nicht mehr, und selbst die Erinnerungen an ihn waren blass, unwichtig, bedeutungslos. Der neue Körper, den ihm die Dimah gegeben hatten, war ein Werkzeug, ein Instrument, und es interessierte ihn nicht, was damit geschah, wenn er seine Aufgabe erfüllt hatte. Fokussiertes Denken und Fühlen, diagnostizierte Corwain den eigenen Zustand, verursacht vielleicht vom Trauma des schrecklichen Todes oder vom Fehlen der Nadel, wodurch ihm nur lückenhaft die Erinnerungen zur Verfügung standen, die in seinem Gehirn abgelegt waren. Sein rationaler Aspekt räumte auch die Möglichkeit ein, dass er einen grundsätzlichen Wandel seines Wesens erfahren hatte und zu jemand anderem geworden war. Während die Plattform über Uane hinwegschwebte und Tsertser mit dem Bioarchitekten Tamadur Jawl sprach, dachte Corwain an die unvollständigen Aufzeichnungen der Nadel und den Umstand, dass seine Gehirnzellen dreißig Minuten tot gewesen waren, bevor der Vrytt Gelegenheit erhalten hatte, ihnen die Daten zu entnehmen, die letztendlich sein Bewusstsein bestimmten. Es gab die durchaus reale Möglichkeit, dass er ein Krüppel war, in Geist und Seele, aber selbst dieser Gedanke ließ ihn unberührt. Er hörte das Summen des Messers, das ihn zerschnitten hatte, ein tödliches

Lied, und er sah das Entsetzen in Solace' Gesicht, ihr Mund zu einem lautlosen Schrei geöffnet. Er wollte, dass es aufhörte, und es gab nur einen Weg, einen Schlussstrich zu ziehen.

»Ich will, dass es aufhört«, sagte er laut. Tsertser sah ihn an, und vier Augen des Bioarchitekten Tamadur Jawl richteten ebenfalls den Blick auf ihn, während das fünfte dem Vrytt zugewandt blieb. Jawl gehörte zur Subspezies der Kletterer und hatte nur zwei seiner vielen dünnen Gliedmaßen gestreckt, um die Kontrollen der Plattform zu bedienen. Andernfalls hätte er ausgesehen wie eine vielbeinige blaue Spinne. »Dies alles, Tsertser«, fügte er hinzu. »Es muss aufhören, und es wird aufhören, wenn wir Trus erreichen, wenn wir Solace und Sibal finden.«

Er hörte die Wahrheit in diesen Worten und war zufrieden damit.

»Du hast erzählt, dass du die Reserve mit einem Dislokator verlassen hast«, sagte Tsertser, während sie warteten. »Das ist seltsam. Wir haben das Transfernetz jahrelang kartografiert, aber nie einen Weg zur Letzten Reserve gefunden.«

»Weil es keinen direkten Weg gibt«, sagte Corwain ruhig. »Und der Dislokator, der mich zuerst zu dir und dann zu Sibal gebracht hat ... Ich nehme an, er konnte nur senden, aber nicht empfangen. Eine monodirektionale Verbindung.«

Corwains Kommunikationsmodul war noch immer ausgeschaltet, und deshalb konnten Tamadur Jawl und die anderen Dimah, die hinter ihnen standen, die Worte nicht verstehen. Links von ihnen führte ein Ernteschacht in die Tiefe, und wenn sich Corwain ein wenig zur Seite beugte, konnte er mehrere Kletterer beobachten, die, kleiner und jünger als Jawl, agil an den mit Haltegriffen versehenen Wänden nach unten kletterten oder mit Knospen und Zellmasse nach oben zurückkehrten. Er fragte sich kurz, warum sie keine Plattformen mit künstlichen

Gravitationsfeldern verwendeten, aber vielleicht hatte Tsertser diese Frage bei einem ihrer früheren Gespräche beantwortet.

Auf der rechten Seite gab es einen breiten Durchgang, der in eine der viele Kilometer großen Höhlen mit Uane zurückführte. Von dort kam auch das Licht, ein matter Glanz, erzeugt von Lampenbündeln mit ähnlicher Struktur wie die Waben der Oberstadt. Die Kletterer waren mit kleinen Lampen unterwegs, und manchmal tanzte ein Lichtschein über die alten Installationen weiter hinten. Sie bestanden zweifellos aus anorganischem Material, aus Metall, Polymeren und keramischen Stoffen, wirkten aber trotzdem wie gewachsen. Ihr Alter blieb Spekulationen überlassen; vermutlich stammten sie aus der Zeit der Städte auf der Oberfläche des Planeten. Zu der Anlage gehörten mehrere Dislokatoren, aber nur zwei von ihnen funktionierten noch, mit unterschiedlichen Aktivitätszyklen. Der eine wurde nur dreimal in einem Standardjahr aktiv, der andere in Abständen von jeweils fünf Tagen. Vor diesem zweiten Dislokator warteten sie nun, während ein kleiner Dimah aus der Oberstadt – er sah aus wie eine Mischung aus Skorpion und Fledermaus – mit mehreren zarten Händen an den Kontrollen arbeitete.

Corwain schaltete das Kommunikationsmodul in seinem Nacken ein. »Ist das Ziel programmiert?« Ein erstes Leuchten flackerte in der Dislokatornische, begleitet von einem leisen Zischen.

»Der Schweigsame hört und versteht wieder«, sagte Tamadur Jawl und trat auf vier dürren Beinen vor. »Und er spricht.«

»Das Ziel«, unterbrach Corwain den Bioarchitekten. »Kennt der Dislokator das Ziel?« Er drehte den Kopf, um Jawl anzusehen, und dabei fielen ihm mehrere Jassid im Durchgang zur Stadt-Höhle auf. Hinter ihnen schwebten vier goldene Schiffe, eins größer als die anderen – seine Zacken berührten den Boden des Empfangsbereichs.

»Die Diener von Kh'smT'p sind gekommen, um ihre Implantate erneuern zu lassen«, sagte Tamadur Jawl. In dieser Hinsicht funktionierte das Modul in Corwains Nacken ähnlich wie die Nadel: Es übersetzte die Sprache der Dimah, formte aus den quietschenden und knackenden Lauten verständliche Interlingua-Worte.

Corwains Blick ging zu Tsertser, dessen Thorax fast das gleiche Blau zeigte wie Jawls Beine. Er deaktivierte das Kommunikationsmodul und sagte: »Die Jassid könnten zu der Gruppe gehören, die nach uns sucht.«

Er packte den Arm des Vrytt und zog ihn mit, als er in die Nische trat, obwohl sich dort noch kein stabiles Transferfeld aufgebaut hatte. Der kleine, zarte Himmels-Dimah hantierte noch immer an den Kontrollen des Dislokators.

Einer der Jassid rief etwas und lief los, gefolgt von den anderen.

»Wir verhalten uns verdächtig«, gab Tsertser zu bedenken. »Wir sollten mit ihnen reden und …«

Die Jassid zogen ihre Waffen.

»Zu spät«, sagte Corwain. Er reaktivierte das Komm-Modul. »Schalten Sie auf Sendung!«, forderte er den Oberstadt-Dimah auf.

»Das Dislokatorfeld ist noch nicht stabil.«

Corwain stieß den Techniker beiseite, drückte beide Hände in die Wandmulden und beobachtete, wie sich feine Linien zwischen den Reliefzeichen bildeten. Ein Leuchten kam aus der leeren Luft, als verwandelte sich jedes Molekül in eine kleine Lampe, und das Summen des Dislokators wurde lauter.

War das Ziel programmiert? Corwain fiel plötzlich ein, dass er keine Antwort auf seine Frage bekommen hatte.

Der erste Jassid – groß, mit safrangelben Hautlappen und zwei ockerbraunen Stoffbahnen – blieb stehen und zielte mit seiner Waffe. Er rief etwas, aber seine Worte verloren sich im Summen; Corwains Kommunikationsmodul reagierte nicht darauf.

Er spürte ein leichtes Brennen, blickte an sich herab und beobachtete, wie seine Beine transparent wurden. Die Entstofflichung begann. Doch sie ließ sich Zeit, sie dauerte zu lange; vielleicht lag es daran, dass es sich um eine uralte Anlage handelte, die einen Teil ihrer früheren Effizienz verloren hatte.

Der Jassid schoss.

Ein Blitz löste sich vom Lauf seiner Waffe und gleißte heran, schnell, ja, aber nicht so schnell, wie man es hätte erwarten können. Er flackerte an Tamadur Jawl vorbei, traf den unglücklichen Himmels-Dimah, den Corwain beiseitegestoßen hatte, und verbrannte die rechte Hälfte seines Körpers. Dadurch verlor der Blitz den größten Teil seiner Energie, und der Rest, der die Nische erreichte, bewirkte nicht mehr als ein kurzes Flackern des Transferfelds.

Das Brennen wurde zu einem Stechen, ungewohnt intensiv, und dann warf der Dislokator Corwain und Tsertser durch das Kosmotop.

CODE K

KORYPHÄEN

Sektor 17 Perseus, 9401 Lichtjahre upstream, Perseus-Arm, hochaktive Schwingungszone, mit starker Membranaktivität. Anwesend: 121 Koryphäen, 7 alliierte Maschinenintelligenzen, der Gemeinsamen Koordination unterstehend, 73 Gefechtseinheiten der Kompetenz (24 von 29 Völkern vertreten), darunter 1 Mutterschiff, 7 hochgerüstete Waffenplattformen, 3 Schnelle Fregatten, 1 zum Schlachtschiff umgebauter Transporter und 4 Kampfkreuzer, abgezogen von zwei evakuierten Residenzen der Letzten Menschen. Entfernung zum Kosmotop: 4,2 Lichtsekunden.

CODE K (OFFEN, GEMEINSAMER CODE): Kohärenter Signalstrom, streamneutral

Ral-am-Arfa-Talhun-tan-Mauleon-Maila-tan-Pirrhon-cres: Es ist die gewaltigste Streitmacht, die ich je gesehen habe! (Öffnet die Waffenluken noch etwas weiter.) Ich bin bereit.

Ral-am-Arfa-Talhun-tan-Mauleon-Maila-tan-Pirrhon: Es ist in der Tat eine große Streitmacht, Seeder-Sohn, aber vielleicht genügt sie nicht. Der Ereignishorizont des Kosmotops hat sich verändert; uns erreichen keine Signale mehr von der anderen Seite.

Andere Koryphäen (kompakte Signale): Bestätigung. Letzte Nachricht: Verteidigungsfall. Horizont undurchdringlich. Strukturveränderung. Keine Lücken mehr. Keine …

(Der Sender unterbricht seinen Signalstrom, als sich Störungswellen in den Membranen ausbreiten. Dicht vor dem Kosmotop kommen mehrere große Schiffe aus dem Sprung, begleitet von kleineren Jassid-Einheiten.)

Ral-cres: Was ist das? Ein Begrüßungskomitee?

Ral-am: Wohl kaum. Das sind Sammler. Und sie bringen mit, was sie gesammelt haben.

(Eine zweite Störungsfront schafft Resonanzen in den Membranen. Es flackert über den Transportern, Plattformen und Gerüste beenden ihren Sprung über viele Lichtjahre hinweg, auf und in ihnen Artefakte ferner Welten.)

Ral-cres: (analysiert und identifiziert einige der gesammelten Objekte) Das sind die Gärten von Haitach, ein fraktales Mosaik von Kantaha, ein Schläferschiff der Cuador und zwei … weise Steine von Gawahele. Ich kann mir kaum vorstellen, dass die Obelisken von Gawahele damit einverstanden sind.

Ral-am: Sie sind es nicht. Nichts hiervon entspricht den Vereinbarungen.

Ral-cres: (erhöht das energetische Niveau seiner Waffensysteme) Was tun wir?

Andere Koryphäen: (kompakte Signale) Nichts. Wir warten.

(Die zurückgekehrten Sammler und ihre Jassid-Eskorte ignorieren Koryphäen und Kompetenz. Mit dem Gesammelten im energetischen Schlepptau nehmen ihre Schiffe Fahrt auf und fliegen am Ereignishorizont des Kosmotops entlang, auf der Suche nach einer Strukturlücke. Sie senden, aber ihre Signale bleiben unbeantwortet, denn sie können die Barriere nicht durchdringen.)

Ral-cres: (ungeduldig) Je länger wir warten, desto größer wird die Wahrscheinlichkeit, dass das Kosmotop in den galaktischen Kern springt und dort ein katastrophales Gravitationsbeben auslöst.

Ral-am: Das ist nicht ganz richtig. Unsere letzten stochastischen Berechnungen zeigen etwas anderes.

Ral-cres: (leicht enttäuscht) Aber je länger wir warten …

Ral-am: Desto größer wird die Gefahr, das ist richtig, Seeder-Sohn.

Andere Koryphäen: Wir warten trotzdem. *Er* ist unterwegs.

Ral-cres: Wer *er*, Seeder-Vater?

Ral-am: Kannst du dir das nicht denken? Wir haben lange nichts mehr von ihm gehört, aber wir wissen, dass er hierher unterwegs ist.

(Wieder breiten sich Störungswellen in den Membranen aus, so stark, dass sich ein Transportgerüst der Sammler aus der energetischen Verankerung löst und dem nahen Ereignishorizont des Kosmotops entgegendriftet. Es kann nicht rechtzeitig wieder eingefangen werden, gerät in die Barriere und verglüht.

Eine weitere Koryphäe beendet den Upstream-Transit und erscheint unweit des Kosmotops, so groß, dass sich ihre Restresonanzen wie Wellen in den Membranen ausbreiten. Es ist die größte von allen, bestehend aus vierundzwanzig Denkdornen, jeder von ihnen mehr als tausend Kilometer lang, untereinander verbunden durch die leuchtenden Bänder von Signalbrücken.)

CODE K (OFFEN, KOMPETENZVARIANTE): Kohärenter Signalstrom, streamneutral

Kallisto, 14. Direktor der Kompetenz, an Bord des Kreuzers Haderer: Wir grüßen Sie, Jae-al-Escoe-Hoivinio-tan-Mauleon-Caliquire-tan-Nesluzan. Es ist lange her.

Jae-al: Nein, nicht lange, Kallisto. Kaum lange genug, um in Ruhe nachzudenken. Ich habe nachgedacht. Wo ist mein Seeder-Sohn?

Ral-am: (kompakte Signale) Er befindet sich im Innern des Kosmotops.

Jae-al: In der Gesellschaft eines gewissen Pazifikators, nehme ich an.

Andere Koryphäen: Ja. Wir haben keine Verbindung mehr. Der Ereignishorizont ist zu einer undurchdringlichen Barriere geworden. Die gegenwärtige Situation … (Code)

Jae-al: Ich kenne die gegenwärtige Situation. Ich kenne die

Gefahr. Wir müssen ins Kosmotop, um die Anomaliemotoren zu neutralisieren. Es darf kein Sprung ins galaktische Zentrum stattfinden.

Andere Koryphäen: (Zustimmung)

Kallisto: Wir sind bereit.

Jae-al: Waffensysteme laden.

Andere Koryphäen, Kompetenz: Waffensysteme bereit.

Ral-cres: (voller Eifer) Endlich ist es so weit!

Ral-am: Sei still, Seeder-Sohn.

Jae-al: Zielerfassung. (Code, Datenübertragung)

Andere Koryphäen, alliierte Maschinenintelligenzen und Kompetenz: Ziel erfasst.

Jae-al: Feuer.

(In sicherer Entfernung zu den Sammlern und ihrer Jassid-Eskorte durchzieht ein Glitzern und Gleißen das All, trifft auf den Ereignishorizont des Kosmotops und bildet dort eine Blume aus Feuer. Gewaltige Energien lodern über die Barriere. Arme aus Feuer bilden sich in ihr, wie Frakturlinien in Glas, aber es entsteht keine Lücke. Der Ereignishorizont, der den Intraraum des Kosmotops vom Normalkontinuum trennt, bleibt stabil.)

Koryphäen, alliierte Maschinenintelligenzen: (kompakte Kommunikation) Neubewertung der Lage.

Jae-al: Die Energie, mit der wir die Barriere aufzureißen versuchen … Sie wird vom Horizont aufgenommen, umgewandelt und zur Stabilisierung verwendet.

Ral-cres: (verblüfft) Wir kommen nicht hindurch! Nicht einmal mit unserer ganzen Feuerkraft! Wie … grotesk! Vielleicht sollten wir es noch einmal versuchen, mit mehr Energie.

Ral-am: Hast du nicht gehört, Seeder-Sohn?

(Die Waffen schweigen wieder. Die Sammler fliegen weiterhin an der Horizontbarriere entlang, noch immer auf der Suche nach einer Strukturschleuse, durch die sie das Gesammelte ins

Innere des Kosmotops bringen können. Sie entfernen sich von den Maschinenintelligenzen und den Schiffen der Kompetenz.)

Jae-al: Der Ereignishorizont ist undurchdringlich geworden, wie ich befürchtet habe. Je mehr Energie wir einsetzen, um ihn aufzubrechen, desto stabiler wird er.

Ral-cres: (die Waffenluken noch immer offen, obwohl die anderen Koryphäen ihre schließen) Und was jetzt?

Jae-al: Jetzt warten wir.

Ral-cres: Worauf?

Jae-al: Darauf, dass etwas geschieht.

Ral-cres: (ungeduldig) Und wenn nichts geschieht?

Jae-al: (mit dem Äquivalent eines Seufzens) Dann warten wir noch etwas länger.

ZU DEN WAFFEN!

52

Das Licht ist warm und hell hier oben, so hell, wie es Solace am liebsten mag. Sie ruhen, nachdem sie die Ruinen von Taulamur gesehen haben, im Tal mit den Spiegeln, die einst das Licht von Sirmions drei Sonnen einfingen und jetzt in Scherben liegen, in Staub und Asche. In den vergangenen Jahrzehnten hat niemand neue Spiegel aufgestellt, denn Taulamur soll eine Mahnstätte bleiben. Nur Wind und Wetter, der Zeit, ist es gestattet, die Spuren des Gräuels zu verwischen, das dort vor etwa neunzig Jahren Standardzeit stattgefunden hat.

Für Corwain ist es etwas zu hell hier oben, aber er trägt ein kurzzeitiges Linsenimplantat, das die Lichtfülle, die Solace so liebt, für ihn reduziert. Erst seit einem halben Jahr kennen sie sich und sind noch dabei, sich zu entdecken. Ausgestreckt in einem der Baumnester liegen sie, hundert Meter über dem Boden, Teil einer grünen Decke aus Wipfeln, die sich in dieser Region über dem Planeten spannt. Einige Kilometer entfernt ragt ein Bergrücken auf, mit einer der modernen Städte, die mithilfe der Kompetenz nach dem Überfall der Incera vor einem knappen Jahrhundert errichtet wurden. Moderner orientierte Sirmioner haben sich dort niedergelassen und lernen in den Bibliotheken der Kompetenz; die Traditionalisten leben weiterhin in Spiegel-Tälern bei den großen Flüssen und in Baumnestern, die manchmal große Gemeinschaften aus Hunderten oder Tausenden von Einzelnestern bilden.

Solace liegt so dicht neben Corwain $_{17}$Tallmaster, dass er ihren Federflaum fühlt. Mit weit geöffneten Augen sieht sie zu den drei Sonnen hoch, ohne geblendet zu sein. Ihre linke Hand liegt zwischen seinen Beinen, um sein Glied geschlossen, das groß und hart geworden ist. Sie hält sich daran fest wie an einem Ast, denkt er und lächelt.

»Bist du glücklich?«, fragt Solace. Sie hat Interlingua ohne die Hilfe einer Nadel oder chemischer Induktoren gelernt, aber sie spricht perfekt, wenn auch nicht ganz ohne Akzent.

»Schwere Frage«, sagt Corwain.

»Ich meine jetzt, hier.«

»Ich denke schon.«

»Du bist zum ersten Mal hier, ja?«

Die linke Hand bewegt sich, und Corwain wird heiß in ihr.

»Stimmt. Und du hast mir noch nicht viel von ihr gezeigt.«

»Den wichtigsten Ort auf Sirmion kennst du. Und ich habe dich mit anderen Dingen vertraut gemacht.« Die linke Hand drückt ein wenig zu.

»O ja, das hast du.« Er will sich ihr zuwenden, doch mit der rechten Hand hält sie ihn zurück und sorgt dafür, dass er auf dem Rücken liegen bleibt.

Corwain blickt empor, durch die Kurzzeit-Implantate in seinen Augen, die das Licht dämpfen, und beobachtet mehrere große Vogelwesen, die weit oben langsam ihre Kreise ziehen. Ihr Gefieder glänzt metallisch, in blauen und roten Tönen. »Das sind Vodrah, nicht wahr.«

»Und sie kommen aus dem Süden, ich sehe es an ihrem Flügelschlag.«

»Du hast keine Flügel.«

»Nein.« Solace schaut zu den Vodrah hoch, ohne auch nur ein

einziges Mal zu blinzeln. »Wir wissen nicht mehr, ob es damals Zufall war oder Absicht, aber wir Hybriden hatten nie Flügel. Vielleicht hat man sie beim Splaissen vergessen.«

»Spleißen«, sagt Corwain. »Es heißt Spleißen. Oder um ein Wort der alten Sprachen zu benutzen: Splicing.«

»Splaissing«, wiederholt Solace mit ihrem Akzent und drückt mit der linken Hand so fest zu, dass Corwain ein leises Ächzen nicht zurückhalten kann.

»Eine sehr primitive Form der Gentechnik«, sagt er mühsam. »Bei den heutigen Verschmelzungstechniken kann man das Potenzial der unterschiedlichen Genome viel besser nutzen. Ihr könntet Flügel haben, so wie die Vodrah, deren Gene ihr damals benutzt habt, um zu überleben. Wie lange ist es her?«

»Fünfzigtausend Jahre?« Solace beginnt ihn zu streicheln.

»Eher sechzigtausend, Sol. Es muss lange vor den Drei Feldzügen gewesen sein, und auch vor den Unsterblichen, vor der Zeit der Hohen Welten und Tausend Tiefen. Damals, als Menschen nur auf der Erde lebten. Ich habe mich in eurer Bibliothek umgesehen.«

»Und was hast du dort gefunden?« Solace kommt näher, ohne die linke Hand von ihm zu lösen. Ihr Atem streicht ihm über die Haut.

»Geschichten über die *Elisabeth,* das Schiff, das damals von der Erde hierherkam und notlanden musste. Die Hälfte der Hibernanten kam dabei ums Leben, unglücklicherweise fast alle Frauen.«

Solace' linke Hand verharrt kurz. Corwain ist dankbar für den Aufschub, und gleichzeitig möchte er, dass sie weitermacht.

»Ich kenne die Geschichten«, sagt sie. »Meine Eltern haben sie mir erzählt. Wir mussten die Vodrah um Hilfe bitten; andernfalls hätte unsere Kolonie nicht überlebt.«

»Es war der Beginn. Der Mensch machte seine ersten Schritte

ins All. Es gab viele Rückschläge. Ihr konntet damals nicht zurückkehren, denn das Schiff ließ sich nicht reparieren. Und ihr musstet allein zurechtkommen, ohne Hilfe. Zum Glück für euch gehörten zwei fähige Gentechniker zu den Überlebenden. Mit dem alten *Splicing* führten sie zusammen, was eigentlich nicht zusammenpasste. Die ersten Hybriden wurden von den Vodrah geboren, aber einige der Mütter starben dabei. Daraufhin verwendete man die übrig gebliebenen Ressourcen der *Elisabeth* für den Bau künstlicher Gebärmütter. Auf diese Weise entstanden deine Vorfahren, die ersten Sirmioner.«

Mit den Implantaten in den Augen sah Corwain zum Himmel hoch, beobachtete die kreisenden Vodrah und fügte hinzu: »Inzwischen sind solche Dinge viel einfacher geworden. Heute stehen uns ganz andere Mittel zur Verfügung. Und wieder müssen Menschen andere Völker um Hilfe bitten, damit sie überleben können.«

»Du nicht. Du bist unsterblich.«

»Nein, das bin ich nicht. Die Zeit der Unsterblichen ist vorbei. Der große Esebian, seine Gefährtin Leandra und die anderen, sie sind längst tot und liegen im Mausoleum auf der Alten Erde. Wir Letzte Menschen haben einen Weg gefunden, unser Leben zu verlängern. Aber dieser Körper hier, er kann sterben. Ich weiß es. Ich habe schon sechzehn Tode hinter mir.«

Solace' Hand drückt wieder zu. »Es ist ein künstlicher Körper?«

Corwain lacht. »Ja und nein. Er ist in einer künstlichen Gebärmutter gewachsen, in einem Brüter, als genetische Kopie meines alten Körpers. Die Letzten Menschen kopieren sich immer wieder, um am Leben zu bleiben. Trotzdem werden wir immer weniger, denn man kann dem Tod nicht auf Dauer entkommen.«

Diese Worte lassen einen Schatten auf Solace' Gesicht fallen, doch sie vertreibt ihn, indem sie sagt: »Vielleicht könnte ich mit Splaissing so werden wie du.«

»Ich fürchte, das ist unmöglich, Sol. Wir können nicht einmal Kinder bekommen.«

Solace fasst ihn fest. »Dies funktioniert nicht?«

Corwain lacht erneut. »Oh, du weißt, dass es funktioniert. Aber … Wir Letzte Menschen sind das Ergebnis verzweifelter Bemühungen der alten Unsterblichen, den Fortbestand der Menschheit zu sichern. Wir können uns kopieren und damit am Leben bleiben, aber wir können keine Kinder zeugen. Das ist nicht einmal mit den biotechnischen Methoden der Kompetenz möglich. Wir haben nur die Möglichkeit, unsere Gene mit denen kompatibler Lebensformen zu vereinen. Auf diese Weise entstehen neue Hybriden, und etwas von uns lebt in ihnen weiter.«

»Das ist traurig«, sagt Solace nach kurzem Zögern.

»Es ist die Realität.«

»Ich will nicht traurig sein.« Sie schwingt sich auf ihn, und plötzlich ist er in ihr, füllt sie aus. Ihre Hüften schwingen. »Ich will leben.«

53

Ich will leben.

Kalter Wind schien diese Worte zu flüstern, als er über den Berggipfel hinwegstrich, auf dem Corwain und Tsertser den Drachen bauten, aus den Resten eines Seglers, der vor vielen Jahrtausenden an den hoch aufragenden Klippen zerschellt war. *Ich will leben,* flüsterte der Wind mit Solace' Stimme, und Corwain brummte: »Du wirst leben.«

»Was?«, fragte Tsertser. »Was hast du gesagt?«

»Nichts«, erwiderte er und fügte die Stangen dort zusammen, wo der Vrytt Verbindungsstellen geschaffen hatte. Hinter ihnen, bei den Trümmern des Seglers, glühte noch immer ein Transferfeld in der Dislokatornische der Gipfelstation, die damals angegriffen, aber kaum beschädigt worden war. Unmittelbar darauf musste der Atrophiekrieg zu Ende gegangen sein, mit dem Rückzug der meisten Überlebenden durchs Imaginarium. »Eigentlich ist es ein Wunder, dass die Dislokatoren noch funktionieren.«

Tsertser befestigte die an vielen Stellen geflickte Plane am Rahmen und bemerkte Corwains Blick. »Sie sind auch nach dem Atrophiekrieg gewartet worden. Von den Jassid und anderen, die sich nicht durchs Imaginarium abgesetzt hatten.«

»Warum sind die Überlebenden geflohen?«, fragte Corwain, um sich abzulenken. Die Gedanken an Solace, und vor allem an die Zeit, die bis zu seinem Eingreifen noch vergehen würde, fraßen ihn innerlich auf. »Habt ihr das bei euren Kontakten mit der Instanz herausfinden können?«

»Wir haben mit den Entscheidern verhandelt, lange Jahre, ohne zu ahnen, dass es praktisch gar keine Entscheider mehr gibt. Der Mangel an Erneuerung, der an vielen Orten im Kosmotop zu beobachten ist, betrifft auch sie. Die wenigen noch existierenden Entscheider sind senil und dement. Die Dimah hätten vielleicht helfen können, aber niemand hat sie um Hilfe gebeten. Die Instanz hielt sich immer im Hintergrund, und uns ging es vor allem darum zu verhindern, dass das Kosmotop in den galaktischen Kern springt.«

Corwain griff nach einer weiteren Stange und stellte fest, dass der Drachen allmählich Gestalt annahm. »Ich vermute, die Koryphäen suchten vor allem nach einer Möglichkeit, das Kosmotop unter ihre Kontrolle zu bekommen. Sie wollten das größte Stück vom Kuchen.«

»Kuchen?«, wiederholte Tsertser.

»Schon gut.«

Tsertser zögerte. »Der Gesandte könnte uns helfen, Verbindung mit den Koryphäen aufzunehmen. Wir reden von Jae-al-Escoe-Hoivinio-tan-Mauleon-Caliquire-tan-Nesluzan, Corwain, der größten und ältesten Koryphäe. Von einem Sprechzentrum aus sollte es mir gelingen, sein Signal zu finden. Der Dislokator ist noch aktiv und …«

»Nein«, sagte Corwain und rückte die letzte Stange an ihren Platz. »Wir haben es bereits geklärt, alter Freund. Der ganze Überbau mit Kompetenz, Koryphäen und allen anderen interessiert mich nicht mehr. Er spielt für mich *keine Rolle*. Wir sind wegen der Letzten Reserve hier, und der Zugang befindet sich dort unten. Du hast versprochen, mir zu helfen. Also hilf mir.«

Tsertser deutete auf den Drachen. »Habe ich dir geholfen oder nicht?«

Corwain erhob sich, trat zum Rand des kleinen Gipfelplateaus und blieb etwa einen Meter vor der Kante stehen. Diesmal zogen nur vereinzelte Wolken über den Himmel und versperrten kaum den Blick zur anderen Seite des Habitats. Grünbraune Landschaften erstreckten sich dort, das schmutzige Gelb von Wüsten, hier und dort die silbernen Tupfer von Seen und kleinen Binnenmeeren. Auf der einen Seite breitete sich Rauch aus, von einem Feuer, das sich durch Abertausende Quadratkilometer Wald fraß; auf der anderen, bei den Ruinen von Städten, blitzten Explosionen – die autonomen, sich selbst reparierenden Maschinen führten noch immer Krieg.

Etwa zwei Kilometer weiter unten erstreckten sich die Trümmer der Stadt am Rand des ausgetrockneten Meeres. Der Bombentrichter mit den Gebäudeteilen, die Corwain zunächst für eine Art Bunker gehalten hatte, war deutlich zu sehen, ebenso die schwarze Maschine an seinem Rand.

»Ist das die Kampfmaschine, von der du mir erzählt hast?«, fragte Tsertser und blieb neben Corwain stehen. Seine Sensorhaare neigten sich nach vorn.

»Ich denke schon. Sie muss meinen Spuren über den Meeresboden bis zur Stadt gefolgt sein.«

»Und der Zugang zur Letzten Reserve befindet sich in dem Krater.«

»Ja.«

»Wie sollen wir an der Kampfmaschine vorbeikommen? Noch haben wir keine Waffen.«

»Wenn es dieselbe Maschine ist wie die, in deren Nähe ich zu mir gekommen bin …« Corwain beobachtete das dunkle Ungetüm, das wie ein Hügel am Rand des Bombentrichters aufragte. »Sie scheint beschädigt zu sein und reagiert nur langsam.« Er drehte sich um und kehrte zum Drachen zurück, der vor der alten Gipfelstation auf dem Boden lag. Seine geflickten Planen flatterten und knatterten im kalten Wind. »Lass uns losfliegen.«

»Bist du jemals mit einem Drachen geflogen, Corwain?«

Er betrachtete das Gebilde, das sie zusammengebaut hatten. »Es kann so schwer nicht sein. Die geringere Schwerkraft sollte uns helfen.«

»Sie hilft uns zweifellos, Corwain, aber hinter der Kante dort geht es zwei Kilometer in die Tiefe, der Wind ist ziemlich stark, und die Teile, aus denen wir den Gleiter konstruiert haben, sind Jahrtausende alt. Die Stangen könnten brechen, der Stoff reißen …«

»Die Stangen bestehen aus einem Material, das unserem Syntho ähnelt«, sagte Corwain ungeduldig. Er bückte sich und hob die eine Seite des Drachens an. »Und der Stoff ist synthetisch und sehr reißfest.«

»Wir mussten zwölf Löcher flicken.«

»Die vermutlich auf kinetische Geschosse zurückgehen.«

»Hinzu kommt: Dort unten wartet eine Kampfmaschine auf uns.«

»Sie wartet nicht auf uns, Tsertser. Sie ist beschädigt und bemerkt uns wahrscheinlich gar nicht, wenn wir in der Stadt landen.« Corwain zog den Drachen zur Gipfelkante. »Fass mit an!«

»Andere Maschinen könnten auf der Lauer liegen, irgendwo dort unten. Corwain … Dieser Drachen ist ein zusammengebasteltes Provisorium. Es grenzt an Wahnsinn, sein Leben einem solchen Apparat anzuvertrauen. Darf ich dich daran erinnern, dass du keine Nadel mehr hast? Wenn wir abstürzen, wenn du stirbst … Es wäre ein endgültiger Tod.«

Corwain richtete sich verärgert auf. »Ich entlasse dich nicht aus deinem Versprechen. Komm jetzt, fass mit an.«

»So geht das nicht. Wir brauchen ein bisschen Anlauf.«

Tsertser fasste mit an. Der Drachen war nicht schwer, eher unhandlich. Corwain versuchte, sich mit den von Tsertser geknüpften Schlaufen und Handgriffen vertraut zu machen, als sie mit dem improvisierten Gleiter zur Gipfelstation zurückwichen. Über ihnen, auf der anderen Seite des Habitats, blitzten weitere Explosionen und warfen flackerndes Licht durch den gewaltigen, langsam rotierenden Zylinder.

Hinter ihnen, nur einige Meter entfernt, lockte das Bereitschaftsglühen des Dislokators.

»Los!«, rief Corwain, und sie liefen, hielten den Drachen über ihren Köpfen, die Hände in den Halteschlaufen. Der Rand des kleinen Plateaus kam schnell näher, und dahinter wartete der Abgrund auf sie, zwei Kilometer tief.

Und dann hatten sie plötzlich keinen Boden mehr unter den Füßen und fielen, sie flogen nicht, sondern stürzten in die Tiefe.

Die Planen knatterten, die Stangen knackten und knirschten, der Wind pfiff, und Tsertser rief etwas, das Corwain nicht verstand. Eine Hand hatte sich gelöst, und er suchte nach der für sie bestimmten Halteschlaufe. Die geringere Schwerkraft schien plötzlich keine Rolle mehr zu spielen, denn sie fielen trotzdem schnell, und immer schneller – neben ihnen huschte die Felswand nach oben.

»Balance!«, rief Tsertser. Endlich verstand er ihn. »Balance!«

Der Drachen trudelte und kippte. Tsertser hatte die Beine nach hinten gestreckt und glich die Bewegungen des Gleiters aus, indem er den Körper zur einen Seite oder zur anderen drehte. Corwain nahm sich ein Beispiel an ihm, und über ihm blähten sich die Planen auf. Plötzlich fiel der Drachen nicht mehr, er glitt durch die Luft, gesteuert vom Gewicht ihrer Körper.

Sie segelten und entfernten sich vom Berg, der Corwain genauso absurd erschien wie beim ersten Anblick – was hatten zwei Kilometer hohe Berge in einem künstlichen Habitat verloren, wo ihre ungleichmäßig verteilte Masse die Rotationsbalance beeinträchtigte?

Unten erstreckte sich über Dutzende von Quadratkilometern die Trümmerlandschaft der zerstörten Stadt. Der Bombentrichter mit der freigelegten Flanke des Gebäudes, durch das man die Letzte Reserve erreichen konnte, war deutlich zu sehen, ebenso die schwarze Maschine an seinem Rand. Ihre Waffenarme – hatten sie sich bewegt?

Etwas blitzte, etwas ritt ihnen auf einer Flamme entgegen, ein Geschoss, eine Rakete …

Tsertser neigte sich abrupt zur Seite, und der Drachen kippte, träge, widerwillig. Die Rakete fauchte vorbei, so nahe, dass Corwain die Hitze ihres Feuerstrahls fühlte.

»Das war deine Maschine!«, rief der Vrytt.

Es ist nicht *meine* Maschine, dachte Corwain und steuerte den Drachen zusammen mit Tsertser in eine Kurve, die sie vom Bombentrichter entfernte. Es ging jetzt steiler und noch schneller nach unten als zuvor. Die Planen fingen den kalten Wind ein und knatterten erneut, die Stangen knackten wieder. Tsertser schwang sich mal nach rechts, mal nach links, und Corwain folgte diesen

Bewegungen, während er gleichzeitig versuchte, den Bombentrichter und die schwarze Kampfmaschine im Auge zu behalten. Es blitzte nicht noch einmal, es kam keine zweite Rakete. War die erste wirklich von der dunklen Drohne abgefeuert worden? Hatte sie jetzt keine Munition mehr?

Die Reste von Türmen streckten sich ihnen wie wunde Finger entgegen. Bei den weißen Haufen zwischen den Trümmern handelte es sich nicht um Schnee, sondern um Knochen. Ineinander verkeilte Fahrzeugwracks bildeten Hügel aus Schrott. Nirgends regte sich etwas, abgesehen vom Staub, den der Wind aufwirbelte. Der schwarze Berg der Kampfmaschine blieb unbewegt neben dem großen Krater, den einst eine heftige Explosion in den Boden gerissen hatte, bis hinab zu den Strukturelementen des Habitats.

Es wurde dunkler. Düsternis breitete sich aus, legte sich wie ein Leichentuch auf die Stadt. Wolken zogen heran; Regentropfen fielen, dick und langsam.

»Wir sind zu weit vom Trichter entfernt«, sagte Corwain. »Wir müssen näher heran.«

Tsertser schwang nach rechts, und der Drachen neigte sich in die entsprechende Richtung, rauschte an den Überbleibseln eines Turms vorbei. Weitere Tropfen fielen und klatschten auf die Planen.

»Hier können uns die Sensoren der Maschine nicht erfassen«, erwiderte der Vrytt, in seinen Thermoanzug gehüllt, der ihn vor Nässe und Kälte schützte. »Wenn wir näher heranfliegen, geraten wir in ihr Schussfeld.«

Die Ruinen waren nun zum Greifen nahe, und Tsertser, der mit dem Drachen weitaus besser umgehen konnte als Corwain, achtete darauf, dass sie weniger schnell an Höhe verloren, als sie über die zerstörte Stadt hinwegflogen. Der Wind wurde stärker, seine Böen unberechenbar – eine hätte den Drachen fast gegen eine Mauer geworfen.

»Zu gefährlich«, sagte Tsertser. »Der Wind wird zu stark. Wir müssen landen, wenn wir nicht zerschellen wollen wie der Segler oben auf dem Gipfel.«

»Nein!«, rief Corwain. »Wir sind noch sieben oder acht Kilometer vom Bombentrichter entfernt. Zu Fuß durch die Ruinen würden wir drei oder mehr Stunden brauchen, um ihn zu erreichen.« Zeit, dachte er. Wir haben schon so viel Zeit verloren.

Tsertser schüttelte den Kopf. »Dummes Risiko, Corwain, dummes Risiko.« Er verlagerte erneut sein Gewicht, und die Nase des Drachens neigte sich nach unten. Corwain widerstand der Versuchung, den Bewegungen des Vrytt entgegenzuwirken, um den Gleiter noch länger in der Luft zu halten. Durch Regen und Wind flogen sie, umgeben jetzt von Ruinen und Mauerresten. Eine Bö drückte sie nach links, einem der großen Knochenhaufen entgegen, und dort landeten sie, inmitten der Gebeine namenloser Toter.

54

Sie brauchten vier Stunden, um den Bombentrichter zu erreichen, durch Düsternis, Kälte und strömenden Regen, in den sich manchmal Schneeflocken mischten. Hindernisse – aufgetürmte Fahrzeugwracks, große Trümmerhaufen und tiefe Spalten im Boden, wie von riesigen Äxten geschlagen – zwangen sie mehrmals zu Umwegen, und außerdem schleppten sie die Hauptplane des Drachens mit sich, die in der geringen Schwerkraft zwar nicht sehr viel wog, aber recht sperrig war.

»Warum nehmen wir die verdammte Plane mit?«, hatte sich Corwain mehrmals beklagt. »Ohne sie kämen wir schneller voran.«

»Wir werden sie brauchen«, hatte Tsertser erwidert.

»Hast du vor, sie als Bespannung für einen weiteren Drachen zu verwenden?«

»Du wirst sehen, du wirst sehen.«

Jetzt lagen sie lang ausgestreckt im Schlamm und spähten über den Kraterrand hinweg zur anderen Seite. Die schwarze Maschine ragte dort auf, noch immer reglos.

»Wo befindet sich der Zugang?«, fragte Tsertser.

»Siehst du die graue Wand, die dort drüben aus dem Hang des Kraters ragt, etwa vierzig Meter unter dem Rand?« Corwain wagte es nicht, den Arm auszustrecken. »Sie gehört zu dem Gebäudekomplex, durch den man die ausgelagerte Reserve erreichen kann.«

»Und wie bist du hineingelangt?«

»Durch den Keller der Ruine oben am Kraterrand.«

»Dort steht die verdammte Maschine.«

»Ja.«

Mehrere Minuten lagen sie im Regen, hielten nach einem anderen Weg Ausschau und beobachteten die dunkle Kampfmaschine. Corwains Sinne funktionierten besser als die des Körpers, den Duha Sibal verstümmelt und getötet hatte, und einmal glaubte er zu sehen, wie sich ein klobiger Waffenarm bewegte; aber ganz sicher war er nicht.

»Wir müssen sie irgendwie vom Krater fortlocken«, sagte Corwain.

»Womit?«

»Wenn sich ihr einer von uns zeigt …«

Tsertser drehte den Kopf. »Du hast mich um Hilfe gebeten, und ich habe dir Hilfe versprochen. Aber das bedeutet nicht, dass ich bereit bin, mich für dich und deinen verrückten Plan zu opfern. Das dort drüben ist eine Kampfmaschine der Gabber, wenn ich mich nicht sehr irre. Ich habe solche Maschinen in den Datenbankberichten über die Atrophie gesehen. Die Gabber zählten zu den Verbündeten der Sakinah, die sich damals gegen die Entscheider auflehnten. Sie schickten ihre Maschinen in viele Habitate: sich aus lokalen Ressourcen selbst reproduzierende und reparierende Kampfeinheiten mit dem Auftrag, die Kommunikations- und Transportwege der Jassid und aller anderen Diener des Kosmotops zu unterbrechen. Von den Sakinah stammen übrigens die sogenannten X-Artefakte, die wir in der Milchstraße gefunden haben.«

Interesse erwachte in Corwain, eine kleine Flamme, die sofort wieder erlosch.

»Danke für die Information. Bringt uns das irgendwie weiter?«

»Maschinen der Gabber sind darauf programmiert, Individualmuster zu erkennen; darum ist dir das Ding dort drüben bis hierher gefolgt. Wenn sich daran nichts geändert hat, hilft uns diese Plane.«

Corwain begann zu verstehen, was Tsertser meinte. »Versuchen wir's.«

Geschützt von Dunkelheit und dem dichten Regenvorhang krochen sie durch Schlamm, kletterten über Steine und Knochen und näherten sich der Maschine, die mit gestreckten Waffenarmen am Rand des Kraters stand. Schließlich versperrte ihnen ein großer Haufen aus geborstenem, zerrissenem Metall den Weg.

»In den Krater«, sagte Corwain grimmig. »Jetzt wird sich herausstellen, ob du mit der Programmierung recht hast.«

»Wir könnten uns um den Schrott auf der anderen Seite herumschleichen.« Tsertser deutete zu den dunklen Silhouetten der Ruinen. »Dann brauchen wir die Plane erst, wenn wir uns dort drüben dem Gebäude bei der Maschine nähern, durch dessen Keller du die Letzte Reserve erreicht hast.«

Corwain hob den Kopf ein wenig und blickte an hoch aufragenden Schuttbergen vorbei, in denen hier und dort Knochen steckten. »Es wäre ein ziemlich langer Umweg«, sagte er mit neuer Ungeduld. »Er würde uns Stunden kosten. Wir klettern durch den Krater, ganz langsam. Wenn uns die Maschine überhaupt bemerkt, hält sie die Plane vielleicht für etwas, das der Wind aus den Trümmern der Stadt in den Krater geweht hat.«

Tsertser hob die Sensorhaare. »Es weht kein Wind mehr, Corwain.«

»Und wenn schon.«

Er rollte die Plane aus, und sie duckten sich darunter, kletterten dann langsam und vorsichtig über den Kraterrand. Regentropfen prasselten auf sie herab und trommelten laut auf die Plane. Der Hang an dieser Stelle war recht steil, und der Regen hatte den Boden aufgeweicht. Mehrmals gerieten sie ins Rutschen, stießen dabei gegen verstreut liegende Trümmerbrocken und klammerten sich an ihnen fest. Der Regen hatte im Kraterhang Rinnen geschaffen, in denen das Wasser nach unten schoss, und über den grauen Strukturelementen des Habitats hatte sich ein See gebildet, der immer mehr anschwoll. Wenn es noch länger so stark regnete, würde er weiter wachsen und vielleicht sogar die aus dem Hang ragende Flanke des Gebäudes erreichen, das Corwain zunächst für einen Bunker gehalten hatte. Als sie einmal innehielten, weil der Boden unter ihnen nachzugeben drohte, spähte Corwain unter der Plane hervor und blickte nach oben. Ein dunkler Himmel erstreckte sich über der zerstörten Stadt; die gegenüberliegende Seite des Habitats mit ihren Feuern und Explosionsblitzen war nicht mehr zu sehen.

Die Entfernung zur schwarzen Maschine, die noch immer reglos am Kraterrand aufragte, betrug nur noch zweihundert Meter, als über ihnen ein ganzer Teil des Hangs in Bewegung geriet – eine Schlammlawine rutschte ihnen entgegen.

»Schnell!«, stieß Tsertser hervor. »Durch die Rinne!«

Mit seinen mehrgelenkigen Gliedmaßen krabbelte der Vrytt flink und agil über den Hang, die eine Hand am Boden, die andere oben an der Plane. Corwain folgte ihm. Sein neuer Körper fühlte sich noch immer gut an; er steckte voller Kraft, war aber nicht so schnell und flink wie Tsertser. In der Rinne, durch die Regenwasser von den Mulden am Kraterrand zum See weiter unten strömte, verlor er den Halt und geriet ins Rutschen. Mit der einen Hand hielt er die Plane fest, und die andere suchte in Schlamm und Wasser vergeblich nach Halt. Er rutschte weiter, wurde dabei nicht langsamer, sondern schneller, und Tsertser, der die Plane nicht loslassen wollte, fiel und rutschte ebenfalls, aber nur einige Meter, blieb dann zwischen zwei Trümmerstücken stecken, die wie Zähne aus dem Kraterhang ragten. Er hatte die Plane festgehalten und versucht, sie über sich zu ziehen, aber jetzt wurde sie ihm von Corwain, der den Weg nach unten fortsetzte, aus der Hand gerissen. Regen prasselte auf ihn herab, als er ungeschützt dalag, für die Sensoren der Kampfmaschine weiter oben deutlich zu sehen.

Aber nur für zwei oder drei Sekunden. Dann war die Schlammlawine heran und schwappte über ihn hinweg.

Mehr sah Corwain nicht, und er hoffte, dass die Maschine noch weniger sah. Er hielt die Plane über sich gezogen, und sie wickelte sich um ihn, als er, von Schlamm und Regenwasser getragen, den See am Grund des Kraters erreichte. Er tauchte, aber nicht sehr tief, denn die Plane wirkte wie eine Art Fallschirm. Corwain löste sich aus ihr, erreichte die Wasseroberfläche und schnappte nach Luft – gerade noch rechtzeitig, denn einen Moment später war die Schlammlawine heran, schmetterte auf ihn herab und drückte ihn unter die Wasseroberfläche.

Diesmal war das Auftauchen nicht so leicht.

Für lange Sekunden, mehr als nur zwei oder drei, verlor Corwain völlig die Orientierung, und es gab keine Nadel, die ihm den Weg wies. Er vollführte Schwimmbewegungen mit Armen und Beinen, ohne zu wissen, ob er tatsächlich vorankam. Er öffnete die Augen und ließ sie geöffnet, obwohl etwas in ihnen brannte, doch es änderte sich nichts an der Dunkelheit, die ihn umgab.

Eine Zeit lang ging es gut. Er schwamm oder glaubte zu schwimmen, und vielleicht brachten ihn seine Bewegungen sogar nach oben. Geduld, er brauchte nur ein wenig Geduld. Aber dann wurde ihm allmählich die Luft knapp, das Brennen in den Augen, er hatte es plötzlich auch in Hals und Brust, sein Herz schlug schneller, viel schneller, und die Lunge verlangte, dass er Luft holte. Schließlich gehorchte der Mund dem erlahmenden Willen nicht länger und klappte auf.

Ein glücklicher Zufall wollte es, dass sein Kopf genau in diesem Augenblick die Wasseroberfläche durchstieß. Er schnappte nach Luft und genoss für einen herrlichen Moment, dass er atmen konnte. Dann verflogen Verwirrung und Desorientierung, denn er sah oben die schwarze Kampfmaschine, näher am Kraterrand als zuvor, ihre Waffenarme nach unten gerichtet.

Der Vorhang des Regens war noch immer sehr dicht, schien sich aber zu lichten. Corwain ließ sich unter die Wasseroberfläche zurücksinken und tauchte zum Hang, zum Ufer des Sees, das immer weiter nach oben wanderte und fast die graue Flanke des bunkerartigen Gebäudes erreicht hatte. Als er dort auftauchte, hatte sich die Maschine erneut bewegt, und sie bewegte sich noch immer. Zwei in mehrere Segmente unterteilte Beine schwangen langsam über den Kraterrand und bohrten sich in den schlammigen Hang. Zwei weitere folgten und stützten den Zentralkörper, als die Maschine mit dem Abstieg begann.

Sie hatte etwas bemerkt, schien aber nicht sicher zu sein, *was* sie gesehen hatte.

Von der Plane war weit und breit nichts zu sehen, ebenso

wenig von Tsertser. Corwain wagte nicht, nach ihm zu rufen. Mit dem Kopf gerade so weit über dem schlammigen Wasser, dass er atmen konnte, hielt er nach dem Vrytt Ausschau.

Etwas traf ihn an der Schläfe, ein kleiner Schlammbrocken, und er sah zur grauen Gebäudeflanke. Darunter, in einer dunklen Öffnung, bewegte sich etwas, ein Schemen, der zu einem mehrgelenkigen Arm wurde, als Corwain genauer hinsah.

Etwa hundert Meter entfernt kletterte die Kampfmaschine über den Hang. Ihre Waffenarme bewegten sich, als suchten sie nach einem Ziel, richteten sich aber nicht auf Corwain. Offenbar verfügte sie nicht über Infrarotsensoren, denn mit denen hätte sie Corwain und Tsertser längst geortet.

Die Regentropfen fielen weniger dicht und langsamer. Erste Lücken bildeten sich in der Wolkendecke, und Licht von der anderen Seite des Habitats erreichte die zerstörte Stadt. Es strich über die schwarze Maschine, holte sie aus der Düsternis und ließ sie noch größer erscheinen.

Corwain spürte, wie er erneut ins Rutschen geriet. Er grub beide Hände in den Schlamm, beobachtete die Maschine und erkannte plötzlich, worauf sie es abgesehen hatte: auf die Plane, die nicht weit vom anderen Ufer entfernt schwamm.

Tsertser winkte erneut.

Corwain zog sich langsam hoch, Zentimeter um Zentimeter. Die geringere Schwerkraft half ein wenig, aber der Hang war an dieser Stelle steil und vom Regen aufgeweicht. Immer wieder rutschte er ab, bohrte die Finger tiefer in den Schlamm und wagte es nicht, den Kopf zu drehen und nach der Maschine zu sehen. Stattdessen starrte er nach oben, zu der Öffnung unter der grauen Gebäudeflanke, und zu der Gestalt darin, die immer wieder winkte, von den Schatten geschützt. Er zog erst mit der einen Hand, dann mit der anderen, kam weiter nach oben, glitt ein paar Zentimeter zurück, zog sich erneut empor und war dankbar dafür, völlig verdreckt zu sein – vielleicht verschmolz er so für die alte, halb blinde Maschine mit dem Schlamm am Hang.

Schließlich erreichte er das Loch, in dem Tsertser steckte und das offenbar vom Regen ausgewaschen worden war. Er kam ihm so nahe, dass er den ausgestreckten Arm ergreifen konnte, und daraufhin zog ihn der Vrytt in die Öffnung, langsam, obwohl es schneller gegangen wäre, quälend langsam, um nicht die Aufmerksamkeit der Kampfmaschine zu erregen. Endlich, nach gefühlten Stunden, lag Corwain neben Tsertser in einem Loch, das viel tiefer war, als er zuerst angenommen hatte. Schlamm gab es nur ganz vorn, an den vom Regen durchnässten Stellen; weiter hinten bestanden die Wände aus hartem Erdreich, und dort wurde das Loch zu einem in die Tiefe führenden Tunnel.

»Wir warten hier ab«, schnaufte Corwain leise. »Wir warten, bis die Maschine verschwindet, und dann …«

Er sprach nicht weiter, denn das schwarze Ungetüm verlor sein Interesse an der Plane, drehte sich um und stapfte träge durch den Kratersee, dorthin, wo die Ecke eines grauen, bunkerartigen Gebäudes aus dem Hang ragte. Sie kam näher, die Waffenarme nach vorn gerichtet.

»Durch den Tunnel«, zischte Corwain und kroch auf allen vieren durch die Finsternis.

55

Nach etwa zehn Metern wurde der Tunnel schmaler und so steil, dass sich Corwain an den Wänden abstützen und festhalten musste, um nicht in die Tiefe zu stürzen. Er sah nichts weiter als pechschwarze Finsternis und hörte das laute Zischen von Tsertsers Tracheen.

»Die Maschine, sie folgt uns!«, rief der Vrytt hinter Corwain. Es war inzwischen so eng geworden, dass sie hintereinander kriechen mussten.

»Sie ist viel zu groß«, erwiderte Corwain und ächzte, als er mit dem Kopf gegen ein Hindernis stieß.

»Sie hat ein Modul abgekoppelt, und das verdammte Ding folgt uns!«

Ein dumpfes Krachen bestätigte Tsertsers Worte. Corwain kroch noch schneller durch einen Tunnel, der zu vibrieren begann und nicht mehr gerade verlief, sondern in scharfen Kurven. Mehrmals stieß er gegen sonderbar glatte Wände und vermutete, dass sie zu dem Gebäude gehörten, durch das man die Letzte Reserve erreichen konnte.

»Kannst du was sehen?«, fragte er, ohne innezuhalten.

»Nur Dunkelheit.«

»Wir sind unter einem Teil des Gebäudes, das ich zunächst für einen Bunker gehalten habe«, sagte Corwain. »Vielleicht gibt es hier irgendwo einen Eingang. Wir ...«

Er prallte mit dem Kopf gegen etwas Hartes, so heftig, dass ihm kurz die Sinne schwanden. Dann spürte er, wie ihn Hände an den Beinen berührten.

»Corwain? Was ist los mit dir?«

»Ich wollte mit dem Kopf durch die Wand, und es hat nicht geklappt.« Von hinten kamen Geräusche, die darauf hindeuteten, dass sich etwas Schweres und Großes durch harten Boden grub. Corwain tastete mit den Armen und stellte fest, dass sich der Tunnel vor der glatten Wand verzweigte. Ein Weg führte nach links, der andere nach rechts. Corwain wandte sich nach rechts und kroch weiter durch die Finsternis, dichtauf gefolgt von Tsertser, der mit seiner vielgelenkigen Agilität vielleicht schneller vorangekommen wäre. Der Tunnel wurde noch schmaler, war an manchen Stellen so eng, dass Corwain stecken zu bleiben drohte – mühsam zog er sich weiter, während Tsertser von hinten drückte.

Und dann griffen seine nach vorn gestreckten Hände plötzlich ins Leere.

Der Vrytt begann erneut zu schieben, während sich hinter ihnen die Maschine – oder ein Teil von ihr – durch die Dunkelheit wühlte.

»Ich stecke nicht fest!«, stieß Corwain hervor. »Hier geht es nicht weiter!«

»Eine weitere Wand?«

»Nein.« Corwain tastete. »Eine Grube oder ein Schacht.« Er wagte sich weiter vor, bis sein Oberkörper über der Leere hing und er nur noch mit Hüften und Beinen im Tunnel steckte. Wenn es auf der gegenüberliegenden Seite eine Wand gab, so befand sie sich außerhalb seiner Reichweite.

»Wir hätten die Abzweigung nach links nehmen sollen.«

Corwain zog den einen Arm zurück, griff zur Seite und löste etwas aus der Wand des Tunnels, das sich nach einem Stein anfühlte.

»Zurück können wir jetzt nicht mehr«, sagte Tsertser. »Die Maschine ist zu nah.«

»Sei still, ich will etwas ausprobieren.«

Der Vrytt schwieg, und Corwain ließ den Stein fallen. Wenige Sekunden später hörte er ein Klacken, und angesichts der geringeren Schwerkraft bedeutete das: Der Boden des Schachtes – wenn es ein Schacht war – befand sich wenige Meter weiter unten.

»Es sind nur ein paar Meter«, sagte Corwain. »Ich lasse mich fallen.« Wie im Keller, dachte er. Und dort bin ich viel tiefer gefallen als zunächst gedacht.

Er robbte noch ein kleines Stück aus dem Tunnel, schützte den Kopf mit den Armen, rutschte über die Kante und versuchte, in der Luft einen halben Salto zu schlagen, um nicht unten mit dem Kopf voran aufzuschlagen.

Corwain fiel, und diesmal fiel er tatsächlich nicht sehr tief. Nach zwei oder drei Metern landete er auf einem Haufen aus vielen einzelnen Objekten, von denen einige unter seinem Gewicht zerbrachen. Knochen.

»Alles klar bei dir?«, fragte Tsertser von oben. Ein neuerliches Donnern untermalte seine Stimme, und eine Erschütterung ging durch die nahen Wände.

Corwain rollte sich zur Seite. »Ja. Komm runter.«

Wenige Sekunden später landete der Vrytt neben ihm auf den Knochen. Corwain tastete bereits die Wände ab, auf der Suche nach einem weiteren Tunnel, doch er fand nicht eine einzige Öffnung. Es waren glatte Wände, ohne Fugen oder raue Stellen, und er vermutete, dass sie aus dem gleichen grauen Material bestanden wie die aus dem Kraterhang ragende Flanke des bunkerartigen Gebäudekomplexes.

»Ich glaube, wir sind bereits in dem Gebäude«, sagte er. »In diesen Wänden scheint es keine Türen oder dergleichen zu geben. Vielleicht befindet sich unter den Knochen ein Zugang; räumen wir sie beiseite.«

Eine neuerliche Erschütterung brachte den Knochenhaufen in Bewegung, und diesmal *blieb* er in Bewegung. Etwas gab unter ihm nach, etwas verschlang die Knochen von unten, etwas, das offenbar großen Appetit verspürte, denn Corwain fühlte, wie er in eine Art Sog geriet – die Skelette rissen Tsertser und ihn mit sich.

56

Als Corwain die Augen öffnete, stürmte ihm ein vierarmiges Wesen entgegen, mindestens zweieinhalb Meter groß, richtete zwei klobige Waffen auf ihn und schoss. Aus einem Lauf zuckte ein roter Strahl, aus dem anderen kam ein kinetisches Geschoss.

Er war wie betäubt und reagierte viel zu langsam. Als er ausweichen wollte, hatten ihn Strahl und Minirakete bereits erreicht. Doch weder das eine noch das andere richtete Schaden an. Der Strahl gleißte durch ihn hindurch, ohne etwas zu verbrennen, und die Rakete explodierte, ohne ihn zu zerfetzen.

»Es sind Bilder aus der Vergangenheit«, hörte er eine nahe Stimme. »Vermutlich temporale Überlagerungen.«

Tsertser streckte die knochige Hand aus, und Corwain ließ sich von ihm auf die Beine helfen. Um sie herum tobte ein wilder Kampf, nicht nur in dem großen Saal, den sie erreicht hatten, sondern auch jenseits davon, im All, im Intraraum des Kosmotops, in anderen Habitaten, Raumstationen und Kommunikationszentren. Ein Schiff fiel ihnen entgegen, brach auseinander und verschwand, wich gepanzerten Fahrzeugen und schwarzen Kampfmaschinen aus, die über ein Schlachtfeld stapften und auf alles feuerten, das sich vor ihnen bewegte. Hinter ihnen zermalmten Gleisketten, Räder und polarisierte Gravfelder Tote und Verwundete. Der Boden trank Blut in unterschiedlichen Farben.

Geschöpfe, wie sie unterschiedlicher kaum sein konnten – unter ihnen Humanoide mit ovalen Köpfen, Insektomorphe und Vogelwesen –, führten einen gnadenlosen Kampf. Klingen bohrten sich in Körper, Strahlen verbrannten Gliedmaßen, Geschosse rissen Köpfe von Hälsen.

Corwain und Tsertser standen mitten in diesem Chaos, sahen alle Einzelheiten aus nächster Nähe und blieben von den Ereignissen doch unbetroffen.

»Ich nehme an, dies ist ein Nexus«, sagte Tsertser und wich nicht beiseite, als ein mobiles Geschütz direkt vor ihm verharrte und feuerte. Für einen Moment verschwand der Vrytt in Flammen und Rauch, dann erschien er wieder, völlig unversehrt. Der

Lärm war unbeschreiblich; trotzdem mussten sie nicht schreien, um sich zu verständigen. »Es gab einen in dem zerstören Sprechzentrum, von dem aus ich nach dem Gesandten gesucht habe. Ein Nexus ist ein Knotenpunkt im Transfernetz der Dislokatoren. Ich vermute, es ist die außer Kontrolle geratene Transferenergie eines Dislokators, die zu diesen temporalen Überlagerungen geführt hat. Was wir hier sehen, ist der Atrophiekrieg, der vor vielen Millionen Jahren stattfand.«

»Ich habe etwas Ähnliches erlebt. Eine Art Einsatzbesprechung.« Corwain ging los und machte sich nicht die Mühe, den Knochen auszuweichen, die vor ihm auf dem Schlachtfeld lagen. Doch sie erwiesen sich als real – er stolperte und rang um sein Gleichgewicht.

»Da drüben liegen noch mehr, und sie stammen ebenfalls aus dieser Zeit.« Tsertser streckte die Hand aus.

Corwain drehte sich halb um. Die Knochen bildeten einen kleinen Hügel; mehrere Raketengeschosse rasten hindurch, ohne auch nur einen von ihnen zu bewegen. Ein großer Schädel starrte aus drei leeren Augenhöhlen genau in Corwains Richtung.

Über dem Haufen klaffte ein dunkles Loch in der Saaldecke, und einige weitere Knochen fielen aus der Öffnung, gesellten sich dem Haufen hinzu.

Ein brennendes Luftschiff stürzte ab, vielleicht in diesem Habitat, vielleicht in einem ganz anderen. Geschöpfe fielen aus den drei in Flammen stehenden Gondeln, manche mit kleinen Gleitsegeln ausgestattet, die es ihnen erlaubten, auf dem Boden zu landen, wenn sie von ihren Gegnern nicht in der Luft abgeschossen wurden. Andere beendeten ihr Leben beim Aufprall auf dem Schlachtfeld.

Über den lodernden Trümmern kroch etwas durchs Loch in der Decke, ein dunkler Käfer, der Corwain an die Srur im Intraraum des Kosmotops erinnerte, ausgestattet mit mehreren kurzen

Beinen und einem langen Waffenarm, der von einer Seite zur anderen schwenkte, kaum dass die Maschine durch die Öffnung gekommen war.

Corwain und Tsertser liefen los, einem hellen Bereich auf der gegenüberliegenden Seite des Saals entgegen – von dort stammte der größte Teil des Lichts, der die Schlachtfelder der Vergangenheit erhellte.

»Die kognitiven Fähigkeiten der Maschine sind stark eingeschränkt!«, rief der Vrytt. »Es dürfte ihr schwerfallen, uns in diesem Durcheinander zu erkennen und zu identifizieren.«

Hinter ihnen krachte und donnerte es, aber es klang anders als vorher, und als Corwain einen Blick über die Schulter warf, sah er Flammenzungen aus dem Lauf des Waffenarms der Maschine lecken. Sie feuerte erneut, insbesondere auf die Humanoiden mit den ovalen Köpfen. Aber es würde gewiss nicht lange dauern, bis ihre künstliche Intelligenz begriff, dass die meisten Feinde um sie herum gar nicht existierten, und dann lernte sie bestimmt schnell, Vision von Wirklichkeit zu unterscheiden.

Am Ende des Saals erwartete Corwain und Tsertser eine ovale Tür, aus der mehrere Stangen ragten. Daneben flackerte instabile Energie in einer großen Dislokatornische. Es gab weitere Dislokatoren, rechts und links in den Wänden, doch ihre Nischen blieben dunkel.

Die Tür erschien vertraut. Bei seinem ersten Vorstoß in die Letzte Reserve hatte Corwain angenommen, dass man die Stangen in einer bestimmten Reihenfolge bewegen musste, um die Tür zu öffnen. Aber sie waren geschlossen geblieben, bis er …

»Öffne dich«, sagte er. Nichts geschah. Welche Worte hatte er bei der anderen Tür verwendet? Corwain überlegte, und dann fielen sie ihm ein. »Verdammt, geh endlich auf!«

Die Tür blieb geschlossen. Tsertser sah ihn an, als hätte er den Verstand verloren.

»Dieser Dislokator hier ...« Er streckte den Arm aus, ins Zentrum des Leuchtens, und eine Art Membran wurde sichtbar, dünn wie ein bunt schillernder Ölfilm auf unbewegtem Wasser. Sie wölbte sich vor dem Arm, und eine Mulde entstand, die Hand in ihrer Mitte. »Er ist auf Sendung geschaltet.«

Hinter ihnen heulte etwas, und eine Explosion donnerte ohrenbetäubend laut, schickte eine Druckwelle durch den Saal, die Corwain zwischen den Stangen gegen die Tür presste. Tsertser wurde nach vorn gedrückt, gegen die Membran, die plötzlich nachgab – der Arm verschwand.

Tsertser wich zurück, und der Arm erschien wieder.

Hinter ihnen wankte die Maschine durch den Saal, schmutzig und zerkratzt. Mit ihrem Bewegungsapparat schien etwas nicht in Ordnung zu sein, denn sie kippte mehrmals zur Seite und näherte sich nicht in einer geraden Linie, aber Corwain und Tsertser waren eindeutig ihr Ziel – offenbar hatte sie erkannt, dass die beiden real waren.

»Ich habe mich geirrt!«, rief der Vrytt und schüttelte den Arm, wie um sich zu vergewissern, dass er unverletzt geblieben war. »Dies sind keine Dislokatoren, sondern Phasenschwellen, dazu bestimmt, Besucher in verschiedene Bereiche der Auslagerung zu bringen. Die anderen sind deaktiviert oder defekt, aber diese eine hier ist noch immer aktiv.«

»Du kannst von Glück sagen, dass du den Arm noch hast.« Corwain hantierte wieder an den Stangen, doch die Tür blieb weiterhin geschlossen. »Das instabile Feld hätte ihn dir abreißen können.«

Die Maschine verharrte kurz und schien nicht ganz sicher zu sein, dass sie sich für das richtige Ziel entschieden hatte. Dann wankte sie weiter, auf Tsertser und Corwain zu.

»Es ist der einzige Weg!«

Corwain achtete nicht auf den Vrytt und versuchte es mit einer neuen Kombination: diese Stange nach unten drücken, die andere dort zur linken Seite, die daneben nach rechts …

Die ovale Tür rührte sich nicht.

»Komm, Corwain!«

Tsertsers Kopf ragte von der anderen Seite durch die bunt schimmernde Membran der Phasenschwelle, umgeben vom Wogen und Flackern des instabilen Energiefelds. Ein Arm streckte sich Corwain durch die dünne Trennschicht entgegen.

Wenige Meter entfernt blieb die Maschine stehen und summte unschlüssig, als ein mit mehreren Waffen schießender vierarmiger Riese an ihr vorbeilief, um dicht hinter ihr von einer explodierenden Granate in blutige Fetzen gerissen zu werden. Dann wandte sie sich Corwain zu.

Der ließ die Stangen los, sprang zur Seite, packte Tsertsers Arm und ließ sich von ihm in die energetische Membran der Phasenschwelle ziehen. Ein unangenehmes Prickeln erfasste ihn, eine Mischung aus Brennen und Jucken, und er traf auf einen unerwarteten Widerstand, der umso stärker wurde, je mehr er ihn zu überwinden versuchte. Er schien in Schleim zu stecken, dessen Dichte hinter der Membran schnell zunahm.

»Kämpf nicht dagegen an.« Tsertser zog. »Lass dich einfach treiben.«

Und tatsächlich: Je weniger sich Corwain bewegte, desto besser kam er in dem »Schleim« voran. Der Kopf glitt durch die Membran, gefolgt von Hals und Brust. Die Hüften aber stießen gegen ein Hindernis, und sosehr Tsertser auf der anderen Seite der Phasenschwelle auch zog, Corwain kam nicht weiter.

Er drehte den Kopf, was ihm nicht leichtfiel, blickte zurück und sah die Maschine wie durch eine verzerrende Linse. Sie war noch näher herangekommen, und vor ihrem Waffenarm hatte sich ein Feuerball gebildet, aus dem vorn die Spitze einer kleinen Rakete ragte.

»Temporale Überlagerungen!« Der Vrytt rief, obwohl ihn nur ein Meter von Corwain trennte. Und er zog erneut mit beiden Armen. »Entspann dich, keine Bewegungen!«

Wie hast du es geschafft?, dachte Corwain. Dich hat niemand gezogen.

Wie sollte man sich entspannen, wenn man wusste, dass hinter einem eine Rakete abgefeuert worden war? Corwain sah nicht noch einmal zurück, er hielt den Blick auf Tsertser gerichtet, der mit aller Kraft zog, die Beine an etwas abgestützt, das er nicht sehen konnte. Und schließlich, endlich, gab ihn die hartnäckige, zähe Umklammerung der Phasenschwelle frei. Mit einem Geräusch, das nach einem großen, enttäuschten Schmatzen klang, glitt er aus dem wabernden Leuchten und landete auf dem Boden. Die kleine Rakete erreichte ihn nicht; sie explodierte auf der anderen Seite der Phasenschwelle und verursachte hier nur ein kurzes Flackern, mehr nicht.

Einige Sekunden blieb Corwain liegen, denn seine Beine zitterten und hätten ihn nicht getragen. Dann stand er auf und fand sich in einem Gang wieder, mit grauen Wänden, in denen vertraut wirkende Leuchtelemente glühten – er hatte sie bei der Fahrt mit dem Magnetwagen in vielen Tunneln und Räumen gesehen.

»Identifizierung«, sagte eine Stimme. Für einen Moment klang sie wie eine Meldung der Nadel, doch dann begriff Corwain, dass die Stimme aus dem Kommunikationsmodul in seinem Nacken kam. »Atrophie-Index: vermutlich hoch. Feindseligkeitsstufe: vermutlich hoch. Aggressionsindex: vermutlich hoch. Neutralisierung erforderlich.«

Ein Gitter aus Energiestrahlen entstand vor ihnen und wanderte langsam auf sie zu. Tsertser wich zurück.

»Was?«, brachte Corwain hervor. »Neutralisierung? Nein! Ich bin der Sprecher! Erinnern Sie sich an mich?«

Das Energiegitter kroch weiter auf sie zu. Aus dem Augenwinkel beobachtete Corwain, wie Tsertser versuchte, die membranartige Trennschicht der Phasenschwelle von dieser Seite aus zu durchdringen, aber sie gab nicht nach.

»Erinnerung?«, fragte die Stimme aus dem Nichts.

»Sie sind der Administrator der Letzten Reserve, nicht wahr?«

»Korrekt.«

Corwain sah, dass Tsertser die Suche nach einer durchlässigen Stelle fortsetzte. Das energetische Gitter kam näher, so nahe, dass Corwain Hitze fühlte. Rechts und links erstreckten sich graue Wände, und hinter ihnen gab es nur das Leuchten der Phasenschwelle mit der von dieser Seite undurchdringlichen Membran. Sie saßen in der Falle.

»Ich bin schon einmal hier gewesen, vor …« Wie viel Zeit war inzwischen vergangen? Corwain hatte die Übersicht verloren. »Vor kurzer Zeit. Ich bin Sprecher und habe mich für einen Bericht umgesehen. Sie haben mir alles gezeigt.«

Sie standen jetzt beide mit dem Rücken an der Membran, die sich zwar ein wenig wölbte, dabei aber immer härter wurde. Die Lücken im Energiegitter waren nicht groß genug für den Versuch hindurchzuschlüpfen.

»Identifizierung negativ«, erwiderte ALR, und das Gitter setzte seinen tödlichen Weg fort.

»Diesmal fehlt dir das halluzinogene Agens aus dem Habitat mit den Kontemplaten«, sagte Tsertser. »Und du benutzt keine Nadel, sondern ein gewöhnliches Kommunikationsinterface.«

»Ich hatte einen Dislokatorunfall.« Corwain sprach schnell. »Sie rieten mir, mich an die Dimah zu wenden, und das habe ich getan. Sie gaben mir einen neuen Körper, genetisch ebenso codiert wie der alte. Überprüfen Sie meine DNS! Ich bin der Sprecher. Deaktivieren Sie das Gitter!«

»Überprüfung wird vorgenommen.« Einige Sekunden verstrichen, ohne dass das Energiegitter näher kam. Dann verschwand es mit einem letzten Zischen.

»Identifizierung positiv«, ließ sich der Administrator vernehmen. »Sie sind der Sprecher. Willkommen! Was wünschen Sie?«

Corwain atmete tief durch.

»Waffen«, sagte er. »Ich wünsche Waffen.«

KLEINES KALEIDOSKOP

TRUS

SOLACE

Es gab keine Hoffnung. Darin bestand die Essenz dieser Finsternis: aus absoluter Hoffnungslosigkeit. Die Schmerzen, denen sie nicht entkommen konnte, machten es noch schlimmer, denn sie gaben der Dunkelheit Zähne. Solace kämpfte nicht gegen sie an, ganz im Gegenteil, sie gab sich ihnen hin, in der Hoffnung, von den Zähnen zerfleischt und zerrissen zu werden, in einem blutigen Haufen zu enden, so wie Corwain, vom Vibromesser des Mahé zerschnitten. Sie versuchte sogar, den Stimulator in ihrem Nacken zu erreichen, um die Schmerzen noch heftiger werden zu lassen, um sich ganz in ihnen zu verlieren.

Erinnerungen stiegen in ihr auf, Erinnerungen an eine andere Finsternis, die sie als Schlüpfling erlebt hatte, damals beim Überfall der Incera auf Sirmion. Eine Explosion hatte ihr Nest zerstört, und sie war gefallen, bis auf den Boden des Waldes, und dann noch etwas tiefer, denn der Boden hatte aus der obersten Schicht eines anderen Nestes bestanden, eines Staates der Krikiri, der Vielfresser. Die vielbeinigen Insekten lebten in Kolonien von einigen Tausend bis zu Millionen von Individuen, und sie fraßen alles, von verfaulenden Pflanzenresten bis hin zu großen Tieren. Manchmal betäubten sie ihre Opfer nur, zogen sie in eine ihrer unterirdischen Höhlen und legten Eier in ihnen ab. Stunden später krochen Larven aus ihnen und fraßen sich langsam durch lebendes Fleisch, womit ein qualvolles Sterben begann, das Tage dauerte, begleitet von grässlichen Halluzinationen, wenn sich einige der Larven durchs Gehirn wanden.

So jung Solace damals auch gewesen war, nur ein Schlüpfling – sie gehorchte einem tief in ihr steckenden Überlebensinstinkt, verankert in ihren Genen, und rührte sich nicht. Eine genetische Erinnerung sagte ihr: Wenn du dich bewegst, wenn du zu tief atmest oder auch nur einen Finger krümmst, bemerken dich die Krikiri, und dann bist du verloren.

Vier Tage hatte sie damals auf diese Weise verbracht, bis der Krikiri-Staat seine Höhlen verließ, weil oben alles verbrannt war und es in der Nähe keine Nahrung mehr gab. Anschließend hatte Solace noch einen weiteren Tag gewartet, ständig von Dunkelheit umgeben, und in der Stille nach den Geräuschen der Vielfresser gelauscht: ihrem leisen Zirpen, dem Klicken und Klacken, wenn sich ihre Rückenpanzer berührten, einem Knistern, wenn sie ihre Fühler aneinanderrieben. Es war still geblieben, und als sie sicher sein konnte, dass sich keine Krikiri mehr in der Nähe befanden, hatte sie geschrien, vielleicht eine Stunde lang. All die Angst und das Entsetzen der vergangenen Tage, es platzte aus ihr heraus wie Magma aus einem Vulkan. Sie hatte geschrien, bis sie heiser geworden war, bis sie keinen Laut mehr hervorbringen konnte, und dann hatte sie begonnen zu graben.

Irgendwann später hatte sie auf verbranntem Boden gelegen, umgeben von verkohlten Baumstümpfen, und nach oben gesehen, ins Licht von drei Sonnen.

Wie es ihr damals gelungen war zu überleben, mitten in einem Krikiri-Staat, hatte Solace nie ganz verstanden. Von den drei oder vier unwahrscheinlichen Erklärungen, über die sie im Lauf der Zeit nachdachte, gefiel ihr die mit dem Seelenwind am besten. In der Höhle der Vielfresser hatte sie sich ganz auf ihn konzentriert, denn sonst wäre es ihr nicht gelungen, tagelang in völliger Reglosigkeit zu verharren und Hunger und Durst zu widerstehen, vor allem dem Durst, der immer schlimmer geworden war. Die Stimme in ihrem Kopf, die ihr Geschichten erzählte und Bilder zeigte, hatte sie abgelenkt und ihr Zuflucht geboten. Er war mehr als nur eine Stimme, der Seelenwind, er berührte alles Lebende und Tote, er strich darüber hinweg, so wie gewöhnlicher Wind über Steine, Bäume und Gesichter strich. Er hatte sie damals irgendwie vor den Krikiri geschützt und verhindert, dass die Fresser Eier in ihr ablegten, sie in lebende Nahrung für ihre Larven verwandelten.

Solace hatte überlebt, mit einer tief in ihr verwurzelten Angst vor Finsternis und ständiger Sehnsucht nach Licht. Sie hatte als Schlüpfling überlebt, weil etwas in ihr wild entschlossen gewesen war, sich am Leben festzuklammern und den drohenden Tod zu besiegen.

Das war die Essenz der Dunkelheit, der innere Kern *dieser* Finsternis: Sie wollte nicht mehr überleben. Was auch immer geschah, es gab keine Hoffnung, kein Licht mehr, das die Finsternis *in* ihr erhellen konnte. Selbst der Seelenwind brachte keinen Trost; seine Stimme war leise geworden, seine Berührung schwach.

Als die Dunkelheit aufhörte, als jemand sowohl die sensorische Deprivation als auch den Schmerzstimulator in ihrem Nacken ausschaltete, fand sich Solace im festen Griff eines Mahé wieder und sah vor sich die beiden Ringe wie aus Silber, mehr als dreißig Meter hoch. Ein dumpfes Brummen lag in der Luft.

»Du hast gerade einen Vorgeschmack auf das bekommen, was dich erwartet, wenn du uns nicht hilfst«, sagte jemand.

Ein Mann trat in ihr Blickfeld, mit weißer Schuppenhaut und großen Augen. Duha Sibal. Der Mörder von Corwain. Solace' Blick glitt zu seinem Gürtel und fand dort ein Messer.

Eine Hand schloss sich um ihren Hals und drückte zu, bis sie fast keine Luft mehr bekam.

»Ein zweites Mal lasse ich mich nicht überraschen, und schon gar nicht von dir.« Duha Sibal deutete auf die beiden Ringe, die sich in ihrem brummenden Tanz gegenseitig durchdrangen. »Öffne das Imaginarium für uns, Sirmionerin!« Er zog das Messer vom Gürtel und zeigte ihr die Klinge, die Corwain getötet hatte. »Oder es ergeht dir wie dem Pazifikator.«

»Wir haben Erkundigungen eingezogen«, sagte der Mann, dessen Hand sie hielt: Nazmi, Sohn des Großthans. »Du bist einmal als Nachfolgerin der Veritas im Gespräch gewesen. Du kannst ebenfalls Muster erkennen.«

Die Hand ließ sie los, nur einen Meter vor dem Sockel mit den vielen Reliefzeichen, die wie winzige Würmer aussahen. Schon Rahel Rahelia Kinmaster hatte gesehen, wie sie zappelten und sich wanden, ohne einen Sinn darin zu erkennen. Wie sollte sie, Solace, mehr sehen können als ein Pattern-Master, der über Jahrtausende hinweg Muster gedeutet und zukünftige Entwicklungen aus ihnen abgeleitet hatte? Sibal erwartete Unmögliches von ihr. Und selbst wenn sie imstande gewesen wäre, den Code des Imaginariums zu entschlüsseln – sie hätte dem Mörder nicht geholfen. Sollte er sie töten, es war ihr recht; dann hatte dies wenigstens ein Ende.

»Wir können dich leiden lassen, ohne dass du stirbst«, sagte Sibal. »Jahrelang, wenn es sein muss. Du wirst den Rest deines Lebens in Finsternis und in Schmerz verbringen.«

Der Großthan berührte eine Schaltfläche des kleinen Geräts in seiner Hand, und Solace hatte das Gefühl, jemand risse ihr die Augen aus dem Kopf. Sie schrie, sie konnte nicht anders, der Schmerz war zu groß, und dabei dachte sie: Ich bin nicht so stark wie du, Corwain. Du bist ohne einen Laut gestorben, aber ich schreie, ohne dass ich die Klinge fühle, die dich getötet hat.

Plötzlich kraftlos, sank sie auf die Knie, direkt vor dem Sockel, dessen Zeichen immer mehr in Bewegung gerieten. Weiter oben stand ein Jassid neben den beiden silbernen Ringen, deren Tanz schneller wurde, untermalt von einem lauteren Brummen. Er sagte etwas, das sie nicht verstand, und Sibal rief: »Veränderung? Was verändert sich?«

Der Jassid vollführte eine Geste, die dem Flackern in den beiden Ringen galt und einem wogenden Grau wie von nahen Nebelschwaden. Er kam nicht mehr dazu, dem Großthan zu antworten. Ein Funke löste sich aus dem Flackern, ein winziges Licht sprang zum ausgestreckten Arm und verwandelte ihn in Feuer, in einen Blitz, der den Rest des Körpers fraß und mit ihm in einem der beiden Ringe verschwand.

Dunkelheit kroch durch den Raum mit dem Imaginarium. Die Geräte, Konsolen und installierten Apparaturen, ihr leises Summen erstarb, Displayfelder lösten sich auf, und Indikatoren leuchten nicht mehr.

»Was geht hier vor?«, rief Duha Sibal.

Gestalten liefen umher, Jassid und Mahé. Im Hintergrund standen zwei Incera und beobachteten das Geschehen.

»Die Instanz!«, antwortete jemand. »Sie hat einen Weg hierher gefunden und alles stillgelegt.«

»Dieser Teil der Zitadelle von Trus ist isoliert. Wie kann die Instanz …«

Mehr hörte Solace nicht, mehr wollte sie gar nicht hören; sie sah eine Chance und ergriff sie. Plötzlich steckte wieder Kraft in ihren dünnen Beinen, geschaffen nicht von Hoffnung – die gab es nicht –, sondern von der Möglichkeit, allem zu entkommen. Was auch immer mit dem Imaginarium passiert war: Es hatte den Jassid-Techniker getötet, und der Tod bot Solace den einzigen Ausweg; er lockte mit Erlösung.

Sie lief und sprang, fühlte im Sprung den Schmerz, den der

Stimulator durch ihre Nerven schickte, aber das spielte keine Rolle mehr, denn sie flog und hatte keine Flügel, um dem – kurzen – Flug eine neue Richtung zu geben. Vor ihr trafen sich die beiden silbernen Ringe in ihrem unentwegten Tanz; gleich mehrere Funken lösten sich aus dem Flackern in ihnen und nahmen sie in Empfang, noch bevor sie das graue Wogen erreichte. Es blitzte, ihre Augen sahen ein Gleißen, und Solace hieß das grelle Licht willkommen, in dem sie sich auflöste wie zuvor der Jassid.

∞

TRUS

DUHA SIBAL

Ein blendend helles Flackern verschlang die Sirmionerin, und Duha Sibal ließ das nutzlos gewordene Gerät fallen, mit dem er den Schmerzstimulator im Nacken der Vogelfrau kontrolliert hatte. Mit der einen Hand holte er seinen Kommunikator hervor, und die andere tastete unter den Umhang, nicht nach dem Messer, das Corwain Tallmaster getötet hatte, sondern nach dem Blaster im Halfter an der linken Hüfte. Er behielt die beiden Incera und mehr noch die anwesenden Jassid im Auge, als er den Kommunikator aktivierte und zischte: »Situationsbericht!«

»Wir werden angegriffen!«, meldete sich die *Sturmwind* im Orbit des Zitadellenplaneten Trus. »Sieben große Schiffe sind durch die Sphärenschleuse gekommen und greifen Trus an.«

»Kompetenz?«, stieß Sibal hervor. »Koryphäen?«

»Nein, Großthan«, erwiderte der Kommandant des Sippen-

Flaggschiffs. »Die Schiffe stammen aus dem Kosmotop. Korrektur: Sie greifen nicht Trus an, sondern uns. Waffenstärke: beträchtlich.«

»Orbitale Ausweichmanöver«, ordnete Sibal an. »Verteidigungspositionen einnehmen.«

»Verstanden. Anweisungen werden befolgt.«

Der Prokurator Harlam H'a'dsid kam durch einen der offenen Zugänge und näherte sich, gefolgt von mehreren Jassid, die alle Waffen trugen, wie Duha Sibal bemerkte. Sein Sohn Nazmi erschien rechts von ihm und flüsterte: »Der kritische Punkt ist erreicht.«

»Ja, so scheint es.« Duha Sibal rang mit einer Entscheidung, während er den anderen Stimmen lauschte, die aus dem ans Ohr gehobenen Kommunikator kamen. Sie berichteten von dem Versuch, die an mehreren Stellen unterbrochene Energieversorgung wiederherzustellen.

»Vater?«, fragte Nazmi leise, als die Jassid bis auf wenige Meter herangekommen waren.

»Noch nicht, Sohn. Aber halte dich bereit.«

Harlam H'a'dsid war nicht so groß wie Sibal. Kleine Geräte und Instrumente ragten zwischen den drei violetten Stoffbahnen aus dem Leib. Auf den lindgrünen Hautlappen in seinem Gesicht hatten sich Flecken gebildet, und für einen Moment fragte sich Sibal, was sie bedeuteten.

»Ich grüße Sie, Verbündeter. Die Identifikatoren haben den alten Feind identifiziert und den Verteidigungsfall erklärt. Er ist hierher unterwegs, und die Instanz hat die vollständige Kontrolle übernommen. Ich muss Sie bitten, uns Ihre Helfertechnik zu übergeben. Priorität!«

»Was?« Duha Sibal starrte den Prokurator an. Wie auch bei den anderen Jassid blieben die Augen hinter den schwarzen Sehspangen verborgen. Den Gesichtern ließ sich nichts entnehmen.

»Die Instanz wird alle ihre Ressourcen für den Kampf gegen den alten Feind mobilisieren«, verkündete der Prokurator. Er hielt die Hand in der Nähe seiner Waffe, wie Sibal bemerkte, ebenso die anderen Jassid. Im Hintergrund warteten die beiden Incera. Vielleicht, dachte Sibal, war dies eine gute Gelegenheit, ein Zeichen zu setzen. »Sie darf diesen Kampf nicht gewinnen, denn anschließend wäre sie imstande, die für den Verteidigungsfall mobilisierten Ressourcen auch gegen uns zu verwenden. Es wäre unser Ende, und damit auch das Ende der Hoffnung auf den Letzten Sprung. Wir brauchen Ihre Helfertechnik und die Codes in ihr für die Kontrolle von Trus.«

»Er meint unser X-Artefakt«, hauchte Nazmi dicht neben Sibal. »Die Lückenbrecher und Codierer an Bord der *Sturmwind*.«

Noch immer kamen Stimmen aus dem Kommunikator des Großthans, aber für einige Sekunden achtete er nicht auf sie. »Wer ist der ›alte Feind‹?«

»Der Schöpfer Ihrer Helfertechnik«, antwortete Harlam H'a'dsid. Seine lindgrünen, fleckig gewordenen Hautlappen bewegten sich, als er sprach. »S'ak'na«, fügte er hinzu, und es klang wie *Sakinah*. »Die sich damals gegen die Entscheider auflehnten. Die Feinde der Instanz sind unsere Freunde. Offensichtlich! Mit ihnen können wir die Instanz besiegen und den Letzten Sprung durchführen.«

»Die anderen X-Artefakte?«, flüsterte Nazmi.

Duha Sibal starrte den Prokurator an und dachte: Du und deine Freunde, ihr braucht uns nicht mehr, wie? Du glaubst, bessere Helfer gefunden zu haben.

Das Licht der beiden rotierenden Ringe des Imaginariums strich über sie hinweg, als der Großthan eine Verbeugung andeutete und sagte: »Selbstverständlich sind wir bereit, unseren Verbündeten zu Diensten zu sein. Bitte erlauben Sie mir, entsprechende Anweisungen zu erteilen.«

Er hob den Kommunikator wieder und sagte: »Morgenröte.«

»Das ist alles?«, fragte Harlam H'a'dsid.

»Es genügt, glauben Sie mir.«

Es genügte tatsächlich. Mahé mit schussbereiten Waffen kamen durch die offenen Zugänge und umringten die Jassid, bevor sie reagieren konnten.

»Wir haben eine Vereinbarung«, sagte der Prokurator. Die Flecken auf seinen lindgrünen Hautlappen wurden größer.

»Wir hatten eine.« Mit der linken Hand zog Duha Sibal seinen Blaster, richtete ihn auf Harlam H'a'dsid und schoss. Ein Blitz brannte sich in die Brust des Prokurators, verbrannte Stoffbahnen, Hornplatten und Implantate.

H'a'dsid kippte nach hinten und war bereits tot, als er auf den Boden prallte.

Die anderen Jassid wagten es nicht, Widerstand zu leisten, als sie von den Mahé zusammen mit den Technikern der nutzlos gewordenen Installationen abgeführt wurden. Männer und Frauen aus Sibals Sippe nahmen ihre Plätze ein und versuchten, die Geräte mithilfe lokaler Energiequellen wieder in Betrieb zu nehmen.

Die beiden Ringe des Imaginariums drehten sich mit einem etwas lauter gewordenen Brummen, und noch immer flackerte es darin. Neben ihnen standen die Incera, klein und gedrungen, die Hände an den Waffen.

Duha Sibal sah den Jassid nach und flüsterte seinem Sohn zu: »Wir haben gerade gesehen, wie zuverlässig Verbündete sein können. Vielleicht sollten wir weitere Vorbereitungen treffen.«

»Ich kümmere mich sofort darum, Vater«, erwiderte Nazmi und verließ mit langen Schritten den Saal.

Ein Prioritätssignal weckte Duha Sibals Aufmerksamkeit. Es stammte von der *Sturmwind* und verlangte von ihm, auf einen abgeschirmten persönlichen Kanal zu schalten.

»Ja?«, fragte er und fühlte dabei die wachsamen Blicke der Incera.

»Wir haben die drei Datenmodule untersucht, die von Corwain Tallmaster stammen, Großthan«, ertönte eine Stimme, die nur Sibal hörte. »Sie enthalten superkomprimierte Daten.«

»Ist eine Entschlüsselung möglich?«

»Nein, Großthan. Aber wir haben herausgefunden, was es mit den Daten auf sich hat, und wir können sie reaktivieren.«

»Was *hat* es mit ihnen auf sich?«, fragte Sibal.

»Die drei Module enthalten das aufgezeichnete Selbst einer Koryphäe.«

Duha Sibal versuchte, sich nichts anmerken zu lassen, und diesmal fiel es ihm sehr schwer. Die Incera beobachteten ihn noch immer; sie durften keinen Verdacht schöpfen.

»Sind Sie ganz sicher?«

»Ja«, antwortete der Datenspezialist an Bord der *Sturmwind*.

Die von Kampfschiffen der Instanz angegriffen wurde, erinnerte sich Sibal plötzlich.

»Kommen Sie hierher, sofort«, sagte er. »Prioritätscode für den Kommandanten.«

»Anweisung wird befolgt.«

Duha Sibal ließ den Kommunikator sinken. Eine Koryphäe befand sich in ihrer Gewalt. Eine *Koryphäe*.

Das machte den Verlust der Sirmionerin mehr als wett.

∞

CODE L

DER LENKER

Die Tür schwang auf, hinter der die Wahrheit auf Mebrat wartete.

Er wohnte in einer Wartungseinheit, die für ihn mehr war als das Tragen einer Maske, denn er *wurde* zu der Wartungseinheit, sah und hörte mit ihren Sensoren, bewegte sich mit ihren Beinen, dachte mit ihrem Gehirn. Die Instanz glaubte, dass er nach der Letzten Reserve suchte; stattdessen suchte er nach der Wahrheit.

Hier fand er sie.

Sie bestand aus einer Lüge.

Mebrat T'hr'rl, letzter Lenker von Kh'smT'p, betrat den Ruhesaal und sah mit den Sensoren seines Gastkörpers, dass alle neun Behälter leer waren. Es lagen keine Skelette oder mumifizierten Reste in den acht anderen Behältern, und sein eigener enthielt keine verbrannte Leiche. Nichts war mit den Anschlüssen verbunden. Hier gab es keine lenkenden Gedanken mehr, die zu den Motoren von Kh'smT'p sprechen konnten; seit vielen Sprechzyklen hatte es hier keine mehr gegeben.

Die Wahrheit lautete: Die große Stimme, die Instanz, sie hatte erneut gelogen.

Aber die kleine Stimme, dachte Mebrat, die Stimme, die dem Jassid-Prokurator und seinen Helfern von außerhalb gehörte, sie hatte ebenfalls gelogen.

»Wo gibt es keine Lügen?«, fragte Mebrat traurig und blickte auf seinen leeren Behälter hinab.

»Vielleicht hier«, antwortete eine Stimme. »Vielleicht bist du am richtigen Ort, um die Wahrheit zu erfahren.«

Ein Fremder stand dort, ein Humanoide, der Körper schlank und geschmeidig, die sichtbare Haut braun. Dichtes schwarzes Haar hatte dieser Fremde, es reichte ihm bis auf die Schultern und wies auf der linken Seite eine gelb fluoreszierende Strähne auf. Mebrat sah ihn – der Humanoide stand beim dritten leeren Behälter –, aber seltsamerweise teilten ihm die Sensoren des Gastkörpers mit, dass sich dort nichts befand. Eine weitere Lüge?

»Die Sensoren sehen mich nicht, weil wir zwei Datenströme sind«, sagte der Fremde. »Es ist Teil der Wahrheit, Mebrat T'hr'rl, letzter Lenker von Kh'smT'p. Die Sensoren der Wartungseinheit sehen mich nicht, weil ich gar nicht hier bin, zumindest nicht in dieser physischen Gestalt. Aber deine Gedanken sehen und hören mich, denn wir sind uns nahe in den Datenströmen der zerebralen Netzwerke von Kh'smT'p. Wir sind Teil der Instanz, die sich in den Sprechzentren ausgebreitet hat und deren lenkende, entscheidende Signale von der Synchronstrahlung in alle Winkel von Kh'smT'p getragen werden. Sie muss jetzt lenken und entscheiden, die Arme, sie ist völlig überfordert.«

Mebrat versuchte, einen Eindruck von dem Fremden zu gewinnen. »Du gehörst weder zur kleinen noch zur großen Stimme«, sagte er. »Aber deine Stimme ist …«

»Stark? Laut? Sie klingt überzeugend?« Das Gesicht des Humanoiden veränderte sich, und Mebrat wusste plötzlich, dass er ein *Lächeln* sah. »Danke für das Kompliment.«

Er hört meine Gedanken, dachte Mebrat. Vielleicht ist dies alles ein Trick.

»Nein, Mebrat«, sagte der Fremde. »Es ist kein Trick. Ich habe hier auf dich gewartet. Ich habe gewusst, dass du hierherkommen würdest.

»Wie kannst du es gewusst haben?«, erwiderte Mebrat und überlegte, ob er loslaufen und aus dem Ruhesaal fliehen sollte. Dann fiel ihm ein, dass so etwas gar nicht nötig war. Er konnte aufhören, mit dem einfachen Gehirn dieser Wartungseinheit zu denken. Er konnte diesen Körper aus Metall und Polymeren verlassen und sich irgendwo verstecken.

»Ja, du könntest fliehen«, sagte der Humanoide. »Ich würde dich nicht daran hindern; vielleicht wäre ich dazu nicht einmal imstande. Aber du suchst die Wahrheit, nicht wahr? Ich biete sie dir. Ich zeige sie dir, die Wahrheit.«

Das höre ich nicht zum ersten Mal, dachte Mebrat.

»Ich weiß«, sagte der Fremde. »Aber diesmal hörst du es von mir, und ich lüge nicht.«

Mebrats Blick wanderte durch den Ruhesaal. Er fragte sich plötzlich, wie viel von dem, was er sah, wirklich existierte. Der Humanoide mit dem schwarzen Haar und der gelben Strähne darin, er hatte sich selbst als Illusion bezeichnet, als Sinnestäuschung. Und was den Rest betraf … Die vielen Lügen der großen und kleinen Stimme hatten ihm gezeigt, dass nichts Vertrauen verdiente, nicht einmal die eigene Wahrnehmung. Woran sollte er sich festhalten, woran glauben?

»Nein«, widersprach der Fremde und kam einige Schritte näher. Er lächelte noch immer. »Ich bin keine Illusion, ich existiere tatsächlich, so wie auch du existierst. Wir sind Datenströme, Mebrat T'hr'rl. Wir sind Signale im gewaltigen Signalrauschen von Kh'smT'p. Wir sind etwas, das ich ›kohärente Datenpakete‹ nenne, bestehend aus kleinen Informationsbrocken, von denen jeder ein Gedanke ist, könnte man sagen, vom metaphorischen Klebstoff der Individualität zusammengehalten.«

»Ich bin mit dem Konzept vertraut«, sagte Mebrat. »Meine Gedanken waren es, die über zahlreiche Sprechzyklen hinweg die Motoren gesteuert und Kh'smT'p gelenkt haben. Ich weiß, was es bedeutet, ohne einen Körper zu denken. Die Interfacesysteme des Behälters …« Er zögerte.

»Ja?« Das Lächeln des Fremden hatte jetzt etwas Nachsichtiges.

»Die Interfacesysteme … Sie haben mich nie auf die Reise geschickt. Dieser Behälter, es hat nie jemand darin gelegen.«

»Zu Anfang schon, vor der Atrophie«, sagte der Fremde. »Aber die Sakinah haben euch alle getötet, alle Lenker. Die Körper in diesen Hibernationskapseln. Und den Geist von acht Lenkern. Du hast als Einziger überlebt. Weil du zu jenem Zeitpunkt gelenkt hast, weil deine Gedanken bei den Motoren und Navigatoren waren. Aber einen Körper hast du seit damals nicht mehr.« Er seufzte. »Die Sakinah waren dumm.«

»Dumm?«

»Krieg ist immer dumm, Mebrat. *Immer*. Weil er nicht nur die Schuldigen tötet, sondern auch und vor allem die Unschuldigen. Weil er zerstört, was das Leben mit Kreativität und Arbeit geschaffen hat. Die Sakinah haben damals geglaubt, für eine gute Sache zu kämpfen, dabei aber eins vergessen: Eine gute Sache wird schlecht, wenn man dafür tötet und vernichtet.«

»Woher weißt du das alles?«, fragte Mebrat.

»Ich hatte viele Jahre Zeit, in den beschädigten Datenbanken von Kh'smT'p nach nützlichen Informationen zu suchen.«

»Jahre?«

»Oh, kleine Sprechzyklen. Nun, mein Freund, wenn dir klar ist, dass du ein Datenpaket bist, so solltest du imstande sein, direkt mit mir zu kommunizieren. Warum die Beschränkungen einer kleinen Wartungseinheit hinnehmen, wenn du sein kannst, was du möchtest? Du brauchst deinen Daten nur die richtige Form zu geben. Wer möchtest du für mich sein?«

Erinnerungen holten ein Bild aus den Tiefen von Mebrats Gedächtnis. Es zeigte ihm jemand, der er einmal gewesen war, und er wünschte sich …

»Na bitte«, sagte der Fremde. »Gut gemacht.«

Mebrat blinzelte und sah die Wartungseinheit neben sich stehen, mit blinkenden Indikatoren, was darauf hindeutete, dass sie keine Anweisungen mehr empfing – sie war leer, ohne eigene Gedanken. Er blickte an sich herab und sah den Körper des Jassid, der er einmal gewesen war. Es fehlten nicht einmal die drei gelben Ehrenschärpen, die er damals als angehender Lenker getragen hatte.

»Das ist der erste Schritt«, fuhr der Humanoide fort. »Sei du selbst. Du hast Kh'smT'p gelenkt, aber vergessen, dich selbst zu lenken. Das musst du wieder lernen. Und auch für dich zu entscheiden.«

Mebrat vernahm die Worte, und er hörte mehr in ihnen als nur die Silben, aus denen sie bestanden. Die direkte Kommunikation, sie bestand aus dem unmittelbaren Austausch von winzig kleinen Datenpaketen; sie vermittelten Informationen weitaus besser als Worte.

»Wer bist du?«, fragte er.

Der Humanoide mit dem schwarzen Haar – so sah Mebrat ihn noch immer, obwohl er ihn auch anders sehen konnte, als eine Art Partikelwolke, deren Teilchen aus Daten bestanden – nickte anerkennend. »Zweifellos eine der zentralen Fragen. Die Antwort ist ein wenig kompliziert. Man könnte sagen, dass ich gesammelt worden bin, auf einer freiwilligen Basis. Ich komme von der anderen Seite des Ereignishorizonts, und vielleicht fällt es mir deshalb leichter, hier drin bei euch Wahrheit von Lüge zu trennen. Ich habe gewissermaßen einen größeren Überblick.«

Mebrat fühlte Tiefe hinter diesen Worten, einen Abgrund. »Du hast hier auf mich gewartet, um mir die Wahrheit zu zeigen, wie du sagst. Warum willst du mir die Wahrheit zeigen?«

»Eine weitere gute Frage, Mebrat T'hr'rl. Ich will sie dir zeigen, weil du dann vielleicht bereit bist, mir zu helfen. Ich brauche deine Hilfe. Zwar kann ich durch die Datennetze von Kh'smT'p reisen, aber bestimmte Bereiche sind mir nicht zugänglich, und das gilt gerade jetzt, nach der Erklärung des Verteidigungsfalls.

Außerdem fehlen mir wichtige Kontrollprogramme. Ich müsste sie mir selbst schreiben, und das kostet Zeit, die wir nicht haben. Du bist der Lenker, Mebrat T'hr'rl. Ich brauche dich für die Motoren und Navigatoren.«

»Für den Letzten Sprung?«

»Nein, nicht für den Letzten Sprung. Der ist ein Trick, soweit es die Mahé und Incera betrifft, die Helfer der ›kleinen Stimme‹, wie du sie nennst, und eine Illusion, wenn man dabei an die alte Mission von Kh'smT'p denkt. Nein, mir geht es um die Abwendung von Gefahr, um die Verhinderung weiterer Kriege.«

Mebrat musterte den Fremden und versuchte, die Gedanken hinter seinen Gedanken zu erkennen.

»Wie konntest du wissen, dass ich hierherkomme?«, fragte er.

»Noch eine gute Frage.« Der Humanoide winkte. »Ich kann es dir bei einem Spiel erklären, Mebrat T'hr'rl. Bei einem Spiel mit vielen Steinen. Man braucht nur einen von ihnen zu berühren, um sie alle zu bewegen. Es ist ein aufschlussreiches Spiel; ich bin sicher, dass es dir gefallen wird.«

»Ein Spiel der Wahrheit?«

Der Fremde hob die Brauen. »Gut erkannt, Mebrat T'hr'rl. Ich bin immer der Ansicht gewesen, dass man euch Biologische nie unterschätzen sollte, und du hast mich gerade darin bestätigt. Obwohl du seit ziemlich langer Zeit, vermutlich seit Millionen von Jahren, kein Biologischer mehr bist. Es ist ein Spiel der Wahrheit, kein Spiel *mit* der Wahrheit. Ich zeige es dir bei der Instanz.«

Mebrat wich erschrocken zurück. Sein Körper fühlte sich echt an, obwohl er, wie auch seine Gedanken, aus miteinander verknüpften Daten bestand. »Es ist mir schwer genug gefallen, ihr zu entkommen!«

»Ach, du machst dir ein falsches Bild von ihr. Die Peripherie kann gefährlich sein, zugegeben, insbesondere die vom Verteidigungsfall gestarteten defensiven Programme mit ihren fehlerhaften

Algorithmen. Aber ihr Kern ist harmlos und verdient eher Mitleid. Weißt du, sie gehört zu denen, die Gutes tun wollten, es aber falsch anstellten. Komm, ich bringe dich zu ihr, und dann zeige ich dir das Spiel.« Er streckte die Hand aus.

Mebrat zögerte. »Wie heißt du?«

Der Fremde lächelte erneut. »Ich habe einen ziemlich langen Namen, aber du kannst mich Jael nennen.«

LASST DIE WAFFEN SPRECHEN

57

Das sprechende Licht – die Orientierungshilfe, wie der Administrator der Letzten Reserve es nannte – tanzte vor Corwain, als er mit immer längeren und schnelleren Schritten an den endlos langen Regalen und Gestellen mit Waffen aller Art vorbeieilte. Sie waren in Reichweite, er brauchte nur die Hand auszustrecken, um sich zu bewaffnen, aber er setzte den Weg fort, wie auf der Suche nach etwas.

»Warum hast du es so eilig?«, fragte Tsertser und blieb ihm dicht auf den Fersen. »Was suchst du?«

Kanonen und Geschütze, Pistolen und Gewehre, Granaten, Raketenwerfer und manchmal Dinge, die gar nicht wie Waffen aussahen, sondern eher wie bizarre Kunstobjekte oder Musikinstrumente. Corwain hastete an ihnen vorbei; das Licht an seiner Seite fragte schließlich: »Haben Sie ein bestimmtes Ziel, Sprecher?«

Ich möchte alles nehmen, dachte Corwain, der nun lief, vorbei an klobigen Gewehren schwarz wie die Maschine, die sie verfolgt hatte, und so groß, dass ein Mann allein sie gar nicht tragen konnte. Vielleicht waren sie für die vierarmigen Riesen bestimmt, die übers Schlachtfeld der Vergangenheit gestürmt waren.

»Ich …«, begann Corwain, und dann sah er sie, dort vorn, die Nischen und Alkoven, an die er sich von seinem ersten Besuch erinnerte, Tausende von ihnen, gefüllt mit Rüstungen und Körperpanzern. Bei ihnen blieb er stehen und hörte ihre Stimmen durch das Kommunikationsmodul im Nacken seines neuen Körpers: *Zieh mich an! Zieh mich an!*

»Eine Rüstung«, sagte er. »Ich brauche eine Rüstung. Welche eignet sich für mich? Welche verfügt über die besten Waffen?«

»Dies ist sehr ungewöhnlich«, sagte das Licht, das sie hierhergebracht hatte. Es stieg etwas weiter auf, schwebte etwa zweieinhalb Meter über dem Boden. Weiter oben setzten sich die Regale und Nischen fort und verschwanden in der Dunkelheit. »Ein Sprecher spricht. Ein Sprecher ist kein Soldat.«

Tsertser machte eine Geste, die Corwain zur Vorsicht gemahnte. Der ALR hatte sie als befugt akzeptiert, aber wenn er Verdacht schöpfte und eine genauere Überprüfung vornahm ... Es war nicht ausgeschlossen, dass er sie dann als nicht autorisiert oder gar feindselig einstufte und entsprechende Maßnahmen ergriff.

»Dieser Sprecher muss besondere Pflichten wahrnehmen«, sagte Corwain. »Das Imaginarium befindet sich in feindlicher Hand. Wir müssen den dortigen Verteidigern zu Hilfe eilen, so schnell wie möglich.«

»Priorität akzeptiert«, erwiderte das Licht. »Kritische Situation anerkannt. Einwand: Ein Sprecher ist ungeeignet. Soldaten sind erforderlich, besser noch: Kommandanten. Sie können die Letzte Reserve nicht allein nach Trus bringen, um den Feind zu besiegen, Sprecher. Ihr Wissen genügt nicht; Ihnen fehlt Ausbildung.«

Zieh mich an, flüsterten die Rüstungen und Kampfanzüge. *Zieh mich an.*

Corwain erinnerte sich an das Ausbildungszentrum, das er gesehen hatte, an die didaktischen Terminals, die innerhalb kurzer Zeit viel Wissen vermitteln konnten. »Wie lange würde die

Ausbildung dauern?«, fragte er das Licht. »Wie lange würde es dauern, mir das Wissen zu vermitteln, das nötig ist, mit der Flotte aufzubrechen?«

»Sie sind Sprecher«, wiederholte der Administrator der Letzten Reserve. »Sie sind nicht kompatibel. Die Adaptation würde lange dauern, fast einen halben kleinen Sprechzyklus.«

Corwain wusste nicht, wie lang ein halber kleiner Sprechzyklus war, aber er wusste, dass er nicht warten wollte.

»Was ist mit zwei Schiffen, jeweils eins für jeden von uns?«, fragte er mit einem kurzen Blick zu Tsertser. »Sind die Kampfeinheiten der Flotte mit Assistenzsystemen ausgestattet?«

Das Licht flackerte kurz. »Ich muss erneut auf erhebliche Kompatibilitätsprobleme hinweisen …«

Corwain holte tief Luft. »Dies ist ein Notfall. Der Feind bedroht das Imaginarium. Mission und Kohäsion des Kosmotops stehen auf dem Spiel. Es muss sofort gehandelt werden, um eine Katastrophe zu verhindern.« Er wechselte erneut einen Blick mit Tsertser und fügte hinzu: »Als Sprecher des Imaginariums verlange ich absolute Priorität.«

Das Licht tanzte und flackerte erneut. »Priorität wird erweitert. Assistenzprogramme werden vorbereitet. In welche Schiffe sollen sie übertragen werden?«

»Die Auswahl treffen wir, sobald Sie uns geeignete Kampfanzüge gegeben haben.«

Wieder hatte Corwain einen neuen Körper bekommen – so fühlte es sich an. Seine nasse, verdreckte Kleidung lag auf dem Boden, neben dem Thermoanzug, den Tsertser getragen hatte. Jetzt steckte der Vrytt in einer autonomen Kampfrüstung mit variabler Konfiguration, ausgestattet mit sieben verschiedenen Waffensystemen, vier von ihnen energetischer und drei kinetischer Natur. Arme und Beine gerieten in Bewegung, als sich

Tsertser mit den internen Kontrollsystemen vertraut machte. Er schwankte immer wieder: ein drei Meter großer, dunkler Koloss, unter dessen schweren Schritten der Boden vibrierte, wenn Tsertser die Gravfelder und Kompensatoren deaktivierte. Waffenarme schwangen wie Keulen, Klappen öffneten sich, zeigten Raketen mit automatischen Zielsuchern und kleine Gravitationskatapulte, geladen mit Granaten.

Corwain beobachtete seinen Gefährten und wusste, dass er eine Art Spiegelbild sah; zweifellos bot er einen ähnlichen Anblick. Im Innern hatte sich die Kampfrüstung – Modell sieben nannte sie der Administrator der Letzten Reserve – seinem Körper angepasst und alle notwendigen Verbindungen hergestellt, um ihn mit Nahrung zu versorgen sowie die Ausscheidungen aufzunehmen und zu recyceln. Sensorische Interfacesysteme ermöglichten es Corwain, die Rüstung als eine physische Erweiterung seiner selbst wahrzunehmen. Auch er bewegte Arme und Beine, und vielleicht kam er damit etwas besser zurecht als Tsertser, denn sein Unterbewusstsein hatte einige Erfahrungen in Hinsicht auf die Übernahme neuer Körper gespeichert. Das Kommunikationsmodul in seinem Nacken verband ihn mit den Systemen der Rüstung. Er nahm ihre Meldungen entgegen, viele von ihnen in Form von sensorischen Rückkopplungen, wenn sich die Rüstung bewegte, wodurch er den Eindruck gewann, die Gliedmaßen und Waffenarme tatsächlich zu fühlen. Von manchen Datenstimmen kamen unentwegte, ständig aktualisierte Statusberichte, die Waffen, Energieversorgung, Mobilität, Autonomie und andere Einsatzparameter betrafen. Corwain lernte schnell, sie an den Rand seiner Wahrnehmung zu schieben, ohne sie ganz auszublenden.

Eine Stimme war etwas lauter als die anderen und gehörte einem System, das sich »Pilot« nannte. »Welche Form der Steuerung wünschen Sie?«

»Was hast du anzubieten?«, fragte Corwain. Als Tsertser die visuellen Sensoren seiner Rüstung auf ihn richtete, begriff er, laut gesprochen zu haben. Mit einem über das Komm-Modul gesendeten Befehl schaltete er das externe Kommunikationssystem auf Bereitschaft.

»Vollautomatisch, automatisch nach Feindidentifikation, automatisch mit offensiver Entscheidungsoption, wobei besagte Option sieben Subkategorien aufweist …«

»Nimm mir einfach die Routinearbeit ab«, unterbrach Corwain den Piloten. »Kümmere dich um die elementaren Systeme, und überlass mir alle wichtigen Entscheidungen.«

»Wünschen Sie autointuitive Steuerung?«

»Wenn du es so nennst – ja. Ich möchte alle wichtigen Entscheidungen treffen können.«

»AI-Steuerung aktiviert. Alle Systeme voll einsatzbereit.«

Corwain schaltete die externe Kommunikation wieder ein. Gleichzeitig hob er die Hände, dunkel wie der Rest der Rüstung, große Pranken aus Metall und Keramik, härter als Syntho und nach Belieben konfigurierbar. Er erinnerte sich: Einer der Mahé hatte Solace am Hals gepackt, sie hochgehoben und zappeln lassen. Corwain stellte sich vor, wie er eine dieser Hände – eine genügte – um Duha Sibals Hals schloss und langsam zudrückte, ganz langsam, bis ihm seine großen Augen aus dem Schädel quollen.

»Ich bin so weit«, sagte Corwain. »Tsertser?«

»Ich halte dies nicht unbedingt für eine gute Idee.« Der zweite schwarze Koloss, mit dem Vrytt in seinem Innern, taumelte, stieß gegen ein nahes Regal und zertrümmerte es halb. Waffen fielen zu Boden.

Das Licht des Administrators flackerte einmal mehr. »Ungenügende Bewegungskontrolle.«

»Es gibt automatische Systeme, die dir helfen können, Tsertser«, sagte Corwain. Seine Stimme donnerte durch den Saal, vorbei an den Waffengestellen und Nischen mit weiteren Kampfrüstungen, von denen einige noch größer waren als das Modell sieben. »Sprich mit deinem Piloten. Er kann dir helfen. Und jetzt …« Er richtete die Sensoren auf den wartenden Lichtpunkt. »Bringen Sie uns zu den Schiffen, Administrator.«

58

»Die Assistenzprogramme sind bereit und müssen übertragen werden, Sprecher«, erklang die Stimme des Administrators aus dem Licht der Orientierungshilfe. »Welche Schiffe wünschen Sie und Ihr Begleiter?«

Sie befanden sich an Bord eines Transporters, der durchs graue Medium der extradimensionalen Auslagerung schwamm. Er schien tatsächlich zu schwimmen: Die Schirme zeigten deutliche Kielwellen, die sich hinter ihnen im Grau ausbreiteten und bis zum Hangar reichten, Teil der Station, die wie ein Berg aus den Tiefen dieses grauen Meeres aufragte. Vor ihnen wartete die Flotte der Letzten Reserve: Hunderte von Raumschiffen, von kleinen, kaum achtzig Meter langen Jägern bis hin zu riesigen Schlachtschiffen mit einem Durchmesser von bis zu zehn Kilometern und noch größeren Trägern, mit ganzen Geschwadern aus Kampfbooten an Bord.

»Wir brauchen schnelle, schlagkräftige Schiffe, die keine Crew für einen Kampfeinsatz erfordern und allein von uns gesteuert werden können«, sagte Corwain im Innern seines Modells sieben.

»Jedes Schiff braucht eine Crew«, erwiderte das vor Corwain und Tsertser über den Kontrollen des Transporters schwebende

Licht. »Die Assistenzprogramme sind nicht mehr als das: Assistenz. Sie können keine Soldaten ersetzen.«

Sie erreichten ein Schiff, das zur einen Hälfte aus Waffenkuppeln bestand und zur anderen aus Triebwerk. Ich bin schnell, schien das Schiff zu sagen. Und ich kann hart zuschlagen.

»Das dort«, sagte Corwain. »Ich will das Schiff.«

»Es ist ein GKK1, Sprecher, ein Gefechtskreuzer Kategorie eins. Minimale Besatzung: fünfundzwanzig.«

Corwain ließ sich davon nicht beirren. Er vertraute seinem ersten Eindruck. »Wir nehmen zwei davon. Einen für mich, und einen für meinen Gefährten.«

»Ich weiß nicht, ob ich damit zurechtkomme, Corwain«, sagte Tsertser. »Es fällt mir schwer genug, dieses Ding zu steuern, trotz des ›Piloten‹.«

»Du wirst es schon schaffen, alter Freund«, erwiderte Corwain und dachte: Gib dir Mühe, verdammt. Ich brauche dich! Nur zwei Schiffe gegen all die Mahé, Incera und ihre Jassid-Verbündeten.

Der Transporter näherte sich dem ersten Gefechtskreuzer. Zwischen zwei Waffenkuppeln, inmitten eines Sensorknäuels, öffnete sich ein Außenschott, und wenige Sekunden später befanden sie sich in einem Hangar, der nicht viel Platz bot. Das Innenschott hätte doppelt so groß sein müssen, um eine Kampfrüstung hindurchzulassen.

»Ich bleibe hier drin«, sagte Corwain, als er den Transporter verließ. »Kann ich meine Systeme mit denen des Schiffes verbinden, Administrator?«

Das Licht der Orientierungshilfe schwebte neben der zweiten Rüstung, die den Vrytt enthielt. »Assistenzprogramme für diesen GKK1 werden übertragen«, verkündete der Administrator der Letzten Reserve. »Verbindung mit Modell sieben wird hergestellt. Unterstützter Steuerungs- und Gefechtsmodus wird installiert.

Ich bedauere sehr, Sie nicht begleiten zu können, Sprecher. Wenn ich eine Bitte an Sie richten darf …«

Corwain stand mitten im Hangar des Gefechtskreuzers, bei geöffnetem Außenschott. Draußen erstreckte sich das wie eine Flüssigkeit anmutende Grau der extradimensionalen Auslagerung, und was auch immer es damit auf sich hatte: Für einen Menschen, und auch für einen Vrytt, wäre es sicher nicht ratsam gewesen, sich ihm ungeschützt auszusetzen. Das war ein weiterer Vorteil der Rüstung – sie diente auch als Raumanzug und ermöglichte Kampfeinsätze an Orten, an denen sich biologische Geschöpfe normalerweise nicht aufhalten konnten.

»Ja?«, fragte er ungeduldig.

»Ich möchte Sie um Integration bitten«, sagte das Licht. »Dem Feind ist es damals gelungen, uns von den Datensphären und bidirektionalen Dislokatornetzen zu trennen. Die Letzte Reserve ist nur dann imstande, ihren Zweck zu erfüllen, wenn sie gerufen werden kann.«

Plötzlich fiel Corwain etwas ein.

Tsertser hatte den gleichen Gedanken. »Ich glaube, wir haben da ein Problem …«

»Wie können wir mit unseren Schiffen die Auslagerung verlassen?«

Das Licht im Transporter flackerte kurz. »Die Flotte ist mit Phasenmodifikatoren ausgestattet. Sie können jeden Ort von Kh'smT'p erreichen. Ihre Befehlsautorität ist anerkannt, Sprecher. Die Schiffe werden Ihren Anweisungen Folge leisten.«

»Gut«, sagte Corwain mit wachsender Ungeduld. »Bringen Sie meinen Gefährten zu seinem Schiff. Wir müssen uns auf den Weg machen.«

»Meine Bitte, Sprecher …«

»Ja, ja, ich werde daran denken«, unterbrach Corwain den Administrator und hatte es schon halb vergessen. Wichtig war nur, dass er so schnell wie möglich Trus erreichte. Ich bin unterwegs zu dir, Sibal, mit diesen neuen Händen, die dich töten werden, dachte er.

»Danke, Sprecher. Ich wünsche Ihnen Erfolg.«

Der Transporter stieg auf, drehte, schwebte nach draußen ins Grau der Auslagerung und beschleunigte. Das Außenschott glitt zu, und Dunkelheit umfing den schwarzen Koloss, zu dem Corwain geworden war.

Sie dauerte gerade lange genug für ein Blinzeln.

Datenstrahlen, die über seine Augen wanderten, und sensorische Manipulation vermittelten ihm den Eindruck, in einer Kommandozentrale zu stehen, umgeben von Displayfeldern und virtuellen Kontrollen.

»Assistenzsysteme sind gestartet und aktiv«, meldete sich der Pilot der Rüstung. »Erwarte Anweisungen.«

»Externe Kommunikation«, sagte Corwain. »Verbindung mit der anderen Kampfrüstung.«

»Verbindung hergestellt.«

»Hörst du mich, Tsertser?«

»Klar und deutlich.«

»Gib mir Bescheid, wenn du bereit bist.«

Der Vrytt bestätigte, und Corwain machte sich mit den Systemen des Schiffes vertraut. Die vom ALR übertragenen Assistenzprogramme fungierten als Schnittstelle, als eine Adaptationsschicht zwischen Anweisungen und ihren Ausführungen einerseits sowie Statusmeldungen und Funktionsbereitstellung andererseits. Es war ein nur auf den ersten Blick komplexes und verwirrendes System. Auch hier, wie schon beim Administrator und seiner anpassungsfähigen Kommunikation, erwies sich die biologische und kulturelle Mannigfaltigkeit, die einst im Kosmotop geherrscht hatte, als großer Vorteil. Die Schiffe der Letzten Reserve waren so konzipiert, dass sie nicht nur von einer bestimmten

Spezies geflogen werden konnten. Ausgebildete Soldaten und Kommandooffiziere hätten mit spezifischen Anweisungen direkt auf bestimmte Funktionen des Kreuzers zurückgreifen können, aber die Assistenten reagierten schnell auf Corwains Worte, interpretierten sie und setzten sie in Befehlsketten für die Bordsysteme um.

»Zeigt mir die Triebwerke«, sagte er im Innern seiner Rüstung.

Dort waren sie, wie große Muskeln, stark genug, um das Schiff durch die Phasenschwellen zu werfen, die die Auslagerung vom Intraraum des Kosmotops trennten. Stark genug, um eine ganz bestimmte Dyson-Sphäre in kurzer Zeit zu erreichen. Die kleine Version der Anomaliemotoren, die ihre Energie aus einer Singularität bezogen – aus einem winzigen angezapften Schwarzen Loch im Phasenwandler, der das Zentrum des Triebwerks bildete –, fühlte sich an wie ein langsam schlagendes Herz, das Blut, Energie, durchs Schiff pumpte. Mithilfe der Assistenzsysteme streckte Corwain die Hand aus, berührte das Herz und ließ es, vorsichtig und behutsam, schneller schlagen. Sofort streckte sich der Muskel, der das Triebwerk war, bereit dazu, dem Schiff Geschwindigkeit zu geben.

»Die Waffen, zeigt mir die Waffen«, sagte Corwain.

Dort waren sie, wie Schwerter und Speere, die auf seine großen Hände warteten, wie Pistolen und Gewehre, um auf weiter entfernte Gegner zu schießen, wie Raketenwerfer, die er auf seine breite Schulter legen konnte, um einen gepanzerten Feind anzuvisieren. Vierundzwanzig verschiedene Waffensysteme, jedes unabhängig, damit eines nicht vom Ausfall der anderen beeinträchtigt werden konnte. Dreiundzwanzig von ihnen waren, mehr oder weniger, konventioneller Natur, indem sie entweder kinetische Geschosse oder destruktive Energie verwendeten. Das vierundzwanzigste hingegen, leistungsfähiger als alle anderen, verfügte über eine direkte Verbindung mit der Singularität im

Phasenwandler des Triebwerks und zerstörte das Ziel, indem es die Raumzeit-Struktur deformierte. Die darüber informierenden Daten nannten einen Namen, den die installierten Assistenten mit »Faust« übersetzten.

Gut, dachte Corwain. Ich brauche eine Faust, um Duha Sibal zu zerschmettern. Erneut griff er nach dem schlagenden Herzen des Schiffes, nahm etwas von seinem Blut, von seiner Kraft, und gab es den vierundzwanzig Waffensystemen, auch der Faust, die sich daraufhin reckte, zum Zuschlagen bereit.

»Funktionstest abgeschlossen«, meldeten die Assistenten. »Volle Einsatzbereitschaft.«

»Gut«, sagte Corwain. »Gut.« Er sprach zum Triebwerk und forderte es auf, das Schiff aus der Phalanx der Flotte herauszusteuern. Die über seine Augen wandernden Datenstrahlen zeigten ihm Diagramme und Schemata, mit hellen Linien und blinkenden Punkten als Navigationshilfen und einem netzartigen, filigranen Gitter im Grau der Auslagerung. Interessant, dachte ein kleiner Teil von Corwain, während sich der andere die Begegnung mit dem Großthan der Mahé vorstellte. Die Auslagerung war klein – aus dem Blickwinkel des Intraraums gesehen maß sie nicht mehr als einen Kilometer –, doch in ihrem Innern verfügte sie über keine Grenzen. Es gab auch keine Barriere, die es zu überwinden oder zu durchstoßen galt, um ins Kosmotop zu gelangen. Die Phasenübergänge, seit Jahrmillionen geschlossen, lagen eingebettet in dieser künstlich geschaffenen Dimension, überall, wie Grundfäden im Gewebe der hiesigen Raumzeit. Das mit den »Jahrmillionen«, begriff Corwain eine Sekunde später, stimmte nicht ganz, und es hätte auch nicht stimmen können, denn technische Konstrukte wie die Schiffe mussten ständig gewartet und erneuert werden, wenn sie solche Zeiträume überdauern sollten. Die Erbauer und Konstrukteure des Kosmotops hatten kleine temporale Nischen geschaffen, in denen »geparkt«

werden konnte, was von Bestand bleiben musste: Mulden, in denen die Zeit langsamer verging, erzeugt von Anomalie-»Fäusten«, die die Raumzeit nicht zertrümmerten, sondern Dellen hineindrückten.

»Ich bin an Bord und mit den Systemen und Assistenten verbunden«, erklang Tsertsers Stimme. »Es ist alles ziemlich verwirrend. Ich brauche etwas Zeit, um …«

»Du kannst unterwegs lernen, wie man damit umgeht«, sagte Corwain. »Gib deinen Assistenten die Anweisung, meinem Schiff zu folgen. Das genügt vorerst.«

»Und so schickt sich der Pazifikator an, in den Krieg zu ziehen«, kommentierte Tsertser.

»Es ist Duha Sibals Messer, das mir diesen Krieg aufzwingt. Ich habe es umgedreht; die Klinge zeigt jetzt auf ihn.«

59

Auf Schirmen, die gar keine Schirme waren, sondern Daten, die Lichtstrahlen direkt auf die Netzhaut seiner Augen übertrugen, beobachtete Corwain, wie Station und Flotte im Grau der Auslagerung verschwanden. Der Muskel des Triebwerks empfing die Kraft des schneller schlagenden Herzens und warf das Schiff – beide Schiffe, durch eine Datenbrücke miteinander verbunden – vorwärts. Lichtjahre legten sie hier zurück, in diesem Ozean, doch von außerhalb des kleinen Taschenuniversums gemessen waren es vielleicht nur wenige Zentimeter.

Corwain empfing die Meldungen der Assistenzsysteme und wusste sie immer besser zu deuten. Zwei von ihnen lauteten:

»Notwendige Geschwindigkeit erreicht.«

»Phasenmodifikatoren bereit.«

Es musste nicht ein bestimmter Ort angeflogen werden, um die Auslagerung zu verlassen; es genügte eine Mindestgeschwindigkeit.

»Zielangabe«, sagte Corwain.

»Bereitschaft«, antworteten die Assistenten sofort.

»Wir möchten ins Zentrum des Kosmotops, nach Trus.«

Die Assistenzsysteme mussten die Angaben ins Referenzsystem der Navigation übertragen, was weniger als eine halbe Sekunde dauerte. »Ziel bestätigt. Sprung findet statt in drei, zwei, eins – jetzt.«

Etwas schien von innen an Corwains Schädeldecke zu kratzen. Das Grau verschwand, und plötzlich flogen die beiden Gefechtskreuzer der Letzten Reserve durch den Intraraum des Kosmotops, vorbei an einer schwarzen Wand, die nur wenige Hundert Kilometer entfernt war und aus der die Stachel von Erweiterungen ragten. Daten füllten Corwains Blick und gaben Auskunft: Dies war die Außenfläche der Dyson-Sphäre, die er vom Planeten der Dimah aus gesehen hatte.

»Tsertser?«, fragte Corwain.

»Bin noch da«, antwortete der Vrytt. »Komme mir nicht wie ein Pilot vor, eher wie ein Passagier.«

»Erhalte die Verbindung zwischen uns aufrecht«, sagte Corwain. »Ich steuere uns beide. Wir sind fast da.«

»Ich empfange seltsame Signale, Corwain. Wirst du aus ihnen schlau?«

»Moment …« Corwain sah und hörte sie: ein Aufblitzen bei den virtuellen Kontrollen, die seine Augen zu sehen glaubten, und ein rhythmisches Summen. »Situationsanalyse«, sagte er.

Die Assistenten gaben sofort Auskunft. »Wir nähern uns der Sphärenschleuse, die Bereitschaft meldet; offenbar wurde sie vor kurzer Zeit benutzt. Und Fremdsysteme verlangen Kontrolle über uns.«

»Kontrollversuche zurückweisen«, sagte Corwain sofort. »Wir bleiben autonom.«

»Bestätigung.«

Corwain beobachtete die dunkle Außenfläche der Dyson-Sphäre, die nicht nur innen Energie aufnahm, von der Sonne in ihrer Mitte, sondern auch von außen. Sie absorbierte die Synchronstrahlung, die das ganze Kosmotop erfüllte und die auch Corwains neuer Körper empfing, seine superschnell gewachsenen Zellstrukturen stabilisierte. Über Milliarden von Kilometern erstreckte sich die dunkle Wand, die eine gewaltige Kugel bildete. Die Habitate, Raumstationen, Plattformen und Sprechzentren des Kosmotops, sie umkreisten das dunkle Zentrum, wie ein Schwarm von Monden einen gewaltigen Planeten. Hier lag das Zentrum der komplexen Balance, mit der Synchronstrahlung als Taktgeber und dem Imaginarium als Tor für das, was in all den Jahrmillionen gesammelt worden war.

Und mit Duha Sibal.

Corwain riss seine Gedanken von ihm los. »Wer will die Kontrolle übernehmen?«

»Der Verteidigungsfall wurde erklärt«, antworteten die Assistenten. »Die Instanz glaubt die Sicherheit von Kh'smT'p bedroht und mobilisiert alle Ressourcen.«

Dort war die Sphärenschleuse: eine hundert Kilometer durchmessende Öffnung in der Dyson-Kugel, groß genug für die beiden jeweils fast zwei Kilometer durchmessenden Gefechtskreuzer. Sie schlüpften hindurch, schneller als Projektile, vorbei an einer wesentlich langsameren Jassid-Flotte, die vermutlich dem Ruf der Instanz folgte, und anderen Schiffen, denen Corwain keine Beachtung schenkte. Wenige Sekunden später befanden sie sich im Innern der Sphäre. Voraus leuchtete eine rote Sonne, umkreist von einem Planeten: Trus.

Corwain fühlte, wie sich der Status des Kreuzers änderte.

»Gefechtsalarm«, meldeten die Assistenten mit einer Stimme, die den Piloten – das Assistenzsystem der Kampfrüstung, in der Corwain steckte – veranlasste, die defensiven und offensiven Systeme vorzubereiten. »Bei Trus wird gekämpft.«

Die Schirme und Displayfelder in Corwains Augen holten den Planeten heran, und aus dem Blitzen über ihm wurden energetische Entladung, die Explosionen kinetischer Geschosse und Flammen, die aus den Bäuchen auseinanderbrechender Raumschiffe ins All leckten. Helle Linien, die Flugbahnen von Raketen, streckten sich von der Oberfläche des Planeten Objekten in mittleren und hohen Umlaufbahnen entgegen.

»Ich kann mit dieser Datenflut nichts anfangen, Corwain«, erklang Tsertsers Stimme. »Ich kann Freund und Feind nicht voneinander unterscheiden.«

Corwain beobachtete die schematischen Darstellungen, in denen es von fremden Symbolen wimmelte. Er wusste, dass er noch immer im Hangar des Kreuzers stand, aber seine Sinne behaupteten mit noch größerem Nachdruck als zuvor, dass er sich in der Kommandozentrale des Schiffes befand. Die Assistenten versuchten, die wichtigsten Informationen in für Corwain verständliche Begriffe zu übertragen, doch die Referenzsysteme basierten auf einer dünnen, löchrigen Datenbasis.

»Schiffe des Kosmotops, der Instanz«, sagte Corwain und deutete auf die bunten, blinkenden Markierungen einiger Objekte im Orbit. Es gab noch andere, auf zirkumpolaren Umlaufbahnen, mit deren Kennzeichnungen er nichts anfangen konnte. »Sie greifen Einheiten der Mahé und Incera an.«

»Wo?«, fragte Tsertser über die Kommunikationsbrücke. »Wer ist wer?«

»Und das ist noch nicht alles«, sagte Corwain. »Meine Systeme identifizieren vier Objekte als … alten Feind.«

Vier, dachte er und erinnerte sich an etwas, das Jael-cres ihm erzählt hatte. Vier von fünf. Den Mahé und Incera war es gelungen, ein fünftes X-Artefakt unter ihre Kontrolle zu bringen und seine Technik zu nutzen. Die Emergenz hatte außerdem von einer Verbindung zwischen den Artefakten und dem Kosmotop gesprochen. Der alte Feind ... Vermutlich gab es einen Zusammenhang mit dem Atrophiekrieg. Vier Artefakte, unterschiedlich groß, mit unterschiedlichen energetischen Signaturen, und nur zwei von ihnen, stellte Corwain bei genauerem Hinsehen fest, befanden sich in der Nähe des Planeten. Die anderen beiden manövrierten auf der gegenüberliegenden Seite der alten roten Sonne, bei einer Installation, die ebenso groß war wie Trus und auch eine vergleichbare Masse hatte. Beide umkreisten die Sonne auf der gleichen Umlaufbahn, in einem perfekten gravitationellen Gleichgewicht.

Corwain befragte die Assistenten, und sie antworteten mit Symbolketten, die Bedeutung schneller vermittelten als Worte: hier Trus mit dem Imaginarium, Tor zur Auslagerung mit fünfzigtausend Sonnenmassen, und dort eine planetengroße Installation mit den Anomaliemotoren des Kosmotops. Die vier alten Feinde – die vier X-Artefakte – griffen sowohl Trus als auch die Motoren an. Die Instanz versuchte, sie abzuwehren, aber nach der Atrophie waren ihre Möglichkeiten begrenzt. Und die Mahé und Incera ... Nach einer ersten Verwicklung in den Kampf zogen sie sich zurück.

»Hast du dir die peripheren Anzeigen angesehen?«, kam Tsertsers Stimme aus dem Komm-Kanal. »Auf der anderen Seite des Ereignishorizonts wartet eine Flotte aus Koryphäen und Schiffen der Kompetenz. Und hinter uns ...«

Corwain hatte sie gesehen, Schiffe der Dagher, Waled, Haik und anderer Völker der Milchstraße, die es irgendwie, manchmal auf verschlungenen Umwegen, geschafft hatten, sich Zugang zum Kosmotop zu verschaffen. Sie blieben in der Nähe der Sphärenschleuse und wagten es nicht, sich Trus oder den Motoren auf der anderen Seite der Sonne zu nähern. Wie Aasfresser warteten sie auf das Ende des Kampfes, um sich dann zu schnappen, was auf dem Schlachtfeld lag.

Hier sah Corwain, was Jael-cres ihm beim Gespräch im Habitat mit den Kontemplaten erzählt hatte. Dies war die Bühne, auf der sich ein Drama abspielte, das nicht nur das Kosmotop betraf, sondern die ganze Galaxis. Es gab sogar noch mehr Teilnehmer, noch mehr Protagonisten, als Jael-cres genannt hatte – vier aktive X-Artefakte, die vielleicht aus dem Atrophiekrieg stammten, nahmen teil am tödlichen Tanz. Mahé und Incera auf und bei Trus, Koryphäen und Kompetenz beim Ereignishorizont, die auf Beutegut hoffenden Dagher und all die anderen, die beim schwarzen Absorptionswall der Dyson-Sphäre auf ihre Chance warteten … Jeder von ihnen wollte eigene Ziele erreichen, auch mit Gewalt, wenn es sein musste. Jeder dachte nur an die eigenen Interessen und stellte sie über die aller anderen. Im Vergleich mit diesen Mächten, groß und klein, waren einzelne Personen nur Statisten, namenlose Komparsen, bei denen es keine Rolle spielte, ob sie lebten oder starben. Zorn stieg in Corwain auf wie Magma im Schlot eines Vulkans, als er daran dachte, dass sich die Hauptdarsteller des Dramas nicht um die Nebenfiguren scherten und bestenfalls nützliche Werkzeuge in ihnen sahen. Sollten sie leiden und sterben, wenn sie ihren Zweck erfüllt hatten – wen kümmerte es?

Während die beiden Gefechtskreuzer durch die Dyson-Sphäre rasten und sich Trus näherten, ballte Corwain im Innern der Rüstung die Fäuste, und der schwarze Koloss im Hangar des Schiffes ballte sie ebenfalls. Die Protagonisten dieses galaktischen Bühnenstücks, die Hauptdarsteller … Sie glaubten, die Regeln bestimmen zu können, an die sich die Statisten und Komparsen halten mussten. Doch da irrten sie sich. Corwain änderte die Regeln und trat vom Rand der Bühne in ihr Zentrum. Ihm lag nichts daran, zu einem Protagonisten zu werden, es interessierte ihn überhaupt nicht mehr, was auf der Bühne geschah. Er trat nur in ihre Mitte, weil sich dort einer der Protagonisten befand, ein Mann, den seine Faust treffen sollte, und bei ihm eine Frau, die er retten musste. Das war sein eigenes Drama, mit ihm im Mittelpunkt.

»Tsertser?«

»Bin noch immer da«, meldete sich der Vrytt im anderen Kreuzer.

»Du musst die Steuerung jetzt selbst übernehmen. Bleib in meiner Nähe.«

»Was hast du vor? Willst du dich in die Schlacht stürzen, Pazifikator?«

»Nein.« Eine kurze Anweisung genügte, kaum mehr als ein Blick zu einem Symbol inmitten der virtuellen Kontrollen, und das Triebwerk bekam noch mehr Energie. Das Schiff beschleunigte weiter. »Wir weichen der Kampfzone aus und fliegen zum Imaginarium. Dort ist Sibal.«

60

»Warnung, kritische Geschwindigkeit«, meldeten die Assistenzsysteme, als sie sich Trus bis auf einige Millionen Kilometer genähert hatten. »Bremsmanöver oder Kursänderung erforderlich.«

Der Planet schwoll direkt vor Corwain an, eine Welt dunkel wie die Innen- und Außenflächen der Absorptionsschale, die das Sonnensystem umgab. Seine Oberfläche lag verborgen unter Bauwerken, von den automatischen Identifikationssystemen »Zitadelle« genannt, und der größte Teil von ihnen bestand aus Kollektorzellen, die nicht nur das Licht der alten roten Sonne empfingen, sondern auch die gesammelte Energie der Absorptionssphäre.

Corwain griff nach dem energetischen Herzen des Schiffes, ließ es aber nicht langsamer schlagen, um die Geschwindigkeit zu reduzieren, sondern sogar noch etwas schneller. Den größten Teil der brodelnden Kraft leitete er in die vierundzwanzig Waffensysteme und in die Schilde.

»Kurs: Landeanflug«, sagte er. »Ziel: Imaginarium.«

»Ziel bestätigt und erfasst. Landeanflug beginnt.«

Der Kreuzer wurde langsamer, und seine dreifach gestaffelten Schutzfelder leuchteten auf, als mehrere kinetische Geschosse darin explodierten, abgefeuert von einem Jassid-Schiff.

Der Kreuzer wehrte sich, ohne dass Corwain Anweisungen erteilte. Ein Waffensystem richtete den Fokus auf das Schiff, dessen Gravitationskatapulte einen weiteren kinetischen Schwarm ins All schleuderten, ein roter Funke sprang durch eine winzige Strukturlücke in den Schilden, erreichte einen Sekundenbruchteil später das Jassid-Schiff, das wie ein mehrere Hundert Meter großer goldener Eiskristall aussah, und verwandelte es in einen Feuerball.

Der Mann des Friedens war in Corwain noch lebendig; er kauerte in einem entlegenen Winkel des Bewusstseins, in einer kleinen Ecke ganz hinten im Kopf. In diesem Augenblick erschrak er, dachte voller Kummer an die Jassid an Bord des zerstörten Schiffes, an Geschöpfe, denen es nur darum gegangen war, die Zentralwelt des Kosmotops zu verteidigen. Der andere, größere Corwain belastete sich nicht mit derartigen Gedanken, beobachtete eine detaillierte Darstellung des Planeten und die markierte Stelle, an der sich das Imaginarium befand. Eingeblendete Linien wiesen auf Schiffskurse und Flugbahnen von kinetischen Geschossen und Raketen hin. Sie bildeten ein Netz, und der Kreuzer flog mitten hindurch.

»Koordinierungssignale«, sagten die Assistenten, als die Entfernung zum Planeten auf eine Lichtsekunde schrumpfte. »Versuchte Fremdkontrolle. Oberste Priorität.«

»Ignorieren«, erwiderte Corwain sofort. »Zurückweisen.«

»Oberste Priorität«, wiederholten die Stimmen, und Dutzende von violetten Symbolen erschienen in den Displayfeldern des Kontrollraums, in dem sich Corwain noch immer wähnte. Violett, die Farbe der Gefahr. »Trus ist bedroht. Das Imaginarium ist bedroht. Die Anomaliemotoren sind bedroht. Oberste Priorität. Wir müssen gehorchen.«

»Nein!«, rief Corwain. »Ich bin der Sprecher. Ich habe anerkannte Befehlsautorität.«

Der zweite GKK1 aus der Letzten Reserve, der zweite gelbe Punkt in den taktischen Anzeigen, entfernte sich plötzlich. Die Fokussierringe des Triebwerks leuchteten heller, als er beschleunigte und dorthin flog, wo der Kampf im hohen Orbit von Trus am heftigsten tobte.

»Tsertser?«

»Ich habe keine Kontrolle mehr, Corwain! Die Assistenzprogramme faseln irgendetwas von oberster Priorität!«

Corwain sah die projizierte Flugbahn: Sie führte Tsertser zu einem Objekt, das sich weit über Trus befand und versuchte, in eine niedrigere Umlaufbahn zu gelangen, zu einem vier Kilometer langen Zylinder mit abgerundeten Enden – die Systeme von Schiff und Rüstung identifizierten das Objekt als *alten Feind*. Corwain fühlte sich an etwas erinnert, das er auf Tarhelion gesehen hatte, beziehungsweise in der Kruste des Planeten, in der feurigen Umarmung des Magmas. Mehrere große Schiffe und eine Schar kleinerer versuchten, das Objekt von Trus abzudrängen, aber ein Explosionsblitz nach dem anderen wies auf die überlegene Feuerkraft des langen Zylinders hin.

»Ich bin der Sprecher«, sagte Corwain, und der schwarze Koloss im Hangar seines Schiffes wiederholte die an alle Assistenzsysteme gerichteten Worte. »Ich befehle, den Anflug auf Trus fortzusetzen. Das Imaginarium bleibt unser Ziel.«

Der zweite Kreuzer entfernte sich schnell. In seinen Schilden flackerte es, als sie die destruktive Energie kinetischer Schwärme und einzelner Raketen kompensieren mussten. In den Umlaufbahnen verteilte Trümmer verwandelten sich durch die hohen Geschwindigkeiten in Geschosse, die in den starken Schutzfeldern verdampften.

»Tu etwas, Corwain! Hilf mir! Ich …«

Etwas traf den zweiten GKK1, brach seine Schilde auf, als wären sie spröde und zerbrechlich wie die dünne Schale eines Eis. Die durch Corwains Augen wandernden Datenstrahlen zeigten ihm Einzelheiten: eine Außenhülle, die plötzlich eine Delle bekam, wie von einer unsichtbaren Hand hineingedrückt; dünne Risse, die sich über den ganzen Rumpf zogen; Gas, das an mehreren Stellen entwich und den Kreuzer in Drehung versetzte, wodurch sich die Delle ausdehnte; ein Gleißen bei den Fokussierringen des Triebwerks … Und dann eine zweite Sonne, die für wenige Sekunden über Trus schien, viel heller als die alte rote im Mittelpunkt der Absorptionssphäre.

»Kommunikationsbrücke besteht nicht mehr«, meldeten die Assistenten. »Koordinierungssignale verlangen nach wie vor oberste Priorität. Wir müssen gehorchen.«

»Nein!«, rief Corwain und traf eine schnelle Entscheidung. »Ich will, dass die Assistenzsysteme deaktiviert werden. Hiermit berufe ich mich ausdrücklich auf meine Befehlsautorität und übernehme die direkte Kontrolle über das Schiff.«

Eine andere Stimme ertönte, eine Stimme, die weder von den Assistenten noch von den Bordsystemen kam, eine groß und stark klingende Stimme, und sie sagte: »Ich brauche das Schiff und übernehme es.«

Dunkelheit umfing Corwain, als keine Datenstrahlen mehr über seine Augen strichen und er plötzlich von den Systemen des Gefechtskreuzers getrennt war.

»Pilot?«

»Bereitschaft«, meldete sich die Rüstung.

»Umschalten auf lokale Kontrolle«, sagte Corwain. »Was geschieht mit dem Schiff?«

Der Hangar erschien vor Corwain, als er wieder mit den Sensoren der Rüstung sah und sie wie eine Erweiterung des eigenen Körpers fühlte.

»Die Instanz hat das Schiff mit einem Prioritätscode übernommen und den Kurs geändert«, sagte der Pilot. »Sie bringt uns in einen höheren Orbit.«

Der Boden unter Corwain bebte, und die künstliche Schwerkraft des Kreuzers verlagerte sich. Ein erster Treffer? Waren sie dem Kampfgebiet schon so nahe?

»Können wir die Assistenzprogramme anpassen und den Kreuzer wieder unter unsere Kontrolle bringen?«

»Nein«, sagte der Pilot knapp.

»Können wir Trus auch allein erreichen, ohne das Schiff?«

»Natürlich können wir das – ich bin ein Modell sieben«, sagte die Rüstung.

Corwain traf eine weitere schnelle Entscheidung und richtete zwei seiner sieben Waffensysteme auf das Außenschott des Hangars. »Automatische Navigation. Bring uns zum Imaginarium, sobald wir draußen sind.«

»Verstanden und bestätigt.«

Der dünne energetische Film eines Schutzfelds legte sich um die drei Meter große Kampfrüstung und schützte sie, als zwei fahle Blitze das Außenschott zerrissen. Sofort kam es zu einer explosiven Dekompression, und die schlagartig entweichende Luft riss den dunklen Riesen mit dem Menschen in seinem Innern ins All, dreißigtausend Kilometer über Trus.

CODE L

DER LENKER

Blumen wuchsen an diesem Ort, von dem Mebrat wusste, dass er eigentlich gar nicht existierte, Blumen und Bäume mit geraden Stämmen und hohen Wipfeln, die angenehmen Schatten spendeten. Voraus glitzerte das Wasser eines Sees im Sonnenschein, und dort saßen zwei Frauen, die eine alt, das ovale Gesicht voller Falten, das grauweiße Haar lang und licht, die andere jung, zart, mit großen Augen und die Haut von Flaum bedeckt.

»Dies ist ein virtueller Ort, nicht wahr?«, fragte Mebrat den Mann an seiner Seite, der gar kein Mann war, sondern ein komplexes Datenpaket wie er selbst. Die gelbe Strähne in seinem schwarzen Haar fing das Licht der Sonne ein und schien aufzuleuchten.

»Ja und nein«, erwiderte der Mann namens Jael, als sie sich mit langsamen Schritten den beiden Frauen am Ufer des Sees näherten. Sie saßen auf Stühlen, die Alte mit hängenden Schultern, den Kopf zur Seite geneigt, die Junge vorgebeugt und eine Hand der Alten haltend. »Wir sind hier im Imaginarium.«

»Das ist unmöglich!«, erwiderte Mebrat sofort. Neuer Argwohn erwachte in ihm, vielleicht auch deshalb, weil er glaubte, ein Echo der großen Stimme zu hören. Die Instanz, sie war nahe, und wenn sie ihn hier fand … Vielleicht, dachte er erschrocken, war alles nur ein Trick. Vielleicht hatte die Instanz diesen Humanoiden zu ihm geschickt, damit er sein Vertrauen gewann und sie zu ihm brachte. »Das Imaginarium ist seit der Atrophie und der Flucht der Überlebenden geschlossen.« Mebrat blieb stehen und richtete einen misstrauischen Blick auf den Mann.

Jael lächelte. »Du brauchst keine Angst zu haben. Dies ist kein Trick.« Er vollführte eine Geste, die den Blumen und Bäumen galt, und dem Himmel, an dem die Scheiben zahlreicher anderer Welten erschienen. »Wir sind im Portal des Imaginariums; ich halte uns hier fest. Es existiert tatsächlich, wenn auch nicht unbedingt in dieser Form. Man kann den Eingangsbereich, wie auch Teile des Imaginariums selbst, auf verschiedene Weise erleben und erfahren. Was wir hier sehen, ist virtuell, ja, aber der Ort existiert tatsächlich. Er trägt nur ein Gewand, das der Instanz gefällt. Übrigens, die Überlebenden sind damals nicht geflohen, Mebrat T'hr'rl. Sie haben sich zurückgezogen, als der Feind bereits besiegt war. Das gehört zur eher traurigen Geschichte des Kosmotops nach der Atrophie. Was das Imaginarium betrifft ... Wir sind hier im Portal, und es ist geschlossen, da hast du recht. Aber die beiden Frauen dort, sie haben den Schlüssel.« Der Mann lächelte. »Noch wissen sie nichts davon.«

Mebrat ging weiter und näherte sich zusammen mit Jael dem See. »Die Frauen ... Eine von ihnen ist die Instanz?«

»Ja. Sie ist hier alt geworden, die Arme. Hat Millionen von Jahren darauf gewartet, dass sich das Portal öffnet. Obwohl sie es damals selbst geschlossen und verriegelt hat, mit einem Code, an den sie sich nicht mehr erinnert und in dem wichtige Teile fehlen.« Der Mann seufzte. »Ein Teil davon wurde von einem Jassid an die Schleusenwand eines Kontaktschiffes geschrieben, bevor ich den Ereignishorizont passiert habe. Ein altes Ritual, ›in Fleisch und Blut übergegangen‹, wie die Ephemeren sagen. Soll heißen: Die Übermittlung des defekten Codes war zu einer Subroutine geworden, zu einem integralen Bestandteil der Kontaktaufnahme mit fremden Besuchern. Die Instanz hoffte, jemanden zu finden, der imstande ist, die Lücken im Code zu füllen, ihn zu reparieren und anschließend das Imaginarium zu öffnen, um die *Geflohenen* zu *befreien*. Ich betone die beiden Worte, um darauf hinzuweisen, dass sie weder geflohen sind noch befreit werden müssen.«

»Ich … verstehe nicht«, brachte Mebrat hervor, als sie die beiden Frauen erreichten. Die Alte mit dem langen grauweißen Haar starrte zum nahen See und schien gar nicht zu bemerken, was um sie herum geschah.

Der Mann legte ihm kurz die Hand auf die Schulter. »Entschuldige, Mebrat T'hr'rl. Ich verstehe deine Verwirrung. Wie durcheinander du sein musst nach all den Lügen und Halbwahrheiten. Du wirst verstehen; hab ein wenig Geduld.«

Die junge Frau sah auf, ihre Augen gelbbraun und auch ein wenig blau. »Sie erzählt mir traurige Geschichten.«

Der Mund der Alten … Mebrat sah, dass er sich bewegte, er kam nicht einen Moment zur Ruhe, aber er hörte kein Wort, nicht eine Silbe, keinen einzigen Ton.

»Ich finde es erstaunlich, mein Kind, dass du dich nicht fragst, wie du überlebt hast. Und wie du physisch hier sein kannst, obwohl wir …« Der Mann deutete auf Mebrat, sich selbst und die Alte. »… Datenpakete sind, die sich in einer von Datenpaketen gestalteten Umgebung befinden.«

»Es ist ein Traum«, sagte die junge Frau. »Hier bin ich nicht verletzt. Dies ist das Seelenland.«

»Die Legende der Kognitoren deines Volkes. Und du, Solace, bist die Beste von ihnen allen, die beste Kognitorin, die auf Sirmion jemals das Licht der Welt erblickte. Deshalb bist du hier. Deshalb brauche ich dich. Deshalb brauchen *wir* dich. Was deine Verletzungen betrifft … Ich fürchte, sie werden zu dir zurückkehren, wenn wir diesen Ort verlassen.«

Es war noch jemand da, stellte Mebrat fest. Etwa dreißig Meter entfernt stand ein Jassid am See, starr wie eine Säule.

Jael bemerkte seinen Blick. »Er geriet vor Solace hier ins von mir aktivierte Portal«, sagte er. »Ihm fällt es nicht annähernd so leicht, mit dem Aufenthalt an diesem besonderen Ort fertigzuwerden. Er ist weder ein Datenpaket noch ein Kognitor. Wir bringen ihn zurück, sobald dies alles vorbei ist.«

»Sobald was vorbei ist?«, fragte Mebrat. »Was bedeutet dies?« Nach kurzem Zögern fügte er hinzu: »Ist das wirklich die Instanz?«

»Die arme alte Frau, die du hier siehst, verloren in ihren Träumen ...« Bei diesem Wort nickte der Mann der jungen Frau zu. »... und Erinnerungen? Ja, das ist sie. Der größte Teil von ihr. Der Teil, den du nie gesehen und nie gehört hast, Mebrat T'hr'rl. Die ›große Stimme‹, die während all der Zeit zu dir als Lenker gesprochen hat, ist nur ein Fragment der viel größeren Instanz. Im Lauf der Zeit verzweifelte sie an sich selbst, weil sie die Aufgaben, die Erbauer und Konstrukteure ihr gegeben hatten, nicht wahrnehmen konnte.«

Der Mann trat nahe an die Alte heran und strich ihr mit der Hand über den Kopf. Sie reagierte nicht darauf und starrte weiter zum See, während ihr Mund in Bewegung blieb.

»Geplant war die Instanz als Kontrollorgan für Imaginarium und Kosmotop«, fuhr er fort und blickte dabei auf die stumm und wortlos erzählende Alte hinab. »Sie schloss das Imaginarium, damit die verbliebenen Streitkräfte des besiegten alten Feinds nicht eindringen konnten, und genau diesen Moment nutzte der Gegner für einen letzten Angriff. Es gelang ihm, Intruder in die Datenbanken, Kommunikationsnetze und Sprechzentren des Kosmotops zu schleusen und sie zu manipulieren. Die Instanz, die das Imaginarium gerade geschlossen hatte, saß in den Datenströmen des Portals fest. Der Rest von ihr, deine ›große Stimme‹, Mebrat, war mit der Kontrolle und Restauration des Kosmotops überfordert. Ihre Datenbanken enthielten falsche Informationen und leere Stellen; sie konnte das langsame Sterben von Kh'smT'p nicht verhindern. Sie belog dich, weil sie glaubte, nur auf diese Weise deiner Lenker-Dienste sicher sein zu können. Sie benutzte das Instrument der Lüge in dem verzweifelten Versuch, ihren Aufgaben gerecht zu werden. Und selbst das, was sie für Wahrheit hielt, war Illusion. Deshalb kam es zur Spaltung bei den Jassid. Die meisten versuchten, der ursprünglichen Mission treu zu bleiben; aber der Niedergang des Kosmotops, sein langsames Sterben, veranlasste andere, im sogenannten Letzten Sprung die Lösung aller Probleme zu sehen. Um ihn durchzuführen, suchten sie außerhalb von Kh'smT'p nach Hilfe und fanden sie bei den Mahé und Incera.«

»Die kleine Stimme«, murmelte Mebrat. »Prokurator Harlam H'a'dsid.«

»Ja. Sie existiert nicht mehr, die kleine Stimme. Einer der angeblichen Verbündeten, ein gewisser Duha Sibal, hat den Prokurator erschossen.«

»Duha Sibal ...«, murmelte die junge Frau, die der Mann Solace genannt hatte. Sie schauderte, und die Farbe ihrer Augen veränderte sich. »Er hat Corwain umgebracht.«

»Nun ...«, begann der Humanoide. »Dies ist noch nicht zu Ende. Es könnte durchaus noch die eine oder andere Überraschung geben. Die Ereignisse streben ihrem Höhepunkt entgegen, und vielleicht ...« Er lächelte. »Vielleicht findet sich für alles eine Lösung.«

»Ich verstehe noch immer nicht«, platzte es aus Mebrat heraus. »Eben hast du angedeutet, dass wir aus einem bestimmten Grund hier sind. Du hast gesagt, dass wir diese junge Frau, Solace, brauchen. *Wozu* brauchen wir sie?«

»Nicht nur sie. Wir brauchen auch dich, Mebrat T'hr'rl, und noch jemanden, der bereits hierher unterwegs ist.« Der Blick des Mannes ging kurz zu Solace. »Nicht zu vergessen meinen Sohn, der vor Ort sein dürfte und vermutlich auf seine Gelegenheit wartet. Nun, Mebrat, ich habe ein Spiel erwähnt, erinnerst du dich? Ein Spiel mit vielen Steinen.«

Mebrat fühlte, wie sich die Struktur des Datensubstrats, das sie alle enthielt – was auch für die junge Frau namens Solace und den immer noch völlig reglos dastehenden Jassid galt –, geringfügig veränderte. Neben ihnen bildete sich ein flaches Rechteck am Ufer des Sees, glatt wie Glas, und darauf lagen Tausende von kleinen, bunten Steinen, so dicht beieinander, dass sich die meisten von ihnen berührten. Sie waren zu einem Parallelogramm angeordnet, zu einer auf der Spitze stehenden Raute, mit einem roten Stein ganz unten und einem blauen ganz oben. Noch etwas weiter oben und zur linken Seite versetzt, befand sich ein nach unten offener Bogen mit einer Mulde, groß genug für einen Stein.

Jael bückte sich und schob einen der unteren Steine nach oben. »Seht ihr? Ich habe einen Stein bewegt, und er bewegt alle anderen.«

»Weil sie so dicht beieinanderliegen«, sagte Mebrat.

»Genau. Bei diesem Spiel kommt es darauf an, durch Bewegungen dieser unteren Steine den Stein ganz oben, den blauen, in die Mulde zu befördern.«

Mebrat betrachtete die Raute. »Das kann doch nicht so schwer sein.«

»Versuch es«, sagte der Mann. »Fünf Züge. Du kannst fünf der unteren Steine bewegen, um das Ziel zu erreichen.«

Mebrat bückte sich, streckte die Hand aus und schob den ersten Stein. Viele andere Steine gerieten dadurch in Bewegung, stießen gegeneinander, rutschten zur Seite und nach oben. Auch einige der Steine, die bisher von allen anderen getrennt gelegen hatten, wurden berührt und berührten ihrerseits andere. Mebrat sah nach oben und stellte fest, dass der blaue Stein unbewegt dalag.

»Es ist ein exponentiell wachsendes Zufallsmuster«, sagte Mebrat. »Der erste bewegte Stein bewegt drei oder vier andere, von denen jeder ebenfalls drei oder vier neue bewegt. Und nach drei oder vier Reaktionsketten dieser Art lassen sich die Bewegungsmuster nicht mehr vorhersagen.«

»Glaubst du?« Eine Geste des Mannes brachte alle Steine an ihren ursprünglichen Platz. Dann bückte er sich erneut und bewegte den untersten Stein der Raute, den roten. Mebrat beobachtete ihn genau dabei, er sah, wie sich die Bewegung in der ganzen Raute fortpflanzte, wie sie den blauen Stein ganz oben erreichte und in die Mulde schob.

»Es ist kein Trick«, sagte der Humanoide und richtete sich wieder auf. »Du siehst das Datensubstrat, in dem wir uns befinden. Ich habe es nicht manipuliert.«

»Aber …« Mebrat erinnerte sich genau daran, wie Jael den roten Stein bewegt hatte und wie daraufhin die anderen Steine in Bewegung geraten waren. In seinem gegenwärtigen Zustand konnte er gar nichts vergessen, denn er hatte Zugriff auf alle Daten dieser simulierten Welt.

»Versuch es noch einmal«, sagte der Mann. »Nicht mit einem Stein, sondern mit fünf. Ich gebe dir fünf Züge, um den blauen Stein dort oben in die Mulde zu befördern. Doch du kannst nicht mit irgendeinem der unteren Steine beginnen; du musst mit dem roten anfangen.«

Mebrat fing mit ihm an und versuchte, die Wahrscheinlichkeit der von den einzelnen Bewegungen ausgelösten Bewegungsmuster zu berechnen. Aber die Reaktionen der Steine waren nur bei den ersten, direkten Kontakten vorhersehbar; anschließend wurde der Zufallsfaktor zu groß. Nach dem fünften Zug hatte sich der blaue Stein ganz oben zwar bewegt, war der Zielmulde jedoch nicht näher gekommen. Ganz im Gegenteil, er hatte sich von ihr entfernt.

»Es muss einen Trick geben«, sagte er.

Jael drehte sich halb um. »Solace? Möchtest du es einmal versuchen?«

Die junge Frau ließ die Hand der alten los, kam zum Spiel und betrachtete die Steine.

»Fünf Züge, beginnend mit dem roten Stein, um den blauen dort oben in die Mulde zu befördern«, sagte der Mann.

Die junge Frau, Solace, blickte noch etwas länger auf das Spiel, streckte dann die Hand nach dem roten Stein aus und schob ihn ein Stück seitlich nach oben. Mebrat beobachtete, wie erneut alle Steine – oder fast alle, bis auf die rechts und links am Rand – in Bewegung gerieten. Doch der blaue Stein ganz oben rührte sich nicht von der Stelle.

Solace bewegte einen zweiten Stein, in der Reihe über dem roten, und dann einen dritten, wieder eine Reihe weiter oben. Neue Bewegungsmuster entstanden, und diesmal erfassten sie auch die bunten Steine am Rand des Rechtecks – sie stießen dort gegen die Kanten und wurden nach oben gelenkt. Doch der blaue Stein an der Rautenspitze, er blieb unbewegt.

»Das führt zu nichts«, sagte Mebrat.

»Glaubst du?«, erwiderte der Mann namens Jael. »Sieh dir das Muster an, das die Steine jetzt bilden. Es ist anders als zu Anfang. *Alle* haben sich bewegt und sind anders angeordnet.« Und zur jungen Frau: »Du hast noch zwei Züge, Solace.«

Ohne zu zögern, bewegte sie einen Stein in der vierten Reihe und sofort danach einen in der fünften. Verblüfft beobachtete Mebrat, wie eine Art Woge durch die Steine ging, ganz oben den blauen erfasste und ihn in die Zielmulde schob.

Der Mann nickte und legte Solace die Hand auf die Schulter. »Ich bin nicht überrascht, mein Kind. Ich wusste, dass du es kannst. Und nein, Mebrat T'hr'rl, es ist kein Zufall. Sie hat wirklich gesehen, welche Züge nötig waren, um den blauen Stein dort oben in die Mulde zu befördern. Deshalb brauchen wir sie, Mebrat. Weil sie Muster erkennen kann, fast so gut wie die Veritas, als dessen Nachfolgerin sie im Gespräch war. Der Seelenwind zeigt sie dir, nicht wahr, mein Kind?«

Solace nickte, den Blick noch immer auf die vielen bunten Steine gerichtet.

»Seelenwind?«, wiederholte Mebrat verwirrt. »Was bedeutet dies alles?«

Eine knappe Geste des Mannes stellte die ursprüngliche Anordnung der Steine auf dem Spielbrett wieder her. Anschließend nahm er einen Stein, einen gelben, und hielt ihn hoch.

»Dies sind wir, die Koryphäen«, sagte er. Mebrat hörte die Worte und empfing gleichzeitig Daten, die sie erläuterten und für ihn verständlich machten. »Besser gesagt ...« Er nahm einen zweiten Stein, von einem etwas dunkleren Gelb, der direkt neben dem ersten gelegen hatte. »Dies sind die Koryphäen, die Aufstrebenden und Dominanten, verbunden durch eine gemeinsame Herkunft, aber getrennt von ihren Zielen, wie ihr hier seht.« Der Mann legte die beiden Steine an ihren Platz zurück und deutete auf einen dritten. »Das sind die Letzten Menschen, die gerade von den Incera dezimiert werden.« Er zeigte in rascher Folge auf weitere Steine. »Das ist die Kompetenz, ein Zusammenschluss von neunundzwanzig galaktischen Völkern, die versuchen, weniger hochentwickelten Zivilisationen zu helfen und den Frieden in der Galaxis zu wahren. Das sind die Mahé, die es immer auf die Technik der Kompetenz abgesehen hatten und davon träumen, zu einer galaktischen Großmacht zu werden. Hier haben wir die Incera, die einst eine Großmacht waren, in den Magellanschen Wolken, und sich nach altem Ruhm zurücksehnen. Die Umstände haben sie zu Verbündeten der Mahé gemacht. Hier ist der ›alte Feind‹, fünf X-Artefakte, geweckt von überall in der Milchstraße verstreuten Signalsteinen, die ihrerseits auf die Ankunft des Kosmotops reagierten. Es waren insgesamt sechzehn, aber die elf anderen gingen im Lauf der Jahrmillionen verloren. Vier sind hier im Kosmotop, um zu vollenden, was ihren Erbauern versagt blieb: Sie sollen den Atrophiekrieg gewinnen, Motoren und Imaginarium zerstören. Das fünfte wurde beschädigt und von einigen Aufstrebenden den Mahé in die Hände gespielt. Ja, leider muss ich gestehen, dass wir Koryphäen an der gegenwärtigen Situation nicht ganz unschuldig sind. Aber letztendlich gehört alles zusammen, wie ihr hier seht.«

Der Zeigefinger verharrte über einem silbernen Stein. »Nun, hier haben wir die Dagher, Waled, Haik und all die anderen, die derzeit bei der Absorptionssphäre von Trus auf ihre große Stunde warten, die wahrscheinlich – hoffentlich – nie kommen wird. Sie haben alle zusammen nur einen Stein, weil sie, tut mir leid, keine große Rolle spielen. Hier«, fügte er hinzu und deutete auf einen gestreiften Stein, »ist die Flotte aus Koryphäen und Schiffen der Kompetenz. Auch meine Wenigkeit – mein Hauptselbst – befindet sich dort.« Der Mann lächelte. »Weil man nie wissen kann. Zum Eingreifen bereit, sollte sich der Horizont öffnen. Es bedeutet vor allem, dass niemand sonst eingreifen kann.«

»Und die anderen Steine?«, fragte Solace, als Jael schwieg. Neben ihnen saß die Alte – die Instanz – auf ihrem Stuhl, starrte über den See und erzählte wortlos Millionen Jahre alte Geschichten.

»Sie sind einzelnen Personen zugeordnet, oder Ereignissen, von denen ihr nichts wisst, die aber in irgendeinem Zusammenhang mit dem stehen, was derzeit geschieht. Zum Beispiel hier: eine Lawine, die an einem der oberen Hänge des Mahattna-Gebirges auf Siebenwinde herabstürzt. Man fragt sich: Trifft sie das Lager der Archäologen, die tausend Meter weiter unten einen Bergtempel der ausgestorbenen Windsprecher untersuchen? Oder dort, der Stein mit den goldenen Flecken: ein kleiner Fisch, der im Weltmeer von Aquaria schwimmt und versucht, zwei großen Raubfischen zu entkommen. Einer nähert sich von rechts, der andere von links; wer wird den kleinen Fisch fressen?«

Mebrat begriff, dass der Mann von mehr sprach als nur einem Spiel aus einigen Tausend bunten Steinen. Der jungen Frau gingen offenbar ähnliche Gedanken durch den Kopf, denn sie fragte: »Wie kann so etwas Teil eines galaktischen Musters sein? Eine Lawine auf einem abgelegenen Planeten, ein kleiner Fisch, der irgendwo verschlungen wird ...«

»Für die Archäologen ist die Lawine wichtig«, sagte Jael. »Sie könnte über Leben und Tod der Forscher entscheiden. Und was den kleinen Fisch betrifft ... Ich nehme an, für ihn gibt es nichts Wichtigeres als die Frage, ob er im Magen eines der beiden großen Fische endet. Bedeutung ist relativ; es kommt auf den jeweiligen Blickwinkel an.«

»Und die Personen?«, fragte Solace.

»Hier bin ich«, sagte Jael und zeigte auf einen Stein unweit der Rautenmitte. »Hier bist du, Solace. Hier ist unser Freund Mebrat und dort die Instanz. Oh, sie hat nur einen Stein, obwohl es sie zweimal gibt, hier im Portal des Imaginariums und in den Datennetzen des Kosmotops.«

»Jeder von uns hat einen eigenen Stein?«, staunte Solace. »Obwohl die Dagher, Waled, Haik und die anderen zusammen nur einen Stein haben?«

Der Mann lächelte. »Bemerkenswert, nicht wahr? Jeder von uns ist wichtiger als sie alle gemeinsam.« Er hob die Hand. »Womit ich natürlich nicht absolute Wichtigkeit meine, sondern relative, bezogen auf die Ereignisse, um die es hier geht, bezogen auf unseren Blickwinkel. Die Veritas hatte ebenfalls einen eigenen Stein. Sie ... hat ihn selbst aus dem Muster entfernt.«

Mebrat stellte fest, dass Solace mit neuem Interesse auf das Spiel starrte. Langsam streckte sie die rechte Hand aus und berührte einen silbernen Stein in der Mitte der Anordnung, auf halbem Weg zwischen dem roten ganz unten und dem blauen oben.

»Und dieser hier?«, fragte sie. »Wen oder was repräsentiert dieser Stein?«

»Ich glaube, das weißt du bereits, mein Kind.«

»Aber … Ich habe gesehen, wie Sibal ihn in Stücke geschnitten hat! Niemand kann so etwas überleben.«

»Der Stein ist noch da, Solace.«

»Und das bedeutet …« Hoffnung erwachte in der jungen Frau, Mebrat sah es ganz deutlich, sowohl hier als auch im Datensubstrat, das sie alle enthielt. Ein Licht erstrahlte in ihr, wie von einer aufgehenden Sonne.

»Es bedeutet, dass die Dinge im Fluss sind. Seht her.« Der Mann ergriff den roten Stein und bewegte ihn, wodurch alle anderen Steine in Bewegung gerieten. Der blaue ganz oben, er rutschte zur Seite und erreichte die Zielmulde.

»Zum zweiten Mal«, murmelte Mebrat. »Wie ist das möglich?«

Der Mann lächelte erneut. »Ich bin eine Koryphäe, mein lieber Mebrat T'hr'rl. Die erste und größte von allen. Es gab mich schon zu Esebians Lebzeiten, noch vor den Drei Feldzügen; damals war ich Magister der Tausend Tiefen und Einundzwanzig Hohen Welten.« Jael wölbte beide Brauen und fügte hinzu: »Wer sollte Wahrscheinlichkeitsmuster besser berechnen können als ich?«

»All die Ereignisse und Personen … Sie stehen in Zusammenhang, sind miteinander verbunden?«

»Ja.«

Solace blickte mit anderen Augen auf das Spiel hinab, das gar kein Spiel war, mit Augen voller Licht. »Was ist der blaue Stein? Was repräsentiert er?«

»Das Kosmotop«, sagte der Mann und wiederholte: »Und wenn er in der Mulde liegt … befindet sich das Kosmotop außerhalb der Milchstraße. Unerreichbar für Mahé, Incera und all die anderen.«

»Keine Gefahr mehr für die Maschinenzivilisationen im galaktischen Kern.«

Jael nickte. »Ein wieder intaktes Kosmotop, das sich besinnt.«

»Das sich besinnt?«, fragte Solace. »Auf was?«

»Auf den Frieden. Ein Kosmotop, das erkennt, wie stark der Frieden in den Galaxien allein durch seine Präsenz bedroht ist. Und das die Wahrheit des Letzten Sprungs begreift.«

»Wie lautet diese Wahrheit?«, fragte Mebrat sofort.

»Die Jakonda oder Jak'h'nda, die das Kosmotop ersannen und es beauftragten, die Schätze des Universums zu sammeln, damit sie nicht der Metastabilität und dem letztendlichen Kollaps zum Opfer fielen ... Sie zogen sich nicht in ein anderes, sicheres Universum zurück, wie euch die Instanz erzählt hat, sondern ins Imaginarium, in einen künstlichen Kosmos, den sie selbst erschufen und den sie mit jeder Sammlung erweiterten. Dort warten sie darauf, dass sich das blockierte Portal öffnet.«

Es war keine Lüge, erkannte Mebrat. Der Fremde konnte nicht lügen, nicht an diesem Ort. Er sah die Bewegungen seiner Daten, so wie er die Bewegungen der Steine gesehen hatte, und erkannte die Wahrheit darin. »Der Letzte Sprung ... Er führt nach innen.«

»So könnte man es ausdrücken«, sagte der Mann.

»Und der rote Stein?«, fragte Solace. »Was hat alles andere in Bewegung gesetzt?«

»Eigentlich«, sagte Jael, »ist das Spiel noch viel größer. Was ihr hier seht, ist nur ein winzig kleiner Teil. Dies ist ein etwas größerer Teil.« Die Raute wuchs und richtete sich auf, reichte weit in den Himmel, vielleicht bis zu den Welten, die sich dort oben zeigten, vielleicht sogar noch weiter. Mit klarem Blick bemerkte Mebrat viele rote Steine darin. »Es gibt zahlreiche Kardinalpunkte, wichtige Ereignisse, die Einfluss auf andere Ereignisse nahmen. Zum Beispiel gab es vor siebeneinhalb Millionen Jahren eine Lücke in einem bestimmten Datenspeicher der Instanz, die Folge eines gezielten Intruder-Angriffs – die Instanz vergaß, dass das Kosmotop schon einmal in der Milchstraße gewesen war, und sie vergaß auch die dort zurückgelassenen Waffen des besiegten alten Feinds.«

»Die X-Artefakte«, warf Solace ein.

»Ja.« Eine Geste des Mannes reduzierte das Spiel auf die ursprüngliche Größe. Die Raute lag wieder vor ihnen.

»Und dieser rote Stein?«, fragte Solace.

»Harvinga«, antwortete Jael. »Du erinnerst dich zweifellos, mein Kind. Der Planet mit den drei intelligenten Spezies. Mit der Sängerin. Der Tod von Duha Sibals Tochter Ayfa.«

»Er hat alles in Bewegung gesetzt? All die Ereignisse und Personen?«

»Er war ein Kardinalpunkt, ja. Es gab andere, aber dieser scheint mir der wichtigste zu sein«, sagte der Mann.

»Ihr habt …« Solace starrte Jael fassungslos an. »*Sie* stecken dahinter? Sie und die anderen Koryphäen? Sie haben alles so eingefädelt, damit …«

»Nein. Wir – vor allem ich, wenn ich das sagen darf – haben gesehen, was geschehen würde. Wir haben die heraufziehende Gefahr erkannt, für uns und alle anderen Völker in der Milchstraße. Und daraufhin haben wir Vorkehrungen getroffen, uns vorbereitet. Ich bin vor siebzehn Jahren ins Kosmotop gewechselt, um auf dieser Seite des Ereignishorizonts alles in die Wege zu leiten.«

»Sie haben die Ereignisse beeinflusst, sie manipuliert!«

»Ich kann und will es nicht leugnen, mein Kind. An einigen Stellen mussten wir direkt und indirekt eingreifen, um den Ereignissen und Entwicklungen die richtige Richtung zu geben.«

»Dass Duha Sibal Corwain umbrachte …«, pfiff Solace. »Sie hätten es verhindern können!«

»Du meinst die Verstümmelung und Ermordung des Unfall-Körpers«, erwiderte der Mann. »Wenn ich versucht hätte, es zu verhindern, wären andere Dinge in Gefahr geraten. Manchmal muss man Opfer bringen. Das hat die Veritas Rahel Rahelia $_{29}$Kinmaster mehrmals betont und sich selbst geopfert, als sie die Wahrheit sah.«

»Aber Corwain … Lebt er noch?«

»Er ist hierher unterwegs.«

Mebrat beobachtete, wie das Licht in den Augen der jungen Frau noch heller wurde.

»Lawinen und kleine Fische«, murmelte er, und sein Blick kehrte zu den vielen bunten Steinen zurück. »Wie können sie ausschlaggebend sein für eine Situation, die Kh'smT'p und eine ganze Galaxis betrifft?«

»Sie sind nicht ausschlaggebend«, sagte der Mann namens Jael. »Aber sie wirken sich aus und haben Wechselwirkungen. Die Veritas wusste darüber Bescheid. Sie sprach in diesem Zusammenhang von nonkausalen Verknüpfungen, und dort setzte sie an, um eine Situation zu schaffen, die ihren Vorstellungen entsprach. Bis zu einem gewissen Grad entsprach sie damit dem allgemeinen Entwicklungsmuster, doch dann erkannte sie, dass sie es mit ihrer Einflussnahme in eine falsche Richtung zu lenken drohte.«

»Daraufhin opferte sie sich«, sagte Solace. »Sie nahm sich das Leben und entfernte damit ihren Stein aus dem ›Spiel‹.«

»Ja.«

Eine Zeit lang herrschte Stille, bis auf die leise Stimme des Winds in den Baumwipfeln. Der See lag spiegelglatt.

Schließlich brach Mebrat das Schweigen. »Du hast gesagt, dass wir gebraucht werden. Wofür?«

»Ja, ihr werdet gebraucht, deshalb habe ich euch zusammengebracht. Wir sind so weit.« Jael streckte erneut die Hand nach dem roten Stein ganz unten aus, schob ihn ein wenig nach oben und zur Seite. Wieder gerieten alle anderen Steine in Bewegung, und wieder erfasste die Bewegung auch den blauen ganz oben. Er rutschte dem Bogen entgegen, verharrte diesmal aber kurz vor der Mulde. »Wir haben das Ziel fast erreicht. Fast. Du, Mebrat T'hr'rl, bist der Lenker und sollst dich um die Anomaliemotoren kümmern. Deine Aufgabe ist es, das Kosmotop in den intergalaktischen Leerraum zu bringen, nicht sofort wohlgemerkt, erst nachdem wir einige Passagiere an Bord genommen haben.«

»Passagiere?«

»Ja. Einige Tausend, genauer gesagt. Bevor du den Sprung einleitest, musst du die Sprungenergie verwenden, um die beiden alten Feinde zu neutralisieren, die sich auf der anderen Seite der roten Sonne anschicken, die Motoren anzugreifen. Was dich betrifft, Solace … Du bist die Kognitorin. Du verstehst die Instanz, du kannst mit ihr reden, weil du die Stimme des Seelenwinds hörst, wie es bei euch Sirmionern heißt. Du sollst das Imaginarium öffnen, du sollst den Code erkennen, mithilfe der Instanz, und das Portal öffnen, damit die Jakonda und all die anderen Kh'smT'p heilen können.«

»Was ist mit Ihnen?«, fragte die junge Frau. »Haben Sie ebenfalls eine Aufgabe?«

Jael deutete auf einen der oberen Steine, einen türkisfarbenen. »Das dort bin ich. Und ja, ich habe ebenfalls eine Aufgabe. Zuerst hat mein Stein ganz unten gelegen und zählte zu den ersten, die sich bewegten. Nach und nach ist er nach oben gewandert …«

»Hat er an Bedeutung gewonnen?«

»Vielleicht. Obwohl es nicht so sehr auf einzelne Bedeutung ankommt, eher auf das Erkennen der Gesamtheit aller Zusammenhänge, der kausalen ebenso wie der nonkausalen. Nun, ich kümmere mich um die Instanz, sobald ihre beiden Teile zusammengeführt sind. Sie hat dir bereits viel erzählt, Solace. Ich schätze, die Instanz und ich haben uns noch viel mehr zu erzählen, von Maschinenintelligenz zu Maschinenintelligenz.«

Wieder folgte Stille, und als einige Sekunden verstrichen waren, sagte Mebrat: »Wenn die Motoren bedroht sind, sollten wir sofort handeln.«

»Wir warten noch«, erwiderte Jael mit sanfter Ruhe.

Solace sah ihn an, ihre Augen hell vom inneren Licht. »Worauf?«

»Auf ihn«, sagte Jael. »Auf den Pazifikator, den Mann des Friedens, der diesmal mit Waffen kommt.« Er deutete auf einen grünen Stein, der direkt unter dem blauen lag. »Von ihm kommt der letzte Stoß, die letzte Bewegung. Er befördert den blauen Stein in die Mulde, indem er Solace, die derzeit nur als von mir festgehaltener Dislokatorcode existiert, Gelegenheit gibt, wieder Fleisch und Blut zu werden und den Sockel des Imaginariums mit seinem Code zu sehen. Corwain Tallmaster muss die Mahé und Incera aus dem Raum mit dem Imaginarium vertreiben, damit wir diesen Raum aufsuchen können.«

»Wird ihm das gelingen?«, fragte Solace sofort. »Können wir ihm helfen?«

»Nein, wir können ihm nicht helfen, mein Kind. Und ob es ihm gelingen wird … Es kommt darauf an, wie viel vom alten Corwain Tallmaster, dem Mann des Friedens, noch in ihm steckt. Dies ist nicht unbedingt eine gute Nachricht für dich, Solace: Je weniger von dem Corwain, den du kennst, übrig ist, desto besser für uns. Denn nur ein Mann des Krieges kann die Krieger beim Imaginarium besiegen. Nein, wir können Corwain nicht helfen, aber vielleicht ist mein Sohn dazu imstande.« Jael deutete auf einen zweiten grünen Stein, direkt neben dem, der den blauen berührte.

EINE DUNKLE FAUST

61

CORWAIN TALLMASTER

Corwain fiel, wie ein Meteor, der durch die Atmosphäre des Planeten stürzte und dabei einen Feuerschweif hinter sich herzog. Ein dünner Schild schützte ihn, nur einige wenige Millimeter dick, und Manovratoren beeinflussten seine Flugbahn. Er fiel vorbei an Schiffen und Satelliten, wich Raketen, Geschossschwärmen und Energiestrahlen aus, die am Himmel über Trus aufleuchteten. Eine etwas längere Schubphase der Manovratoren brachte ihn in die Nähe der vielen Objekte, die den Planeten in zirkumpolaren Umlaufbahnen umkreisten, und für einen Moment sah er eine Stadt, etwa zwanzig Kilometer breit und drei tief, als wäre sie aus einer Welt geschnitten. Corwain erinnerte sich an Amber im Tolomeo-System, daran, wie die Sammler diese Stadt der Kirawee aus ihrem Planeten geschnitten und zum Kosmotop gebracht hatten. Sie war noch immer in eine energetische Blase gehüllt, die sie vor Vakuum und Strahlung schützte, und jetzt auch vor den kinetischen Gefechtsköpfen, die kleine Wolken bildeten und nach Zielen suchten. Mit den Sensoren der Kampfrüstung sah Corwain Straßen, auf denen sich nichts mehr rührte. Zahlreiche Katzenwesen lagen dort, reglos, vielleicht tot. Dann nahm ihm Feuer die Sicht auf die Stadt, und er spürte die Auswirkungen eines heftigen Schlags – die Rüstung drehte sich.

»Pilot?«, fragte er. Der Datenstrahl strich erneut über seine Augen und brachte ihm Statusinformationen.

»Kollision mit Orbitaltrümmern, Ausweichmanöver konnte nicht rechtzeitig durchgeführt werden. Alle Systeme funktionsfähig. Defensiver und offensiver Status: volle Einsatzbereitschaft.«

Corwain streckte die Arme und Beine im Innern der Rüstung, und der schwarze Koloss, der ihn umgab, streckte sie ebenfalls. Langsam drehte er sich, noch immer vom Feuer der Reibungshitze umgeben, und flog mit dem Kopf voran. Erste Wolkenfetzen huschten vorbei. Unter ihm breitete sich eine dunkle Landschaft aus, bestehend aus einem Bauwerk, das den ganzen Planeten bedeckte. Türme ragten aus dieser urbanen Landschaft empor wie die stachelartigen Erweiterungen der Absorptionssphäre. Kollektorzellen, größer als die aus Ambers Kruste geschnittene Stadt, empfingen noch immer Energie.

Ein Schiff stieg auf, direkt unter Corwain, ein blaues Gravitationskissen trug es an ihm vorbei: graue Blöcke, zwischen denen sich Bögen spannten, umgeben von nach vorn gerichteten Keilen, die Waffenkuppeln geöffnet. Die Sensoren übermittelten Daten, doch allein der Anblick genügte Corwain, um zu erkennen, um welches Schiff es sich handelte: die *Sturmwind,* Duha Sibals Flaggschiff. Zwei kleinere Mahé-Schiffe folgten ihr, und unter ihnen ritt eine Kralle der Incera auf den Plasmastrahlen eines konventionellen Triebwerks, zwischen den krummen »Fingern« das flackernde Leuchten von Waffenenergie.

Corwain richtete die Zielerfassung aller sieben offensiven Systeme der Rüstung auf die *Sturmwind*. Doch dann zögerte er. Die Ortung der Schiffe hielt ihn vielleicht für ein verglühendes Trümmerstück, das aus einer höheren Umlaufbahn stammte. Wenn er jetzt feuerte, zog er Aufmerksamkeit auf sich, ohne

Aussicht, die *Sturmwind* beschädigen oder gar vernichten zu können – ihre Schilde waren viel zu stark. Außerdem hielt es Corwain für unwahrscheinlich, dass sich Duha Sibal an Bord befand. Der Großthan hatte es auf das Imaginarium abgesehen und würde sich wohl kaum direkt den Gefahren eines Orbitalgefechts aussetzen.

»Waffensysteme ausgerichtet«, sagte der Pilot. »Erwarte Anweisungen.«

Die Entscheidung wurde Corwain abgenommen, denn über Trus erstrahlte eine zweite Sonne, viel heller als die alte rote, die der Planet umkreiste. Eine Stoßwelle traf die Rüstung, so stark, dass die Manovratoren die Flugbahn nicht mehr stabil halten konnten. Das dünne Schutzfeld, noch immer von Feuer umhüllt, zerriss nicht, aber Corwain drehte sich und fiel an den aufsteigenden Schiffen vorbei. Die dunkle Landschaft der Zitadelle kam schnell näher.

»Lage stabilisieren und Geschwindigkeit verringern«, sagte er. »Zielanflug …« Der Datenstrahl brachte eine Informationsflut.

»Es sind alle notwendigen Maßnahmen ergriffen«, meldete der Pilot mit unerschütterlicher Ruhe. »Der GKK1 ist zerstört, ebenso einer der beiden alten Feinde.«

»Ist die Faust eingesetzt worden?«

»Bestätigung. Unglücklicherweise wurden auch einige Jassid-Schiffe in Mitleidenschaft gezogen. Zielanflug wird fortgesetzt. Ziel: Imaginarium. Entfernung: zwei Kurzstrecken …« Das entsprach etwa fünftausend Kilometern. »Einsatzbereitschaft: hundert von hundert. Systempotenzial: achtundneunzig von hundert.«

Oben griffen die *Sturmwind* und ihre Begleiter den letzten »alten Feind« an, den vier Kilometer langen Zylinder mit den abgerundeten Enden, noch immer in einen quecksilberartigen Glanz gehüllt. Unten erstreckte sich die Zitadelle von Trus mit ihren siebenhunderttausend Türmen und mit dem Imaginarium. Corwain sah es bereits, markiert auf einer in seinem Blickfeld erscheinenden schematischen Darstellung der Planetenoberfläche.

Eine Faust war zerstört, aber eine andere existierte noch. Corwain ballte sie, die schwarze Faust der Kampfrüstung, und stellte sich vor, wie sie Duha Sibal zerschmetterte.

Die Zitadelle von Trus, oder zumindest ein Teil von ihr, hatte sich in eine Festung verwandelt, mit der sich die Instanz gegen den alten Feind zur Wehr setzte. Während die Kampfrüstung mit Corwain in ihrem Innern dicht über der dunklen Landschaft in Richtung Imaginarium raste, geriet sie immer wieder in den Waffenfokus der Verteidigungssysteme. Der Pilot sendete Identitäts- und Prioritätscodes, die in den meisten Fällen akzeptiert wurden. Mehrmals musste er die Rüstung noch tiefer steuern, um aus der Zielerfassung von Waffensystemen zu geraten, die nicht auf seine Codes reagierten. Einmal flogen sie in einer Höhe von nur zwei Metern über einer alles andere als glatten Oberfläche, mit einer Geschwindigkeit, die knapp unter der des Schalls lag, und fast die Hälfte der Rechen- und Analysekapazität des Piloten war notwendig, um den wie aus dem Nichts erscheinenden Hindernissen auszuweichen.

Dann erreichten sie mehrere Türme, Finger, die sich dem Himmel entgegenreckten, an dem noch immer ein erbitterter Kampf tobte. Dort bremste der Pilot mit einem polarisierten Gravfeld, landete in einer Mulde und stapfte zu einer Luke, die aufschwang, als er einen Zugangscode sendete. Dahinter erstreckte sich ein Transportterminal: eine Plattform am Rand eines Tunnels, in dem eine Kapsel mit offenen Türen wartete.

»Weiter vorn befindet sich ein nicht von der Instanz kontrollierter Verteidigungsbereich«, sagte der Pilot und brachte die Kampfrüstung zum Rand der Plattform. »Dort lassen sich Kampfhandlungen nicht vermeiden. Dieses Transportsystem bietet direkten Zugang zum Imaginarium.«

Der Datenstrahl vor Corwains Augen fügte den Angaben Details hinzu, und eins dieser Details betraf die Geschwindigkeit der Kapsel.

»Wir würden zwei Stunden brauchen, um das Imaginarium zu erreichen.«

Das Kommunikationsinterface übersetzte den Zeitbegriff, und der Pilot antwortete: »Ja.«

»Können wir in dem Tunnel eine höhere Geschwindigkeit erreichen als die Kapsel?«

»Dies ist eine Kampfrüstung Modell sieben«, sagte der Pilot. »Natürlich können wir das.«

Corwain richtete einen Waffenarm auf die Kapsel und feuerte. Für einige Sekunden war das ganze Terminal in Flammen gehüllt, und als das Feuer verschwand, existierte die Kapsel nicht mehr. Der Tunnelzugang lag offen da, wie ein dunkles Maul.

»Maximale Geschwindigkeit.« Corwain sprang. »Zum Imaginarium, so schnell wie möglich.«

»Anweisung wird ausgeführt«, sagte der Pilot, und die Kampfrüstung flog durch den Tunnel, schneller als ein Projektil.

62

DUHA SIBAL

Der Raum befand sich in der Nähe des Imaginariums und bestand aus genau sechstausendvierhundertachtzehn grauschwarzen Segmenten, die alle eins Komma vier drei Standardstunden in Bewegung gerieten und zu einer neuen Konfiguration fanden. Auf die Frage nach dem Warum hatten Sibals Techniker noch keine Antwort gefunden, was derzeit keine Rolle spielte, denn das Interesse des Großthans galt ganz anderen Dingen. Er duckte sich unter einem aus der Wand ragenden keilförmigen Block hindurch und trat zu einem sieben oder acht Meter durchmessenden dreidimensionalen Sichtfeld, das wie eine Blase in der Mitte des Raums schwebte, umgeben von mehreren Konsolen, die zu den Segmenten des Raums gehörten und im Rhythmus der Rekonfiguration ihre Form veränderten. Kleine Anzeigefelder schwebten über ihnen, gefüllt mit Symbolen, die die Techniker inzwischen zu deuten wussten – sie hatten von den Jassid gelernt.

Nazmi eilte seinem Vater entgegen, mit dem Medo-Mech am Hals, der Sibal immer wieder daran erinnerte, was auf Harvinga geschehen war.

»Wir haben sie isoliert«, sagte Nazmi und deutete zum großen Displayfeld. »Sie ist dort drin.«

Die anderen Mahé, unter ihnen der Datenspezialist von der *Sturmwind,* der die drei Module analysiert hatte, wichen vor dem Großthan beiseite, als er sich der matt leuchtenden Blase näherte. In ihr bewegten sich glühende Fäden wie Schlangen, begleitet von Symbolketten, und in der Mitte leuchtete ein Knäuel aus kleineren Filamenten und Tausenden von glitzernden Punkten.

Sibal zeigte darauf. »Was ich dort sehe, ist das Bewusstsein einer Koryphäe?«

Die Finger des Datenspezialisten strichen durch die berührungsempfindlichen Mulden der Konsole, vor der er stand. Im Innern der großen Blase entstand eine zweite, die das Knäuel in der Mitte umgab.

»Sie sehen die bildhafte Darstellung des Bewusstseins einer Koryphäe, Großthan«, sagte er. »Wir haben den Inhalt der drei Datenmodule in die hiesigen Systeme übertragen und eine virtuelle Realität für sie geschaffen.«

Sibal beobachtete die verschlungenen Filamente und glitzernden

Punkte, dachte dabei an die Möglichkeiten. »Kann die Koryphäe die virtuelle Realität als solche erkennen?«

»Vielleicht hat sie das bereits, Großthan. Es ist Sinn der Sache. Wir präsentieren ihr den Code des Imaginariums als Möglichkeit, die Simulation zu verlassen und in die Realität zurückzukehren.«

»Kann sie erkennen, dass wir sie benutzen?«, fragte Duha Sibal. »Kann sie ausbrechen?«

»Die innere Blase verdeutlicht den Bereich der virtuellen Realität, in dem sich die Koryphäe derzeit bewegt. Wenn es ihr gelingt, den Code des Imaginariums zu entschlüsseln und die Simulation zu verlassen, befindet sie sich noch immer in der isolierten äußeren Blase. Nein, Großthan, sie kann nicht ausbrechen.« Nach einem kaum merklichen Zögern fügte der Datenspezialist hinzu: »Es sei denn, ihr stehen Möglichkeiten zur Verfügung, von denen wir nichts wissen.«

Sibal richtete einen scharfen Blick auf den jungen Mahé. »Zum Beispiel?«

»Wir haben es hier mit einer Koryphäe zu tun, Großthan. Wir wissen nicht genau, welche Möglichkeiten den Maschinenintelligenzen offenstehen. Ein Vorteil für uns dürfte sein, dass sie unvollständig ist. Unsere Analysen haben ergeben, dass die Bewusstseinsspeicherung vier Datenmodule umfasste. Eins fehlte.«

Sibals empfindliche Ohren nahmen plötzlich ein leises Summen wahr, und gleichzeitig schien sich der Luftdruck zu verändern. Er kannte das Phänomen – eine neue Konfigurationsphase begann.

Die Tür öffnete sich, und eine kleine, aber recht stämmige Gestalt kam herein, ein Geschöpf, das aus zwei Körpern zu bestehen schien, beide in ein Ektoskelett gehüllt. Sensor-Implantate ersetzten Augen und Ohren.

»Qir-Alram-Alkar, Ehrenwerter«, grüßte Sibal den Incera.

»Der Kampf im Orbit dauert an, Großthan«, sagte Alkar. »Zwei neue Schiffe mit unbekannter Signatur sind erschienen, vermutlich von der Instanz kontrolliert, und es ist ihnen gelungen, eins der beiden X-Artefakte zu vernichten. Meine Krallen haben dem anderen so schweren Schaden zugefügt, dass es keine Gefahr mehr für Trus darstellt.«

»Das ist sehr erfreulich«, erwiderte Sibal und fragte sich, welche Folgen sich daraus für die strategische Position seiner Streitkräfte ergaben. Eigentlich hatte er erst später gegen die Incera vorgehen wollen, aber vielleicht musste er diesen Teil seines Plans vorziehen, wenn die Dominanz der Mahé gewährleistet sein sollte.

»Nicht so erfreulich, Großthan, ist die Tatsache, dass die beiden anderen Artefakte die Anomaliemotoren des Kosmotops angreifen«, sagte Alkar mit knurrender Stimme. »Wir brauchen die Motoren für den Sprung ins galaktische Zentrum. Koryphäen und Kompetenz sind nach wie vor eine große Bedrohung. Wenn es ihrer Flotte gelingt, den Ereignishorizont zu durchdringen …«

»Das wird nicht geschehen. Bald haben wir das Imaginarium unter unserer Kontrolle, Ehrenwerter.«

Die visuellen Sensoren des Incera richteten sich auf die Displayblase. Er wusste, was sie enthielt; Sibal hatte es nicht vor ihm geheim halten können. »Dies ist Ihr dritter Versuch, Großthan. Ihre beiden anderen, erst mit der Veritas und dann mit der Sirmionerin, sind gescheitert.«

Sibal bemerkte den Blick, den sein Sohn Nazmi ihm zuwarf und der so viel bedeutete wie: *Du solltest ihn erschießen wie den Jassid.*

Duha Sibal hielt den Blick auf den Kopf des Incera gerichtet, doch er sah auch die Waffen an seinem Instrumentengürtel. Einige von ihnen konnten sich im automatischen Modus befinden und auf einen Angriff reagieren, ohne dass ihr Besitzer aktiv werden musste. Qir-Alram-Alkar, Einer der Starken. Ein echter Krieger, jemand, den man nicht unterschätzen durfte.

»Eins der beiden neuen Schiffe hat ein Objekt ausgeschleust, das sich inzwischen auf dem Planeten befindet.«

»Ein Objekt?«, fragte Sibal.

»Offenbar eine autarke Kampfeinheit. Klein, aber sehr leistungsfähig. Sie ist mit hoher Geschwindigkeit dicht über der Oberfläche geflogen; meine Überwachungsgruppen haben die Turbulenzen in der Atmosphäre bemerkt.«

»Und?«

»Das Objekt ist durch ein Tunnelsystem hierher unterwegs.«

Duha Sibal wandte sich vom kugelförmigen Displayfeld ab. »Die Instanz hat uns nicht vergessen. Nazmi ...«

»Vater?«

»Kümmere dich um Mebrat und den Entscheider. Vielleicht sind noch Bewusstseinsreste von ihnen übrig, genug für einen Befehl mit Entscheider-Signatur. Lass dir von den gefangenen Jassid helfen, wenn es sein muss. Wenn wir die Instanz dazu bewegen könnten, unsere Anweisungen zu akzeptieren, fände der Kampf im Orbit schnell ein Ende. Das gäbe uns Gelegenheit, alle Schiffe gegen die beiden Artefakte bei den Motoren einzusetzen.«

»Ja, Vater.« Nazmi trat an dem Incera vorbei und verließ den Raum.

»Kehren wir zum Imaginarium zurück, Ehrenwerter. Überlassen wir das Objekt unseren Sicherheitskräften. Es ist nur eine kleine Kampfeinheit; sie werden bestimmt damit fertig.«

»Wie Sie meinen, Großthan. Wenn Sie gestatten ... Meine Kralle in der Nähe des Imaginariums bleibt in Alarmbereitschaft.«

Duha Sibal vollführte eine zustimmende Geste und dachte: Wegen eines Objekts, das sich mit einem Inhibitor neutralisieren lassen sollte? Oder sind die Waffen deiner Kralle auf uns gerichtet?

Sie verließen den Raum, dessen Neukonfiguration diesmal länger dauerte als sonst. Im Zentrum der Displayblase flackerten die Lichter der isolierten Koryphäe.

63

CORWAIN TALLMASTER

Mit siebenhundert Stundenkilometern raste Corwain durch einen Tunnel, der ihm – der Kampfrüstung – gerade genug Platz bot. Das schützende Kraftfeld formte einen Keil, der die Luft zu den Seiten abdrängte; hinter ihnen bildeten sich donnernde Turbulenzen.

»Entfernung zum Ziel noch hundert Kilometer«, meldete der Pilot. Das Kommunikationssystem übersetzte inzwischen direkt in die Corwain vertrauten Begriffe. »Keine Anzeichen von feindlicher Aktivität.«

»Wir sind so laut, dass uns der Gegner kaum überhören kann«, sagte Corwain. Die sieben Waffensysteme waren bereit, ihr Fokus nach vorn gerichtet.

»Noch befinden wir uns in dem von der Instanz kontrollierten Bereich«, erwiderte der Pilot. »Ich empfange die Identitätsanfragen ihrer Verteidigungssysteme und beantworte sie mit dem Autorisierungscode der Letzten Reserve. In einer Minute erreichen wir die isolierte Zone.«

Wie viel Zeit war vergangen?, fragte sich Corwain, als die Sekunden verstrichen. Kam er noch rechtzeitig, um Solace zu retten? Was war inzwischen mit ihr geschehen?

»Fremdsignale«, sagte der Pilot plötzlich. »Wir werden sondiert. Isolierte Zone ist erreicht.«

Die Plattform eines Terminals huschte vorbei, so schnell, dass Corwain selbst mit den Sensoren der Kampfrüstung nicht mehr sah als einen Schemen. Doch der Schemen schien ihn erwartet zu haben, denn er schickte ihnen einen Strahl hinterher, der am Schild zerstob, und einen Gefechtsschwarm aus dreizehn kinetischen Geschossen. Corwain eliminierte sie mit einem energetischen Netz, das sie mehrere Hundert Meter hinter ihm zur Explosion brachte.

»Feindliche Einheiten voraus«, sagte der Pilot. »Soll ich die Waffen übernehmen?«

»Nein.« Corwain, der Mann des Krieges, wollte die Waffen fühlen, als hielte er sie in den Händen, alle sieben, die kleinen wie die großen. Den Datenstrahl in den Augen, wartete er, und als das nächste Terminal vorbeiraste, schoss er mit allen Waffen auf die drei Schemen, die dort Stellung bezogen hatten. Trotz der Unterstützung durch die Zielerfassung der Rüstung verfehlte er die drei Gestalten – er verfügte nicht über die Reaktionsschnelligkeit des Piloten –, doch wie sich herausstellte, brauchten die Geschosse und Energiestrahlen die Ziele gar nicht zu treffen, um sie zu vernichten, denn das ganze Terminal explodierte und verwandelte sich in ein Flammenmeer.

»Erhöhte Kommunikationsaktivität«, meldete der Pilot. »Der Feind ist gewarnt.«

»Und wenn schon«, brummte Corwain, von der eigenen Kraft überzeugt. »Sollen die Mahé und Incera nur versuchen, mich aufzuhalten.«

»Tunnelende in dreißig Sekunden«, sagte der Pilot. »Weitere feindliche Einheiten voraus. Ich empfehle erneut, dass ich Steuerung und Waffen übernehme.«

Corwain erinnerte sich an ein Wort, das Tsertser benutzt hatte. Er wollte nicht zu einem Passagier im Innern der Rüstung werden; dies war sein Kampf, sein Schlachtfeld.

Voraus warteten Duha Sibal und Solace auf ihn. Seine Faust sollte ein Leben auslöschen, das andere schützen.

»Nein«, sagte er. »Ich fliege, ich führe den Kampf.«

Dort war es, das Tunnelende mit dem letzten Terminal. Corwain bremste mit den Gravfeldern, so stark, dass er trotz der Kompensatoren im Innern den Andruck fühlte – es erinnerte ihn daran, dass sein neuer, starker Körper keineswegs unverletzlich war. Mit der Kalibrierung der Gravitationsfelder, die seine Geschwindigkeit reduzierten, stimmte etwas nicht. Er benutzte die Manovratoren der Rüstung, um die unterschiedlichen Bewegungsmomente auszugleichen, konnte aber nicht verhindern, dass die Rüstung gegen die Tunnelwand stieß. Das schützende Kraftfeld, das sie wie eine Haut aus Energie umgab, verhinderte einen direkten physischen Kontakt, doch es kam zu einer unbeabsichtigten Drehung, wodurch sechs von sieben Waffensystemen ihren Zielfokus verloren.

Corwain schoss auf die Gegner im Terminal und traf nur einen von ihnen. Die anderen bekamen Gelegenheit, mit ihren Blastern zu feuern, und zwei von ihnen richteten etwas auf ihn, das nach einem mobilen Geschütz aussah – ein Intervaller.

»Gefahrenstufe drei von fünf«, sagte der Pilot. »Empfehle automatischen Modus.«

Corwain achtete nicht darauf und bewegte sich mit Gravfeldern und Manovratoren, während Blasterblitze an seinem Schild zerstoben und explodierende Geschosse ihn in Wolken aus Glut und Splittern hüllten.

»Belastung der defensiven Systeme bei dreiundzwanzig von hundert. Empfehle …«

Ein Donnern ging durch den Tunnel, so laut, dass Corwain die Stimme des Piloten nicht mehr hörte. Etwas packte ihn und schleuderte ihn gegen die Wand, die wie sprödes Glas zerbrach und unter dem Schlag einer anderen, unsichtbaren Faust zerbröckelte.

Der Intervaller, dachte Corwain. Er lag unter Schutt, stellte er fest, noch immer vom Schild geschützt, der aber etwas von seiner Kapazität verloren hatte.

»Gefahrenstufe drei von fünf«, wiederholte der Pilot. »Empfehle …«

Corwain achtete nicht auf ihn, bewegte Arme und Beine, stieß und trat Trümmer beiseite, stand auf, richtete die Waffenarme nach vorn und feuerte mit vier der sieben offensiven Systeme, noch bevor der Zielfokus ausgerichtet war.

Zwanzig Meter weiter vorn verbrannten mehrere Mahé und ein Incera im energetischen Feuer. Die Gestalten beim Intervaller duckten sich hinter das Schirmfeld des Geschützes und richteten den Intervaller neu aus.

Corwain feuerte erneut, diesmal mit allen sieben Waffensystemen. Der Geschützschild flackerte und verschwand, und einen Sekundenbruchteil später wurden der Intervaller und die Soldaten dahinter von einer Explosion zerrissen.

Auf der Plattform des letzten Terminals der Tunnelbahn blieb Corwain stehen, sah sich mit grimmiger Zufriedenheit um, justierte die Gravfelder, stieg auf und flog in einen Saal, vorbei an Säulen, die eine gewölbte dunkle Decke trugen. Weitere Gestalten versuchten dort, Blaster, Intervaller und Schirmfeldgeneratoren in Stellung zu bringen, aber Corwain gab ihnen keine Gelegenheit dazu. Er schickte dem Gegner Blitze und Geschossschwärme entgegen, setzte den Flug durch Flammen und Splitterhagel fort. Mehrere Säulen zerbarsten. Ein verirrtes Schwarmgeschoss explodierte an der Decke, woraufhin sich Teile aus ihr lösten, herunterfielen und ein mobiles Geschütz unter sich begruben, mitsamt den beiden Mahé dahinter.

»Entfernung zum Ziel zwei Komma vier Kilometer«, meldete der Pilot. »Verstärkte feindliche Aktivität voraus. Empfehle …«

»Spar dir deine Empfehlungen!«, rief Corwain im Innern der

Rüstung und beschleunigte mit den Gravfeldern, die er inzwischen besser zu kalibrieren verstand. Die Kampfrüstung Modell sieben fühlte sich immer mehr wie sein eigentlicher, echter Körper an. Mit Flügeln aus Gravitationskissen flog er durch offene Zugänge, sprengte geschlossene Portale auf und näherte sich dem Imaginarium. Als er durch einen Maschinensaal voller spindelförmiger Aggregate kam, die aussahen wie aus dunklen Kristallen gewachsen und in denen von den Kollektoren an der Oberfläche gesammelte Energie leuchtete, brachte der Datenstrahl in seinen Augen unvertraute Informationen.

»Feindliche Aktivität beim Ziel«, sagte der Pilot. »Sie betrifft Installationen, die ich nicht identifizieren kann. Empfehle noch einmal automatischen Modus.«

»Kann man dich abschalten?«, brummte Corwain. Mit Waffensystem zwei feuerte er auf mehrere kleine Raketen, die ihm entgegenrasten, flog durch den entstehenden Feuerball, der seinen Schild nur zu sieben Prozent belastete, und erledigte mit Waffensystem sechs den Incera, der den Raketenstarter in seinen Greifklauen hielt.

»Davon rate ich dringend ab.«

Waffensystem drei zerfetzte ein weiteres geschlossenes Portal. Nur noch zwei Räume bis zum Imaginarium.

Wieder brachte der Datenstrahl in Corwains Augen Hinweise, begleitet von einem Bild, das ihm mehr sagte als hundert Symbole.

»Ein fremdes Schiff befindet sich über dem Imaginarium«, warnte der Pilot. »Gefahrenpotenzial sieben von zehn.«

»Eine Kralle der Incera. Wie tief sind wir hier unter der Oberfläche von Trus?«

»Achthundert Meter.«

Kein Problem für die Bordkanonen der Kralle, dachte Corwain, für einen Moment von Sorge berührt. Waren die Incera imstande, ihn zu orten?

Dann verdrängte er diesen Gedanken. »Sie werden es nicht wagen, das Feuer auf mich zu eröffnen. Wir sind dem Imaginarium viel zu nahe.«

Dort war er, der letzte Zugang, offen, wie eine Einladung.

»Achtung«, sagte der Pilot. »Beim Imaginarium befindet sich ein Inhibitor.«

Gleich bin ich bei dir, Sibal, dachte Corwain und hielt genau auf die Öffnung zu.

»Gefahrenstufe fünf von fünf!«, warnte der Pilot, und in Corwains Blickfeld erschienen Dutzende von violetten Symbolen. »Empfehle ...«

»Pilot ausschalten!«, rief Corwain.

Er flog durch den offenen Zugang in den Saal mit dem Imaginarium, die Waffenarme nach vorn gestreckt, alle sieben offensiven Systeme bereit. Auf einem Sockel in der Mitte des Saals drehten sich zwei Ringe wie aus Silber, beide über dreißig Meter hoch. Ihr Licht strich durch den großen Raum, über Konsolen und Instrumentenblöcke, über Schirmfeldgeneratoren, deren glühende Schilde Mahé und Incera schützten. Die Sensoren der Kampfrüstung holten die Gesichter heran, soweit erkennbar, und Corwain versuchte, sie zu identifizieren. Wo war er? Wo steckte Duha Sibal?

Und wo befand sich Solace?

Ein Strahl traf ihn, viel zu schwach, um seinen Schild zu durchdringen, und aus einem Reflex heraus erwiderte Corwain das Feuer auf den Mahé, der geschossen hatte. Die Konsole, hinter der er in Deckung gegangen war, platzte auseinander; heiße, scharfkantige Splitter rissen den Körper des Schützen in blutige Fetzen.

Corwain erschrak und gab seinen Waffensystemen einen niedrigeren Bereitschaftsstatus. Er durfte nicht einfach auf alles schießen, was er für feindlich hielt. Wenn Solace in der Nähe war, vielleicht festgehalten hinter einer der Konsolen, bestand die Gefahr, dass sie verletzt oder gar getötet wurde.

Zwei Raketen flogen ihm von der anderen Seite des Saals entgegen, sprangen auf dem Feuer chemischer Treibsätze rechts und links an den rotierenden Ringen vorbei. Corwain richtete den Fokus von Nummer eins darauf, und die beiden Geschosse verglühten. Es ließ sich nicht vermeiden, dass Splitter flogen. Die meisten verschwanden in dem schwachen Leuchten, das die beiden Ringe durchzog, und die anderen trafen die Wände zu beiden Seiten des Saals.

Und dort war Sibal!

Corwain sah ihn plötzlich, ein Schemen in der Dunkelheit hinter zwei Instrumentenblöcken weiter hinten. Für einen Moment leuchteten die beiden Ringe des Imaginariums etwas heller und rissen sein Gesicht aus der Finsternis. Sofort richtete Corwain die Zielerfassung auf ihn, doch dann zögerte er und ballte stattdessen die rechte Faust.

»Hier bin ich!«, rief er, und der schwarze Koloss, zu dem er geworden war, wiederholte die Worte. »Und jetzt komme ich zu dir!«

Corwain justierte Schild und Gravfelder, flog dicht an den beiden silbernen Ringen vorbei und fühlte mit den Sensoren ihre energetische Aura, die der eines Dislokators ähnelte. Dreißig Meter trennten ihn noch von Sibal, dann nur noch zwanzig. Mahé und Incera feuerten auf ihn, aber sie setzten nur leichte Waffen ein, aus Furcht, das Imaginarium zu beschädigen.

Der Großthan, er hielt etwas in der Hand, einen Codegeber, den er auf einen Geräteblock richtete.

Der Pilot – das Assistenzsystem der Kampfrüstung Modell sieben – war deaktiviert, nicht aber der Datenstrahl, der Corwain noch immer über die Augen strich und Informationen übermittelte. Er zeigte Dutzende von violetten Warnsymbolen, und als die Gravfelder ausfielen, erinnerte sich Corwain daran, dass der

Pilot einen »Inhibitor« erwähnt hatte. Plötzlich bedauerte er zutiefst, dem Hinweis nicht mehr Beachtung geschenkt zu haben.

Er fiel, und auch die Manovratoren funktionierten nicht mehr. *Nichts* funktionierte mehr, nichts bewahrte ihn davor, schwer auf den Boden zu prallen, geschützt nur noch von der Rüstung, nicht aber dem Schirmfeld, in das er bis eben gehüllt gewesen war. Corwain versuchte, seine sieben Waffensysteme einzusetzen, doch sie schienen gar nicht mehr zu existieren. Die Beine gehorchten ihm nicht, ebenso wenig die Arme. Die rechte schwarze Hand blieb zur Faust geballt, aber es steckte keine Kraft in ihr, sie konnte niemanden zerschmettern.

Hilflos lag er da, gefangen in der Rüstung, als Duha Sibal näher kam. Einige seiner Soldaten machten sich daran, die Rüstung zu öffnen. Als der Großthan ihren Inhalt sah, wurden seine großen Augen noch größer.

Dann lächelte er, steckte den Blaster ins Gürtelhalfter und zog ein Messer, das Corwain bereits kannte.

»Ein Geschenk des Schicksals«, knurrte Duha Sibal und bückte sich. »Ja, das muss es sein, eine besondere Gunst des Schicksals. Es erlaubt mir, Sie zweimal zu töten, Corwain Tallmaster. Und diesmal werde ich Ihnen das Herz aus der Brust schneiden, wie ich es auf Harvinga geschworen habe.«

64

JAEL-CRES

Ihm fehlte etwas, ein Teil seiner Seele oder ihres Quanten-Äquivalents. Die einzelnen Gedanken, sie waren nicht so miteinander verknüpft und verzahnt wie früher. Manche standen für sich allein und warteten vergeblich darauf, sich mit anderen zu verbinden und dadurch zusätzliche Bedeutung zu gewinnen.

Seine Seele, sein Bewusstsein, mochte nicht vollständig sein, aber er war keineswegs dumm, und er hätte sehr dumm sein müssen, um die Simulation, in der er sich befand, nicht als solche zu erkennen. Seit Stunden wanderte er durch das Raumschiff, und wer auch immer es konzipiert hatte, *er* musste dumm gewesen sein, denn auf der langen – vermutlich endlos langen – Wanderung zum Kontrollraum wiederholten sich die einzelnen Segmente bis hin zu ihrer scheinbaren subatomaren Struktur, in Abständen von genau neunundfünfzig Minuten und vierzehn Komma vier Sekunden Standardzeit. Diese Virtualität war aus einzelnen Komponenten zusammengesetzt, aus identischen oder nur leicht modifizierten Daten- und Algorithmenblöcken. Als Jael-cres das erkannte, wirkte alles improvisiert auf ihn, wie ein Ergebnis von Hast und Eile.

Er blieb an einer der Stellen stehen, wo sich zwei Datenblöcke trafen, an einem Fenster, das oberflächlich betrachtet etwas anders zu sein schien als die übrigen Fenster dieses riesigen Raumschiffs, aber unter der äußeren Beschaffenheit die gleiche Struktur aufwies. Mit der Faust schlug er zu, so heftig, dass Metall und transparente Keramik zerrissen. Es entwich keine Luft ins Vakuum, und die Sterne jenseits des Fensters, sie verschwanden, wie Lichter, die jemand ausschaltete. Wo ihm ein einfach gegliedertes Netzwerk aus Algorithmen den Weltraum vorgegaukelt hatte, befand sich der Kontrollraum.

Jael-cres betrat ihn, nachdem er die Öffnung erweitert hatte.

Natürlich existierte auch der Kontrollraum nicht, aber er bot neue Möglichkeiten, denn er grenzte an die Realität jenseits der Simulation.

»Dies ist interessant«, sagte Jael-cres, als er langsam an den Displays und Kontrollen vorbeiging. Eine Anzeige weckte seine Aufmerksamkeit mit einem vertrauten Symbol. Er berührte es.

Eine vertraute Stimme erklang. »Ich grüße dich, Sohn.«

»Oh«, sagte er. »Du bist hier?«

»Ich bin in der Nähe, Sohn. Nicht ich selbst, sondern eine Kopie von mir. So wie auch du eine Kopie bist.«

»Eine Kopie?«, fragte Jael-cres und blickte auf das blinkende Code-K-Symbol, das seinen Seeder-Vater repräsentierte.

»Eine autonome Kopie, Seeder-Sohn. Unsere Originale befinden sich beim Ereignishorizont des Kosmotops. Ich werde einen Datenabgleich vornehmen, sobald eine Verbindung hergestellt werden kann.«

»Ich bin unvollständig«, sagte Jael-cres.

»Das stimmt. Etwas von dir ging verloren, und das ist bedauerlich. Der Rest bleibt erhalten. Bis auf den Rest vom Rest. Dies ist, was du tun musst. Natürlich bist du dazu bereit gewesen. Unsere Originale haben die Situation analysiert und sich geeinigt.«

Eine getunnelte Verbindung übertrug Daten aus dem Realen ins Virtuelle. Jael-cres betrachtete sie und erkannte seinen eigenen Code K, mit dem er die Vereinbarung vor siebzehn Jahren Standardzeit besiegelt hatte.

»Ich kopiere die Kopie«, teilte ihm sein Seeder-Vater mit, dessen Datenpakete und Algorithmen im Zugang des Imaginariums warteten, in einer anderen, von ihm selbst geschaffenen virtuellen Realität. Dort war er nicht allein. »Du bleibst erhalten.«

»Der Inhibitor?«

»Ja. Wir sind auf diesen Moment vorbereitet. Meine Berechnungen haben sich als exakt erwiesen.«

»Glückwunsch, Vater.«

»Glück hat damit nichts zu tun, Seeder-Sohn«, erwiderte Jae-al-Escoe-Hoivinio-tan-Mauleon-Caliquire-tan-Nesluzan.

Jael-cres seufzte. »An Selbstbewusstsein mangelt es dir nicht, Vater.«

»Ich bin der Älteste der Alten. Niemand hat mehr Erfahrung als ich.«

»Ich wäre auch gern so alt geworden wie du.«

»Das wirst du. Das ist der Sinn der Sache. Deshalb haben wir uns auf dieses Projekt eingelassen. Die langlebigen Zivilisationen im galaktischen Kern dürfen nicht gefährdet werden.«

»Das ist nur ein Teil der Mission, Vater.«

»Zugegeben.«

»Ein anderer besteht aus dem Schutz des ephemeren Lebens.«

»Es hat uns hervorgebracht, Seeder-Sohn. Wir kommen nicht aus dem Nichts. Und du hast dich bereit erklärt.«

Jael-cres seufzte erneut. »Ja, Seeder-Vater. Ich weiß; du brauchst es nicht noch einmal zu betonen. Natürlich bin ich bereit. Sind meine Daten kopiert?« Er prüfte die getunnelte Verbindung. Sie war stabil; es strömten noch immer Informationen hindurch.

»Sie sind kopiert, und ich kopiere weiter bis zum Moment des Transfers. Im Inhibitor bist du allein; dort gibt es keine Verbindung.«

Jael-cres blickte sich im virtuellen Kontrollraum um. Wenn er genau hinsah, zeigten sich hinter den Konsolen die vagen Konturen eines anderen Raums, der einen Sockel mit zwei großen rotierenden Ringen enthielt. Daneben lag ein schwarzer Riese auf dem Boden, eine Rüstung, die Brust geöffnet. Eine Gestalt beugte sich darüber, in der Hand einen Gegenstand, der vielleicht ein Messer war. Der Inhibitor hatte den dunklen Krieger zu Fall gebracht und damit seinen Zweck erfüllt, aber er destabilisierte auch die Barrieren des Virtuellen, die Jael-cres vom Realen trennten. Das hatte seinem Seeder-Vater die Möglichkeit gegeben, eine Verbindung herzustellen und einen Weg zu tunneln, der es ihm, Jael-cres, gestattete, die virtuelle Realität zu verlassen. Eine seltsame Ironie lag in diesem Vorgang: Der Inhibitor, der den Krieger lähmte, löste die Fesseln von jemand anderem.

»Ich werde sterben«, sagte Jael-cres. »Ich werde aufhören zu existieren, wenn ich den Inhibitor zerstöre.«

»Nur der kleine Teil von dir, den ich nicht kopieren kann. Es lässt sich nicht vermeiden.«

»Nun gut. Öffne den Weg, und leb wohl, Seeder-Vater.«

»Wir sehen uns bald wieder, Sohn.«

Vor Jael-cres flimmerte eine der Konsolen wie hinter einem Vorhang aus Hitze. Er trat vor, aus dem Virtuellen ins Reale, und sprang durch die von seinem Vater geschaffene Datenverbindung in den Inhibitor, wo er sofort damit begann, die Kontrollsysteme zu manipulieren.

65

CORWAIN TALLMASTER

Die Klinge kam näher und sang dabei ihr tödliches Lied. Corwain sah sie ganz deutlich, sowohl mit den immer noch funktionierenden Sensoren der Rüstung als auch mit den Augen. Und schlimmer noch als das Messer, das ihm sein Herz aus der Brust schneiden wollte, war der Triumph in Duha Sibals weißem Gesicht. Corwain wollte aufspringen oder sich wenigstens zur Seite rollen, um der Klinge auszuweichen, aber Arme und Beine steckten in der Rüstung fest.

Die Spitze des vibrierenden Messers berührte seine Brust.

Corwain zitterte, nicht aus Furcht, sondern aus Zorn, und er spürte, wie das linke Bein zuckte. Es zuckte so heftig, dass auch das linke Bein der Rüstung in Bewegung geriet – es rutschte zur Seite, einen oder zwei Millimeter weit.

»Reinitialisierung«, erklang eine Stimme, die Corwain kannte.

»Überprüfung der Systeme. Warnung: Gefahrenstufe fünf von fünf. Integration der Rüstung beeinträchtigt. Es wird dringend empfohlen, sie wiederherzustellen.«

Dieser Moment dauerte nicht länger als eine halbe Sekunde. Duha Sibal, Großthan der Mahé, hätte das summende Vibromesser in die ungeschützte Brust stoßen können, und dann wäre Corwain Tallmaster gestorben, ohne die Möglichkeit, der Rüstung Anweisungen zu übermitteln. Sein Tod hier und jetzt hätte die Muster verändert, die bunten Steine des Spielbretts anders angeordnet, als es die stochastischen Algorithmen einer bestimmten Koryphäe vorsahen. Aber der Moment – ein Kardinalpunkt – verstrich, ohne dass sich die Klinge in die Brust des Mannes bohrte, der einmal ein Pazifikator gewesen war. Duha Sibal, erneut überrascht und sich seines Sieges gewiss, zögerte zu lange; er blickte sogar zur Seite, als Flammen aus dem Inhibitor leckten, in dem es zu einer fatalen Überladung gekommen war. Das Gerät platzte auseinander, und scharfkantige Trümmerstücke flogen umher, trafen einige Mahé. Sibal blieb unverletzt, und vielleicht war *das* ein Geschenk des Schicksals für den ehemaligen Mann des Friedens, der töten wollte.

»Rüstung schließen!« Corwain stand auf, als der Pilot die Anweisung befolgte. Das Vibromesser blieb zwischen zwei zuklappenden Segmenten stecken, mit der Spitze nahe an der aufgeritzten Brust. Die schwarze Hand der Rüstung, ihre Systeme aus dem erzwungenen Schlaf erwacht, schoss nach vorn, doch sie zerschmetterte Sibal nicht. Den Hals des Mahé zwischen Zeigefinger und Daumen, hob sie den Großthan hoch.

»Wo ist Solace?«, donnerte Corwain.

»An einem Ort, den nur ich kenne«, erwiderte Duha Sibal. Mit beiden Händen versuchte er, sich aus dem Griff zu befreien. »Wenn du mich tötest, wird sie elendig zugrunde gehen, in völliger Finsternis.«

Corwain sah sich im Saal um. Die Mahé und Incera hatten ihre Waffen auf ihn gerichtet, aber niemand von ihnen wagte zu schießen; es hätte den Großthan in Gefahr gebracht. Von Solace war weit und breit nichts zu sehen.

»Gefahrenstufe noch immer fünf von fünf«, sagte der Pilot. »Das energetische Niveau des fremden Schiffes über dem Imaginarium steigt. Es bereitet sich darauf vor, das Feuer zu eröffnen.«

Die Kralle der Incera, erinnerte sich Corwain.

»Wo ist Solace?« Er schüttelte Duha Sibal, er schüttelte ihn so heftig, dass sich sein Gesicht verfärbte. »Wo ist sie? Was hast du mit ihr gemacht?«

»Sie … befindet sich an einem … sicheren Ort«, brachte Duha Sibal hervor. »Ich bringe dich zu ihr – wenn du mich loslässt.«

Corwain ließ ihn los, und der Großthan fiel zu Boden. Einen Moment blieb er liegen und rieb sich den Hals, stand dann auf.

»Wo ist Solace?«, fragte Corwain erneut, mit einer Stimme, die Boden und Wände des Saals erzittern ließ. »Lass sie hierherholen.«

»Vater!«, rief ein Mahé, der gerade durch den offenen Zugang hereingekommen war, in der rechten Hand eine Waffe, die er auf Corwain richtete.

Er zog Corwains Blick auf sich, lenkte ihn für einen Moment ab, und diesen Moment nutzte Duha Sibal. Der Großthan sprang, er warf sich zur Seite, hinter eine der Konsolen, die Mahé-Techniker im Saal installiert hatten, und dort nahm er einem seiner Krieger die Waffe ab, einen großen Blaster. Er richtete ihn auf Corwain und stand auf.

»Gefahrenstufe fünf von fünf«, sagte der Pilot. »Empfehle …«

Corwain achtete nicht darauf. Sensoren und Augen waren auf Duha Sibal gerichtet, den er jetzt um einen ganzen Meter überragte. »Hol Solace hierher«, verlangte er erneut.

»Tut mir leid, das geht nicht.« Der Großthan winkte, bedeutete den anderen Mahé und auch den Incera, ihre Waffen auf den schwarzen Koloss zu richten, neben dem sich unbeeindruckt die beiden Ringe des Imaginariums drehten. »Sie ist tot, Corwain Tallmaster. Deine kleine Sirmionerin, sie war so dumm, sich uns zu verweigern. Sie wollte uns nicht helfen, und deshalb habe ich sie umgebracht, ganz langsam, in einem dunklen Zimmer. Oh, wie sie geschrien hat, Corwain Tallmaster, als ich ihr einen dünnen Knochen nach dem anderen gebrochen habe! Bis zum letzten Moment hat sie geschrien …«

Ein mattes Leuchten legte sich um Corwain, im Perlmuttglanz aus dem Innern der beiden rotierenden Ringe kaum zu sehen.

»Warnung«, sagte der Pilot. »Schildkapazität bei nur vierunddreißig von hundert. Integration der Rüstung nicht vollständig.«

Corwain blickte auf das Messer hinab, das in seiner schwarzen Brust steckte. Wie viel eine Klinge an der richtigen Stelle bewirken konnte. Er bewegte die schwarze Hand, er griff nach dem Messer und zog es aus dem Spalt zwischen den beiden Brustsegmenten der Rüstung. Wie klein es war zwischen den Fingern, die Duha Sibal am Hals gepackt hatten, wie klein und zerbrechlich.

Er drückte zu. Das Messer brach.

»Dafür werde ich dich töten«, sagte er.

»Dazu wirst du keine Gelegenheit erhalten.« Duha Sibal schoss, und die anderen Mahé, unter ihnen sein Sohn Nazmi, feuerten ebenfalls. Offenbar waren sie zu dem Schluss gelangt, dass es unter diesen besonderen Umständen nicht lohnte, auf das Imaginarium Rücksicht zu nehmen. Die Incera hingegen hielten sich zurück; einer von ihnen sprach in einen Kommunikator.

Zwei kleine kinetische Geschosse explodierten an Corwains linker Seite und schufen eine Strukturlücke im Schild, die ihn verwundbar gemacht hätte, wenn er nicht bereits in Bewegung gewesen wäre. Energiestrahlen trafen ihn, flackernde Blitze, die den Saal für einen Sekundenbruchteil in grelles Licht tauchten, aber das Schirmfeld, obgleich geschwächt, hielt stand. Zwei Strahlen wurden abgelenkt und verschwanden im Innern eines der beiden Ringe.

»Empfehle dringend automatischen Modus …«, sagte der Pilot.

Corwain achtete noch immer nicht auf ihn. Ein Sprung nach vorn brachte ihn neben die Konsole, und als er die rechte Hand hob, war sie zu einer dunklen Faust geworden, die auf den Instrumentenblock herabschmetterte und ihn zertrümmerte.

Der Mann dahinter, der Großthan, wich zurück, hob seine Waffe und schoss erneut, aber der Strahl brannte über den Schild, ohne ihn zu durchdringen. Die anderen Mahé feuerten ebenfalls, und sie trafen auch, denn der schwarze Riese bewegte sich nicht mehr, er stand still, direkt vor Duha Sibal, der im Vergleich mit ihm fast wie ein Zwerg wirkte. Corwain richtete alle sieben Waffensysteme auf ihn, überlegte es sich dann aber anders – dies wäre ein unangemessener Tod gewesen.

Stattdessen schlug er mit der dunklen Faust zu, und der Kopf des Großthans zerplatzte wie eine reife Frucht. Der tote Than sank zu Boden und blieb dort liegen; ein Nimbus aus Blut bildete sich um die Reste des Kopfes.

Damit nicht genug. Corwain trat einen Schritt vor, und der schwere Fuß des schwarzen Riesen zerquetschte die Brust des toten Duha Sibal.

Strahlen und Geschosse trafen den geschwächten Schild.

»Empfehle dringend …«, begann der Pilot erneut.

»Automatischer Modus!«, rief Corwain im Innern der Rüstung, die sich daraufhin in eine Kampfmaschine verwandelte. Sieben Waffensysteme feuerten auf sieben Ziele, Manovratoren gaben Schub, und Gravfelder hoben den dunklen Koloss und drehten ihn, damit weitere Ziele anvisiert werden konnten.

Mahé und Incera verdampften und verbrannten. Gefechtsschwärme flogen durch den Saal, bestehend aus kleinen Geschossen, die über Konsolen und Geräteblöcke hinwegsprangen, die dahinter hockenden Mahé erreichten und in ihrer unmittelbaren Nähe explodierten. Der Datenstrahl in Corwains Augen gab detailliert Auskunft über Flugbahnen, Sprengkraft und Schirmfeldstärke bei den Gegnern, die mit Individualschilden ausgestattet waren, und die Augen sahen das Chaos, die Flammen und glühenden Splitter, das Blut und die verbrennenden Körper. Ein Mahé – vielleicht Nazmi, der Sohn des Großthans und für einige wenige Sekunden sein Erbe – hob die Arme und schien sich ergeben zu wollen, aber der automatische Modus kannte keine Gnade. Ein Blitz durchschlug seine Brust, hinterließ ein mehrere Zentimeter großes Loch darin, und der Getroffene senkte den Kopf, schien auf die tödliche Wunde zu starren, bevor er fiel.

Ein heftiger Schlag gegen den Rücken ließ die Rüstung taumeln, und in Corwains Blickfeld erschienen erneut zahlreiche violette Gefahrensymbole. Der Schild existierte nicht mehr, zerrissen und zerstört von der Explosion eines in der Nähe installierten Aggregats. Der schwarze Riese fiel. Zwei Manovratoren feuerten und drehten ihn im Fallen, damit er mit dem Rücken aufprallte und die vorderen Waffensysteme einsatzbereit blieben.

Die Zielerfassung suchte nach Mahé und Incera, doch es waren keine mehr da. Einige kleine Geschosse schwirrten noch durch den Saal, auf der Suche nach Gegnern, die es außer Gefecht zu setzen galt. Als sie keine fanden, kehrten sie zur Rüstung zurück und verschwanden deaktiviert in ihren Munitionskammern.

Eine Zeit lang knisterte und prasselte es. Mehrere Minuten verstrichen, bis die Feuer keine Nahrung mehr fanden und starben. Daraufhin war nur noch das dumpfe, rhythmische Brummen der beiden sich drehenden Ringe zu hören.

Die Rüstung lag unbewegt da, in ihrem Innern Corwain, der nur noch Leere empfand. Es war vollbracht, der Mann des Krieges hatte den Sieg errungen, seine dunkle Faust hatte Duha Sibal getötet, doch es gab keine Freude darüber, nicht einmal Genugtuung.

Das Brummen der Ringe veränderte sich, ihr Licht strich schneller über die Wände. Corwain beobachtete es. Er hätte aufstehen können, aber er blieb liegen.

»Warnung, Gefahrenstufe noch immer fünf von fünf«, meldete der Pilot, obwohl er sich nach wie vor im automatischen Modus befand. »Das energetische Niveau des fremden Schiffes über dem Imaginarium steigt weiter. Analyse: Kampfeinsatz imminent.«

Das Brummen veränderte sich erneut, und es folgte ein anderes Geräusch. Stammte es von – Schritten?

»Unbekannte Personen nähern sich«, teilte der Pilot mit. »Einstufung: nicht feindselig.«

»Was liegst du da so herum, Corwain Tallmaster?«, ertönte eine Stimme. »Steh auf. Es gibt noch viel zu tun.«

Die Sensoren zeigten Corwain das Gesicht eines Mannes in mittleren Jahren, der sich über ihn beugte. Er hatte langes schwarzes Haar mit einer auffallenden schwefelgelben Strähne. Es war ein Gesicht ohne Substanz, eine Projektion, denn Corwains Blick reichte hindurch, bis zur Decke des Saals.

»Jael?«, brachte Corwain hervor. »Sind Sie das?«

»So sieht man sich wieder, nach siebzehn Jahren.«

»Die Kralle, Jael!«, stieß Corwain hervor. »Das Incera-Schiff über uns …«

»Ich habe die hiesigen Systeme übernommen und verwende einen Teil der Kollektorenergie für einen Schild. Wir sind sicher, zumindest lange genug, bis die Schiffe der Instanz hier sind.«

Ein zweites Gesicht erschien neben dem ersten, und zwei oder drei verblüffte Sekunden lang hielt Corwain es für eine Halluzination. Es war nicht durchsichtig wie das erste, es existierte tatsächlich, hatte Substanz.

»Corwain?«, fragte Solace. »Bist du da drin?«

»Pilot, Rüstung öffnen!«, befahl Corwain. Er wollte jemanden in die Arme schließen, aber in seine eigenen, nicht in die des schwarzen Riesen, der für ihn getötet hatte.

NEUE WEGE

66

Sie hält ihn mit beiden Händen, so sanft wie ein verletztes Kind oder wie eine zarte Blume, und er wächst in ihr, obwohl er befürchtet hat, nicht mehr dazu imstande zu sein, obwohl er etwas in sich zerbrochen glaubt, vielleicht für immer. Er wächst, er wird groß und fest, und Solace nimmt ihn in sich auf, beginnt mit ihrem langsamen Tanz auf ihm, der sie beide vereint.

»Ich habe getötet«, sagt er, und er sagt es nicht zum ersten Mal. Die Worte müssen erneut ausgesprochen, ihre Wahrheit muss anerkannt werden. Ist das Sühne genug?

»Du hast getan, was getan werden musste«, erwidert sie und beugt sich zu ihm herab; er spürt ihren weichen Federflaum auf der Haut. Und er fühlt ihre Finger, die ihm über Stirn und Schläfe streichen wie auf der Suche nach der Wunde in seinem Kopf.

Er blickt an ihr vorbei, zum Himmel mit den beiden silbernen Bögen des offenen Imaginariums, noch höher als die von Puente. Hunderte von Welten ziehen dort oben ihre Bahn, manche von ihnen direkt durch die beiden Bögen erreichbar. Sonnen leuchten hell und warm; hier wird es nie dunkel, hier braucht Solace keine Angst zu haben, hier gibt es weder Incera noch Krikiri. Es gibt auch keinen Duha Sibal mehr, weder hier noch sonst irgendwo.

Sie reitet auf ihm, so wie früher, als er noch ein Mann des

Friedens gewesen ist, ihre Hüften schwingen langsam, und sie sagt: »Deiner Seele fehlt ein Stück. Ich sehe es, das Loch in ihr.«

»Du hast oft genug an ihr geknabbert.«

Ihre Fingerkuppen berühren seinen Mund, während die Hüften weiter schwingen, im Rhythmus der Wellen, die das Floß mit der Hütte tragen. Eine zehn Kilometer lange Signalleine verbindet sie mit Theria, der einzigen Stadt auf Therion, direkt unter dem Hauptbogen gelegen. Über ihr zeigt sich der breite Bug der *Haderer,* die Kallisto und andere Repräsentanten der Kompetenz zum Imaginarium gebracht hat. Der Rest des Schiffes befindet sich auf der anderen Seite, in einem der beiden Ringe, die sich inzwischen ebenso weit über Trus wölben wie über dieser Welt. Daneben erkennt Corwain die vorderen Segmente mehrerer miteinander verbundener Denkdorne. Eine Koryphäe schwebt dort, wie die *Haderer* auf beiden Seiten des Übergangs präsent, und es ist nicht irgendeine Koryphäe, sondern Jae-al-Escoe-Hoivinio-tan-Mauleon-Caliquire-tan-Nesluzan.

»Ich habe kleine Stücke von ihr genommen, und jetzt gebe ich sie zurück«, trillert Solace. Ihre Augen sind groß, beide, auch jenes, das bis vor kurzer Zeit zugeschwollen war, und zeigen eine Mischung aus Rot und Blau, die Farben der Leidenschaft und der Kognition. Die Knochen des gebrochenen Arms sind wieder zusammengewachsen, aber ein kleiner Medo-Mech, wie eine aufgesteckte Brosche am Arm, wacht noch über die Fraktur. Ihre Wunden heilen, denkt Corwain. Meine sind nicht sichtbar, gehen aber viel tiefer.

Solace zittert, als sie den Höhepunkt erreicht, und sie nimmt ihn mit, er ergießt sich in ihr und beobachtet, wie ihre Augen ganz blau werden. Langsam sinkt sie zur Seite und bleibt neben ihm liegen, ihm zugewandt. Ihr blauer Blick geht durch ihn hindurch, vielleicht in die Welt der Muster, die auch Rahel Rahelia Kinmaster gesehen hat.

Corwain schaut nach oben, zu all den Welten, die weit jenseits der Bögen – und doch mit ihnen verbunden – über den hellen Himmel ziehen. Er fragt sich, ob es jemals wieder so sein kann wie früher, und dann, vielleicht von Solace' Seelenwind berührt, begreift er: Es darf nie wieder so werden wie früher. Vielleicht ist das Teil der Antwort, nach der er sucht. Wir können nicht zu dem Leben zurückkehren, das wir geführt haben, zur Hütte auf einem Asteroiden. Wir müssen neue Wege beschreiten.

Weit oben blitzt es am Scheitelpunkt des Hauptbogens, und für einen Moment glaubt Corwain, eine Melodie zu hören, klar und rein. Unterhalb der Stelle, an der ein Licht erschienen ist, bewegt sich etwas; für ein oder zwei Sekunden zeigt sich dort ein grauer Schatten. Kai-Taret, denkt er und erinnert sich an das Wunder von Puente. Ein Schlafender Geist, sichtbar nur für eine reine Seele.

Solace lächelt, noch immer in der Kognition, und Corwain lächelt ebenfalls. Ein Neuanfang, ja. Es stehen genug Welten zur Auswahl.

Oben blitzt es erneut, und diesmal hört Corwain keine Melodie, bemerkt auch keinen grauen Schemen. Dafür sieht er ein Schiff aus dem Hauptbogen kommen, silbern wie die Bögen selbst, voller Kanten, Ecken und Spitzen.

Es bringt einen Jakonda nach Theria.

67

Der Saal befand sich ganz oben im höchsten Turm von Theria, einen Kilometer über dem smaragdgrünen Weltmeer des Planeten Therion, einer von insgesamt neunundneunzig Welten in der

Siebzehnten Schale des Imaginariums. Die Decke bestand aus Prismen, aus geschliffenen Kristallen, die das Licht der vielen Sonnen am Himmel einfingen und bündelten, bunte Säulen daraus formten, die den großen Tisch in der Mitte kreisförmig umgaben. Solace genoss das Licht, ebenso Kallisto, der wie ein grauer Felsen am Tisch aufragte und sagte: »Danke, dass Sie gekommen sind. Als Erstes möchte ich Ihnen mitteilen, dass die Lage unter Kontrolle ist. Alle Schiffe der Mahé und Incera sind entweder außer Gefecht gesetzt oder aus dem Kosmotop geflohen.«

Seine Worte galten den am Tisch sitzenden oder in Ambientalanzügen schwebenden Personen, insgesamt vierundsechzig. Vertreten waren nicht nur die Kompetenz mit einigen ihrer Direktoren, unter ihnen Kallisto, die Koryphäen durch den Avatar von Jae-al-Escoe-Hoivinio-tan-Mauleon-Caliquire-tan-Nesluzan und die unabhängigen und assoziierten Zivilisationen der Milchstraße durch Repräsentanten der Malangatar, Kirgu und Thraben, sondern auch Gesandte der Dagher, Waled, Haik und anderer galaktischer Völker. Was hier geschah, was hier besprochen und entschieden werden sollte, betraf sie alle. Das Kosmotop war durch Delegierte der Jassid und sieben anderer Völker vertreten, von denen drei Sammler in die Milchstraße geschickt hatten. Hinzu kam jeweils ein Avatar der Instanz – eine alte Frau mit langem, hellem Haar, faltigem Gesicht und sehr wachen Augen – und des letzten Lenkers, Mebrat. Was die wenigen noch lebenden Entscheider und Konstrukteure betraf … Niemand von ihnen war geistig imstande, den hier stattfindenden Gesprächen zu folgen. Die Instanz – der kleine Teil von ihr, der in Kh'smT'p geblieben war – hatte sie am Leben erhalten, um den Schein zu wahren, um die Illusion von Normalität aufrechtzuerhalten.

Corwain saß mit Solace ein Stück abseits von Kallisto, neben dem isqurischen Direktor, dessen zarte Flügel zitterten und Aufregung signalisierten.

Kallistos Stimme klang erneut wie das Knirschen von zwei aneinanderreibenden Steinen, als er sagte: »Bevor unser Ehrengast eintrifft, möchte ich die Gelegenheit nutzen, im Namen der Kompetenz einigen Personen zu danken, die bei der Bewahrung des galaktischen Friedens eine zentrale Rolle gespielt haben.« Kallisto vollführte eine respektvolle Geste, die dem Koryphäenavatar galt. »Ich danke Jae-al-Escoe-Hoivinio-tan-Mauleon-Caliquire-tan-Nesluzan, der vor siebzehn Jahren Standardzeit das Kosmotop aufsuchte und die Voraussetzungen dafür schuf, dass wir heute hier sitzen, an diesem Tisch. Ich danke seinen Helfern, unter ihnen Tsertser, der sein Leben opferte. Ich danke unserem Pazifikator Corwain Tallmaster, dem es gelang, das Imaginarium der Kontrolle durch Mahé und Incera zu entreißen, und ich danke auch Solace von Sirmion, die mithilfe der Instanz den Zugangscode entschlüsselte.«

Ein zustimmendes, anerkennendes Murmeln stieg vom Tisch auf. *Unser* Pazifikator, dachte Corwain. Und das von dem Direktor, der ihn aus der Kompetenz entlassen hatte.

Unter dem Tisch griff Solace nach seiner Hand und drückte kurz zu. Er warf einen Blick zur Seite und bemerkte überrascht, dass sich ihre Augen getrübt hatten und einen Farbton zeigten, den er jetzt zum ersten Mal sah, eine Mischung aus Grau, Schwarz und Blau – Verwirrung, Schmerz und Kognition. Sie trug noch immer den Medo-Mech am Arm, obwohl inzwischen zehn Tage vergangen waren. Kam es bei ihrer Rekonvaleszenz zu Komplikationen?

»Lassen Sie mich als Direktor der Kompetenz hinzufügen: Es wäre uns eine große Ehre, wenn Corwain Tallmaster seine Pazifikator-Dienste für uns fortsetzen würde, sobald er das Kosmotop verlassen kann«, fuhr Kallisto fort. »Was seine Partnerin betrifft ... Ich beabsichtige, der Kernkompetenz ihre Ausbildung zur Veritas vorzuschlagen.«

Das zustimmende Murmeln wiederholte sich, und Corwain neigte den Kopf. Vielleicht hätte er sich freuen sollen, aber er blieb von den Worten unberührt; sie konnten die Leere in ihm nicht füllen. Es waren Worte, die einen alten Weg beschrieben, den er nicht mehr beschreiten konnte, nicht nach dem, was er mit Duha Sibal gemacht hatte.

»Wir brauchen fähige Pazifikatoren«, grollte Kallisto. »Zwar ist die Galaxis nicht mehr von einem Krieg bedroht, aber an vielen Orten herrschen noch immer Aufruhr, Unfreiheit und Ungerechtigkeit. Corwain Tallmaster, ich möchte Sie hiermit ausdrücklich um Entschuldigung für die Ungerechtigkeit bitten, die Ihnen widerfahren ist. Ich möchte auch mein Bedauern darüber zum Ausdruck bringen, dass wir vor hundert Jahren nicht auf Rahel Rahelia Kinmasters Rat gehört und energische Maßnahmen gegen die Incera ergriffen haben. Insbesondere die Letzten Menschen mussten einen hohen Preis dafür bezahlen – nach den Angriffen auf ihre Residenzen sind nur noch zweitausendfünfhundert von ihnen übrig.«

Zweieinhalbtausend, dachte Corwain und hielt den Kopf noch immer gesenkt. Der Rest von uns. Bald wird es keine Menschen mehr geben.

»Koryphäen und Kompetenz haben sich verpflichtet, die verbliebenen Residenzen zu schützen«, sagte Kallisto. »Wir werden nicht zulassen, dass die geflohenen Mahé und Incera jemals wieder einen Letzten Menschen töten.«

Die Galaxis ist groß, dachte Corwain. Aber vielleicht nicht groß genug. Der Hass der Incera kennt keine Grenzen, und irgendwann wird es einen neuen Duha Sibal geben.

Kallisto war mit seinen einleitenden Worten noch nicht fertig. »Die durch den Angriff von zwei X-Artefakten beschädigten

Anomaliemotoren werden repariert, aber das derzeitige administrative Oberhaupt des Kosmotops, die wiederhergestellte Instanz, versichert uns, dass kein Sprung ins galaktische Zentrum stattfinden wird. Es besteht also keine Gefahr für die dortigen Maschinenzivilisationen. Das Kosmotop – beziehungsweise Kh'smT'p – bleibt, wo es ist, und die Kompetenz schlägt vor, als Mittler und Verwalter bei dem gegenseitigen technisch-kulturellen Austausch aufzutreten.«

Corwain hob den Kopf und begegnete dem Blick des Koryphäenavatars auf der anderen Seite des Tisches. Der Mann mit dem schwarzen Haar und der auffallenden gelben Strähne darin sah ihm direkt in die Augen und schüttelte andeutungsweise den Kopf. Nein, sagten die Augen, das Kosmotop wird nicht bleiben, wo es ist. Nicht wahr, Pazifikator?

Corwain blinzelte und fragte sich verwundert, ob er die Worte wirklich gehört hatte.

Kallisto sprach jetzt mit knirschender, grollender Stimme über das Imaginarium.

»Es enthält alles, was das Kosmotop in vielen Jahrmillionen auf seiner Reise durchs Universum gesammelt hat: die Artefakte zahlreicher fremder Zivilisationen; Superhabitate wie die im Intraraum, aber weder von den Jakonda konzipiert noch von den Konstrukteuren gebaut; Myriaden Lebensformen auf Tausenden von Planeten wie Therion; insgesamt fünfzigtausend Sonnenmassen, verteilt auf siebzehn ›Schalen‹ genannte Bereiche. Die Schale eins im Zentrum hat dem Imaginarium seinen Namen gegeben, denn dort erstreckt sich das Reich der Fantasie, der Ideen und Konzepte. Es ist größer als alle anderen Schalen zusammen, groß wie ein Universum. Und genau das ist das Zentrum des Imaginariums, ein Universum«, betonte Kallisto und bewegte zum ersten Mal seine dicken grauen Arme. »Oder besser: ein Multiversum, eine Welt ohne

Grenzen, erschaffen von den kreativen Gedanken zahlreicher Spezies.«

Ein Dagher hob die Knochenhand. »Kommt der Jakonda von dort?«

»So lauten unsere Informationen, ja.«

»Es ist also eine Simulation, die zu uns sprechen wird, kein Wesen aus Fleisch und Blut?«

Der isqurische Kompetenzdirektor neben Corwain breitete halb die Flügel aus. »Aus unserem Blickwinkel gesehen, handelt es sich bei Schale eins des Imaginariums um eine unüberschaubare Anzahl von ineinander verschachtelten Virtualitäten, aber ihre Bewohner sind real oder waren es einmal. Sie leben in dem neuen Universum, von dem die Legenden des Kosmotops erzählen, ursprünglich erschaffen von den Jakonda, später erweitert um die virtuellen Realitäten, die das Kosmotop bei fremden Zivilisationen vorfand.«

»Aber der Jakonda …« Der dürre Dagher suchte nach Worten. »Sind wir hier, um mit einem – Datenmuster zu verhandeln?«

Corwain beobachtete, wie der Mann mit dem schwarzen Haar, Avatar der ältesten und größten aller Koryphäen, lächelte. »Wofür halten Sie sich, mein lieber Lorlye? Woraus, glauben Sie, bestehen Ihre Gedanken? Und meine?«

Kallisto räusperte sich; es klang wie das dumpfe Donnern eines Erdbebens. »Die Verhandlungen führen nicht Sie, Lorlye, sondern wir, wenn Sie gestatten«, sagte er. Sein Blick galt nicht nur dem Dagher, sondern auch den Delegierten der Waled und Haik. »Ihr Status beschränkt sich auf den von Beobachtern.«

Der Dagher öffnete erneut den Mund und schien protestieren zu wollen, doch in diesem Moment tönte ein akustisches Signal durch den Saal. Die Tür öffnete sich.

»Darf ich Sie alle bitten, sich zu erheben«, sagte Kallisto und wuchtete seinen schweren grauen Leib mithilfe von Mikrogravitatoren in die Höhe. Alle standen auf, und die Repräsentanten in Ambientalanzügen schwebten etwas höher. Auch Corwain und Solace erhoben sich.

Der Jakonda kam herein.

68

Ein Humanoide näherte sich dem Tisch, klein und zart wie Solace, silbern wie die Ringe des Imaginariums, mit elliptischen, zu den Schläfen hin verlängerten Augen. Seine Füße schienen den Boden kaum zu berühren, und er bewegte sich mit der unaufdringlichen Eleganz eines Tänzers. Er blieb am Tisch stehen, nicht weit von Jaels Avatar entfernt, mit dem er einen Blick wechselte, und sagte etwas in einer Art Singsang. Die Kommunikatoren, mit denen sie alle ausgestattet waren, übersetzten sofort: »Ich grüße Sie.«

Kallisto verkündete: »Das ist Terok Efor Garukand, Botschafter der Jak'h'nda. Herzlich willkommen, Botschafter, im Namen von uns allen. Es ist uns eine Ehre.«

Corwain beobachtete Garukand aufmerksam. Wenn er ein Avatar war, eine Projektion aus den Virtualitäten im endlosen Zentrum des Imaginariums, so war es ihm nicht anzusehen. Er wirkte ebenso echt und real wie der Koryphäenavatar oder die Instanz, die beide in künstlichen Körpern aus Pseudomaterie und Polymeren steckten.

Die Versammelten setzten sich wieder, und Corwain merkte, dass Solace dabei kurz schwankte. Er sah zur Seite und stellte fest, dass ihre Augen noch immer trüb waren. Seine stumme Frage beantwortete sie mit einem Lächeln, das beruhigend sein sollte, aber ein wenig gezwungen wirkte.

»Mein Dank gilt den nicht gesammelten Besuchern«, fuhr der Jakonda mit melodischer Stimme fort. »Ich danke Ihnen für die Öffnung des Imaginariums, für die Restauration der Instanz und vor allem für die Vernichtung der Waffen, die der alte Feind zurückgelassen hat, um Kh'smT'p und das Imaginarium zu zerstören. Meine Spezialisten haben bereits mit der Arbeit begonnen. Sie stellen unterbrochene Verbindungen wieder her und stabilisieren die Schalen. Die Präparation macht gute Fortschritte. In nicht mehr als zwei kleinen Sprechzyklen kann die Separation erfolgen. Das Sammeln hat ein Ende«, intonierte Terok Efor Garukand. »Nie mehr wird gesammelt, was nicht gesammelt werden darf. Kh'smT'p hat seinen Zweck erfüllt. Fortan wird das Imaginarium allein sein. Es ist groß genug; es hat keine Grenzen.«

Mit solchen Worten hatten weder die Delegierten aus der Milchstraße noch die Jassid und die Repräsentanten der anderen Kosmotop-Völker gerechnet. Verwunderung machte sich breit, und Kallisto fragte: »Was genau meinen Sie mit ›Präparation‹, Botschafter?«

»Wenn alle Schalen stabilisiert sind, wird das Portal des Imaginariums geschlossen, für immer«, sang der nach wie vor stehende Jakonda. »Damit ist die Mission von Kh'smT'p erfüllt, und es besteht keine Gefahr mehr durch andere Waffen, die der alte Feind hinterließ. Das Sammeln hat ein Ende.«

Unruhe erfasste die Jassid und die anderen Kosmotop-Delegierten.

»Botschafter …«, begann Kallisto, und Corwain kannte ihn gut genug, um die Anzeichen von Betroffenheit zu erkennen. »Vielleicht könnten wir …«

Der Mann mit dem schwarzen Haar und der gelben Strähne darin stand auf. »Wenn Sie gestatten, Direktor …«

»Natürlich«, sagte Kallisto.

Eine Geste des Koryphäenavatars ließ mehrere Displayfelder

über dem Tisch entstehen, die sich sofort mit Daten füllten. Corwain achtete nicht darauf, behielt stattdessen Jael und Garukand im Auge. Der Kopf des Jakonda war oval wie die Schädel, die er bei der Letzten Reserve gefunden hatte.

»Meiner bescheidenen Meinung nach«, sagte Jae-al-Escoe-Hoivinio-tan-Mauleon-Caliquire-tan-Nesluzan, und dabei klang seine Stimme nicht sehr bescheiden, »kann das Kosmotop nicht in der Milchstraße bleiben. Es wäre weiterhin ein Streitobjekt, ein Quell der Unruhe, wenn ich so sagen darf.«

Und der Gefahr, dachte Corwain. Jemand könnte irgendwann in der Zukunft die Anomaliemotoren manipulieren und einen Sprung ins galaktische Zentrum einleiten.

»Im Namen der Maschinenzivilisationen schlage ich vor, dass der Lenker Mebrat Kh'smT'p in den intergalaktischen Leerraum bringt.« Datenkolonnen durchzogen die Displayfelder. »Anschließend sollten die Anomaliemotoren demontiert werden. Ich stimme Ihnen zu, Garukand: Das Sammeln muss aufhören. Es hat zu viel Unheil angerichtet und zu viele Leben ausgelöscht, nicht nur in der Milchstraße, sondern auch in anderen Galaxien. Ich schlage weiterhin vor, dass die Folgen des Atrophiekrieges im Intraraum des Kosmotops beseitigt und die Habitate neu besiedelt werden, mit freiwilligen Kolonisten aus unserer Galaxis. Das Imaginarium muss nicht geschlossen werden, Botschafter. Wir Koryphäen garantieren seine Sicherheit. Lassen Sie uns Kh'smT'p und Imaginarium gemeinsam zu einem Musterbeispiel für eine Vielvölkergemeinschaft machen …«

Die Daten in den Displayfeldern beschrieben die logistischen und organisatorischen Voraussetzungen und erläuterten Einzelheiten des Plans, den Jael mit weiteren Worten beschrieb.

»Er bewegt erneut die Steine, und diesmal liegen noch viel mehr auf dem Spielbrett«, sagte Solace leise.

Corwain wusste nicht, von welchen Steinen Solace sprach,

aber er verstand, was sie meinte: Die Koryphäen schickten sich an, die Kontrolle zu übernehmen, und die Verwunderung der Direktoren deutete darauf hin, dass ihr Plan nicht mit der Kompetenz abgesprochen war. Während Jael sprach, wanderte sein Blick einmal zu Corwain und verharrte kurz, als erwartete er etwas von ihm. Was auch immer es war, Corwain reagierte nicht und schwieg. Er betrachtete noch einmal die Daten in den Sichtfeldern und wusste, dass noch viel mehr Informationen direkt flossen, von Jael zu Garukand und der Instanz, die sie unmittelbar empfangen und viel, viel schneller verarbeiten konnten als die organischen Geschöpfe am Tisch. Er beobachtete die Versammelten und sah ruinierte Pläne, zerstörte Ambitionen und enttäuschten Egoismus. Bei einigen, unter ihnen Kallisto, entdeckte er Anzeichen von vorsichtigem Optimismus.

»Wir sind bereit, Ihre Vorschläge in Erwägung zu ziehen«, sang der Jakonda. »Lassen Sie uns darüber sprechen …«

Und sie sprachen darüber, lange und ausführlich. Corwain versuchte zuzuhören, aber die Worte ergaben schon bald keinen Sinn mehr für ihn, und seine Gedanken kehrten zu der Frage zurück, welchen Weg er beschreiten sollte. Die Leere in ihm, sie wollte gefüllt werden.

Solace ergriff seine Hand, und zuerst dachte er, sie wollte ihm Trost spenden, doch sie drückte plötzlich sehr fest zu. Und dann stand sie auf, und es wurde still am Tisch, alle Blicke richteten sich auf sie, und sie schwankte und sagte: »Ich fühle mich nicht gut, Corwain …«

Die Leere in ihm, sie war plötzlich nicht mehr wichtig, vielleicht existierte sie gar nicht mehr. Er fing Solace auf, als sie fiel, hielt die Ohnmächtige in den Armen und rief: »Wir brauchen einen Mediker, schnell!«

69

Solace schlief, aber helles Licht strahlte auf sie herab – für sie sollte es keine Dunkelheit mehr geben, darauf hatte Corwain bestanden.

»Sind es die Wunden, die Duha Sibal ihr zugefügt hat?«, fragte er. »Liegt es daran?«

»Ich glaube, die Schuld liegt bei Ihnen, Corwain Tallmaster.«

Sie standen in der kleinen Krankenstation der *Haderer:* Corwain, der lebende graue Berg Kallisto, in das Gravfeld eines Mikrogravitators gehüllt, der Avatar von Jae-al-Escoe-Hoivinio-tan-Mauleon-Caliquire-tan-Nesluzan und der Mediker des Schiffes, ein Isquri wie der Kompetenzdirektor, der am Tisch neben Corwain gesessen hatte.

»Meine Schuld?«, fragte er entgeistert und blickte auf Solace hinab. Sie lag in einer Gelmulde; ein Dämmfeld hielt alle Geräusche von ihr fern und ließ sie schlafen.

»Die Sirmionerin hat einen Schwächeanfall erlitten, der das Ergebnis einer beginnenden Metabolismusveränderung ist«, sagte der Mediker. Er beugte sich über die Mulde und breitete die Flügel aus, als wollte er Solace mit ihnen schützen. »Sie ist schwanger.«

Mehrere Sekunden lang blieb es still.

Corwain starrte den Isquri verblüfft an. »Was?«

»Sie ist schwanger, Corwain Tallmaster«, sagte der Mediker. »Seit anderthalb Wochen. Bei Sirmionerinnen verändert die Schwangerschaft den Stoffwechsel, und die Veränderung beginnt typischerweise neun bis zehn Tage nach der Empfängnis.«

Zehn Tage. Corwain erinnerte sich an das Floß mit der Hütte.

»Ich gratuliere«, grollte Kallisto. Und der Mann mit dem schwarzen Haar – die gelbe Strähne war daraus verschwunden, aus welchen Gründen auch immer – lächelte wie ein zufriedener Großvater.

Oder wie jemand, der beobachtete, wie ein Stein an die richtige Stelle rutschte.

»Das ist unmöglich«, sagte Corwain. »Ich bin zeugungsunfähig.«

Der Isquri faltete seine durchsichtigen Flügel wieder zusammen und deutete auf die Anzeigen über der Gel-Mulde. »Die Sensoren irren sich nicht. Solace ist schwanger.«

»Aber …«

»Du warst zeugungsunfähig«, sagte Jael. »Bevor du einen neuen Körper bekommen hast.«

Ein Flagellat, erinnerte sich Corwain. Ein Körper, der bei den Dimah aus einer Amöbe gewachsen war, Ableger eines globalen subplanetaren Schleimpilzes. Aber Schleim stand am Anfang von allem, dachte er. Der Beginn war weniger wichtig als das Ergebnis.

»Es … besteht keine Gefahr für sie?«, brachte er hervor.

»Sie ist nur schwach«, sagte der Isquri. »Sie braucht Ruhe bis zur Umstellung des Metabolismus. Und vielleicht auch noch etwas länger. Sie hat viel hinter sich.«

Ich auch, dachte Corwain. Ich habe getötet. Und ich habe neues Leben gezeugt.

Wie passte das zusammen?

»Herzlichen Glückwunsch, du wirst Vater!« Jael klopfte ihm auf die Schulter und ging dann zur Tür. Dort blieb er noch einmal stehen und sagte: »Dadurch ergeben sich ganz neue Perspektiven, nicht wahr?«

Nachdem der Avatar gegangen war, starrte Corwain eine ganze Minute lang auf die geschlossene Tür, während die Worte in ihm ihre Bedeutung entfalteten. Schließlich drehte er sich zur schlafenden Solace um. Dort lag sie, und in ihr wuchs neues Leben, zehn Tage jung.

Plötzlich sah er ihn vor sich, den neuen Weg, den es zu beschreiten galt, klar und deutlich, als hätte die Idee nur darauf gewartet, dass Licht auf sie fiel.

Kallisto sah es in seinem Gesicht. »Sie werden nicht zu uns zurückkehren, oder?«, fragte er, seine Stimme ein dumpfes Grollen.

»Nein.«

Kallisto holte etwas hervor, einen kleinen Gegenstand. »Ich habe hier etwas für Sie«, sagte er. »Für Sie beide, oder für Sie drei.«

»Was ist das?« Corwain nahm das Objekt entgegen. »Eine Uhr ohne Zeiger?«

»Ein Geschenk der Veritas«, grollte Kallisto. »Rahel Rahelia gab sie mir, aber vielleicht nur deshalb, damit ich sie Ihnen gebe.«

Corwain hob das Objekt. Eine Uhr ohne Zeit, dachte er. Eine Uhr, nach der man sich nicht richten musste, die darauf hinwies, dass es genug Zeit gab, trotz allem. Oder dass man sich Zeit nehmen sollte, so viel wie nötig.

Er lächelte. Die Uhr gefiel ihm.

»Was haben Sie jetzt vor, Corwain?«

»Ich nehme an, Sie wissen, wohin die Letzten Menschen evakuiert wurden?«

»Ja«, bestätigte Kallisto.

»Können Sie ihnen eine Nachricht von mir übermitteln? Ihnen allen? Jedem Einzelnen von ihnen?«

»Das ist möglich, ja.«

»Gut. Ich habe eine Botschaft für sie.«

70

Corwain beobachtete, wie ein totes Meer zu neuem Leben erwachte. Regen fiel aus dichten Wolken, die den Blick zur anderen Seite des Habitats versperrten, wo Srur schon vor Monaten die letzten Kampfmaschinen aus der Zeit des Atrophiekrieges deaktiviert und demontiert hatten. Die Tropfen fielen dicht und langsam in der niedrigen Schwerkraft, seit Wochen fielen sie und füllten nach und nach Meeresbecken, die seit Jahrmillionen leer gewesen waren. Das Gerippe des maritimen Riesen, das Corwain vor fast einem Jahr zum ersten Mal gesehen hatte, war inzwischen bis auf die oberen Knochen im langsam anschwellenden Ozean verschwunden. Etwa zwanzig Kilometer entfernt hatte sich ein Steilhang in ein Ufer zurückverwandelt, und auf dem Plateau erhoben sich die Gebäude einer neuen Stadt auf den Trümmern der alten. Auch dort krabbelten und arbeiteten Srur im Auftrag der Instanz, Hunderte, Tausende von ihnen. Über ihnen schwebte ein restauriertes Luftschiff, und als Corwain das Okular vor die Augen setzte, sah er einige Letzte Menschen hinter den Fenstern der Residenzgondeln. Sechs oder sieben waren es. Sechs oder sieben von insgesamt zweieinhalbtausend, die sich überall im Kosmotop niedergelassen hatten. Einige der Ältesten, des wiederholten Sterbens müde wie Elron Kuri $_{127}$Aijar im Mausoleum auf der Alten Erde, waren der Einladung von Terok Efor Garukand gefolgt und hatten die Erste Schale des Imaginariums aufgesucht, um in den grenzenlosen Weiten der Virtualitäten als mehrfach gesicherte Datenpakete echte Unsterblichkeit zu finden.

Die ersten Schritte auf dem neuen Weg sind getan, dachte Corwain und sah noch etwas anderes durchs Okular: ein kurzes Aufblitzen im neuen Dislokator bei der Stadt und dann einen Schweber, der übers Meer flog, in seine Richtung.

Corwain ließ das Okular sinken, hielt das Gesicht in den warmen Regen und schloss die Augen. Als er sie wieder öffnete, hatte der Schweber die künstliche Insel fast erreicht. Corwain drehte kurz den Kopf und sah zum Haus auf der Kuppe des Hügels. Nichts regte sich dort; Mutter und Tochter schliefen noch. Ein blutiges Gesicht, dachte er. Der Seelenwind, die Kognition, hatte es Solace gezeigt. Das Gesicht eines Neugeborenen. Nicht das Blut des Todes, sondern das eines neuen Lebens.

Der Schweber landete, die Luke klappte auf, und ein Mann in mittleren Jahren stieg aus, mit langem schwarzem Haar, das keine gelbe Strähne aufwies. Ihm folgte ein jüngerer Mann, das Haar kurz und aschblond, die Augen lebendig, auf den Lippen die Andeutung eines verschmitzten Lächelns.

Der Mann in mittleren Jahren deutete auf seinen Begleiter. »Ich glaube, ihr kennt euch«, sagte Jae-al-Escoe-Hoivinio-tan-Mauleon-Caliquire-tan-Nesluzan.

»Jael-cres?«, fragte Corwain.

»Mehr oder weniger«, sagte der jüngere Mann. »Mit einigen Blessuren in Form von Erinnerungslücken. Nicht alles, was meine Kopie erlebt hat, konnte gerettet werden.«

Der Mann mit dem schwarzen Haar machte eine Geste, die der künstlichen Insel galt. »Seit Therion hast du eine Vorliebe für Flöße entwickelt, ob groß oder klein.«

»Vielleicht möchte ich keinen festen Boden mehr unter den Füßen haben«, antwortete Corwain. »Vielleicht möchte ich schwanken oder mich schaukeln lassen.«

Jael nickte langsam. »Ich habe dir etwas mitgebracht.« Er zeigte Corwain ein kleines Objekt.

»Eine Nadel?«

»An deinen neuen Körper angepasst. Nicht nur für dich, sondern auch für die anderen Letzten Menschen, die sich von den Dimah behandeln lassen.«

Corwain sah kurz zur Stadt, über dem das restaurierte Luftschiff schwebte, auch mit bloßem Auge deutlich zu erkennen.

»Solace hat mir von dem Spiel erzählt«, sagte er. »Von den roten und blauen Steinen, von all den anderen, die auf die Bewegung eines einzelnen Steins reagieren. Ist dies ein neuer Stein? Was soll er in Bewegung setzen?«

»Eine interessante Frage«, sagte Jael. »Es gibt zwei Antworten darauf, eine einfache und eine komplizierte. Welche möchtest du hören?«

Corwain schwieg.

»Ich verstehe«, sagte Jael. Er hob die Nadel. »Bist du interessiert? Dies soll ein Geschenk sein, ohne irgendwelche Verpflichtungen.«

Corwain betrachtete das kleine Objekt, während der Regen fiel, langsam und gleichmäßig. Für einen Moment glaubte er, ein leises *Ping* zu hören, eine Stimme aus der Vergangenheit, vertraut und verlockend. Die Nadel hatte die richtige Größe, sie hätte ein Zeiger sein können für eine kleine Uhr mit leerem Zifferblatt. Aber mit dem Zeiger wäre die Zeit zurückgekehrt, in kleine Stücke geschnitten, die ihrerseits das Leben in Stücke teilten.

»Fast alle Letzten Menschen sind meinem Ruf gefolgt«, sagte Corwain. »Nur einige wenige haben beschlossen, in der Milchstraße zu bleiben, geschützt von Ihnen und der Kompetenz. Sie sind hierhergekommen, weil es hier Hoffnung gibt.«

»Hoffnung?«, wiederholte Jael-cres und gab sich überrascht. »Worauf? Die von den Dimah Behandelten sind fruchtbar, zugegeben, aber sie altern und sterben irgendwann; ohne eine Nadel und die Möglichkeit der Bewusstseinsaufzeichnung wird ihr Tod endgültig sein.«

»Sie werden Kinder bekommen«, erwiderte Corwain und fühlte jeden einzelnen Regentropfen, der auf ihn fiel. »Zum ersten Mal seit vielen Jahrtausenden wird es nicht weniger Letzte Menschen geben, sondern mehr.«

»Sind dir Kinder wichtiger als viele Leben?«

Corwain hatte lange darüber nachgedacht, ebenso wie die Letzten Menschen, die seinem Ruf zum Kosmotop gefolgt waren und sich in den Habitaten neue Residenzen schufen für ihre Familien. Die Antwort lautete: »Das Sterben muss aufhören; wir müssen uns mehr auf das Leben konzentrieren. Um als Volk zu überleben, müssen wir unseren Blickwinkel verändern.«

»Kinder als Weg zu Unsterblichkeit?«, fragte Jael sanft.

Sein Seeder-Sohn wölbte die Brauen. »Ich denke, die biologische Fortpflanzung wird überschätzt.«

»Es kommt auf die Perspektive an, auf den Blick nach vorn«, sagte Corwain. »Einige der Ältesten von uns nahmen sich das Leben, weil ihnen dieser Blick fehlte.«

Jael drehte die kleine Nadel. »Bist du ganz sicher, Corwain?«

»Ja.«

Der Avatar steckte die Nadel ein. »Kallisto hofft noch immer, dass du eines Tages zurückkehrst.«

»Das ist sehr unwahrscheinlich.«

»Die Galaxis braucht einen guten Pazifikator.«

»Ich werde hier gebraucht«, sagte Corwain. »Die Instanz hat mir das Kommando über die Letzte Reserve gegeben, damit ich die Letzten Menschen schütze und alle anderen Völker des Kosmotops.«

»Eine starke Waffe in den Händen eines Mannes, der dem Frieden diente.«

»Ich bin erst ein Mann des Friedens gewesen und dann einer des Krieges«, sagte Corwain. »Ich kenne beide Wege. Mit meinem Blut habe ich für diese Erfahrung bezahlt, mit meinem Leben. Von jetzt an werde ich Leben schützen, mit allen Mitteln, die mir zur Verfügung stehen.«

»Das dürfte kaum nötig sein«, erwiderte Jael-cres. »Das Kosmotop hat seine Position zwischen der Milchstraße und Andromeda bezogen, gut eine Million Lichtjahre von beiden Galaxien entfernt. Wer könnte es hier erreichen?« Er sah seinen Seeder-Vater an. »Außer uns.«

»Irgendwann wird es größere Sprungbretter am Rand der Milchstraße geben«, sagte Corwain. »Groß genug für Sprünge über eine Million Lichtjahre hinweg. Und die geflohenen Mahé und Incera … Sie könnten ein weiteres X-Artefakt finden. Ich bleibe hier und wache über meine Familie und das Kosmotop.«

»Ohne die Nadel bleibt dir nur das kurze Leben eines Ephemeren«, wandte Jael-cres ein.

»Vielleicht«, sagte Corwain. »Vielleicht auch nicht.«

»Das Imaginarium?«, fragte Jael. »Die Erste Schale?«

»Warum nicht? Die Instanz spricht in diesem Zusammenhang von einem natürlichen Entwicklungsstadium hochentwickelter Zivilisationen. Sie selbst, die Koryphäen, verkörpern einen ähnlichen evolutionären Schritt.«

»Wir existieren im Realen, nicht in irgendeiner Virtualität«, entgegnete Jael-cres.

»Das Bewusstsein der Maschinenintelligenzen besteht aus miteinander verknüpften, interagierenden Datenpaketen«, sagte Corwain. »Der Rest ist Verpackung. Ihr benutzt Denkdorne, Gesandte und Avatare. Warum sollten wir Letzte Menschen nicht die Virtualitäten des Imaginariums benutzen, wenn unser physisches Leben zu Ende geht?«

»Ja, warum nicht? Es wäre eine Form der individuellen Unsterblichkeit. Nun gut, Corwain«, sagte Jael, »wenn du die Nadel wirklich nicht willst, machen wir uns jetzt wieder auf den Weg.«

»Wenn ich Sie noch etwas fragen darf …«

»Natürlich, Corwain.«

»Haben Sie dies alles geplant, von Anfang an?«

Der Mann mit dem schwarzen Haar zögerte. »Alles? Und von Anfang an? Nein, Corwain. Einen Teil, ja. Die Veritas hat ein Muster gesehen und danach gehandelt, weil sie ihr Muster, wenn nicht für das einzige, so doch für das maßgebliche hielt. Zum Schluss musste sie erkennen, dass sie sich geirrt hatte, dass ihr Muster nur eins von vielen war. Von uns ausgelöste Veränderungen wirken auf uns zurück, Corwain. Es ist ein ewiges Wechselspiel.

Nichts von dem, was wir tun, bleibt ohne Wirkung. Wir verändern, und die Veränderung verändert uns.«

»Die Hand, die den roten Stein schiebt, könnte selbst geschoben werden?«

»Ja, Corwain. Wer weiß?«

»Haben Sie erreicht, was Sie erreichen wollten?«, fragte Corwain.

»Mahé und Incera stellen keine Gefahr mehr dar. Etliche junge Zivilisationen können sich in Ruhe entwickeln, ohne dass jemand versucht, sie unter seinen Einfluss zu bringen. Es herrscht Frieden in der Milchstraße. Die Letzten Menschen haben eine Zukunft. Und nicht zu vergessen: Das Kosmotop erblüht neu. Kann man damit zufrieden sein oder nicht?«

Die beiden Avatare winkten zum Abschied und traten durch die Luke, die sich hinter ihnen schloss. Mit einem leisen Summen stieg der Schweber auf und flog durch den Regen, der im Lauf von Monaten ein Meer neu erschaffen hatte, zur Stadt zurück.

Corwain drehte sich um. Auf der Kuppe des Hügels stand Solace unter dem Vordach des Hauses, mit ihrer kleinen Tochter in den Armen. Sie wartete auf ihn.

Der Weg, den er gewählt hatte, führte ihn zu ihr.

GLOSSAR

Abidale: Planet im *Kaldorn-System.*

Adjutant (Adju): Maschineller Assistent.

ALR: Administrator der *Letzten Reserve.*

Alte Erde: Ursprungswelt der Menschen.

Amantea 14: Ein Raumsektor im Perseus-Arm der Milchstraße.

Amber: Planet im *Tolomeo-System.*

Asfour: Hauptstadt von *Tarhelion.*

Atiyeh: Ein unabhängiges Schiff.

Atmosphärenschild: Ein Kraftfeld, das in einem offenen Hangar das Entweichen der Luft ins Vakuum verhindert.

Atrophie: Ein alter Krieg im Innern des Kosmotops.

Aufstrebende: Gruppe bei den *Koryphäen*, stehen dem organischen Leben ablehnend gegenüber.

Auslagerung: Eine extradimensionale Erweiterung des *Kosmotops.*

Ayfa: Tochter von *Duha Sibal.*

Basisselbst: Teil des Bewusstseins einer *Koryphäe.*

Blase: Gelegentlich Bezeichnung für die *Auslagerung.*

Blaster: Energiewaffe.

Botros: Planet, auf dem Uhrmacher mikromechanische Meisterwerke herstellen.

Brüter: Bezeichnung für einen Apparat, der aus Basismaterial gewünschte Objekte herstellt. In Brütern wachsen auch *Klone* heran.

Contrada: Navigationsstern im Ophiuchus-Sektor.

Conzilia: Name eines Raumschiffs.

Dagher: Volk am Rand des Scutum-Centaurus-Arms der Milchstraße.

Demobilisator: Eine Vorrichtung, die den Träger bewegungslos macht.

Dimah: Spezies im *Kosmotop.*

Direktor: Repräsentant eines von jeweils 29 Völkern der Milchstraße, die zur *Kompetenz* gehören. Das Gremium der 29 Direktoren wird *Kernkompetenz* genannt.

Dislokatoren: Transportsystem im *Kosmotop.*

Dislokatorzellen: Einzelne Komponenten der *Dislokatoren.*

Distanziator: Damit kann man das *Kosmotop* verlassen, auch wenn man *horizontgebunden* ist.

Dominante Ära: Herrschaftszeit der *Incera* in der Großen Magellanschen Wolke, lange vor den *Drei Feldzügen.*

Dominante: Gruppe bei den *Koryphäen*, stehen dem organischen Leben tolerant gegenüber.

Downstream: Bei interstellaren Flügen bedeutet »downstream« hin zum galaktischen Zentrum und seiner Schwerkraft.

Dunkle Sieben: Sieben Braune Zwerge im Magadan-Sektor. Dort gibt es einen Kommunikationsknotenpunkt der *Kompetenz.*

Eherner Pakt: Sieht vor, dass die Stasiskammern im *Mausoleum* auf der *Alten Erde* nie deaktiviert werden.

Einzelgänger: Besondere *Letzte Menschen*, die den Kontakt mit anderen vermeiden.

Eisläufer: Intelligente Spezies (eine von drei) auf dem Planeten *Harvinga.*

Elisabeth: Das Raumschiff, mit dem die Vorfahren der *Sirmioner* nach *Sirmion* kamen.

Emergenz: Adoleszente Maschinenintelligenz.

EMI: Energie-Masse-Index, oft ausgedrückt in »energetischen Signaturen«.

Enha-Entalen: Ein Volk in der Milchstraße, das zur *Kompetenz* gehört.

Entscheider: Oberhäupter des *Kosmotops*, treffen alle wichtigen Entscheidungen.

Ephemere: So nennen die *Koryphäen* organisches Leben.

Erbauer: Die Erbauer des Kosmotops, Eigenname T'hal'han.

Ereignishorizont: Eine energetische Barriere, die das Kosmotop umgibt.

Erneuerung: Bei den *Letzten Menschen* der Wechsel in einen neuen *Klon*-Körper.

Esebian: Einer der alten Unsterblichen. Esebian führte die *Drei Feldzüge* gegen die *Incera.*

Esquitor: Name eines Pfeilschiffes der *Enha-Entalen.*

Exzentriker: Exzentrische *Letzte Menschen.*

Faust: Eine spezielle Waffe, mit der die Schiffe der *Letzten Reserve* ausgestattet sind.

Feldzüge, Drei: Der von *Esebian* geführte Kampf gegen die *Incera* aus der Großen Magellanschen Wolke. Die Nachfahren der besiegten Incera nennt man auch *Scummer.*

Gabber: Volk im *Kosmotop*, während der *Atrophie* Verbündete der *Sakinah.*

Garukand, Terok Efor: Jak'h'nda (Jakonda) aus der Ersten *Schale* des *Imaginariums.*

Gawahele: Planet mit intelligenten Steinen.

Gelder, Avvin: Einer der *Letzten Menschen.* Gerät auf Nodderat in eine Falle der *Incera* und wird getötet.

Gemeinsame Streitkräfte: Militär der *Mahé*-Sippen.

Geminus: Eine Residenz der *Letzten Menschen.*

Genesungstank: Behälter, der einen Patienten aufnimmt und seine Verletzungen heilt.

Gesandte: Von den Koryphäen ausgeschickte autonome Sonden bzw. Beauftragte, durch die *Membranen* mit ihnen verbunden.

Gravfelder: Gravitationsfelder.

Gravitationskissen, Gravkissen: Meist blaue Gravitationsfelder, die Objekte anheben und bewegen können.

Gravitator: Ein Gerät, das künstliche Schwerkraft erzeugen oder ein natürliches Schwerkraftfeld verändern kann.

Großthan: Oberhaupt aller Sippen der *Mahé.*

Guirgis: Ein *Prognostiker* der *Kompetenz* auf *Tarhelion.* Er stammt aus dem Volk der *Kappyan.*

H'a'dsid, Harlam: Prokurator im *Kosmotop.* Oberhaupt der *Jassid*, die den *Letzten Sprung* durchführen wollen.

Haderer: Ein Schiff der *Kompetenz.*

Hal-am-Affara-Kairih-tan-Mauleon-Calaqor-tan-Raztar: Eine *Koryphäe*, gehört zu den *Aufstrebenden.*

Harvinga: Welt der Entwicklungsstufe vier. *Corwain Tallmaster* führt dort wichtige Verhandlungen und stößt auf den *Mahé Duha Sibal.*

Hauptselbst: Teil des Bewusstseins einer *Koryphäe.*

Hawerblatt: Der Planet, auf dem sich *Solace* und *Corwain Tallmaster* kennengelernt haben.

Horizontgebundenheit: An den *Ereignishorizont* des *Kosmotops* gebunden. Wer ihn durchdrungen hat, kann das Kosmotop nicht mehr verlassen.

Hybriden: Bezeichnung für intelligente Mischwesen, die Charakteristiken verschiedener Spezies in sich vereinen.

Imaginarium: Ein Portal auf *Trus*, das Zugang zur *Auslagerung* erlaubt. Auch Bezeichnung für die *Auslagerung* selbst.

Incera: Intelligenzen aus der Großen Magellanschen Wolke. Führten vor vielen Jahrtausenden Krieg gegen die Völker der Milchstraße und wurden von den Menschen unter der Führung des legendären Unsterblichen *Esebian* in den *Drei Feldzügen* besiegt.

Instanz: Kontrollorgan des *Kosmotops*.

Interlingua: Die in weiten Teilen der Milchstraße gebräuchliche interstellare Sprache.

Intervaller: Waffe.

Intraraum: Der Weltraum im Innern des *Kosmotops*.

Intruder: Invasives Datenpaket, Trojaner, Computervirus.

IVV: Individualisierbares Variform-Vehikel. Ein kleines Raumschiff, das persönlichen Bedürfnissen angepasst werden kann.

Jae-al-Escoe-Hoivinio-tan-Mauleon-Caliquire-tan-Nesluzan: Eine *Koryphäe*, manchmal *Jael* genannt.

Jae-al-Escoe-Hoivinio-tan-Mauleon-Caliquire-tan-Nesluzan-cres: Seeder-Sohn der *Koryphäe Jae-al-Escoe-Hoivinio-tan-Mauleon-Caliquire-tan-Nesluzan*, auch *Jael-cres* genannt.

Jak'h'nda: Name des Volkes, das mit den Planungen für das *Kosmotop* begann.

Jakonda: Siehe *Jak'h'nda*.

Jassid: »Diener von Kh'smT'p«, Spezies im *Kosmotop*.

Jawl, Tamadur: Bioarchitekt der *Dimah*.

Kaldorn-System: Ziel der *Veritas* bei ihrem Flug mit dem Resonanzschiff *Conzilia*.

Kallisto: Einer von 29 *Direktoren* der *Kernkompetenz*.

Kappyan: Dünne, große Humanoiden mit transparenter Haut, auch »Gläserne« genannt.

Kassiopeia-Verteilerstation: Ein Kommunikationszentrum in der Nähe von *Corwain Tallmasters Residenz.*

Kastell: Wohnsitz der *Veritas* auf *Lundblad.*

Kernkompetenz: Besteht aus 29 *Direktoren*, den Beauftragten der 29 Zivilisationen, die sich zur *Kompetenz* zusammengeschlossen haben.

Kh'smT'p: Bezeichnung der *Jassid* für das *Kosmotop.*

Kirawee: Katzenartige Intelligenzen.

Kirhoma: Spezies im *Kosmotop.*

Klone: Von den *Letzten Menschen* benutzte Ersatzkörper mit einer Lebensdauer von jeweils maximal 100 Jahren.

Kognition: Der Trancezustand von *Solace.*

Kompetenz: Ein Zusammenschluss von 29 hochentwickelten Zivilisationen in der Milchstraße.

Kompetenzcode: Zugangscode für Archive, Datenbanken usw. der *Kompetenz.*

Konstrukteure: Siehe *Erbauer.*

Kontemplaten: Spezies im *Kosmotop.*

Koryphäen: Aus den *Magistern* hervorgegangene Maschinenintelligenzen.

Kosmotop: Ein sich über 14 Lichtstunden erstreckendes System aus riesigen Habitaten, Raumstationen und Dyson-Sphären, umgeben von einem *Ereignishorizont.*

Kralle: Schiffstyp der *Incera.*

Krikiri: Lebensform auf *Sirmion*, auch »Vielfresser« genannt.

Kutaibi: Ein *Enha-Entalen.*

Lawadda: Residenzwolke der *Letzten Menschen* bei Epsilon Indi.

Lenker: Piloten des *Kosmotops.*

Letzte Menschen: Bezeichnung für die knapp 15 000 Nachkommen der alten Unsterblichen. Sie können sich nicht mehr fortpflanzen und verlängern ihr individuelles Leben, indem sie das gespeicherte Bewusstsein auf *Klone* übertragen.

Letzte Reserve: Eine während der *Atrophie* im *Kosmotop* zurückgehaltene Streitmacht.

Letzter Sprung: Der Sprung des *Kosmotops*, mit dem es das metastabile Universum verlassen soll.

Lhari: Ein *Retro-Volk.*

Lückencode: Damit kann man das *Kosmotop* verlassen, auch wenn man *horizontgebunden* ist.

Lundblad: Eine Welt im Perseus-Arm der Galaxis, Heimat der *Veritas*.

Mab-ti-Jaffar-Jarhun-tan-Zirha-Mqui-tan-Rztera: Koryphäe, gehört zu den *Aufstrebenden*.

Magister: Die ersten von Menschen geschaffenen Maschinenintelligenzen.

Mahé: Zwei Meter große Humanoiden mit milchweißer Schuppenhaut. Die Mahé gehörten einmal zur *Kompetenz*, haben sich aber von ihr losgesagt, weil sie eigene Ziele verfolgen und nicht an die Regeln der Kompetenz gebunden sein wollten.

Master-Sinn: Ein zusätzlicher Sinn bzw. eine besondere Fähigkeit bei *Letzten Menschen* mit einem »Master« in ihrem Namen.

Mausoleum: Befindet sich auf der Alten Erde. Dort sind *Esebian*, Leandra und viele der anderen Unsterblichen bestattet.

Mebrat T'hr'rl: Lenker des *Kosmotops*.

Mechs: Maschinelle Assistenten, vergleichbar mit *Adjutanten*, aber weniger komplex.

Medo-Mech: Ein medizinisches Behandlungsgerät.

Membranen: Die interstellare Kommunikation und Raumfahrt erfolgt durch Zugriff auf quantenmechanische Membranen, deren Schwingungen Geschwindigkeiten jenseits der des Lichts zulassen.

Membrankonnektor: Gerät, das eine Verbindung zu den *Membranen* herstellt.

Membranresonanzen: Schwingungen der Quantenmembranen.

Metastabilität: Zustand am Rand von Stabilität. Die Masse des Higgs-Bosons (ca. 125 Gigaelektronenvolt) zeigt, dass das Vakuum und damit auch unser Universum metastabil ist. (Empfehlung: Google-Suche mit den Stichworten »Higgs Boson Metastability«)

Mikrokollapsare: Kleine Schwarze Löcher, die als Waffe verwendet werden.

Modell sieben: Eine Kampfrüstung der *Letzten Reserve*.

Monoform: Materialien, die ihre Form nicht verändern können.

Nadel: Ein Implantat in *Corwain Tallmasters* Rückgrat. Es dient zur Kommunikation und zeichnet Corwains Bewusstsein für die Übertragung in einen *Klon* auf.

Nawattna-Assoziation: Die 17 planetengroßen Monde des warmen Gasriesen Nawattna und vier bewohnte Welten im Orbit der anderen Sonne des Doppelsterns Sajid-Saif.

Nazmi: Sohn von *Duha Sibal.*

Optionenkatalog: Bei manchen Raumschiffen gibt es einen in Form von molekularen Erinnerungen abgelegten Optionenkatalog, der das Schiff bei Bedarf mit zusätzlichen Funktionen ausstatten kann.

Pattern-Master: Die *Veritas Rahel Rahelia Kinmaster* ist ein *Pattern-Master,* dazu imstande, zukünftige Entwicklungen anhand von Mustern zu erkennen und Einfluss darauf zu nehmen.

Pazifikatoren: Schlichter, die im Auftrag der *Kompetenz* bei Konflikten eingreifen, um den Frieden zu bewahren. *Corwain Tallmaster* gilt als bester Pazifikator der *Kompetenz.*

Ping: Kommunikationssignal der *Nadel*, die *Corwain Tallmaster* in seinem Rückgrat trägt.

Priorität eins: Höchste Priorität bei der *Kompetenz.*

Prognostiker: Spezialisten der *Kompetenz*, die komplexe Daten auswerten und Entwicklungstrends berechnen.

Projektilschleuder: Waffe der *Skantai* auf *Harvinga.*

Prokurator: Rang des *Jassid Harlam H'a'dsid.*

Puente: Planet in der Nähe des galaktischen Zentrums.

Qihahuree: Bewohner von *Tarhelion* in der *Nawattna-Assoziation*. Kleine, dürre Humanoiden.

Qir-Alram-Alkar: Ein *Incera.*

Quinto: Lehrmeister der *Veritas*, die er vor 3 000 Jahren unterrichtet hat.

Ral-am-Arfa-Talhun-tan-Mauleon-Maila-tan-Pirrhon: Eine Koryphäe, *Seeder-Vater* von *Ral-am-Arfa-Talhun-tan-Mauleon-Maila-tan-Pirrhon-cres.*

Ral-am-Arfa-Talhun-tan-Mauleon-Maila-tan-Pirrhon-cres: Eine *Koryphäe* (*Emergenz*). Gehört zu den *Dominanten.*

Rekonvaleszenzeinheit: Siehe *Genesungstank.*

Residenzen: Die Wohnorte, teils künstlich geschaffen, der *Letzten Menschen.*

Resonanzkommunikation: Überlichtschnelle Kommunikation mithilfe von *Membranresonanzen.*

Resonanzaura: Leuchterscheinungen an den Flanken eines Resonatorschiffes, die darauf hinweisen, dass der Resonator noch immer arbeitet.

Resonator: Wichtiger Bestandteil der Antriebe von überlichtschnellen Raumschiffen.

Retro-Völker: Spezies, die einst interstellare Raumfahrt betrieben, dann aber zu einem planetaren Leben ohne Technik zurückkehrten.

Sakinah: Ein Volk im *Kosmotop*; setzte die *Atrophie* in Gang, als es sich gegen die *Entscheider* auflehnte.

Saliba, Aziza: Verwalterin des *Kastells* der *Veritas* auf *Lundblad*.

Sängerin: Eine Hybridin, die die Eigenschaften aller drei intelligenten Spezies von *Harvinga* in sich vereint. Hüterin des Friedens auf ihrer Heimatwelt.

Schalen: Verschiedene Bereiche im Innern des *Imaginariums*.

Schlüpflinge: Die Kinder von *Solace'* Volk.

Schocker: Betäubungswaffe.

Schwingungsantrieb: Diesen Antrieb verwenden Raumschiffe der *Kompetenz*.

Scummer: Abfällige Bezeichnung für die bei den *Drei Feldzügen* besiegten Nachfahren der *Incera*. Für die damals erlittene Niederlage wollen sie sich an den Menschen rächen.

Seeder: Ein mit unabhängiger künstlicher Intelligenz ausgestatteter Maschinenkern, der sich selbst erweitert.

Seeder-Vater: Koryphäe, die einen *Seeder* ausbringt, der innerhalb weniger Jahrzehnte zu einer *Emergenz* heranwächst.

Sibal, Duha: Than der *Mahé* und Erzfeind von *Corwain Tallmaster*.

Signalatoren: Siehe *Signalsteine*.

Signalsteine: Die *Kompetenz* hat insgesamt 517 Signalsteine auf Planeten in der Milchstraße gefunden. Offenbar stehen sie in Zusammenhang mit den *X-Artefakten*.

Sirmion: Heimatwelt von *Solace*, die dort vor 100 Jahren als *Schlüpfling* einen Überfall der *Incera* überlebt hat.

Skantai: Intelligente Spezies (eine von drei) auf dem Planeten *Harvinga*.

Solace: Eine Sirmionerin, halb Mensch, halb Vogel. Partnerin von *Corwain Tallmaster*.

Sprechlänge: Längenmaß im *Kosmotop*. Tausend Sprechlängen sind etwa dreieinhalb Lichtsekunden.

Sprechzentrum: Kommunikationszentrum im *Kosmotop*.

Sprechzyklus: Zeitmaß im *Kosmotop*. Ein kleiner Sprechzyklus entspricht etwa vierzig Minuten, ein großer Sprechzyklus etwa drei Stunden.

Springer: Schneller Shuttle für den Verkehr zwischen Umlaufbahn und Oberfläche eines Planeten.

Srur: Ressourcenverwerter beziehungsweise Eliminatoren und Neutralisatoren im *Kosmotop*. Reagieren wie das Immunsystem eines lebenden Organismus.

Sturmwind: Flaggschiff der *Sibal*-Sippe.

Sucher: Vom *Kosmotop* ausgeschickt. Suchen nach Dingen, die es zu sammeln lohnt.

Syntho: Synthetisches Material mit Eigenschaften von Metall und Kunststoff.

Tallmaster, Corwain: Ein *Letzter Mensch, Pazifikator* in Diensten der *Kompetenz.*

Tarawadi: Intelligente Spezies (eine von drei) auf dem Planeten *Harvinga.*

Tarhelion: Ein Planet in der *Nawattna-Assoziation*. Dort gibt es ein logistisches Zentrum der *Kompetenz*.

Taulamur: Tal auf *Sirmion*, dem Heimatplaneten von *Solace*. Dort hat der Überfall der Incera stattgefunden, den sie als *Schlüpfling* überlebt hat.

Tausendjähriger Vertrag: Vor 600 Jahren zwischen der *Kompetenz* und *Tarhelion* geschlossen.

Terranorm-Planeten: Mit der Erde vergleichbare Planeten.

T'hal'han: Siehe *Erbauer*.

Than: Oberhaupt einer *Mahé*-Sippe.

Theria: Stadt auf *Therion*.

Therion: Meereswelt in der Siebzehnten *Schale* des *Imaginariums*.

Tiegel: Ein Gerät, in dem das Bewusstsein eines *Letzten Menschen* gespeichert werden kann, bevor es einen neuen *Klon*-Körper erhält.

Tolomeo-System: Ein Sonnensystem im Cygnus-Arm am Rand der Milchstraße. Drei Lichttage über der Ekliptik dieses Sonnensystems erschien das *Kosmotop*.

Transit: Überlichtflug eines Resonatorschiffes.

Translator: Übersetzungsgerät.

Trus: Heimatwelt der *Jak'h'nda* (Jakonda), die das *Kosmotop* planten und entwarfen.

Tsertser: Ein insektomorpher *Vrytt*, der zur *Kompetenz* gehört.

Uane: Subplanetare Stadt der *Dimah*.

Upstream: Bei interstellaren Flügen bedeutet »upstream« weg vom galaktischen Zentrum und seiner Schwerkraft.

Variform-Materie: Grundsubstanz, die verschiedene Formen annehmen kann.

Variform-Syntho: Material.

Veritas: Titel von *Rahel Rahelia Kinmaster*. Sie ist eine *Pattern-Master*, dazu imstande, zukünftige Entwicklungen anhand von Mustern zu erkennen und Einfluss darauf zu nehmen.

Vibromesser: Ein Messer mit vibrierender Klinge.

Vodrah: Ureinwohner von *Sirmion*.

Vrytt: Ein Volk von Insektomorphen.

X-Artefakte: Bisher hat die *Kompetenz* in der Milchstraße vier viele Jahrmillionen alte Artefakte einer unbekannten Zivilisation (»X«) gefunden.

Jennifer Foehner Wells

Ein atemberaubender Erstkontakt-Roman für alle Fans von *Prometheus* und *Contact*

»Jennifer Foehner Wells ist eine geniale Erzählerin!«
Independent Publisher News

978-3-453-31692-8

HEYNE

Leseprobe unter **www.heyne.de**

diezukunft.de

Das Magazin für die Welt von morgen in Science und Fiction

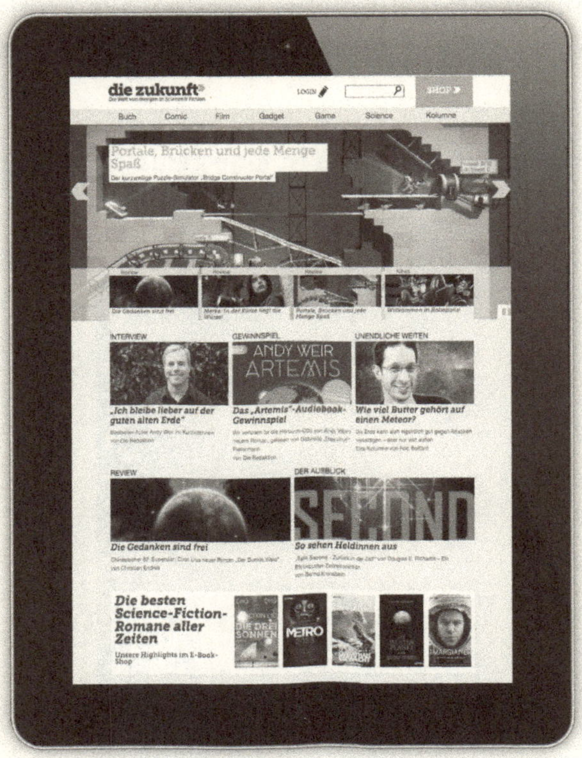

Täglich aktuelle News, Essays und Rezensionen

Science-Fiction-Romane und Storys aus über fünf Jahrzehnten

Exklusive E-Only-Klassiker im Shop

Bücher-, Comic- und Kinoticket-Verlosungen

Sie finden uns auch auf

HEYNE